BASTEI
LÜBBE

2 ROMANE IN EINEM BAND

Gold in den Roten Bergen

KONSALIK

Spiel der Herzen

BASTEI LÜBBE

BASTEI-LÜBBE-TASCHENBUCH
Band 12511

Herausgeber des Sammelbandes:
Bastei Verlag Gustav H. Lübbe GmbH & Co.
Bergisch Gladbach
Printed in Great Britain Mai 1996
Einbandgestaltung: CCG, Köln
Titelfoto: Bavaria/Pictor International
Satz: hanseatenSatz-bremen, Bremen
Druck und Bindung: Cox & Wyman Ltd.
ISBN 3-404-12511-8

KONSALIK

Gold in den Roten Bergen

BASTEI LÜBBE

1

Bis nahe an die Straße war er gekommen. Kaum fünfzig Meter trennten ihn von dem roten, festgewalzten, lebensrettenden Stuart Highway, auf dem in auseinanderwallenden trägen Staubwolken die riesigen Trucks nach Norden oder Süden donnerten, nach Darwin oder Adelaide, quer durch das unendliche Land. Eine verfluchte Straße, durch Wüsten und an ausgetrockneten Salzseen entlang, eine rote Ader durch ein rotes, seit Millionen Jahren ödes Land, eine Höllenstrecke. Aber für ihn, den ausgestoßenen, weggejagten, der unbarmherzigen Natur ausgelieferten Angurugu die einzige Hoffnung, überleben zu können.

Er schaffte es nicht. Unter einem halbverdorrten Casuarine-Baum lag er, den Kopf gegen den rauhen Borkenstamm gedrückt, und atmete mit weit offenem Mund die heiße Luft ein. Die wie Knochengerippe aussehenden verdorrten Wüstenpappeln, von der Sonne weiß gebleicht, die harten Büschel des Stachelschweingrases, die sich in den roten Wüstenboden krallten, das ebenfalls rote Geröll von seit Urzeiten verwitterten Felsen hatte er hinter sich gelassen, aber nun lag er hier in Sichtweite der Straße, dem großen, rettenden Ziel, und wußte, daß diese fünfzig Meter wie fünfzig ferne Monde waren, die er bezwingen mußte.

Angurugu wälzte sich auf den Rücken, zog einen Fetzen seines Hemdes über das Gesicht und streckte sich aus. Sein von den nadelspitzen Halmen der Spinifexbüsche blutig gestochener Körper gab den Kampf auf.

Zuletzt war er zwei Tage lang durch die Tanami-Wüste

gekrochen, auf Händen und Füßen wie ein Blauzungen-Skink, eine der vielen Echsen, die in der Wüste leben können, immer den einen Gedanken als letzte Rettung im Herzen: die Straße . . . die Straße . . . die Straße . . .

Nun fehlten diese lumpigen paar Meter. Angurugu befahl seinem zerschundenen Leib: Mach weiter! Kriech weiter! Winde dich über den Boden wie eine Schlange . . . aber gib jetzt nicht auf! Weiter, ihr Knochen, weiter ihr Muskeln, dehnt und zieht euch zusammen, ihr Sehnen, nur noch bis dahin, bis zu dem roten Band, das ihr seht. Wenn wir am Rand der Straße liegen, haben wir gesiegt, dann wird uns jemand finden, aufheben, mitnehmen nach Alice Springs, wo es Ärzte gibt, ein Hospital, Medikamente, und wo man weiß, wie man die bösen Geister bekämpfen kann, die meinen Körper befallen haben. Verdammter Leib . . . Nur noch diese paar Schritte!

Lang ausgestreckt lag Angurugu unter den kaum Schatten spendenden rotbestaubten Ästen der Casuarine, den Hemdfetzen zum Schutz gegen die Sonne auf dem Gesicht, und atmete ganz flach.

Nicht die Sonne erzeugte den Brand in seinem Körper, sondern die Krankheit.

Niemand kannte sie, diese Krankheit, sie hatte keinen Namen, es gab auch keinen zweiten, der sie in sich trug. Er, Angurugu, aus der Familie der Namatooa-Aboriginals, ein Stamm, der in der Tanami-Wüste lebte wie vor zwanzig- oder dreißigtausend Jahren, mit dem einzigen Unterschied, daß Missionare ihnen die Kleidung der Weißen aufgedrängt hatten und einen neuen Gott, der Jesus hieß und den sie trotz langer Belehrungen nie so richtig begriffen, weil er so ganz anders war als sie, er also, Angurugu, war der einzige, den die alten Götter mit dieser neuen Krankheit bestraft hatten.

Doomadooa hatte alles versucht. Ein großer Medizinmann war er, einer, der die Götter kannte, mit ihnen in den heiligen Höhlen sprach, seine Stimme mit dem Wind zu ihnen fliegen ließ und im Rauch, der aus dem Feuer stieg, ihre Antwort lesen konnte. Dieser mächtige Doomadooa also hatte nach langem Zögern die schrecklichen Worte gesagt:

»Die Götter haben Angurugu verlassen. Sie stoßen ihn aus. Seine Krankheit ist eine neue Strafe. Nichts hilft mehr. Es ist eine Mahnung für uns.«

Angurugu wußte, was das bedeutete. Noch bevor man ihn zwang, es zu tun, packte er einen Fellsack mit getrocknetem Känguruhfleisch und mit ausgehöhlten, mit Wasser gefüllten Kürbissen. Er verabschiedete sich von seinen drei Frauen und neun Kindern, von Vater und Mutter, die mit ihm in der Asthütte wohnten – auch eine Großmutter war noch da, ausgetrocknet, verschrumpelt, ein atmender Lederlappen mit spinnwebähnlichen, langen weißen Haaren – und zu allen hatte er mutig gesagt, denn Mut ist das erste, was man von einem Mann erwartet: »Lebt wohl, meine Lieben. Vergeßt mich schnell. Es ist eine Ehre, wenn die Götter rufen.« Und seine Familie hatte ihm stumm zugenickt.

Damit war er ausgestoßen worden aus ihrem Leben.

Und dann hatte die Wanderschaft zum Weiterleben begonnen. Das große, rettende Ziel – die Straße – war Angurugus einziger Gedanke geworden. Wenn jemand ihm in der roten Einsamkeit der australischen Wüste helfen konnte, dann waren es die weißen Ärzte in Alice Springs.

Doomadooa allerdings hätte sie nie zu Hilfe gerufen, um nicht einzugestehen, daß die Medizin der Götter weniger wert war als die Pillen und Spritzen der Weißen.

Wie allen Stämmen in den Wüsten-Reservaten des Nordterritoriums, des Outback, hatte die Regierung auch den Namatooas ein Funkgerät gegeben, mit dem sie im Notfall die amtlichen Stellen in Alice Springs, Tennant Creek oder Katherine erreichen konnten. An alles hatte man gedacht, selbst daran, daß man Batterien in der Wüste nicht aufladen kann. Deshalb hatte man mit dem

Funkgerät auch ein Fahrrad geliefert, mit dem man Strom erzeugen konnte, indem man kräftig in die Pedale trat und einen Dynamo antrieb, der wiederum das Funkgerät speiste.

Beides, Fahrrad und Funkgerät, verstaubte im roten Wüstensand, nachdem Doomadooa einmal versucht hatte, mit dem Rad zu fahren, nach sechs Metern gestürzt war und sich die Knie aufgeschlagen hatte. Seither rührte niemand mehr das Fahrrad an, weil Doomadooa es verflucht hatte.

Zur Straße, zurück ins Leben hatte es Angurugu getrieben. Meile um Meile durch hitzeflimmernde Wüste, durch lautlose Unendlichkeit war er gewandert, sorgsam die scharfen Spinifexbüschel umgehend, die auch die verlederten Fußsohlen eines Aboriginals aufschlitzen können. Und dann in der Nacht die Rast unter einem verdorrten Baum, eine Mahlzeit aus Wasser und getrocknetem Känguruhfleisch, das man in der Mundhöhle aufquellen ließ.

Wenn man danach auf der roten Erde lag, im Schoß der »Großen Mutter«, über sich einen Sternenhimmel von wunderbarer, unfaßlicher Schönheit, schöpften der geschundene Körper und Geist neue Hoffnung. Dann hatte Angurugu wieder ein Ohr für den glöckchenhaften Gesang der kleinen Wüstenvögel, der blauweißen Stachelschwänze. Auch der Flötenvogel ließ perlende Tonkaskaden hören, in die etwas aggressiv das scharfe Pfeifen des Fliegenschnäppers einfiel.

Das war so am neunten Tag der Wanderung gewesen . . . am vierzehnten Tag; Angurugu hatte sein Nachtlager an einem Tamariskengebüsch aufgeschlagen. Er hörte das durchdringende Gelächter des Kookaburra, des Lachvogels, und es klang so, als verspotte ihn der Vogel. Und Angurugu hatte gedacht: Ein Idiot bist du. Nie kommst du bis zur Straße. Die Götter haben dich verurteilt . . .

Nun lagen neunundzwanzig Tage hinter Angurugu, neunundzwanzig mal fünfzehn Stunden Wanderung durch glühende Sonne und in einem Land, das sich in Millionen Jahren nicht verändert hatte. Es waren vierhundertfünfunddreißig Stunden Kampf um jeden Meter Wüstenboden und neunundzwanzig Nächte in der sich schnell abkühlenden Einsamkeit, es war der Wechsel von dumpfer Hitze bis zum frierenden Zusammenkrümmen in der Bodenkuhle, die der eigene Körper geformt hatte.

Aber das Ziel kam näher und näher, mit jeder Stunde, mit jedem Schritt ... Ab und zu hielt Angurugu an, hob schnuppernd wie ein Dingo, ein Wüstenhund, die Nase und meinte, die ferne Straße schon riechen zu können. Sage bloß keiner, eine Straße habe keinen Geruch! Wer in der Wüste aufwächst, riecht eine Auspuffgaswolke wie eine Hyäne das Aas.

Am 22. Tag war Angurugus Vorrat an Känguruhfleisch verbraucht. Am Tag darauf schüttete er den letzten Tropfen Wasser aus dem ausgehöhlten Kürbis über seine ausgetrockneten, ledernen Lippen.

Von jetzt an renne ich doppelt um mein Leben, sagte er sich. Nicht nur gegen meine unbekannte Krankheit, sondern nun auch gegen Hunger und Durst. Ich muß die Straße erreichen, bevor die letzte Kraft von mir gewichen ist. Ich muß ...

An den nächsten Tagen aß er Echsen oder Schlangen, die er mit einem Knüppel erschlug, und suchte die Wüsten-Grevillie, einen Strauch mit zapfenähnlichen Stengeln, der die Eigenschaft hat, Nektar in sich zu sammeln, und den man auslutschen kann.

Ein großes Glück war es, wenn Angurugu eine Parakeelya entdeckte, ein fleischiges Kraut, das in seinen Trieben die Feuchtigkeit des letzten, vor langer Zeit gefallenen Regens zu speichern vermag und das dann blutrot blüht, eine der schönsten Pflanzen der Wüste.

Am 26. Tag war Angurugu schon so schwach, daß er nur noch kriechend von einer Parakeelya zur anderen kommen konnte; er lag dann an den Sträuchern, aß die wasserspeichernden Triebe, saugte sie aus und fühlte sich nach dieser köstlichen Erfrischung wieder so gekräftigt, daß er aufrecht weiterlief, zwei Stunden vielleicht, um dann von neuem in die Knie zu brechen.

Einmal begegnete er einer giftigen Mulgaschlange. Mitten auf seinem Weg lag sie, zwischen zwei Spinifexbüscheln, und hob zischend den Kopf. Angurugu hätte um sie herumgehen können, zwischen anderen Spinifex hindurch, aber dazu war er schon zu schwach, denn jeder Umweg kostete Kraft. Auf den Knien rutschend, hieb er mit seinem Knüppel auf die Schlange ein. Er traf ihren verdickten Hals, erwischte ihren Kopf und legte sein ganzes Gewicht in den Schlag. Ob sie tot oder nur betäubt war, wußte er nicht ... Er kroch über sie hinweg, weiter den gewundenen roten Wüstenpfad entlang, den der Wuchs der Spinifexbüsche bestimmte.

An eine Mahlzeit aus Fleisch kam er nicht mehr ... Wenn ein Mensch sich nur noch auf Händen und Füßen fortbewegt, kann er nicht mehr jagen, auch keine Echsen mehr, die nun schneller sind als er, oder Vögel, die über ihn lachen, oder eine Kowari, eine Beutelmaus, die ohne Angst vor ihm herumflitzt, als wisse sie, daß dieser Mensch am Ende angelangt ist.

In der Nacht zum 29. Tag lag Angurugu auf seiner geliebten roten Erde, fühlte sich nach dem Austrinken von zehn Parakeelyas ungewöhnlich stark und war doch nicht mehr in der Lage weiterzukriechen.

Um ihn herum stachen die Skelette der Wüstenpappeln in den Sternenhimmel. Er fühlte es in seinem ganzen gepeinigten Körper, daß die Straße nicht mehr weit sein konnte, und er sagte zu sich: »Du schaffst es! Angurugu, du kannst dein Leben retten. Ich werde stärker sein als der Fluch der Götter, und wenn ich in Alice Springs bin, wenn mich die weißen Ärzte gerettet haben, dann haben die Götter versagt. Diesen Jesus werde ich anbeten, diesen merkwürdigen fremden Gott, der gesagt haben soll: Liebet eure Feinde. Du sollst nicht töten. Alle Menschen sind Brüder. Wer kann so etwas verstehen? Wie kann man seine Feinde lieben? Aber ich werde an diesen Jesus glauben, wenn ich weiterleben darf.«

In den letzten Nächten sprach Angurugu öfter zu sich selbst, hörte seiner Stimme zu und freute sich, daß da noch ein Klang war.

Und dann tat er noch etwas anderes: Er holte unter seinem Hemd ein Stück weiches Känguruhleder hervor und betrachtete es. Das Kostbarste, was er besaß ... Er wollte es dem Arzt schenken, der ihm das Leben rettete. Für ihn, Angurugu, hatte es keinen Wert mehr. Es hatte eigentlich nie einen Wert gehabt, denn ein Aboriginal in der roten Wüste hat keine Verwendung für so etwas. Aber für einen Weißen bedeutete es sehr viel, das größte Glück sogar, das wußte der Aboriginal. Dieses Stück Leder veränderte das Leben eines Weißen, und wer sein, Angurugus, Leben rettete, sollte es von ihm bekommen.

Neunundzwanzig Tage bis zur Straße ...

Und da war es nun, das breite rote Band – von der Timor-See im Norden bis zur Großen Australischen Bucht des Pazifik im Süden –, die Lebensader eines ganzen Erdteils, fast schnurgerade das riesige Land durchteilend, verflucht von den Truckerfahrern, die diese 3241 Kilometer herunterreißen mußten, diese höllische Strecke durch das rote Herz Australiens.

In dieser Nacht weinte Angurugu zum ersten Mal in seinem Leben. Er lag auf dem Bauch, starrte auf die Straße und erreichte sie nicht mehr. Seine Finger krallten sich in den Wüstenboden, mit der Stirn schlug er auf die heilige Erde ein, und jede Träne, die in den roten Sand tropfte, nahm die letzten Funken von Kraft mit, höhlte ihn endgültig aus.

»Mit uns wird es nichts mehr, Jesus«, sagte er in dieser Nacht.

»Es ist vorbei. Meine Götter sind doch stärker als

du ... Diese kurze Strecke bis zur Straße, die kannst du mir nicht weiterhelfen.«

Noch einmal versuchte Angurugu, auf Hände und Knie zu kommen und weiterzukriechen. Vergeblich – er kippte einfach um. Aber die Hände gebrauchen, das konnte er noch. Mit ihnen tastete er den Boden ab und scharrte so viel trockenes Holz zusammen, daß er einen kleinen Haufen zusammenbekam und an das bleiche Gerippe einer Wüstenpappel schieben konnte. Am Morgen hatte er genug, um ein Feuer zu entzünden ... ein Signal für die Trucks, die in roten Staubwolken an ihm vorbeidonnerten. Es war Angurugus letztes verzweifeltes Rufen; ein Brand in der Wüste erzeugt immer Aufmerksamkeit. Wie leicht kann daraus ein Flächenbrand entstehen und auch die Straße gefährden ...

Angurugu begann mit dem Feuerreiben. Wie seine Ahnen vor Tausenden von Jahren rieb er zwei Hölzer aneinander, bis sich erst ein dünner Rauch und dann ein glimmendes Feuerchen zeigten. Damit zündete er das gesammelte Holz an, und als es brannte, wälzte er sich erschöpft, nun wirklich aller Kraft entledigt, auf den Rücken, zog den Hemdfetzen wieder über seinen Kopf und wartete ergeben auf die Rettung oder den Tod.

Wolfgang Herbarth war nach Australien ausgewandert, weil ihm in Deutschland niemand einen beruflichen Aufstieg versprechen konnte. »Wie kann man auch Geologie studieren!« hatten seine Freunde gesagt und ihn mitleidig angesehen. »In der Forschung hat man kein Geld, in den staatlichen Bauämtern und Planungsbehörden sind die Stellen besetzt, da stehen die Leute Schlange; im Ausland haben sie genügend eigene Geologen, sogar Sibirien ist überfüllt mit ihnen, und auch Alaska braucht keine mehr ... Laß dich umschulen, Wolf, und werde Zahnarzt. Fang noch mal von vorn an ... Zahnarzt ist der Beruf der Zukunft! Bei unseren Eßgewohnheiten wackeln in zwanzig

Jahren schon den Zehnjährigen die Zähne. Pro Mensch braucht man dann bei einer siebzigjährigen Lebenserwartung drei bis vier Zahnprothesen . . . Das ist eine Zukunft mit Gold! Aber Geologie? Du hast ja ’n Stich!«

Wolf Herbarth hatte das eingesehen, damals vor rund zehn Jahren. Nur fing er kein zweites Studium als Zahnarzt an, nicht weil er zu faul dazu gewesen wäre, sondern weil es ihm nicht gefallen hätte, ständig in anderer Leute Mundhöhlen zu starren. Er tat statt dessen etwas völlig Verrücktes in den Augen seiner Freunde: Er wanderte nach Australien aus.

»Der ist bald wieder da«, sagte man. »Auf dem Zahnfleisch kommt er zurück. Als Auswanderer in Australien muß man ein Boxertyp sein, einstecken und austeilen können. Es gibt kein Land, wo einem die gebratenen Tauben in den Mund fliegen.« Wolf Herbarth hatte das auch nicht erwartet. Als er mit leidlichen Kenntnissen der englischen Sprache in Sydney landete, empfing ihn auf dem Flughafen ein Onkel seiner Mutter, ein Chemiker, der schon mit vierunddreißig Jahren in Wollongong an der Pazifikküste wohnte und dort ein kleines chemisches Werk aufgebaut hatte. Onkel Herbert hatte für den ihm unbekannten Neffen gebürgt und somit die Einwanderung ermöglicht.

»Mit Geologen können wir hier die Straße pflastern«, hatte er gleich bei der Fahrt von Sydney nach Wollongong zu Herbarth gesagt. Er fuhr einen klimatisierten Chevrolet und schien gut zu verdienen. »Australien ist immer noch zu drei Fünfteln Neuland, das entdeckt werden will – wie Sibirien, nur nicht so kalt. Allerdings ist alles längst vermessen worden. Jeder Bach hat seinen Namen, jeder Hügel steht auf den Karten eingezeichnet, es gibt nichts Unbekanntes mehr . . . Und doch wird man immer wieder davon überrascht, was unter der Kruste liegt. Das ist wie bei einer schönen Frau: Wenn man sie ausgezogen hat, beginnt das Staunen. Die Folge davon: Es gibt Geologen genug. Deshalb schlage ich vor: Fang bei mir in der Firma an.«

»Von Chemie habe ich nur so viel Ahnung, wie man in der Geologie braucht.«

»Das reicht, lieber Neffe.« Onkel Herbert winkte lässig ab. »Ich stelle Tinte her, Tinte in allen Variationen. Von der guten alten Füllhaltertinte bis zu den Tintenpasten in den Minen. Dazu die Füllungen von Kugelschreibern, Faserschreibern, Rollkugelschreibern – eben einfach alles, womit man schreiben kann. Irgendwie beschäftigen wir dich schon.«

Die ersten zwei Jahre hatte Wolf Herbarth an einer Spezialmaschine Minen für Tintenschreiber hergestellt. Es war eine sture Arbeit. Die Maschine war ein Automat, der alles selbständig ausspuckte. Herbarth brauchte nur dabeizusitzen und abzuwarten, ob es eine Störung gab, sich etwas verklemmte oder der Zubringer stockte. Dann hätte es nämlich Minen ohne Tinte gegeben. Aber kann solch eine Arbeit einen Menschen wie Wolf Herbarth befriedigen?

Onkel Herbert ließ nach diesen zwei Jahren seinen tatendurstigen Neffen ziehen. »Du kannst jederzeit zurückkommen«, sagte er zum Abschied und drückte ihm tausend Dollar in die Hand. »Nur noch eins auf den Weg: Dieses Land gibt dir jede Chance, aber es kann auch ein gnadenloses Land sein. Wer hier schlapp macht, ist weniger wert als ein nasses Handtuch.«

Wolf Herbarth merkte das sehr schnell. Er arbeitete in einigen Berufen, die absolut nichts mit seinem Geologiestudium zu tun hatten. Er wurde Träger im Schlachthof und wuchtete Rinderhälften und aufgebrochene Schweine in die Kühlwagen, war dann Billettabreißer auf einem Fährschiff im Hafen, trat als Zauberer in einem Wanderzirkus auf, mit dem er bis Adelaide kam, wo der Zirkusdirektor mit der Kasse verschwand, und landete schließlich bei einem der größten Transportunternehmen des Landes.

Dort wusch er die riesigen Trucks, diese donnernden Ungeheuer der Fernstraßen, die kreuz und quer durch Australien fuhren. Lastwagen mit zwei, drei, ja manchmal sogar vier Anhängern, ein richtiger ›Zug der Straße‹ ... Wenn sie ins Outback kamen, waren da oft 23 Achsen unterwegs, ein Wahnsinn, nicht zu bremsen im Falle einer Gefahr, aber es gab Kerle, die solche Ungetüme fuhren und damit einen Haufen Geld verdienten.

Einer von ihnen war Chick Bullay, mittelgroß, bullig, stiernackig, braune Haare mit ein paar weißen Strähnen darin, vierzig Jahre alt, wie er angab, und unbekannter Herkunft. Aber hier interessierte es niemanden, woher jemand kam; wichtig war nur, daß er die motorisierten Ungeheuer fahren konnte, und ob er wirklich Chick Bullay hieß, war ebenfalls völlig gleichgültig. Fast ein Jahr lang beobachtete Chick den fleißigen Deutschen Wolf, wie dieser die Trucks säuberte, sie abspritzte, abseifte, Lackschäden ausbesserte, bekleidet mit einem Gummianzug und hohen Gummistiefeln, auf dem Kopf eine Schirmmütze, auf der vorne stand: *Zirkus Arrani.* Hat man je etwas Dämlicheres in einer Autowaschanstalt gesehen?

Eines Tages sprach Chick den Deutschen an. »Es heißt«, sagte er grinsend, »daß der Mensch zu neunzig Prozent aus Wasser besteht. Bei dir sind's bald hundert Prozent, wenn du so weitermachst.«

»Es ernährt seinen Mann«, antwortete Wolf höflich, nahm die Zigarette, die Chick ihm anbot, paffte den ersten Zug und sah den Trucker groß an. »Hast du was anderes für mich zu tun?«

»Vielleicht.« Chick nickte zu einem der Trucks hinüber. »Wie wär's, wenn du so ein Aas nicht badest, sondern selbst drin sitzt? Du hast doch 'nen Führerschein?«

»Ja, für Personenwagen.«

»Das reicht doch, Junge. Du fährst mit mir, ich lern' dich an, auf dem Stuart Highway im Outback lasse ich dich ans Steuer, da kann nichts passieren, da geht's immer geradeaus, und nach zehn Touren melde ich dich als Teamkameraden. Wenn ich sage, daß du okay bist, dann sagt das hier jeder. Was hältst du davon?«

Die Frage klärte der Personalchef der Firma. Chick stellte ihm Wolf vor, log das Blaue vom Himmel herunter, bezeichnete Herbarth als einen Trucker, der schon von Los Angeles bis Boston gefahren sei und in Alaska von Valdez bis Fairbanks, und weil Chick Bullay das sagte, wurde nicht mehr lange gefragt. Wolf wurde als zweiter Fahrer neben Chick auf der Strecke Adelaide-Darwin eingestellt. Der Höllenstrecke. Der gefürchtetsten Fernstraße der Welt, quer durch Australien von Süden nach Norden und umgekehrt, durch ein Land, dessen Natur Millionen Jahre nicht hatten verändern können.

Der Fahrer, der bisher mit Chick diese Teufelstour abgerissen hatte, fiel Wolf fast um den Hals, als er seine Versetzung zur Strecke Adelaide-Brisbane erfuhr. Der Barrier Highway, der Oxley Highway und der New England Highway, die er nun befahren mußte, waren Spazierwege gegen den Stuart Highway.

»Ich wünsch' dir nicht, daß du so wirst wie Chick«, sagte der Kollege zu Wolf und klopfte ihm auf die Schulter. »Aber anders kannst du diese Saustraße wohl nicht verkraften. Wir sprechen uns in einem Jahr wieder . . .«

Das war nun über sechs Jahre her, und Wolf Herbarth fuhr zusammen mit Chick Bullay noch immer seine fauchenden Ungeheuer durch das Outback. Es war eine Herausforderung gewesen, vielleicht die schwerste, die man heutzutage einem Mann antragen kann, aber Wolf hatte nicht kapituliert. An Chicks Seite war er in diesen sechs Jahren fast ein Teil jener Straße geworden.

In all der Zeit hatte Chick nie über sich selbst gesprochen. »Ich wurde geboren und werd' irgendwann mal sterben«, hatte er einmal gesagt. »Was dazwischen liegt, ist allein meine Angelegenheit.«

In Alice Springs hatte er ein Mädchen; Cher Attenbrough hieß es. Es arbeitete als Kellnerin in The Garden Restaurant, das zum Telford Territory Motor Inn gehörte und direkt am Todd River lag, dem Fluß, der Alice

Springs in zwei Teile spaltete. Hier wohnte Chick immer, wenn sie im »Herzen Australiens« einen Tag Ruhe einlegten oder wenn sie nach der höllischen Tour Adelaide-Darwin und zurück eine Woche Freizeit zur Erholung hatten und dann sofort mit dem nächsten Flugzeug der T. A. A. nach Alice Springs, ihrer »Heimatstadt«, zurückflogen.

Auch Wolf Herbarth hatte die Stadt in der roten Wüste und an den verwitterten Felsen der Macdonnell Rangers liebengelernt. Nicht, weil es eine besonders schöne Stadt war mit breiten Straßen – oder weil man dort noch heute den alten Pioniergeist der Eroberung eines Erdteils spürte, viel mehr hatte zu Wolfs Heimatgefühl die schwarzhaarige Sally Hanson beigetragen.

Wolf hatte sie vor vier Jahren im Federal Pacific Casino Hotel kennengelernt – durch einen dummen Zufall. Er hatte sich aus purem Spaß einer amerikanischen Touristengruppe angeschlossen, die durch Alice Springs, die alte Telegraphenstation und das Kunstzentrum geführt worden war. Sie hatten eine charmante Fremdenführerin gehabt, die mit bewundernswerter Geduld alle Sehenswürdigkeiten erklärte und ebenso geduldig die oft dummen Fragen der Touristen beantwortete. Am Abend im Casino Hotel, in dem Sally ein Zimmer bewohnte – unentgeltlich natürlich, weil sie alle Reisegruppen im Hotel unterbringen ließ und auch die gemeinsamen Abendessen organisierte – hatte Wolf sie dann gefragt:

»Kotzt Sie das nicht an, Sally?«

»Was?« hatte sie gefragt, und ihre großen dunklen Augen bekamen einen erstaunten Ausdruck.

»Diese Touristen. Ich bin nun den ganzen Tag mitgezogen. Manchmal war es wie eine Szene aus einem Horrorfilm.«

»Sie gehören nicht zu dieser Gruppe?« Ihr Blick forschte in Wolfs Gesicht. Ihre Augen verrieten Abwehr und gleichzeitig Interesse.

»Nein. Ich habe mich dazwischengeschmuggelt. Wollte

einmal erleben, wie das ist, wenn man aus Texas nach Alice Springs kommt. Siebenundvierzig Witwen und zwölf total frustrierte Männer, die in der Hitze zu schmelzen scheinen. Und diese Fragen!«

»Die Leute bringen Geld nach Alice Springs, Mister . . .«

»Wolf Herbarth.«

»Sie sind Deutscher?«

»So ist es.«

»Dann sollte ich Ihnen vielleicht sagen, daß die diszipliniertesten Touristengruppen immer noch die Amerikaner sind. Mit den Deutschen ist das oft anders. Da habe ich erlebt, daß man sich beschwert, wenn man ein Pils nicht in einem Pilsglas serviert bekommt. Zustände wie bei den Kaffern, hieß es dann. Oder am Büffett sagte eine Dame, als der Koch ein neues Stück Roastbeef anschnitt: ›Geben Sie mir nicht den Anfang, den kann ein anderer essen. Ich möchte ein Stück aus der Mitte . . .‹ Und als sie die ersten Aboriginals sahen, rief einer: ›Darwin hat doch recht – wir stammen vom Affen ab!‹ Und alles lachte. Sie sahen das als einen grandiosen Witz an. Da ist mir ein Amerikaner lieber, der sich Shorts mit aufgedruckten Känguruhs kauft.«

Es wurde damals vor vier Jahren noch ein schöner Abend; bis fünf Uhr morgens saßen Wolf und Sally zusammen, zuerst in der Bar, dann in Sallys Zimmer. Sie erzählten aus ihrem bisherigen Leben und fanden sich gegenseitig sympathisch. Mehr geschah nicht; um sieben Uhr flog Sally mit ihrer Touristengruppe in den Uluru-Nationalpark, zum Mount Olga und dem einmaligen Ayers Rock, dem heiligen roten Felsen der Aboriginals, der zur größten Touristenattraktion Australiens geworden war. Ohne den Ayers Rock wäre Alice Springs auch heute noch eine einsame Stadt in der roten Wüste.

»Bis demnächst!« hatte Wolf gesagt und Sally die Hand gedrückt.

»Ich muß übermorgen nach Adelaide zurück.«

»Und übermorgen komme ich aus Uluru . . .«

»Wir werden also aneinander vorbeifliegen.«

»Ich winke Ihnen zu, Wolf.«

»In fünf Tagen werde ich wieder bei Ihnen sein, Sally. Die 1703 Kilometer von Adelaide bis Alice Springs werde ich diesmal herunterreißen, als wär's ein Weltrekord . . .«

Und dann hatte er sie in einer plötzlichen Aufwallung auf die Stirn geküßt, und sie hatte ihn nicht abgewehrt. Als Sally zu ihren bei dem Bus wartenden Touristen lief, hatte sie sich noch einmal umgedreht und gerufen: »Gute Fahrt, Wolf!« Und er hatte zurückgerufen: »Sally, Sally! Verdammt, wie freu' ich mich auf dich!«

Seitdem wohnte Wolf im Federal Pacific Casino Hotel, wenn er nach Alice Springs kam. »Warst eben immer ein feiner Pinkel«, hatte Chick dazu gesagt. »Bestes Lederzeug, bestes Essen und Saufen, Geschenke für das Sally-Mäuschen . . . Spar lieber deine Dollars. Du hast wohl kein Ziel, was? Junge, mit fünfunddreißig sollte man wissen, wo's langgeht. Ich hab' nicht mehr viel Zeit. Sieh dir das an: Da kommen schon die weißen Haare! Mit vierzig! Und ich will Cher noch ein Kind verpassen . . . also Beeilung, Leute! Wenn man mich mal zuschaufelt, soll der alte Chick wenigstens in einem strammen Jungen weiterleben.«

Ein ganzes Jahr hatte es gedauert, bis aus Sally und Wolf ein Liebespaar wurde und Alice Springs somit eine wirkliche Heimat für sie. Sie waren glücklich miteinander. Jedes Wiedersehen war wie ein Fest, ihr Beisammensein wie ein Ausflug in eine andere Welt, die nur ihnen allein gehörte. Nur von Heirat sprachen sie nicht. Ein Schatten lag über diesem Wort . . . und dieser Schatten war die Straße.

Sally hatte es ein einziges Mal versucht und Wolf gefragt, ob er nicht die mörderische Fahrerei aufgeben und als Fremdenführer in Alice Springs bleiben wolle. Es gäbe da Möglichkeiten bei den Travel Services.

Aber Wolf hatte ihr knapp geantwortet: »Solange Chick am Steuer sitzt, bleibe ich bei ihm. Wie könnte ich Chick verlassen? Das wäre wie ein Verrat.«

»Diese verfluchte Germanentreue!« war es Sally herausgerutscht.

Sie bereute die Bemerkung bitterlich. An diesem Abend sprachen sie kein Wort mehr miteinander, und sie schliefen auch nicht zusammen. Es war das erste und das letzte Mal, daß zwischen ihnen das Wort Heirat gefallen war.

An diesem Freitag hatten Chick und Wolf mit einem Lastzug von dreizehn Achsen den alten Goldgräberort Tennant Creek verlassen und nach Durchquerung der bizarren Felsenregion von Devils Marbles im Wauchope Hotel zu Mittag gegessen. Noch knapp 360 Kilometer bis Alice Springs lagen vor ihnen, durch die Tanami-Wüste und die kahlgebrannten Crawford Ranges, vorbei am Mount Stuart und dem Mount Edward, nur noch 360 Kilometer bis zu Cher und Sally, ein Klacks gegen die 1703 Kilometer, die sie von Darwin bis hierher zurückgelegt hatten.

Wie immer hatten sie diese Straße verflucht, hatten sich gegenseitig versichert, daß dies die letzte Fahrt sei, daß man in Alice Springs bleiben würde, und wußten doch, daß sie diesen Teufelshighway nicht verlassen würden. Diese Straße hatte sie süchtig gemacht, und wie bei einem Koksschnupfer zeigten sie Entzugserscheinungen, wenn sie nach einer Woche Urlaub nicht wieder das breite rote Band quer durch Australien unter ihren Rädern hatten. Trotz Cher und Sally – diese verfluchte Höllenstraße ließ sie nicht mehr los.

»Am Abend sind wir in Alice!« sagte Wolf, als er in die Fahrerkabine kletterte und Chick noch einen Kasten Wasser hinterherschob. »Ich lass' die Karre laufen wie beim Truck-Rennen. Bis Barrow Creek kann ich aufdrehen. Los, steig ein . . . Deine Cher badet sich schon für dich . . .«

»Die ist immer frisch und bereit!« knurrte Chick und zog die Tür neben sich zu. »Los, gib Gas, du Arsch . . .«

Die Fahrt über den schnurgeraden Highway mit Vollgas, ein Tempo, wo man mit zwei fünfachsigen Anhängern kaum bremsen kann, war ein Donnern durch herumwirbelnde Staubwolken. Wenn jetzt ein Känguruh über die Straße hüpfte oder sonst ein Hindernis auftauchte, gab es nur noch den Zusammenprall; eine Masse von hundert Tonnen war nicht aufzuhalten.

Kaum vierzig Kilometer lagen von Wauchope aus hinter ihnen, als Chick sich vorbeugte und Wolf in die Seite stieß.

»Da brennt doch was!« sagte er. »Da, rechts von uns . . . Verdammt, da brennt so'n Gerippe! Laß die Karre auslaufen, Wolf . . .«

»Ich brems' doch nicht vor 'nem brennenden toten Baum«, rief Wolf, aber das Gas nahm er trotzdem weg. »Sag bloß, du willst raus und löschen?«

»Haste schon mal einen Buschbrand erlebt, Junge?« Chick starrte wieder auf die lodernde Flamme, die den abgestorbenen Stamm einer Wüstenpappel einhüllte.

»Dreimal«, sagte Wolf.

»Na also. Eine Feuerwand . . . da pfeift dir der Arsch. Laß ausrollen, Kumpel . . .«

Wolf Herbarth nahm das Gas völlig weg und tippte auf die Bremsen. Die hundert Tonnen reagierten widerwillig, schoben das Gespann vor sich her, von den Bremsen zog der Gestank heißen Eisens in die Fahrerkabine, aber langsam verringerte sich die Geschwindigkeit, und endlich blieb der Truckzug stehen.

»Uff!« stöhnte Chick und riß die Tür auf. »Ich werde mir nie verzeihen, dich Verrückten angelernt zu haben.«

»Wie kann der Lehrling anders als sein Meister werden?« Wolf sprang neben Chick auf die rote Erde, holte aus der Kabine zwei Schaumlöscher heraus und gab einen an Chick weiter. Das brennende Pappelgerippe war etwa hundert Meter hinter ihnen, so lang war ihr Bremsweg gewesen, und nun hörten sie das Knistern des Holzes und rochen den Rauch. Die Feuerlöscher über der Schulter, machten sich Chick und Wolf auf den Weg. »Nur der eine Krüppel brennt!« sagte Chick erstaunt. »Da stimmt doch was nicht. So'n toter Stamm kann sich nicht von selbst entzünden. Wenn's irgendwo anfängt, war's immer der Mensch. Diese Aboriginals mit ihrer Feueranbetung!«

Sie liefen über das nadelspitze Spinifexgras zu dem brennenden Baum, die dicken Lederstiefel schützten sie vor Verletzungen, und als sie das Feuer erreichten, war es Chick, der zuerst schrie:

»Verfluchte Scheiße . . . da liegt ein Mensch!«

Mit drei langen Sätzen war Wolf bei dem ausgestreckten, regungslosen Körper, während Chick seinen Feuerlöscher aufstieß und den Schaum über die flammende Pappel zischen ließ. »Was ist?« schrie er dabei. »Tot?«

»Noch nicht.« Wolf kniete neben dem Menschen, hatte den Hemdfetzen von dessen Gesicht gezogen und blickte in ein ausgedörrtes, ledernes, ausdrucksloses, schwarzbraunes und zernarbtes Gesicht. Daß der Mann noch lebte, bewiesen nur die schwarzen Augen, die Wolf mit einem Ausdruck unendlichen Glücks anblickten. »Ein Aboriginal!«

»Sag ich's doch. Hat er sich verbrannt?«

»So sieht er nicht aus. Ich möchte sagen, er ist fast verdurstet.« Chick kam vom Baum herüber, der nun mit Schaum überzogen war, aber aus kleinen Lücken heraus immer noch glühte. Er blickte Angurugu betroffen an, kniete sich dann neben Wolf auf die Erde und beugte sich über den Eingeborenen.

»Was ist los?« fragte er. »Hast du den Baum angezündet?«

»Zeichen . . .«, stammelte Angurugu. Seine Zunge war verdorrt, sein Körper glühte aus, nicht nur von außen durch die Sonne, sondern auch von innen durch die Krankheit. Nicht einen Muskel konnte er mehr bewegen, keine Hand mehr heben, nicht den Kopf, nicht die

Füße ... Nur die Augen lebten noch, und über die aufgesprungenen Lippen quälten sich mühsam die tonlosen Worte: »Zeichen ... Wasser ... Wasser ...«

Chick schnellte hoch und sprintete zum Truck zurück. Als er mit zwei Flaschen Wasser wiederkam, hatte Wolf dem Aboriginal den Oberkörper freigemacht. Er riß eine Flasche aus Chicks Hand und goß sie über den flachen Körper. Gleichzeitig setzte Chick die andere Flasche an Angurugus Mund, aber selbst zum Schlucken war er zu schwach ... Das Wasser lief aus dem Mund heraus und über Kinn und Brust. Aber seine Augen flackerten voller Dankbarkeit.

»Sieh dir das an«, sagte Wolf betroffen.

»Was?« fragte Chick.

»Den Körper. Überall kleine rote Flecken ...«

»Der Kerl hat die Masern.«

»Kaum. Die sehen anders aus.«

»Bei den Aboriginals ist alles anders. Weißt du, wie vor dreißigtausend Jahren die Masern aussahen?«

»Genauso wie jetzt. Auch deine Dämlichkeit sah vor dreißigtausend Jahren nicht anders aus.«

Angurugu bewegte den Kopf. Das Wasser ließ einen Funken Kraft in ihm aufquellen.

»Springs ...«, röchelte er. »Doktor ... will Doktor ... Bruder ... Jesus ...«

»Verstehst du das?« fragte Chick und setzte noch einmal die Wasserflasche an Angurugus Lippen. Jetzt wenigstens blieb etwas Wasser in seinem Mund, aber schlucken konnte er noch immer nicht. Das Flehen in seinen Augen aber verstanden sie.

»Er ist krank«, sagte Wolf. »Will nach Alice zu einem Arzt ... Wer weiß, woher er kommt ... Er muß tagelang durch die Wüste gelaufen sein ... Jetzt ist er am Ende ...«

»Und was heißt Jesus?«

»Vielleicht ist er getauft und will auch einen Pfarrer? Chick, pack an, wir müssen ihn mitnehmen.«

Angurugu ließ ein wenig Wasser aus seiner Mundhöhle laufen. Es hatte ihm gutgetan; ihm war, als spüre er wieder sein Blut durch den Körper fließen, als gäbe es wirklich neue Kraft, die mit dem Wasser in ihm wuchs. Nur das innere Brennen hörte nicht auf, und auch nicht die schreckliche Unbeweglichkeit, die wie eine Lähmung war und seine Zunge so schwer machte, daß er sie kaum bewegen konnte.

»Tasche ...«, stammelte er mühsam. »Tasche ... Leder ...« Wolf zögerte, aber dann griff er in die Hosentaschen des Aboriginals. In der linken fand er ein Stück zusammengerolltes Leder und zog es heraus. Er entrollte es und blickte auf ein paar Striche, Kreise und Buchstaben, die sich erst bei genauerem Betrachten als eine Art Plan entpuppten. Eine primitive Zeichnung, wie sie bei den Aboriginals üblich ist. Achselzuckend gab Wolf das Lederstück an Chick weiter.

»Ein Kunstwerk!« sagte Chick ironisch. »Dafür zahlen Touristen irre Dollars. Die Primitivkunst der Steinzeitmenschen ... Die Burschen haben das schnell herausbekommen und machen ein Bombengeschäft damit.« Er beugte sich über Angurugu und ließ das Känguruhleder vor seinem Gesicht flattern. »Soll das uns gehören, als Fahrgeld bis Alice Springs?«

»Gold ...«, hauchte Angurugu. »Gold ... Arzt ... Arzt ...«

»Los! Zur Karre mit ihm und ab ...« Wolf sprang auf, nahm Chick den Lederlappen ab und steckte ihn in die Hosentasche. Der brennende Baum hatte vor dem Schaum kapituliert. Nun war er statt eines weißen ein schwarzes Gerippe, an dem weiße, schaumige Blüten hingen. »Wir legen ihn in die Zugmaschine neben die Werkzeugkiste.«

»Wär' besser, Hacke und Schaufeln zu holen ...«, sagte Chick leiser als sonst. »Und wenn er ein Christ ist, sollten wir beten. Kannst du überhaupt beten? Das hab' ich dich nie gefragt.«

»Ich kann's, Chick.« Wolf trat an Angurugu heran. Die Augen des Aboriginals hatten jeden Glanz und Ausdruck verloren. Kein Betteln mehr stand darin, keine Hoffnung, keine Freude . . . nur eine Starre, die das letzte Stückchen Leben verlöschen ließ. Die flache, lederhäutige Brust mit den vielen kleinen roten Flecken hob sich kaum mehr beim Atmen.

Angurugu starb. Für ihn wurde die Sonne immer dunkler, wurde zu einem grauen Ball, aber der brennende Schmerz in seinem Körper ließ auch langsam nach, ebenso wie das Licht der Sonne wegglitt. So herrlich frei fühlte er sich, so erlöst, so plötzlich voller Kraft, bereit, auf seinen eigenen Beinen nach Alice Springs zu gehen.

Die Götter lügen, dachte er noch. Ich habe Jesus gerufen und werde gesund. Wie wird Doomadooa, der große Zauberer, staunen, wenn ich zurückkehre zu meiner Familie! Wie stark ich bin.

». . . und der Herr sei bei dir und verzeihe dir alles, was du auf Erden Böses getan hast«, sagte Chick leise und hatte die Hände vor dem Bauch gefaltet. »Gott, sei ihm gnädig . . . Wir alle sind doch Sünder . . .«

»Amen!« Wolf beugte sich über Angurugu und drückte ihm die Augen zu. »Ich wußte gar nicht, wie gut du beten kannst, Chick. Das weiß auch Cher nicht . . .«

»Mit der tu' ich was anderes als beten!« Chick ließ die Arme sinken und blickte in das lederne Gesicht des Toten. »Was hat er bloß mit dem Gold gemeint?«

»Seine Zeichnung vielleicht. Die sollen wir verkaufen.«

»Verdammt . . . Zeig sie noch mal her.«

Wolf holte den Lederlappen aus seiner Hosentasche und entrollte ihn wieder. Auch in ihm war plötzlich nach Chicks Reaktion ein Gedanke aufgetaucht. Ein Gedanke, der sich wie ein Brand in ihm ausbreitete.

Das ist nicht möglich, sagte sich Wolf Herbarth gleichzeitig. So was gibt's nur in billigen Romanen und Filmen. Dreh nicht durch, Herbarth, alter Spinner, tipp dich an den Kopf! Was du da auf einmal denkst, ist absoluter Blödsinn! Du hast plötzlich einen Riß im Hirn.

»Das ist ein Plan . . .«, sagte Chick mit plötzlich belegter Stimme. »Wolf, das ist ein Lageplan. Sieh dir das mal genauer an, das ist ein Plan!«

»Halt dich fest, Chick, sonst kippst du um.« Wolf betrachtete die Winkel und Buchstaben. So vieles konnte das sein, eine primitive Zeichnung, eine gemalte uralte Sage der Aboriginals, wie sie sie gern auf große Rindenblätter malen . . . Aber es konnte auch eine Karte sein, und das Kreuz mitten in der Stelle.

Gold . . .

»Laß uns nicht verrückt werden, Chick«, sagte Wolf, aber auch seine Stimme klang jetzt verändert. »Das ist kein Plan einer Goldmine.«

»Und warum nicht?«

»Weil es hier im Umkreis von Tausenden von Quadratkilometern kein Gold gibt.«

»Aha. Das weißt du Klugscheißer so genau!«

»Ja. Ich bin Geologe. Ich hatte lange genug Zeit, mich mit der Geologie Australiens zu befassen. Ich kann dir genau sagen, was unter deinen Stiefeln in der Erde steckt. Eines bestimmt nicht: Gold.«

»Aber vielleicht dort, wo der Bursche herkommt!«

»Und wo kommt er her?«

»Das werden wir feststellen, Wolf. Verdammt noch mal, das kriegen wir raus.«

»Und dann, Chick?«

»Dann ziehen wir als arme Schweine los und kommen als Millionäre zurück. Dann mach' ich ein Luxushotel in Alice auf, gegen das das Federal Pacific ein Wanzenkasten ist. Und du . . . willst du nach Deutschland zurück?«

»Nein. Ich bleibe bei Sally.«

»Nimm sie mit.«

»Was soll ich in Deutschland, Chick? Hier habe ich die Weite kennengelernt, die absolute Freiheit. In Deutschland würde ich überall anstoßen. Ich wäre von Paragraphen umgittert in Normen . . . Hier im Outback aber bin ich ein Ich, und wenn es Gesetze gibt, dann sind es die der Natur. Und wenn ich vor die Hunde gehe, liegt es an mir und nicht an dem Neid oder den Intrigen meiner Konkurrenten. Hier brauche ich keinem den Hintern zu lecken, um etwas zu werden . . . Hier habe ich nur Vertrauen zu meinen Händen und zu meinem Gehirn.«

»Amen!« Chick stieß die dicke Faust gegen Wolfs Brust. »Junge, du kannst ja wirklich predigen . . .«

Sie brauchten knapp zwei Stunden, bis sie in dem roten Wüstenboden ein Grab geschaufelt hatten, Angurugu hineinlegten, seinen Körper erst mit Steinen zudeckten und das Grab dann wieder zuschaufelten. Mit ihren derben Stiefeln traten sie die rote Erde fest, sammelten Geröll und stampften auch diese Steine ein, damit kein Tier jemals Gelegenheit hatte, den Toten herauszuwühlen.

Dann hieben sie mit einer Schaufel von einem anderen abgestorbenen Wüstenbaum eine große, kräftige Astgabel ab, die in etwa die Form eines Kreuzes hatte, und steckten sie dort in das Grab, wo Angurugus Kopf liegen mußte.

Noch ein paar Augenblicke lang verweilten sie an dem Grab, starrten auf das festgetretene Geröll und wandten sich dann ab. Sie sprachen kein Wort, als sie zum Truck zurückgingen. Erst als sie in der Kabine saßen und Wolf den Motor aufdonnern ließ, sagte Chick:

»Drei Stunden haben wir verloren. Es wird Mitternacht werden, bis du bei Sally liegst. Versuch bloß nicht, die Zeit aufzuholen, du Idiot! Ich will noch ein Weilchen leben und das Gold genießen, das wir in der Tasche tragen.«

Und tatsächlich: Wolf fuhr bis Alice Springs so manierlich und vorsichtig, wie es Chick bei ihm noch nie erlebt hatte.

Gegen drei Uhr morgens fuhren sie in Alice Springs ein, vorbei an dem versandeten Charles River, verließen den Highway am John-Ross-Denkmal, bogen in die Wills Terrace ein und dann, um die Ecke herum, in die Leichhardt Terrace.

Hier am Todd River, der jetzt ein flaches, steiniges Rinnsal war, sich aber nach einem Regen wie verrückt gebärdete und gurgelnde Fluten durch die Stadt trieb, lag das Telford Territory Motor Inn, ein langgestreckter Hotelbau mit einem großen Parkplatz. Nur ein paar trübe Lampen brannten um diese Zeit, tauchten das Areal in ein diffuses Licht und ließen alles noch trostloser erscheinen, als es in Wirklichkeit schon war.

Wolf hatte den langen Truckzug schon an der Ecke der Straße abgebremst, rollte damit auf den Parkplatz und blieb an der rechten Seite stehen. Wieder roch es nach heißem Eisen. Chick stieß die Kabinentür auf und sprang auf die Erde.

»Die Bremsen sind wieder mal im Eimer!« sagte er und dehnte sich mit einem lauten Gähnen. »Ein Grund, zwei Tage in Alice zu bleiben und den ganzen Dreck zu prüfen. Junge, das ist eine Entschuldigung, die glaubt uns jeder in der Firma.«

Wolf schloß die Kabine ab, holte aus dem Gepäckverschlag seine schwarze Reisetasche und blinzelte Chick zu. »Weiß Cher, daß wir heute kommen?«

»Ich habe von Darwin aus nicht angerufen. Aber sie kann sich's denken.«

»Und wenn sie nicht denkt und liegt jetzt mit 'nem anderen strammen Burschen im Bett? Man soll Weiber nie überraschen, Chick.«

»Cher ist anders!« Chick schlug die Fäuste gegeneinander.

»Und wenn . . . Hast du schon mal, außer im Kino, gesehen, wie ein Mann durchs Fenster fliegt?«

»Und Cher?«

»Wird zu Tode gebumst.«

Lachend gingen sie zum Hoteleingang, klingelten den Nachtwächter heraus, der ihnen verschlafen öffnete und laut gähnte. »Ihr seid's!« sagte er. »Könnt ihr nicht zu 'ner vernünftigen Zeit kommen?! Es war nichts los die Woche über. Zu heiß.« Von einem Haken an der Rezeptionstheke nahm er einen Autoschlüssel und hielt ihn Wolf hin. »Box zehn . . . mein eigener Chevy. Sei gnädig mit ihm, Wolf.«

»Ist Cher oben?« fragte Chick, boxte Wolf zum Abschied in die Rippen und nahm die verdreckte Schirmmütze ab. Im Wagen hatte ihn noch niemand ohne diese Mütze gesehen, auf deren Vorderseite dick, in goldenen Fäden HAWAII gestickt war. Woher Chick diese Mütze hatte, wußte keiner – in Hawaii jedenfalls war er nie gewesen.

»Wo sonst?« Der Nachtwächter ließ Wolf hinaus, schloß wieder hinter ihm ab und gähnte mit einem affenähnlichen Stöhnen. »Was Neues?«

»Ja. Bei Mataranka liegt ein Stein auf der Straße.«

»Rindvieh!«

Mit einem Brummen verzog sich der Nachtwächter, und Chick stieg leise und fröhlich vor sich hinpfeifend die Treppen zu Cher Attenbroughs Zimmer hinauf.

Wolf hatte unterdessen den alten Chevy aus Box zehn geholt und fuhr den Todd River entlang zum Pacific Casino Hotel. Jenseits des Flusses lag, wie ein dunkler Fleck, Meyers Botanischer Garten, am Tage ein Meer von Blumen und exotischen Bäumen, eine Übersicht von allen Pflanzen, die in Australien gedeihen, natürlich künstlich bewässert. Unter den Bäumen am River sah Wolf einige dunkle Klumpen liegen; Aboriginals, die lieber auf ihrer geheiligten Erde schliefen als in einer Holzhütte oder gar in einem Steinhaus.

Dann fuhr er über die Brücke auf den Barret Drive und an dem großen, gepflegten, schönen Golfplatz vorbei, an dessen Ende das Casino Hotel lag.

Der Parkplatz war gut belegt. Eine Reihe von Bussen, viele Privatwagen, ein paar Geländefahrzeuge . . . In Alice Springs war für Touristen immer Saison.

Wolf suchte sich einen Platz ganz hinten in den Reihen

und stellte den Motor ab. So hirnverbrannt ihm das alles vorkam, es ließ ihn dennoch nicht los: War auf dem Leder nun eine primitive Zeichnung, oder war es wirklich eine Karte? Waren die letzten Worte des Aboriginals: ›Gold . . . Gold . . .‹ tatsächlich ein Hinweis, daß es irgendwo noch eine unbekannte Mine gab, oder waren es nur die Phantasien eines Sterbenden gewesen?

Wolf holte das Stück Känguruhleder aus seiner Tasche, rollte es wieder auf, knipste die Innenbeleuchtung im Wagen an – sie funktionierte sogar, welch eine Seltenheit! – und betrachtete noch einmal die rätselhaften Malereien.

In eine Zeichnung gehören keine Buchstaben, dachte er. Auch die Bilder aus der Sagenwelt der Aboriginals bestehen nur aus Strichen, Rauten, Kreisen, Blättern, primitiven Tierköpfen, langgestreckten Menschenkörpern, die an die Strichmännchen erinnern, wie Kinder sie zeichnen. Aber nirgendwo taucht ein Buchstabe auf oder auch nur die Andeutung einer Schrift. Hier aber, auf diesem Stück Känguruhleder, war so etwas klar zu erkennen . . . präzise Angaben, falls es sich wirklich um eine Karte handelte.

Wolf rollte die Zeichnung wieder zusammen, steckte sie in seine große Reisetasche und beschloß, Sally zunächst nichts von dem Toten und dem Leder zu erzählen. Hoffentlich hielt auch Chick seinen Mund bei Cher . . . Daß man darüber kein Abkommen getroffen hatte, war ein großer Fehler, der allerdings nicht mehr rückgängig zu machen war.

Im Spielcasino herrschte noch Betrieb. An zwei Blackjack-Tischen wurde verbissen gespielt, einige »Einarmige Banditen« rasselten ununterbrochen, um den Roulett-Tisch saßen neun rotwangige Amerikaner, vom Spielrausch erfaßt, und an der Bar diskutierte man laut über sowjetische Raketen und nannte einen biederen Schweizer Touristen einen Käsekopf, der keine Ahnung habe, was für böse Burschen die Russen seien.

Der verstörte Schweizer, von seiner Touristengruppe im

Stich gelassen – sie lagen schon lange in den Betten –, verteidigte sich tapfer mit eidgenössischer Verbissenheit und wies darauf hin, daß man als ewig Neutraler einen klareren Blick habe als die permanenten Krieger.

Mit Freude hörten die beiden Barmixer zu. Solange man politische Debatten führte, lief das Geschäft gut. Sie winkten Wolf zu, als er an der Bar vorbeiging, und einer zeigte mit dem Daumen nach oben. Sally ist schon im Bett, hieß das. Willkommen, Kumpel.

Mit dem Lift fuhr Wolf in die obere Etage hinauf, schloß die Tür des Zimmers 219 auf und betrat auf Zehenspitzen, ohne das Licht anzudrehen, Sallys kleines Reich. Die Reisetasche stellte er neben der Tür ab, tastete sich zum Badezimmer hinüber, und erst hier drehte er das Licht an.

Er zog sich aus, stellte sich unter die Dusche und spülte den roten Staub der Wüste von sich ab. Bis in die Poren war er eingedrungen . . . Wolf sah es daran, daß sich selbst noch nach dem dritten Einseifen das Wasser rötlich färbte.

Er trocknete sich ab, verzichtete auf seinen Bademantel, der an einem Haken an der Tür hing, schlich nackt ins Zimmer zurück, glitt lautlos neben Sally unter die dünne Decke und spürte plötzlich die Kühle, die aus der Klimaanlage leise summend in den Raum blies.

Wie immer, dachte Wolf, und eine große Zärtlichkeit überkam ihn. Sie lernt es nie . . . Am Tag vierzig Grad Glut, und nachts dreht sie die Aircondition auf volle kalte Pulle. Da muß man ja einen Schnupfen kriegen. O Sally, wie schön, wieder zu Hause zu sein!

Er drehte sich vorsichtig zu ihr, legte seine Hand auf ihre Brust und küßte ihr Ohr. Mit einem Schrei fuhr Sally hoch und boxte geistesgegenwärtig in die Dunkelheit. Ihre Reflexe waren vorzüglich, sie kannte keine Schrecksekunde.

»Wer sind Sie? Gehen Sie sofort aus dem Bett, oder ich schreie das ganze Hotel zusammen!« zischte sie.

»Ich bin Jack, der Frauenkiller!« sagte Wolf mit dumpfer Stimme. »Jetzt bist du erledigt!«

»Wolf!« Ein Aufschrei. Sally warf sich auf ihn, drückte ihn aufs Bett zurück und erwürgte ihn fast mit ihrer Umarmung. »Wolf . . . du bist da! Bis nach eins habe ich gewartet, solche Angst hatte ich . . . Ist unterwegs was passiert?«

»Nein.« Er schob ihr Nachthemd hoch, spürte ihre warme, glatte Haut und dehnte sich in einem ungeheuren Glücksgefühl. »Wir sind von Tennant Creek nur später weggekommen. Chick meinte, an den Bremsen sei was nicht in Ordnung. Aber er konnte nichts finden. Dafür bleiben wir jetzt zwei Tage in Alice Springs und sehen genauer nach . . .«

Sally küßte ihn immer wieder, sie zog das Nachthemd über ihren Kopf und legte sich dann wieder auf Wolf. Er umfaßte ihren festen Körper mit der Rechten, schob die Linke unter ihre Brüste und fühlte diesen seligen Schauer, der ihn immer durchfuhr, wenn er ihre Nähe spürte. Aber gleichzeitig dachte er: Es ist das erste Mal, daß ich Sally bewußt belogen habe. Ob Chick das bei Cher auch so macht?

Am nächsten Morgen wachte Wolf auf und war allein. Neben ihm auf dem Boden lag ein Zettel: ›*Bin in Ayers Rock mit einer Gruppe Schweizer. Bin aber schon morgen mittag zurück. Ich liebe dich unsagbar.*‹ Als Unterschrift der hellrote Abdruck von Sallys Lippen.

Um neun Uhr, nach einem schnellen Frühstück im Coffee Shop des Hotels, fuhr Wolf mit dem alten Chevy zum Telford Territory Motor Inn zurück und traf Chick am Swimmingpool an, zwar nicht ausgeschlafen, aber glücklich, ein behaarter Muskelberg – und schon um diese Zeit ein Glas Whisky in der Hand.

»Meckere nicht!« rief er sofort, als Wolf zu ihm an den Liegestuhl kam. »Ich bin jetzt nicht im Dienst und kann mir ein Schlückchen erlauben. Ich habe einen riesigen Nachholbedarf – in allem . . .«

»Was hast du Cher erzählt?« Wolf setzte sich auf den freien Liegestuhl neben Chick.

»Nichts.«

»Kein Wort von dem toten Aboriginal?«

»Keinen Pupser! Ehrenwort . . .«

»Chick! Du lügst!«

»Du darfst mir den Schädel einschlagen, wenn ich dich anlüge.«

»Und du weißt genau, daß ich das nie tue! Also: Cher weiß von nichts?«

»Wir hatten in der Nacht andere Themen drauf als einen toten Aboriginal, ist dir das nicht klar?« Chick trank einen großen Schluck und unterdrückte nicht den nachfolgenden Rülpser. »Aus deiner Frage entnehme ich, daß auch Sally nichts weiß.«

»Ich habe ihr erzählt, daß wir in Tennant Creek Sorgen mit den Bremsen hatten. Versprich dich nicht bei Cher.«

»Was wiederum beweist, daß du langsam anfängst, das Stück Leder ernst zu nehmen.« Chick stellte das Whiskyglas ab und stützte die dicken Arme auf seine Schenkel. »Junge, ich sage dir, da haben wir unser neues Leben in der Hand. Das ist eine Karte. Und da, wo der Kerl das Kreuz hingemalt hat, da gibt's eine Goldmine! Und nur du und ich wissen das . . .«

»Und die Mine gehört dem Staat, oder – wenn sie in einem Reservat liegt – den Aboriginals.«

»Man hat sie uns geschenkt. Wir haben den Plan.«

»Ein verdammtes Geschenk mit hundert Haken.« Wolf holte das Känguruhleder wieder aus der Tasche und warf es Chick in den Schoß. Der rollte es auf und schob die Unterlippe vor. »Nun such mal, du zukünftiger Millionär, wo diese Stelle ist. Ein paar Striche, ein paar Winkel und Kreise und ein paar Buchstaben. Und um dich herum liegen einige tausend Quadratkilometer Land. Wüste, Steppe, Gebirge, ausgetrocknete Flüsse, Salzseen . . . Und irgendwo da mittendrin soll Gold auf uns warten . . .«

»Es muß in einem Reservat sein, Wolf!«

»Dann können wir es vergessen. Das letzte Gold wurde bei Tennant Creek gefunden . . . da ist die Erde jetzt leer. In der Zentralwüste, im Tanami-Gebiet, Haasts Bluff, im Petermann, in Alyawarra, in allen Freehold Lands der Aboriginals gibt es kein Gold.«

»Da spricht der Geologe!«

»Ja.«

»Der Allwissende, der mit Röntgenaugen die Erde durchdringt. Und warum kann da kein Gold sein?«

»Wie soll ich dir das erklären? Erdgeschichtlich ist das unmöglich. Chick, wo wir hier sind, das ganze Outback, war früher Meeresboden! Im ganzen Mesozoikum – also vor hundertachtzig bis siebzig Millionen Jahren – lag der größte Teil von dem, was wir Australien nennen, unter Wasser. Vor vierhundert Millionen Jahren, nach unvorstellbaren geologischen Bewegungen, ragten hier hohe Berge auf, Dschungel überwucherte sie, und ab hundertfünfzig Millionen Jahren, in der Jurazeit, badeten sich in den Süßwasserseen die Dinosaurier. Ein ungeheuer fruchtbares Land war das, der Urkontinent Gondwanaland, der aus Indien, Afrika, Südamerika und der Antarktis bestand – als eine einzige feste Landmasse. Dann, vor hundert Millionen Jahren, begann die große Katastrophe: Gondwanaland spaltete sich und driftete in einzelne Teile auseinander. Afrika und Südamerika brachen als erste ab, das, was später Australien werden sollte, wurde von einem flachen Meer bedeckt und durch diese Wasser geteilt. Hier, das Outback, das war der Meeresboden. Wo kämen denn sonst die Salzseen her, die Salzpflanzen, die versalzten Flüsse? Das ist hier nicht anders als in der Sahara. Mitten in dieser Wüste, zwischen den unendlichen Sanddünen, findet man plötzlich riesige Muschelfelder. Und wo lebt die Muschel, na?«

Chick starrte Wolf mit schräggeneigtem Kopf an, und man sah seinem Blick an, was er dachte.

»Du erzählst mir hier, daß Afrika und Südamerika einfach weggeschwommen sind, und der Südpol kraulte nach Süden, und Australien paddelte nach Norden . . .«

»Das dauerte rund dreißig Millionen Jahre . . .«

»Ich habe nicht gewußt, daß ihr Geologen so tolle Märchen erzählen könnt.« Chick tippte sich an die Stirn. »Afrika schwimmt weg . . . Australien schippert nach Norden und ist ein Meer . . .«

»Bei Grabungen an den Salzseen hat man die Skelette von Plesiosauriern gefunden. Das Meeresreptil Kronosaurus, dreizehn Meter lang, mit einem Kopf von drei Metern Länge . . . Diese Reptilien lebten nur im Meer! Und deshalb kann hier, im Outback, kein Gold sein!«

»Und du leckst mich jetzt mit deiner ganzen Wissenschaft am Arsch!« sagte Chick grob und wedelte mit dem Känguruhleder durch die Luft. »Wir haben den Beweis, und wenn ihr Geologen euch aus Verzweiflung aufhängt: Es gibt hier Gold! Und wir finden es, so wahr, wie dein dämliches Afrika von Australien weggeschwommen ist . . .«

»Wenn du dreißig Millionen Jahre Zeit hast, Chick . . . Das könnte gelingen.«

Wolf nahm ihm die Lederkarte wieder aus der Hand und rollte sie zusammen. Chick sprang von seinem Liegestuhl hoch.

»Wo willst du hin?« fragte er.

»Fachleute fragen.«

»Ein Geologe reicht mir!« schrie Chick.

»Der alte Prediger der Baptisten-Kirche kennt dieses Land wie kaum ein anderer. Und Dr. Apple ist als Arzt einer der wenigen, der in jedem Reservat seine Patienten leben hat und in Gegenden kommt, um die jeder Weiße einen weiten Bogen macht.«

»Du willst ihnen die Karte zeigen? Das verbreitet sich doch wie ein Buschfeuer.«

»Ich werde mit ihnen nur über Gold reden.« Wolf bückte sich, trank Chicks Whiskyglas leer und warf es dann in das Schwimmbecken. »Los. Hol's wieder raus, großer Sportsfreund«, rief er lachend. »Ich habe das Gefühl, daß uns unser Aboriginal ganz gewaltig übers Ohr gehauen hat . . .«

Aber während er zum Hotel zurückkehrte und hinter sich das platschende Aufschlagen von Chicks Körper auf das Wasser des Pools hörte, dachte er: Und wenn es doch so ist? Wenn sich alle Geologen irren? Von dieser Erde sind wir allerhand gewöhnt, und Rätsel und Überraschungen hat sie uns oft genug beschert. Warum soll es in der roten Wüste kein Gold geben?

2

Saul Eberhardt war ein dicker, alter Mann, der die Ruhe seiner letzten Jahre ehrlich verdient hatte, aber dennoch mit allem Enthusiasmus seines Glaubens der Baptistengemeinde von Alice Springs vorstand.

Einen Nachfolger hatte er zwar großgezogen, und die Mitglieder seiner Gemeinde waren auch bereit, ihn zum neuen Prediger zu wählen, aber solange der alte Saul sich noch am Tisch festklammern konnte und seine Stimme den Kirchenraum füllte, wagte keiner zu sagen: Nun ist's genug. Mit 83 Jahren, davon 55 Jahre im Outback, hast du genug für die Ewigkeit und Gottes Güte getan.

Saul Eberhardt litt, seit er denken konnte, unter seinem Vornamen, aber streng im Glauben erzogen, hatte er nie gewagt, auch im tiefsten Herzen nicht, seinen Vater deswegen zu verfluchen. Er ertrug seinen Namen mit Tapferkeit. Aber es war schwer gewesen, das weiterhin zu tun, als sein Vater ihm auf dem Sterbebett gebeichtet hatte, der *Saul* sei ein Irrtum gewesen. Ein Schreibfehler des Standesbeamten von Riesa in Sachsen, der, statt *Paul* auf die Geburtsurkunde zu schreiben, ein *Saul* hinmalte. Man hätte diesen peinlichen Irrtum noch reklamieren können, aber es war eine schwere Geburt gewesen; die junge Mutter schwebte tagelang zwischen Leben und Tod – wer denkt da an die Korrektur eines Schreibfehlers? Und später dann . . . ja, da ließ der Vater das *Saul* eben stehen, aus Bequemlichkeit, wie er beichtete, denn schließlich sei Saul ja eine bekannte Gestalt aus der Bibel. Saulus, der zum Apostel Paulus wurde, der wichtigste Apostel überhaupt. Einen Sohn mit diesem Namen zu haben, das war schon eine Verpflichtung, auch wenn's sich zufällig so ergeben hatte.

Seit diesem Geständnis seines sterbenden Vaters haßte Eberhardt seinen Vornamen noch mehr. Immer, wenn er eine Predigt über einen Brief des Paulus halten mußte, sträubten sich ihm symbolisch die Nackenhaare, und als er mit 63 Jahren eine Glatze bekam, juckte und zuckte ihm die Kopfhaut. Ein paarmal hatte er Anlauf genommen, den Fehler zu berichtigen und aus Saul wirklich einen Paul zu machen, aber was damals dem Christenverfolger Saulus gelungen war, mißlang Eberhardt kläglich.

Seine Gemeinde wehrte sich dagegen, protestierte, wenn er seine Rundbriefe mit *Paul* unterschrieb, und erkannte Tauf-, Hochzeits- oder andere Dokumente nicht an, wenn sie mit *Paul Eberhardt* unterzeichnet waren. Was letztlich bewies, wie sehr die Gemeinde mit ihrem Prediger verbunden war. Trotzdem – der Stachel wegen des verhaßten Namens blieb.

Saul Eberhardt war deshalb sofort von dem unbekannten Besucher begeistert, den seine Enkelin Bette, die ihm den Haushalt führte, nachdem er drei Ehefrauen überlebt hatte, in sein Studierzimmer brachte. Der höfliche, sichtbar gut angezogene Mann sagte nämlich: »Ich freue mich, daß Sie mich empfangen, Herr Paul Eberhardt. Ich habe schon viel von Ihnen gehört und wollte Sie um Rat fragen. Mein

Name ist Wolfgang Herbarth.« Ein sympathischer Bursche, stellte Eberhardt fest. Nicht, weil er deutsch spricht; wir haben schließlich einige Hunderttausend deutschstämmige oder deutsche Einwohner in Australien. Nein, er nennt mich Paul und radiert damit rein gefühlsmäßig den Irrtum aus Riesa in Sachsen aus.

Saul Eberhardt nickte und deutete auf einen alten Ledersessel. »Setzen Sie sich, Herr Herbarth. Bette, mach uns einen guten Kaffee ... Oder möchten Sie lieber ein Glas Wein? Oder einen eisgekühlten Fruchtsaft ...«

»Etwas, das keinerlei Mühe macht, Herr Pfarrer.«

Eberhardt überhörte das letzte Wort. Man kann nicht verlangen, daß jemand, auch selbst bei bester Erziehung, über die Strukturen der Baptisten Bescheid weiß. Der Chef einer christlichen Gemeinde, der Leiter einer Kirche, einer, der predigt, ist eben für die Allgemeinheit ein Pfarrer.

»Mühe macht gar nichts, Herr Herbarth«, sagte Saul Eberhardt weihevoll. Seine pastorale Stimme hatte trotz seines Alters noch nicht ihren sonoren Klang verloren. »Das ganze Leben ist ein Mühen, aber da es eine Gnade Gottes ist, empfinden wir es nicht als mühevoll. Bette, bring Kaffee und Kognak herein.«

Er lehnte sich in seinem Sessel zurück, betrachtete Wolf mit Wohlwollen und war gespannt, welchen Rat er geben sollte.

»Wieso kommen Sie gerade zu mir?« fragte Saul und strich mit der rechten Hand über seine glänzende, kahle Kopfhaut.

»Wer kennt Sie nicht?« Wolf traf genau in Sauls Eitelkeit.

»Wenn du einen hundertprozentigen Rat haben willst, hat man mir gesagt, dann geh zu Paul Eberhardt. Nur der kann dir helfen. Und so bin ich voller Hoffungen zu Ihnen gekommen.«

»Man hat zu Ihnen gesagt: Geh zu Paul Eberhardt!?«

»Ja.«

»*Paul* Eberhardt?«

»Ja. Stimmt hier etwas nicht? Sind Sie nicht Herr Eberhardt? Ist das nicht das Haus der Baptisten? Dann bitte ich vielmals um Entschuldigung.«

Wolf wollte aus dem Ledersessel aufspringen, aber Saul winkte mit beiden Händen ab.

»Sie sind hier völlig richtig. Es ist kein Irrtum . . .«, sagte er mit mühsam unterdrückter Begeisterung.

Da haben wir's, dachte er. Alle außer meinen Gemeindemitgeliedern nennen mich Paul. Das ist der Urinstinkt für das Richtige. Da muß man nun 83 Jahre alt werden, um noch solch eine Freude zu erleben. Morgen muß mich Bette in die Innenstadt fahren, und dann gehe ich durch die Todd Street, die Gregory Terrace, die Hartley Street und die Parsons Street und werde mir anhören, wie sie sagen: »Ah, da ist ja Paul Eberhardt! Hallo, Mister Eberhardt, wie geht es Ihnen? Lange nicht gesehen . . .« Das läßt mich zehn Jahre länger leben.

»Womit kann ich Ihnen raten, Mr. Herbarth?« fragte Saul mit gütiger Stimme.

»Ich habe nur eine kleine, aber wichtige Frage: Gibt es im Outback Gold?«

»Nein!«

»In Tennant Creek war eine Mine.«

»Die ist leer wie mein Tabaksbeutel . . . Ich darf nämlich nicht mehr rauchen. Tennant Creek war eine Ausnahme. Zuerst wollte niemand glauben, daß da Gold zu finden sei. Und es war ja auch keine lange Freude. Was man jetzt noch dort rausholt, reicht gerade für das Zahngold.«

Saul Eberhardt lachte laut, seine Stimme kickste dabei und wurde greisenhaft heiser. Aber ebenso plötzlich, wie er gelacht hatte, kehrte er zu seinem würdigen Ernst zurück.

»Auch in den Reservaten gibt es kein Gold?« fragte Wolf Herbarth.

»Bei den Aboriginals? Ausgeschlossen. An welches Freehold Land denken Sie denn?«

»An kein bestimmtes.«

»Haben Sie Grund, anzunehmen, es gäbe im Outback noch irgendwo Gold?«

Wolf zögerte. In der Hosentasche spürte er die Lederrolle, sie drückte gegen seinen Oberschenkel, aber er holte sie nicht hervor.

Wie ist das bei den Baptisten, dachte er. Haben ihre Pfarrer oder Prediger oder wie sie sich nennen auch eine Art Beichtgeheimnis? Kann man ihnen wie unseren Pastoren alles anvertrauen, und sie müssen schweigen? Ich gebe zu: Von den Baptisten verstehe ich nichts, ich weiß nur, daß sie eine der fleißigsten Kirchengemeinden in aller Welt sind. Wohin man auch kommt, die Baptisten sind da. Sogar in Rußland, wo die Sowjets sie gejagt haben wie die Wölfe.

»Müssen Sie schweigen, Herr Pfarrer?« fragte Wolf zurückhaltend.

»Wollen Sie beichten?«

»Sehen wir es als etwas Ähnliches an. Ist das möglich . . . auch wenn ich kein Mitglied Ihrer Kirche bin? Ich habe es immer noch im Ohr: Paul Eberhardt kann mir helfen.«

Saul schmolz dahin. Er beugte sich vor, legte die Hände gefaltet in seinen Schoß und nickte Wolf mit väterlicher Güte zu.

»Wir haben alle nur einen Gott«, sagte er mit seiner besten Predigerstimme. »Viele Namen hat er, aber immer ist es nur ER. Was wollen Sie mir sagen?«

Wolf griff in seine Tasche, holte das Känguruhleder hervor, rollte es auf und reichte es Eberhardt hin. Der Prediger blinzelte, kniff die Augen zusammen und griff nach dem Lederlappen. Ohne Brille konnte er nichts entziffern, aber das war auch nicht nötig. Zunächst war das hier nur ein Stück weiches Leder.

»Was soll das?« fragte er. »Ich denke, Sie wollen beichten?«

»Was Sie da in der Hand halten, Herr Eberhardt, hat mir ein sterbender Aboriginal gegeben. Es war sein Vermächtnis. Wir haben ihn gestern nachmittag in der Wüste bei Warrabri begraben. Er starb an Erschöpfung, wollte nach Alice Springs zum Arzt. Er hat es nicht mehr geschafft. Das hier ist eine Zeichnung auf einem Stück Känguruhleder, und bevor der Mann starb, stammelte er noch: Gold . . . Gold . . .« Wolf holte tief Atem. »Seitdem glaube ich, daß dies keine Zeichnung, sondern eine Karte ist . . . eine Karte, die zu einer Goldmine hinführt. Nur, wo diese Mine ist, das ist nicht zu erkennen. Deshalb meine Frage: Gibt es überhaupt in irgendeinem Reservat eine Goldader?«

»Nein.« Das war eine klare Antwort. Saul Eberhardt hielt Wolf das Lederstück wieder hin. »Über fünfzig Jahre bin ich in diesem Land . . . Keiner kennt es besser als ich . . .«

»Darum bin ich zu Ihnen gekommen, Herr Pfarrer. Wenn jemand die mögliche Existenz einer Goldmine bejahen könnte, dann nur Sie. Ich sage ja auch: Es ist unmöglich. Ich bin Geologe. Aber mich machen die letzten Worte des Aboriginals stutzig. Ein Sterbender lügt nicht.«

»Wer kann den Eingeborenen hinter die Stirn blicken? In 55 Jahren habe ich nicht gelernt, was in ihnen vorgeht. Ich habe sie missioniert, ich habe sie von der Erde weggeholt – ein Aboriginal hat ein inniges Verhältnis zur Erde; er wird dort geboren, lebt und schlaft dort und stirbt auf der Erde. Ich habe ihnen Hütten gebaut, und sie haben die Holzhütten verfeuert, weil Feuer für sie eine Zwiesprache mit ihren Göttern bedeutet, und als die Hütten verbrannt waren, lebten sie wieder auf der Erde. So sind sie. Die Worte, die der Sterbende gesprochen hat, können gar nichts bedeuten.«

»Und die Karte?« Wolf Herbarth nahm das Lederstück wieder an sich.

»Ist es eine Karte?«

»Ich deute diese Zeichnung jedenfalls so.«

»Sie deuten! Auch das habe ich mir abgewöhnt. Ein Aboriginal denkt immer anders als wir.«

»Dann ist diese Zeichnung also wertlos?«

»Wenn Sie danach Gold suchen wollen – vollkommen wertlos.«

Saul Eberhardt hatte ehrliches Bedauern im Blick. »War das Ihre ganze Beichte?«

»Ja, Herr Pfarrer.«

»Sie haben den armen Aboriginal nicht umgebracht wegen dieses Lederstücks? Halt! Springen Sie nicht sofort hoch. In diesem Land sind schon andere ermordet worden – für weniger Wertvolles. Und wenn man glaubt, dies sei der Lageplan einer Goldmine, welcher Hahn kräht schon nach einem verschwundenen Eingeborenen?«

»Ich bin erschüttert, daß Sie mir das zutrauen, Herr Pfarrer.« Wolf Herbarth erhob sich nun doch und steckte die Karte wieder in die Hosentasche. »Sehe ich so aus? Hat dieses Land mich schon so verändert?«

»Aussehen? O Himmel!« Saul Eberhardt winkte heftig ab. »In den ersten Jahren hier in Australien war ich Gefängnisgeistlicher in Melbourne. Was habe ich da nicht alles an Physiognomien gesehen! Da war ein junges, zartes Bürschchen, so lieb, daß man es in den Arm nehmen mochte, ein Engelsgesichtchen, blonde schulterlange Lokken . . . Und dieses Raffaelbild hat zwei Jahre lang mit einem Motorboot zwischen Western Port und King Island Segler und andere Boote überfallen, die Insassen ermordet und den Haien vorgeworfen. Ohne Grund, nur so aus Spaß, ohne einen Dollar zu stehlen . . . Ihm war es ein Genuß ohnegleichen, wenn er die Haie bei ihrem blutigen Werk beobachten konnte. Wer sieht schon wie ein Mörder aus? Seien Sie also nicht beleidigt.«

»Bei wem könnte ich mir sonst noch einen Rat holen?« fragte Wolf. Bette kam gerade mit einem Tablett herein, auf dem die Kaffeekanne und zwei Tassen standen, dazu zwei Kognakgläser und eine bauchige Flasche. Der herrliche Geruch des Kaffees verbreitete sich sofort im Zimmer, von dem Ventilator an der Decke herumgewirbelt.

»Bei keinem«, sagte Saul Eberhardt bestimmt. »Es gibt keinen zweiten, der das Outback so kennt wie ich.« Er nickte Wolf zu. »Bleiben Sie hier, junger Freund, trinken wir zusammen Kaffee und Kognak. Sie werden doch wohl nicht Bette beleidigen wollen? Sie hat den Kaffee extra für Sie gekocht ... Ich krieg' nämlich sonst keinen, und erst recht keinen Kognak. Nur wenn Besuch da ist, kann sie ihn mir nicht verweigern ... Jetzt tun Sie mir also einen Gefallen ...«

Er lachte wieder greisenhaft, rieb sich die Hände und leckte sich über die Lippen, als Bette den Kaffee eingoß, Saul strafend ansah und dann hinausging.

»Wie heiße ich?« fragte Eberhardt, als sie den Kognak noch vor dem Kaffee getrunken hatten, wobei der Alte genüßlich mit der Zunge schnalzte.

»Pfarrer Eberhardt ...«, sagte Wolf voller Erstaunen.

»Vorname?«

»Paul ...«

»Gott segne Sie«, sagte Eberhardt mit glänzenden Augen. »Er möge Ihren weiteren Weg bewachen ... Und den Lederlappen nehmen Sie zum Fensterputzen, dann hat er noch einen Sinn ...«

Eine Stunde später saß Wolf Herbarth wieder in dem alten Chevy, ein wenig schwindelig und unsicher, denn vier große Kognaks merkt man sofort, wenn man aus dem Haus in die glühende Sonne hinaustritt. Dann ist es, als dehne sich der Alkohol in den Hirnwindungen aus und beginne Blasen zu werfen. Und die Beine werden so leicht ...

Wen kann man noch fragen? dachte Wolf. Vor allem, wer ist verschwiegen genug, daß man ihm unsere große Hoffnung anvertrauen könnte? Dr. John Apple, einer der im Outback fast legendären »fliegenden Ärzte«, oder James Tillburg, der Distriktskommandant ... Konnte man sie ins Vertrauen ziehen? Gold in den Roten Bergen ... das war so ungeheuerlich, daß Freundschaften zerbrechen konnten und ein Mensch sich völlig verwandelte.

Wolf fuhr durch die hitzeflammende Stadt, hielt vor Papa's Place, einem Café, trank zwei Gläser Fruchtsaft und entschloß sich dann, zunächst zu Captain Tillburg zu gehen.

Tillburg war ein langer, dürrer Mensch mit Hakennase, kurzgeschnittenen dunkelbraunen Haaren und der Haltung des typischen britischen Offiziers. Er war wortkarg, was bei ihm durchaus keine Unhöflichkeit bedeutete, ein Mann, dem man zutraute, zu Fuß durch die Gibson-Wüste zu marschieren, ohne einen Tropfen Schweiß zu verlieren, weil aus diesem hageren Körper kein Wasser mehr herauszuquetschen war. Er begrüßte Herbarth mit der ihm eigenen Einsilbigkeit.

»Bye ...«, sagte er, gab Wolf die knochige Hand und setzte sich wieder. Er war in Katherine, im Norden des Outback, geboren, dort aufgewachsen, war in Darwin zum Militär gekommen und hatte von zwanzig Dienstjahren rund zehn am Rande von Arnhem Land, diesem riesigen, wilden, einsamen, flußreichen Aboriginal-Land, zugebracht. Nun hockte er neun Jahre in Alice Springs als Kommandeur einer Militärtruppe, die sich wie vergessen vorkam und deren Alltag daraus bestand, zu exerzieren und so zu tun, als sei man von grausamen Feinden umgeben. Ein Krieg mit den Aboriginals wäre eine Fieberphantasie gewesen ... Die Stämme in ihren Reservaten waren froh, daß sie noch lebten und daß man sie in ihren Wüsten, Steppen und Gebirgen in Ruhe ließ. »Was kann ein Soldat für einen Zivilisten tun?«

Für Tillburg eine typische Frage. Herbarth setzte sich auf den Stuhl gegenüber und wartete, bis der Captain sich laut prustend die Nase geputzt hatte.

Man kannte sich seit vier Jahren, und diese Bekanntschaft war auf eine eigenwillige Art zustande gekommen. Chick und Wolf waren in der Nähe von Henbury am Finke River mit ihrem Riesentruck in ein Schlammloch geraten, das der letzte große Regen hinterlassen hatte, ein Alptraum für jeden Überlandfahrer, denn wie man siebzig festgefahrene Tonnen wieder flott machen kann, das wußte auch Chick Bullay nicht. Er saß vorn auf der breiten Stoßstange, rauchte eine Zigarette, stierte in die rote Landschaft und schrie jeden Autofahrer an, der natürlich bei ihnen anhielt.

»Halt's Maul!« brüllte er, sobald einer bremste und die Tür öffnete. »Ich brauch' keine Ratschläge. Hau ab mit deinem Furz von Auto! Oder willst du mich mit deinem Floh hier rausziehen?«

Nach einer solchen Begrüßung stellten alle ihre Hilfsangebote ein, antworteten mit ebenso unflätigen Worten und fuhren weiter.

»Und was nun?« hatte Wolf gefragt. »Willst du hier warten, bis das Loch ausgetrocknet ist?«

»Ich habe nach Alice gefunkt. Irgendeiner wird schon kommen.« Chick hatte gegen eines der mächtigen, dicken Räder getreten, als hätte es Schuld an dem Unglück, aber die böse Ahnung ließ sich nicht vertreiben, daß man notfalls den ganzen Lastzug entladen mußte, um wieder flott zu werden. Ein Gedanke, der Chick fast um den Verstand brachte.

Doch auch nach sechs Stunden kam keine Hilfe aus der Stadt. Die angefunkten Werkstätten gaben keine Antwort, Chicks Flüche und Verdammungen erreichten die tiefste Tiefe, die man jemals mit Worten erreichen kann – und dann nahte wie eine Geistererscheinung in der wabernden Hitze der Wüste eine Militärkolonne mit zwei Kranwagen und einem leichten Panzer. Sie kehrte von einer der langweiligen Übungen im Gelände zurück, die man ansetzen mußte, um wenigstens das Gefühl zu haben, im militärischen Einsatz zu sein.

Captain Tillburg, der in einem Jeep vorausfuhr, hielt hinter dem Truckzug an und stieg aus. Chick, von rotem Staub bedeckt, blieb auf dem Trittbrett der Fahrerkabine sitzen. Militär verabscheute er, Uniformen regten ihn zu Aggressionen an, und daß nun ausgerechnet die Garnison von Alice Springs ihm helfen konnte, betrachtete er als eine ungerechte Ohrfeige des Schicksals. Wolf Herbarth kannte solche inneren Hemmungen nicht; er ging dem Captain entgegen und grüßte.

»Malheur gehabt?« fragte Tillburg knapp.

»Ein vom Regen ausgespültes Schlammloch. Die Hilfe aus Alice Springs ist noch nicht zu sehen. Sie schickt der Himmel, Captain.«

»Nein, wir wollten nur nach Hause! Wieviel Tonnen mit Ladung?«

»Runde siebzig.«

»Das müßte man bestrafen!«

»Reichen Sie diesen Vorschlag nach Adelaide weiter, Captain. Shuster & Shuster heißt unsere Firma. Vor drei Wochen hatten wir hundert Tonnen an der Deichsel ...«

»So etwas ist fast ein Mordversuch.« Tillburg kam näher an den Truckzug heran und musterte Chick, der regungslos auf der Stoßstange hockte und immer noch rauchte. Die Militärkolonne hatte gestoppt, von einem der Mannschaftswagen kam ein Mastersergeant heran. Ein Bulle von Kerl mit dem Gesicht einer Dogge, rothaarig und – wenn er den Mund aufmachte – wie ein wandelnder Fünfhundert-Watt-Lautsprecher.

Tillburg blieb vor Chick stehen, der an ihm vorbeiblickte, als sei er ein abgestorbener Baum.

»Sind Sie der Chef?« fragte Tillburg.

»Hier gibt's keinen Chef, nur arme Säue«, antwortete Chick. Er spuckte den Zigarettenstummel aus, und das war etwas, was Mastersergeant Hammerschmidt überhaupt nicht vertragen konnte. Behandelt man so einen Captain? Und erst recht einen Gentleman wie James Tillburg?

Hammerschmidt ging um Tillburg herum, trat mit seinen derben Militärstiefeln Chick auf die Zehen und ließ die flache rechte Hand gegen seine Stirn klatschen.

Für einen winzigen Augenblick war Chick wirklich verblüfft. Diese Schrecksekunde dauerte länger als sonst ... Noch nie in seinem wilden Leben war er so behandelt worden. Aber dann zuckte er hoch, wollte Hammerschmidt mit der geballten Faust zwischen die Augen schlagen, ein Hieb, den bisher noch niemand stehend überstanden hatte, aber zu seiner weiteren Verblüffung fing der Mastersergeant mit beiden Händen Chicks Faust auf, ergriff sie und drehte sie herum. Chick knickten die Beine weg, und ein schauriger Aufschrei folgte.

Hammerschmidt gab die Faust wieder frei und baute sich breitbeinig vor Chick auf.

»Das ist'n gemeiner Trick!« stöhnte der und schüttelte die Hand. »Box ehrlich, du Stinker! Bei einem richtigen Fight hast du keine Chancen.«

»Können wir nachholen!« Hammerschmidt drehte den Kopf zu Wolf, ohne seine Wachsamkeit Chick gegenüber zu vergessen. »Und du? Auch 'ne kleine Nachhilfe nötig? Sir, ich bitte um Verzeihung.« Hammerschmidt nahm vor Tillburg Haltung an. »Ich kenne diese Burschen mit ihren Trucks. Sie haben 'ne besondere Sprache. Die holen Ihnen die Kohlen aus des Teufels Küche, aber ebenso stur stekken sie Sie in den nächsten Kessel ...«

»Poetisch werden kann der auch.« Chick faßte sich an den Kopf. »Was für ein Militar! Liest im Notfall vor dem Schießen erst Gedichte! Das hier ist ein Notfall! Nun schwenk schon die Kräne heran, Mister Brüllmann!«

So lernten sie sich kennen ... Chick und Rock Hammerschmidt wurden die besten Freude, die in Alice Springs saufend durch die Bars zogen, bis Cher in Chicks Leben trat, ihn an die Leine legte und Rocky vor die Wahl stellte: Entweder man lebt jetzt anständig – oder die Freundschaft mit Chick ist jetzt zu Ende.

Hammerschmidt fügte sich nach anfänglichem Brüllen, nannte Chick einen zerrissenen Pantoffel, mit dem Cher Fußball spielte, aber dann lernte er Eve Dover kennen, eine Tänzerin im Nachtclub des Pacific Casino Hotel, verliebte sich geradezu idiotisch in die weißblond gebleichte Schönheit und wurde nun ebenfalls ein zerrissener Pantoffel, mit dem Eve nach Belieben umspringen konnte.

Anders war es bei Captain Tillburg und Wolf Herbarth. Hier blieb die Distanz . . . Tillburg war kein Mensch, mit dem man sich duzen und der ein Freund werden konnte. Weder vermochte er Herzlichkeit zu empfangen noch selbst auszustrahlen. So vertrocknet er aussah, so schien auch sein Wesen zu sein. Noch niemand hatte ihn jemals lachen sehen; ein angedeutetes Lächeln war der Höhepunkt seiner Fröhlichkeit, falls er überhaupt wußte, was Fröhlichkeit ist.

Auch jetzt saß er Herbarth lang, dürr und mit unbewegtem Gesicht gegenüber und wartete, was Wolf vorzubringen hatte. »Ich bin gekommen, Sir, um Sie um Rat zu fragen«, sagte Wolf und bedauerte seinen Entschluß schon wieder. Aber Tillburg, das wußte man, sprach vier Aboriginal-Dialekte und war einer der wenigen Weißen, die man in eine Aboriginal-Familie aufgenommen hätte. Es gab im Outback keine größere Ehre, nur machte kein Weißer davon Gebrauch.

»Einen Rat? Wieso?«

»Was ist das hier, Captain?« Wolf reichte das Stück Känguruhleder über den Tisch. Tillburg warf einen langen Blick darauf und gab es an Herbarth zurück.

»Nichts! Schmiererei. Noch nicht mal primitive Kunst. Absolut nichts.«

»Sind Sie sicher?«

»Ich lebe seit zwanzig Jahren bei den Aboriginals.«

»Darum komme ich auch zu Ihnen. Ich hoffte, Sie könnten mit dem Lederstück etwas anfangen.«

»Sie wollen es verkaufen?«

»Nein. Ich dachte, die Zeichen hätten etwas zu bedeuten.«

»Das ist dumme Kritzelei, sonst nichts. Hat Ihnen das ein Aboriginal angedreht?«

»Ja.«

»Und Sie haben gute Dollars dafür bezahlt?«

»Er hat es mir geschenkt.«

»Da haben Sie den Beweis, daß die Kritzelei nichts wert ist. Ein Aboriginal verschenkt nie etwas, womit er Geld verdienen kann. Schon gar nicht an einen Weißen! Ich glaube, ich bin einer der ganz wenigen Weißen, denen man eine Didgeridu, ein Musikinstrument in Gestalt einer langen Holzröhre, geschenkt hat. Kunstvoll bemalt mit uralten Schlangenmotiven.« Captain Tillburg lehnte sich zurück und erholte sich von der für ihn ungewöhnlich langen Rede. »Warum hat Ihnen dieser Eingeborene das Leder geschenkt?«

»Zum Abschied, Sir. Er ist kurz danach gestorben.«

»Oha!« Tillburg zog interessiert die Augenbrauen hoch. »Wann und wo war das?«

»Gestern gegen Mittag, Sir. Südlich von Warrabri.«

»Da ist ein kleines Reservat.«

»Aber da kam er nicht her. Er lag auf der anderen Seite der Straße. Er muß aus der Tanami-Wüste gekommen sein.«

»Zu Fuß?«

»Möglich. Er ist an Erschöpfung gestorben – oder an einer Krankheit.«

»Krankheit?« Tillburg zeigte plötzlich sichtbar Interesse. »Wieso Krankheit?«

»Sein ganzer Körper war mit Flecken übersät. Rote Flecken. Nein, keine Masern ... Es sah aus, als würden sie nässen ...«

»Und das sagen Sie so ruhig daher, Mister Herbarth?« Tillburg schien unruhig zu werden. – Seine Finger trommelten auf die Schreibtischkante, als habe er eine Klaviatur vor sich. Aber sein Gesicht blieb unbewegt bis auf die

Lider, die schneller über seine Augen zuckten. »Das muß gemeldet werden! Jeder muß eine ihm unklare Krankheit melden, die er bei einem Aboriginal gesehen hat. Sie waren noch nicht bei Dr. Apple?«

»Nein!«

»Welch sträflicher Leichtsinn, Mister Herbarth! Wo haben Sie den Aboriginal hingebracht?«

»Unter die Erde. Er hat ein christliches Grab bekommen.«

»Wir werden ihn exhumieren müssen. Ahnen Sie, wie schnell sich Seuchen ausbreiten können? Gerade bei diesen Eingeborenen, deren innere Abwehrkräfte so gering sind?« Tillburg zog das Telefon zu sich heran und drückte auf einen Knopf. »Hammerschmidt! Kommen Sie mal zu mir.« Dann tippte er eine Nummer, wartete und sah Wolf dabei strafend an.

»Ja, Dr. Apple? Vor mir sitzt Mr. Herbarth. Kennen Sie ihn? – Um so besser. Herbarth berichtet mir eben von einem Aboriginal, der gestern bei Warrabri in der Nähe des Highway gestorben ist und den er dort auch begraben hat. Der Mann soll über und über mit nässenden roten Flecken behaftet gewesen sein. – Sie kennen die Krankheit nicht? O Scheiße!«

Es war vielleicht das erste Mal in seinem Leben, daß Tillburg in Gegenwart eines anderen Menschen ein solches Wort gebrauchte. Daß er dazu fähig war, machte ihn plötzlich viel menschlicher und vertrauter. Mit unbewegter Miene hörte er noch zu, was Dr. Apple ihm sagte, dann legte er auf und zuckte wieder mit den Augenlidern.

»Sie möchten sofort zu Dr. Apple kommen, Mr. Herbarth. Und ich muß mit. Wir werden beide desinfiziert. Mit wem sind Sie seit gestern noch in Berührung gekommen?«

»Wie soll ich das noch wissen. Mit Chick natürlich, mit Sally Hansen ...«

»Natürlich ...«

». . . mit Pfarrer Eberhardt, mit den Gästen gestern abend im Telford Territory Motor Inn und im Pacific Casino . . .«

»Das genügt.« Tillburgs Miene wurde noch länger als sonst. »Damit können Sie ganz Alice Springs infiziert haben! Herbarth, da kommt noch was auf Sie zu.«

Es klopfte, Mastersergeant Hammerschmidt trat ein und grüßte militärisch stramm.

»Zur Stelle, Sir.«

»Jetzt können Sie mal zeigen, was Schnelligkeit ist, Rock.« Captain Tillburg erhob sich mit einem Ruck von seinem Stuhl. »Chick, Cher, Sally . . . sofort kassieren und ins Hospital bringen. Ebenso Saul Eberhardt! Alarmieren Sie das Police Hauptquartier. Mr. Herbarth hat – wahrscheinlich – eine noch unbekannte Krankheit eingeschleppt. Stellen Sie fest, wer gestern abend im Telford Inn und im Casino gegessen hat. Alle zur Untersuchung ins Hospital. Je mehr Leute Sie auftreiben, um so sicherer. Mein Gott, das ist jetzt wie ein Schneeball: Aus einem Kügelchen wird eine Lawine.«

»Und wenn es eine ganz harmlose Krankheit war?« warf Wolf beruhigend ein.

»Wenn ein Aboriginal sich zur Straße schleppt, um dort gerettet zu werden, dann hat sein Stamm ihn ausgestoßen. Sie wissen nicht, was das bedeutet, aber ich lebe seit zwanzig Jahren unter ihnen. Ich kann denken wie ein Aboriginal!« Tillburg kam um den Tisch herum, griff nach seiner Mütze und war jetzt wieder ganz der verschlossene, lange, dürre, ausgetrocknete Captain britischer Tradition. »Kommen Sie, Herbarth. Dr. Apple erwartet uns.«

Boabo Shimbano war einer der Aboriginals, die eine Missionsschule besucht hatten. Er hatte sich taufen lassen und den Vornamen Burt angenommen. Außerdem kleidete er sich wie ein Weißer, schlief nicht mehr auf der Erde, wußte ein Badezimmer zu benutzen und sang in einem Gesangverein mit, der aus anderen zivilisierten Eingeborenen bestand und sich »The Outback Singers« nannte.

Nachdem seine Frau vor sieben Jahren mit einem durch Kunsthandel reich gewordenen Aboriginal nach Queensland durchgebrannt war, lebte Shimbano in dem Hinterzimmer einer Autowerkstatt, bei der er als Mechaniker beschäftigt war. Sein Chef, Louis Valle, ein eingewanderter Franzose, hatte ihn in sechs Jahren angelernt, und Shimbano, der kein dummer Mensch war, wurde zum besten Arbeiter in dem ganzen Reparaturbetrieb. Vor allem baute er Ersatzteile aus ausgeschlachteten Autos ein, die dann von Monsieur Valle als neu bestellt berechnet wurden, oder er baute Teile aus neuen Wagen aus, die dann nach kurzer Zeit prompt liegenblieben und zu Louis Valle zurückkamen. So entstand eine gut florierende und angesehene Werkstatt.

Boabo wunderte sich sehr, als seine Frühstückspause in einer luftigen, kühlen Ecke der Werkshalle gestört wurde und jemand durch das Gebäude schrie: »Wo ist der Halunke? Knollennase, komm her . . .«

Boabo überlegte schnell, wer das sein könnte, wem er in den letzten Tagen Ausschlachtungsteile eingebaut hatte und wer in der Lage war, so etwas zu merken. Aber da sah er schon Chick Bullay und war beruhigt. An einen solchen Truck wagte Boabo sich nicht heran. Männer wie Chick wußten über ihre Riesenlastzüge besser Bescheid als jeder Mechaniker.

»Hier, Mr. Bullay!« rief Boabo und winkte mit beiden Armen. Dann setzte er sich wieder und kümmerte sich weiter um sein Frühstück. Wie sein Chef bevorzugte er französische Croissants, gefüllt mit Konfitüre oder einer Marzipanmasse, nur – und das jagte Monsieur Valle ständig einen Schauer über den Rücken – belegte Boabo diese Köstlichkeit mit einem stinkenden Käse aus Schafsmilch. Über den Geschmack eines Aboriginals soll man nicht streiten – solche Eßkapriolen erlebt man überall.

Chick setzte sich neben Boabo auf eine Kiste und sah ihm angewidert zu. Der Eingeborene warf einen lauernden Blick auf ihn, trank Bier aus der Flasche und ließ einen Rülpser los.

»Sau!« sagte Chick und nahm den Kopf etwas zurück. »Wo bleibt deine Missionserziehung?«

Boabo grinste breit, stellte die Flasche neben sich auf den Betonboden und rieb die Handflächen an seinen Hosen ab.

»Auto kaputt?« fragte er.

»Als wenn ich damit zu dir käme, du Halunke.« Chick holte eine Packung Zigarren aus der Tasche, bot sie an und wartete, bis Boabo die ersten drei Züge geraucht hatte. »Wo kommst du her, Knollennase?« fragte er dann.

Wie die meisten Aboriginals hatte auch Boabo eine breite, dicke, flache Nase mit Nasenflügeln, die wie seitlich herauswachsende Knollen aussahen. Die Nasenwurzel war zum Stirnbein hin tief eingedrückt, als habe jemand eine Axt hineingeschlagen, und über den Augen wölbten sich die Brauen wie zwei dicke Wülste. Das Kraushaar auf dem Kopf, nicht kurz, sondern langsträhnig, war von einer merkwürdigen rötlich überhauchten schwarzen Farbe.

Wie alt Boabo war, wußte niemand genau: Die Missionsschule hatte ihm einfach ein Geburtsdatum gegeben, geschätzt nach seiner körperlichen Entwicklung, und so war er nun offiziell 42 Jahre alt. Ihm selbst war das gleichgültig. Er lebte, hatte zu essen, ein Dach über dem Kopf und galt als etwas Höhergestelltes als seine Altersgenossen. Er konnte lesen und schreiben, Kirchenlieder singen und in der Gruppe »The Outback Singers« sogar britische Volkslieder, Operettenmelodien und das deutsche »Ich weiß nicht, was soll es bedeuten, daß ich so traurig bin« zum Besten geben – was ihm besonders gefiel und sein Lieblingslied wurde. Das war ein schönes Leben. Kommt es da auf das Alter an?

Und daß man ihn Knollennase nannte – auch daran hatte er sich gewöhnt. Allerdings durfte das nicht jeder zu ihm sagen, nur ein ausgewählter Kreis . . . Bei jedem anderen wurde Boabo wild. Dann brach sein Aboriginalstolz hervor, weckte in ihm die alte Kriegerseele und verjagte die christliche Erziehung. Es gab ahnungslose Kunden, die flüchteten dann aus der Werkstatt, beklagten sich bei Monsieur Valle oder liefen sofort zur Polizei, um eine Anzeige zu machen.

»In der Autowerkstatt ist so ein Affe, der wollte mich angreifen!« keiften sie, aber die Polizei von Alice Springs fragte erst gar nicht, wer damit gemeint war, nahm pflichtschuldig ein Protokoll auf und zerriß es wieder, wenn der Kläger die Police Station verlassen hatte.

Chick gehörte zu den Bevorzugten, die Boabo Knollennase nennen durften; er verzog den breiten Mund zu einem Lächeln.

»Wo komme ich her?« antwortete er und hob die Schultern.

»Ich bin da . . .«

»Wo bist du geboren, du Rindvieh?«

»Von Mama . . .«

»Und wo war deine Mama?«

»Sie lag auf der Erde . . .«

»Auf welcher Erde?«

»Auf roter Erde.«

»Stinkjunge, jetzt hör mal her.« Chick beugte sich zu Boabo vor und zeigte ihm seine mächtige Faust. »Wann bist du nach Alice Springs gekommen?«

»Ganz klein. Mama hat mich bei Pfarrer Trevor von der anglikanischen Kirche abgegeben und war dann weg. Für immer. Ich habe sie nie mehr gesehen.«

»Und wo warst du vorher? Du bist doch aus der Tanami-Wüste gekommen.«

»Nein. Aus der Gibson-Wüste. Unterhalb von Lake Mackay. Warum?«

»Ihr wart doch ein reicher Stamm, was? Jede Menge Wild, Schafe und Hühner, Gold . . .«

»Wieso Gold?«

»Ich dachte . . .«

»Kein Gold. Nur Wüste, Berge und trockene Salzseen. In einem Gebiet hat man einmal Opale gefunden, da wart ihr sofort da, ihr Weißen, aber es lohnte sich nicht. Wie kommst du auf Gold?«

»Da hat mir einer was Dämliches erzählt. Vergiß es, Knollennase.« Chick gab Boabo noch eine Zigarre und erhob sich von seiner Kiste. »Macht ihr eigentlich Zeichnungen auf Känguruhleder?«

»Nein, nur auf Baumrinden . . . und jetzt auch auf Papier und Leinwand. Aber nur die Aboriginals, die um Alice herum wohnen. In den Roten Bergen malen sie an die Felswände mit bunten Steinen.« Boabo stand nun auch auf, nahm noch einen Schluck Bier aus der Flasche und warf sie auf einen Haufen Müll. »Was willst du eigentlich von mir?« fragte er.

»Nichts.« Chick Bullay ging zur Straße zurück. Boabo blickte ihm mit einem Kopfschütteln nach und fuhr dann in seiner Arbeit fort, aus dem Motor eines Unfallwagens, den Monsieur Valle billig gekauft hatte, alles Brauchbare auszubauen und in kleine Kisten zu sortieren. »Nichts wegwerfen«, hatte Louis Valle seinen Leuten eingeschärft. »Selbst ein rostiger, verbogener Nagel bringt noch Geld.«

Ein glücklicher Zufall – für Rock Hammerschmidt jedenfalls – war es, daß er gerade in dem Augenblick an der Werkstatt vorbeifuhr, als Chick aus der Halle trat. Hammerschmidt fuhr mit einem Militärbus, den ein Sergeant lenkte, und hatte vier bewaffnete Soldaten bei sich. Hinter ihm im Bus saßen bereits neun »Isolierte«, wie Rock sie nannte, und klopften mit den Fäusten gegen die Fenster, als sie Chick sahen.

Mit einem hellen Fauchen bremste der Bus. Hammerschmidt sprang auf die Straße und machte sofort einen

Schritt zur Seite. Keine Sekunde zu spät, denn Chick hatte mit einem Blick erfaßt, daß hinter der Scheibe auch seine Cher gegen das Fenster trommelte und etwas zu schreien schien. Verstehen konnte man nichts.

»Was ist denn das?« brüllte Chick. »Cher bei euch im Bus? Rocky, was ist hier los?«

»Bazillen oder Viren oder so sind los!« sagte Hammerschmidt dienstlich. »Chick Bullay, ich ziehe Sie hiermit aus dem Verkehr.«

»Hat dir'n Emu aufs Gehirn geschissen?« Chick war einen Moment jenseits allen Verstehens. »Was habt ihr mit Cher gemacht? Sie will raus! Los, macht die Tür auf . . .«

»Nur um Sie hineinzulassen, Bullay. Befehl vom Captain . . . Steigen Sie ein, und keine Gegenwehr . . .«

»Rocky . . .«

»Im Dienst Mastersergeant, Mr. Bullay.« Hammerschmidt zeigte auf die aufklappende Bustür. Zwei Soldaten hielten von innen Wache und versperrten für die Insassen den Ausgang. »Einsteigen! Sie sind vorläufig arretiert. Seuchengefahr. Sie sind Seuchenträger! Sie müssen im Hospital untersucht werden.«

»Bei euch sind wohl die Leitungen durchgebrannt!« schrie Chick und rührte sich nicht von der Stelle. Hinter der Scheibe machte Cher verzweifelt Zeichen, die Chicks Herz schneller schlagen ließen. »Was denn für 'ne Seuche?«

»Habt ihr gestern einen Toten begraben, der voller roter Flecken war?«

»Ja . . .« Chick begann es zu dämmern, daß hier eine ganz verteufelt kritische Lage entstanden war. Aber woher wußte Rocky von dem toten Aboriginal und seinen Flekken? Wer hatte diese verrückte Aktion ausgelöst? »Wo ist Wolf?«

»Er ist bei Dr. Apple. Mit dem Captain. Der hat beide ins Hospital geschickt – zu Dr. Tunin. Saul Eberhardt und seine Bette sind auch schon unterwegs. Einsteigen.«

»Rocky, laß Cher in Ruhe!« Chick ballte die Fäuste. »Was hat sie damit zu tun?«

»Hast du den Eingeborenen angefaßt?«

»Von allein ist er nicht in die Grube gerollt.«

»Und hast du bei Cher geschlafen?«

»Auf so dämliche Fragen kann ich nicht antworten.« Und plötzlich schrie Chick: »Aber vorher habe ich gebadet!«

»Als ob man Krankheiten abwaschen kann. Erzähl das mal Dr. Tunin, der punktiert sofort dein Gehirn. – Los, einsteigen. Ich muß noch weiter. Jeder, der mit euch gestern in Berührung gekommen ist, wird kassiert.« Hammerschmidt blickte zur Autowerkstatt hin und atmete tief durch. »Bei wem bist du gerade gewesen?«

»Bei Knollennase.«

»Zwei Mann zu Shimbano!« kommandierte Hammerschmidt. Zwei Soldaten rannten in die Werkshalle und suchten Boabo. Der Aboriginal hatte sich, als er die beiden Uniformierten auf sich zukommen sah, sofort unter einem Unfallauto versteckt und eine ölverschmierte Decke über sich gezogen. Hammerschmidt starrte Chick mitleidvoll an. »Mein Gott, Sie infizieren die halbe Stadt«, sagte er betroffen.

Natürlich fand man Boabo unter dem Auto, zog ihn hervor und schleppte ihn zum Bus. Shimbano protestierte laut, schrie, er sei ein unbescholtener Bürger in einem freien, demokratischen Land, aber das hinderte Hammerschmidt nicht, Boabo mit einem Stoß in den Rücken in den Bus zu befördern und Chick mit dem Kopf zuzuwinken.

»Einsteigen!«

»Wißt ihr das von Wolf?« fragte Chick, als er an Hammerschmidt vorbei zur Tür ging.

»Er war zuerst bei Saul Eberhardt und dann beim Captain.«

»Und weißt du, warum?«

»Nein.«

Die Antwort bewirkte eine große Beruhigung in Chicks Seele. Von der Karte aus Känguruhleder hatte Rocky also keine Ahnung, und der Verdacht, Wolf und er, Chick, könnten Krankheitsüberträger sein, würde sich bei den Untersuchungen im Hospital schnell verflüchtigen.

Chick stieg in den Bus, wo Cher ihm um den Hals fiel und losheulte. Hinter ihnen schloß sich schmatzend die zweiflügelige Tür, der Bus ruckte an und fuhr davon.

»Warum bin ich verhaftet?« schrie Boabo und raufte sich die filzigen Haare. »Was habe ich getan, Chick? Kann mir das einer erklären?«

»Du bist krank!« sagte einer der Soldaten.

»Ich? Wieso bin ich krank? Ich war seit vierzehn Jahren nicht krank. An mir kann ein Arzt pleite gehen . . .«

»Ihr alle seid krank«, sagte der Soldat ernst. »Wir vielleicht jetzt auch. Scheiße.«

»Was habt ihr da bloß mitgebracht?« jammerte Cher und preßte sich an Chick. »Sally haben sie aus dem Reisebus geholt . . . Sie wollte gerade zur Telegraphen-Station und zum Waterhole . . .«

»Eigentlich zum Ayers Rock, aber wir mußten die Tour umstellen.« Sally, die ganz hinten im Bus saß und sich völlig ruhig benahm, winkte Chick zu. »Ich habe Wolf noch wegfahren sehen, und als wir von der Stadtrundfahrt zurückkamen, ›kassierte‹ mich der Mastersergeant, wie er sich ausdrückte. Was ist denn da auf dem Highway mit euch passiert? Wolf hat mir nichts erzählt.«

»Meinst du, Chick hat den Mund aufgemacht? Wir sollen alle angesteckt sein, sagt Rocky!« rief Cher durch den Bus. »Wer weiß, wo die Kerle sich herumgetrieben haben!« Sie fuhr wie eine Furie herum und packte Bullay am Hemdkragen. »Wo warst du, du Heuchler? Du Weiberheld! Du Schürzenjäger! Was für ’ne Krankheit habt ihr uns da mitgebracht?«

»Eine unbekannte, verdammte Aboriginal-Seuche!« sagte einer der Soldaten mit dumpfem Ton.

»Immer wir!« Boabo sank auf einen Sitz und umfaßte seinen Kopf. »Dabei waren wir viel gesünder, bevor ihr Weißen kamt. Jetzt saufen wir uns zu Tode . . .«

An diesem in Alice Springs so ereignisreichen Tag wunderten sich die weißen Bewohner von Barrow Creek bis Wauchope Hotel, wie viele Aboriginals plötzlich den Highway entlangzogen, ihre Brüder im Warrabri-Reservat besuchten, überall herumfragten, in der weiteren Umgebung der Straße etwas zu suchen schienen und mittags in Gruppen auf der Erde hockten und über offenen Feuern ihr Essen zubereiteten.

Wer sie ansprach und fragte, woher sie kämen und was sie hier wollten, bekam keine Antwort, oder man grinste sie nur an, gab Laute in einem unbekannten Eingeborenendialekt von sich und ließ sie stehen.

»Da stimmt etwas nicht«, sagte der Gastwirt Ron Spencer in Barrow Creek zu seinen Gästen, meistens Autofahrer auf dem Weg nach Norden oder Süden oder Farmer aus der nächsten Umgebung, die bei ihm im Shop einkauften. »Die Kerle brüten etwas aus. Hab' schon in Alice Springs die Polizei angerufen. Und was soll ich euch sagen: Die taten so, als wüßten sie das schon! Aber was geschieht? Nichts!«

»Solange sie nur herumlatschen, Ron, soll's mir egal sein.« Einer der Farmer blickte aus dem Fenster.

Ein Trupp Aboriginals zog draußen vorbei, geordnet, immer zwei hintereinander, bekleidet mit Hosen, Hemden und Jacken, uralte zerschlissene Kleidung war es, staubig von rotem Sand . . . Man sah ihnen an, daß sie diese Anzüge nur den Weißen zu Gefallen angezogen hatten und daß sie sonst draußen in ihren Reservaten fast nackt, nur mit einem Lendenschurz herumliefen. Viele der Männer trugen breite Stirnbänder in Rot, Grün, Gelb oder Grau, oder sie hatten verbeulte Schlapphüte auf, farbige Strickmützen und randlose Filzstulpen. Sie hatten sich herausgeputzt, für die Weißen fein gemacht, um bloß nicht aufzufallen, sondern sich in die Zivilisation einzugliedern. Aber gerade das machte sie verdächtig. Es war ein offenes Geheimnis, was die Aboriginals sonst dachten: Wer kann die Weißen verstehen? Warum sitzen sie auf Stühlen, essen an Tischen, schlafen in Betten, die auf Stelzen stehen? Warum wollen sie uns zwingen, so zu leben wie sie?

Laßt uns auf den Boden sitzen, leben und schlafen ... Ihr versteht ihn ja doch nicht, unseren heiligen Spruch: Erde ist Mutter – Himmel ist Haus.

»Abwarten«, sagte Ron Spencer. Auch er sah dem Trupp Aboriginals hinterher. »Mir gefällt das alles nicht. Da braut sich was zusammen.«

Den ersten handfesten Krach gab es gegen Mittag.

Jim Palmer hatte es sich im klimatisierten Office seiner Tankstelle bequem gemacht und die Füße auf den Tisch gelegt. Er trank eine Flasche Bier, las die Zeitung und wußte, daß um diese Zeit niemand an seiner Tanksäule hielt und Benzin verlangte.

Die Hitze war drückend, das Benzin in den Fässern hinter dem Haus stank durch das Blech, ein Faß, in dem sich die Dämpfe explosionsartig gedehnt hatten, hatte schon vor einer Stunde seinen Verschluß in den hitzefahlen Himmel geschossen, was Palmer herzlich wenig störte, weil es ihm die Mühe abnahm, das Faß wegzurollen. Es stand an der Hauswand, mit dem Einfülloch nach oben, und konnte keinen Schaden anrichten. Plötzlich aber wurde Jim Palmer munter. Er nahm die Füße vom Tisch, faltete die Zeitung zusammen, griff nach hinten in das Regal und holte einen gummiüberzogenen Totschläger hervor. Durch das Fenster hatte er Aboriginals kommen sehen ... Ganz harmlos schlenderten sie heran, vier junge Männer mit bunten Stirnbändern und halblangen weiten Hosen. Verstohlen blickten sie zum Office, sahen dort niemanden, weil Palmer inzwischen seitlich neben der Tür lauerte, und gingen dann weiter, zielstrebig auf das offene Faß Benzin zu. Der Geruch lockte sie an wie Baldrian die Katzen.

»Genauso hab' ich mir das gedacht«, knurrte Palmer in sich hinein. »Nur ran, ihr lausigen Hunde . . . Ein paarmal dürft ihr schnüffeln, dann knallt's . . .«

Hinter der Tür verborgen sah er zu, wie die jungen Eingeborenen sich nach allen Seiten umsahen, als seien sie Tiere, und dann nacheinander mit wilder Begeisterung ihre Nasen über das Fülloch hielten und tief die Benzindämpfe einatmeten.

Petrol sniffing, dieses teuflische Benzinschnüffeln, war seit einigen Jahren zum bevorzugten Rauschmittel der vor allem jugendlichen Aboriginals geworden. Bier und Schnaps waren ihnen auf einer Sitzung des von ihnen selbst gegründeten autonomen Aboriginal Land Council im Jahre 1977 verboten worden, aber diese Zwangsabstinenz wurde immer wieder durchbrochen; was soll man auch sonst mit seiner vielen, vielen Zeit anfangen?

Und wenn man kein Bier bekommen kann, denn Bier ist teuer, und wenn es keinen Schnaps gibt, der noch teurer ist, wenn man gar keine Möglichkeit findet, sich zu berauschen und ein wenig trunkene Seligkeit zu kaufen – nicht mal an der Hintertür der Pubs, an einer Klappe, die von den Weißen »dog-box« genannt wird, denn an der Vordertür gibt's nur Bier für Weiße –, dann muß man eben schnüffeln – diesen verdammt würzigen Benzinnebel, der nichts kostet oder der für ein paar Cent zu haben ist, wenn der Petrolman gute Laune hat.

Was macht es schon aus, daß man nach zweijährigem ständigem Schnüffeln den Verstand verliert, daß sich das Gehirn auflöst, daß man zum stammelnden Idioten wird? Die Zerstörten merken es nicht, den Weißen ist es egal, solange Frieden im Lande herrscht, und die nachwachsenden Schnüffler begreifen nicht, daß die betäubenden Dämpfe die Ursache der Hirnauflösung ihrer Nachbarn sind.

Jim Palmer wartete, bis alle vier Aboriginals zweimal am Benzinfaß geschnüffelt hatten. Dann riß er die Tür auf, stürzte mit ein paar langen Sätzen auf die erschrockenen Eingeborenen zu und schwang seinen gefährlichen Totschläger. Kreischend fuhren sie nach allen Richtungen auseinander, liefen auf nackten Füßen davon, aber einen, wie immer den kleinsten, erwischte Palmer doch noch und knallte ihm einen Hieb über die Schulter.

»Du Blokes!« schrie Palmer. »Du verdammter Blokes!«

Das ist ein australischer Slangausdruck, der soviel heißt wie Type oder Halunke.

Der Getroffene schwankte etwas, stieß einen wilden, hellen Schrei aus und fuhr herum. Mit einer Schnelligkeit ohnegleichen trat er Palmer in die Hoden und hetzte dann davon.

Jim ging sofort in die Knie. Der Schmerz schien seine Schädeldecke zu sprengen, er preßte beide Hände gegen den Unterleib und hatte das Gefühl, in der Mitte seines Leibes im Feuer zu stehen. Für einen Augenblick war er sogar bewußtlos, die Welt um ihn herum schwankte, kehrte sich nach oben, und an einem schwarzen Himmel zerplatzten rote Sterne. Dann sah Jim seine Umgebung wieder etwas klarer, merkte, daß er auf dem Rücken lag und ihn von den Zehenspitzen bis zur Kopfhaut ein einziger wahnsinniger Schmerz lähmte.

Von den vier Aboriginals war nichts mehr zu sehen. Irgendwo an der Straße trafen sie sich wieder und lachten sich zu. Ihre rot angelaufenen Augäpfel rollten unkontrolliert in den Höhlen. Der Benzinrausch hatte sie erfaßt. Sie fühlten sich unendlich stark und mutig und ahnten nichts von dem schleichenden Selbstmord, dem sie sich ergaben.

Erst eine halbe Stunde später war Jim Palmer fähig, zum Telefon zu humpeln und den Polizeiposten in Barrow Creek zu alarmieren.

»Wie sollen wir die kriegen, Jim?« fragte der Polizist resignierend. »Bind dir nächstens ein Stück Blech vor den

Bauch. Im übrigen habe ich jetzt keine Zeit. Militär aus Alice ist hier, drei Wagen voll. Und ein Jeep mit einem Sarg. Sieht aus, als suchten sie eine Leiche. Immer die gleiche Scheiße: Da will einer wie Columbus das Outback erforschen, und wir wissen von nichts. Jeder, der in die Wüste will, muß sich bei uns abmelden und zurückmelden . . . Das weiß doch jeder! Leg dir einen Lappen mit Alkohol drauf, Jim, das kühlt . . . Ich muß jetzt raus und der Kolonne folgen . . .«

Der Militär-Konvoi fuhr langsam nach Norden, argwöhnisch beäugt von den überall herumsuchenden Aboriginals. Vorn im Jeep saß Lieutenant Lindsay, eine genaue Gebietskarte auf den Knien, und musterte den linken Straßenrand. Ein großes Kreuz auf der Karte markierte die Stelle, wo man Angurugu begraben hatte.

»Da ungefähr muß es sein«, hatte Wolf Herbarth erklärt. »So genau kann ich das nicht sagen. Aber es muß leicht zu finden sein.«

Erstaunt hob Lieutenant Lindsay den Kopf, als vor ihm, schätzungsweise einen Kilometer entfernt, eine alte Buschtrommel aufklang, ein dumpfes Trommeln, aus dem nur ein geübtes Ohr einen bestimmten Rhythmus heraushören konnte. Aber die Aboriginals verstanden die Laute . . . Sie rotteten sich zusammen und marschierten dann geschlossen den Tönen entgegen. Es war wirklich leicht für Lindsay, das Grab zu finden. Ungefähr zweihundert Aboriginals umstanden das mit Steinen festgestampfte Rechteck, und Doomadooa, der große Medizinmann, hatte gerade das Kreuz aus dem Boden gerissen, schwenkte es durch die Luft und ließ es am nächsten Gerippe einer Wüstenpappel zersplittern. Dabei stieß er helle, tierähnliche Laute aus.

»Stop!« kommandierte Lindsay, hob die Hand und sprang aus dem Jeep. »Jungs, jetzt gibt es Krach zwischen Steinzeit und Neuzeit. Ich wette, die lassen uns nicht an das Grab heran.«

3

Der Kreis der Aboriginals um Angurugus Grab blieb geschlossen, als Lindsays Soldaten von der Straße her anmarschierten. Die Eingeborenen rückten sogar noch enger zusammen und waren jetzt wie eine lebende Mauer, die man nur mit Gewalt durchbrechen konnte.

Gewalt aber war das letzte, was Lindsay anwenden wollte ... Auf der Offiziersschule in Canberra hatte er zum erstenmal gelesen, was man im alltäglichen Leben Australiens weitgehend vergessen wollte und deshalb verschwieg, etwas, das in keiner Schule gelehrt wurde und in den wenigsten australischen Geschichtsbüchern steht: die blutige Eroberung des Landes durch die weißen Siedler.

Als vor etwa zweihundert Jahren die ersten Weißen Australien als ein Niemandsland betrachteten und von ihm Besitz nahmen, nachdem Captain James Cook, der englische Weltumsegler und Koloniensammler der britischen Krone, 1770 diesen Kontinent entdeckt und ihm den Namen New South Wales gegeben hatte, lebten in diesem riesigen Land etwa 300 000 Aboriginals.

Für die erobernden Weißen waren das keine Menschen, eher eine Zwischenstufe zwischen Affe und einer noch zu bestimmenden Rasse. Sie waren solch ein Nichts, daß man ihnen noch nicht einmal einen Namen gab. Man nannte sie einfach lateinisch *›ab origine‹* – ein Ding, das ›am Anfang da war‹. Daraus wurde dann das Wort Aboriginal, und so blieb es bis heute.

Dabei lebten damals über sechshundert Stämme in Australien, die über zweihundert verschiedene Sprachen und Dialekte sprachen, aber für die Weißen waren sie absolut nichts wert: sie hatten kein Gold wie die Mayas und Inkas in Südamerika, sie waren unbrauchbarer als Sklaven wie etwa die Neger aus Schwarzafrika, mit denen die arabischen Sklavenhändler handelten, und sie verteidigten nicht einmal ihr Land wie die Indianer. Denn Land war genug da, unvorstellbar riesige, unbewohnte Flächen, die von den Eingeborenen wohl durchzogen wurden, aber die sie nicht als ihr Eigentum betrachteten. Für sie war das Land ihrer aller Mutter.

Was also tun mit diesen Wesen? Die weißen Einwanderer, von denen die meisten zwangsweise kamen, denn Australien wurde schnell zur Sträflingskolonie des britischen Königreiches, wohin man alles abschob, was in England zu langen Freiheitsstrafen verurteilt worden war, diese Einwanderer betrachteten die Aboriginals als eine Art Getier, das man jagen konnte.

So, wie man auf die Jagd nach Känguruhs ging, so begann man die Eingeborenen abzuschießen, ein lustiger Zeitvertreib, vor allem wenn die Aboriginals sich mit ihren komischen Wurfhölzern, den Bumerangs, zu wehren begannen und versuchten, sich ihrer Mörder mit Pfeilen und bunt bemalten, vielzackigen Speeren zu erwehren. Es wurde zum Vergnügen, diese knollennasigen Schwarzen zu erlegen.

Noch vor hundert Jahren, als Europa und vor allem England stolz darauf waren, ein die Menschenwürde schützendes Rechtsdenken zu haben, schrieb in Australien die Zeitung »The Queenslander« am 4. September 1880: ›*Wir müssen die Schwarzen durch Furcht regieren und sie lehren, daß Krieg gegen Siedler sinnlos ist.*‹ Den Gipfel der totalen Menschenverachtung aber erklomm die Zeitung »Normaton Herald«, die um die gleiche Zeit schrieb: ›*Auch sogar halbzivilisierte Nigger sind nicht mehr als Dreck, denen eher Gnade als ein Verbrechen geschieht, wenn man sie vom Gesicht der Erde fortwischt!*‹

Auch in den Lehr- und Geschichtsbüchern ist kaum mehr zu finden als das, was der australische Anthropologe Geoffrey Stead schrieb, als er geheime Polizeidokumente durchstudiert hatte: ›*Die Beziehung der weißen Siedler zu den schwarzen Ureinwohnern Australiens war alle Zeit ver-*

gleichbar mir dem alltäglichen Routinebetrieb einer Großschlächterei. Die Schwarzen wurden gejagt, gefangen, abgeschlachtet. Was sie von den Tieren unterschied, war ihr Mindernutzen; nicht einmal die Jagdhunde der Weißen mochten die schwarzen Kadaver anrühren . . .‹

Der junge Offiziersanwärter Lindsay allerdings hatte dies alles mit tiefer Beschämung gelesen und sich vorgenommen, später als Offizier beim Einsatz im Outback den Aboriginals anders als seine Vorfahren gegenüberzutreten. Von Mensch zu Mensch, nicht von Herrenrasse zu Minderwertigkeit. Und so hatte er es bei seinen wenigen Begegnungen mit den Aboriginals auch praktiziert; er war als Freund zu ihnen gekommen und hatte damit zuerst Erstaunen, dann aber Herzlichkeit hervorgerufen.

Doch was jetzt tun? Die Mauer der Aboriginals um Angurugus Grab blieb geschlossen, auch als ein Sergeant brüllte: »Platz da! Auseinander! Geht zur Seite!« Und in der Mitte des Kreises stand Doomadooa, der große Medizinmann und Zauberer des Stammes, rief die Geister an und wollte ein Feuer über dem Körper Angurugus entzünden, um vor allem den bösen Geist, der in Angurugu gewütet hatte, zu vertreiben und ihn gleichzeitig mit der ihm geweihten Flamme zu versöhnen.

Etwas hilflos blickte der Sergeant zu Lieutenant Lindsay hinüber, nachdem seinen Befehlen niemand folgte. Lindsay hob den Arm und winkte. Die Soldaten versammelten sich um ihn. »Lassen wir ihnen ihre Zeremonie«, sagte er, obwohl er deutlich sah, daß die meisten seiner Männer bereit waren, sich eine so offensichtliche Provokation nicht gefallen zu lassen und deshalb auf die Aboriginals einzuschlagen.

»Sir«, sagte denn auch der Sergeant gepreßt, »der schwarze Oberaffe hat das Kreuz an einem Baum zertrümmert. Er hat damit gewartet, bis wir es sehen konnten. Sollen wir uns das gefallen lassen?«

Lieutenant Lindsay hob die Schultern und sah seinen

Sergeanten forschend an. »Was würden Sie tun, Brenton«, fragte er, »wenn in der Kathedrale von Melbourne einhundert Aboriginals nackt um den Altar tanzten?«

»Sie rauswerfen, Sir, und Ihnen eine Tracht Prügel verabreichen«, antwortete Sergeant Brenton sofort.

»Sehen Sie ... Aber zum größten Heiligtum der Aboriginals – dem Ayers Rock – fahren jedes Jahr 250 000 Touristen und fotografieren, klettern auf dem Felsen herum, lassen Dosen, Papier, Plastiktüten, Eierschalen, Obstreste und anderen Müll liegen und finden das völlig natürlich.«

»Das ist etwas ganz anderes, Sir ...«

»Wieso? Was für uns ein Dom ist, das ist für das Volk der Jankuntjatjara, die hier wohnen, der heilige Berg im roten Sand. Seit fast vierzigtausend Jahren, Brenton! Unseren Jesus gibt es noch keine zweitausend Jahre! Ist das kein Grund, einmal nachzudenken? Stellen Sie sich vor, Brenton, bei einer Trauerfeier für einen Ihrer Verwandten erscheint plötzlich ein fremder Mann und ruft: ›Alles raus, die Leiche nehme ich mit! Schluß mit dem Theater!‹«

Sergeant Brenton schwieg, aber in seinen Augen konnte man lesen, was er dachte. Gefühlsduseleien gegenüber Aboriginals waren auch heute noch extreme Privatentgleisungen. Es gab genügend Organisationen, und immer neue kamen hinzu, die einen Aboriginal gleichsetzen wollten mit einem Weißen ... Man ließ sie gewähren und ignorierte sie, solange sie nicht in den täglichen Lebensablauf eingriffen.

Und wenn es in dem Protestsong »Aboriginal Power« hieß: ›*Gebt uns unser Land zurück, denn wenn ihr unser Land nehmt, nehmt ihr unsere Seelen ...* ‹, so nahm man das beiläufig zur Kenntnis, dachte sich: Aha, die haben sogar eine Seele. Ist ja von Nutzen, wenn wir die ihnen wegnehmen – und beobachtete die Eingeborenen jetzt mit noch kritischeren Augen. Sir, Sie stehen ziemlich einsam da mit Ihrer Liebe für die Aboriginals.

»Der Grabtrupp – fertigmachen!« sagte Lieutenant Lindsay laut. »Finch, versuchen Sie, mit dem Jeep ans Grab zu kommen.« Der Fahrer des Jeeps nahm Haltung an, drehte sich um und lief zum Wagen. »Brenton . . .«

»Sir?«

»Kontrollieren Sie, ob auch alle Schutzanzüge dicht sind. Ich möchte nicht, daß durch Unachtsamkeit etwas passiert. Giftstufe eins ist befohlen.«

»Und wenn wir das Grab geöffnet haben . . . Die herumstehenden Aboriginals sind in größter Gefahr und könnten die Krankheit weiterverbreiten. Dann haben wir die Seuche . . .«

»Ich werde mit ihnen sprechen, Brenton.«

Sergeant Finch war jetzt in den Jeep gesprungen, startete und fuhr von der Straße weg in den Busch hinein, über die niedrigen Hügel der Spinifexbüsche hinweg, eine rote Staubwolke hinter sich aufwirbelnd. Er kam bis zu der Menschenmauer der Eingeborenen, und obgleich er hupte und sogar die Hand auf dem Hupenknopf liegen ließ, rührte sich nichts in der lebenden Mauer der Aboriginals.

Resignierend gab Finch auf, ließ das Dauerhupen sein und lehnte sich zurück, um die Beine auf das Armaturenbrett zu legen. Hinter ihm, quer über die Rücksitze gestellt, glänzte der braun lackierte Sarg mit den Messinggriffen. Man hatte in der Eile keinen einfacheren finden können, es hatte sowieso schon Streit mit dem Sarggeschäft gegeben, dessen Inhaber wissen wollte, wer denn überhaupt den Sarg bezahlen würde – das Gouvernement, das Hospital, das Aboriginal Land Council oder wer sonst?

Vor den am Rande des Highway geparkten Wagen machte sich der Grabtrupp fertig. Über die Uniform zog man einen Plastikanzug mit Kapuze, vertauschte die Schuhe gegen hohe Gummistiefel, die am Rand fest an den Schutzanzug anschlossen, schnallte die Gasmasken mit einem Spezialfilter um den Hals und wartete dann weitere Befehle von Lindsay ab.

»Lange, Sir, halten wir das in den Plastikdingern nicht aus«, sagte Brenton vorsorglich. »Immerhin haben wir fast 45 Grad in der Sonne . . .«

Lindsay nickte und ging langsam zu Angurugus Grab hinüber. Doomadooa, der gerade ein Feuer darauf entzündet hatte und mit eintöniger Stimme die Götter beschwor, blickte zu dem jungen Offizier hin, ohne seinen Singsang zu beenden und den Eindruck seiner völligen Versunkenheit aufzugeben.

Was wird er tun? dachte Doomadooa. Wird er uns auseinandertreiben? Wird Blut fließen? Wird es der Beginn eines neuen schleichenden Krieges sein? Wir Aboriginals sind in den Augen der Weißen das faulste und unnützeste Volk auf Erden . . . Aber wir können hassen! Und davor gibt es keinen Schutz . . . Lindsay tippte den Männern vor sich auf die Schultern. Sie blickten sich nicht um, aber sie drehten sich etwas zur Seite, gaben eine schmale Gasse frei und ließen den Lieutenant bis nach vorn in die erste Reihe durch. Dort blieb Lindsay stehen, steckte die Hände in die Uniformhose und wartete.

Doomadooa war irritiert. Keine Gewalt? Keine herrischen Befehle? Kein Eingreifen der Behörden? Hatte er nicht vor den Augen aller Weißen ihr geheiligtes Kreuz an einer verdorrten Wüstenpappel zerschlagen. Warum nahmen sie das hin, ohne die Schuldigen zu bestrafen? Was war das für ein merkwürdiger junger Offizier?

Doomadooa rief weiter die bösen Geister an, streute getrocknete Kräuter in das brennende Holz. Beißender Qualm, der nach verbranntem Kuhmist stank, zog über die Menschenmauer hinweg. Lindsay hielt den Atem an, um diesen bestialischen Rauch nicht einzuatmen, und dann begann Doomadooa mit einem eigenartigen Tanz. Er stampfte die Erde, ging in die Hocke, klopfte mit den flachen Händen auf den Boden, beugte sich über das Feuer, sog den schrecklichen Qualm ein und blies ihn in alle Himmelsrichtungen. Dann tanzte er von neuem stampfend über das Grab und stieß dabei Laute aus, die wie der Schrei eines Raubvogels klangen.

Dann, ganz plötzlich, blieb er stehen, die Arme hoch in den heißen Himmel gereckt, wie versteinert, so, als habe er jetzt Kontakt mir den Göttern, die sich mit ihm vereinigten. Nicht ein Laut war zu hören, nicht einmal das Atmen der vielen Menschen. Nur das Feuer knisterte, das heilige, alles reinigende, die bösen Geister vertreibende Feuer, das Feuer, das auch Leben bedeutete.

Plötzlich sank Doomadooa in sich zusammen. Dann ging er zu dem niedrigen, brennenden Holzstapel und trat das Feuer aus. Der Ring der Aboriginals brach auseinander, löste sich auf, es bildeten sich kleine Gruppen. Nur noch Lindsay und Doomadooa standen sich allein am Feuer gegenüber und sahen sich an.

»Was willst du tun?« fragte der Aboriginal in einem holprigen, aber gut verständlichen Englisch.

»Ihn ausgraben. Wie hieß er?«

»Hotoo Angurugu.«

»Er war krank?«

»Der Tod lebte in ihm . . .«

Ein merkwürdiger Satz, der alarmierend wirkte. Wenn ein Tod lebt, bedeutet das Gefahr für alle Menschen.

Plötzlich verstand Lindsay die rätselhafte Ansammlung der Aboriginals am Highway: Sie hatten Angurugu gesucht, sie hatten ihn gejagt, sie hatten ihn töten wollen, aber der »lebende Tod« war schneller gewesen. Nur wußte keiner, wie viele er schon mit seiner schleichenden, unbekannten Krankheit angesteckt hatte.

»Was weißt du über seine Krankheit?« fragte Lindsay. Seine Kehle war auf einmal wie ausgetrocknet.

Wir sollten ihn in seinem Grab lassen, dachte er. Dort, unter den festgestampften Steinen, ist er ungefährlich. Was aber kann geschehen, wenn wir ihn ausgraben? Könnten nicht Millionen unbekannter Viren oder Bakterien frei werden und das Land verseuchen? Was nützen dann alle Schutzanzüge? Wäre es nicht besser, das Grab zu öffnen, den Leichnam mit Chlorkalk zu überschütten und dann wieder mit festgestampfter Erde zu bedecken? Jeder Boden ist porös, Gase können daraus entweichen, auch Verwesungsgase . . . Wer kann wissen, ob nicht auch mit dem Gas bisher unbekannte Viren ins Freie und damit zu uns allen gelangen können?

»Kennst du seine Krankheit?« fragte Lindsay.

Doomadooa schüttelte den Kopf. »Nein, aber es war nötig, daß er starb.«

»Ihr wolltet ihn töten?«

»Ja.« Doomadooa sah auf das Grab, zertrat die letzte Glut des Holzfeuers und drehte sich dann weg. »Holt ihn nicht zurück ans Licht«, sagte er dabei. »Ich warne euch. Laßt ihn in der Erde, bei seiner Mutter . . . Warum sperrt ihr Weißen eure Toten in eine Kiste? Wer die Erde geliebt hat, gehört in die Erde, ohne daß man ihn vor der Erde schützt. Ihr seid merkwürdige Menschen . . .«

Lieutenant Lindsay hob wortlos die Schultern. Was soll man darauf auch antworten? Er wandte sich zur Straße und winkte. Der Grabtrupp machte sich auf den Weg. In ihren Plastikanzügen und den Gasmasken sahen die Männer wie Wesen von einem anderen Stern aus. Sergeant Brenton schritt voraus, er trug die Gasmaske noch vor der Brust.

»Alles kontrolliert, Sir!« meldete er kurz. »Alles dicht.«

»Wenn der Tote im Sarg liegt, vernichten Sie alle Schutzanzüge und Stiefel. Verbrennen Sie alles, Brenton.«

»Plastik? Wie denn, Sir?«

»Mit Benzin übergießen und anstecken. Die Hauptsache, das Feuer vernichtet alle Krankheitserreger.«

Lindsay ging zur Straße zurück und beobachtete durch ein Fernglas die Arbeiten am Grab. Der vermummte Trupp brach mit Hacken die obere Schicht auf und grub dann mit

Schaufeln den Toten aus. Als sie Angurugu aus dem Grab hoben, zum Jeep trugen und in den Sarg legten, streckte Doomadooa die Arme hoch in den Himmel und stieß schrille Schreie aus.

Sergeant Brenton besprühte den Sarg mehrmals mit einem Desinfektionsmittel, das er in einem Spezialkanister auf dem Rücken trug. Die anderen Vermummten warfen die Schaufeln und Hacken in das ausgegrabene Loch und stellten sich dann auf. Brenton kam zu ihnen und besprühte auch sie von allen Seiten. Erst dann zogen sich alle aus und warfen ihre Schutzanzüge ebenfalls ins Grab. Finch, der sich abseits gehalten hatte, kam mit zwei großen Benzinkanistern und goß ihren Inhalt in das Loch. »Vorsicht!« rief er und zündete einen Lappen an seinem Feuerzeug an und warf ihn hinterher. Im Nu schoß eine Flamme hoch, und dann stand eine Fackel über Angurugus Grab, als habe man an dieser Stelle Erdöl entdeckt.

Finch sprang in den Jeep und verzog angeekelt das Gesicht, denn das Sprühmittel stank fürchterlich, und fuhr zum Highway zurück.

Sergeant Brenton marschierte mit seinem Trupp zu den Wagen. Als er sich umblickte, sah er voller Erstaunen, daß die Aboriginals wieder ihren Kreis um das nun brennende Grab geschlossen hatten, sich auf die Erde hockten und stumm auf die Flammen blickten.

Sie nahmen Abschied von Angurugu . . . Für sie lag er noch im Boden, denn sein Geist war unbrennbar. Was die Weißen da abtransportierten, war nur Abfall, eine zerstörte Hülle

»Wir werden diese schwarzen Affen nie verstehen, Sir«, sagte Brenton, als er Lindsay erreicht hatte. Die Leute des Grabtrupps standen am Mannschaftswagen und tranken durstig eine Flasche Fruchtsaft.

»Es sind Menschen, Brenton!« antwortete Lindsay tadelnd.

»Menschen wie Sie und ich.«

»Nicht auszudenken, mit denen verwandt zu sein!« knurrte der Sergeant. »Das muß ich heute abend mit Whisky wegspülen, Sir . . .«

In schneller Fahrt kehrte das Kommando nach Alice Springs zurück. Den Sarg lud man sofort in einer Betongarage des Hospitals ab, malte einen großen schwarzen Totenkopf auf die Tür und stellte einen Posten davor auf.

Wir haben alles getan, was man zur Sicherheit tun konnte, dachte Lindsay, bevor er das Hospital betrat, um sich bei Captain Tillburg zurückzumelden. Wirklich alles?

Im Hospital war man mittlerweile darauf vorbereitet, einen Notfall durchzuspielen. Man hätte gern auf diese »Übung«, denn mehr war es noch nicht, verzichtet, aber Captain Tillburg und auch der Bürgermeister von Alice Springs hatten eindringlich davor gewarnt, die entstandene Situation auf die leichte Schulter zu nehmen.

»Besser zu viel Vorsicht als gar keine!« hatte Tillburg verkündet. »In diesem Fall kann Übereifer nicht schädlich sein.«

Auch der Distriktsgouverneur erschien im Hospital, zusammen mit einem Vertreter des autonomen Aboriginal Land Council, einem Eingeborenen, dem man die hohe Stellung eines Landrates ansah.

Er trug gepflegte europäische Kleidung, hatte die Haare modisch gestutzt, sprach ein gutes Englisch, war auf einer Missionsschule erzogen worden und hatte sich voll und ganz dem Lebensstil der Weißen angepaßt. Er wohnte in einem schönen Steinhaus, hatte drei Hausangestellte, Waschmaschine, Kühlschrank, Fernsehen, Elektroherd und Minigolf im üppigen Garten. Seine Frau trug Kleider, die man aus Adelaide oder Darwin kommen ließ . . . Und somit war dieser Mann eine Art Neutrum geworden. Kein Aboriginal mehr, aber auch kein Weißer . . . Ein Kontrollorgan, eine Verwaltungsmaschine, eine demokratische Null, weiter nichts.

Von den Weißen wurde er geduldet, weil er der Welt gegenüber ein Alibi für die Gleichberechtigung für Urbevölkerung darstellte, von den Aboriginals selbst scheel angesehen oder sogar gehaßt. Denn wer in einem Reservat lebt, das aus Wüste, roten Felsen und Salzseen besteht und deshalb nur noch ein Vegetieren möglich macht, hat kaum das Gefühl, gleichberechtigt zu sein. Außerdem hatte man ihnen den Alkohol verboten; in den Reservaten überwachten Gemeinderäte die »Trockenheit« der Eingeborenen, und doch gab es in keinem Volk so viele Betrunkene, die sich um Verstand und Leben soffen, wie bei den Aboriginals. Sehr zur Freude der Weißen, die ihnen den Todesstoff lieferten, denn je mehr sich ein Volk selbst dezimiert, desto größer ist die Erwartung der nutznießenden Nachbarn.

»Das ist ja ungeheuerlich!« sagte der Distriktsgouverneur zu Wolf Herbarth. Er sagte die Worte hinter einer Plastikwand, die ihn von Wolf trennte, in einem Zimmer, das man als Isolierraum hergerichtet hatte. Zwei weitere Zimmer wurden in aller Eile zur Isolierstation umfunktioniert. »Die Krankheit wird also aus den Reservaten eingeschleppt.«

»Man hat mir noch nichts gemeldet«, rief der Aboriginal-Landrat dazwischen. Er ahnte, was da auf ihn zukam und wie die Weißen in kürzester Zeit auf diese Nachricht reagieren würden. »Sie hören doch, er ist an Erschöpfung gestorben.«

»Aber er wollte zu uns, zu einem Arzt und zu Fuß! Warum hat man über Funk nicht nach einem Arzt gerufen? Alle Stämme in den Reservaten haben eine Funkanlage, nicht wahr?«

»Jawohl, Sir ...«, antwortete der Landrat bedrückt. »Jede Verwaltungsstation. Undandita, Papunya, Yuendumu, Warrabri, Tanami ... keine Meldung.«

»Und was folgern Sie daraus?« Der Distriktsgouverneur

gab sich selbst die Antwort. »Dieser Kranke wurde von seinem Stamm ausgestoßen. Man erkannte seine Gefährlichkeit. Und er lief und lief, um zu einem weißen Arzt zu kommen, statt abseits von seinem Volk auf der Erde zu sterben, wie man erwartet hatte. Das war eine neue Gefahr, denn wenn die Krankheit bekannt wurde, würde der Teufel los sein. Und nun ist er los. Die Jagd auf den Aboriginal lief zu spät an. Könnte es so gewesen sein?«

»Möglich, Sir«, sagte der Aboriginal-Landrat vorsichtig. »Wo wurde er gefunden?«

»Am Highway bei den Crawford Ranges. Von hier aus links der Straße.« Wolf Herbarth saß hinter der Plastikwand und kam sich reichlich dumm vor. Wenn er nicht diesen einen unvorsichtigen Satz über den Toten gesagt hätte, wäre diese ganze hysterische Aktion nicht angelaufen. Es war also allein seine Schuld. »Er muß aus der Tanami-Wüste gekommen sein.«

»Ich werden sofort Yuendumu anfunken!« rief der Landrat.

»Welch eine Schlamperei!«

»Wenn niemand etwas weiß? Wenn der Stamm schweigt und das unter sich regeln wollte?« Captain Tillburg wedelte mit den Händen durch die Luft. Er saß neben Wolf auf einem Hocker, ebenfalls hinter der Plastikwand als möglicher Infizierter isoliert. »Wie wollen Sie das jemals herausbekommen? Das merken Sie erst, wenn im Tanami-Gebiet das große Sterben beginnt. Und dann haben wir den ganzen Scheißdreck auch bei uns!« Er warf einen Blick zur Seite auf Herbarth. »Wenn er nicht überhaupt schon da ist ...«

Als nächste wurden Saul Eberhardt und seine Enkelin Bette im Hospital abgeliefert. Mit unnachahmlicher Würde stampfte der dicke Dreiundachtzigjährige in das durch die Plastikwand geteilte große Zimmer. Während Bette sich weinend auf einen Stuhl setzte, trat Eberhardt an die durchsichtige Trennwand heran.

»Das ist das zweite Mal in meinem langen Leben«, sagte er, als spräche er am Rednerpult seiner Kirche, »daß ich grundlos verhaftet werde. Das erste Mal war's vor rund sechzig Jahren, als ich mit einem Motorrad gegen einen Gemüsestand fuhr. Trunkenheit warf man mir vor – und ich war stocknüchtern! Und niemand hatte sich die Mühe gemacht, meine Bremsen zu untersuchen. Die hatten nämlich versagt, nicht ich! Aber es tat den Behörden gut, einen Prediger zu quälen . . . Man bewies die irdische Macht. Heute nun ist es das zweite Mal. Ich protestiere. Ich soll krank sein? Angesteckt von diesem netten jungen Mann da? Irrsinn! Hysterie! Die Zeit ist noch nicht gekommen, da Gott der Herr sein Strafgericht über alle ausschütten läßt. Denn dann helfen keine Ärzte mehr, keine Medizin, keine Isolierung, keine Bestrahlungen oder Injektionen, keine Operationen und auch keine Gebete . . . Dann sind wir alle nur noch Sünder und werden nach unseren Sünden gewogen . . .«

»Fertig?« fragte Captain Tillburg trocken.

»Ja, Sie Ignorant.«

»In Kürze wissen wir mehr. Meine Leute bringen den Toten her.«

»Dann wissen wir auch, woher er kommt!« rief fast jubelnd der Aboriginal-Landrat aus.

»Wie das denn?« fragte Tillburg säuerlich.

»Er hofft auf ein Stammeszeichen«, gab Saul Eberhardt zur Antwort. Er war der größte Aboriginal-Kenner unter den Weißen, unbestritten. »Aber das ist eine vage Hoffnung. Viele der jüngeren Generation verzichten auf solche Merkmale.« Er wandte sich zu Herbarth um. »Und wie alt war der Tote ungefähr?«

»Das kann man bei einem Aboriginal nicht wissen.« Wolf hob die Schultern. »Dreißigjährige sehen manchmal schon aus wie Greise. Keiner kann das Alter eines Aboriginals schätzen, auch Sie nicht, Paul Eberhardt.«

Der Baptistenprediger blickte Wolf wohlwollend und

gütig an. Welch ein netter Mensch! Nehmt euch alle ein Beispiel an ihm . . . Er weiß, daß Saul nur der Schreibfehler eines dämlichem Beamten ist und daß es Paul heißen soll!

»Hatte er weiße Haare oder weiße Strähnen im Haar?« fragte Eberhardt.

»Nein. Das heißt, ich weiß es nicht . . . Sie waren rot vom Wüstenstaub.«

»Der Körperbau?«

»Fehlanzeige. Ausgetrocknet, nur Knochen, von einer ledernen Haut überspannt.«

»Und die Haut voller roter Flecken . . .«, warf Captain Tillburg ein.

»Das kann allerdings nachdenklich machen«, gab Saul Eberhardt zu.

»Wir haben uns sofort nach Bekanntwerden des Todesfalles mit allen möglichen Infektionskrankheiten und Seuchen befaßt . . . Solche Symptome wie die beschriebenen finden sich nicht in der medizinischen Literatur.« Zum erstenmal mischte sich der Chefarzt des Hospitals in die Gespräche ein. Er lehnte vor der Plastikwand am Fenster und wartete ungeduldig auf die Rückkehr des Militärkommandos.

Dr. Jurij Tunin war russischer Abstammung, sein Vater war unter Stalin aus Rußland geflüchtet und im Schmelztiegel Australien zu einem vollkommenen Australier geworden. Sein Sohn Jurij ließ schon den in Rußland gebräuchlichen Vatersnamen – in seinem Fall das schöne Alexandrowitsch – weg und hätte seinen Namen auch englisch ausgesprochen, wenn er dabei nicht so schrecklich blöd geklungen hätte. Dr. Tunin war ein guter Arzt geworden und nur deshalb nach Alice Springs gekommen, weil er sich auf der Universität von Perth in eine Medizinstudentin verliebt hatte, die er später auch heiratete. Melanie kam aus Alice Springs und wollte wieder dorthin zurück. Aus himmelhochjauchzender Liebe ging Tunin mit und hatte es nie bereut. Das Outback war das australische Sibirien; Tunin war sich hier immer wie ein Pionier vorgekommen und war es in den langen Jahren auch gewesen.

Der nächste Schub, der im Hospital eingeliefert wurde, waren die Eingefangenen von Mastersergeant Rock Hammerschmidt. Mit viel Lärm stürmten die »Sichergestellten« in den großen Isolierraum, und Chick schrie sofort, als er Wolf sah:

»Steh auf, du Arschloch, und geh in Stellung! Ich werde dir jetzt eine aufs Kinn setzen! Sag die Wahrheit: Du hast gequatscht!«

»Ja.«

»Ich mache Sägemehl aus deinem Gehirn . . .«

»Es war nur, um Informationen einzuholen.« Wolf blieb sitzen. Statt dessen lief Sally auf ihn zu und umarmte ihn von hinten. Sie küßte ihn, obwohl Tillburg warnend rief: »Bleiben Sie weg von ihm!«

»Da gibt's keine Ansteckung.« Chick grinste breit. »Er hat vorher heiß und kalt geduscht.«

»Sie sind der zweite Infizierte?« fragte Dr. Tunin interessiert.

»Und Cher, mein Schätzchen.« Chick legte den Arm um sie und zog sie an sich. »Himmel, hatte ich's eilig. Rein ins Bett und Tralala. Wir haben erst hinterher gebadet. Medizinisch gesehen, sind wir die absoluten Krankheitsträger.«

»Sie müssen sofort in einen Sonderraum!« rief Captain Tillburg aufgebracht. »Dr. Tunin, tun Sie doch etwas.«

»Und gebrauchen Sie nicht das heilige Wort Himmel vor Ihren Ferkeleien!« sagte Saul Eberhardt empört.

»Das hat doch alles keinen Sinn!« Der Distriktsgouverneur fuchtelte aufgeregt mit den Händen herum. »Leute, wir dürfen jetzt nicht den Kopf verlieren. Wir müssen erst die Obduktion abwarten. Am Ende ist alles ganz harmlos, aber wir haben uns verrückt gemacht.« Er deutete mit dem Finger auf Chick. »Wie heißen Sie?«

»Chick Bullay, Sir.«

»Was können Sie über den Toten sagen?«

»Er hat gestunken . . .«

»Was hat er?« fragte Dr. Tunin betroffen.

»Gestunken, Doktor.«

»Wonach?«

»Faulig. Ja, das ist es . . . Er stank wie verfault. Er lebte noch und begann schon zu verwesen . . .«

Betroffen starrten der Distriktsgouverneur und der Aboriginal-Landrat Dr. Tunin an. Was sagen Sie nun, Doktor? hieß dieser Blick.

»Das will gar nichts heißen«, mischte sich Saul Eberhardt ein.

»Wie oft habe ich erlebt, daß die Eingeborenen stinken. Das ist völlig harmlos. Immer wenn sie durch die Sonne schon halb verfaultes Fleisch gegessen haben – ein Aboriginal-Magen kann Ungeheures vertragen –, atmen ihre Poren den Fäulnisgeruch aus. Das ist ganz natürlich, nicht wahr, Dr. Tunin?«

»So könnte es sein. Das wäre die eine Version. Die andere sieht schlimmer aus, geradezu gefährlich. Aber ohne den Toten untersucht zu haben, kann ich keine Erklärung abgeben. Das werden Sie alle verstehen . . .«

»Auf jeden Fall müssen Cher Attenbrough und Chick Bullay in einen anderen Raum gebracht werden!« protestierte Captain Tillburg aufs neue. »Das heiße Bad von Mr. Herbarth beruhigt mich. Aber die mangelnde Hygiene von Mr. Bullay . . .«

»Haltet mich fest, Leute« schrie Chick und boxte um sich. »Ich hatte schon immer was gegen Uniformen. Dieser Uniformträger, auch wenn er Captain ist, kann mich zum Amokläufer machen.«

Es wurde ein turbulentes, durchaus kein langweiliges Warten über Stunden hinweg. Der Landrat funkte unterdessen alle Aboriginal-Communities an, aber aus jedem Verwaltungsbüro hörte er die gleiche Antwort:

»Nichts bekannt. Was ist denn los?« Vom Petermann-Reservat im tiefen Süden bis Top Springs am Yingawunari-Reservat im Norden seines Bezirks wußte man nichts von einer unbekannten Krankheit. Nur Barrow Creek meldete, daß auffallend viele Aboriginals unterwegs seien und man den Eindruck habe, als suchten sie etwas. Antwort auf Fragen aber gäben sie nicht.

»Ganz klar«, sagte Tillburg voller Triumph, denn nun war seine Übervorsicht rehabilitiert. »Sie suchen den Kranken! Ist das kein Beweis? Die Eingeborenen wissen mehr!«

Endlich, am frühen Nachmittag, traf die Kolonne von Lieutenant Lindsay am Hospital ein. Die beiden neuen Isolierräume waren inzwischen fertig, und die von Mastersergeant Rock Hammerschmidt »eingefangenen« harmlosen Männer und Frauen, die zufällig im Telford Territory Motor Inn zu Abend gegessen oder am nächsten Morgen gefrühstückt hatten, wurden in Raum II eingesperrt, während man Chick und Cher allein in Raum III absonderte.

Vom Fenster aus sahen alle zu, wie der Jeep mit dem lackierten Sarg in die dafür vorbereitete Garage fuhr, während die Soldaten auf ein Kommando von Rock Hammerschmidt hin geschlossen ins Hospital und in Raum II marschierten.

»Kein Wort über das, was ihr gesehen habt!« schrie Hammerschmidt auf dem Flur die Soldaten an. »Wenn man euch fragt, habt ihr das Gehör verloren, verstanden?«

»Dann wollen wir mal . . .«, sagte Dr. Tunin, der vom Fenster aus beobachtet hatte, wie sich die Garagentür schloß und der Posten wieder draußen Stellung bezog.

»Und wie lange sollen wir warten?« fragte Captain Tillburg.

»Ich habe um neun Uhr abends Gottesdienst«, mahnte Saul Eberhardt. »Bis zum pathologischen Befund kann es vier Tage dauern«, sagte Dr. Tunin an der Tür.

»Sind Sie verrückt, Doktor?« fuhr Tillburg auf.

»Ich muß die Obduktionsproben nach Adelaide schikken. Hier habe ich nicht die nötigen Apparate und Möglichkeiten, um exakte Diagnosen zu stellen. Das müssen Fachärzte tun. Unsere Untersuchung kann nur oberflächlich sein.« Dr. Tunin hob die Schultern. »Ich werde mein Möglichstes tun, Captain, aber das ist beschränkt auf meine verfügbaren Mittel ...« Er öffnete die Tür, ging hinaus, kam aber noch einmal zurück. »Vielleicht können Sie alle doch noch heute abend nach Hause ...«

Die Tür schloß sich. Resignierend ließ sich Tillburg wieder auf seinen Stuhl fallen. »Das war ein typisches ärztliches Lutschbonbon«, sagte er bitter. »Tunin weiß genau, daß wir heute nacht hier kampieren werden. Er kann gar keine Entscheidung fällen ohne den pathologischen Befund aus Adelaide. Mr. Herbarth, da kommt ein verdammtes Verfahren auf Sie zu. Für alles müssen Sie und Ihr Freund geradestehen, und Sie werden Glück haben, wenn man Sie nicht zu guter Letzt durch die Stadt prügelt.«

»Nichts als Hysterie!« Saul Eberhardt lief vor der Plastikwand auf und ab, das heißt, er walzte mit seinen zwei Zentnern schnaufend über den blanken Kunststoffboden. Im Hintergrund saß noch immer Bette, seine hübsche Enkelin, und schluchzte vor sich hin. »Wer hat überhaupt aus diesem Blödsinn eine solche Staatsaffäre gemacht?«

»Captain Tillburg«, sagte Wolf. »Ich erwähnte bei ihm so nebenbei den Sterbenden, den wir gefunden haben, und schon schoß er hoch wie eine Rakete.«

»Das Militär!« Sauls Stimme triefte vor Spott. »Muß immer den Ernstfall üben. Hat ja sonst nichts zu tun im Outback.«

Tillburg zog tief beleidigt die Schultern hoch. Aber ein echter Soldat nimmt so etwas nicht still hin – er schlägt zurück.

»Regen Sie sich nicht auf, Saul ...«, sagte er gelangweilt. »Auf Ihre Predigt heute abend kann Ihre Gemeinde verzichten.«

»Ha!« entfuhr es Eberhardt, als habe ihn ein Schuß getroffen.

»Seit vier Jahren haben Sie doch bereits einen Nachfolger. Daß man Sie noch predigen läßt, ist lediglich eine humanitäre Tat.«

»Oha!« stöhnte Eberhardt wieder auf. »Oh ...«

»In Wirklichkeit betrachtet man Sie doch als Museumsstück, ein lebendes Fossil ...«

»Das ist zuviel, das ist unerträglich!« stammelte Saul Eberhardt und lehnte sich an die Wand. »In meiner nächsten Predigt werde ich das zur Sprache bringen.«

In der Garage hatte Dr. Tunin, unterstützt von einem Assistenzarzt und einem Krankenpfleger, unterdessen mit der Obduktion von Angurugu begonnen.

Die Sicherheitsmaßnahmen waren vollkommen. Der gesamte Raum war mehrmals mit einem Desinfektionsspray ausgeräuchert worden. Tunin und seine Helfer trugen wie der Exhumierungstrupp Plastikanzüge, Gummihandschuhe und Atemmasken. Sterilkocher brodelten auf zwei Blechtischen, um sofort die gebrauchten Instrumente aufzunehmen.

Was Dr. Tunin nach dem Freilegen des Leichnams sah, ließ ihn zunächst erschrecken. Die großen roten Flecken, die Wolf Herbarth beschrieben hatte, waren nun schwarz geworden, einige waren wie Wasserblasen aufgebrochen und hatten eine farblose, klebrige Flüssigkeit abgesondert. Der Assistenzarzt sah seinen Chef betroffen an. Der Gestank in der fensterlosen Garage war bestialisch geworden.

»Haben Sie so etwas schon gesehen?« fragte er hohl durch den Atemschutz.

»Nein. Dabei kennen wir alle hier möglichen Krankheiten genau.«

»Ob es die Folgen eines giftigen Schlangenbisses sind?«

»Auch nicht. Schlangengift wirkt auf das Atmungssystem lähmend, oder es verändert das Blutbild. Aber so etwas hier . . .«, Tunin zeigte mit dem Skalpell auf die geplatzten schwarzen Hautblasen, ». . . das ist mir noch nicht vorgekommen. Ich kann mir jetzt allerdings erklären, warum man den armen Kerl von seinem Stamm isoliert und er sich zu Fuß auf den Weg nach Alice gemacht hat.« Tunin nickte dem jungen Assistenzarzt zu. »Wir werden dem Kollegen in Adelaide ein paar schöne Präparate zuschicken.«

Sorgfältig schnitten sie einige der schwarzen Flecken heraus, geplatzte und unversehrte, holten Blutklumpen aus den Arterien, schnitten Stücke aus Leber, Milz und Darm, nahmen ein paar Proben aus dem Mageninhalt und vom Lungengewebe und packten alles in kleine Plastiksäckchen, die der Krankenpfleger sofort mit einem Schweißgerät verschloß, das auch die innere Luft absaugte und so ein Vakuum erzeugte. Dann wurden die Päckchen wieder mit dem Sterilspray besprüht.

»Ich glaube, wir haben jetzt genügend Präparate«, sagte Dr. Tunin und reckte sich. »Auf das Gehirn können wir verzichten. Oder sollen wir noch trepanieren?«

»Das müssen Sie entscheiden, Chef.« Der Assistenzarzt würgte etwas. Der Gestank war kaum noch zu ertragen.

»Soll der Tote auf Eis gelegt werden, oder wird er zur Beerdigung freigegeben?«

»Bis zum Urteil der Pathologie sollten wir ihn aufheben.«

Dr. Tunin trat von dem improvisierten Seziertisch zurück – eine alte Tischplatte auf zwei Holzblöcken, die allesamt sofort verbrannt werden sollten –, und stellte sich mit ausgebreiteten Armen mitten in die Garage. Der Krankenpfleger besprühte ihn von allen Seiten mit dem Desinfektionsmittel.

»Es kann sogar sein, daß sie den Toten nach Adelaide rüberholen.«

»Und was geschieht nun mit den Infizierten?«

»Nichts.«

Der Assistenzarzt und der Krankenpfleger legten Angurugu in den Sarg zurück, den man vorher gründlich ausgesprüht und mit einer Innenhülle aus Zink isoliert hatte. Bei den hohen Temperaturen im Outback war man auf so etwas vorbereitet . . . Wenn jemand in der Weite des Landes starb, auf irgendeiner einsamen Farm, und in Alice Springs begraben werden sollte, holte man ihn in einem Zinksarg ab oder in einem schönen Holzsarg, der innen mit Zinkblech ausgeschlagen war. »Wir können diese Leute nicht auf einen Verdacht hin festhalten. Das gibt eine Klage wegen Freiheitsberaubung.«

»Wir können uns auf das Seuchengesetz berufen, Chef.«

»Nur, wenn eine Seuche festgestellt ist. Ist sie das? Wenn sich diese noch unbekannte Krankheit als nicht ansteckend herausstellt, stehen wir ziemlich dumm da.« Tunin hob bedauernd beide Hände. »Wir müssen die Leute gehen lassen, auch wenn die Kollegen in Adelaide vor einem Rätsel stehen. Und schließlich – ein Schnupfen ist ebenfalls ansteckend. Ich hätte an Captain Tillburgs Stelle nicht solch einen Rummel ausgelöst.«

»Er ist ein Infektions-Neurotiker, das wissen wir doch alle. Am liebsten liefe er in einem Nebel von Sterilspray herum.«

Sie öffneten die Garagentür. Köstliche Luft zog in den stinkenden Raum, der Krankenpfleger rollte den Sarg ins Freie und schob ihn mit dem niedrigen Wagen zum Hospital und zum Eiskeller hinüber. Ein Gärtner des Hospitals, ein Aboriginal, lud die Tischplatte, die Holzböcke und die Plastikanzüge auf eine Karre und fuhr sie weg, um alles zu verbrennen. Auch die Handschuhe, die Mundschützer und die leichten Gummistiefel nahm er mit; Dr. Tunin verzichtete darauf, sie nur in der Sterilkammer keimfrei zu machen.

»Nun ist es soweit!« sagte im Hospital der Distriktsgouverneur. Er stand am Fenster und sah die Ärzte aus der Garage kommen. »Dr. Tunin macht keinen sehr fröhlichen Eindruck. Es scheint ernst zu sein.«

»Meine Ahnung!« Captain Tillburg begann, hastiger zu atmen. »Eine Katastrophe für Alice Springs! Alle touristischen Exkursionen werden sofort eingestellt!«

Um so verblüffter waren alle, als Dr. Tunin ins Zimmer kam und den trennenden Plastikvorhang einfach aus dem Klebeband an der Decke riß. Der Aboriginal-Landrat, der schon eine ungeheure Kontrollwelle in allen Reservaten hatte auf sich zukommen sehen, klatschte in die Hände.

»Keine Epidemie!« rief er triumphierend. »Alles nur Fehlalarm . . .«

»Keine zu frühe Freude, meine Herren.« Dr. Tunin zündete sich mit etwas bebenden Fingern eine Zigarette an. »Ich habe nur nichts gefunden, was uns berechtigt, Sie in Quarantäne zu nehmen. Ich muß Sie aber bitten – und mehr als bitten kann ich nicht –, daß Sie sich alle, bis der Befund aus Adelaide da ist, zur Verfügung halten.«

»Wir müssen mit unserem Truck morgen unbedingt weiter nach Adelaide«, sagte Wolf und trat vor. »Eine Bitte Ihrerseits reicht als Entschuldigung nicht aus . . . Sie müssen uns schon amtlich festhalten.«

»Dazu hat man keine Handhabe!« rief Saul Eberhardt und sah Captain Tillburg herausfordernd an. »Hysterie ist kein Quarantänegrund.«

Der Distriktsgouverneur nickte, und damit war die Diskussion beendet. Die große Aufregung war zunächst verpufft. Zunächst . . . denn keiner wußte zu dieser Stunde, was man in drei oder vier Tagen aus Adelaide erfahren würde. Es war nur eine Galgenfrist, die ihnen eingeräumt worden war.

»Melden Sie sich bei Ihrer Ankunft in Adelaide sofort im Pathologischen Institut, Mr. Herbarth«, sagte Dr. Tunin ernst. »Dort weiß man schon mehr. Die Präparate werden noch heute in die Stadt geflogen. Wie lange brauchen Sie bis Adelaide?«

»Wenn wir gut aufs Gaspedal drücken – vier Tage. Es können aber auch fünf oder sechs werden . . . Man weiß nie, was auf dieser Satansstrecke alles passieren kann.«

»Bis dahin haben wir völlige Klarheit. Wenn man Sie im Institut sofort isoliert, wissen Sie, was los ist.«

Chick Bullay war völlig anderer Meinung, als man später in Chers Zimmer saß und sich auf den Schreck hin mit Whisky beruhigte. »Den Teufel werden wir tun!« sagte er polternd. »Wir geben den Truck ab, und dann ab mit dem nächsten Flugzeug nach Alice. Drei Monate Urlaub nehmen wir . . . Wenn wir zurückkommen, sind wir Millionäre und mit Gold behangen.«

»Wieso Gold?« fragte Cher Attenbrough sofort. »Wieso Millionär?«

»Sollen wir's ihnen sagen, Wolf?« fragte Chick und blinzelte mit den Augenlidern.

»Das müssen wir ja wohl jetzt, Chick. Unsere Frauen haben ein Recht darauf.«

Und sie sagten es ihnen, zeigten die Karte aus Känguruhleder und träumten gemeinsam von dem großen Glück, das vielleicht auf sie wartete.

Die Idee stammte von Chick. Und selbst wenn es dadurch noch einen weiteren Mitwisser gab, stimmte Wolf zu, weil es gleichzeitig eine Chance war, Klarheit zu gewinnen.

Boabo Shimbano mit dem Taufnamen Burt wurde spät in der Nacht aus seinem Zimmer hinter der Autowerkstatt getrommelt. Mit entsetztem Blick starrte er Chick an und streckte beide Arme hoch in die Luft, als sähe er eine Pistole auf sich gerichtet. »Also doch . . .«, stammelte er. »Wir sind alle krank! Wir werden sterben!«

»Zieh dich an, Knollennase!« sagte Chick grob. »Und hör mit dem Jammern auf . . . Hier ist keiner krank.« Er drängte Boabo von der Tür weg in dem Raum zurück und betrat mit Wolf die einfache Behausung. Wenn sich Boabo auch dem Stil der Weißen angepaßt hatte und nicht mehr auf der nackten Erde schlief, sondern auf einer Matratze, die – eine Art Konzession an seine Aboriginal-Abstammung – auf den Dielen lag, so war doch das Durcheinander in seinem Zimmer nicht anders als in den Freiluftbehausungen seiner Vorfahren.

Chick und Wolf stiegen hinweg über Haufen schmutziger Wäsche, zusammengeknüllter Hosen und Jacken, Socken und Hemden, vermischt mit aufgerissenen Cola-Dosen, Bierflaschen und leeren Lebensmittelkartons, bis hin zu zwei Flechtstühlen, die um einen runden, fleckigen Tisch standen.

»Du lebst wie eine Sau!« sagte Chick und setzte sich, nachdem er mit der Handfläche über den Stuhlsitz gefahren war. »Zieh dir was über, du Affe! So schön siehst du nicht als nacktes Monstrum aus.«

»Was wollt ihr?« fragte Boabo ängstlich und kletterte in seinen Overall. »Warum kommt ihr zu mir, mitten in der Nacht ... Wenn ich nun nicht allein gewesen wäre?«

»Wer bei dir im Bett liegt, den hätten wir auch noch ertragen. Muß ja ein Mädchen mit einer ganz besonderen Geschmacksrichtung sein ...«

»Was wollt ihr?« fragte Boabo noch einmal und pflanzte sich an der Tür auf. Es sah so aus, als wolle er bei der erstbesten Gelegenheit flüchten.

»Wir wollen dir etwas zeigen.« Wolf holte die lederne Karte aus der Tasche. »Du hast doch deine Muttersprache noch nicht vergessen, was?« Er schob die Karte über den Tisch. »Sieh dir das mal an. Was hältst du davon?«

Zögernd kam Boabo näher. Aber dann fiel ihm ein, daß Chick ihn am Morgen besucht und so dumm dahergeredet hatte, daß man nicht klug daraus werden konnte. Auch eine Zeichnung auf Leder hatte er erwähnt, und er, Boabo, hatte gesagt:

»Unmöglich, wir zeichnen nur auf Baumrinden oder auf

Leinwand, die wir von den Weißen kaufen, genauso wie die Farben. Früher haben wir die Farben selbst aus gemahlenen Steinen hergestellt, aus Steinpulver in Schwarz, Rot, Gelb und Grau. Aber dann kam der weiße Mann mit seinen glänzenden Ölfarben und seinen Töpfen voller Tempera, und seitdem ist die ›Primitivkunst‹ der Aboriginals auch nicht mehr das, was sie einmal war: Ausdruck unerfüllter Träume und bewundernde Wiedergabe von Natur und Tier. Aber auf Känguruhleder zeichnen ... nie!«

Chick beobachtete Boabo scharf, als dieser sich über die Zeichnung beugte und sie eingehend betrachtete.

Es war, als führe ein Blitz durch ihn, aber er beherrschte sich, hatte seinen schwarzbraunen Körper unter Kontrolle; nur seine Augen bekamen einen unnatürlichen Glanz. Und den erkannte Chick sofort.

»Na?« fragte er. »Knollennase, was ist damit?«

Boabo richtete sich auf und mühte sich um einen gelangweilten Gesichtsausdruck.

»Nichts, Chick. Was soll das sein?«

»Da ist doch was draufgekritzelt!«

»Hat vielleicht ein Kind gemacht. Habt ihr das etwa gekauft? Da seid ihr aber beschissen worden ...«

Wolf wollte die Lederkarte schon wieder zusammenrollen, als Chick plötzlich über den Tisch langte, mit beiden Händen Boabos Kopf packte und ihn so zu sich heranzog. Er schüttelte ihn von rechts nach links und sagte dann mit einer gedämpften Stimme, die ausgesprochen gefährlich klang:

»Und dabei glänzen deine Augen, du schwarzer Hundewurm? Ich sehe dir an, daß du genau weißt, was diese Kritzelei bedeutet. Los! Spuck es aus ...«

»Chick, ich schwöre ...«

»Und ich schwöre, daß ich dir deinen Knotenkopf zerquetsche, wenn du nicht die Wahrheit sagst!« Chick drückte Boabo gegen die Wand, verstärkte den Druck seiner breiten Hände, und der Aboriginal verdrehte die Augen vor Schmerz und Angst. »Was steht auf dem Lederlappen? Du kannst das alles lesen ... Ich weiß es jetzt!«

»Chick, laß los, bitte ...«, stammelte Boabo. Er hing zwischen Chicks Fäusten, als habe er den Boden unter den Füßen verloren, und pendelte frei in der Luft.

»Übersetzt du diese Zeichnung?«

»Ja, Chick.«

Bullay ließ los, schob die Karte wieder über den Tisch und gab Boabo einen Stoß. Der Aboriginal ging vor dem Känguruhleder auf die Knie und starrte die rätselhaften Zeichen an.

»Es ... es ist in der Sprache des Yunukoojootjara-Stammes geschrieben«, sagte er zögernd, als gäbe er ein heiliges Geheimnis Preis.

»Ist das eine Hinweiskarte?«

»Ja ...«

»Übersetzen!« befahl Chick.

»Es heißt booroowal quarragwan ... Tag und Hitze. In eurer Sprache: Der Ort ist am Tage sehr heiß.«

»Weiter!«

»Baapanannia – wariatanbirik – tarrukengh ...«

»Und das heißt?«

»Bei Sonnenaufgang sieht der Hügel aus wie ein Bein ...«

Boabo hob den Blick zu Chick und Wolf. Er sah aus, als wolle er weinen, als habe er sein ganzes Volk verraten.

»Und das Kreuz heißt: Gold«, sagte Chick heiser vor Erregung.

»Ja ...«

»Und wo kann der Hügel liegen, der bei Sonnenaufgang wie ein Bein aussieht?« fragte Wolf.

»Das weiß ich nicht.«

»Wo lebt dieser Stamm?« schrie Chick und umfaßte wieder Boabos Kopf.

»Im Gebiet von Haasts Bluff ... zwischen dem Lake

Amadeus und dem Lake Macdonald . . . irgendwo. Ein riesiges Gebiet, nur Wüste und Felsen . . .« Boabo stand von den Knien auf und lehnte sich wieder an die Wand. Sein breiter, großlippiger Mund zuckte. »Was wollt ihr damit?«

»Diese Frage vergiß mal schnell, Knollennase.« Chick schob die Lederkarte wieder Wolf zu. »Vergiß überhaupt alles, was du jetzt gehört und gesehen hast.«

Wolf betrachtete die Zeichnung mit vorgeschobener Unterlippe, ehe er sie wieder zusammenrollte und in die Tasche steckte. Er hatte die Karte des Outback genau im Kopf und kannte jede geologische Formation in diesen Gegenden.

»Da gibt es kein Gold«, sagte er starrsinnig. »Da hat man nie gesucht, weil es nichts zu finden gibt. Das Gold liegt im Südwesten, im Gebiet um Kalgoorli und in New South Wales.«

»Dann sind wir die ersten, die es woanders entdecken und aus der Erde holen. Für zehn Dollar wird sich jeder von uns die Schürflizenz, das ›Miner's Right‹, besorgen, und dann gehört alles, was wir finden, absolut uns! Zuständig für uns ist das Department of Aboriginal Affairs; das hat mir Cher gesagt.«

»Aber das dauert lange. Wochen . . . Monate . . .« Boabo schüttelte den Kopf. Er war wieder ganz der Alte, listig und undurchsichtig. »Wann wollt ihr das Gold suchen?«

»In spätestens zehn Tagen, Knollennase.«

»Bis dahin habt ihr die Schürflizenz nie! Ich weiß einen besseren Weg.«

»Sieh an, unser Lausemännchen!« Chick rieb sich die Hände.

»Gib dein Wissen mal weiter . . .«

»Am einfachsten ist es, den Ältesten des Stammes um die Schürfrechte zu bitten. Nach dem neuen Gesetz darf auch er die Erlaubnis dazu erteilen. Das neue Landrecht sagt: Der Stamm ist der Besitzer des Bodens.«

»Verdammt, er ist doch zu etwas nütze!« rief Chick und klopfte Boabo auf die Schulter. »Jetzt brauchen wir nur noch den Stamm zu suchen.«

»Wenn ihr mich mitnehmt, ist es leichter . . .«

»Willst du denn mit, Knollennase?«

»Ja.« Boabo plinkerte mit den Lidern. »Ich führe euch zu dem Hügel, der bei Sonnenaufgang aussieht wie ein Bein . . . Mein Anteil: zwanzig Prozent.«

»Er erpreßt uns!« sagte Chick fassungslos und sah Wolf wie hilfesuchend an. »Tatsächlich, hörst du's auch? Er will uns erpressen.«

»Ohne mich findet ihr das Gold nie!«

»Wir haben die Karte, du Affe!«

»Sie wird keiner lesen können, weil sie in weißen Händen ist.«

»Das ist klar ausgedrückt.« Wolf nickte Boabo zu. »Er sollte uns zehn Prozent wert sein. Zehn Prozent – oder gar nichts. Rechne mal durch, Chick. Bei hundert Dollar sind das zehn für ihn, aber neunzig für uns . . .«

»Und bei einer Million . . . hunderttausend für Knollennase und neunhunderttausend für uns . . .« Chick faßte sich an den Kopf. »Du hast mich überzeugt, Boabo. Zehn Prozent?«

»Ja, Sir!« antwortete der Aboriginal feierlich. »Aber es ist ein langer, schwerer Weg dorthin. Und es kann sein, daß wir nie ankommen.«

»Mir ist noch nie 'ne gebratene Taube ins Maul geflogen, ich habe immer alles mit Schwerarbeit erobern mussen. Verdammt, ich schaffe auch das!« Chick sah Wolf Herbarth fragend an.

»Was meinst du?«

»Wir packen es, Chick«, sagte der. »Wir müssen an ein Wunder glauben, denn im Haasts Bluff kann es gar kein Gold geben, oder die ganze Geologie steht kopf.«

4

Sie brauchten zweieinhalb Tage bis Adelaide, eine geradezu wahnwitzige Zeit, die nur dadurch zu schaffen war, daß sie auch die Nächte durchfuhren.

Jeder vier Stunden hinter dem Steuer – und das zweimal – das ergab sechzehn Stunden, dazwischen eine kurze Ruhepause, ein wenig Schlaf, und dann weiter, weiter, weiter! Umgeben von roten Staubwolken, gemartert von der Gluthitze, zitternd in der nächtlichen Kälte, immer darauf gefaßt, mit den dicken Schutz- und Rammstangen vorn am Kühler ein Känguruh wegzuschleudern oder mit einem verwilderten Stier zusammenzustoßen.

Der rote Wüstensand drang durch jede Ritze der Fahrerkabine. Er klebte an den Augen, den Brauen, den Wimpern, den Nasenlöchern, pappte die Lippen zu, drang in die Poren der Haut, wo er ein unentrinnbares Kitzeln erzeugte, und nach einer Stunde schon sah man aus, als habe man sich in gefärbtem Mehl gewälzt . . . Sie aber waren sechzehn Stunden am Tag unterwegs, hielten nur an, um an gottverlassenen Stationen zu tanken, und soffen dann Krüge voller Cola oder auch nur einfaches, gekühltes, köstliches Wasser, von dem weder Chick noch Wolf wußte, woher es kam. Bisher hatten sie Glück gehabt; sie hatten weder eine Darminfektion noch Thyphus bekommen, weder Gelbsucht noch Amöbenruhr.

»Lieber drei Tage scheißen, als zwei Stunden lang vor Durst 'ne Fata Morgana sehen«, hatte Chick einmal gesagt, als ihn ein Arzt, der ihnen an einer dieser einsamen Tankstationen begegnete, eindringlich vor dem Wassertrinken warnte. »Haben Sie schon mal Durst gehabt, Doktor? Nicht so einen, wo man sich ein kühles Bier wünscht, sondern so einen richtigen Wüstendurst, wo einem die Zunge wie ein Lederflicken im Mund liegt und doppelt so dick ist. Nein? Dann wissen Sie nicht, wie das ist, wenn man sich schwört: Von jetzt ab saufe ich im Outback alles, was nach Flüssigkeit aussieht. Kennen Sie nicht die wahre Geschichte von den drei Rangern, die mit ihren Pferden durch die Mackay-Wüste wollten, von Vaughan Springs bis nach Kintore, und die unterwegs, als ihnen das Wasser ausgegangen war, die Adern ihrer Gäule anritzten und das Blut tranken, bis sie alle verreckten, Pferd und Mensch? Was wären die glücklich gewesen, ungefiltertes Wasser trinken zu können – selbst mit dem Risiko eines tagelangen Durchfalls.«

Zweieinhalb Tage von Alice Springs bis Adelaide – das ist einfach Wahnsinn! Aber sie schafften es und fuhren wie rotbemalte Gespenster auf den Hof ihrer Spedition. Dann wankten sie wie Betrunkene zum Zentralbüro, meldeten sich zurück, und Chick sagte mit einer vom Staub völlig heiseren Stimme: »Das war vorläufig die letzte Fahrt, ihr klimatisierten Ärsche ... Wir nehmen drei Monate Urlaub. Hat einer was dagegen?«

Im Zentralbüro war niemand dagegen: Hier wurde verwaltet und nicht über den Arbeitseinsatz gestritten. Aber der Fahrdienstleiter, ein Mr. Josua Plinkert, der selbst neun Jahre lang die unendlichen Highways befahren hatte, bis er nach einem Unfall ein steifes Bein behielt und zum Fahrdienstleiter aufgestiegen war, hatte entschieden etwas einzuwenden:

»Chick, nun füll deinen Wasserverlust zwei Tage lang mit Whisky auf und komm dann wieder. Drei Monate? Junge, ist dein Gehirn ausgetrocknet?«

»Bin ich ein freier Mensch in einem freien Land?« fragte Chick aggressiv. »Red nicht drumherum, Josua ...«

»Natürlich, Chick. Aber ...«

»Kein Aber!«

»Wir können doch deinen Truck nicht drei Monate lang auf Eis legen, in einer Ecke einmotten, bis es dem lieben Chick Bullay gefällt, wieder am Starter zu drehen! Wie stellst du dir das vor? Wir brauchen jeden Truck! Die Firma lebt davon – und du auch! Eine Woche – genehmigt . . .«

»Die häng dir um den Hals! Ich brauche drei Monate.«

»Vierzehn Tage, nur weil du es bist, Chick. Außer der Reihe . . . und sag's keinem weiter.«

»Und wenn ich einfach drei Monate lang wegbleibe?«

»Dann bist du raus, Chick. Gefeuert mit Blitz und Donner. Für immer bist du dann raus. Da kannst du die anderen Speditionen ruhig abklappern – dich nimmt keiner mehr. So etwas spricht sich in der Branche schnell rum. Dafür sorgen schon die lieben Kollegen.«

»Da siehst du's, Wolf.« Chick drehte den Kopf zu Herbarth, der hinter ihm stand und bisher noch kein Wort gesprochen hatte. »Das ist echte Kameradschaft. Sobald es geht, hauen dich alle in den Sack. Treten dich mit Hallo in den Hintern. Warten auf deinen Posten, verleumden und belügen dich und lassen dich kaltlächelnd verrecken.« Er sah wieder den Fahrdienstleiter an und zog den Kopf zwischen die Schultern. »Mr. Plinkert«, sagte er dann sehr offiziell und laut, »ich bitte, zur Kenntnis zu nehmen: Chick Bullay verläßt ab sofort diesen Mistladen und steigt aus. War das klar genug?«

»Und wie.« Plinkert war weit davon entfernt, beleidigt oder betroffen zu sein. Er kannte seine Supertruck-Fahrer, war ja selbst einer gewesen. Wenn sie von solch einer Höllentour zurückkamen, drehten viele durch, standen gewissermaßen neben sich und waren nicht mehr mit normalen Maßstäben zu messen.

Nach spätestens drei Tagen hatte sich das geregelt . . . Wenn sie im Puff gewesen waren, wenn sie vierundzwanzig Stunden lang gesoffen oder ganz einfach nur rund um die Uhr geschlafen hatten. Dann kamen sie ganz klein, aber wieder vernünftig zu Josua Plinkert, entschuldigten sich, jeder auf seine Art, mit einem langen Wortschwall oder einem gebrummten »Wann geht's wieder los?« – und waren die besten Kerle unter der Sonne. Auch Chick würde in zwei oder drei Tagen wieder einen klareren Kopf haben.

»Und du?« fragte Plinkert und sah dabei Wolf an. »Willst du auch drei Monate Urlaub?«

Es sollte spöttisch klingen, aber Plinkert traute seinen Ohren nicht, als Herbarth antwortete:

»So ist es, Mr. Plinkert. Chick und ich bleiben immer zusammen.«

»Auch als arbeitslose Tramps?« schrie Josua.

»Das ist eben unser Schicksal.«

Plinkert wischte sich über die Augen, starrte seine beiden besten Fahrer an und schüttelte den Kopf. »Da stimmt doch was nicht!« sagte er ruhiger. »Seid ihr abgeworben worden? Ehrlich! Was hat euch die Konkurrenz geboten? Jungs, auf ein paar Dollars soll es hier nicht ankommen. War sowieso vorgesehen, euch mehr zu zahlen.«

»Nun sieh dir dieses miese Schweinchen an!« sagte Chick und spuckte neben Josua Plinkert auf den Betonboden. »Hätten wir jetzt nicht das Maul aufgemacht, wären wir noch jahrelang zum alten Lohn gefahren. Und da verlangt man, daß wir ein Herz für diesen Verein haben? Josua, für drei Monate sind wir weg.«

»Holt euren Lohn an der Kasse, und dann seid ihr für immer weg!« brüllte Plinkert. Sein Gesicht glänzte wie mit Speck poliert. »Zu meiner Zeit bin ich für die Hälfte eures Lohns gefahren.«

»Zu deiner Zeit kostete ’ne Rothaarige im Puff auch noch zwanzig Dollar ... Jetzt mußt du eine für fünfzig Dollar schon suchen! Das ist der sichtbarste Ausdruck des Währungsverfalls!« Chick stieß Wolf auffordernd in die Seite. »Komm, Wolf, wir gehen.«

Alles Zetern und Schimpfen von Josua Plinkert half nichts – alle Drohungen und Bitten prallten wirkungslos an Chick ab. Er und Wolf gingen in die Verwaltung und ließen sich von der Kasse ihren Lohn auszahlen, eine schöne Summe, denn die Fahrer der Riesentrucks galten als die bestbezahlten Arbeiter in Australien, die oft mehr in der

Brieftasche hatten als ein Universitätsprofessor, dafür aber auch pro Fahrt einen Teil ihrer Lebenskraft opferten.

Danach suchten Wolf und Chick ihre Quartiere auf. Sie duschten, tranken eine Menge Whisky, legten sich ins Bett und schliefen dann, umgefallenen Bäumen gleich, fast zwanzig Stunden.

Als sie aufwachten und sich fühlten, als hätten sie ihre Knochen beim Duschen mit weggespült, fanden sie jeder einen Brief, den man unter der Tür hindurchgeschoben hatte. Es waren der gleiche Text und der gleiche Absender: Mr. Hubert Finke.

Der große Finke. Der Chef.

Ich bitte um eine Aussprache bei mir. Finke.

Mehr stand nicht in dem Schreiben, aber daß Finke sich persönlich an sie wandte, war schon fast eine Sensation. Den großen Boß hatten sie nur einmal gesehen, bei ihrer Einstellung. »Wer klaut, fliegt sofort!« hatte er damals gesagt. »Protestiert nicht, jeder von euch klaut, schmuggelt oder tauscht . . . Bis heute habe ich 238 Fahrer gehabt . . . Keiner war ein Engel! Gute Fahrt allerseits.«

»Was nun?« fragte Wolf, der mit seinem Brief zu Chick hinübergekommen war.

»Wir könnten uns den Hintern damit abwischen, wenn das Papier nicht so hart wäre.« Chick hatte seinen Brief schon mittendurch gerissen. »Bloß nicht hingehen, Junge! Bloß nicht . . . Dann werden wir reich. Ich kenne Finke jetzt viele Jahre . . . Wenn er will, kann er reden wie ein Jesuit. Der überzeugt dich, daß du deinen Hintern als Gesicht trägst.«

»Aber gar nicht zu antworten wäre unhöflich, Chick.«

»Als ob es hier noch auf Höflichkeit ankäme! Wenn wir das Gold gefunden haben, können wir Finke sogar die Firma abkaufen! Dann setze ich Plinkert wieder auf'n Bock und schicke ihn auf die große Tour nach Darwin. Was heißt hier: lahmes linkes Bein? Er bekommt einen Automatik und braucht dafür nur noch das rechte.« Chick wischte sich über die Augen und seufzte laut auf. »Wenn ich daran denke, was man alles als Millionär tun kann . . .«

»Wirst du Cher heiraten?«

»Aber ja . . . Kinder will ich haben. Und wie ist's mit dir und Sally?«

»Wir haben dieses Thema nie angesprochen.«

»Zu feige dazu, Wolf?«

»Vielleicht war's noch zu früh.«

»Mit fünfunddreißig?« Chick lachte hart. »Willst du warten, bis du zwei nutzlose Würmchen hast . . . einen Blinddarm und einen . . .«

»Halt's Maul, Chick.« Wolf zerriß seinen Brief nicht, steckte ihn in die Tasche des Bademantels. »Davon verstehst du nichts, von der Verantwortung einer Frau gegenüber. Solange ich auf den verdammten Highways fahre, gibt's keine Hochzeit.«

»Und wie und wo willst du Wurzeln schlagen?«

»Vielleicht in Alice oder in Darwin oder an der Küste bei Cairns. Wir werden irgendwo ein Lokal eröffnen . . . ein Café, ein Hotel Garni, eine Bar, eine Disco . . .«

»Und womit? Mit euren schönen Augen?«

»Ich habe bis jetzt 27 000 Dollar gespart.«

»*Was* hast *du*?« Chick ließ sich auf sein Bett fallen und starrte Wolf mit offenem Mund an. »Da wird ja ein Neger blaß! Wovon denn?«

»Von dem, was ich nicht versoffen und nicht bei den Weibern gelassen habe. Da kommt in einigen Jahren etwas zusammen. Wenn ich dreißigtausend zusammenhabe, wage ich den Absprung, das habe ich mir vorgenommen.«

»Und ich?« sagte Chick leise.

»Wieviel hast du gespart?«

»Für'n neues Hemd reicht es.«

»Und Cher?«

»Weiß ich nicht. Hab' sie nie danach gefragt.«

»Mit zehntausend Dollar könntet ihr Teilhaber werden. Dann bleiben wir für immer zusammen, Chick.«

»Akzeptiert! Wir steigen mit ein.«

»Und wo nimmst du das Geld her?«

»Aus der Wüste. Da grab' ich es aus . . . als Goldnuggets! Und darum kann mir Mr. Finke in den Hintern kricchen – und ich blas' ihn wieder raus!«

Sie frühstückten in einem Lokal, aßen einen Teller voll Rührei mit gebackenem Schinken und zwei Sandwiches, tranken einen Liter schwarzen Kaffee und fühlten sich danach um Jahre verjüngt.

»Wo hast du dein Bankkonto?« fragte Chick, als sie wieder auf der Straße standen. Der brausende Großstadtverkehr war nicht ihre Sache . . . Wer siebzig oder hundert Tonnen durch die Wüsten schleppt, für den ist Autolärm keine Musik mehr.

»In Alice Springs. Warum?«

»Ich leih' mir von dir 2 500 Dollar, du tust 2 500 Dollar dabei . . . damit können wir die Expedition ausrüsten. Ich garantiere dir: Du bekommst das Geld wieder. Wir brauchen einen Allrad-Wagen, Ersatzteile, Benzin- und Wasserkanister, Schaufeln, Sandbleche, ein Funkgerät . . .«

»Decken, Schlafsäcke, Medikamente . . . und alles muß ich bezahlen, was?«

»Im Augenblick, ja. Wir verrechnen alles mit den gefundenen Millionen.« Chick grinste breit. »Eine risikolose Investition. Was tun wir jetzt, Wolf?«

»Ich besorge mir die besten geologischen Karten, die ich bekommen kann. Und die besten Autokarten vom Outback. Und den besten Kompaß . . . Ich will diesen Wahnsinn unbedingt überleben . . .«

»Und ich besorge die Schürflizenzen.« Chick Bullay blickte auf seine Armbanduhr. »Wir treffen uns um eins im ›Smarty‹. Da werden wir ein Steak essen, daß der Teller darunter zusammenbricht.«

Pünktlich um ein Uhr mittags betrat Wolf ›Smarty's Restaurant‹ und sah Chick schon in einer Ecke an einem runden Tisch sitzen. Sein mißmutiges Gesicht ließ unangenehme Nachrichten ahnen.

Das Restaurant war ein altes, aber sauberes Lokal im Stil der Entdeckerzeit, mittlerweile dreimal abgebrannt, aber immer wieder in der gleichen Art aufgebaut worden. Man bekam hier die dicksten und größten Steaks in ganz Adelaide, so saftig, daß Chick jedesmal behauptete, nach dem Braten spritze man Wasser in das Fleisch. Aber er kam immer wieder her, denn er hielt das ›Smarty‹ für das einzige Lokal in Australien, wo man blind etwas essen könne, ohne um seine Dollars betrogen zu werden. Wolf stellte seine gefüllte Einkaufstasche auf einen Stuhl und setzte sich Chick gegenüber.

»Punkt dreizehn Uhr ...«

Chick warf ihm einen muffeligen Blick zu. »Preußischer Deutscher!«

»Du warst ja noch früher da.«

»Hast du alles bekommen?«

»Ja – und du?«

»Scheiße! Erklär einem Beamten mal, was Eile ist ... Wenn den von hinten ein Krokodil frißt, wedelt der vorne noch mit einem Formular zur Erlaubnis der Wildfütterung herum. Schürfrechte in den Reservaten gibt es in frühestens vier Wochen ...«

»Wie Boabo gesagt hat. Wir müssen also an Ort und Stelle den Stammesältesten überzeugen und herumkriegen. Und das verdirbt dir so die Stimmung?«

»Ich war auch bei drei Banken. Wollte einen Kredit aufnehmen. Und was war immer die erste Frage: ›Was bieten Sie als Sicherheit?‹ Ich antwortete: ›Meine Hände‹, und hielt sie ihnen hin. ›Ist das kein Kapital?‹ Und was sagen sie? ›Tut uns leid, es müssen schon Sachwerte sein.‹ Ich frage dich nun: Wenn ich genug habe, wozu brauche ich dann einen Kredit? Es ist doch immer dasselbe: Wer was hat, bekommt noch was dazu. Aber die, die es brauchen, lacht man aus, als wären es Hosenscheißer. Die Welt steht kopf, das habe ich immer gesagt.«

Sie bestellten ihre Riesensteaks, aßen eine in der Folie gebackene ebenso riesenhafte Kartoffel mit saurer Sahne dazu und tranken vier Glas Pils von einer Brauerei, die ein deutscher Braumeister kontrollierte. Das war übrigens das einzige, was Chick von den Deutschen und Deutschland gelten ließ, außer Wolf natürlich. Sonst haßte er dieses Old Germany und antwortete auf etwaige Fragen nur: »Von meiner Familie sind fünf in Germany geblieben – von 1943 bis 1945 . . . Irgendwo liegen sie begraben. Reicht das?«

Niemand fragte dann mehr weiter.

»Wir nehmen das letzte Flugzeug nach Alice«, sagte Wolf, als sie ihre Teller leergegessen hatten und bis zum Rülpsen satt waren. »Was ist mit unseren Buden hier?«

»Die lösen wir auf, Junge. Als Millionäre brauchen wir sie nicht mehr. Wir nehmen alles nach Alice mit. Was wir haben, tragen wir ja unterm Arm weg.« Er atmete tief auf und legte seine Pranken auf Wolfs dagegen geradezu zierlich wirkende Hände. »Jetzt beginnt unser neues Leben«, sagte Chick direkt feierlich, und in seine Augen kam ein feuchter Schimmer. Wolf erkannte es mit sprachlosem Erstaunen. Chick war zur Rührung fähig. »Ein Leben, Wolf, das wir zwei nur gemeinsam erobern können – oder gar nicht . . .«

Am Abend landeten sie in Alice Springs.

Sie hatten ihre Zimmer in Adelaide aufgegeben und ausgeräumt, und was sie besaßen, hatte Platz in drei Koffern, die noch nicht einmal bis zum Platzen gefüllt waren. Wolf zahlte die Miete bis zum Monatsletzten, die Hauswirtin verabschiedete sich mit Tränen in den Augen, denn sie waren gute Mieter gewesen, sauber, still und anständig. Nie hatten sie Frauen mit auf ihre Zimmer genommen oder Saufgelage mit ihren Kumpanen veranstaltet; es würde schwer sein, wieder solche netten Mieter zu bekommen.

Was früher alles bei ihr gewohnt hatte, daran mochte die Gute nicht mehr denken. Warum nur jetzt dieser plötzliche Aufbruch?

»Haben Sie auch nichts vergessen?« fragte sie an der Haustür.

»Nein.« Chick winkte ab. »Und wenn – es ist doch nichts wert.« Er gab der Hauswirtin einen Kuß auf die Wange und umarmte sie.

»Mach's gut, Mama . . . und vielen Dank für all die Jahre. Wenn wir schaffen, was wir vorhaben, vergessen wir dich nicht. Da kannst du sicher sein. Ich lasse dir das ganze Haus renovieren, von oben bis unten und von außen und innen. Wie neu wird's aussehen . . .«

»Ach geh!« sagte die Wirtin und lächelte traurig. »Du und deine Sprüche, Chick! Der Teufel hole dich!«

Dann warf sie die Tür zu und schob geräuschvoll den dicken Riegel vor, als wolle sie damit sagen: Ihr kommt mir hier nicht mehr herein. Aber wenn Wolf und Chick jetzt geklingelt hätten, hätte sie die Tür weit aufgerissen.

Bei Mr. Finke, dem großen Boß, hatte Wolf heimlich angerufen. Er betrachtete es als unanständig, wortlos abzureisen. Entgegen allen Chefgewohnheiten, einen Untergebenen erst einmal warten zu lassen, auch wenn man nur die Zeitung las, denn ein Chef ist immer stark beschäftigt, stellte die Sekretärin sofort die Verbindung her, als habe man auf Wolfs Anruf gewartet.

»Aha, Mr. Herbarth!« hatte Finke gesagt. »Sie haben gekündigt? Nicht, daß ich Ihnen nachlaufe, es gibt Fahrer genug, die stehen Schlange bei Mr. Plinkert. Aber mich würde interessieren, was Ihnen bei uns nicht mehr gefällt.«

»Nichts.«

»Was heißt nichts?«

»Mir gefällt alles bei Ihnen. Sie zahlen gut, wir waren immer zufrieden, es ist zwar eine Knochenarbeit, aber sie hat auch Spaß gemacht. Es waren gute Jahre bei Ihnen.«

»Und warum gehen Sie dann weg?«

»Das hat rein private Gründe.«

»Frauen . . .?«

»Auch, Mr. Finke. Aber erst an zweiter Stelle.«

»Und was ist der Hauptgrund?«

»Darf ich fragen, was Sie in diesem Jahr mit Ihrem Geld machen werden?«

Mr. Finke war für einen Augenblick verblüfft, aber dann verstand er, was Wolf mit dieser Frage ausdrücken wollte.

»Okay!« sagte er abgehackt. »Es bleibt also dabei?«

»Leider, Mr. Finke. Vielleicht hören Sie noch einmal von uns.«

»Wohl kaum . . . und lieber nicht. Man läßt seinen jahrelangen Partner nicht einfach von heute auf morgen im Stich. Von Ihnen hätte ich das nicht erwartet, Mr. Herbarth.«

»Vielleicht werden Sie es einmal verstehen. Ich sage vielleicht. Die Zukunft ist noch sehr dunkel.«

»Sie wollen sich in ein Abenteuer stürzen, Wolf?«

»So ähnlich.«

»Haben Sie das nötig? Bei mir haben Sie eine Lebensstellung, können gutes Geld verdienen, sind im Alter versorgt . . . Reicht Ihnen das nicht? Wollen Sie und Chick etwa einen eigenen Truck haben?«

»Auf keinen Fall, Mr. Finke. Ich wünsche Ihnen alles Gute.«

»Ich Ihnen nicht!« sagte Mr. Finke enttäuscht. »Ich habe Sie immer für einen der wenigen Anständigen gehalten. Wie man sich irren kann . . .«

Von diesem Gespräch erzählte Wolf nichts. Chick hätte ihn nur ausgelacht und einen unheilbaren Idioten genannt. Vielleicht war er das auch. In diesem Augenblick verfluchte Wolf Herbarth die Minute, in der er das Känguruhleder angenommen und nicht einfach weggeworfen hatte.

Denn – dabei blieb er – es gab kein Gold in den Roten Bergen! Die neuesten geologischen Karten, die Wolf gekauft hatte, sagten das ebenfalls aus.

Das Haasts Bluff wie auch das Petermann waren Niemandsland. Wüste, Felsen, Steppe aus Spinifexgras, ausgetrocknete Salzseen, leere Flußbetten, grenzenlose Einsamkeit. Meeresboden vor 180 Millionen Jahren. Wo soll da Gold herkommen?

Auf dem Flugplatz von Alice Springs erwarteten Sally und Cher die beiden Männer. Sie liefen Wolf und Chick entgegen, fielen ihnen um den Hals und riefen wie aus einem Mund: »Nichts! Nichts! Nichts!«

Und Sally fügte hinzu: »Aus Adelaide hat man im Hotel angerufen. Sie können keine ansteckende Krankheit feststellen. Ich weiß es von Dr. Tunin . . . Offiziell ist es aber noch nicht. Tunin traut dem Befund nicht.«

»Einer muß ja immer querschießen!« Chick faßte Cher um die Hüfte. »Da hat sich Captain Tillburg endlich mal blamiert.«

»Kennt man denn die Krankheit?« fragte Wolf. Dr. Tunins Zögern machte ihn nachdenklich.

»Bisher sind in Adelaide drei solche Fälle bekannt. Man hat beim ersten Fall sofort Affen mit dem Blut des Kranken infiziert . . . Sie zeigten keine Wirkung. Aber der kranke Aboriginal starb an Atemlähmung . . . wie nach dem Biß einer Taipan-Schlange.«

»Das wird's auch gewesen sein.« Chick kniff Cher in den Hintern, sie quietschte auf, benahm sich wie ein grünes Girl und rannte weg. Chick jagte hinter ihr her, fing sie an der Tür des kleinen Terminals ein und küßte sie vor allen Leuten.

»So sorglos wie Chick möchte ich auch sein«, sagte Wolf und ging mit Sally langsam zum Ausgang. »Im Truck ist er wie aus Eisen, aber ohne Truck ist er mit seinen vierzig Jahren halb Kind, halb Mann.«

In den nächsten Tagen kauften sie ein und rüsteten die Expedition aus.

Wolf hatte siebentausend Dollar von der Bank geholt, und Chick hatte in stundenlanger Arbeit eine Liste erstellt, was man alles brauchte und mitnehmen mußte. Es war ein Wunschzettel, über den Wolf sagte, als er ihn durchstudiert hatte:

»Chick, wir haben einen Toyota Land Cruiser zur Verfügung und keinen Dreißig-Tonnen-Truck! Und ein Anhänger ist Blödsinn.«

»Geht alles rein, drauf und dran«, antwortete Chick, sehr zufrieden mit seiner langen Liste. »Du ahnst nicht, was so ein Land Cruiser alles wegschleppen kann. Den behängen wir mit Kanistern und Säcken wie einen Weihnachtsbaum. Außerdem haben wir die ganzen Hintersitze frei . . . Da können wir in Aluboxen und Plastikkästen so viel unterbringen, daß wir rund um die Welt fahren können.«

Genau das aber war ein großer Irrtum.

Am nächsten Abend, nachdem Chick bereits in der Toyota-Werkstatt einen Haufen Ersatzteile bereitgelegt hatte, erschienen Sally und Cher in dem italienischen Restaurant in der Ermond Arcade der Hartley Street, wo Chick und Wolf sich eine opulente italienische Pizza bestellt hatten, und setzten sich zu ihnen an den Tisch. Sie wirkten wie zwei Frauen, die zu allem entschlossen waren, und vor allem Cher bekundete das sichtbar. Sie hatte ihre rotschimmernden Haare zusammengebunden und mit einem Stirnband nach Aboriginal-Art umkränzt. Chick starrte sie entgeistert an.

»Was ist denn mit dir los?« fragte er. »Machst du Modenschau für Farmerfrauen?«

»Wir haben euch etwas zu sagen.« Cher und Sally warfen sich einen verständigenden Blick zu. Daraufhin übernahm Sally das weitere Reden. Sie hatte immer den stärkeren Willen bewiesen.

»Kurz und einfach«, sagte sie ohne lange Einleitung, »ihr fahrt ins Haasts Bluff . . . Wir fahren mit.«

»Nein!« Das war eine kurze, klare Antwort von Wolf. Aber sie blieb wirkungslos.

»Wir haben damit gerechnet.« Sally lehnte sich zurück, bestellte bei der Bedienung zwei Gläser des fabelhaften australischen Landweins und eine Riesenpizza mit Tomaten, Pilzen und Schinken für Cher und sich. »Cher und ich haben unsere Stellungen schon gekündigt.«

»Da fällst du um und kriegst 'nen Krampf!« sagte Chick fassungslos. »Wolf, das geht doch nicht . . .«

»Das geht auf gar keinen Fall.«

»Wir brauchen die Rückbank für das Gepäck, ihr saublöden Mädchen.«

»Auf dem Dach ist noch Platz genug«, behauptete Cher.

»Irrtum! Da liegen 'ne Einspritzpumpe, eine Ersatzbatterie, ein zusätzlicher Ersatzreifen, eine Lichtmaschine, zwei Stoßdämpfer, Radlager, je einmal Vorder- und Hinterfedern, eine Wasserpumpe, zwei Werkzeugkoffer, zwei zusätzliche Wagenheber, Kanister mit Bremsflüssigkeit, Spaten, Schaufeln, Hacken, und an den Seiten hängen die Benzin- und Wasserkanister an Ständern.« Und plötzlich brüllte Chick: »So viel Dusseligkeit gehört in eine Anstalt!«

»Da hast du's«, sagte Cher etwas weinerlich. »Genau wie ich geahnt habe.«

»Der irrsinnige Gedanke kam also von dir?« Wolf warf Sally einen langen Blick zu. Sie nickte stumm. »Vier Personen in einem Wagen ins Outback, wo noch niemand war . . . Das ist unmöglich. Das muß bei einigermaßen vernünftigem Denken doch jeder wissen. Und gerade du, Sally. Du weißt doch, wie das rote Land aussieht, bist oft genug darüber hinweggeflogen. Wenn wir da durch mangelnde Ausrüstung liegenbleiben, hilft uns keiner mehr. Jeder von euch weiß, wie das Land genannt wird: Never Never. Nichts. Nichts . . . und im Never Never hilft uns niemand.«

»Und wir fahren quer hindurch, abseits aller Pfade, wo noch nie ein Wagen hingekommen ist.« Chick faßte sich an den Kopf. »Wir werden die ersten und die letzten sein . . .«

»Eben drum.« Sally legte die Hände, zu Fäusten geballt,

in den Schoß. »Wir sind so dumm zu denken: Wir gehören zu diesen Männern, gerade jetzt.«

»Aber rechnen könnt ihr nicht!« schrie Chick, obgleich diese versteckte Liebeserklärung an sein Herz griff. »Wir brauchten pro Tag mindestens sieben Liter Trinkwasser, und das mal vier ... Das sind achtundzwanzig Liter Wasser, wenn ihr mitkommt. Und im Never Never gibt es keine Wasserhähne, die man einfach aufdrehen kann. Soll ich mit 'nem Tankwagen hinterherfahren? Und wo kommen die Schlafsäcke hin, das Zelt, die anderen Klamotten?«

»Warum lange reden, Chick?« Wolf machte eine Handbewegung, als wische er etwas vom Tisch. »Das Thema ist ausdiskutiert ...«

»Dann fahrt ihr auch nicht«, sagte Sally ganz ruhig.

»Wir haben übrigens etwas vergessen.« Wolf griff nach seinem Glas und nahm einen kräftigen Schluck. »Wir brauchen am Tag fünfunddreißig Liter Wasser! Boabo ist ja bei uns.«

»Ach, du Scheiße ... ja! Ohne den läuft gar nichts im Outback. Wollt ihr den vielleicht auf den Schoß nehmen, ihr tollen Weiber?«

»Dann nehmen wir einen größeren Wagen.« Sally war nicht aus der Fassung zu bringen. »Einen Allrad-VW-Bus ...«

»Dazu reicht unser Geld nicht.«

»Ich habe ein wenig gespart.« Sally lächelte Wolf und Chick ungerührt an. »Ich weiß, wo man einen gutgepflegten Allrad-Bus bekommt. Die Shell Oasis Service Station hat ihn stehen – für knapp viertausend Dollar.«

»Viertausend Dollar!« schrie Chick und schlug die Hände zusammen. »Wenn ich die hätte, brauchte ich kein Gold zu suchen.«

»Wir haben den Wagen bereits gekauft ... Wir haben nämlich mit Boabo gesprochen. Die Karre wird gerade für die Expedition noch einmal gründlich durchgesehen. Seit zwei Tagen montiert Boabo daran herum ...« Sally lächelte noch immer.

»Und so etwas wollen wir heiraten, Wolf!« sagte Chick und fuhr sich mit beiden Händen in die Haare. »Wenn die erst mal auf unseren Namen umgeschrieben sind, haben wir überhaupt nichts mehr zu sagen. – Was nun?«

»Es bleibt dabei ... wir fahren allein.«

»Ihr hört es!« rief Chick triumphierend. »Wir fahren allein.«

»Es kann uns keiner davon abhalten, mit dem VW-Bus hinter euch her zu fahren«, sagte Sally mit erstaunlicher Ruhe. »Du brauchst also nicht mit einem Tankwagen zu folgen, Chick, das machen wir. Der VW wird voller Kanister sein ... Benzin und Wasser. Euer Versorgungsschiff ...«

Chick blinzelte, sah Wolf an, der böse und schweigsam auf seinem Stuhl hockte, und wischte sich dann wieder über die Augen.

»So dämlich ist das gar nicht, Wolf«, sagte er plötzlich ganz sanft. »Im Toyota sind wir, und im VW-Bus ist alles, was Platz wegnimmt. Vor allem hätten wir genügend Vorräte. Wir könnten noch mehr Ersatzteile für den Notfall mitnehmen, Batterien und einen guten Sender zum Beispiel. Dann sind wir nicht ganz abgeschnitten von dieser Welt.«

»Werd nicht schwach, Chick.« Wolf lehnte sich zurück. »Es geht nicht um den Platz oder mit welchem Wagen wir fahren ... Es geht einzig und allein darum, daß die Tour zu gefährlich ist, zu gefährlich für eine Frau, zu anstrengend, einfach unmöglich. Wir wissen ja selbst nicht, ob wir durchhalten.«

»Deshalb sind wir dabei!« sagte Cher jetzt sehr entschlossen.

»Und wenn ihr das nicht wollt, könnt ihr auch nicht fahren. Wir werden beim Gouverneur Anzeige erstatten, daß ihr ohne Schürflizenz ins Haasts Bluff fahren wollt ...«

»Erpressung!« stöhnte Chick auf. »Erpressung! Wolf, sie erpressen uns ganz gemein . . .«

»Sie werden es nie tun.«

»Wir werden es tun!« sagte Sally fest.

»Ist dir klar, daß es dann zwischen uns zu Ende ist?« fragte Wolf hart.

»Wenn ihr da draußen umkommt, ist es auch mit uns zu Ende . . . Was spielt es da noch für eine Rolle, wie das Ende ist?« Sally beugte sich zu Wolf über den Tisch. »Aber ich liebe dich, du Ekel, ich liebe dich so grenzenlos, daß ich dabeisein will, wenn du im Never Never bleibst. Ich will mit dir gemeinsam sterben, wenn es schon sein muß! Ist das wirklich so schrecklich? Ist das eine Erpressung? Ich will neben dir in dieser roten Hölle liegen . . .«

»Wir blasen alles ab!« Wolf erhob sich mit einem Ruck und übersah Chicks entsetzten Blick. »Mir genügt mein bisheriges Leben. Ich kehre nach Adelaide zurück.«

»Und die Millionen, die auf uns warten?« stotterte Chick.

»Ich brauche keine Goldklumpen, um glücklich zu sein.«

»Dreimal zum Teufel!« schrie Chick und sprang ebenfalls auf.

»Dann fahre ich allein . . .«

»Und mit mir . . .«, warf Cher ein.

»Allein!« brüllte er.

»Eher bringe ich dich um! Dann habe ich auch noch ein bißchen Freude . . .«

»Die Pizza, meine Lieben!« Der italienische Ober balancierte eine riesige Pizza vor sich her. »Soll ich sie servieren . . . oder gleich an die Wand werfen?«

Es war eine Erlösung, daß man noch lachen konnte. Die Pizza kam im richtigen Augenblick, sie löste die innere Spannung.

»Wir können ja alles in Ruhe überlegen«, sagte Wolf

und schnitt das duftende Kunstwerk eines italienischen Kochs an. »Sally, sollen wir vor dem Never Never heiraten oder hinterher?«

»O Gott, soll das ein Antrag sein?«

»Man kann ja mal fragen . . .«

»Hinterher!« Sally beugte sich über ihr Pizzastück. »Wenn wir alles hinter uns haben. Die Gefahr, schnell Witwe zu werden, ist mir jetzt zu groß . . .«

In den folgenden Tagen kauften sie ein, was sie glaubten, mitnehmen zu müssen. Nicht nur die Kanister für Wasser und Benzin, die Katadyn-Filter und Micropur-Tabletten, um im äußersten Notfall auch Wasser aus Tümpeln genießbar zu machen, sondern sie schleppten außerdem zu Boabo in die Garage: Hundert Dosen Rindfleisch, sechzig Kilo Reis, zwanzig Kilo Nudeln, dreißig Dosen Tomatenmark, drei Dosen Salz, drei Kilo Zucker, zehn Kilo Schinken, vierzig Tüten verschiedene Fertigsuppen, sechs Kilo gekörnte Hühnerbrühe, zehn Kilo Salami, zehn Tropendosen mit Schokolade, fünfundzwanzig Dosen eingemachtes Obst, vierzig Dosen Brot, dreißig Dosen Erbsen, Bohnen und Möhren, Milchpulver für sechzig Liter Milch, vier Kilo Kaffee, hundert Liter C-Frisch, zehn Dosen Würstchen, vierzig Dosen Frühstücksfleisch, vierzig Stück in Folie eingeschweißten Käse, sechzig Dosen Fisch, fünfzig Dosen Fertiggerichte wie Linsensuppe, Erbsensuppe, Pichelsteiner, Gulasch, Huhn auf Reis . . .

»Wollen wir Gold suchen oder uns dumm und dusselig fressen?« fragte Wolf, als Chick immer noch mehr einkaufte und sogar Instant-Pulver für zehn Liter Bratensoße mitnahm. »Wir kommen ja an wie ein rollendes Restaurant . . .«

»In der Roten Wüste gibt's keine italienische Pizzeria«, sagte Chick und packte auch noch vierzig Dosen Ölsardinen ein. »Und in drei Monaten wird schon was weggefressen, das sag' ich dir. Wissen wir, wohin wir kommen? Ob es dort Känguruhs oder anderes Frischfleisch gibt? Steine kann man nicht kochen, Wolf!«

Nach acht Tagen waren sie soweit, ins Never Never aufbrechen zu können. Der Toyota und der VW-Bus waren gründlich durchgesehen worden, nicht nur von Boabo, sondern auch von Chick, der dann den Aboriginal durch die Werkstatt jagte und ihm Schläge androhte, weil er einen morschen Keilriemen übersehen hatte. Die Fahrerlaubnis für das Gebiet Haasts Bluff war erteilt worden, und Saul Eberhardt, den Wolf noch einmal aufsuchte, um letzte Informationen über dieses Gebiet einzuholen, hatte zum Abschied gesagt:

»Bleiben Sie hier, Wolf. Sie hätten Ihr Geld auch aus dem Fenster werfen können. Wenn Sie dort Gold finden, gibt's auf dem Mond Mineralquellen. Und – das sollten Sie und Ihre Mitidioten auch wissen – da draußen ist Ihr Leben keinen Cent wert. Sie haben nur Feinde um sich: die Eingeborenen, die Sonne, den Wind, die Wüste, die Kälte der Nacht, den Durst, die Hitze, die Einsamkeit – alles, alles dort ist feindlich. Sie und Chick mögen ganze Kerle sein, aber dieses Land, in das ihr wollt, ist auch nichts für Kerle wie euch. Es frißt euch auf, ihr seid nicht aus diesem Boden gebacken, und was ihr an Kraft und Mut mitbringt, verdorrt dort. Überlegt es euch noch mal . . .«

Es gab nichts mehr zu überlegen.

Am frühen Morgen, zwei Tage später gleich nach Sonnenaufgang, verließen die beiden Wagen Alice Springs. Nur ein paar Frühaufsteher und die unter den Bäumen am Ufer des ausgetrockneten Todd River lagernden Aboriginals sahen ihren Auszug ins Ungewisse. Chick fuhr den Toyota, neben sich Boabo, der seine sonst saubere ›weiße‹ Kleidung gegen die zerlumpte der Haasts-Bluff-Aboriginals eingetauscht hatte. Im Never Never würde er auch die gegen ausgewaschene Shorts umtauschen oder gar nur mit einem gewickelten Lendenschurz herumlaufen, um nicht sofort Mißtrauen zu erzeugen oder sogar eine tiefe Abneigung: Seht, da kommt so ein Verräter, der sich den Weißen unterworfen hat . . .

So aber konnte Boabo zeigen, daß er noch ein richtiger Aboriginal war, ein Angehöriger des Atnaarpaa-Stammes, den es schon vor zwanzigtausend Jahren gegeben hatte.

Am Steuer des VW-Busses saß Sally. Sie hatte es so gewollt, und Wolf war ihr Beifahrer, wohl wissend, daß da draußen im Never Never die Rollen getauscht werden mußten. Cher saß hinter ihnen zwischen Kartons, Kisten, Dosen, Leichtmetall-Boxen und Kanistern still und verbiestert, denn Chick hatte kurz und bündig gesagt:

»Du bleibst im Bus. Wenn du neben mir im Toyota sitzt und dauernd meckerst, komm' ich als Verrückter bei unseren Goldklumpen an!«

Und noch jemand beobachtete durch Zufall ihre Abfahrt aus Alice Springs: Mastersergeant Rock Hammerschmidt. An der Ecke der Wallmulla Street, am südlichen Ende von Alice Springs, blickte er aus dem Fenster eines Zimmers, als er von der Toilette ins warme Bett zurückwollte. Das Zimmer gehörte Eve, einem der Dancing-Girls im Federal Pacific Casino Hotel. Eve tanzte in einer Show mit, und Hammerschmidt gönnte sie sich ab und zu als Erholung vom Militärstreß. Heute war solch eine Nacht gewesen, und bevor er zum Morgenappell in die Kaserne zurückmußte, gedachte Rocky noch einen liebevollen Abschied von Eve zu nehmen.

»Gute Fahrt, ihr Spinner«, sagte er und sah den beiden Wagen nach, bis sie aus seinem Blickfeld verschwanden. »Jetzt können wir die Tage zählen, bis wir euch wieder aus der Scheiße rausholen müssen.«

Am ersten Tage erreichten sie ohne große Schwierigkeiten das vorgesehene Ziel: Kings Canyon in den George Gill Ranges. Es war die letzte Station der Zivilisation vor der oft nur aus dem Flugzeug bekannten Weite der roten Wüste und Felsen.

Auf dem Stuart Highway waren sie bis Henbury gefahren und dann auf die ebenfalls gut ausgebaute Straße nach Wallera abgebogen, wo die letzte Benzinstation war. Hier füllten sie noch einmal alle Autotanks auf und kauften noch eine Rolle Zaundraht, weil der Tankstellenbesitzer ihnen riet, draußen im Never Never nachts um die Zelte wegen der Schlangen, Dingos und anderem Getier einen Zaun zu ziehen.

»Wo wollt ihr hin?« fragte der Mann von der Benzinstation.

»Zunächst zum Mount Murray«, sagte Chick.

»Mit den Frauen?«

»Ja.«

»Wollt ihr sie loswerden?«

»Nicht unbedingt.«

»Aber damit müßt ihr rechnen. Was euch dort erwartet, halten sie nicht aus.«

»Sagen Sie das den Frauen mal selbst. Uns glauben sie nicht, sie wollten partout mit. Wir haben es aufgegeben, mit ihnen darüber zu reden. Darüber hat's schon genug Krach gegeben.«

»Es ist euer Leben!« Der Tankstellenbesitzer zuckte mit den Schultern. »Ich wollte euch nur warnen.«

Im Wallera Ranch Roadhouse aßen sie noch einmal an einem gedeckten Tisch, machten sich über ein gewaltiges Steak her und tranken, zum letzten Mal für viele Wochen, köstlich gekühltes Bier. Wolf mußte Chick mit Gewalt hindern, auch noch ein Faß einzuladen, obgleich dieser behauptete, Bier gäbe im Notfall mehr Kraft als alle anderen Medikamente. Bier sei die beste Medizin.

»Erstaunlich, daß du nicht in Bayern geboren bist«, sagte Wolf und schickte Chick auf die Straße. »In der Wüste gibt auch Wasser Kraft.«

»Ich hätte zehn Kästen Flaschenbier mitnehmen sollen.« Chick verzog wie im Schmerz sein Gesicht. »An das Naheliegendste denkt der Mensch oft zuletzt.«

Ab Wallera gab es keine gewalzte Straße mehr, nur noch eine Piste, die mit einem Allradfahrzeug zu bezwingen war. Über Wüsten- und Geröllboden ging es vorwärts, durch Schlaglöcher und Sandverwehungen, durch Tümpel, die vom letzten Regen übriggeblieben waren, durch tiefe Reifenspuren von den Lastwagen, die den letzten Flecken Zivilisation Kings Canyon mit dem Notwendigsten zum Leben versorgten.

Das einzige, das anzeigte, daß man sich noch unter Menschen befand, waren die Telegraphen- und Lichtmasten, die neben der Piste fast schnurgerade herliefen, 93 Kilometer lang ... Und dann begann wirklich das Nichts Nichts, ein Land, das nutzlos war, nur noch gut genug für die Stämme der Aboriginals.

Boabo hatte immer wieder die Karte auf dem Känguruhleder studiert und dann den Kopf geschüttelt. Der Vorschlag, zunächst zum Mount Murray zu fahren, war von ihm gekommen, weil er von den Aboriginals in Alice Springs erfahren hatte, das sich dort eine größere Sippe des Yunukoojootjara-Stammes aufhalten sollte. Aus dessen Sprache stammten die Worte auf der Karte.

Aber – und das hatte Boabo ebenfalls aus seinen mißtrauischen Artgenossen herausbekommen – in diesem ganzen Gebiet gab es keinen Felsen, der wie ein Bein aussah. Es waren entweder wild zerklüftete Berge oder von den heißen Winden in Millionen Jahren glatt und rund geschliffene Steine, Riesenmurmeln gleich, mit denen einmal, so glaubten die Eingeborenen, die Götter gespielt hatten. Und darum herum wieder nur das grenzenlose Land ... rote Wüste, Spinifexgras, verdörrte Bäume, Geröll von zerfallenen Felsen, die vor hundert Millionen Jahren hier einmal aufgeragt hatten, und flaches, totes, zum Teil noch salziges Land ... der Boden eines vor hundertachtzig Millionen Jahren hier wogenden Ozeans.

Trotzdem hatte Boabo gesagt, daß man zunächst zum

Mount Murray fahren müsse, um die Aboriginal-Sippe zu fragen und vor allem zu erfahren, wo man den Stammesältesten finden konnte. Mit ihm mußte man über die Schürfrechte verhandeln. Wolf hatte als Geschenk für den Ältesten ein Transistorradio mit zwölf Ersatzbatterien gekauft. Dafür würde der Alte vermutlich jede Lizenz unterschreiben.

Zwischen Wallera und Kings Canyon geschah dann eine der Unvermeidbarkeiten auf einer langen Fahrt. Der Toyota hielt an, Chick und Boabo sprangen aus dem Wagen, stellten sich neben die Piste und pinkelten. Hinterher kam Chick, sich die Hose zuknöpfend, zum VW-Bus und sagte: »Daran müßt ihr euch gewöhnen, meine Damen ... Hier gibt es keine Toilettenhäuschen, nicht mal Büsche, hinter die man gehen kann. Wer sich schämt, kann jetzt noch umkehren. Es ist die letzte Möglichkeit.«

»Auch daran gewöhnen wir uns«, antwortete Sally. »Wenn's weiter nichts ist ... Ist ja nichts Unbekanntes.«

Man soll es nicht glauben, aber Kings Canyon, dieses Ende der Zivilisation im Winkel der beiden Reservate Haasts Bluff und Petermann, besaß tatsächlich eine Schule, eine Polizeistation, eine Sanitätsniederlassung und eine Art Gemeindehaus, von dem aus die weitverstreuten Farmen betreut wurden, wohin auch die Post kam und wo eine Funkstation die einzige Verbindung zu den Farmen bildete. Auch ein Missionar wohnte hier, der mit seinem Geländewagen im Never Never herumfuhr, unter freiem Himmel zwischen vertrockneten Bäumen einen Klapptisch mit weißer Decke aufbaute, darauf ein silbernes Kruzifix, eine Monstranz und einen Kelch stellte und den Aboriginals das Wort Gottes verkündete.

Der Erfolg war mäßig; die Eingeborenen kamen größtenteils nur, weil Pater Dermotius ihnen Zigaretten und Werkzeug mitbrachte, vor allem Äxte, Beile, Sägen und Nägel, die mehr als Gold wert waren. Für diese nützlichen Dinge saßen die Aboriginals gern eine Stunde vor dem weißgedeckten Tisch, hörten sich die komischen Geschichten von einem Herrn Jesus an, machten dem Pater das Kreuzzeichen nach und beneideten ihn, daß er aus einem silbernen Becher Alkohol trinken durfte. Er sagte dabei: »Das ist mein Blut . . .«, und die Aboriginals grinsten vor sich hin.

Im Kings Canyon blieben Chick, Wolf, Boabo, Sally und Cher über Nacht. Sie belegten zwei Zimmer im Hause des Lehrers, eines Mr. René Bonccoeur, ein Idealist, der den für ihn passenden Namen – nämlich ›Gutes Herz‹ – besaß und dessen Vorfahren vor 145 Jahren als Sträflinge von Porthmouth in England nach Australien deportiert worden waren. Aus irgendwelchen Gründen waren sie seinerzeit aus Frankreich geflüchtet, und aus irgendwelchen Gründen hatte man sie später aus England verbannt und in Australien an Land gesetzt.

Mr. Boncceur war ein Mann ohne Alter, verledert wie viele im Outback, von Wind und Sonne konserviert, seit zwanzig Jahren Witwer, aber darauf sprach ihn hier niemand an. Am Abend, nach einem Essen, das eine Aboriginal gekocht hatte, die ihm seit neunzehn Jahren den Haushalt führte, saßen sie alle im großen Wohnraum zusammen und tranken Wein, den ein Versorgungswagen einmal im Monat aus Alice Springs mitbrachte. Da bis hierher auch die Stromleitung reichte, war der Wein sogar gekühlt.

»Vor zwanzig Jahren und siebzehn Tagen war es . . .«, sagte Boncceur und blickte gegen die Wand. Dort hing ein Kalender, auf dem ein Tag mit einem schwarzen Kreuz bezeichnet war. »Anna, meine Frau, kam nie zurück . . . Sie besuchte eine Aboriginal-Familie, deren Kind erkrankt war . . . keine dreißig Kilometer von hier entfernt. Wir fanden Anna neben ihrem Wagen, neben einem Benzinkanister. Sie hatte tanken wollen . . . und da kam der Tod. Lautlos, schnell und unausweichlich.

Eine Death Adder. Der Biß dieser Schlange ist absolut tödlich. Wir kamen zu spät, um Anna noch zu retten.« Bonccœur sah Sally und Cher mit einem Ausdruck voller Mitleid an. »Ich erwähne das nur, um den Damen zu zeigen, wie da draußen der Tod aus dem Nichts kommt. Müssen Sie denn in dieses Land, meine jungen Freunde?«

»Ja.« sagte Chick. »Wir müssen. Außerdem sind wir bestens ausgerüstet.«

»Was nur eine Meute von Eingeborenen anlocken wird.«

»Wir haben für den Notfall auch Gewehre und Pistolen bei uns ... und genug Munition.«

»Dann wird es noch gefährlicher. Dann werden sie zum Feind. Und wenn Sie Hilfe herbeifunken ... Man wird kommen und Sie herausholen, aber man wird Sie auch verurteilen. Vermeiden Sie bloß jeden Zusammenstoß mit den Aboriginals ... Sie sind die Herren in den Reservaten. Das haben sie mit dem neuen Land-Recht durchgesetzt. Liebe junge Freunde, ich kann nur jeden warnen, in dieses Land vorzudringen. Es sind schon einige Abenteurer darin verschwunden, spurlos, als habe die Sonne sie aufgesaugt.«

Sie gingen früh ins Bett, schliefen sehr unruhig, und Cher träumte von Anna, der Lehrersfrau, die ahnungslos ihren Wagen auftankte und dabei von einer Giftschlange angefallen wurde. Im Traum war es eine riesengroße Schlange, die, als sie sich zum Biß aufrichtete und den Hals aufblähte, wie eine schwankende Säule in den Himmel ragte. Mit einem Schrei wachte Cher auf, konnte von da an nicht mehr einschlafen und setzte sich ans Fenster, bis das Morgengrauen die rote Wüste in ein seltsames Violett färbte. Sally dagegen schlief tief und offensichtlich traumlos.

»Und jetzt hinein ins Höllenland!« rief Chick, als sie nach einem Frühstück, bestehend aus Eiern und Schinken, zu ihrem Wagen gingen. Mr. Boncceur begleitete sie nicht, er sah ihnen vom Fenster aus nach, so, als nehme er von ihnen Abschied für immer. Nur der Leiter der Polizeistation winkte ihnen zu . . . Er hatte in sein Dienstbuch die Abfahrt eingetragen: ›*14. ds. Monats. 7 Uhr 30. Richtung Mount Murray.*‹ Dann folgten die Namen und die Wagentypen. Ein jeder, der ins Never Never fährt, muß sich bei der Polizei abmelden – damit man später weiß, wo man ihn suchen kann. Auch das Zurückmelden gehört dazu, sonst gilt man als verschollen, vermißt, tot . . .

Hupend fuhren sie aus Kings Canyon hinaus, fröhlich und voller Zuversicht, daß sie als Besitzer einer millionenschweren Goldmine zurückkommen würden.

Fünf Tage fuhren sie durch das rote, tote Land. Es gab keinen Weg mehr, keine Fahrrillen, kein einziges Zeichen, daß hier jemals ein Wagen durchgekommen war. Auch Menschen sahen sie nicht, nur Spinifexbüschel im roten Sand, einige verkrüppelte Tamarisken, ausgetrocknete Flußläufe, in deren Boden sogar Salzrückstände in der Sonne glitzerten, einige dicke, gedrungene Flaschenbäume, die das seltene Regenwasser speichern können und wie gewaltige verholzte Rüben aussehen. Und immer wieder begegneten ihnen die bleichen Gerippe der verdorrten Wüstenpappeln oder ein paar einsame Casuarinen, die in der sonnenflimmernden roten Weite wie mit Federn behängte, winkende Arme aussahen.

In der Abenddämmerung des fünften Tages, sie hatten gerade die beiden Zelte aufgerichtet und wollten den Gaskocher und eine Verpflegungskiste holen, warf sich Chick plötzlich auf den Boden und brüllte: »Hinlegen! Deckung!«

Über seinen Kopf hinweg, keine zehn Zentimeter höher, sauste lautlos ein Bumerang aus dunklem Holz vorbei. Chicks Aufschrei kam keine Sekunde zu spät . . . Sie lagen alle flach auf der Erde, als ein wahrer Hagel von

Bumerangs über sie hinwegfegte, diesmal tiefer gezielt, so daß jedes Wurfholz getroffen hätte, wenn sie noch gestanden hätten.

»Kriecht hinter die Wagen!« schrie Wolf zu Sally und Cher hinüber. Sie hatten hinter ihrem Zelt Schutz gesucht, aber einige Bumerangs klatschten gegen Zelttuch und Gestänge und ließen sie bereits schwanken. »Ganz flach . . . So tief können die Dinger nicht fliegen . . .«

Chick, der hinter einem Spinifexbüschel lag und sich an den scharfen Blättern geschnitten hatte und im Gesicht blutete, blickte den Wurfhölzern nach. Da sie die Eigenart haben, zu ihren Werfern zurückzukehren, wußte man auch, wo der Gegner stand. Ein Bumerang ist eine verräterische Waffe.

»Sie liegen dort hinter der Bodenwelle!« schrie Chick und kroch nun ebenfalls zu den Wagen zurück. »Verdammt noch mal, wir werden an unsere Gewehre nicht herankommen!«

5

Boabo, der gerade die Kiste mit dem Propangaskocher ausgeladen hatte, brachte sich mit einem großen Satz im Inneren des Toyota in Sicherheit, als der erste Bumerang knapp über seinen Kopf hinweg gegen die Karosserie knallte. Nun lag Boabo zwischen den zusammengerollten Schlafsäcken und Decken, einigen Kartons mit Obstkonserven und Fleischdosen und hörte draußen Chick nach einem Gewehr brüllen.

Ein Gewehr. Griffbereit lagen vor Boabo zwei Gewehre und eine Pistole, festgeschnallt an der Rückseite der vorderen Sitzlehnen, aber er rührte sich nicht, holte sie nicht aus den Halterungen und warf sie Chick und

Wolf zu . . . Er überhörte die Rufe, spähte durch die offenstehende Tür ins Freie und sah die Bumerangs heran- und wieder wegschwirren wie einen Schwarm großer Vögel, die sich auf einen Gegner stürzen.

Wolf nutzte eine Wurfpause der Aboriginals, um mit einigen Sprüngen zu den Wagen zu flüchten. Auch Cher und Sally hatten es inzwischen geschafft, kriechend den VW-Bus zu erreichen, aber sie wagten es nicht, sich aufzurichten und ins Innere zu hechten; sie lagen vor der Schiebetür flach im roten Sand.

»Da liegt der Arsch und zittert!« schrie Chick, als er den Toyota erreicht hatte. Er hatte von innen die Tür zugezogen und war nun vor den Bumerangs sicher. Die Aboriginals konnten ihnen allen nichts mehr anhaben, es sei denn, sie verfügten auch über Schußwaffen. Dann wurde es allerdings kritisch. »Glotzt der Kerl die Gewehre an und rührt sich nicht. Darüber reden wir noch, Knollennase!«

Ein neuer Hagel von Bumerangs schwirrte heran, schlug gegen die Wagen, aber sonst konnten die Wurfhölzer kaum einen Schaden anrichten. Das wollten die Aboriginals vermutlich auch nicht: Ihr Angriff bedeutete lediglich eine Warnung, eine handgreifliche Aufforderung: Kehrt um! Hier habt ihr Weißen nichts zu suchen. Das ist unser Land, das letzte, das uns geblieben ist. Das beste Land habt ihr, die Weißen, uns gestohlen. Ihr zahlt zwar Entschädigungen dafür, die ihr Sozialrenten nennt, aber als Partner betrachtet ihr uns nie. Es ist schon eine Gnade, daß wir für euch ebenfalls Menschen sind . . .

»Die müssen verrückt sein!« sagte Chick und holte ein Gewehr aus der Halterung.

»Nicht schießen, Chick!« Wolf winkte warnend mit der Hand. »Wenn wir auch nur einen verwunden, können wir das ganze Unternehmen abbrechen.«

»Aber die dürfen uns die Köpfe abschlagen, was?«

»Sie hätten es gekonnt, wenn sie das wollten. Wer weiß, wie lange sie uns schon beobachten. Dieses Bumerangwerfen war wirklich nur ein Schauspiel ... eine deutliche Aufforderung zur Umkehr.«

»Da haben sie sich aber geirrt! Morgen früh geht's weiter ...« Die Abenddämmerung ging schnell in fahle Dunkelheit über, und mit ihr kam auch die Abkühlung, ein Temperaturabfall, der einen sogar frieren ließ. Der Sandboden hielt die Tageshitze nur für kurze Zeit fest.

Cher und Sally hatten es geschafft, ebenfalls in den Bus zu springen, und warteten nun ab, was Chick und Wolf tun würden. Sally starrte zu der langgezogenen Bodenwelle hinüber, hinter der sich die Eingeborenen versteckt hielten.

Chick saß mißmutig neben Wolf auf dem Fahrersitz. Das Gewehr lag quer über seinen Schenkeln, geladen, aber noch gesichert. Draußen rührte sich nichts mehr. Einsam lag das Wüstenland unter dem Nachthimmel, der nun begann, sich mit Sternen zu schmücken, die immer mehr und unzählbar wurden, je länger man zu ihm hinaufsah. Dazwischen glänzte wie eine auf dem Rücken liegende Sichel der Mond und breitete über die Einsamkeit einen Schein, der die rote Wüste mit ihren Spinifexbüscheln und Baumgerippen in eine abstrakte Landschaft verwandelte, ein rostbraunes Gräberfeld mit silbern lackierten Knochen.

»Du blutest ja, Chick«, sagte Wolf.

»Das verdammte Gras.« Chick holte sein Taschentuch hervor und wischte sich über das Gesicht. »Wollen wir hier sitzen und Wurzeln schlagen? Zum Teufel, wir müssen was tun!«

»Nicht schießen, Chick!« stammelte vom Rücksitz Boabo. »Bloß nicht schießen!«

»Dir drehe ich bei nächster Gelegenheit den Hals um! Ich möchte Vorschläge hören ...«

»Feuer anmachen!« sagte Boabo kleinlaut. »Feuer ist etwas Heiliges. Am Feuer wird man Freund oder Feind . . .«

»Der Vorschlag ist nicht schlecht.« Wolf drückte Chicks Gewehr zur Seite und griff nach der Türverriegelung. »Ich steige jetzt aus, gehe zu unseren Frauen hinüber und mache dann ein Feuerchen.«

»Und auf dem Weg dorthin köpft dich ein Bumerang.«

»In der Nacht?«

»Solange die Aboriginals ein Ziel sehen, treffen sie auch. Und dich sieht man bei dieser Nachtbeleuchtung ganz deutlich.«

»Ihr müßt ein Zeichen geben!« ließ sich Boabo aus dem Hintergrund vernehmen.

»Darauf warte ich ja!« Chicks Knurren klang wie das eines gereizten Hundes. »Auch Schüsse sind Feuer!«

»Ein Lappen mit Benzin tut's auch . . .« Boabo wühlte hinten im Wagen herum, dann schob er einen mit Benzin getränkten Lappen zwischen die Vordersitze. »Anstekken und rauswerfen, dann erst aussteigen . . .«

»Und ich passe auf.« Chick ließ den Sicherungshebel des Gewehres knacken. »Beim ersten Bumerang beginne ich mit dem Feuerzauber.«

Wolf öffnete die Wagentür, ließ sein Feuerzeug aufflammen, zündete den Lappen an und warf ihn nach draußen. Hell lodernd fiel er in den roten Sand, eine weithin sichtbare Flamme. »Jetzt raus!« sagte Wolf zu sich selbst und sprang aus dem Wagen.

Hinter der Bodenwelle rührte sich nichts Chick hatte sein Gewehr in Anschlag gebracht. Boabo starrte mit mahlendem Unterkiefer in die fahle Dunkelheit.

Langsam, als kenne er keine Angst und gäbe es keine Gefahr, ging Wolf zu dem VW-Bus hinüber und sah, wie Sally den Kopf durch das Fenster steckte.

»Zurück!« zischte er. »Weg mit dem Kopf.«

»Und du gehst draußen herum ...«, sagte sie tonlos vor lauter Erregung.

»Gib mir durchs Fenster ein paar Holzknüppel. Und Papier ...«

Cher stieg nach hinten, wo immer ein kleiner Stapel Feuerholz lag, damit man am Abend nicht erst Brennholz suchen mußte. Am frühen Morgen, vor der Weiterfahrt, wurde dann neues Holz gesammelt. Meist schlugen sie die gerippeähnlichen Äste der abgestorbenen, verdorrten Bäume ab oder sammelten die vom Wind abgerissenen Zweige.

Wolf nahm einen Armvoll Äste durch das Fenster entgegen, ging damit, ebenfalls langsam und damit ein vortreffliches Ziel bietend, zu dem halb eingeknickten Zelt und schichtete das Holz auf der Erde auf. Chick saß lauernd hinter seinem Gewehr, die Bodenwelle im Visier.

»Dieses Zeitlupentempo bringt mich um!« knirschte er.

»Warum geht er nicht schneller?«

»Er zeigt allen: Ich bin kein Feind«, sagte Boabo von hinten leise.

»Das weiß doch jeder. Du lieber Himmel, sind wir denn noch in der Kolonialzeit?«

»Mein Volk hat diese Zeit noch nicht vergessen, Chick. Hier im Reservat sind die Aboriginals die Herren, und sie verteidigen diese Selbständigkeit. Das ist das einzige, was ihnen geblieben ist.«

»Und das Saufen!«

»Daran seid ihr, die Weißen, schuld. Wer hat ihnen denn den Alkohol gebracht? Sollen sie sich doch zu Tode saufen, denkt ihr, dann lösen sich alle Probleme von selbst. Und so wird's auch kommen ...«

»Da wollen uns Knollennasen wie du an den Kragen, und du hältst politische Vorträge!« schrie Chick und beobachtete dabei Wolf. Der hatte das Papier angezündet und legte nun dünne Zweige auf die Flamme, die sofort das trockene Holz erfaßte. Ein helles Feuer leuchtete auf, auf das Wolf die dickeren Äste warf. Durch die stille Nacht klang das Knacken des brennenden Holzes.

»Das ist gut«, sagte Boabo zufrieden. »Wolf macht es richtig. Wir können aussteigen.«

»Und dann?«

»Nichts. Vielleicht schicken sie einen Unterhändler.«

»Wie im Krieg! Ihr habt ja alle eine Lücke im Hirn!«

Chick und Boabo stiegen aus dem Wagen, nachdem Chick noch einen Moment lang gezögert und das Gewehr in den Händen hin und her geschaukelt hatte. Aber dann legte er es doch auf den Nebensitz und sprang auf die Erde. Boabo folgte ihm durch die andere Tür, und das war der Beweis, daß die Aboriginals tatsächlich nicht erneut einen Bumerangangriff auf sie starten wollten.

Wolf hatte, nachdem das Feuer aufgelodert war, zuerst das schiefe Zelt wieder aufgerichtet und zuckte erschrokken zusammen, als Sally hinter ihm sagte:

»Sollen wir so tun, als seien sie gar nicht da?«

Er fuhr herum und stellte sich breit vor sie, um sie mit seinem Körper zu schützen.

»Du sollst im Wagen bleiben!« sagte er hart.

»Du bist doch auch draußen.«

»Geh sofort hinter das Zelt!«

»Warum? Du stehst ja auch frei . . .«

Es hatte keinen Sinn, in dieser Situation zu diskutieren. Cher kam vom Bus und schleppte den Propangaskocher mit sich, stellte ihn in den roten Sand und benahm sich so, als würden nicht viele Augen sie beobachten. Aber in ihren eigenen Augen nistete die blanke Angst.

»Was wird heute gewünscht?« fragte sie mit völlig fremder Stimme. »Gulasch mit Nudeln oder Rindfleisch mit Bohnen? Zum Nachtisch habe ich an Stachelbeeren gedacht.«

Vom Toyota kam Chick herüber. »Nicht rennen!« hatte Boabo ihn gewarnt. »Ganz normal gehen.«

»Cher macht uns Gulasch mit Nudeln!« sagte Wolf. »Junge, habe ich einen Hunger!«

Chick starrte Wolf an, als zweifle er an dessen Verstand. Mit der Linken wischte er sich über das Gesicht.

»Du hast Hunger?« fragte er fassungslos.

»Und wie!«

»Ihr wollt hier kochen, ganz so, als seien wir unter uns?«

»Chick, ist jetzt Abendessen-Zeit oder nicht?«

»Ja, natürlich, aber . . .« Chick kam ins Stottern. Mit dem Kinn deutete er auf die Bodenwelle. »Da sind welche, die gucken uns zu.«

»Stört dich das?«

»Und wie! Ich soll hier Gulasch essen und bei jedem Bissen denken: Jetzt kommt ein lautloser Bumerang und schlägt dir die Halsschlagader durch. Ist das appetitanregend?«

»Seit wann denkst du?« fragte Cher schnippisch. »Komm mit und hol die Konservenkiste. Was trinken wir dazu?«

»Zur Feier des Tages eine Flasche Rotwein.« Sally lachte, aber es klang etwas zu laut und zu hart. »Wir haben doch Grund zum Feiern.«

Sie machte einen Schritt zum Feuer, legte neue Äste auf die Flammen und hockte sich dann hin, um den Gaskocher anzuzünden. Cher und Chick waren schon unterwegs, die Konserven zu holen, und Boabo schleppte die zusammengerollten Schlafsäcke heran. Auf dem Weg vom Toyota zum Feuer schielte er immer wieder zu der Bodenwelle hinüber.

»Sie werden kommen«, sagte er, als er den letzten Schlafsack ins Zelt geworfen hatte.

»Und dann?« Wolf hatte eine Konservendose zwischen den Knien und schnitt sie mit einem Öffner auf.

»Wir werden ihnen eine Flasche Whisky geben . . .«

»Und wenn sie besoffen sind, schneiden sie uns die Hälse durch«, knurrte Chick.

»Jeder von uns wird in der Nacht zwei Stunden Wache halten.«

Wolf gab die geöffnete Dose an Cher weiter. Auf dem Kocher brodelte bereits das Wasser für die Nudeln. Sally kam vom Bus zurück, zwei Flaschen Rotwein in den Händen.

»Ich kann den Korkenzieher nicht finden!« rief sie, als sei es eine Lagernacht wie jede andere. »Wer von euch Kerlen hat ihn eingesteckt?«

Sie nahmen Chicks Taschenmesser, an dem sich auch ein Korkenzieher befand, setzten sich dann auf die Erde um das Feuer, und Cher verteilte Gulasch und Nudeln auf die hingehaltenen Plastikteller. Ein paar neue dicke Äste ließen das Feuer hoch auflodern.

»Eine richtige Schießscheibe sind wir«, sagte Chick heiser und kaute ungemein lange an einem Fleischstückchen, als sei es aus Leder. »Knollennase, nur zur Information: Ich habe in der Hosentasche eine Pistole. So einfach abschlachten lasse ich mich nicht.«

Aber niemand störte sie. Sie aßen zu Ende, Sally goß Rotwein in die Plastikbecher, sie prosteten sich stumm zu und empfanden die Stille als umheimlich und drohend.

»Jetzt kommt einer . . .«, sagte Wolf plötzlich durch die Zähne. Er saß so, daß er die Bodenwelle genau im Blick hatte. »Laßt euch nichts anmerken, macht weiter wie bisher. Keine Nervosität. Es ist nur ein Mann . . .«

»Der Unterhändler!« Chick schnaufte, als habe er plötzlich einen asthmatischen Anfall. »Boabo, sprich du mit ihm . . .«

Das war nicht nötig. Der Aboriginal blieb in etwa vier Metern Entfernung vom Feuer stehen und betrachtete wortlos die Gruppe auf der Erde. Er trug einen weiten, dicken, aber uralten geflickten Mantel und einen verbeulten Filzhut mit großer Krempe. Die Füße steckten in ehemals weißen, jetzt lehmigroten Turnschuhen ohne Schnürsenkel – ein Souvenir vom Besuch in einer Missionsstation oder das Geschenk eines Händlers, der mit Erlaubnis der Regierung in einem zu einem Basar umfunktionierten Bus die noch befahrbaren Gegenden des Outback abklapperte.

Ehe Boabo ihn in seinem Eingeborenendialekt begrüßen konnte, sagte der Aboriginal:

»Ich begrüße Sie. Wo wollen Sie hin?«

Er sprach ein gutes, deutliches Schulenglisch, was bewies, daß er auf einer staatlichen oder kirchlichen Schule erzogen worden war. Wolf erhob sich und stellte sich hinter dem Feuer auf. »Wir suchen einen Berg, der wie ein Bein aussieht«, antwortete er.

»Bei Sonnenaufgang«, fügte Chick hinzu. »Darauf kommt es an. Am Tag, ohne Schatten, kann er ganz anders aussehen.«

»Warum?«

»Wir sind Geologen.« Wolf fiel diese Antwort spontan ein, und er fand sie sehr gut. »Ich weiß nicht, ob Sie wissen, was ein Geologe ist. Wir erforschen das Alter unserer Erde. Dabei sind wir darauf gestoßen, daß dieser Berg, der wie ein Bein aussieht, hier im Haasts Bluff oder im Petermann der älteste Felsen von Australien sein soll. Früher war er vermutlich eine kleine Insel im Urmeer. Das wollen wir nun feststellen. Kennen Sie solch einen Berg?«

»Nein.« Der Aboriginal kam näher. Als er in den Feuerkreis trat, sah man, daß er ein alter Mann war. Weiße Haare kräuselten sich unter dem Schlapphut hervor, sein Gesicht glich einer verwitterten Baumrinde. Sein Blick fiel auf die Becher mit Rotwein, und seine Augen weiteten sich begehrlich. »Es gibt hier keinen solchen Berg.«

»Nicht hier im Umkreis von hundert Meilen . . . aber vielleicht weiter entfernt.« Chick nahm Boabo den Plastikbecher aus der Hand, füllte ihn randvoll mit Wein und hielt ihn dem Alten entgegen. Der Aboriginal zögerte, leckte sich über die Lippen und zog die wulstigen Augenbrauen zusammen. »Gibt es nicht eine alte Erzählung von diesem Berg?«

»Bei uns nicht.« Der Alte griff nach dem Becher, roch daran und setzte ihn dann an den Mund. Ohne abzusetzen, trank er den Wein aus. Das Anbieten des Bechers schien aber noch eine andere Bedeutung für ihn zu haben ... Er setzte sich an das Feuer, nahm den Schlapphut ab und faltete die Hände im Schoß. Dann nickte er den vier Weißen mit einem Grinsen zu. Boabo allerdings übersah er ... Boabo war kein richtiger Aboriginal mehr. Und da er auch kein Weißer war, war er ein Nichts. »Guter Wein.«

»Ein Feinschmecker.« Wolf lachte. »Das ist ein Burgunder, Mister.«

»Aus Frankreich ... ich weiß.«

»Da springt doch das Steak aus der Pfanne!« Chick klatschte sich auf die Schenkel. »Der weiß, wo Burgund liegt ...«

»Ich weiß, was Wein aus Burgund ist. Ich bin in der Mission Hermannsburg erzogen worden. Dort tranken meine Lehrer auch Burgunderwein und weißen Wein vom Fluß Rhein ...«

»Das ist ja ungeheuerlich.« Wolf beugte sich vor und sagte dann auf deutsch: »Wenn du in der Schule von Hermannsburg warst, kannst du doch auch Deutsch. Sag mal etwas auf deutsch.«

Der Alte dachte angestrengt nach, verzog dann freudig sein verwittertes Gesicht, das dadurch nur noch aus Falten und Knoten zu bestehen schien, und deklamierte wie in der Schule: »Festgemauert in der Erden steht die Form, aus Lehm gebrannt ...«

»Ich werd' verrückt.« Wolf nahm ihm den Becher aus der Hand und goß ihn wieder voll Wein. »Schillers

›Glocke‹. Das ist einen neuen Schluck wert. Im Never Never zitiert ein Ureinwohner Schiller. Das glaubt mir später keiner, wenn ich es erzähle.«

»Sprich wieder Englisch!« knurrte Chick, der kein Wort verstand. »Was hat er gesagt?«

»Den Anfang einer deutschen Ballade. Eine Gedichtzeile.«

»Mir ist der Bein-Felsen lieber.«

Sie warteten, bis der Alte auch den zweiten Becher Wein in sich hineingegossen hatte. Danach holte Cher den Topf mit Gulasch vom Kocher und auch die Schüssel mit den übriggebliebenen Nudeln. Die Augen des Aboriginals strahlten. Mit dem Löffel begann er, das Essen in sich hineinzuschaufeln. Erst als die Schüssel leer war, blickte er wieder auf und grinste dankbar.

»Vielleicht kann ich Ihnen helfen«, sagte er plötzlich.

»Aha!« Chick rieb seine Hände gegeneinander. »Mit vollem Bauch kann er besser denken.«

»Nein, aber ich sehe, Sie sind meine Freunde.«

»Das waren wir immer. Warum habt ihr uns mit Bumerangs angegriffen?«

»Wir lieben keine Fremden. Wo sie auftauchen, wollen sie uns betrügen. Sie sind mit zwei großen Wagen hier . . . So etwas macht uns immer vorsichtig.« Der Alte hielt den Becher hoch, und es war für ihn selbstverständlich, daß Wolf noch einmal nachgoß. Jetzt erst sah der Aboriginal Boabo mit einem langen Blick an und fragte ihn dann etwas in der Sprache seines Volkes. Boabo gab in der gleichen Sprache Antwort; sie schien den Alten zu befriedigen.

»Was will er?« fragte Chick mißtrauisch. Alles, was er nicht verstand, erregte sein Mißtrauen.

»Er hat gefragt, warum ich mit den Weißen in das Reservat ziehe . . . Ob ich ein Verräter bin . . .«

»Und was hast du geantwortet?«

»Ich bin nur ein angestellter Gehilfe der Geologen.

Man bezahlt mich, also muß ich mit. Das ist mein Beruf.«

Der Alte hatte stumm zugehört und nickte nun. »Wir werden euch führen . . .«, sagte er und verbeugte sich höflich im Sitzen. »Es wird dann unser Beruf sein. Was zahlen Sie?«

»Pro Tag oder im Ganzen?«

»Sechs Flaschen Whisky . . .«

»Das ist alles?«

»Wenn wir den Berg, der wie ein Bein aussieht . . .«

». . . bei Sonnenaufgang!« warf Chick wieder dazwischen.

». . . wenn wir ihn finden . . .« Der Alte verdrehte die Augen und dachte nach, was man dafür verlangen könnte. »Tausend Dollar.«

»Mein Freund, wir sind keine Minenbesitzer, sondern arme Geologen, die vom Staat bezahlt werden.« Wolf drehte die Handflächen nach oben, um zu demonstrieren, daß man von einer leeren Hand nichts nehmen konnte. »Fünfhundert Dollar . . . mehr geht nicht. Aber wenn wir wieder in Alice Springs sind, schicke ich Ihnen eine Kiste mit Whisky an einen Ort, den wir noch ausmachen müssen. Einverstanden?«

Der Alte nickte. Er erhob sich, setzte seinen Schlapphut wieder auf, trank den Rest Wein aus und steckte den Plastikbecher in seine Manteltasche.

»Moment mal«, sagte Chick, aber Cher stieß ihm den Ellenbogen in die Seite.

»Laß ihn . . .«, zischte sie. »Mach keinen Ärger.«

»Wann fahren Sie morgen?« fragte der Alte.

»Sehr früh . . . Wenn die Sonne aufgeht.«

»Wir werden warten.« Der Aboriginal streckte die Hand aus. »Eine Flasche als Anzahlung.«

»Da haben wir die Zivilisation.« Chick sprang auf, ging zum Toyota und kam mit einer Whiskyflasche zurück. Stumm, einem Denkmal gleich, hatte der Alte gewartet. Er nahm die Flasche entgegen, nickte noch einmal und ging dann würdevoll davon. Er verschwand hinter der Bodenwelle. Ein leises, kurzes Stimmengewirr bewies, daß eine ganze Gruppe Aboriginals dahinter versammelt war.

»In einer Stunde sind sie besoffen«, knirschte Chick. Er warf die letzten Äste ins Feuer. »Ob sie dann noch unsere Freunde sind . . .«

»Wir müssen auf jeden Fall Wachen aufstellen.« Wolf nickte zu Boabo hinüber. »Hol die Gewehre . . .«

»Mister Wolf, keine Gewehre . . .«

»Verdammt, hol sie! Und einen Kasten Munition.«

»Keiner wird uns angreifen.«

»Das glaubst du! Ein Gewehr ist für mich überzeugender.«

Eine halbe Stunde später lagen Boabo, Chick und Wolf in ihren Schlafsäcken im Zelt. Cher und Sally saßen am verglimmenden Feuer, eine Decke über den Schultern gegen die nächtliche Kälte, und hatten jede ihr Gewehr zwischen die Knie geklemmt. Das Los hatte entschieden, sie mußten die erste Nachtwache halten. Chick hatte zwar sofort tauschen wollen, aber dagegen hatte Cher sich gewehrt. Sie wußte, daß Chick sonst die ganze Nacht hindurch vor dem Zelt gesessen und sie niemals geweckt hätte, um ihn abzulösen.

»Was hältst du von dem Alten?« fragte Cher. Sie rauchte eine Zigarette und blies den Rauch in die Holzglut.

»Ich muß erst die anderen sehen.«

»Für Whisky tun sie alles.«

»Genau das ist es, worüber ich mir Sorgen mache . . .« Sally stützte den Kopf in beide Hände. »Ich habe so ein merkwürdiges Gefühl . . . und das hat mich noch nie getäuscht.«

Im Zelt drehte sich Chick auf die Seite. Er lag in seinem Schlafsack neben Wolf und streckte jetzt den Kopf vor.

»Du . . .«, flüsterte er.
»Was ist?« Wolf wandte sich zu Chick um.
»Ich stelle etwas fest . . .«
»Was denn, Chick?«
»Wir haben die tapfersten Frauen der Welt . . .«
»Das ist . . .«, sagte Wolf und dehnte sich in seinem Schlafsack, ». . . der beste Satz, den ich jemals von dir gehört habe . . .«

Am Morgen, im noch trüben Schein der aufgehenden Sonne, erschienen unter Führung des Alten fünf Aboriginals und setzten sich vor den Wagen auf die Erde. Sie waren plötzlich da, und Chick, der die letzte Wache hatte, bemerkte sie erst, als sich hinter ihm der Alte räusperte und dann zu husten begann. Chick fuhr herum, starrte die bereits vor den Wagen sitzenden Eingeborenen an und begriff mit einem leichten Schauder, daß alles Wachen sinnlos gewesen wäre, wenn die Aboriginals einen Überfall geplant hätten. Sie waren völlig lautlos aus einer ganz anderen Richtung gekommen, als man angenommen hatte, nicht von der Bodenwelle her, sondern von hinten. Sie hatten also in der Nacht, weit genug entfernt, um nicht gesehen zu werden, das Lager umrundet und geduldig gewartet, bis das Morgengrauen die rote Wüste wieder zum Leben erweckte.

Um ihre Köpfe trugen sie die typischen Stirnbänder, aus Schafwolle gewebte Umhänge schützten sie vor der nächtlichen Kälte, aber darunter hatten sie nichts als ihre gewickelten Lendenschurze an. Sie waren barfüßig; ihre Fußsohlen waren so verhornt, daß sie besser darauf liefen als in Schuhen. Nur der Alte trug einen Hut, die anderen fünf hatten ihr dichtes, struppiges Haar als Sonnenschutz.

Chick steckte den Kopf ins Zelt und rüttelte Wolf wach. Neben ihm lag Boabo und schnarchte fürchterlich.

»Aufstehen!« rief Chick. »Unsere Beschützer sind schon da . . .«

Wolf zuckte hoch, einen Augenblick verwirrt, erkannte dann Chick und kniff mit Daumen und Zeigefinger Boabos Nase zu. Mit einem Röcheln und Japsen wachte auch der Aboriginal auf, fuchtelte mit den Armen in der Luft herum und starrte wild um sich.

»Kommen sie?« stammelte er.

»Sie sind schon da.« Chick zog den Kopf zurück. Wolf kroch aus dem Zelt und blickte, genau wie zuvor Chick, sprachlos auf die sechs vor den Wagen hockenden Aboriginals.

»Seit wann sitzen sie da?« fragte Wolf.

»Keine Ahnung.«

»Aber du hattest doch Wache.«

»Ich habe nichts gehört und nichts gesehen.«

»Und unsere Frauen liegen im Bus und vergehen vor Angst . . .«

Aber da irrten sie sich. Sie rochen es schon, als sie näher kamen. Auf der anderen Seite des Busses, im Schatten der jetzt höher steigenden und sofort Hitze ausstrahlenden Sonne hatten Cher und Sally bereits Kaffee gekocht und den Klapptisch für das Frühstück gedeckt. Wie bei einem fröhlichen Campingausflug; daß vor ihnen das Unbekannte, das Never Never, die rote, heiße Grenzenlosigkeit lag, wollte man verdrängen mit Servietten und Salz- und Pfefferstreuern, Brot in einem Körbchen aus geflochtenem Plastik und Kaffeesahne in einem verchromten Kännchen. Sogar die Vase mit dem Blümchen in der Mitte des Tisches fehlte nicht . . . Sally hatte sieben Kunstblumen mitgenommen, aus Seide in Japan angefertigt, für jeden Wochentag eine andere, am Sonntag gab es eine Rose. Heute stand eine blaue Lilie auf dem Tisch, so taufrisch und echt aussehend, daß man versucht war, sie anzufassen, um zu wissen: Sie wurde soeben erst gepflückt.

»Guten Morgen, die Herren!« sagte Cher ironisch. »Gut geschlafen? Muß wohl so sein, denn keiner hat unseren Besuch begrüßt. Man hätte uns ungehindert vergewaltigen können.«

»Kaum.« Chick griff nach einem Stück Brot, aber Cher schlug ihm auf die Hand. »Selbst die Aboriginals haben ein Gefühl für Schönheit.«

»Ohne Händewaschen gibt's nichts zu essen!«

»Wir müssen Wasser sparen, Schatz.«

»In zwei Tagen können wir baden, in einem See, und neues Wasser tanken, sagt der alte Mann.«

»Und das glaubst du?«

»Warum sollte er lügen?«

Aus dem Bus kam Sally, in der Hand ein ovales Plastiktablett mit verschiedenen Wurstsorten. Es sah geradezu verführerisch aus.

»Wie in einem Grand Hotel!« sagte Chick.

Er sagte das schon seit Tagen, denn diese Frühstückszeremonie hatte gleich nach ihrer Abfahrt aus Alice Springs begonnen. Mittags, in der glühenden Hitze, aßen sie kaum etwas, aber am Abend wurde wieder gekocht und serviert, als säße man im Garten hinter dem Haus und genösse die wohltuende Abkühlung der hereinbrechenden Nacht.

Chick und Wolf opferten jeder einen Liter Wasser, schütteten es in eine Schüssel und wuschen sich Hände und Gesicht. Dann reichten sie die Schüssel an Boabo weiter, der sich am Ende der Waschung das Wasser über den Kopf schüttete. Stumm und regungslos auf der Erde sitzend, sahen ihnen die Aboriginals zu. Aus ihren Blikken war nicht abzulesen, was sie dachten.

Nach dem Frühstück brachen Wolf und die anderen das Zelt ab, rollten die Schlafsäcke zusammen und trugen alles zu den Wagen zurück. Auf das Holzsammeln verzichteten sie diesmal. Für ein Feuer reichte noch das Holz im Bus, und wenn der Rastplatz für die kommende Nacht aufgeschlagen wurde, würden die Aboriginals vermutlich selbst für genügend Holz sorgen. Das Feuer war etwas Heiliges . . . Es vertrieb die bösen Geister und versöhnte die gütigen Götter.

»Wir können fahren«, sagte Chick zu dem Alten. Die Sonne stand jetzt hoch, die Hitze breitete sich aus. In einer Stunde war das Never Never wieder eine glühende Hölle. »Wie soll das überhaupt werden? In den Wagen haben wir keinen Platz mehr.«

»Auf den Dächern.« Der Alte sprach ein paar Worte zu seinen Leuten. Sie sprangen auf und kletterten schnell und mühelos wie die Affen auf den Toyota und den VW-Bus, ließen sich zwischen den Säcken und Kanistern nieder, hockten auf Kisten und Kartons und fanden zu Chicks Erstaunen alle einen Platz.

»Beim nächsten Bremsen fliegen sie durch die Luft!« sagte Wolf kopfschüttelnd.

»Warum wollen Sie bremsen?« fragte der Alte.

»Wenn ein Känguruh uns vor den Wagen läuft.«

»Wir sehen es früher als Sie und werden es verjagen.«

»Und wie fahren wir jetzt?«

»Immer geradeaus. Am Mount Murray biegen wir nach Süden ab . . .«

Chick, der die Karte studierte, tippte mit dem Zeigefinger auf einen blau eingezeichneten Punkt. »Da kommen wir ja in die Nähe vom Lake Amadeus.«

»Es gibt dort merkwürdige Felsgebilde, Mister.«

Wolf, der seine geologische Karte auf dem Kühler des Wagens ausgebreitet hatte, sah den Alten mißtrauisch an. »Von Felsen am Amadeus steht aber nichts auf meiner Karte«, sagte er.

»Karten . . .« Der Alte machte eine wegwerfende Handbewegung. Er sah sich die Karte an, als verstünde er die geologischen Angaben, und schüttelte den Kopf. »Karten . . . Wer kennt schon dieses Land? Sie fliegen darüber hinweg und fotografieren es, aber Sie kennen es nicht. Nur wir kennen es.«

»Da könnte er recht haben«, sagte Chick. »Donnern wir los . . .«

»Wir wollten zu den Ligertwood Cliffs . . .«

»Es gibt keinerlei Hinweis, daß dort unser Berg liegt, der bei Sonnenaufgang wie ein Bein aussieht.«

Wolf zögerte. »Die Richtung hat Boabo aus der Lederkarte gelesen. Wir sollten nicht nach Süden, sondern in direkter Linie nach Westen fahren.«

»Und wenn nicht Boabo, sondern der Alte recht hat? Boabo war nie im Haasts Bluff, aber diese Burschen hier kennen ihr Land genau.«

»Und wenn sie uns in die falsche Richtung führen . . . bewußt falsch führen?«

»Warum sollte er? Er will seine fünf Flaschen Whisky, die fünfhundert Dollar und die Kiste Whisky kassieren. Dafür geht er uns durch alle Höllen voran!« Chick faltete seine Autokarte zusammen und schob Wolf die geologische Karte über den Kühler zu. »Ich bin keiner, den man so leicht aufs Kreuz legen kann, das weißt du, ich spüre so was. Da kribbelt's bei mir unter der Haut . . . Aber diesmal tut sich nichts. Wir fahren so, wie die Knollennasen es uns zeigen.«

Es war eine langsame, sich durch rote Wüste und steiniges Geröll vortastende Fahrt, immer geradeaus, nur dem Kompaß nach, der am Armaturenbrett montiert war. Die beiden Wagen fuhren nebeneinander, denn die Staubwolke, die sie aufwühlten und die wie dichter roter Nebel in der heißen Luft hängenblieb, hätte es unmöglich gemacht, daß hinter ihnen jemand noch etwas gesehen hätte. So fuhren sie also Seite an Seite, und wenn Chick und Wolf sich am Steuer ablösten, fand auch der Wechsel bei Cher und Sally statt.

»Zähe Weiber!« sagte Chick, als Wolf wieder einmal mehr hinter dem Steuer saß. »Hast du ihnen das zugetraut?«

»Bei Sally war mir das klar. Bei Cher überrascht es

mich. Halt sie nur für dich fest, Chick. Eine bessere Frau bekommst du nie!«

»Und du?« Chick lehnte sich zurück. »Angenommen, wir werden Millionäre. Zwischen Cher und mir ist alles klar. Aber bei dir? Ich habe so das Gefühl, als ob du dann doch nach Deutschland zurückgehst. Ein Hotel an der Küste von Cairns und wir alle zusammen – das wäre zu schön. Auch als Millionär muß ich was tun, sonst werde ich verrückt. Aber du? Du bleibst immer ein Deutscher, auch wenn du ein Australier geworden bist.«

»Warum sollte ich nach Deutschland zurück, Chick? Um sechzig Prozent meines Geldes dem Finanzamt zu geben? Um mittendrin zu sein in diesem ewigen politischen Zank der Parteien und Ideologien, der Angst vor Rußland und dem Mißtrauen gegenüber Frankreich, den Intrigen der Lobby und der allgemeinen Heuchelei? Chick, ich habe mich an dieses Land hier gewöhnt, an die Freiheit, die Weite, an das wirkliche Menschsein, frei von allem Zwang, wenn man ihn sich nicht selbst schafft. Hier zu leben, das ist wie freies Atmen. Da gibt es keine muffige Enge, da schaut man sich nicht gegenseitig in die Töpfe, und wer Erfolg hat, ist ein kleiner König, nicht einer, den man nun auf einmal treten muß, bekämpfen, verhöhnen und mit Dreck bewerfen. Hier ist das, was ich immer gesucht habe: Du bist ein Mensch – nun fang etwas damit an! – Warum sollte ich nach Deutschland zurückwollen?«

»Es war nur so eine Idee, Wolf. Sally würde nicht mitgehen.«

»Das weiß ich.«

»Sie ist bereit, hier mit dir im Never Never zu verrekken, aber nach Deutschland folgt sie dir nicht.« Chick legte die Hand auf Wolfs Arm. »Ich habe mit ihr darüber gesprochen . . . Jetzt verrate ich's dir.«

»Danke, Chick.«

»Es bleibt also wirklich bei unserem Hotel in Cairns?«

»Erst müssen wir den Bein-Felsen finden.«

»Und daran glaubst du nicht?«

»So ist es. Hier gibt es kein Gold.«

»Und trotzdem sind wir unterwegs?«

»Weil ich dich nicht allein ziehen lasse. Eine verdammt dämliche Treue ist das.«

»Ich werde dir das nie vergessen, Wolf.«

Sie fuhren ohne Unterbrechung sieben Stunden und hielten dann an, um die Benzintanks aufzufüllen. Auf den Dächern hockten, mit rotem Staub überzogen, Gespenstern gleich, die Aboriginals, kauten getrocknetes Känguruhfleisch, als wäre es Kaugummi, und benutzten den Aufenthalt dazu, aus einem kleinen Blechkanister, den einer von ihnen verwaltete, einen Schluck Wasser zu trinken.

Wie jeden Tag, so fuhr auch jetzt Wolf die Antenne heraus und nahm Funkverbindung mit Kings Canyon auf. Die Polizeistation meldete sich sofort, als habe man auf ein Lebenszeichen gewartet.

»Wo seid ihr jetzt?« fragte die weit entfernt plärrende Stimme in den Kopfhörern.

»Der Karte nach unterhalb des Mount Murray. Nördlich von uns, am Horizont, sehen wir ein zerklüftetes Bergmassiv. Übrigens haben wir sechs Aboriginals auf den Wagendächern, die führen uns.«

»Vorsicht, Leute!« Die ferne Stimme wurde eindringlich. »Wo kommen die denn her?«

»Sie waren plötzlich da. Ein alter Mann und fünf kräftige Kerle.«

»Ein Alter mit einem Schlapphut und einem langen graubraunen Mantel?«

»Genau!«

»Weiße schüttere Haare . . .«

»Ja.«

»Spricht ein gutes Englisch?«

»Und deklamiert Schillers ›Glocke‹ auf deutsch . . .«

»Das ist er! Petoo Balwinoo ... gilt seit zwei Jahren als vermißt. War mal ein bekannter Maler im Outback. Du lieber Himmel, der sitzt jetzt bei euch auf dem Dach? Das muß ich sofort nach Alice Springs melden. Petoo ist wieder da. Wißt ihr, daß in Alice in der Kunstgalerie neun Bilder von ihm hängen? Unverkäuflich, weil zum Kulturgut erklärt. Und plötzlich war er verschwunden, und andere Aboriginals wollten wissen, er sei im Never Never gestorben ... Petoo führt euch also jetzt?«

»Ja ... falls er Petoo ist.«

»Erzogen in der Mission Hermannsburg.«

»Stimmt.«

»Dann gibt es keinen Zweifel mehr. Ihr habt einen der größten Künstler der Aboriginals entdeckt. Wenn ihr auf eurem blödsinnigen Trip auch sonst nichts erreicht – das habt ihr wenigstens geschafft.«

Chick kam in den Wagen, nach Benzin stinkend und wütend wie ein Stier.

»Ich heirate Cher nie!« schnaufte er. »Nie! Nie!«

»Was ist denn los, Chick?« fragte Wolf und zog die Nase hoch.

»Himmel, hast du im Sprit gebadet?«

»Das ist es ja!« Chick ballte die Fäuste. »Jedem Mann hätte ich die Schädeldecke eingeschlagen. Aber bei Cher ... Warum ist man nur ein Gentleman? Ich will ihr helfen, Benzin einfüllen, sage ganz höflich: ›Schatz, das ist nichts für ein zartes Weibchen!‹, und was macht sie da? Sie reißt mir den Kanister aus der Hand, begießt mich dabei mit Sprit und schreit mich an: ›Hau ab, du aufgeblasener Kerl!‹ Was soll man da tun?«

»Den Mund halten. Vielleicht hat sie einen Wüstenkoller ... So was gibt es.«

»Und wie heilt man den?«

»Bei einer Frau hilft oft, daß man sie nachts nicht allein läßt ...«

Chick grinste, winkte aber gleichzeitig ab. »Und Sally liegt daneben . . .«

»Ich könnte Sally mit ins Zelt nehmen.«

»Das wird Boabo aber unruhig machen.«

»Den schmeiß' ich raus. Er kann im Toyota schlafen. Für ihn ist da Platz genug . . . Er liegt immer da wie eine zusammengerollte Katze.«

»Und auf diese Idee kommst du jetzt erst? Nach sechs Tagen? Das ist ja *die* Lösung . . . Am Tage fahren wir getrennt, und in der Nacht schläft jedes Paar zusammen und Boabo im Toyota. Da liegt man nun sechs Nächte allein in seinem Schlafsack, und du hast die beste Idee der Neuzeit in deinem Kopf!«

»Sie ist mir eben erst gekommen.« Wolf drehte den Zündschlüssel herum, der Motor brummte auf, die Aboriginals kletterten wieder auf die Wagen. »Wer konnte vorher wissen, daß Cher es nicht sechs Tage ohne Mann aushält . . .?«

»Sie ist eben Gutes gewöhnt.« Chick stemmte sich mit den Händen am Armaturenbrett ab, weil der Wagen mit einem Ruck vorwärtsschoß. »Ein Feinschmecker . . .«

»Und wir waren oft zehn, zwölf Tage unterwegs . . . Wer hat denn da Chers Appetit befriedigt, Chick?« fragte Wolf lachend. Chick hieb mit der flachen Hand auf das Armaturenbrett.

»Das frag mal lieber deine Sally!« schrie er. »Die hat alle zwei Tage neue Touristen herumgeführt. Nur nach Ayers Rock, was? Nur zur alten Poststation? Nur zum Kriegerdenkmal? Cher ist treu, dafür lege ich meine Hand ins Feuer.«

»O Gott, was riecht es hier plötzlich nach verbranntem Fleisch!«

Chick preßte das Kinn gegen die Brust und schwieg. Er sah aus dem Seitenfenster und blickte zu Cher hinüber, die hinter dem Steuer des VW saß. Die rötlich schimmernden Haare hielt ein Stirnband, ähnlich denen der Aboriginals, aus dem Gesicht, ihre Bluse stand bis zum Gürtel ihrer Jeans offen und klaffte etwas auseinander, was den Blick auf ihre runden Brüste freigab, ihre Hände umklammerten das Lenkrad. Konzentriert blickte sie auf das sonnenversengte Land und wich geschickt Vertiefungen oder im Weg liegenden Baumgerippen aus . . . Wie schön sie war!

Chick seufzte, ließ sich Wolfs Worte noch einmal durch den Kopf gehen und fühlte sich ganz elend vor aufsteigender Eifersucht gegen Unbekannt.

»Diese Säue!« schrie Chick plötzlich, stieß Wolf an und zeigte zum Bus hinüber. Drei Aboriginals knieten auf dem Dach und pinkelten von oben herab in die Wüste.

»Was sollen sie tun?« sagte Wolf. »Wir halten an, wenn wir müssen, aber sie können nicht bei voller Fahrt vom Dach springen. Sieh weg, wenn du Komplexe bekommst . . .«

Am Abend gab Wolf ein Hupsignal. Halt! Hier ist ein schöner Platz für die Nacht. Sie hatten ein paar niedrige, vom Wind glattgeschliffene rote Felsen erreicht. Ein paar verkrüppelte Cusuarinen mit breitgefächertem Geäst bildeten einen weiten Kreis; es war ein idealer Ort für eine Rast.

Boabo, der während der langen Stunden hinten im Toyota zwischen den zusammengerollten Schlafsäcken und den Kartons mit Ersatzteilen gedöst hatte, sprang als erster hinaus und sah sich forschend um. Wo grüne Bäume wachsen, ist Feuchtigkeit, und wo Feuchtigkeit ist, leben auch Tiere. Harmlose und feindliche, ungefährliche und giftige. Der Kampf ums Überleben bestimmte ihr ganzes Tun. Und Kampf bedeutete: schnell und vor allem sicher töten.

Der alte Mann kletterte vom Dach und kam an Wolfs Wagentür. Der Bus, jetzt von Sally gesteuert, fuhr einen Halbkreis und stellte sich im Winkel zu dem Toyota auf.

»Sie wollen hier übernachten?« fragte er.

»Ja.« Wolf und Chick kletterten aus dem Wagen. »Das ist doch ein guter Platz.«

»Nicht für einen Weißen.«

»Was soll das heißen?«

»Wir nennen ihn ›Die Götterkugeln‹. Keiner von uns würde hier schlafen. Es ist ein Platz der Geister. Wir werden ein Feuer machen, um die Götter zu versöhnen, und fahren dann weiter. Nur ein paar Meilen weiter, da gibt es Sandhügel. Hier beleidigen wir die Götter.«

»Das sagen Sie und sind als Christ in Hermannsburg erzogen worden?«

»Was weiß die Bibel von unserem Land und unseren Göttern? Mister Wolf, Jesus war ein kluger Mann und konnte Wunder tun . . . Aber wir haben keinen Jesus bei uns. Hier sind wir ganz allein mit unseren Göttern – wer kann uns schützen? Nur ein paar Meilen weiter, und wir können ruhig schlafen.«

Auch Boabo kam von einem Inspektionsgang zurück und schüttelte den Kopf. »Kein guter Platz«, sagte er.

»Nun fang du auch noch an mit bösen Geistern!« rief Chick.

»Einen besseren Platz fürs Übernachten gibt es nicht. Wir packen aus. Die Götter will ich sehen, die mich daran hindern . . .«

In wenigen Minuten stand das Zelt. Sie mußten es allein aufbauen, denn Boabo, dessen Aufgabe es bisher gewesen war, diese Arbeiten zu verrichten, weigerte sich standhaft, auch nur einen Finger zu rühren, wenn man hier über Nacht bleiben wollte. Er sagte auch: »Ich schlafe nicht im Zelt! Ich schlafe im Auto . . .«

»Genau das wollten wir dir vorschlagen, Knollennase!« Chick setzte die Verpflegungskiste auf den Boden. Boabo hatte sich geweigert, sie zu tragen. »Ab heute teilen wir das Schlafen anders ein: Du im Toyota, Wolf und Mrs. Sally im Zelt, ich und Mrs. Cher im Bus . . .«

»Aha!« sagte Boabo und grinste unverschämt.

»Willst du eine aufs Kinn?« fragte Chick und rollte mit den Schultern. »Lach nicht so dämlich ...«

»Ich wundere mich nur, Mister Chick, warum wir das nicht schon von Anfang an gemacht haben.«

»Du sagst es. Ich begreife das auch nicht.«

Die sechs Aboriginals standen herum, wortlos, fast unbeweglich, und sahen den Weißen zu, wie diese ihr Lager aufbauten. Sie begriffen nicht, wie man alle Warnungen beiseite schieben konnte, warum die Weißen die Götter so beleidigen wollten und nicht bereit waren, die Nacht ein paar Meilen weiter in der flachen Wüste zu verbringen.

Der Alte wartete, bis Sally und Cher den Klapptisch und den Kocher aufgebaut hatten und Wolf das Holz herantrug, um ein Feuer zu machen. Boabo saß in der Tür des Toyota und dachte angestrengt und mit einem inneren Zittern darüber nach, ob eine Autotür die Götter wohl abhielte oder ob so etwas kein Hindernis für Götter war, denn es waren ja Geister.

»Wir gehen und kommen am Morgen wieder«, sagte der Alte.

»Haben Sie noch einen Wunsch?«

»Nein.« Wolf sah ihn fragend an. In der Stimme des alten Mannes war ein seltsamer Unterton. Es klang wie ein Abschied. »Doch ja ... Sie könnten mit Ihren Männern Holz sammeln. Das hier ist unser letztes.«

»Sind Sie Christen?« fragte der Alte. Dabei blickte er über Wolf hinweg in die sich wieder verdunkelnde Wüste.

»Ja.«

»Soll ich ein Gebet an Ihrem Grab sprechen?«

Wolf hob die Schultern. Ein Schauer durchlief ihn plötzlich, auch wenn er sich sagte, das alles sei doch Unsinn.

»So weit sind wir noch nicht, Petoo Balwinoo.«

Der Alte zeigte keine Überraschung. Sein Gesicht blieb unbeweglich, eine zerklüftete Landschaft, Ebenbild eines harten Lebens voller Erbarmungslosigkeit und schrecklicher Sinnlosigkeit.

»Soll ich englisch oder deutsch beten?« fragte er. »Ich kann das Vaterunser auch auf deutsch. Ich habe es zwölf Jahre lang jeden Tag gesprochen ... Das vergißt man nicht.«

»Warum malen Sie nicht mehr, Petoo?«

»Das war eine andere Zeit ... sie ist tot.«

»So, wie Sie für die anderen Menschen tot sind.«

»Wir wollen nicht darüber reden, Mister Wolf.« Der Alte zog seinen Schlapphut tiefer in die Stirn. »Noch einen Vorschuß, bitte.«

»Eine Flasche Whisky?«

»Bitte.«

»Ist es das, Petoo? Haben Sie Ihr ganzes Maltalent versoffen?«

»Warum fragen Sie? Ich frage Sie ja auch nicht, warum Sie nicht mehr in Deutschland leben. Warum Sie unbedingt hier, an den ›Götterkugeln‹, sterben wollen ... Mein Stamm und ich danken Ihnen.«

»Wofür?«

»Für die Wagen, die Ausrüstung, das Zelt, die Lebensmittel ... für alles, was Sie hier zurücklassen. Wir können es gut gebrauchen.«

Wieder durchlief ein Schauer Wolfs Körper. Der Alte verkündete ein Todesurteil und betrachtete sich schon als Besitzer der Hinterlassenschaft. Für ihn gab es keinen Zweifel, daß dieser Platz am Morgen eine Stätte des Todes war.

»Kommen Sie mit«, sagte Wolf heiser.

Sie gingen zu dem Toyota. Wolf holte eine Flasche Whisky aus der Kiste und hielt sie dem Alten hin. Petoos Augen bekamen einen fiebrigen Glanz, er drückte die Flasche mit beiden Händen an seinen weiten, zerlumpten

Mantel, als sei sie ein ungeheuer wertvoller Schatz. Dann drehte er sich um, stieß in Richtung der anderen Aboriginals einen dumpfen Schrei aus und verließ mit langen Schritten den Rastplatz. Die fünf Eingeborenen folgten ihm in einer Reihe, hintereinander gehend wie bei einer militärischen Übung; nur der Gleichschritt fehlte.

»Aus denen wird keiner klug«, sagte Chick, als Wolf zum Zelt zurückkam. Er saß schon am Tisch und wartete auf das Essen. Im Topf auf dem Gaskocher brodelte eine Linsensuppe mit geräucherten Würstchen. »Sieh dir das an, wie die abmarschieren! Der Alte mit der Flasche vorneweg, die anderen hinterher wie Katzen hinter Baldrian. Das ist das ganze Göttergeheimnis: Sie wollen unbeobachtet saufen . . .«

Etwas abseits vom Feuer, das Chick angezündet hatte, kniete Sally zwischen Stachelschweingras und Geröll auf dem Boden und hatte ein Paket Brot aufgerissen. Neben ihr stand eine Plastikdose mit Käse. Der Deckel war schon hochgehoben, es duftete stark nach einem kräftigen Romadour.

Schräg hinter ihr, um einen größeren roten Stein herum, bewegte sich etwas . . . lautlos, gleitend, im Nachtlicht fast unsichtbar. Ein flacher Kopf mit starren schwarzen Augen hob sich, musterte die Gestalt an der Kiste. Der Geruch des Käses war unwiderstehlich, eine schmale, gespaltene Zunge zuckte unruhig aus dem Mund, dann senkte sich der Kopf wieder, und der kleingeschuppte, rötlichgelbe Leib glitt unhörbar und elegant auf Sally zu. Die Rache der Götter schlich in das Lager . . .

6

Es war wirklich nur ein Zufall, daß Boabo den ihn vor den Geistern schützenden Geländewagen verlassen hatte und an Sally vorbeitrabte. Chick hatte ihn aus dem Toyota getrommelt; die Türen hatte Boabo von innen verriegelt. So hatte er auf das Unglück gewartet.

»Mach auf!« hatte Chick gebrüllt. »Du fauler Hund willst dich nur drücken! Wer ist hier für das Brennholz zuständig? Raus mit dir!«

»Morgen früh, Chick!« schrie Boabo durch das Fenster zurück. Sein Blick war voller Angst und Verzweiflung. »Nicht jetzt in der Nacht. Nicht hier . . .«

»Ich schlag' die Scheibe ein und hol' dich raus!« Chick rüttelte am Türgriff. Es war ihm zuzutrauen, daß er Kraft genug hatte, die ganze Tür aus der Verankerung zu reißen. »Du hast ein Beil, und wenn du deinen dämlichen Göttern begegnest, spalte ihnen den Schädel. Zum Teufel, komm raus!«

Seufzend kletterte Boabo nach hinten, holte das Beil aus der Werkzeugkiste und öffnete die Tür. Auch einen großen Sack nahm er mit, um die Äste abzutransportieren.

Vom Zelt herüber wehte der Geruch der Linsensuppe. Boabo mußte schlucken; er spürte einen geradezu schmerzhaften Hunger im Leib, aber er nahm sich vor, hier keinen Bissen zu essen, sondern, wenn er schon Holz suchte, die Äste möglichst weit weg vom Lagerplatz in der Wüste zu sammeln.

Boabo, das Beil in der Hand, den Sack über der Schulter, ging nun an Sally vorbei, schnupperte wie ein Hund und sagte: »Dieser Käse muß weg . . . Morgen läuft er von allein.« Schon wollte er weitergehen, als er sah, was hinter Sally lautlos herankroch.

Wie erstarrt blieb er stehen, seine Augen weiteten sich, und mit ganz kleiner, heiserer Stimme sagte er:

»Mrs. Sally . . . nicht rühren, bitte. Ganz still bleiben, keine Bewegung . . . Drehen Sie sich nicht um . . . Gleich . . . gleich ist es vorbei . . .«

Seine Finger krallten sich um den Beilstiel, er machte einen Schritt nach vorn, und sofort schnellte der flache Kopf zu ihm herum. Der schuppige Leib richtete sich auf, ein leises, pfeifendes Fauchen ertönte, das Sally sofort versteinern ließ. Ihr Nacken war steif, das Gesicht verkrampfte sich in Todesangst, aber sie wagte nicht zu schreien, sondern hielt nur das Paket Brot in ihrer Hand umklammert.

Der Tod richtete sich hinter ihr auf, der Kopf blähte sich, die schwarzen Kugelaugen starrten auf Boabo. Ein paar Atemzüge lang sahen sich Mensch und Tod an. Dann zuckte Boabos Arm hoch, das Beil sauste herab, und im gleichen Augenblick stieß der Kopf vor, mit weit aufgerissenem Maul und zwei langen, spitzen Giftzähnen.

Der Hieb traf genau. Er trennte den Kopf vom Rumpf, noch auf der Erde stießen die Zähne im Reflex der Nerven zu, und der geschmeidige Leib kroch kopflos weiter, auf Boabo zu. Mit unartikulierten Lauten, wie Sally sie noch nie gehört hatte, hieb Boabo auf den Körper und den Kopf ein, immer und immer wieder, zerteilte den Muskelstrang in kleine Stücke, hieb den Kopf in den Wüstenboden und spaltete ihn bis zur Unkenntlichkeit.

Erst als er keuchend sagte: »Keine Angst mehr, Mrs. Sally . . .«, sprang sie auf und hetzte zum Zelt, wo Chick und Wolf am Tisch saßen und Cher die Linsensuppe mit einem Stückchen geräucherten Speck verfeinerte. Sie hatten nichts gehört . . . Das Knacken des Feuers übertönte alle Geräusche um sie herum.

Erst als Sally taumelnd und mit entsetzensweiten Augen vor ihnen stand, sprangen sie auf. Cher hielt den

Topf fest ... sie hätte ihn fast umgestoßen. Chick griff sofort in seine Hosentasche und riß die Pistole heraus. Mit einem tiefen Seufzer fiel Sally haltsuchend Wolf um den Hals und klammerte sich an ihm fest. Bevor sie etwas sagen konnte, tauchte Boabo im Feuerkreis auf und warf das Beil in die Flammen. Chick beförderte es mit einem Tritt wieder aus der Glut. Es hoppelte über den Geröllboden und blieb vor einem Büschel Stachelschweingras liegen.

»Was ist denn hier los?« brüllte er. »Ist die Knollennase verrückt geworden!«

»Eine Small-scalled-Schlange ...«, sagte Boabo dumpf. »In letzter Sekunde habe ich sie erwischt ... Den Kopf habe ich ihr abgeschlagen, kleingehackt hab' ich sie ... Die Götter haben sie geschickt – und jetzt werden wir alle sterben ...«

Nach diesen Worten war es still, ganz still. Nur das Feuer prasselte.

Sie sahen sich stumm an. Wolf schlang die Arme um Sally und drückte sie an sich. Jeder wußte, in welcher absolut tödlichen Gefahr sie gewesen war. Die Small-scalled-Schlange ist die giftigste aller Landschlangen, eine Weltrekordlerin im Töten. Experimente haben ergeben, daß eine einzige Giftration ausreicht, zweihundertfünfzigtausend Mäuse zu töten. Ein Biß von ihr ist eine Todesgarantie. Ein Serum, aus Alice Springs sofort herbeigeflogen, wäre in jedem Fall zu spät gekommen. Das Gift lähmt nach kurzer Zeit Stück um Stück des Körpers, bis man qualvoll erstickt.

»Wo eine ist, sind auch noch mehr!« sagte Chick nach diesem entsetzten Schweigen. Er ging zu dem Beil, hob es auf und wog es in der Hand. »Boabo, hol die Scheinwerfer! Da räumen wir jetzt auf.«

Mit den starken Halogenhandleuchten suchten sie die Umgebung ab. Chick und Wolf kletterten sogar in die Felsen, die man die »Götterkugeln« nannte, aber da blieb Boabo zurück und leuchtete nur die rundgeschliffenen Steine an. Er hörte, wie Chick und Wolf sich durch Zurufe verständigten, und begann zu zittern, je weiter sich die Stimmen in den Felsen entfernten.

Sie kommen nicht wieder, dachte er und hatte das Bedürfnis zu weinen. Nie wieder ... Sie bleiben verschwunden, verweht, genauso wie ihre Stimmen immer schwächer werden. Die Götter nehmen sie mit. Wir werden sie nie wiedersehen, und es wird keine Spuren geben ...

Plötzlich verstummten die Rufe. Boabo senkte den Kopf, fiel dann auf die Erde, drückte die Stirn in das rote Geröll und wagte kaum zu atmen.

Die Götter haben sie geholt ... Wann kommen sie zu uns?

Er lag noch immer in seiner demütigen Haltung auf dem Boden, als Chick und Wolf aus den »Götterkugeln« zurückkamen und Boabo mit ihren starken Scheinwerfern anleuchteten. Boabo begann zu zucken. Das gleißende Licht um ihn konnte nur bedeuten, daß nun auch er für immer verschwand.

Ein Fußtritt von Chick in seinen hochragenden Hintern ließ Boabo aufseufzen. Er rollte sich mit geschlossenen Augen auf die Seite und ergab sich seinem Schicksal. Weit weg waren jetzt die Erziehung in der Mission, die Schule, die Lehre als Automechaniker, das Leben in der Welt der Weißen ... Jetzt war er wieder der Aboriginal, den die zornigen Götter holten.

Was war geblieben von Christus und seiner Mutter Maria, von all den Heiligen und den Wundern, von allen Verheißungen und Hoffnungen auf das Jenseits? Tief im Herzen hatte Boabo immer gewußt, daß die Götter, mit denen sein Volk seit vierzigtausend Jahren lebte, durch ein paar Bibelworte nicht vernichtet worden waren. Sie lebten, verjagt wie sein Volk, in den Wüsten- und Felsengebieten, versteckt an den heiligen Orten, die kein Weißer kannte.

Und wenn die Weißen die Heiligtümer überfielen wie den Mount Olga oder den Ayers Rock, zu Tausenden herangekarrt mit Bussen, Autos und Flugzeugen – die Götter ertrugen es. Ameisenheere waren diese Menschen; sie bestaunten die Farbveränderungen des Ayers Rock vom Morgengrauen bis zur Dunkelheit, vom blassen Rosa-Violett bis zum strahlenden kräftigen Rot, und begriffen nicht, daß Tag und Nacht, Sonne und Mond aus den Händen der Götter kamen.

Boabo wachte aus seiner Erstarrung erst auf, als er Chicks laute Stimme vernahm.

»Wir laufen uns die Füße wund, und der Kerl säuft sich voll!« Er wurde hochgerissen, Chick schnüffelte an seinem Mund und ließ ihn dann wieder fallen. »Nichts! He, Knollennase, was ist los?«

Boabo fand sich damit ab, daß Chick und Wolf ohne sichtbare Schäden aus den »Götterkugeln« zurückgekommen waren. Irgendwie waren sie anders bestraft worden, das würde sich noch herausstellen. Er öffnete die Augen, blinzelte in das starke Licht, das ihn anschien, und wandte sich dann ab, um der Blendung zu entgehen.

»Was habt ihr gefunden?« fragte er.

»Nichts.« Chick ließ seine Lampe sinken. »Wir sollten die Viecher aus ihren Verstecken holen – mit dem Käse. Der Geruch lockt sie an. Auf jeden Fall wird heute wieder Wache gehalten.« Sich zu Wolf umdrehend, sagte er: »Das wird 'ne doppelt schlaflose Nacht . . .«

Obwohl Sally wieder eine Rotweinflasche opferte, kam keine Stimmung mehr auf. Chick hatte den weithin stinkenden Romadour in vier Teile geschnitten und im Geröll verteilt und sah alle zehn Minuten nach, ob sich eine neue Schlange herangeschlichen hatte. Auch Wolf und Boabo kontrollierten die Käsestücke, und es war Boabo, der mit durch die Luft fuchtelnden Armen zum Zelt zurückgelaufen kam.

»Abbauen!« schrie er. »Sofort weg von hier! Sie kommen . . . Tausende . . .«

»Der Kerl hat einen Stich!« sagte Chick fassungslos. »Wo sollen hier Tausende von Schlangen herkommen?«

Es waren keine Schlangen. Von verschiedenen Seiten her, von den Felsen und aus dem Geröll, krabbelten ganze Völker von Ameisen auf die stinkenden Käsestückchen zu. Ihnen voraus liefen Gruppen von Spähern und näherten sich dem Zelt. Es waren große Ameisen mit einem dicken, runden Kopf und einem eiförmigen, aufgeblähten Hinterleib. Die kräftigen, vorstehenden Kiefer waren kampfbereit.

»Jumper Ants . . .«, sagte Chick tonlos. »Das ist wirklich ein Mistplatz hier! Der Alte hatte recht. Abbauen, Leute . . . Gegen die Jumper Ants hilft nichts anderes mehr.«

Die großen Giftameisen, die sich mit ihren Kiefern an ihre Opfer klammern und dann ihr Gift durch die Haut stoßen, hatten sich um die Käsestücke versammelt und begannen, sie zu zerlegen und abzuschleppen. Ein ganzes Heer aber zog zielstrebig auf das Zelt zu, ohne Zögern vor dem Feuer, das sonst jedes Tier abhält.

In größter Eile riß Boabo das Zelt ein, Sally und Cher rannten mit den Kisten und dem Kocher zum Bus, nur Wolf und Chick blieben zurück, um ein weiteres Vordringen der Jumper Ants zu verhindern.

»Euch werd' ich's zeigen!« schnaufte Chick. Er hatte den Topf mit den kochendheißen Linsen in den Händen und schüttete nun die dampfende Suppe über die wimmelnde Ameisenschar. »Das ist ein Fressen, was?« schrie er dabei. »So was Gutes gibt's für euch in hundert Jahren nicht wieder! Ein bißchen heiß für euch, aber es soll ja auch unvergeßlich bleiben!«

Die in der kochenden Suppe verendeten Ameisen waren kein Hindernis für die nachdrängenden Heere. Sie umgingen die Suppenlache und krabbelten weiter, an

Wolfs Stiefeln hoch und über den Suppentopf, den Chick auf den Boden geworfen hatte. Er und Wolf hatten den gleichen Gedanken: Sie rissen brennende Äste aus dem Feuer und schlugen damit auf die Jumper Ants ein. Wolf hielt einen Augenblick seine Stiefel über das Feuer, die Ameisen fielen verbrannt in die Flammen, und Chick fegte mit den brennenden Ästen über den Boden und vernichtete Hunderte der giftigen Beißer.

»Da kommen noch mehr!« rief er, als er mit der Halogenlampe zu den Käsestücken leuchtete. Ein schwarzgraues Gewimmel bedeckte den Boden. Chick warf die brennenden Äste weg und nickte Wolf zu. »Dagegen verlieren wir. Weg von hier! Paß auf, daß wir keinen Jumper mit in den Wagen nehmen.«

Sie rannten zurück, leuchteten sich gegenseitig vor den Autotüren an, sahen keine Ameise an sich und sprangen auf die Sitze. Vor ihnen im Bus saßen Sally und Cher und ließen den Motor an. Auch Chick drehte den Zündschlüssel.

»Knollennase?« rief er.

»Ich bin hier, Chick«, antwortete eine klägliche Stimme.

»Daran zweifle ich nicht. Ich will dir nur sagen: Du hattest recht. Das ist ein Mistplatz!«

»Danke, Chick. Die Götter sind eben stärker als wir . . .«

»Leck mich doch am Arsch mit deinen Göttern!« Chick ließ den Toyota anrollen. »Das war das letzte Mal, daß ich an einer Stelle halte, die ihr heilig nennt.«

Er fuhr einen großen Bogen um den Feuerplatz und die Käsestücke, blinkte mit den Scheinwerfern zum Bus hinüber und schlug die Richtung ein, in die der Alte mit seinen fünf Aboriginals marschiert war. Wenn sie geradeaus gegangen waren, konnte man sie nicht verfehlen.

Nach einer halben Stunde langsamer Fahrt erfaßten die Scheinwerfer die auf der Erde liegende kleine Gruppe. Ein paar Gerippe von verdorrten Bäumen waren der einzige markante Punkt in der sonst flachen, endlosen rotbraunen Weite der Wüste.

Die Aboriginals rührten sich nicht. Wie kleine Haufen weggeworfener Kleidung lagen sie herum und nahmen keinerlei Notiz von den vor ihnen bremsenden Wagen. Nur der Alte erhob sich schwerfällig, schob seinen Schlapphut in den Nacken und kam mit schlurfenden Schritten an den Toyota. Im Widerschein der Autoscheinwerfer war sein Blick starr und gläsern.

»Oje!« sagte Chick und stellte den Motor ab. »Ist der besoffen!«

»Auf keinen Fall gibt's hier kriegerische Giftameisen. Die Aboriginals liegen auf der blanken Erde.«

Wolf öffnete die Tür und sprang hinaus. Die Türen des Busses blieben noch geschlossen. Cher und Sally warteten ab, was weiter geschah.

»Ich wußte, daß Sie kommen«, sagte der Alte mit etwas schwerer Zunge. Aber er sprach deutlicher, als Wolf es bei seinem Zustand angenommen hätte.

»Schlangen und Giftameisen, Petoo. Aber wir haben's ihnen gegeben . . . mit Feuer und heißer Linsensuppe.«

»Ihr hättet selbst mit dem Feuer der Sonne nicht gesiegt. Die Götter waren zornig . . . Sie hätten noch andere Plagen geschickt.«

»Können wir hier das Zelt aufschlagen?«

»Das Land ist weit . . . Für jeden ist Platz.«

Chick drückte dreimal auf die Hupe, das Zeichen, daß alles in Ordnung war. Sally und Cher kletterten aus dem Bus und kamen zu ihnen herüber. Auch Boabo wurde sichtbar und zerrte den Packsack mit der Zeltplane aus dem Wagen.

Abseits von den noch immer regungslosen Aboriginals bauten sie ihr Lager auf. Cher setzte einen neuen Topf Linsensuppe auf den Gaskocher, allerdings jetzt ohne zusätzlichen geräucherten Speck. »Wenigstens den hättest du rausnehmen können, bevor du die Suppe über die Ameisen gekippt hast!« giftete sie Chick an, und der sagte darauf leise zu Wolf: »Die wird sich nachher wundern, wie ich ihre Hysterie austreibe!« Dabei schnalzte er mit der Zunge.

Sie aßen, tranken mit Fruchtsaftkonzentrat gemischtes Wasser, um die Aboriginals nicht durch Alkoholgeruch aufzuscheuchen, und der Alte kam mit einem Arm voller Holz, entfachte ein kleines Feuer und hockte sich neben Wolf auf die Erde.

Boabo war mit dem Beil unterwegs. Man hörte, wie er die trockenen Äste von den verdorrten Bäumen schlug und dabei leise in seinem Aboriginaldialekt vor sich hinsang. Er hatte Angst, und er sang ein uraltes Loblied auf die Götter; ein monotoner Singsang wie vor Tausenden von Jahren war es.

»Warum gibt es Sie nicht mehr, Petoo?« fragte Wolf. Er hatte dem Alten einen Zigarillo angeboten, den dieser jetzt mit tiefen, gierigen Zügen rauchte. »Warum ist der Maler Balwinoo tot für die übrige Welt?«

»Sie haben mich betrogen, Mister. Alle haben mich betrogen, alle, die ich kannte und denen ich vertraute. Wie viele schöne Bilder habe ich gemalt, nicht nur Motive aus unseren Sagen und aus der Welt der Tiere und Pflanzen, was die Weißen Primitivkunst oder naive Kunst nannten. Nein, ich habe alles gemalt, was ich sah: die Berge, die Wüste, die Schluchten, die heiligen Seen, die Quellen, das Gras und die Bäume. Und jeden Monat kam ein Mann mit einem Range Rover zu unserer Familie, kaufte die Bilder, ließ neue Farben, Leinwand oder Holzplatten da, und ich malte, malte den ganzen Tag und war glücklich, wenn ich einen roten Felsen und die Weite der ihn umgebenden Wüste fertig hatte. Wieviel bekam ich für so ein Bild? Mal dreißig Dollar, mal hundert Dollar, wenn es besonders gut gelungen war ... wenn es hell und fröhlich war, mit viel weißer Farbe darin. Ich mußte, je länger ich malte, anders malen, als ich wollte. Anders, als ich mein Land sah. Anders, als es ist und wir sind. Wo ist Fröhlichkeit in der Wüste? Und wenn es hell ist, quält uns die Sonne, trinkt uns das Wasser weg, verendet das Vieh, brennt in uns der Durst. Aber sie wollen viel Weiß in den Bildern haben, die Weißen. Und wenn der Mann aus der Kunstgalerie von Alice Springs kam, brachte er große Töpfe weißer Farbe mit und sagte: ›Fröhlich malen, Petoo, leuchtende Farben.‹ Es ist nicht unsere Farbe, das Weiß. Seit Jahrtausenden malen wir mit Gelb wie die Sonne, mit Rot wie die Berge und die Wüste, mit Schwarz wie die tiefe Nacht und mit Grau wie die Schatten in den Höhlen. Aber Weiß? Wo ist hier Weiß? Zeigt mir in der Wüste oder in den Bergen ein einziges Weiß! Ich habe dem Kunsthändler das gesagt. Und er hat mich angelacht, vier Finger in die Luft gestreckt und an ihnen abgezählt: ›Rot, gelb und schwarz, das sind nur drei Rassen auf dieser Erde. Aber die vierte ist weiß, und das ist die wichtigste. Deshalb muß immer Weiß ins Bild, viel Weiß. Verstehst du das?‹ – Ich habe genickt – was sollte ich anderes tun? Aber ich bin sehr nachdenklich geworden. Das mit den Rassen hat mich nicht losgelassen.«

Petoo Balwinoo nahm den Hut ab. Ein leichter, noch warmer Wind wehte über die Wüste und ließ seine dünnen, strähnigen weißen Haare flattern. Sally gab ihm einen Becher mit dem Wasser-Fruchtsirup-Gemisch. Der Alte roch daran, verzog voller Ekel den Mund und schüttete den Becher aus.

»Whisky . . .«, sagte er.

»Nein!« antwortete Chick.

»Dann einen Lappen mit Benzin . . .«

»Zum Petrol-sniffing, was? Auch nicht. Das schon gar nicht!« Chick beugte sich zu dem Alten vor. »Ihr sauft und schnüffelt euch um den letzten Verstand.«

»Ist euch das nicht recht?« Petoo sah, während er

sprach, in die dunkle, flache Weite hinaus; ein Blick in Einsamkeit und Ewigkeit war es. »Ihr tötet uns nicht mehr mit Gewehren . . . Ihr bringt uns um mit Träumen aus der Flasche und der Dose. Das ist unauffälliger, lautloser, und man verdient sogar noch dabei.« Er wandte den Blick und sah Wolf an. »Sie nicht, Mister.«

»Es gibt doch Weiß in der Wüste . . .«, sagte Wolf verhalten. Die Worte des alten Mannes bewegten ihn.

»Wo?«

Wolf tippte auf Petoos Kopf. »Ihr Haar . . .«

»Das ist keine Farbe, das ist ein Verdorren wie hier bei diesen Bäumen.« Er machte eine Handbewegung zu den bleichen Holzgerippen um sie herum. »Aber die Weißen sagen: Weiß macht fröhlich, und ich muß viel, viel Weiß in meine Bilder malen.« Petoo setzte seinen Schlapphut wieder auf, den man im Outback Stockman-Hut nennt; der Wind war kälter geworden, von Minute zu Minute. »Dann traf ich eines Tages einen Verwandten in Alice Springs, einen, der in der Stadt geblieben ist, der sogar ein Geschäft hat und gutes Geld verdient. Er war aus Melbourne zurückgekommen, war dahin gefahren, um Geschäfte zu machen, und kam zurück wie ein weißer Herr mit Anzug, Hemd und Krawatte. Er zeigte mir ein Foto, so ein Bild, das man sofort machen kann, und fragte: ›Kennst du das?‹ Ich sehe es mir an und sage: ›Ja. Ich erkenne es. Es ist ein Gemälde von mir. Wo hast du es fotografiert?‹ Und der Verwandte sagt: ›In Melbourne, in einer Kunstgalerie. Noch drei andere Bilder von dir hingen da an der Wand. Was hast du für dieses Bild bekommen, Petoo? Ich habe es noch einmal angesehen, habe überlegt und wußte es dann. ›Dreißig Dollar!‹ sagte ich. Und der Verwandte lacht mich aus und ruft: ›Es hängt da in Melbourne mit einem Schild: 1000 Dollar!‹« Petoo wischte sich über die tiefliegenden Augen. Sein zerklüftetes Gesicht sah im flackernden Feuer aus, als hätten die Flammen große Höhlen hineingefressen. »Am nächsten Tag bin ich zu dem Mann, der immer meine Bilder abholte.«

»Ich ahne etwas!« sagte Chick und räusperte sich.

»Nein, er hat mich nicht hinausgeworfen.« Der Alte schüttelte den den Kopf. »Nur einen Schluck Whisky, einen kleinen.«

»Nicht einen Tropfen.«

»Er hat mich nicht hinausgeworfen«, wiederholte Petoo. »Er ist ans Fenster getreten, und da zog gerade eine Schafherde vorbei. Auf der einen Seite der Straße trieb ein Hirte sie an, der war ein Aboriginal, und auf der anderen Seite war's ein weißer Hirte. An seiner Seite liefen auch die Hunde. Und der Bilderhändler winkt mich ans Fenster und sagt: ›Da hast du's, Petoo: Wer steht zwischen Schwarz und Weiß? Der Hund! – Nimm deine Farben und mal weiter und frage nicht. Dreißig Dollar für ein Bild – das ist gerecht. Hast du ein Risiko? Mußt du einen Käufer finden? Mußt du Miete für einen Laden bezahlen? Setzt du Anzeigen in die Zeitungen? Veranstaltest du Ausstellungen, wo gefressen und gesoffen wird auf meine Kosten, aber nicht gekauft? Was ich dir bezahle, ist gerecht!‹«

Der Alte hustete ein paarmal, schluckte krampfhaft und leckte mit der Zunge über seine schartigen Lippen.

»Gerecht?« fragte er. »Was ist gerecht auf dieser Welt, in unserer Welt der betrogenen wirklichen Besitzer dieses Landes? Ich habe lange darüber nachgedacht, und dann ging ich weg aus Alice Springs, und alle sagten: Er ist tot. Es ist gut, daß sie das denken.«

»Und wovon leben Sie jetzt?« fragte Wolf. Er duzte Petoo nicht, wie Chick es tat, sondern wollte mit dieser Anrede dokumentieren, daß auch ein Eingeborener das Recht auf Höflichkeit und Achtung hatte.

Der Alte hob die Schultern, ließ sie wieder fallen und schwieg. »Sie sehen, wir leben«, sagte er darauf nach ein paar Atemzügen. »Jetzt malen zwei meiner Söhne und die Frau eines Sohnes. Mit viel weißer Farbe – für zwanzig Dollar das Bild . . . Ich kann keines mehr malen. Wie kann man denn ein Maler sein, wenn man weniger ist als ein Hund?«

Der Alte erhob sich, schlug seinen schmutzigen Mantel um sich und tippte mit dem Zeigefinger an die breite Hutkrempe.

»Schlafen Sie gut«, murmelte er. »Und vergessen Sie alles, was ich gesagt habe. Keinen Schluck Whisky?«

»Nein!«

»Sie sind liebe Menschen – aber grausam. Warum paßt das so oft zusammen?«

Langsam, mit sichtbarer Würde, kehrte er zu den auf der Erde liegenden Aboriginals zurück, setzte sich in ihren Kreis und ließ sich dann auf die Seite fallen. Er war zu Hause: Der Himmel ist ein Zelt, und die Erde ist die Mutter.

»Da hat er uns aber eine saftige Ohrfeige gegeben« sagte Chick und lachte spöttisch. »Und wir halten auch noch die Backen hin. Aber so ist das . . . Undankbarkeit ist immer der Lohn von diesen Burschen.«

»Chick, er ist von uns Weißen jämmerlich betrogen worden!«

»Bescheißen wir Weißen uns denn nicht auch selbst nach Strich und Faden? Denk nur an Mr. Finke, diesen Gauner. Läßt uns für einen Saulohn fahren und kann mehr zahlen! Rückt aber erst dann damit heraus, als wir gehen wollen, und keiner von uns hat ihm in die Fresse gehauen. Wolf, setz dich bloß nicht hin und beweine diesen Alten . . .«

»Ich bin nachdenklich geworden, Chick. Wir sind ja ebenfalls im Begriff, die Aboriginals zu betrügen, wenn wir Gold finden. Es ist ihr Land, ihr Gold . . .«

»Für sie hatte Gold nie einen Wert.«

»Bis vor zweihundert Jahren der Weiße kam. Bis man nicht mehr tauschen, sondern zahlen mußte. Bis alles seinen Preis hatte. Jetzt weiß jeder Eingeborene, was sein Land wert ist, ein riesiges Land, das man ihnen einfach weggenommen hat mit der ungeheuerlichen Begründung, sie hätten darüber keine Besitzurkunde! Sind vierzigtausend Jahre keine Urkunde? Und wir jetzt – du und ich? Wir suchen eine Goldmine, und wenn wir sie wirklich finden, werden sie sagen: Sie gehört uns, Chick Bullay und Wolfgang Herbarth . . .«

»Und niemandem anders!« rief Chick. »Sag bloß nicht, den Knollennasen gehört sie. Haben die gesucht oder wir?«

»Es ist ihr Land . . .«

»Es ist Niemandsland!« Chick hieb mit den Fäusten auf seine Oberschenkel.

»Nein, das Reservat gehört den Aboriginals.«

»Wir tauschen die Schürfrechte bei dem Ältesten des Stammes ein – gegen Werkzeuge, Schnaps, Tabak, Konserven . . .«

»Ist das kein Betrug, Chick?«

»Er hat wieder seinen humanitären Tag!« rief Chick und zog Cher an den Armen hoch. Es war nicht eben zärtlich, und sie schlug auch sofort nach seinen Händen. »Ich kenne das. Sitzt da im Truck und philosophiert stundenlang über Gerechtigkeit, Paragraphenverdreherei, Menschenrechte und so'n Blödsinn! Als ob wir da was ändern könnten. Die Welt ist nun einmal so, und wir sind geboren, um darum zu kämpfen, mit dem Arsch an die Wand zu kommen. Was soll das ganze Gequatsche! Wenn Gott wirklich den Menschen geschaffen hat, müßte er sich jeden Tag seinen Bart ausreißen.« Er faßte wieder nach Cher und zog sie an sich. »Komm, Schatz, jetzt wollen wir was schaffen.«

»Wohin?« fragte sie und stemmte die Beine in die Erde.

»Zum Bus! Hier wird geredet und geredet, und dabei kann man mit der Zeit etwas viel Besseres anfangen. Es wird sowieso viel zu früh hell . . .«

Er zog Cher mit sich. Sie wehrte sich nicht mehr, warf aber noch einen langen, fragenden Blick auf Sally, ehe sie Chick in den Bus folgte. Aus der Dunkelheit tauchte Boabo auf, den großen Sack voller Äste, kleingehackt auf das Maß, das man für ein Lagerfeuer brauchte. Man sah ihm an, daß er eine unangenehme Stunde hinter sich hatte; seine Angst vor den Göttern stand ihm noch im Gesicht geschrieben. Erst als er bei Sally und Wolf angekommen war, löste sich die Verkrampfung, und er grinste schief.

»Gute Nacht allerseits!« sagte er anzüglich und trabte mit seinem Holzsack zum Toyota. Sally drehte das Licht der Gaslampe etwas niedriger und stellte die Plastikteller in einen Eimer.

»Habt ihr die Wachen anders eingeteilt?« fragte sie.

»Nein. Das Schlafen.« Wolf drehte das Licht vollends aus. »Boabo schläft im Wagen, Cher und Chick bleiben im Bus und wir im Zelt . . .«

»Ach so . . .«

Mehr sagte sie nicht. Aber es war Erkenntnis und Bestätigung zugleich. Sie räumte den Klapptisch ab, verstaute alles wieder in den dicht schließenden Kisten und zog den Reißverschluß des Zelteingangs auf. Davor schliefen die Aboriginals.

Wolf und Sally gingen ins Zelt. Er zog den Reißverschluß wieder herunter, und völlige Dunkelheit umgab sie. Sie sahen sich nicht mehr. Sie hörten nur ihren Atem und spürten sich, als sie die Arme ausstreckten.

»Willst du Licht machen?« fragte Sally. Ihre Stimme war eingebettet in Sehnsucht.

»Ja.« Wolfs Stimme klang nicht anders. »Ich möchte dich sehen.«

Er wußte, wo sich die Batterielampe befand, tastete im Dunkeln danach und knipste sie an. Das plötzliche helle Licht blendete ihn, aber dann sah er, wie Sally bereits ihre Bluse ausgezogen hatte und nun die Jeans abstreifte. Ihr Köper war für ihn immer wieder das Schönste, was es auf dieser Erde gab . . .

Wolf trat hinter sie, hakte ihren Büstenhalter auf und zog ihr den Slip über die Hüften. Dann küßte er ihren Nacken und ihre Schultern, streichelte ihren Rücken, ihre Hüften und ihre Schenkel. Seine tastenden Finger glitten wieder hinauf über Bauch und Magen bis zu den Brüsten und umfaßten sie. Er spürte das Zittern in Sallys Körper, ihre Rückenmuskeln spannten sich, ihr Gesäß drängte ihm entgegen, und er stand hinter ihr, nahm ihre Wärme auf und die Glätte ihrer Haut.

»Es . . . es ist das erste Mal, daß ich auf der Erde liebe . . .«, sagte sie, als sie auf den Schlafsäcken lagen. »Ich fand es immer tierisch . . .«

»Und wie ist es jetzt?«

»Himmlisch . . . Halt mich ganz fest, damit ich nicht in der Erde versinke . . .«

Im Toyota saß Boabo am Fenster und starrte auf das Zelt. In dem Licht, das die Lampe gegen die Zeltwand warf, erkannte er deutlich, was dort geschah.

O Jenny, dachte er. Du hättest auch mitkommen können. Jenny, die Köchin in Chopsticks Restaurant auf der Hartley Street. Eine Aboriginal wie er, aber auch so kultiviert wie er, schon mehr eine Weiße, sonst wäre sie keine Köchin geworden. O Jenny – und ich muß das alles ansehen! Wer kann das aushalten?

Er riß sich von dem Schattenspiel hinter der Zeltwand los, kroch nach hinten auf seinen Liegeplatz zwischen Kartons und Kanistern, schob den Schlafsack auseinander und legte sich bäuchlings darauf.

»O Jenny!« sagte er wieder, und sein Körper bewegte sich in rhythmischen Zuckungen. »Wie geil du heute bist. Du bist das verdammt geilste Mädchen von ganz Alice Springs . . .«

In dieser Nacht hätte man sie ausrauben können – sie hätten nichts gehört.

Irgendwann in dieser Nacht lagen sie wach nebeneinander. Die Lampe war gelöscht, die Dunkelheit war undurchdringlich, aber sie brauchten das Licht nicht mehr, um den Glanz ihrer Augen zu sehen, wenn sie sich in sich erlösten. Sie fühlten sich, und es war eine Seligkeit in ihnen, der nichts gleichzusetzen war. Es war wie ein Funke der Unsterblichkeit.

»Was wird morgen sein?« fragte Sally, und ihre Hand tastete über Wolfs Leib.

»Hitze, Staub, roter Sand, Spinifexgras, Schweiß, Knochenschmerzen, flimmernde Luft, trockene Salzseen . . .«

»Und die Jagd nach einem Phantom.«

»Ich weiß es nicht. Ich bin unsicher geworden. Ich glaube jetzt fast selbst an dieses Gold. Warum soll es diesen Berg, der wie ein Bein aussieht, nicht geben? Der Alte scheint mehr zu wissen, als wir denken . . . Er führt uns zielsicher durch die Wüste.«

»Petoo Balwinoo . . . Was hältst du von ihm?«

»Er ist ein armer Hund. Man hat ihm böse mitgespielt. Er wird nicht mehr lange leben; er zerstört sich selbst mit dem verdammten Petrol-Schnüffeln und dem Schnaps. Aber es sind die letzten Wonnen, die er noch im Leben hat . . . die Träume im Benzin- oder Alkoholrausch.«

»Können wir ihm nicht helfen?«

»Nein. Er ist wie ein Symbol seines Volkes: ein kleiner Teil der Menschheit, der außerhalb der Menschheit lebt, und keiner kümmert sich darum. Wer hat – nehmen wir beispielsweise nur Deutschland –, außer wenigen Ethnologen, schon etwas von den Aboriginals gehört? Sie haben keine Politiker und keine Lobby, ihr Lebensraum ist wie vor vierzigtausend Jahren, sie leben von den Almosen ihrer Eroberer oder von den primitiven Arbeiten ihrer Hände, die ihnen für lächerlichen Lohn abgenommen werden, und wenn es mal einen intelligenten

Mann aus ihrer Mitte gibt, einen, der protestiert, einen, der es wagt, die Welt an sein Volk zu erinnern wie jener Yunupingu, der mit offenen Briefen auf das Elend aufmerksam machen will, dann scheitert er. Yunupingu hat aufgeschrien: ›Wir werden das niedrigste Volk der Welt sein, weil ihr unser Rückgrat gebrochen habt . . .‹ Und er bekam die Antwort von Victor Sullivan, einmal Staatsminister von Queensland: ›Die Aboriginals können auf ihr Landrecht warten, bis sie schwarz im Gesicht werden!‹ – Und sie sind ja schwarz . . .« Wolf drehte sich auf die Seite und legte seine Hand auf Sallys Brust. »Wie könnte man da einem Mann wie Petoo helfen? Dreihunderttausend andere haben trotzdem keine Zukunft . . .«

»Es ist schrecklich«, sagte Sally leise und streichelte seine Hand auf ihrer Brust. »Komm nah, ganz nah zu mir. Ich friere . . .«

Im Bus war die Lage anders; realer und explosiver. Bei Chick ging es nicht um die Aboriginals . . . Ihm drückte noch immer Wolfs Satz auf die Seele: »Was macht Cher, wenn wir zehn Tage unterwegs sind?«

Zuerst hatten sie sich wie ein Raubtierpaar geliebt, mit einer Wildheit, die ihnen den Atem raubte. Ihre Körper waren schweißnaß, und erst wenn sie Atem schöpften, merkten sie das Klopfen in ihren Schläfen, den schmerzhaften Druck der Adern, das Trommeln ihrer Herzen und die Leere ihrer Lungen.

»Ich sterbe . . .«, stammelte Chick einmal und blieb erschöpft auf Cher liegen. »Mein Herz . . . verdammt, mein Herz platzt . . . gleich bin ich weg . . . Cher, begrab mich nicht hier in der Wüste, laß mich nach Alice fliegen . . . Ha, mir schlägt das Herz zum Hals raus . . .«

Aber natürlich starb er nicht, japsend erholte er sich sehr schnell, und dann ging es von neuem los, bis sie wieder kraftlos und ohne Atem waren.

Nun aber gönnten sie sich etwas Ruhe, rauchten gemeinsam eine Zigarette, ließen ihre dampfenden Körper abkühlen und pumpten ihre Lungen voll Luft.

»Wie ist das eigentlich?« fragte Chick plötzlich. Er mußte es loswerden, es drückte auf sein Gemüt. »Wie lange hältst du's aus ohne Mann?«

»Wie soll ich das verstehen?« fragte Cher zurück.

»Wenn Wolf und ich mit dem Truck unterwegs waren – zehn Tage lang, was war dann?«

»Was soll dann gewesen sein?« fragte Cher wieder.

»Genau das will ich von dir wissen!« Chick richtete sich auf und sah sie an. Das Mondlicht, das durch die Fenster fiel, reichte aus, um genug zu erkennen. Die langen Beine, den weißen Leib, die vollen Brüste, das freche Gesicht, die rötlichen Haare . . . ein Satansweib, verdammt noch mal! Kann solch ein Teufelchen von Treue reden?

»Dem Kerl breche ich die Knochen!« knirschte Chick.

»Welchem Kerl?«

»Der bei dir im Bett lag, wenn ich unterwegs war.«

»Sag mal, hat dich die Wüste verrückt gemacht?« Cher richtete sich nun auch auf. Ihre schönen Brüste glänzten im Mondlicht, er brauchte nur die Hand zu heben . . . Chick stieß einen dumpfen Seufzer aus, stellte sich vor, daß ein anderer Mann danach gegriffen hatte, und blutroter Zorn stieg in ihm empor.

»Wann war's zuletzt?« Wie ein gefährliches Knurren klang das, wie bei einem Hund, der gleich zum Angriff übergeht.

Cher setzte sich, zog die Beine an, was Chick wieder einen Stich der Erregung versetzte, und blickte auf ihn hinunter.

»Raus!« sagte sie. Ganz einfach und ganz ruhig nur: »Raus.« Chick blieb, auf die Ellenbogen gestützt, liegen.

»Was ist los?« fragte er reichlich dämlich. Die wenigsten Männer begreifen, daß ein einziger Satz, ja, ein einziges Wort den Zauber der Liebe zerstören kann.

»Du sollst machen, daß du rauskommst!« wiederholte sie, noch immer ruhig, und sah ihn dabei mit einem merkwürdigen Blick an. »Ich gebe dir fünf Minuten zum Anziehen. Dann bist du weg, hörst du!« Sie griff nach hinten, ihre Hand kam ruckartig zurück und hielt einen kurzstieligen, aber ziemlich schweren Hammer fest. »Wenn du in fünf Minuten noch hier bist, schlag' ich dir mit diesem Hammer alles zu Brei, worauf du Bock so stolz bist ...«

»Cher ...« Chick blinzelte verständnislos zu ihr hoch. Ihre Brüste, im Mondschein wie weißer Marmor, kamen ihm entgegen, als sie sich nach vorn beugte, aber gleichzeitig näherte sich auch der Hammer in ihrer Hand. »Es war doch nur eine Frage ...«

»Fast eine Minute ist schon vorbei.«

Chick zuckte hoch, wollte ihr in einem Überraschungsangriff den Hammer entreißen, aber Cher war schneller, katzenhaft geschmeidig. Ihr nackter Körper schnellte zurück, und gleichzeitig traf ein gezielter Tritt Chicks Schulter.

»Leg den Hammer hin!« schrie Chick. »Warum sagst du nichts? Ein Hammer ist keine Antwort! Mit wem hast du alles geschlafen?« Er stand auf, suchte seine Unterhose, das Hemd, die Hose und die Schuhe und preßte alles unter den Arm und vor seine Brust. »Los, zähl sie auf. Dein Chef, der windige Italiener, was? Der Koch mit den Schielaugen? Ha, ich weiß es, auch Ben war bei dir, dieser krumme Hund von einem Kellner! Nun sag es schon ... Halb Alice Springs war bei dir im Bett, was? Eine Parade der Schwänze!«

»Noch zwei Minuten!« Chers Stimme war von bewundernswerter Ruhe. »Am besten, du verläßt sofort den Bus ...« Sie wog den Hammer in der Hand, und Chick wußte plötzlich, daß sie tatsächlich zuschlagen würde, auf seinen Unterleib und wohin auch immer sie traf; sie war dazu fähig.

Mit einem wilden Ruck riß Chick die Tür auf, sprang aus dem Wagen, und noch bevor er sich umdrehen konnte, knallte die Tür hinter ihm zu und wurde verriegelt. Er ließ das Kleiderbündel fallen, hämmerte mit den Fäusten gegen den Bus und starrte durch die Scheibe auf Cher, die an der Tür stand, den Hammer noch immer in der Hand, nackt und wunderschön . . . und sie weinte.

»Sag, daß es nicht wahr ist!« brüllte Chick. »Sag nur nein, das genügt! Aber das kannst du nicht. Das kannst du nicht, du Hure . . . du Hure . . . du Hure . . .«

Er trommelte immer wieder mit den Fäusten gegen die Tür, trat gegen das Blech, und auf der anderen Seite der Scheibe stand Cher und weinte.

»Du Hure!« brüllte Chick noch einmal, ließ dann vom Wagen ab und drehte sich weg. Hinter ihm war Boabo aufgetaucht und grinste ihn dümmlich an. Ein nackter, tobender Mann in der nächtlichen Wüste des Never Never ist ein besonderer Anblick. Man sieht etwas Gleichartiges bestimmt so bald nicht wieder. »Trau nie einer Frau!« schrie Chick und zog Boabo am Hemd zu sich heran. »Und wenn sie noch so gut im Bett ist – geübt hat sie's mit anderen! Hast du auch so ein Weibsstück? Jag sie weg, Knollennase, hör bloß nicht auf ihr Gesäusel: ›O mein Liebling, mein Einziger, mein Süßer . . .‹ Alles gelogen! Kaum bist du weg, hängt sie am Telefon und säuselt: ›Die Luft ist rein.‹ Und schon ist der nächste da und fährt aus der Hose!« Er drehte sich wieder zum Bus um, sah Cher noch immer in ihrer mondbleichen Nacktheit am Fenster stehen und brüllte noch einmal: »Hure!« Dann stieß er Boabo fort und sagte schwer atmend: »Weg von hier! Jetzt werde ich mich besaufen . . .«

»Nackt?«

Chick stutzte. Erst jetzt kam ihm zum Bewußtsein, daß er mit blanker Haut herumtobte; er bückte sich, zog

Unterhose, Hemd und Hose an, trat in die Schuhe und stapfte zum Toyota hinüber.

Boabo folgte ihm in drei Schritten Abstand. Ab und zu drehte er sich um und starrte zu dem Bus. Noch immer stand Cher am Fenster und sah ihnen nach. Boabo schluckte mehrmals, sein Hals war staubtrocken. Er hatte immer geahnt, wie schön Cher unter ihren Kleidern war – nun sah er sie in silberner Nacktheit und wäre bereit gewesen, auf einen Wink von ihr ein Messer in Chicks Rücken zu stoßen. Für Cher würde er alles tun.

Aber wer liebt schon einen Aboriginal?

Später saßen Chick und Boabo auf Klappstühlchen vor dem Toyota, rauchten Zigaretten und tranken abwechselnd aus der Whiskyflasche. Mag es sein, daß ein Eingeborener eine Witterung hat wie ein Tier oder daß man während der ganzen Nacht das weiße Lager beobachtete – plötzlich erhob sich schwerfällig Petoo Balwinoo, schlug den langen Mantel um sich, drückte den Stockman-Hut tief in die Stirn und kam zu ihnen herüber. »Auch für mich einen Schluck?« fragte er mit einer erschütternden Demut.

»Heute ja, Opa. Setz dich zu uns.« Chick zeigte auf einen Klappstuhl, aber der Alte setzte sich wieder auf die Erde. Ein Aboriginal muß den Boden spüren, er ist wie der Schoß der Mutter.

Chick reichte ihm die Whiskyflasche, der Alte soff, und er hätte die Flasche, ohne abzusetzen, leergetrunken, hätte Chick sie ihm nicht vom Mund und aus der Hand gerissen.

»Das reicht, Alter«, sagte er und putzte mit dem Handrücken den Flaschenhals ab. »Wie sind die Weiber bei euch? Auch wie streunende Dingohündinnen?«

»Ich hatte Glück.« Petoo starrte auf die Flasche. Sein Kehlkopf zuckte auf und ab. »Drei Frauen . . . sieben Söhne, fünf Töchter . . .«

»Das sind zwölf Kinder.« Chick nickte mehrmals. Der

warme Whisky vernebelte langsam sein Gehirn. »Die hatten keine Zeit, andere Kerle auf die Kissen zu holen. Boabo, ich sollte Cher zwölf Kinder machen, da hat sie genug zu tun . . . Was hältst du davon?«

»Als Millionär haben Sie das nicht mehr nötig«, sagte Boabo sehr klug. »Da sind Sie immer zu Hause, und Mrs. Cher ist nie allein . . .«

Der Alte erhob sich und kehrte zu den anderen Aboriginals zurück.

»Knollennase, du bist gar nicht so dumm, wie du aussiehst . . .«

»Danke, Chick.«

»Ein Grund mehr also, den Berg zu finden, der bei Sonnenaufgang wie ein Bein aussieht.«

»Aber da fahren wir jetzt in die falsche Richtung, Chick.« Boabo hob vorsichtshalber beide Hände zur Abwehr. Bei Chick wußte man nie, wie er aus einem Impuls heraus reagierte. »Was sollen wir am Lake Amadeus? Nach Nordwesten müssen wir . . .«

»Bist du sicher?« Chick blickte zum Bus hinüber und kaute an der Unterlippe.

»Am Amadeus ist nur Flachland, kein Berg.«

Sie kommt nicht raus, dachte Chick voller Bitterkeit. Sie entschuldigt sich nicht. Sie ruft nicht: Schatz, komm her! Und sie sagt auch nicht: Nie außer dir hat in den letzten vier Jahren ein anderer Mann bei mir geschlafen! Nein, nichts sagt sie. Die Tür verriegelt sie. Ist das ein Aas!

»Du meinst, Petoo führt uns bewußt in eine falsche Richtung?«

»Nein, er kennt den Berg gar nicht. Er führt uns nur herum, um an den Whisky und den Wein zu kommen. Wenn er uns alles weggesoffen hat, verschwindet er so plötzlich, wie er aufgetaucht ist. Das ist meine Meinung, Chick.«

»Hat er das gesagt?«

»Er wird sich hüten. Aber . . .« Boabo zögerte. Es tat ihm wirklich weh, das auszusprechen. »Aber . . . ich kenne meine Brüder. Leider sind sie so . . . Schuld ist der weiße Mann. Er hat die Aboriginals verdorben.«

Chick wandte sich vom Bus ab, warf einen Blick auf das Zelt und zuckte zusammen. Das Innenlicht warf wieder die Schatten an die Wand, Schatten, die sich rhythmisch bewegten.

»Das ist ja nicht zum Aushalten!« rief Chick, sprang auf, lief zum Zelt und hieb mit der Faust auf die Zeltwand. »Aufhören oder Licht aus!«

Im Zelt erlosch sofort die Lampe. Knurrend kam Chick zu Boabo zurück und setzte sich auf seinen Klappstuhl. »Was sollen wir tun, Knollennase?«

»Umkehren, Chick.«

»Und wenn der Alte doch recht hat?«

»Ich kenne den Lake Amadeus. Nur Wüste, Sandbänke, ausgetrocknete Salzflüsse, Salzseen — nichts ist da, gar nichts. Kein Mensch wohnt da, auch kein Aboriginal. Es ist totes Land. Ganz tot . . .«

Chick trank die Flasche Whisky leer, nachdem er Boabo auch noch einen langen Schluck gegönnt hatte, und stieg dann in den Wagen. Er legte sich auf die Vordersitze, zog eine Decke über sich, starrte an die Plastikbespannung des Daches und bemühte sich, nicht daran zu denken, wie schön es jetzt wäre, Chers warmen Körper neben sich zu spüren. Doch wem gelingt das schon, wenn man eine halbe Stunde vorher so glückselig gewesen war? Hinter ihm begann Boabo zu schnarchen.

Sie hat es nicht geleugnet, dachte Chick. Dieses verdammte Weib! Nimmt einfach einen Hammer und will mich damit kastrieren. Es muß also etwas Wahres an meinem Verdacht sein, wenn sie nicht die Sterne vom Himmel schwört, um ihn zu entkräften. Verflucht, sie ist eine Hure! Und dreimal verflucht: Ich liebe sie. Trotzdem. Ich bin total verrückt. Chick Bullay, der Blöde mit den Hörnern.

Er merkte nicht, daß auch er einschlief und dann lauter schnarchte als Boabo. Obwohl der Aboriginal ihn mehrmals anrief, sägte Chick weiter imaginäre Baumstämme durch, und da Boabo es nicht wagte, ihm die Nase zuzudrücken, kapitulierte der Aboriginal schließlich und verließ den Wagen. In eine Decke eingerollt wie seine Landsleute, legte er sich neben das Hinterrad, und es war merkwürdig: Die Berührung mit der Erde brachte Frieden über Boabo; er fühlte sich wohl wie selten und schlief sofort wieder ein. Keine noch so zivilisierte Erziehung löscht eben das Erbe von Jahrtausenden aus.

Chick wachte auf, weil ein Dampfhammer ihm mehrmals auf den Hintern knallte, und dieser Dampfhammer schrie dabei: »Wach endlich auf, du versoffener Strolch!« Und als Chick in die Helligkeit des Tages blinzelte und den Kopf etwas hob, schrie die Stimme weiter: »Wenn wir genug Wasser hätten, würd' ich deinen verdammten Schädel reinstecken!«

Chick ließ sich wieder fallen, die Umwelt wurde klarer, und ein großer Jammer fiel über ihn her.

»Junge, sei still«, sagte er mit schwerer Zunge und einem pelzigen Gaumen, an dem die Worte zu kleben schienen. »Was weißt denn du, was mir passiert ist? Und schuld bist außerdem du. Wo ist Cher?«

»Sie wartet mit dem Frühstück auf dich.«

»Sie wartet?« Chick schnellte hoch. »Sag das noch mal, Wolf! Sie wartet tatsächlich auf mich?«

»Auf uns.« Wolf sah Chick in die verquollenen, geröteten Augen.

»Wie kann man nur so saufen . . .«

»Und wie kann man nur so bumsen bei vollem Licht! Mensch, die Zeltwand war wie 'n Kino . . . Der arme Boabo mußte sich abbinden.« Chick stieg aus dem Wagen, reckte sich, rülpste laut und fühlte sich danach sichtbar wohler. »Das war die letzte Alkoholwolke«, sagte er dabei. »Jetzt bin ich wieder da. Wie geht es Sally?«

»Sehr gut.«

»Man konnte es beobachten.« Chick kämmte sich mit gespreizten Fingern durch das Haar, ging noch wenig schwankend und unsicher zu dem Plastikeimer, der hinter dem Zelt stand und für alle das Waschwasser enthielt, genau mit einem Litermaß abgemessen, tauchte Kopf und Hände hinein, überlegte dann, streckte den Kopf weit vor und goß sich das Wasser über den Nakken. Triefend kam er danach um das Zelt herum, wo – gelobt seien die Frauen und ihr unabänderlicher Drang nach Häuslichkeit – der Frühstückstisch gedeckt war wie auf der Terrasse ihrer erträumten Villa.

Cher würdigte Chick keines Blickes, als sie den Kaffee eingoß und er zu ihr zaghaft sagte: »Schätzchen, der wird mir guttun . . .« Im Gegenteil, sie setzte sich nicht wie sonst neben ihn, sondern ließ Wolf und Boabo dazwischen Platz nehmen.

Mißmutig beschmierte Chick sein Brot mit Butter und Käse, denn auch das tat Cher nicht mehr für ihn, und fand, daß der erste Bissen wie Gummi schmeckte. Fragend warf er einen Blick auf Sally, aber die zuckte nur mit den Schultern und kümmerte sich weiter um Wolfs Brote. Neben Chick kaute Boabo mit vollen Backen, schmatzend wie ein Ferkel. Chick mußte sich beherrschen, daß er ihm nicht das Brot in den Mund stopfte.

»Machen die Knollennasen eigentlich eine Diätkur?« fragte er und deutete mit dem Kopf zu den Eingeborenen hinüber. Sie hockten im Kreis auf der Erde und sprachen miteinander. Man sah sie weder essen noch trinken.

»Petoo war schon hier.« Sally belegte Wolf das dritte Brot, während Chick für Cher offenbar noch weniger als Luft war. Er war ein völliges Nichts für sie. »Ich habe ihm einen Teller Wurst mitgegeben, sechs Brotschnitten und einen kleinen Kanister Wasser. Die Wurst und das Brot haben sie verschlungen, als hätte man Raubtiere gefüttert, aber mit dem Kanister Wasser kam Petoo zurück und sagte: ›Ich möchte tauschen. Das Wasser gegen drei Flaschen Wein. Oder gegen eine leere Dose und einen Lappen voll Benzin.‹«

»Schnüffeln . . .« Chick blickte wieder zu der Aboriginalgruppe hinüber. »Auch die sind also verloren. Hast du getauscht?«

»Was denkst du! Auf gar keinen Fall.«

»Und der Alte?«

»Ist weggegangen und hat den Kanister mit Wasser dagelassen.«

»Unbegreiflich. Die müssen Wasser aus dem Boden saugen.«

»Sie kauen irgendwelche Blätter, die anscheinend Wasser enthalten.« Wolf und Boabo waren mit dem Frühstück fertig. Sally räumte den Tisch ab, und Cher verpackte das Plastikgeschirr. Da Chick seine Tasse noch nicht leergetrunken hatte, schüttete sie den Kaffee einfach in das rote Wüstengeröll und nahm sie ihm weg. Er wollte protestieren, mit der Faust auf den Tisch schlagen, aber was würde dabei herauskommen außer erbittertem Schweigen und deprimierender Mißachtung?

Eine halbe Stunde später war das Zelt abgebaut, Kartons und Kisten waren verstaut. Die Aboriginals hatten sich wieder auf den Wagendächern verteilt, Cher saß am Steuer des Busses, während sich neben ihr auf dem Beifahrersitz Sally tatsächlich die Lippen mit einem roten Lippenstift nachzog, aber es ging noch nicht weiter, weil Chick noch einige Fragen hatte.

»Boabo sagt«, meinte er zu Wolf, »daß der Alte ein Erzgauner ist und uns in die falsche Richtung führt. Am Lake Amadeus gibt's keine Felsen.«

»Ich kenne den Amadeus nicht, Chick.«

»Ich auch nicht, aber Boabo. Nichts als Salzseen und Sandbänke, sagt er.«

»Und warum sollte Petoo uns bewußt falsch führen?«

»Weil er weiß, wo das Gold liegt und es uns Weißen nicht gönnt. Finden wir es, ist wieder ein Stück seines Landes verloren.«

»Wir werden sehen, Chick. In zwei Tagen sollen wir dort sein.« Wolf drehte den Zündschlüssel, der Motor sprang blubbernd an und lief dann mit einem guten Brummton rund. »Auf geht's.«

Und wieder war es ein Tag voll glühender Hitze und rotem Staub, der sich über alles legte, der in die Augen, Nasen und durch die zusammengepreßten Lippen drang. Unendliche Einsamkeit war um sie, flimmerndes Rot, von dürren Grasbüscheln durchsetzt, kein Lebewesen war zu sehen, nur der Horizont löste sich in flirrenden Wellenlinien auf. Wer durch diese Glut fuhr, begriff, warum das Land Never Never hieß. Plötzlich drückte Sally, die jetzt den Bus fuhr, auf die Hupe und blieb stehen. Auch Chick bremste und kurbelte das Fenster herunter.

»Was ist los?« rief er.

»Irgend etwas mit der Lichtmaschine.« Sally sprang ins Freie.

»Die Alarmlampe leuchtet auf. Ich fahre auf Batterie.«

»Ach, du Scheiße! Das wird noch 'n gemütlicher Tag!«

Sie stiegen aus, die Aboriginals sprangen oder kletterten von den Wagendächern, schlurften ein paar Meter von ihnen weg und setzten sich auf die Erde. Nicht einer fragte etwas oder kümmerte sich um die Weißen.

Boabo setzte sich in den Bus, ließ den Motor an, der sehr müde kam, und stellte ihn sofort wieder ab.

»Ganz klar«, sagte er. »Die Lichtmaschine.«

»Kaputt?«

»Das kann ich erst sagen, wenn ich sie ausgebaut habe.«

»Und das bei 45 Grad auf dem Schädel!« Chick gab

dem unschuldigen Bus einen Tritt und wollte etwas zu Cher sagen, aber sie spürte das, drehte sich weg und ging zu Sally hinüber.

»Die Werkzeugkiste her!« brüllte Chick, um seinen schmerzhaften inneren Druck loszuwerden. Müssen Weiber denn immer so nachtragend sein! »Das Ding kriegen wir ruck, zuck wieder hin.«

Das mit dem Ruckzuck blieb ein Wunschtraum. Boabo, der die Lichtmaschine ausgebaut hatte, hielt sie Chick und Wolf hin und wackelte mit dem Kopf.

»Total versandet«, sagte er. »Ich muß sie auseinandernehmen und reinigen. Das dauert was, Leute.«

»Wie lange?«

»Heute wird's nicht mehr weitergehen. Wir werden hier über Nacht bleiben. In zwei Stunden ist's ja schon dunkel ...«

»Also das Zelt raus.« Chick stampfte zum Toyota zurück und wartete, bis Wolf nachgekommen war. Boabo saß nach Aboriginalart auf der Erde, hatte die Lichtmaschine zwischen den Beinen auf einer Decke und montierte sie auseinander. Cher stand neben ihm und sah zu.

»Wenn die Nacht so wird wie die vergangene und dieser Misttag«, knurrte Chick, »dann vergewaltige ich Cher ...«

»Mach keinen Ärger, Chick.« Wolf zerrte das Zeltgestänge ins Freie. »Sie kommt von ganz allein wieder zu dir. Wie konntest du sie auch so einen Blödsinn fragen?«

»Der Verdacht kam von dir. Ich wollte nur Klarheit haben. Warum hat sie nicht einfach nein gesagt?«

»Du hast sie ungeheuer beleidigt. Du hast ihr gezeigt, daß du kein Vertrauen hast.«

»Und deshalb spielt sie so verrückt?« Chick wuchtete den Zeltsack auf seine Schultern. »Da soll man sich nicht Sorgen machen ...«

Es zeigte sich, daß diese Nacht ganz andere Sorgen mit sich brachte.

7

Nachdem das Zelt aufgebaut und das Lager »wohnlich« hergerichtet war – wie Sally das nannte, als seien sie auf einer vergnügten Camping-Tour –, knöpften Chick und Wolf sich den alten Petoo vor. Boabos Verdacht mußte aufgeklärt werden. Um Boabo herum lagen auf einer Decke die Einzelteile der Lichtmaschine, er hatte Reinigungsöl und Schmierfett neben sich stehen und fiel von einer Verzweiflung in die andere. Ein leichter Wind war aufgekommen, aber auch dieser genügte, um den staubfeinen roten Sand vor sich herzutreiben und in jede Ritze eindringen zu lassen. Vor allem an dem Fett und dem Öl blieb der Sand kleben, was Boabo rasend machte.

»Ich muß ins Zelt!« rief er und warf die Decke über die zerlegte Lichtmaschine. »Hier draußen salbe ich alles mit Sand ein.« Er raffte alles zusammen und trug es in das Zelt, verschloß den Eingang mit dem Reißverschluß und fluchte gottserbärmlich über das nun rotgepuderte Schmierfett.

Am Bus sah der alte Petoo sich von den beiden Weißen umringt; es schien ihm gar nicht zu gefallen. Man hatte ihn gerufen und herbeigewinkt. Voller Hoffnung, einen Schluck Whisky zu ergattern, war er sofort hergekommen, aber nun begriff er, daß er alles andere als Wohlwollen zu erwarten hatte. Vor allem Chick sah ihn mit zusammengekniffenen, bösen Augen an.

»Wir müssen da etwas klären, Petoo«, sagte Wolf. Man hatte sich geeinigt, daß er mit dem Aboriginal sprach und nicht Chick, der ihn doch nur anbrüllen würde. Damit hätte man gar nichts erreicht. Der Alte würde in eisernes Schweigen verfallen, und alle Energie, die Chick aufwandte, wäre umsonst gewesen. Mit Ruhe, auch wenn man sie nur zähneknirschend aufbrachte, konnte man mehr erreichen. »Wo soll der Berg, der wie ein Bein aussieht ...«

»... bei Sonnenaufgang«, warf Chick wie immer ein.

»Wo soll dieser Berg liegen? In der Nähe des Lake Amadeus?«

»Ja, in der Nähe.« Der Alte nickte. Sein Blick fiel begehrlich auf die Kiste, in der er die Weinflaschen wußte.

»Sie haben ihn gesehen?«

»Nein. Ich habe von ihm gehört.«

»Aha, das klingt schon anders!« Es war Chick unmöglich, den Mund zu halten.

»Wir kennen unser Land!« sagte Petoo Balwinoo stolz. »Jeder erzählt den anderen, was er gesehen hat, aus allen Winden kommen die Berichte ... Und so wissen wir alle, wie unser Land aussieht, auch wenn wir selbst nur ein Stückchen davon kennen.«

»Boabo aber sagt: Am Lake Amadeus gibt es keinen Berg, nicht mal einen Hügel. Nur flache, salzige, sandige Wüste und den ausgetrockneten See.«

»War er da?« fragte der Alte ungerührt.

»Ja.«

»Ist er um den ganzen See herumgelaufen?«

»Das weiß ich nicht.«

»Es gibt Menschen, Mr. Wolf, die haben gute Augen und sehen doch nichts. Sie sehen ein großes, prunkvolles Haus und bewundern es, aber sie sehen nicht die einzelnen, brüchigen Steine. Warum muß es ein Berg sein?«

»So hat man es uns gesagt«, formulierte Wolf vorsichtig.

»Kann es nicht auch eine Bodensenke sein, die in den Morgenschatten wie ein Bein aussieht?«

»Verdammt, das ist eine völlig andere, aber denkbare Erklärung«, sagte Chick und stieß sich von der Wagenwand ab. »Darüber spreche ich mal mit Boabo.«

Er ging zum Zelt hinüber, zog den Reißverschluß auf

und verschwand im Inneren. Boabo war gerade dabei, mit einem Pinsel den Sand aus einem Teil der Lichtmaschine zu entfernen. Der Satan allein mochte wissen, wie in solche Winkelchen Sand hineinwehen konnte.

»Wie lange brauchen wir noch bis zu der Stelle, die Sie als das ›Bein‹ betrachten?« fragte Wolf den Alten unterdessen. Petoo zog die wulstigen Brauen zusammen und nahm seinen Stockman-Hut ab. Seine weißen Haare waren vom Staub rötlich geworden.

»Noch zwei Tage, Mr. Wolf.«

»Angenommen, es ist wirklich die gesuchte Stelle ... und weiter angenommen, wir möchten dort bleiben und das Land kaufen – wem bezahlen wir es?«

»Dem Yunukoojootjara-Stamm. Ich gehöre auch dazu.«

»Wo treffen wir Ihren Häuptling?«

»Den gewählten Ältesten«, verbesserte Petoo würdevoll. »Nur Wilde haben Häuptlinge. Wir sind keine Wilden.«

»Ich bitte um Verzeihung.« Wolf sagte es ganz ernst, ohne spöttischen Unterton. »Ich kenne mich in diesen Feinheiten nicht aus.«

»Danke.« Petoos Blick wanderte wieder zu der Kiste mit Wein. Für ihn schien es nichts Begehrenswerteres zwischen Himmel und Erde zu geben als einen Schluck Alkohol. Er war ein vom Suff unheilbar zerstörter, bedauernswerter Mensch. »Aber ich muß Sie warnen, Mr. Wolf.«

»Wovor?«

»Es ist die heißeste, einsamste, feindlichste Gegend des Petermann. Dort gibt es nichts ... Dort kann kein Mensch leben. Nur Ameisen und andere Insekten, Schlangen, kleine, merkwürdige Echsen, ein paar Vögel, vielleicht einige Dingos ...«

»Aber die müssen ja auch leben.«

»Sie fressen sich gegenseitig. Kann das ein Mensch?«

»Wenn wir das ›Bein‹ finden und das Land von Ihrem Stamm gekauft haben, werden wir ein Lagerhaus errichten lassen mit allem, was man braucht. Auch Wasser werden wir heranfliegen lassen und einen großen Wassertank bauen. Es gibt kein ›unmöglich‹ mehr, Petoo«, sagte Wolf und war geneigt, den Worten des Alten zu glauben. »Sogar Strom werden wir selbst erzeugen mit Windrädern, die eine Turbine antreiben. Ein richtiges Camp wird entstehen.«

»Und warum, Mr. Wolf?«

Das war die Frage, auf die Wolf schon lange gewartet hatte. Sie war überfällig, denn ein intelligenter Mensch wie Petoo Balwinoo, der einmal als einer der größten Maler der Aboriginals gegolten hatte, ließ sich nicht mit deutlich erkennbaren Ausreden abspeisen. Wer läßt sich in einem Land nieder, das das elendste aller elenden ist? Die Lüge, sie seien Geologen mit einem Forschungsauftrag, war so plump, daß niemand sie glaubte. Was sie suchten, war etwas anderes, nur konnte sich Petoo vermutlich nicht erklären, für welche Entdeckungen man sein Leben einsetzte. Gab es etwas so Wertvolles überhaupt? Petoos Welt war zusammengeschrumpft auf eine Flasche Whisky oder Cognac; was früher war, was es einmal an Schönheit und Freude gegeben hatte, versank immer mehr, und nur manchmal, nach schwerem, inneren Ringen vielleicht, tauchte aus dem Nebel der Erinnerung dieses oder jenes Bild auf, fremd jetzt, und er mochte sich fragen: Das hast du wirklich erlebt? »Das ›Bein‹ soll unter seiner Oberfläche Opale enthalten«, sagte Wolf. Das war eine glaubhafte Erklärung. Für einen Aboriginal waren Opale keine Wertstücke, sie staunten nur, daß die weißen Frauen solche Steine, auch wenn sie glatt geschliffen waren und in der Sonne schillerten, als Schmuck um den Hals, am Ohr oder an den Fingern trugen.

Ein Aboriginal trägt keinen Schmuck, und wenn, dann sind es ausschließlich die Männer, die sich bei Kriegstänzen oder Feierlichkeiten den Hauer eines Wildschweins oder eine Kette aus Krokodilzähnen um den Hals hängen. Das schönste Schmuckstück ist für sie die phantasievolle Bemalung des ganzen Körpers, der Bumerangs, der Steinhämmer, der Holzschilde und der langen, mit schrecklichen Widerhaken gespickten Speerspitzen. Wo diese einmal in einen Körper eindrangen, gab es kein Herausziehen mehr, ohne das Fleisch zu zerreißen.

»Unter dem Salz gibt es keine Opale«, sagte Petoo und schüttelte den Kopf.

»Man behauptet es aber.«

»Dann sucht . . .«

Chick kam vom Zelt zurück. Sein Gesicht ließ nichts Gutes ahnen.

»Knollennase bleibt dabei, daß der Alte uns bewußt in die falsche Richtung führt!« sagte er laut und fixierte Petoo mit bösen Blicken. »Was hat er gesagt?«

»Das ›Bein‹ könnte auch eine Senke in Form eines Beines sein . . .«

»Auf dem Leder steht aber ›Berg‹!«

»Wenn man in der Senke steht und blickt hinauf, liegt vor einem ein Berg. Es kommt auf den Standpunkt und die Interpretation an.«

»Mit anderen Worten: Wir stehen so dumm da wie vorher. Wir fahren weiter in die Richtung, die uns der alte Gauner angibt?«

»Ich würde höflicher zu ihm sein . . .«, sagte Cher in diesem Moment.

»Sie spricht mit mir!« schrie Chick und warf die Arme in die Luft. »Habt ihr das gehört: Sie spricht mit mir! Sie entdeckt wieder, daß sie einen Mund hat . . .«

»Idiot!« sagte Cher, drehte sich weg und ging zum Zelt zurück. Chick starrte ihr begeistert nach.

»Sie hat recht, Chick.« Sally tippte sich an die Stirn. »Du fällst von einer Dummheit in die andere. Der große Frauenkenner Bullay – wo ist er geblieben? Nicht die geringste Ahnung hast du von Frauen.«

»Soll ich vor ihr auf die Knie fallen?«

»Versuch es mal.«

»Das schafft keiner. Dieses sture Weibsstück! Einen Besseren als mich gibt es nicht.«

»Nun platzt er auch noch vor Einbildung!« sagte Sally zu Wolf. »Mach es ihm bloß nicht nach . . . Ein Benehmen wie das von Chick färbt leicht ab.«

Auch sie ging zum Zelt, und Chick und Wolf blieben allein zurück. Petoo trottete zu seinen Stammesbrüdern; sie hockten wie immer auf der Erde und kauten ihr getrocknetes Känguruhfleisch.

»Weißt du, wie das heute nacht werden soll?« fragte Chick. »Cher läßt mich bestimmt nicht in den Bus. Wo schlafe ich?«

»Im Toyota, genau wie gestern.«

»Und sehe euch zu, wie ihr aufeinander herumturnt.«

»Ich werde kein Licht anmachen. An die Schattenrisse habe ich nicht gedacht. War's schlimm?«

»Zur Aufklärung von Jugendlichen hätte es gereicht.« Chick verzog sein Gesicht zu einer säuerlichen Grimasse. »Wolf, gib mir einen Rat. Was soll ich mit Cher anstellen, damit sie wieder vernünftig wird?«

»Werde erst mal du vernünftig, Chick.«

»Ich bin vernünftig!«

»Das ist es, was du überwinden mußt. Du hast nicht immer recht, begreif das endlich. Du bist nicht der Alleswisser, Alleskönner und Allesbesieger. Du mußt auch mal Fehler einsehen und um Entschuldigung bitten können.«

»Ich soll mich bei Cher entschuldigen?«

»Zum Beispiel.«

»Und darauf geht sie ein?«

»Versuch es.«

»Und wenn sie so ein Luder bleibt?«

»Ein Luder solltest du nie in ihr sehen ... Sie ist Cher, deine Frau ... Das soll sie zumindest werden. Sie gehört zu dir, ist ein Teil deines Lebens ...«

»Das ist sie wirklich, Junge!«

»Dann zeig es ihr doch, du Rindvieh!«

»Das habe ich doch.«

»Nicht nur im Bett, du Stier! Stell das Kommandieren ein. Sieh Cher als deinen Teilhaber an, als wertvolleren Teilhaber. Sogar hier in der Wüste deckt sie den Tisch, kocht Kaffee, schmiert dir die Brote ... Und du setzt dich breitärschig hin, frißt und säufst und sagst auch noch: ›In Braekkys Kaffeehaus gibt's 'nen besseren Kaffee. Der hier ist dünn wie Kinderpisse!‹ – Da soll eine Frau aufjubeln? Statt sie zu loben, trittst du sie in die Kniekehlen. Chick, wer hat schon das Glück, im Never Never zwei solche Frauen zu haben wie wir? Nicht eine Minute haben sie schlapp gemacht ... Bei über vierzig Grad Hitze, bei Staub und Durst, durch Wüste und Geröll fahren sie neben uns her. Sie sind zäher als wir. Hast du schon mal darüber nachgedacht? Wenn wir nach zehn Stunden Höllenfahrt anhalten und unser Lager aufschlagen wollen, was tun wir zuerst? Wir klettern aus dem Wagen, recken uns und machen erst mal gar nichts. Diese zehn Stunden liegen uns verdammt in den Knochen. Aber Cher und Sally? Sie tragen den Tisch und die Stühle aus dem Bus und schleppen die Verpflegungskiste heran, während wir lahm herumschlurfen und fluchend darangehen, das Zelt aufzubauen. Chick, wir sind armselige Scheißer gegen diese Frauen ...«

»Das war 'ne lange Rede.« Chick wischte sich mit beiden Händen über das Gesicht. »Und was schlägt der große Psychologe jetzt vor?«

»Du gehst zu Cher und fragst: ›Was kann ich jetzt tun?‹«

»Und wenn sie antwortet: Verschwinden?«

»Dann gehst du. Ich wette, sie kommt in spätestens zehn Minuten hinter dir her.«

»Wer das glaubt, kann heiliggesprochen werden.« Chick dehnte die Schultern, als bereite er einen Angriff vor, atmete tief durch und marschierte dann zum Zelt.

Aber bevor er es erreichte, kam Sally wieder heraus. Er hielt sie am Arm fest und beugte sich zu ihr.

»Was macht sie?« flüsterte er, als könne man ihn im Zelt hören.

»Sie sagt, du gehörtest nach Spanien.«

»Nach Spanien? Warum?«

»In Spanien treibt man die Stiere in die Arena und sticht sie ab.«

»O Gott, das hat sie wirklich gesagt?«

»Willst du jetzt ins Zelt?«

»Ja.«

»Dann paß auf, daß dir nicht ein Teil der Lichtmaschine um die Ohren fliegt.«

Seufzend schlug Chick den Eingangsvorhang zurück und verschwand im Zelt. Boabo, der die Lichtmaschine gereinigt und eingefettet hatte, war dabei, sie wieder zusammenzusetzen. Das beruhigte Chick; mit Einzelteilen konnte Cher nun nicht mehr werfen.

»In einer halben Stunde läuft die Maschine von allein!« sagte Boabo fröhlich. »Da ist kein Schräubchen, das ich nicht nachgesehen habe. Cher kann's bestätigen.«

»Ja, Boabo ist ein fabelhafter Mechaniker«, sagte Cher. »Ich bin froh, daß wir ihn bei uns haben.«

»Und du bist eine wunderbare Frau, und ich bin glücklich, daß es dich gibt.« Chick sagte es so galant, daß er sich selbst darüber wunderte. Verdammt, ich kann es ja, sogar ohne Übung.

Cher blickte ihn von unten herauf an. »Bist du wieder betrunken?« fragte sie grob, aber mit einer unsicheren Stimme.

»Ich war nie so nüchtern wie jetzt. Knollennase, geh mal raus . . .«

»Chick, die Lichtmaschine . . .«

»Nur fünf Minuten. Die hat keine Beine und läuft dir nicht weg . . .«

Boabo schlüpfte ins Freie, tippte sich dort an die Stirn und ging zu Wolf und Sally hinüber. »Weniger als 'ne Ohrfeige kann er nicht bekommen«, sagte er. »Aber jede Menge mehr. Cher ist geladen wie eine Rakete. Gleich fliegt Chick durch die Wand.«

Im Zelt war Cher einen Schritt von Chick zurückgetreten, mehr war nicht möglich, und sah an ihm vorbei. Dann fragte sie:

»Was willst du?«

»Dich um Verzeihung bitten, Schatz . . .«

»Du hast mir nicht vertraut. Du hast mir die unglaublichsten Anschuldigungen ins Gesicht gespuckt, du bist vor Gemeinheit regelrecht explodiert – und jetzt stellst du dich so einfach hin und sagst: Ich bitte um Verzeihung. Ist das alles?«

»Sag, was ich tun muß, damit wir alles vergessen . . . Cher, ich liebe dich doch. Ich habe doch keine Zukunft ohne dich. Wenn wir die Millionen haben, will ich doch nur mit dir leben.« Er trat den Schritt, den sie vor ihm zurückgewichen war, wieder nach vorn. »Cher«, sagte er ziemlich kläglich. »Cher . . .«

»Küß mich.« Sie schloß die Augen und legte den Kopf in den Nacken. »Verdammt, küß mich doch, du Affe.«

Mit einem dumpfen Laut, der wie ein unterdrückter Aufschrei klang, riß Chick sie an sich.

»Er fliegt nicht durch die Zeltwand«, stellte draußen Sally sachlich fest. Boabo ging vor dem Zelt unruhig hin und her.

»Sie hat auch keinen Grund, Chick so zu behandeln. Man darf es ihm nur nicht sagen.«

»Was darf man nicht sagen?« fragte Wolf.

»Sein Mißtrauen ist gar nicht so abwegig. Ah, sieh an. Sie hat es wieder geschafft.« Cher und Chick erschienen vor dem Zelt und küßten sich noch einmal. Nur kurz, aber jeder sollte sehen, daß das Glück wieder vollkommen war.

»Er hat es geschafft!« sagte Wolf.

»Das kommt auf den Standpunkt an, mein Lieber.« Sally hakte sich bei Wolf unter und legte den Kopf an seine Schulter. »Ich kenne allein drei Männer die Cher getröstet haben, wenn Chick unterwegs war . . . Nichts zu wissen ist oft besser als zuviel zu wissen . . .«

»Wobei man denken könnte, daß das auch auf mich zutrifft . . .«

»Sag das noch einmal!« Sallys Augen verengten sich. »Willst du das wiederholen?«

»Unter diesen Umständen ja! Du kennst bei Cher drei Männer . . . wie viele Männer kennt Cher bei dir?«

»Vier . . . acht . . . zehn . . . Such dir eine Zahl aus! So viele du mir zutraust, so viele sind es auch! Du bist genauso wie alle Männer: überheblich, ein kleiner Gott, unfehlbar! Frag mal in Alice Springs herum. Sally? Oh, die kann jeder haben, ein gutes Dinner, und schon kommt sie mit. Hat ja nicht nur zufällig ein tolles Zimmer im Casino-Hotel. Direkter Fahrstuhl bis zur Tür.«

Ihre Augen blitzten jetzt, sie stieß Wolf mit der Faust vor die Brust, warf sich dann herum und ging mit schnellen Schritten weg, hinüber zu den auf der Erde sitzenden Aboriginals.

»Was ist denn hier los?« fragte Chick. Er hatte den Arm um Cher gelegt und drückte sie beim Gehen an sich. »Ist Sally sauer?«

»Stinksauer.«

»Und warum?«

»Ich soll mir eine Zahl aussuchen . . . Vier, acht oder zehn Männer, wenn ich nicht in Alice bin . . .«

»Aber das ist doch nicht wahr!« rief Cher betroffen. »Das stimmt doch nicht. Nicht einen einzigen . . .«

»Jetzt fängt er damit an«, sagte Chick und lachte glucksend. »Was hat vorhin der große Philosoph gesagt: Sie gehört zu dir, ist ein Teil deines Lebens . . .«

Wütend winkte Wolf ab, ließ Cher und Chick stehen und ging wortlos zum Toyota hinüber. Dort setzte er sich in die offene Tür und starrte vor sich in den roten Sand.

Jetzt hat er uns erwischt, dachte er, der Wüstenkoller. Wir wissen das, wir spüren ihn selbst, aber wir können ihm nicht entrinnen. Er packt uns einfach wider jede Vernunft, wie gelähmt sind wir innerlich und können uns nicht dagegen wehren . . . Wir möchten etwas Vernünftiges sagen, aber was herauskommt, sind Schmähungen und Beleidigungen. Und wir reagieren nach dem Urinstinkt: Trittst du mich, trete ich dich . . . Wir sind verrückt vor lauter Sand, Staub, Hitze, Wüste, Geröll, Einsamkeit, Unendlichkeit, brennendem Himmel und tanzendem Horizont.

Wer aber sagt mir, daß Sally nicht so ist wie Cher . . . Wer kann das beweisen? Sie sagt es ja: Es ist so einfach, mit dem Fahrstuhl direkt bis vor ihre Zimmertür zu kommen. Niemand sieht das. Ich weiß es ja aus eigener Erfahrung. Wie oft bin ich selbst mit diesem Lift zu ihr hochgefahren. Dann war da, genau gegenüber, ihre Tür, ich öffnete sie und schlüpfte schnell hinein. Und Sally war schon ausgezogen, stand nackt an der kleinen Hausbar und mixte meinen Lieblingsdrink . . . Campari, Orangensaft und Sekt.

Bei mir . . . und bei wem noch?

Er schlug die Hände vor das Gesicht, lehnte sich gegen den Türrahmen und kam sich verflucht elend vor.

Für die Nacht ergab sich nun eine logische Umschichtung: Cher und Chick schliefen im Zelt, Sally blieb allein im Bus, Wolf allein im Toyota, und Boabo zog es vor, wieder wie seine Vorfahren auf der Erde zu schlafen, neben dem Hinterrad des Geländewagens. Wußte man, ob nicht auch Wolf schnarchte, als säge er Mammutbäume durch?

Beim Abendessen starteten Chick und Cher noch einen zaghaften Versuch, Sally und Wolf zu versöhnen. Aber wie am Morgen bei Cher versagte jetzt auch bei Sally jede Bereitschaft, vernünftig zu denken. Sie rührte ihr Essen nicht an, trank nur den mit Wasser verdünnten Wein aus und verließ dann den Tisch. Man hörte, wie sie im Bus die Tür mit einem lauten Ruck zuzog.

»Na, dann gute Nacht!« sagte Wolf bitter und stand ebenfalls auf. »Morgen geht es sehr früh weiter. Ich will den Lake Amadeus noch vor dem Abend erreichen. Den ersten Teil fahre ich ...« Er grinste leicht. »Chick wird noch zu müde sein ...«

»Aber ich garantiere: Ich lasse kein Licht an! Du sollst keine Komplexe bekommen, Kleiner ...«

Wütend ging Wolf zum Wagen. Boabo baute noch beim Schein eines Halogenscheinwerfers die Lichtmaschine ein und lugte ab und zu durch das Fenster des Busses, ob er auch Sally im gleichen paradiesischen Zustand wie gestern Cher sehen konnte. Aber Sally lag angezogen auf dem Schlafsack, starrte an die Wagendecke und machte keine Anstalten, sich zu entkleiden.

Enttäuscht seufzend klappte Boabo die Motorhaube zu, löschte die Handlampe und schlurfte zum Toyota. Dort saß Wolf wieder in der offenen Tür, rauchte und grübelte über das Leben nach.

»Keinen Whisky?« fragte Boabo doppelt enttäuscht.

»Nein!«

»Mrs. Sally liegt da und starrt an die Decke.«

»Hau ab und laß mich in Ruhe!« Wolf rauchte mit hastigen Zügen. »Nimm deine Klamotten und verzieh dich! Ich will allein sein ...«

Boabo schwieg klugerweise, holte seinen Schlafsack und die Decke aus dem Wagen und rollte sich neben dem Hinterrad zusammen. Bald darauf ertönte sein fürchterlich pfeifendes Schnarchen, und Wolf hatte das Gefühl, nun völlig allein zu sein – irgendwo im Weltall. Die rote Wüste vor ihm konnte genausogut auf dem Mond liegen, auf dem Mars, auf dem Saturn, und die heranwehende Nachtkälte verstärkte noch den Eindruck vollkommener Einsamkeit.

Wir haben alle einen Wüstenkoller, wiederholte Wolf in Gedanken. Wir sind Gefangene unserer eigenen, sonst nicht sichtbaren Schwachheit. Wir sind nichts als armselige Kreaturen. Das Never Never zeigt es uns . . .

Er war der erste, der aufwachte, auf seine Uhr blickte, sah, daß es halb sechs war. Spät genug . . . Mit dem Frühstück, dem Abbau des Lagers und allen anderen Arbeiten würde es halb acht werden, bis man weiterfahren konnte. Viel zu spät.

Wolf stieg aus dem Wagen, sah flüchtig zum Bus hinüber, aber dort rührte sich natürlich noch nichts. Im Vorbeigehen gab Wolf Boabo einen leichten Tritt, den dieser mit einem hundeähnlichen Knurren beantwortete, und klopfte dann von außen an eine der Zeltstangen.

»Aufstehen!« rief er. »Ihr Penner! Aber zieht euch an, bevor ihr rauskommt. Cher, hörst du mich?«

»Ja . . .«, antwortete von innen eine verschlafene Stimme.

»Was ist?«

»Weckst du Sally?«

»Tu es selbst.«

»So dämliche Antworten bin ich von dir gar nicht gewöhnt, Cher. Heute gibt's kein großes, feierliches Frühstück. Wir müssen weiter!«

»Der hat heute eine Laune wie ein Eisenfresser, dem das Lieblingseisen rostig geworden ist«, sagte Chick und sah mit Wonne zu, wie Cher sich anzog. »Heute koche ich Kaffee, mein Liebling. Einen echten Trucker-Kaffee. Da flattern Hemd und Hose . . .«

Cher schlüpfte aus dem Zelt und sah Wolf nachdenklich neben dem Aschenhaufen des Feuers stehen und in die Wüste blicken.

»Hast du was entdeckt?« fragte sie.

»Im Gegenteil, ich vermisse etwas. Die Aboriginals fehlen.«

»Tatsächlich!« Der Lagerplatz der Eingeborenen war leer. Sie waren verschwunden. Cher fuhr sich durch die rötlichen Haare. »Was hat das zu bedeuten? Sie können doch nicht einfach weg sein, uns hier allein lassen . . .«

»Sie werden Wasser und etwas zu essen suchen. Sie haben noch den Instinkt des Wildes und riechen irgendeinen Tümpel. Plötzlich werden sie wieder hier sein . . .«

Er sah zum Bus hinüber. »Weckst du Sally?«

»Ich muß ja wohl, du starrköpfiger Supermann!«

Wolf sah ihr nach, wie sie an die Tür klopfte und, weil sich innen nichts rührte, nochmals klopfte und Sallys Namen rief. Als keine Antwort kam, schob Cher die Tür auf . . . Und dann ertönte ein Schrei, so grell im Ton, daß Wolf zusammenzuckte und ein Kälteschauer über seinen Rücken lief. Auch Chick, der gerade aus dem Zelt kroch, schoß hoch, als habe man ihn von hinten gestochen.

»Sally . . .«, schrie Cher und warf sich herum. »Wolf! Chick: Sally . . . o nein . . . o nein . . .«

Fast gleichzeitig erreichten Wolf und Chick den Bus. Noch nie waren sie zu so riesigen Sätzen fähig gewesen. Wolf riß Chick zur Seite und beugte sich in das Wageninnere.

Sallys Gesicht war von einer Schicht getrockneten Blutes überzogen, das aus ihren Haaren gelaufen war. Aber sie lebte, Wolf sah es sofort an den schwachen Atembewegungen ihrer Brust. Ihre Hände waren mit Nylonseilen gefesselt, und auch die Füße hatte man ihr zusammengebunden.

»Sie ... sie hat sich umgebracht, Chick«, stammelte Cher, die Sally nur flüchtig angesehen und dann sofort losgeschrien hatte.

»Sie hat sich wegen Wolf umgebracht!«

»Diese Weiber mit ihrer Liebestod-Hysterie!« brüllte Chick. Er riß Boabo, der ebenfalls heranraste, das Messer aus dem Gürtel, das er immer bei sich trug, und reichte es Wolf.

»Sieh dir Sally doch an, Cher. Wir sind überfallen worden ... Sie haben Sally niedergeschlagen ...«

»Und Petoo und seine Leute sind weg!« sagte Boabo in einem Ton, als schäme er sich für sein Volk. »Ich schwöre euch: Wenn ich ihn jemals wiedersehe, bringe ich ihn um.«

Wolf hatte Sallys Fesseln durchgeschnitten, was bei den festen Nylonstricken einige Mühe kostete. Er rief nach Wasser und einem Lappen, schob vorsichtig seinen Arm unter Sallys Nacken und hob ihren Kopf hoch. Die blutverkrustete Wunde war nicht groß, ein Riß nur in der Kopfhaut, aber der Schlag, der sie verursacht hatte, hatte genügt, um Sally in tiefe Bewußtlosigkeit fallen zu lassen. Der anschließende große Blutverlust – eine Kopfwunde blutet besonders stark – bewirkte die anhaltende Ohnmacht.

Cher war in den Bus gestiegen und schob laut weinend eine Schüssel mit Wasser und drei Handtücher zu Wolf hinüber. Vorsichtig wischte er Sally das Blut vom Gesicht und nickte dankbar, als Chick neben ihm den Sanitätskasten aufklappte. Mit einer kleinen, scharfen Schere schnitt Wolf die Haare rund um die Kopfwunde ab, tupfte mit einer Alkoholkompresse das Blut weg und desinfizierte mit Merfen orange.

Das Brennen des Alkohols weckte Sally aus ihrer Bewußtlosigkeit. Sie stöhnte leise auf, ihr Kopf zuckte ein paarmal, und Wolf umfing sie mit seinen beiden Armen. Nach einem Flattern der Lider öffnete Sally die Augen und blickte zunächst verständnislos in Wolfs Gesicht.

»Laß . . . laß mich los . . .«, sagte sie dann mühsam und kaum hörbar. »Geh weg . . .«

»Verdammt, die ist noch sturer als du!« knurrte Chick und warf Cher die blutigen Handtücher und Kompressen zu.

»Kommt aus dem Jenseits zurück, und schon gibt's wieder Krach!«

»Sally . . .«, sagte Wolf zärtlich. »Sally, bleib ganz ruhig, hörst du? Ganz ruhig. Du bist verletzt. Kannst du mich verstehen? Es ist nicht schlimm, du hast großes Glück gehabt . . . Aber bleib ganz ruhig liegen . . .«

Er bettete sie auf den Schlafsack zurück, Cher schob ihr eine aus einer Decke gerollte Stütze unter den Kopf, Chick zählte, auf seine Uhr starrend, Sallys Puls.

»Sehr matt –«, sagte er. »Ich komme auf zweiundvierzig Schläge . . .«

Sally schloß wieder die Augen, aber ihr Atem ging allmählich kräftiger. Cher beugte sich über sie, wusch ihr noch einmal Gesicht und Hals und legte dann ein nasses Tuch auf ihre Stirn.

»Petoo . . .«, sagte Sally leise. »Überfall . . .«

»Den zerreiß ich in der Luft!« Chick sprach nicht weiter; Cher hatte ihn in die Rippen geboxt. Sally öffnete wieder die Augen und erfaßte den über ihr knienden Wolf. Ihr Blick war jetzt klarer, die Erinnerung kehrte zurück.

»Er klopfte an die Tür . . . hatte noch zwei andere bei sich. Ich dachte, da ist was passiert, mache auf, frage, was er will – keine Antwort . . . Aber einer neben ihm schlägt mir plötzlich auf den Kopf . . . Von da an weiß ich nichts mehr . . .« Sie hielt erschöpft inne, tastete nach Wolfs Hand, umkrallte sie und schloß wieder die Augen.

»Warum bloß?« sagte Wolf mit heiserer Stimme. Die

Angst um Sally füllte ihn wie mit Blei aus. »Gerade du warst doch immer besonders freundlich zu ihnen.«

»Warum?« Chick holte pfeifend Atem, schüttelte Cher ab, die ihn wieder zurückhalten wollte, und zeigte mit der geballten rechten Faust in den Bus. »Seht doch genau hin. Da fragt ihr noch? Geklaut haben sie, alles geklaut, worauf sie von Anfang an scharf waren! Wo sind die beiden Whiskykartons, die hier standen? Und der Rotwein ist auch weg! Himmel, Arsch und Wolkenbruch, sie haben uns nur hierhergelockt, um uns auszurauben. Wer weiß, wo wir hier sind? Vielleicht am einsamsten Punkt der Welt.«

Sie kontrollierten, was fehlte, und bekamen eine lange Liste zusammen. Nicht nur ein Teil des Whiskys war weg – die übrigen Kartons aus dem Toyota zu holen war für die Aboriginals zu gefährlich geworden, weil Wolf und Boabo dort geschlafen hatten. Aber was ihnen wertvoll erschien, hatten Petoo und die anderen fünf aus dem Bus mitgenommen. Es fehlten zwei Kartons mit Wein, Büchsen mit Fleisch und Wurst, Dosen mit Fertiggerichten, zwei Kanister Benzin, zwei Schaufeln, ein Beil und eine Spannsäge. Sogar zwei Flaschen Kirschsirup, Dosen mit Stachelbeerkompott und einen kleinen Karton Schokolade in Tropenbüchsen hatten die Burschen mitgenommen.

»Die müssen sich bepackt haben wie die Lastkamele«, sagte Chick am Ende der Zählung fassungslos. »Und damit ziehen sie durch die Wüste ... zu Fuß! Das glaubt einem keiner. Aber das ist unsere Chance, Leute. In die Wagen, und ab mit Vollgas! Die holen wir spielend ein.«

»Und wohin sind sie gezogen? Nach Westen, Süden, Osten oder Norden? Hier gibt es keine Spuren, Chick. Wo willst du denn suchen?« Wolf hatte Sally ein wenig verdünnten Whisky eingeflößt, das stärkte sie sichtlich. Sie hob den Kopf, ohne zu stöhnen, und kurz darauf stemmte sie sich hoch und setzte sich mit dem Rücken an die Wagenwand. Cher kochte neben dem Zelt Kaffee, Boabo schämte sich noch immer für seine Landsleute, saß ein Stück abseits und starrte vor sich hin.

»Wenn wir wüßten, wo wir sind, wäre es einfacher«, murmelte Wolf.

»In der Nähe des Lake Amadeus ...«

»Bist du dir da sicher, Chick? Ich nicht. Hier sieht die Wüste überall gleich aus, für mich wenigstens.« Wolf blickte in den Bus. Sally lächelte ihn an, ein trauriges, aber doch gleichzeitig zärtliches Lächeln. Er beugte sich zu ihr, küßte sie auf die Augen und drehte sich dann zu Chick um. »Ich werde Kings Canyon anfunken. Kann sein, daß die uns dort weiterhelfen, wenn sie ungefähr wissen, wo wir hier sind.«

»Das ist eine gute Idee, Wolf.«

Sie gingen zum Toyota, klinkten die hintere rechte Tür auf und sahen sich dann stumm an. Es gab kein Funkgerät mehr ... Nur noch ein Gewirr zerrissener Drähte, zerbrochener Schalttäfelchen und zerdrückter Kontakte lag in der offenen Kiste. Auch die ausfahrbare Antenne war mehrmals durchgebrochen.

»Scheiße, dein Name ist Gestank!« knirschte Chick. »Die haben gründlich gearbeitet.«

»Weißt du, was das bedeutet, Chick?« Wolfs Stimme klang gepreßt. »Wir sind abgeschnitten, abgeschnitten von der Welt ... Wir können keine Nachricht geben, keine Hilfe rufen ... Wir sind einfach nicht mehr da! Wir sind jetzt wie etwas größere Käfer in dieser Wüste, die um ihr Leben krabbeln werden ...«

»Sie werden uns suchen, Wolf ... Wenn wir keine Nachricht mehr geben, schlagen sie Alarm. Mit Flugzeugen werden sie uns suchen.«

»Ich wiederhole die Frage von vorhin: Wo sollen sie uns suchen? Seit drei Tagen haben wir uns nicht mehr gemeldet, zuletzt glaube ich, war's in der Nähe vom Mount Murray, angeblich auf dem Weg nach Westen.

Dort werden sie suchen, nicht hier. Keiner weiß, daß wir zum Lake Amadeus gelockt worden sind . . .«

»Wenn das überhaupt stimmt, Wolf.« Chick wischte sich über das Gesicht, es war eine verzweifelte Geste. »Wer weiß, wo wir hier sind!«

»Ich hoffe, in der Nähe einer Aboriginal-Siedlung.«

»Du hoffst! Und woher nimmst du diese Hoffnung?«

»So bepackt, wie Petoo und seine Kumpane jetzt durchs Land ziehen, können sie nicht tagelang herumlaufen. Irgendwo in der Umgebung, für sie erreichbar, muß ein Lager sein.«

»Ich wiederhole meine Frage von vorhin: Wo? Im Norden, Süden, Westen oder Osten?«

»Wir sehen uns mal die Karte an.«

»Die Karte!« Chick griff in den Haufen von Drähten und Kontakten, der einmal ein ganz modernes, präzises und weitreichendes Funkgerät gewesen war, zerrte alles aus dem Wagen, gab ihm einen Tritt und feuerte es in die rote Wüste hinaus. »Die Karte taugt noch nicht mal mehr zum Hinternabputzen. Das Papier ist zu hart!«

»Aber der Lake Amadeus ist darauf, und dahin fahren wir.«

»Ein völlig trockener Salzsee mit Sandinseln! Mein Gott, haben die uns verschaukelt! Und du hast wirklich einen gesegneten Schlaf.«

»Ich habe nichts gehört, Chick. Bis gegen zwei Uhr früh war ich wach, aber dann . . .«

»Sie haben also nur vier Stunden Vorsprung! Lächerliche vier Stunden, die wir mit dem Wagen mühelos aufholen könnten. Ich weiß, ich weiß: In welche Richtung? Ich platze gleich. Diese Hilflosigkeit bringt mich um! Wir könnten die Halunken kriegen – und wissen nicht wo!«

Mit Chers Hilfe war Sally unterdessen aus dem Bus geklettert und ging, auf Chers Schulter gestützt, zum Zelt. Unsicher, tastend zwar, aber sie ging. Chick und Wolf sahen zu ihnen hinüber.

»Sollen wir es ihnen sagen, das mit dem Funkgerät?« fragte Chick.

»Den Kopf jetzt in den Sand zu stecken hat keinen Sinn. Ich will abstimmen.«

»Worüber willst du abstimmen?«

»Ob wir umkehren oder weitermachen. Erreichen wir den Lake Amadeus, wissen wir auch die Richtung nach Hause ... Darum will ich an den See. Wir fahren nach dem Kompaß.«

»Und der Berg voller Gold?«

»Soll ich Sally dafür opfern? Daran zu denken ist schon Wahnsinn! Chick, wir sollten uns jetzt darüber klar sein: Wenn Sally nicht mehr will, kannst du mit Cher allein dieses verfluchte Gold suchen. Ich kehre mit Sally nach Alice Springs zurück. Ich lasse dir den Toyota, mir genügt der Bus.«

»Wir wollten uns nie trennen, Wolf.«

»Was würdest du tun, Chick, wenn Cher nicht mehr will?«

Die Antwort gab Cher selbst. Sie stand vor dem Zelt, vor dem gedeckten Tisch und winkte mit beiden Armen. »Der Kaffee ist fertig!« rief sie. »Platz nehmen zum Frühstück! Heute gibt's nur Marmelade ...«

»Da hörst du's«, sagte Chick mit deutlichem Stolz in der Stimme. »Cher gibt nicht auf. Zum Teufel, ist das eine wunderbare Frau ...«

Das Frühstück hätte so harmonisch sein können, wenn nicht auf allen der Druck der Ereignisse gelastet hätte. Sally hielt sich tapfer, aß ein Stück Brot mit Erdbeermarmelade, trank drei Tassen Kaffee und kämpfte gegen die Kopfschmerzen an, die von der Schädeldecke aus unaufhaltsam durch den ganzen Körper krochen. Sie lächelte angestrengt, gab Wolf ab und zu einen Kuß, spielte ihm eine leicht verletzte, aber sonst recht muntere Frau vor und fragte sich insgeheim, wie lange sie das durchhalten würde. Neben ihr schmatzte Boabo wieder wie ein Ferkel ... Es tat ihr fast körperlich weh.

»Ich möchte euch eine Frage stellen«, sagte Wolf, als sie mit dem Frühstück fertig waren. Chick blinzelte ihm zu, aber er kümmerte sich nicht darum. »Zunächst eine Tatsache, die Chick und ich vorhin entdeckt haben: Die Aboriginals haben unser Funkgerät zerstört. Jede Verbindung zur Außenwelt ist abgeschnitten.«

Cher und Sally schwiegen betroffen, nur Boabo schlug die Hände vors Gesicht. Er war vielleicht der einzige, der in vollem Umfang erkannte, wie verzweifelt ihre Lage war. Im Never Never gibt es keine Wunder.

»Die einzige Frage, die sich jetzt also stellt, ist: Kehren wir um – oder suchen wir weiter nach dem Berg, der wie ein Bein aussieht?« Wolf blickte von einem zum anderen. Ihre Mienen waren voller Entsetzen. Ein Ja – das konnte der einsame Tod nach unvorstellbaren Strapazen, nach einem aussichtslosen Kampf gegen diese höllische Wüste sein. Ein Nein – das war das endgültige Aus für den Traum vom Gold, vom Reichtum und einem sorglosen Leben. Sie wußten alle: Einen zweiten Anlauf gab es nicht mehr.

»Chick?« fragte Wolf mit ruhiger Stimme.

»Was fragst du mich?« Chick umklammerte die Tischplatte und würgte an seinen Worten. »Ich mache weiter . . . Ja!«

»Boabo?«

»Mister Wolf, ich . . .«

»Ja oder nein?«

»Ja.«

»Cher?«

»Wo Chick hingeht, bin ich auch. Ja!«

»Sally?«

»Ja.«

»Und du?« sagte Chick. »Nun frage dich selbst . . .«

»Vier gegen eins.« Wolf erhob sich abrupt, sein Stuhl kippte dabei um. »Das ist nun keine Frage mehr . . . In einer halben Stunde fahren wir. Was macht dein Kopf, Sally?«

»Ich spüre kaum etwas. So eine kleine Wunde ... Nun macht bloß keinen großen Fall für die Chirurgie daraus. Ich habe ein Pflaster drauf, und damit ist die Sache erledigt.«

Sally log so glaubhaft, daß Wolf wirklich beruhigt war. Als sie aufstand, schwankte sie allerdings etwas und stützte sich auf die Stuhllehne. Cher sah sie bestürzt an. Sally lächelte mühsam und schüttelte den Kopf.

Die Schmerzen lähmten ihr fast die Beine; sie blieb, auf den Stuhl gestützt, stehen und hoffte, daß es schnell besser würde. Du mußt lächeln, befahl sie sich. Du mußt etwas Lustiges sagen, keiner soll merken, wie es mit dir steht. Wenn ich erst im Wagen sitze und Cher fährt, wird es schon gehen.

»Eigentlich hat es etwas Gutes, daß sie uns den Whisky gestohlen haben«, sagte Sally und lachte. Es klang durchaus nicht verkrampft. »Jetzt können sich unsere Männer nicht mehr besaufen!«

Später, als die Wagen abfahrbereit standen und Chick sich hinter dem Lenkrad die letzte Zigarette vor der langen Fahrt anzündete, saß Sally mit zurückgelehntem Kopf im Bus und sah Cher flehend an.

»Fährst du?« fragte sie mit zittriger Stimme.

»Was für eine Frage. Geh nach hinten und leg dich hin.«

»Ich bleibe neben dir sitzen, solange es möglich ist. Wolf soll nicht merken, wie dreckig es mir geht.«

»Das hältst du nicht lange durch, Sally.« Cher setzte sich hinter das Steuer. Sie winkte zu Chick hinüber, als sei alles in bester Ordnung. Wir können, hieß das. »Immer noch Kopfschmerzen?« fragte sie.

»Im ganzen Körper brennt es ... Ich habe das Gefühl, mir fällt die Haut ab.«

»Das kann doch nicht mit dem Schlag zusammenhängen, Sally.«

»Ich weiß es nicht.« Der Toyota neben ihnen fuhr an. Chick winkte zu ihnen herüber. Sie winkten zurück und zwangen sich zu einem Lächeln. »Fahr los, Cher . . .«

Cher startete den Motor. Das Warnlämpchen leuchtete nicht mehr auf, die Lichtmaschine arbeitete wieder normal. Sie fuhr wie immer neben Chick her, um nicht von der aufgewirbelten roten Staubwolke in der Sicht behindert zu werden, und warf ab und zu einen Blick auf Sally.

Sally saß da mit geschlossenen Augen und zusammengepreßten Lippen. Ihr Gesicht war fahl, fast gelblich und wirkte irgendwie knochig, wie es nie gewesen war. Jeder Stoß durch den unebenen, steinigen oder sandigen Boden verdichtete sich in ihr zu einem schmerzhaften Stich, der vom Kopf bis in die Zehen schoß. Sie biß die Zähne aufeinander, ein ungeheurer Wille hielt sie aufrecht, aber sie fragte sich bei jedem dieser Stöße: Wie lange noch . . . Wie lange noch? Cher, ich halte das nicht mehr aus. Ich kann nicht mehr, Cher . . .

Aber sie saß aufrecht da, als sei sie versteift, hatte die Finger um das Armaturenbrett gekrallt und fiel nicht um.

Neben Chick studierte Wolf zum wiederholten Male die Autokarte und hatte den Kompaß daneben liegen. »Genau nach Süden«, sagte er. »Wenn wir dort sind, wo ich annehme, liegt jetzt im Süden der Lake Amadeus.«

»Und wenn wir nicht dort sind, wo du annimmst?«

»Dann fahren wir in die Hölle.«

Es wurde wieder heiß. Ein blaßblauer Himmel, ein wellenförmiger Horizont, rotes, endloses Wüstenland. Geröll, das vor Jahrtausenden Felsen gewesen war und das Sonne und Wind zerfressen und zerbröselt hatten. Gerippe von Bäumen, die einmal an längst versiegten Wasserstellen gewachsen waren – und dann die ersten hellgelben Salzflecken, kleine ausgetrocknete Tümpel.

Hinweise auf den großen schrecklichen Lake Amadeus dort irgendwo in der Ferne im flimmernden Sonnenglast.

»Die Richtung stimmt!« sagte Wolf nach vier Stunden Fahrt. Sie saßen wie in einem Backofen. Der kleine Ventilator auf dem Armaturenbrett brachte keinerlei Kühlung, er wirbelte nur die heiße Luft herum. »Wir machen eine kleine Pause.«

Chick bremste, und auch Cher stoppte den Bus. Sie stieg aus, lief um den Wagen herum und öffnete die Tür an der anderen Seite.

Wie eine umgestoßene Puppe fiel Sally ihr in die Arme.

Eve Dover hatte ihren ersten Auftritt im Nightclub des Federal Pacific Casino Hotels von Alice Springs hinter sich. Sie hatte ihr Glitzerkostüm ausgezogen und saß nackt vor dem Spiegel in ihrer Garderobe.

Bis zum nächsten Auftritt hatte sie nun fast eine Stunde Ruhe. Sie konnte sich auf die Couch legen, etwas Kaltes trinken, ein Modejournal durchblättern, die Zettelchen lesen, die ihr liebeshungrige Zuschauer mit eindeutigen Angeboten in die Garderobe geschickt hatten, oder auch nur einfach an Rock Hammerschmidt denken.

Er war mit seiner Kompanie zu einer Feldübung in die Fergusson Ranges ausgerückt, würde also drei Tage und Nächte wegbleiben und hatte sich gründlich von ihr verabschiedet. In Eves Muskeln lag noch die träge Müdigkeit der vergangenen Nacht. Überhaupt fühlte sie sich heute besonders abgeschlafft; der Auftritt vor dem begeisterten Publikum machte ihr keine rechte Freude, das Singen und Herumhopsen auf der Bühne empfand sie heute als Qual. Eves größter Wunsch wäre gewesen, sich ins Bett zu legen, lang auszustrecken, die Augen zu schließen, »gute Nacht, Rocky« zu sagen und dann zu schlafen. Schlafen, nichts als schlafen. Sie fühlte sich matt und wie blutleer.

Ihr Spiegelbild glotzte sie an . . . weißblond gefärbte

Haare, hochtoupiert und mit viel Spray zu einer Art Punkerfrisur modelliert, große, schwarz umrandete Augen mit dunkelblauem Lidschatten, der mit Goldflitter besprüht worden war, ein bleiches Gesicht mit rot geschminkten Wangen, Haut, deren Weiß sich über die Schultern bis zu den Brüsten fortsetzte ... ein künstliches Geschöpf mit den Formen einer schönen Frau, eine singende, tanzende, abstrakte Puppe.

Nur eine Stunde Ruhe. Und sie war so erschöpft, daß sie mit Angst an die nächste Vorstellung dachte. Rocky, was hast du bloß mit mir angestellt? Du bist wirklich ein Bulle ...

Eve erhob sich mit schweren Gliedern von ihrem Hokker, streckte ihrem Spiegelbild die Zunge heraus und ging mit schleppenden Schritten zu der an der Längswand stehenden Couch. Sie war so schlapp, daß sie sich wunderte, warum sie nicht hinfiel. Sie ließ sich auf die Couch fallen, warf sich auf den Rücken, streckte sich lang aus und spürte, wie ein Brennen durch ihren ganzen Körper lief.

Dann glitten Denken und Gefühl von ihr weg, die totale Erschöpfung siegte.

Zwanzig Minuten vor dem nächsten Auftritt schlug die Garderobiere, die Eve Dover betreute und ihr beim Anziehen der Kostüme half, beim Manager des Nightclubs Alarm.

»Sie rührt sich nicht!« rief sie aufgeregt. »Sie liegt auf der Couch, schläft und ist nicht wachzukriegen ... Gerüttelt habe ich sie wie 'n Shaker ... nichts. Liegt da, schlaff wie ein Handtuch, und wacht nicht auf. Das ist doch nicht normal!«

»O Scheiße!« Der vornehme, sonst so kultivierte Manager Mr. Neunzig, dessen Eltern aus Wesel am Niederrhein stammten, wurde blaß, stieß die Garderobiere zur Seite und rannte zu Eves Zimmer. Diese Weiber! Das war die dritte, die Tabletten schluckte, und nur wegen eines dämlichen, ersetzbaren Kerls. Gibt es nicht Männer genug, auch in Alice Springs? Muß es immer der eine sein? Nur, daß Eve so etwas Idiotisches tat, war unfaßbar. Gerade Eve mit ihrem weiten Herzen . . .

Mr. Neunzig überlegte nicht lange, als er Eve nackt und reglos auf der Couch liegen sah. Er rüttelte sie dreimal kräftig, schrie ihr ihren Namen ins Ohr, griff dann zum Telefon und rief die Ambulance an.

Von da an überschlugen sich die Ereignisse.

Der diensthabende Arzt im Hospital telefonierte sofort nach der ersten flüchtigen Untersuchung mit Dr. Jurij Tunin, dessen Schlaftrunkenheit sofort verflog, als er die vermutete Diagnose hörte.

»Das ist ja wohl nicht wahr!« rief er, sprang aus dem Bett und griff nach seiner Kleidung. »Irren Sie sich nicht, Harper?«

»Möglich, aber ich glaube nicht.« Dr. Harper sah zu Eve hinüber, die auf einer Untersuchungsliege lag, noch immer im tiefen Schlaf. »Ich dachte erst an eine Tablettenvergiftung. Aber dann sah ich die Flecken auf der Haut, über den ganzen Körper verstreut . . . Und das Fieber steigt, als reibe einer unten am Thermometer . . .«

»Ich komme sofort.« Dr. Tunin zog sich in rasender Eile an. Eve Dover – das kann doch gar nicht sein! Sie ist nie mit dem toten Aboriginal in Berührung gekommen. Auch nicht mit Chick Bullay oder Wolf Herbarth. Weder mit Boabo noch mit Saul Eberhardt. Sie steht völlig außerhalb des verdächtigen Kreises. Oder doch nicht? Mit wem ist sie zusammengetroffen? Er rannte aus dem Haus, sprang in der Garage in seinen Wagen und fuhr in einem halsbrecherischen Tempo durch Alice Springs zum Hospital.

Auf dem Flur erwartete ihn ein Krankenpfleger und winkte mit beiden Armen.

»Auf der Isolierstation, Sir!« rief er aufgeregt.

Dr. Tunin rannte durch den langen Gang bis zum Ende des Gebäudes. Eine feste Tür sperrte hier den Gang ab. Ein Schild warnte: *Eintritt verboten. Seuchengefahr!*

Tunin drückte auf die Klingel, die Tür öffnete sich wie von Geisterhand und schloß sich mit einem schmatzenden Laut hinter ihm. Dr. Harper stürzte aus dem letzten Zimmer des Ganges.

»Was macht sie?« rief Dr. Tunin. »Noch ohne Besinnung?«

»Ja, Chef. Und zweiundvierzig Fieber . . .«

Eine Nacht begann, die Alice Springs veränderte.

8

Im Morgengrauen wurde auch der Distriktsgouverneur benachrichtigt. Dr. Tunin entschuldigte sich, gab per Telefon einen ersten Bericht und ließ keinen Zweifel am Ernst der Lage.

»Eve Dover weist alle Symptome auf, die wir auch bei dem sezierten Aboriginal gefunden haben«, sagte er.

Der Gouverneur saß kerzengerade im Bett und war auf einen Schlag hellwach. »Sie haben sie schon seziert?« fragte er mit belegter Stimme. »Mrs. Dover ist also tot?«

»Ich habe mich unklar ausgedrückt, Sir: Sie lebt, aber die Symptome der Erkrankung gleichen sich. Über den Körper verteilte rote Flecken, hohes Fieber, völlige Apathie, rascher Kräfteverfall, nach kurzen Phasen von Klarheit plötzlicher Rückfall in Bewußtlosigkeit . . . Das einzig Gute: die Fieberschübe reagieren auf Antibiotika. Da geht es rauf und runter wie auf einer Achterbahn; so etwas haben wir noch nie gesehen. Auch in der medizinischen Literatur findet man nichts darüber. Das Wechselfieber wie etwa bei der Malaria ist dagegen geradezu undramatisch.«

»Und was folgern Sie daraus, Dr. Tunin?«

»Es ist doch eine ansteckende Krankheit, Sir. Der Laborbefund aus Adelaide war ungenau. Er ließ aber auch im Text manches offen . . . Nun haben wir Klarheit, Sir.«

»Ich komme sofort!« sagte der Gouverneur und schob die Beine aus dem Bett. »Schlagen Sie einen Seuchenalarm vor, Doktor?«

»Noch nicht. Bei einer einzigen Infektion kann man noch nicht von einer Seuche sprechen. Auch Schnupfen steckt an und ist keine Seuche.«

»Das ist Ansichtssache. Durch Schnupfen entstehen der Wirtschaft Milliardenschäden. Ich habe mal eine Statistik darüber gelesen; mir ist der Hut hochgegangen. Bis gleich, Doktor.«

Der Gouverneur stieg aus dem Bett und blickte zur Seite auf seine Frau, die ihn mit großen Augen anstarrte. Da sie von dem Gespräch nur die Hälfte gehört hatte, sah sie schon ganz Alice Springs unter Quarantäne. »Eine neue Seuche, James?« stammelte sie. »Von den Aboriginals?«

»Abwarten, Emily. Wir wissen es noch nicht.«

Der Gouverneur zog seine Hose an und trat dann vor den Spiegel, um seine Krawatte zu binden. Ein Gentleman im Dienst hat immer korrekt gekleidet zu sein, auch wenn der Tag wieder über dreißig Grad Hitze bringen würde.

»Ich habe dich schon immer gefragt, James«, klagte Emily im Bett mit weinerlicher Stimme, »warum die Aboriginals noch unter uns leben dürfen. Warum schafft ihr sie nicht alle in die Reservate und verbietet ihnen, in unsere Städte und Siedlungen zu kommen? Ich habe immer gesagt . . .«

»Es gibt ein festgeschriebenes Recht, Emily, und das besagt: Jeder Mensch darf sich frei bewegen. Wir leben in einem freien, demokratischen Land. Alle Menschen sind gleichberechtigt. Was hier vor zweihundert Jahren passiert ist, als man die Aboriginals wie Känguruhs jagte, wollen wir vergessen. Heute sind wir eine Kulturnation.«

»Und lassen uns mit offenen Augen verseuchen . . .«

»Ich wiederhole: So weit sind wir noch nicht.«

»Und wann, James, sind wir so weit?« Emilys Ton klang hysterisch. Ihr rundes Gesicht unter der Netzhaube, mit der sie die Lockenwickler in ihrem Haar zusammenhielt, verzerrte sich und verlor dadurch das zufriedene, satte Aussehen. »Heute ist es diese Mrs. Dover, morgen sind es fünf andere, übermorgen zwanzig . . .«

»Dann gibt's Alarm, Emily.« Der Gouverneur zog seine Jacke an. Er bürstete noch einmal über seine Haare und festigte sie mit einem diskret parfümierten Spray. »Leg dich hin und schlaf weiter.«

»Als wenn ich jetzt noch schlafen könnte.«

Sie wartete ab, bis James das Schlafzimmer verlassen hatte, griff dann zum Telefon und rief der Reihe nach ihre Freundinnen und zahlreichen Bekannte an. Die Auswirkung war grandios. Während im Hospital noch gedämpfte Hoffnung herrschte, die Krankheit könne ein Einzelfall sein, war die Epidemie per Telefon schon über Alice Springs niedergegangen.

Ein Mr. Leads, der die konservative Vaterlandspartei vertrat und ein Installationsgeschäft betrieb, gab den bisher zurückgehaltenen Gedanken an seinem Frühstückstisch freien Lauf. »Jetzt räumen wir auf, meine Lieben!« sagte er und klatschte in die Hände. »Jetzt sammeln wir das ganze schwarze Gesindel in den Slums und am Todd River ein und karren es in die Wüste! Endlich haben wir eine saubere weiße Stadt . . . Der Gouverneur kann gar nicht anders, als diese Forderung zu unterschreiben. Wozu haben wir Notstands- und Ausnahmegesetze? Hier liegt ein Notstand vor!«

Im Hospital war es unterdessen Dr. Tunin und seinem

Team gelungen, Eve Dover ins Bewußtsein zurückzurufen. Sie lag in völliger Erschöpfung im Bett, hatte sich erklären lassen, wo sie war und warum, und wußte auf alle Fragen keine Erklärung. »Ich habe doch eben noch getanzt und gesungen«, sagte sie mit schwacher Stimme. »Dann kam die Müdigkeit, ich habe mich auf die Couch gelegt – das mache ich oft zwischen zwei Auftritten –, und dann muß ich eingeschlafen sein.«

»Und Sie haben nichts Außergewöhnliches an sich bemerkt?« fragte Dr. Tunin.

»Nein. Mir taten nur die Muskeln weh, so eine Art Muskelkater ... Aber den hatte ich schon öfter. Wenn Sie mal in den Night-Club kommen, Doktor, und meine Nummer sehen, werden Sie das verstehen. Da ist so ein Schlangentanz dabei, da muß man Gelenke aus Gummi haben – aber wer hat die schon? Das geht ganz schön in die Muskeln. Nein, weiter ist mir nichts aufgefallen.«

»Seit wann haben Sie die roten Flecken, Mrs. Dover?«

»Seit drei Tagen.« Sie schloß die Augen und zögerte weiterzusprechen. Sie schämte sich, was an und für sich sehr selten bei ihr vorkam. »Ich ... ich habe es schon zu Rocky gesagt«, murmelte sie schließlich. »Rocky, habe ich gesagt, pack nicht zu fest zu ... Ich bekomme überall rote und blaue Flecken ...«

»Wer ist Rocky?«

»Sie kennen ihn, Doktor. Mastersergeant Rock Hammerschmidt ...«

Dr. Tunin warf seinen Ärzten einen geradezu entsetzten Blick zu. Blitzartig wurde ihm der Weg der Infektion klar, und ebenso deutlich sah er die Auswirkungen. Von dem toten Aboriginal oder von Chick und Wolf war das Virus zu Hammerschmidt gekommen, und Hammerschmidt hatte es beim Liebesspiel an Eve Dover weitergegeben. Bei ihr brach die Krankheit wieder aus. Rock Hammerschmidt war also der Zwischenträger, so, wie die Tsetse-Fliege der Zwischenträger der Schlafkrankheit und der tödlichen Nagana-Krankheit war – oder im Mittelalter die Ratte für die Pest.

Mastersergeant Hammerschmidt mußte sofort isoliert werden, und mit ihm mußten es Chick Bullay und Wolf Herbarth. Sie waren zu lebenden Zeitbomben geworden. Sie trugen vermutlich, selbst nicht gefährdet, die Krankheit von Hotoo Angurugu weiter. Nicht auszudenken, wie viele Soldaten durch Berührung oder Tröpfcheninfektion, wie etwa durch feuchten Atem beim brüllenden Kommandieren, von Hammerschmidt womöglich schon angesteckt worden waren.

Das Gespenst der Seuche wurde greifbar. Alice Springs verlor das Gesicht einer durch den Tourismus blühenden Wüstenstadt mit der attraktiven Mischung aus Einsamkeit und Abenteuer.

Der Beginn einer Hysterie war schon spürbar. Aufgescheucht durch die Rundgespräche von Emily, der Gouverneursgattin, waren die Telefone des Hospitals bereits blockiert. Aufgeregte Bürger erkundigten sich, ob die Geschichte von der Seuche Wahrheit sei, und da man in der Telefonzentrale von gar nichts wußte und Dr. Tunin im Augenblick nicht zu sprechen war, blühten die Gerüchte auf wie im Zeitrafferrhythmus. Aha – keiner wollte etwas wissen, der Chefarzt ließ sich verleugnen, der Fall war klar: Eine unbekannte Krankheit würde Alice Springs lähmen.

Keine Busse mehr, keine Flugzeuge mit Touristen, keine Eisenbahnzüge voller abenteuersuchender Pauschalreisender, leere Hotels und Motels, leere Geschäfte, leere Cafés und Restaurants, leere Bars und arbeitslose Mietwagenverleiher und Reisebüros – eine Katastrophe kam über Alice Springs. Und das alles – da kochte bereits jetzt schon die Volksseele – durch einen Aboriginal!

Jagt sie in die Wüste!

Der Gouverneur traf gerade zu dem Zeitpunkt im Hospital ein, als Dr. Tunin nüchtern, aber eindringlich mit Captain Tillburg sprach. Er hörte, wie Tunin gerade sagte:

»Captain, jagen Sie sofort einen Funkspruch an die Truppe raus: Hammerschmidt soll sofort isoliert und mit einem Wagen zurückgebracht werden. Er darf mit niemandem in Berührung kommen! Er soll allein den Wagen steuern, sonst muß der Fahrer auch in Quarantäne. – Natürlich, Captain Tillburg. Ich bitte sogar darum. Auch Sie müssen jetzt gründlich untersucht werden. Sie hatten ja ständigen Kontakt mit Hammerschmidt.«

»Was ist mit dem Mastersergeanten, Doktor?« fragte der Gouverneur, als Tunin aufgelegt hatte. Er ahnte geradezu Unvorstellbares.

»Rock Hammerschmidt ist der Zwischenträger der Krankheit. Eine menschliche Tsetse-Fliege.«

»Wie . . . wie soll ich das verstehen?«

»Von ihm hat Eve Dover die Krankheit bekommen, Sir.«

»Das heißt, Hammerschmidt und Mrs. Dover . . .« Der Gouverneur sprach seine Erkenntnis nicht voll aus. Dr. Tunin nickte. Ein Arzt hatte weniger Hemmungen als ein in Oxford erzogener Staatsbeamter.

»Ja. Sie sind eine Bettgemeinschaft. Warum nicht? Eve ist eine attraktive Frau und Rocky – wie sie ihn nennt – ein richtiger Kerl voller Saft und Kraft. Nur: Er trägt die Krankheit mit sich herum und weiß es nicht. In wenigen Minuten wird er es wissen. Captain Tillburg läßt ihn von der Übung zurückholen.«

»Und wie geht es Mrs. Dover?«

»Wir haben getan, was wir konnten und was wir wußten, Sir. Sie hängt an Infusionen mit Antibiotika und Herzstärkungsmitteln, wir werden eine Blutwäsche vornehmen und, wenn möglich, einen Blutaustausch . . .«

»Was heißt ›wenn möglich‹, Doktor?«

»Wir brauchen die nötigen Blutspender mit Mrs. Dovers Blutgruppe oder genügend Blutkonserven. Dr. Harper hat bereits mit dem Krankenhaus in Darwin telefoniert ... von dort startet in einer halben Stunde ein Flugzeug und bringt uns die Konserven. Wir haben hier nicht genug.«

Der Gouverneur war sichtlich konsterniert. Vor seinem inneren Auge rollte bereits eine Katastrophe ab. »Wenn es nun wirklich eine Epidemie wird«, sagte er steif, »und es stellt sich heraus, daß nur ein Blutaustausch eine reelle Überlebenschance bietet, was dann?«

»Dann, Sir, sehen wir ziemlich beschissen aus!« antwortete Dr. Tunin deutlich. »So viel Blut können wir auch aus Darwin nicht bekommen. Dann muß es aus Melbourne, Sydney, Brisbane, Perth, Albany, aus ganz Australien zu uns geflogen werden. Das wird eine Weltsensation.«

»Und ... und kann dieser Fall eintreten?«

»Ich hoffe nicht.«

»Sie hoffen. Mehr haben Sie nicht zu sagen?«

»Leider nicht, Sir.« Tunin hob die Schultern. »Leider ...«

»Kann man Mrs. Dover sehen?«

»Durch eine Glasscheibe, näher nicht.« Dr. Tunin blickte in sein Notizbuch, in das er für einen späteren genauen Bericht seine Untersuchungsbefunde eingetragen hatte. »Da ist noch etwas äußerst Dringendes, Sir. Mr. Chick Bullay und Mr. Wolf Herbarth müssen ebenfalls sofort auf die Isolierstation gebracht werden. Auch sie sind Zwischenträger, wie wir jetzt wissen, genauso gefährlich wie Hammerschmidt. Die Polizei soll die beiden sofort informieren. Wir hätten sie damals festhalten müssen.«

»Mr. Bullay und Mr. Herbarth sind seit sechs Tagen im Outback, in den Reservaten Haasts Bluff und Petermann ...«

»Du lieber Himmel, auch das noch!«

»Sie haben um die Erlaubnis nachgesucht und sie bekommen. Es lag ja kein Hinderungsgrund vor.«

»Und wo sind sie jetzt? Man muß sie benachrichtigen.

Sie müssen auf schnellstem Wege zurück. Aber da war noch etwas.« Dr. Tunin blätterte in seinem Notizbuch. »Ja, da steht es. Die Damen Sally Hansen und Cher Attenbrough. Auch sie muß ich hierhaben.«

»Sie sind mit im Outback«, sagte der Gouverneur bedrückt.

»Mein Gott, sie sind in größter Gefahr!« rief Dr. Tunin erregt.

»Wir müssen alle Personen wieder isolieren, die wir schon einmal hier hatten! Mrs. Dover beweist uns doch, was passieren kann. Bullay und Herbarth müssen auf der Stelle zurückgerufen werden.«

»Ich lasse sofort nachforschen, von welcher Station aus sie ins Reservat aufgebrochen sind. Dort müssen sie sich ja täglich über Funk melden. Das ist kein Problem, die holen wir her, Doktor . . .«

Eine Stunde später wußten Dr. Tunin und der Gouverneur, daß sie ein Problem mehr hatten. Aus Kings Canyon in den George Gill Ranges, der letzten Station vor dem Never Never, kam die niederschmetternde Nachricht. *Seit zwei Tagen keine Funkverbindung mehr. Machen uns Sorgen. Fordern Suchflugzeug an.*

»Wie nett. Sie machen sich Sorgen!« schrie der Gouverneur erregt. »Diese Leute von der Polizeistation lasse ich auswechseln. Ein Disziplinarverfahren wird das geben. Seit zwei Tagen sind vier Menschen überfällig, und die sitzen herum und spielen Skat! Gut, daß man durch solche Ereignisse mal in die Praktiken der Amtsstuben blickt.«

»Werden Sie ein Suchflugzeug zur Verfügung stellen, Sir?« fragte Tunin nüchtern.

»Aber ja. Sofort! Was denken Sie denn, Doktor? Die Suche wird ohne Verzögerung aufgenommen. In Kings Canyon sagt man, sie wüßten den Weg der beiden Wagen. Sie hätten nach Westen gewollt. Wir werden Bullay, Herbarth und ihre Damen finden, da gibt es gar keinen Zweifel.«

Wer in Alice Springs konnte schon ahnen, daß die vier unter der Führung von Petoo Balwinoo nach Süden abgebogen waren und sich dem Lake Amadeus näherten?

Dort suchte sie keiner . . . Wer fährt denn freiwillig in die Hölle?

Die Infusionen taten Eve Dover gut. Das Fieber sank auf achtunddreißig Grad, sie fühlte so etwas wie neue Kraft in sich, ihr Blick wurde klarer, ihr Sprechen verständlicher, auf ihrem Gehirn lag nicht mehr dieser Druck, der in Intervallen das Denken unterbrach.

Dr. Tunin war mit seiner Nottherapie sehr zufrieden. Aber die Flecken breiteten sich weiter aus und wurden, genau wie bei Angurugu, dunkler, färbten sich braun und dann schwarz. Vor dieser Entwicklung stand Tunin hilflos und mit leeren Händen da.

In Alice Springs aber rollte die Lawine der Gerüchte und Befürchtungen von Haus zu Haus. Jugendliche Schläger, die es überall auf der Welt gibt und die immer einen Anlaß finden, sich auszutoben, hatten bereits die ersten am Todd River lagernden Aboriginals angepöbelt und dann mit Schlägen traktiert. Die Eingeborenen hatten sich gewehrt, hatten zurückgeschlagen, und schon hieß es in der Stadt: Die Schwarzen greifen uns an. Sie werden frech. Sie planen einen Aufstand gegen uns. Mr. Leads, der Parteisekretär der konservativen Vaterlandspartei von Alice Springs, ließ sich beim Gouverneur melden und forderte ungehemmt die sofortige Evakuierung der Aboriginals in die Reservate; er nannte sie ›die schwarzen Terroristen‹. Innerhalb von vierundzwanzig Stunden müßten sie weg, sonst koche die Volksseele über, und man könne nicht mehr für ein friedliches Zusammenleben garantieren.

Die ersten Verletzten der Schlägerei am Todd River wurden bereits im Hospital eingeliefert. Die Polizei hatte das Ufer abgesperrt, die dort lagernden Aboriginals hatten sich zu einer großen Gruppe zusammengezogen und saßen am Fluß auf der Erde – ängstlich, ratlos, diesen Ausbruch der Weißen nicht begreifend. Dicht zusammengedrängt hockten sie unter den Bäumen am ausgetrockneten Fluß und konnten sich nicht wehren, wenn sie von guten Werfern mit Steinen bombardiert wurden. Die Polizei war gegen diese Werfer hilflos, sie hatte nur den Befehl, eine direkte Begegnung zu verhindern.

Mastersergeant Rock Hammerschmidt traf am Abend in Alice Springs ein. Wie ein Irrer raste er mit seinem Jeep durch die Stadt bis vor das Hospital, sprang dort aus dem Wagen und wurde sofort am Eingang von zwei Krankenpflegern in Plastikschutzanzügen abgefangen.

»Wo ist Eve?« brüllte Hammerschmidt mit seiner Donnerstimme. »Wie geht es ihr? Lebt sie noch? Ihr führt mich sofort zu ihr, ihr Arschlöcher! Ich will sie sehen! Wo ist Dr. Tunin? Ich lasse mich in kein Zimmer bringen, bevor ich Eve nicht gesehen habe!« Er hob seine Fäuste und schüttelte sie. Es waren wahre Hämmer. »Seht sie euch an . . . Die könnt ihr gleich in euren dummen Visagen haben . . .«

Sein Geschrei rief Dr. Harper herbei. Er zog, als er Hammerschmidt sah, sofort seinen um den Hals baumelnden Mundschutz hoch und winkte den beiden Krankenpflegern, den Mastersergeanten loszulassen.

»Kommen Sie mit«, sagte er. »Und benehmen Sie sich vernünftig.«

»Vernünftig? Ich bin immer vernünftig! Wie reden Sie denn mit mir?«

Dr. Harper verzichtete auf eine laute Diskussion auf dem Flur, brachte Hammerschmidt in die Isolierstation und übergab ihn Dr. Tunin.

»Wenigstens Sie haben wir schon«, begrüßte Tunin ihn. »Die anderen sind zur Zeit noch im Haasts Bluff oder im Petermann verschollen. Wie fühlen Sie sich, Mastersergeant?«

»Blendend!«

»Das glaube ich. Sie sind ja auch nur die Tsetse-Fliege.«

»Was bin ich?« Hammerschmidt rollte mit den Augen. »Ist hier denn alles verrückt geworden? Wo ist Eve?«

»Sie werden sie gleich sehen.«

»Steht es schlimm mit ihr?«

»Rein objektiv haben wir einen kleinen Erfolg gehabt, aber wie es wirklich aussieht . . .« Dr. Tunin hob die Schultern. »Wir kennen ja die Krankheit nicht. Alles, was wir jetzt unternehmen, sind Experimente, gewissermaßen ins Blaue hinein. Wir tun einfach so, als sei es eine Virusinfektion, und behandeln konservativ. Das ist alles, was uns im Augenblick bleibt.«

Er führte Hammerschmidt zum letzten Zimmer, in dem Eve, angeschlossen an drei Infusionen, unbeweglich im Bett lag. Ihr Anblick war kurios; sie hatte noch die punkerähnlich auftoupierten Haare, das für ihren Auftritt absurd geschminkte Gesicht und lag nackt unter dem Laken, so wie man sie eingeliefert hatte. Die erste medizinische Versorgung, der Kampf gegen das hohe Fieber waren wichtiger gewesen als das Abschminken.

Hammerschmidt drückte das Gesicht gegen die Trennscheibe und starrte Eve an. Der Kontrast zwischen ihrem Aussehen und ihrem wirklichen Zustand war erschütternd.

»Sie können hineingehen«, sagte Dr. Tunin trocken. »Sie haben sie ja angesteckt.«

»Das glauben Sie!«

»Nach dem Gesetz der Logik. Mir ist nicht bekannt, daß Mrs. Dover außer mit Ihnen auch mit Mr. Bullay oder Mr. Herbarth – na, sagen wir – eng befreundet war. Sally Hansen und Cher Attenbrough kennt sie gar nicht. Wer außer Ihnen also sollte . . .«

»Schon gut, schon gut!« Hammerschmidt winkte mit

einem qualvollen Gesichtsausdruck ab. »Darf ich mit ihr reden?«

»Ja, fünf Minuten.« Dr. Tunin hob kurz die Hand und hielt damit Hammerschmidt zurück, der zur Türklinke gegriffen hatte. »Ist Ihnen eigentlich bei Ihrem letzten Besuch nicht aufgefallen, daß Mrs. Dover rote Flecken am Körper hatte?«

»Ja, doch . . .« Hammerschmidt wurde etwas verlegen. »Ich dachte . . . hm . . . wie soll man sagen . . .«

»Mrs. Dover hat es schon erklärt: Pack mich nicht so fest an . . .«

»Genauso war's, Doktor«, sagte Hammerschmidt kleinlaut.

»Und das haben Sie auch gedacht?«

»Natürlich. Wir . . . sind eben zwei sehr temperamentvolle Menschen . . .«

Dr. Tunin lächelte verständnisvoll, nickte und ließ Hammerschmidt in das Isolierzimmer eintreten. Langsam drehte Eve bei dem Geräusch den Kopf zur Seite. Sie erkannte Hammerschmidt, ihr Mund verzog sich zu einem Lächeln, das in diesem geschminkten Gesicht wie eine Fratze aussah.

»Rocky . . .«, sagte sie schwach.

»Mein Liebling!« Hammerschmidt, dieser starke, harte Hammerschmidt, der »Eisenfresser«, wie ihn seine Soldaten nannten, setzte sich ganz vorsichtig auf die Bettkante und weinte. Wer Rocks bisheriges Leben kannte, hätte sich nicht erinnern können, ihn jemals als erwachsenen Mann mit Tränen in den Augen gesehen zu haben. Auch als sein Vater starb, ein hochdekorierter Veteran des Zweiten Weltkrieges, stand er wie ein knorriger Baum am Grab und grüßte stramm, als der Sarg in die Erde gelassen wurde. Weinen — das war für Hammerschmidt etwas Unmögliches, etwas absolut Weibisches . . . Aber jetzt weinte er.

»Es ist alles nicht so schlimm, Rocky«, sagte Eve und

bewegte ihre Finger, damit er seine Hand in die ihre schieben konnte. Eine verkehrte Welt – jetzt mußte sie ihn trösten.

»Bestimmt nicht, Liebling«, sagte Rocky stockend.

»Du brauchst keine Angst zu haben.«

»Ich habe keine Angst, mein Herz. Bei Dr. Tunin bist du in den besten Händen.«

»Ich weiß es, Rocky. Er will mein Blut austauschen, mein ganzes Blut. Er wartet auf die Blutkonserven aus Darwin. Geht das denn überhaupt – das ganze Blut austauschen?«

»Wenn Dr. Tunin das sagt, dann ist's auch möglich.«

»Ich bin so schlapp, Rocky. Und ab und zu jagt ein Brennen durch meinen ganzen Körper. Hat der Doktor dir gesagt, was für eine Krankheit das ist?«

»Irgendeine Infektion, mein Schatz. Aber die kriegen das schon in den Griff. Ich werde jetzt bei dir bleiben, im Nebenzimmer, bis es dir bessergeht.«

»Das ist schön, Rocky.« Sie lächelte wieder, und Hammerschmidt schluckte krampfhaft ... Der dicke Kloß im Hals machte ihm das Atmen schwer.

An der Glasscheibe außerhalb des Zimmers stand Dr. Tunin und klopfte nun. Hammerschmidt nickte und erhob sich gehorsam. Fünf Minuten ... das ist wie ein Wimpernzucken.

»Ich muß jetzt gehen«, sagte er unsicher. »Schlaf gut, Liebling.«

»Du auch. Wann kommst du wieder?«

»Morgen früh.«

»Bestimmt?«

»Man kann mich vierteilen, wenn ich nicht komme.«

»Nicht vierteilen, Rocky.« Sie hob zum Abschied die linke Hand ein wenig. »Ich brauche dich doch noch ...«

Hammerschmidt verließ schnell das Krankenzimmer. Es war eine Flucht vor weiteren Tränen, die sich in seine Augen drängten. Draußen auf dem Flur sagte er zu

Dr. Tunin: »Verdammt, Doktor, muß sie daliegen wie ein Clown? Ist keiner da, der Eve abschminken kann? Der diese fürchterlichen Haare wieder in ihren Normalzustand versetzt?«

»Es ging uns zuerst darum, die akute Gefahr abzuwenden. Eine Krankenschwester wird Mrs. Dover nachher waschen. Wenn Sie sie morgen früh besuchen, sieht sie wieder wie Eve aus.«

»Und das mit dem großen Blutaustausch stimmt, Doktor?«

»Ja. Sobald die Konserven aus Darwin hier sind.«

»Und das rettet Eve?«

»Wir wollen es hoffen, Mastersergeant.« Dr. Tunin klopfte ihm auf die breite Schulter. »Hoffnung ist die Medizin, die wir jetzt am nötigsten haben.«

Bis zum Abend waren Saul Eberhardt, seine Enkelin Bette, Captain Tillburg, Lieutenant Lindsay und vor allem die Soldaten, die mit der Leiche Angurugus in Berührung gekommen waren, im Krankenhaus auf der Isolierstation versammelt. Es stellte sich heraus, daß in den vergangenen zwanzig Tagen alle möglichen Virenträger mit so vielen anderen Personen in Berührung gekommen waren, daß eigentlich halb Alice Springs hätte isoliert werden müssen. Das war natürlich nicht möglich. Allein Hammerschmidt und Saul Eberhardt konnten theoretisch Hunderte infiziert haben – auf der einen Seite die ganze Kompanie, auf der anderen Seite die Baptistengemeinde. Und diese waren wieder mit Hunderten anderer Menschen in Kontakt gekommen – eine Ansteckungslawine, die unaufhaltsam war.

Tillburg, dem schon pathologischen Infektionsängstler, schwindelte es bei dieser Berechnung. Daß bisher nur Eve Dover erkrankt war, beruhigte ihn keinesfalls. Sie hatte die bösartige Krankheit bekommen, das genügte. Niemand kannte die Inkubationszeit, niemand konnte sagen, ob diese Krankheit nicht wochenlang, ja monatelang still im Körper schlief und dann plötzlich ausbrach, weil sie in aller Ruhe das Blut verseucht hatte.

Die Funksprüche aus Kings Canyon waren deprimierend.

Das Suchflugzeug hatte in pausenlosen Einsätzen das Gebiet kreuz und quer abgeflogen, in dem sich die beiden Wagen befinden mußten. Nun, nach Einbruch der Dunkelheit, mußten weitere Flüge aufgegeben werden.

Fast zwanzig Stunden waren seit Eves Einlieferung in das Hospital nun vergangen. Alle Isolierten hatten vorsorglich Antibiotika-Injektionen bekommen, man hatte ihr Blut untersucht und bei keinem eine außergewöhnliche Veränderung gefunden. Saul Eberhardt hatte zwar zuviel Cholesterin, Hammerschmidts Werte wiesen auf eine beginnende Säuferleber hin, aber sonst entdeckte man keine Anzeichen einer zerstörerischen Krankheit.

»Das ist ja das Tückische daran!« klagte Captain Tillburg. Seine Infektionsangst schlug sich bereits im Aussehen nieder; seine Haut hatte einen gelblichen Ton angenommen, als ergieße sich Galle in sein Blut. »Ich bestehe darauf, auch einen Blutaustausch zu bekommen!«

»Ein so dramatischer Eingriff ist nur bei akuter Lebensgefahr gerechtfertigt«, wies Dr. Tunin ihn zurück. »Bei Ihnen liegt keine vor.«

»Wissen Sie das?« rief Tillburg empört.

»In Ihrem Falle – ja.«

»Sie haben nicht die geringsten Erkenntnisse von dieser Krankheit.«

»Aber ich kann Ihren Zustand beurteilen. Und der schließt eine solche Therapie aus.«

»Noch, Dr. Tunin. Noch!« Tillburg verkrampfte die Hände ineinander. »Ich fühle mich jedenfalls hundeelend ... Das will ich hier vor Zeugen betonen und feststellen.«

Der Polizeiposten in Kings Canyon war verzweifelt. Dort wußte man genau, was in den nächsten zwei Tagen geschehen würde. Eine Ablösung von dieser äußersten Station der Zivilisation war zwar eine Erlösung von Langeweile und sonnendurchglühten, steilen Felsen, von Einsamkeit und Wüstenwinden, aber das angedrohte Disziplinarverfahren würde an einem kleben bleiben bis zum Ende des Beamtendaseins. So etwas blieb für immer in den Personalpapieren. Sogar eine Zurückstufung in eine andere Gehaltsklasse war möglich ... Das traf besonders hart.

»Ich habe die vier gewarnt!« sagte der Lehrer René Bonccoeur, aber damit konnte er niemanden trösten. »Wie verbohrt waren sie, ins Never Never zu kommen. Nun hat das Land sie gefressen. Irgendwann einmal wird man durch Zufall ihre vom Sand zugewehten Wagen und ihre Gerippe finden. Sie sind nicht die ersten ...«

»Oder man wird gar nichts finden!« Der Sanitäter der Station rauchte hastig. Ihm gegenüber saßen die beiden Piloten des Suchflugzeuges. Sie hatten am Fuß des Canyons eine abenteuerliche Landung hinter sich und wollten am nächsten Morgen weiter das Gebiet abfliegen. Der Treibstoff reichte noch für vier Stunden, dann mußte man wieder zum Auftanken in Alice Springs sein. Oder auf dem Flugplatz von Ayers Rock. Aber der lag für ihre Aktion viel zu weit weg, sie müßten dabei den Lake Amadeus überfliegen, das Reservat Katiti, die Siedlung Yulara, und dort konnten die Vermißten auf gar keinen Fall sein.

»Wenn sie im Never Never umgekommen sind, werden Wagen und Ausrüstung in aller Heimlichkeit von den Aboriginals kassiert werden«, sagte der Sanitäter.

»Und wo bekommen die Benzin her?«

»Benzin? Was in den Wagen und Kanistern ist, wird weggeschnüffelt. Das sind Festwochen für den ganzen Stamm. Die Wagen verrotten irgendwo in einem Felsenversteck. Was soll ein Aboriginal mit einem Toyota und einem VW-Bus? Sie haben ja sogar die Hütten, die wir ihnen bauten, Stück für Stück als Brennholz verheizt und leben weiter auf der Erde unter den verbogenen Wellblechdächern. Wer soll aus denen klug werden?«

»Was kann denn bloß passiert sein?« fragte der Polizeiposten. Er hatte bereits in den vergangenen Stunden seine Koffer gepackt und war abfahrbereit. Für ihn war seine Ablösung keine Frage mehr.

»Ein Achsenbruch, zum Beispiel«, meinte der Lehrer. »Eine neue Achse hatten sie nicht bei ihren Ersatzteilen.«

»Aber ein modernes Funkgerät. Warum geben sie keine Nachricht?«

»Auch das Funkgerät kann ausfallen.«

»Etwas viel auf einmal . . .«

»Im Never Never ist alles möglich. Sogar ein Überfall ist drin. Wenn sie nicht wieder auftauchen, werden wir's nie erfahren.« Der Lehrer umklammerte seinen Becher mit Bier. »Ich habe sie gewarnt . . .«, wiederholte er. »Und wenn sie hundertmal von Adelaide nach Darwin gefahren sind – der Highway ist etwas anderes als Wüste und Geröllsteppe. Da hilft die Truck-Erfahrung wenig. Aber dieser Chick war ja nicht zu überzeugen. Und die beiden Mädchen . . . Nein, das war alles nicht nötig.«

Die vorerst letzte Meldung, die aus Kings Canyon im Hospital von Alice Springs einlief, gab diese Resignation wieder.

»Es ist zu befürchten«, teilte der Polizeiposten mit, »daß die beiden Wagen und ihre fünf Insassen im Petermann auf noch ungeklärte Weise verunglückt sind und die Möglichkeit eines Funkkontaktes mit uns nicht mehr bestand. Gleich nach Sonnenaufgang wird die Suchaktion fortgesetzt. Das Flugzeug muß dann allerdings nach Alice Springs zurück, um aufzutanken. Ein Ausweichen zum Flugplatz Ayers Rock ist vermutlich nicht möglich, weil für dieses Gebiet morgen eine Regenfront mit starkem Wind angesagt ist.«

»Auch das noch!« Der Gouverneur, der am Abend noch einmal ins Hospital gekommen war, um Eve Dover, aber vor allem Captain Tillburg zu besuchen, ließ sich mit der Air Basis von Alice Springs verbinden und bekam bestätigt, daß morgen ein schlimmes Flugwetter zu erwarten war. Wirbelwinde und Regen, vor allem im Gebiet von Katiti und dem Lake Amadeus. Der seltene Fall würde eintreten, daß sich ein Teil des sonst permanent trockenen Sees mit Wasser füllte. Aber dieses Naturschauspiel würde nicht lange anhalten. Nach wenigen Tagen saugte die Sonne alles Wasser wieder auf, und zurück blieben Sandbänke und riesige Salzadern. Totes Land.

»Wenn es wirklich noch Spuren gegeben hat – durch den Regen werden sie weggespült«, sagte der Gouverneur resignierend.

»Sir, darf ich einen Einwand anbringen?« Dr. Tunin war es peinlich, den Gouverneur zu berichtigen. »Die Vermißten befinden sich weiter nördlich, irgendwo im völlig unbewohnten Gebiet zwischen dem Mount Murray und den Worman Rocks. Da bleibt die Welt trocken wie Staub.«

Der Gouverneur nahm die Berichtigung wortlos hin und bemerkte nur: »Dann haben wir ja noch Hoffnung, Dr. Tunin.«

»Einen Funken Hoffnung, Sir. Ich sagte es schon, von diesem Funken leben wir jetzt. Wir balancieren am Rande eines Wunders . . .«

In der Nacht landete ein Sonderflugzeug der Airlines of Northern Australia, von Darwin kommend, in Alice Springs. Es hatte Blutkonserven, medizinische Geräte und einen Arzt mit einem eisgrauen Spitzbart an Bord.

Dr. William Bensson, Bakteriologe von internationalem Ruf, Professor und Leiter des Instituts für Virusforschung in Darwin.

Dr. Tunin begrüßte ihn mit einer Herzlichkeit, die ausdrückte, wie glücklich er darüber war, daß Bensson selbst nach Alice Springs kam.

»Aber das ist doch selbstverständlich«, wehrte Bensson allen Dank ab. »Solch ein Fall löst bei mir eine Alarmsirene aus. Und wenn ich Ihnen helfen kann, Kollege Tunin, gerade Ihnen – da zögere ich doch nicht.«

William Bensson, der eigentlich Willard Bensson hieß und gebürtiger Schwede war, zögerte wirklich nicht. Er wusch sich Hände und Gesicht, zog dann Plastikhandschuhe an, ließ sich mit einem Sterilspray besprühen und den Mundschutz umbinden. Währenddessen berichtete Dr. Tunin eingehend von der rätselhaften Krankheit, von dem Aboriginal Angurugu, der Exhumierung, der Obduktion, dem bakteriologischen Befund aus Adelaide, dem neuerlichen Ausbruch der Krankheit bei Mrs. Dover und seinen Befürchtungen von menschlichen Tsetse-Fliegen.

Bensson lachte herzlich über diesen Vergleich, aber er gab Tunin recht. Die Befürchtungen waren berechtigt. »Kennen Sie den Ausspruch: ›Vorsicht ist die Mutter der Porzellankiste‹?« fragte er.

»Nein.«

»Aber das ist ein Spruch, den die Lebenserfahrung geprägt hat. Man kann ohne Vorsicht so viel Unwiederbringliches zerstören. Wann nehmen wir den Blutaustausch vor?«

»Wenn nötig, sofort. Sonst morgen früh.«

Eve Dover schlief, als sie ins Zimmer kamen. Aus den Infusionsflaschen tropften langsam die herzstärkenden Mittel und die Antibiotika. Eine junge Schwester mit Plastikhandschuhen und Mundschutz hielt Nachtwache. Sie saß an einem Tisch neben dem Bett, las in einem Roman und stand auf, als Tunin und Bensson eintraten.

»Unverändert«, sagte sie. »Mrs. Dover schläft seit zwei Stunden. Temperatur 39,3 . . .«

»Wieder höher.« Dr. Tunin beugte sich über Eve. Man hatte sie jetzt endlich abgeschminkt, gewaschen, das Punkerhaar vom Spray befreit und in natürliche Wellen zurückverwandelt, man hatte ihr ein Nachthemd angezogen und sie wieder erkennbar gemacht. Erst jetzt sah man, welch ein hübsches Mädchen Eve Dover war. Zweiundzwanzig Jahre jung, mit einem süßen Puppengesicht, das gestandene Männer wie Hammerschmidt in die Knie zwang.

Vorsichtig schlug Tunin das Laken zurück. Eves Nachthemd war bis zum Nabel hochgerutscht, der Unterkörper, die Hüften, Schenkel und Beine lagen bloß. Die roten und dunkelbraun verfärbten Flächen auf der Haut waren wie kleine Farbspritzer.

»Hm . . .«, sagte Bensson. »Noch nie gesehen . . .«

»Bei Angurugu hatten sich einige dieser Flecken in Schwarz verändert und ulzerierten.«

»Was hat man in Adelaide über die Abstriche gesagt?«

»Es wären Staphylokokken von der Art des Staphylococcus citreus. Ich habe deswegen auch sofort Antibiotika gegeben.«

»Mit Erfolg?«

»Sie lebt noch . . .«, sagte Tunin. »Aber jetzt steigt das Fieber trotzdem wieder . . . Ich glaube nicht daran, daß es sich um eine Pyodermia fistulans significans handelt, wie man in Adelaide vermutete; davon stirbt man nicht. Das rätselhafte ist: Im Blut der Überträger findet sich nichts Auffälliges, bei Ausbruch der Pyodermia verschlechtert sich dramatisch schnell der Allgemeinzustand des Erkrankten, ein radikaler Kräfteverfall erfolgt, und diese Kachexie ist die eigentliche Todesursache. Der Aboriginal Angurugu ist an dieser totalen Erschöpfung gestorben, nicht an einer Blutvergiftung, nicht an Viren, wie ich zuerst annahm. Aber das Rätselhafteste kommt noch: Es gibt eine Infektion von Mensch zu Mensch!

Was aber wird übertragen? Staphylokokken? Hammerschmidt hat keine Staphylokokken! Sein Blut ist unauffällig, ebenso wie das von Mrs. Dover. Und trotzdem . . .«

»Eine neue Tropenkrankheit.«

»Das befürchte ich – und damit stehen wir ganz schön im Regen.«

»Das standen wir auch bei Aids. Nur im Elektronenmikroskop wurde dann das Virus sichtbar.«

»Und weiterhin unbeherrschbar.«

»Noch, Kollege Tunin! Es gibt kaum eine Geißel der Menschheit, die wir nicht in den Griff bekommen haben. Pest, Cholera, Typhus, Malaria, Schlafkrankheit, Gelbfieber, Kinderlähmung, Meningitis . . .«

»Ich kann Ihnen ebenso viele nennen, wo wir uns unserer Hilflosigkeit schämen.«

»Jetzt kommt wieder der Krebs als Beispiel . . .«

»Und die multiple Sklerose . . .«

»Und auch da wird es eines Tages heißen: Jetzt haben wir's!«

»Aber so lange kann Mrs. Dover nicht warten.«

»Das war eine sarkastische, aber richtige Bemerkung.« Bensson beugte sich nun auch über Eve. Sie schlief fest, ihr Puppengesicht war entspannt, der Atem ging ruhig und nicht mehr so flach wie vor Stunden. Die Infusionen hatten den Körper unterstützt, mit eigener Kraft gegen die Krankheit anzugehen. Unsichtbar fand in Eve ein Kampf um das Leben statt. Angurugu hatte ihn damals verloren. Der Marsch durch die Wüste zum rettenden Highway nach Alice Springs hatte die letzten Kräfte aufgesogen, die innere Abwehr war zusammengebrochen, die Krankheit hatte gesiegt.

Bensson betrachtete die Hautflecken lange und nachdenklich. Mit den Fingerspitzen, geschützt durch die hauchdünnen Plastikhandschuhe, betastete er sie, betrachtete sie durch eine Lupe und sah den Ansatz stecknadelkopfgroßer, siebförmig angeordneter Öffnungen in dem sich bereits braun verfärbenden Gewebe.

»Es sieht wirklich aus wie eine Pyodermia«, sagte er.

»Es sieht aber nur so aus . . . Sie ist es nicht.«

»Sie haben noch keine Hautproben entnommen?«

»Nein. Meine erste Sorge war, ihren desolaten Zustand zu stabilisieren.«

»Das ist Ihnen hervorragend gelungen, Kollege Tunin.«

Bensson richtete sich auf, die Hände von sich weggestreckt. Ein Deckeleimer, in den er die Handschuhe werfen konnte, war nicht im Zimmer. So etwas durfte nicht vorkommen, für Dr. Harper war ein Anpfiff fällig. Tunin, ein Perfektionist, schämte sich fast vor Bensson.

»Ich glaube, wir können mit dem Blutaustausch bis zum Morgen warten«, sagte Bensson und gab der Schwester ein Zeichen. Sie deckte Eve wieder zu.

»Wir müssen den Fieberanstieg bremsen, Herr Professor.«

»Darf ich etwas anregen? Lassen wir das. Fieber ist ja eine Art Feuerwehr des Körpers, bis zu einer gewissen Grenze kann es sogar nützlich sein.«

»Hier geht es bis auf 42 Grad hoch und schwächt den Körper nachhaltig.« Tunin öffnete die Tür, Bensson ging aus dem Zimmer und wartete, bis Tunin nachkam. Noch immer streckte er die Hände von sich; es war peinlich. Erst im OP wurde Bensson seine Handschuhe los. Ein Krankenpfleger zog sie ihm mit einer Zange von den Fingern und warf sie in einen Eimer. »Eines ist klar«, stellte Bensson fest. »Fieber beweist eine Infektion, und eine Infektion hat einen Erreger . . . Gehen wir ruhig zurück auf das ABC der Medizin. Ein Erreger kann mit unseren heutigen Mikroskopen sichtbar gemacht werden. Mit hunderttausendfacher Vergrößerung zerlegen wir sogar ein Virus. Haben wir es erst entdeckt, entgeht uns kein Geheimnis mehr. Auch vom Aids-Virus können wir fabelhafte Detailgemälde herstellen, nur vernichten können wir es noch nicht.«

»Und hier haben wir einen Erreger, den wir noch nicht kennen.«

»Aber den wir finden werden, Kollege Tunin!« Bensson winkte ab. »Ich weiß, unser Gespräch dreht sich im Kreis. Hier waren wir schon einmal angelangt.« Er lachte kurz. »Wie kriegen wir den Rest der Nacht herum?«

»Für Sie ist ein Zimmer hergerichtet, Herr Professor. Ein paar Stunden Schlaf sind noch drin.«

»Und Sie, Herr Kollege?«

»Ich lege mich ebenfalls im Wachzimmer hin.«

Tunin brachte Professor Bensson zu seinem Zimmer, wünschte ihm eine gute Nacht und kehrte dann in die Isolierstation zurück. Im Ärzte-Wachzimmer warf er sich auf die Couch, schob die Hände unter den Nacken und starrte an die Decke.

Der Gedanke, den Kampf gegen diese neue Krankheit zu verlieren, bedrückte ihn mehr, als man ihm ansah. Auch Benssons Optimismus war da nur eine schwache Beruhigung.

Um acht Uhr morgens wurde Eve Dover für den großen Blutaustausch vorbereitet. Sie war durch den langen Schlaf ausgeruht, aber noch sehr schwach. Sie lächelte Bensson an, der sich als »Virenjäger« vorstellte, und sagte mit schwacher Stimme: »Da müssen Sie aber gut zielen können!« Dann zuckte Eve ein paarmal zusammen, als Bensson an ihrem Oberschenkel herumdrückte. Aus den siebförmigen winzigen Öffnungen der braunschwarzen Hautflecken sonderte sich auf Druck eine glasig-gelbe Flüssigkeit ab.

»Tut das weh?« fragte Bensson.

»Es brennt und kitzelt zugleich.«

Bensson zog seine Finger zurück. »Wir werden Sie gleich narkotisieren«, sagte er und tätschelte Eves Oberschenkel.

»Und wenn Sie wieder aufwachen, geht's Ihnen von Stunde zu Stunde besser.«

Eve wurde aus dem Zimmer gefahren, Tunin und Bensson blieben zurück. »Ich werde einige Hautlappen herausschneiden«, sagte der Professor, »und die Präparate sofort untersuchen. Das nächste Flugzeug nach Darwin wird Proben davon mitnehmen und in mein Institut bringen lassen. Dort kommen sie unters Elektronenmikroskop. Und dann glauben wir alle fest an einen Erfolg . . .«

Hammerschmidt, der gerade auf dem Weg war, Eve zu besuchen, prallte vor Schreck gegen die Wand, als der Krankenpfleger das Bett an ihm vorbeirollte. Schmal und blaß lag Eve unter einem dünnen Laken, das bis zu ihrem Kinn gezogen war.

»Eve . . .«, stammelte Hammerschmidt, und dann lauter: »Eve, was machen die mit dir? Wo kommst du hin?« Er rannte dem Bett nach, überholte es und stellte sich breitbeinig in den Weg. Der Krankenpfleger mußte abrupt stoppen.

»Bist du verrückt?« schrie er Hammerschmidt an. »Geh aus dem Weg, du weiche Birne!«

»Wo soll sie hin?« schrie Hammerschmidt zurück.

»Das geht dich einen Dreck an!«

»Eve Dover ist meine Braut. Ich habe ein Recht darauf, zu wissen . . .«

»Sie kommt in den OP!« Der Krankenpfleger schob das Bett weiter, und Hammerschmidt mußte aus dem Weg springen. »In zwei Stunden kannste wieder Händchen halten . . .«

Hammerschmidt nickte, seine Kehle war wie zugeschnürt vor Angst. Als Eve an ihm vorbeifuhr, lächelte sie ihn glücklich an und sagte: »Danke . . .«

»Wofür?« würgte Rocky heraus.

»Du . . . du hast mich deine Braut genannt — zum ersten Mal. Danke . . .«

Mit zuckenden Mundwinkeln blickte Hammerschmidt dem Bett nach, wie es hinter einer großen Milchglastür im Vorraum des OP verschwand. So stand er auch noch, mit dem Rücken an die Wand gelehnt, als Tunin und Bensson an ihm vorbeigingen. Tunin blieb kurz stehen.

»Alles in Ordnung, Mastersergeant?«

»Bei mir ja. Was . . . was machen Sie mit Eve? Wieso wird sie operiert?«

»Wir tauschen ihr Blut aus.«

»Das ganze Blut?«

»Es ist ein Versuch, Mr. Hammerschmidt, zugegeben. Aber wenn das Blut verdorben sein sollte, ist das möglicherweise der einzige Weg, Eve zu helfen.«

Tunin klopfte Hammerschmidt beruhigend auf die Schulter und ging dann mit schnellen Schritten Professor Bensson nach.

»Wer war denn das?« fragte Bensson.

»Mastersergeant Hammerschmidt, der Überträger. Die menschliche Tsetse-Fliege. Von ihm hat Eve die Krankheit.«

»Interessant! Das ist er? Den muß ich mir gründlich ansehen.«

»Ich hätte ihn Ihnen nachher sowieso vorgestellt, Herr Professor. Er und vor allem die im Outback Verschollenen sind die wichtigsten Personen für uns.«

Die Milchglastür fiel hinter ihnen zu. Hammerschmidt lehnte noch immer an der Wand und stierte vor sich hin. Was um ihn herum vorging, schien er nicht mehr wahrzunehmen.

»Das ganze Blut«, sagte er nur leise vor sich hin. »Das ganze Blut. O Gott, Eve . . .«

Fast eine halbe Stunde hielt Sallys Ohnmacht an.

Chick und Wolf hatten sie zum Toyota getragen und auf die Erde gelegt. Während Boabo und Cher eine Plane aus dem Wagen zerrten und einen notdürftigen Sonnenschutz aufbauten, bemühte sich Wolf, Sally aus ihrer Ohnmacht zu wecken. Chick brachte aus der Reiseapotheke Alkohol und Kölnisch Wasser, sie rieben Sallys Stirn und Brust mit dem Alkohol ein und ließen sie an dem Kölnisch Wasser riechen, aber was sonst immer bei Ohnmachtsanfällen half – hier versagte es.

»Wie lange geht das schon?« fragte Chick und sah Cher anklagend an.

»Eigentlich schon von der Abfahrt heute morgen an . . .«

»Und da hast du dämliche Kuh nichts gesagt?«

»Sie hat es mir verboten!« schrie Cher zurück. »Was sollte ich denn tun?«

»Uns ein heimliches Zeichen geben. ›Aus Versehen‹ auf die Hupe drücken. Irgend etwas . . . Aber da sitzt das hirnlose Weib stundenlang neben Sally und fährt durch die Wüste, stur wie ein Panzer!«

»Und der Herr, das große Genie Chick Bullay, weiß wieder mal alles besser und benimmt sich wie eine Wildsau!« Cher konnte zurückschlagen; das hatte sie als Kellnerin gelernt, wenn die rauhen Kerle von den Trucks oder aus dem Outback ihr in den Hintern kniffen oder mit den Händen unbedingt den Umfang ihrer Brüste messen wollten.

Wolf hatte Sallys Kopf auf eine Deckenrolle gelegt und hielt ihr wieder das Fläschchen mit Kölnisch Wasser unter die Nase.

»Das kann nicht allein von dem Schlag auf den Schädel kommen«, sagte er nachdenklich. »Auch wenn sie eine Gehirnerschütterung hat, wirkt sich das nicht so aus . . .«

»Bei fast 45 Grad Hitze, Wolf? Das haut doch schon einen Gesunden vom Hocker.«

»Und dann das stundenlange Rütteln im Bus, das Hopsen durch die Schlaglöcher. Da wird das Gehirn noch mehr erschüttert, jede Minute mindestens einmal – und das über Stunden . . .«, meinte Cher.

»Aha! Jetzt weiß sie's plötzlich!« schrie Chick wieder auf. »Und was tut sie? Mit ihrem Klebearsch bleibt sie hinterm Steuer!«

»Muß ich mir das bieten lassen, Wolf?« fragte Cher beleidigt.

»So einen Superflegel soll ich heiraten? Wenn wir wieder in Alice Springs sind, spucke ich ihm ins Gesicht und laß ihn zum Trocknen stehen . . . Und wenn er hundertfacher Millionär geworden ist.«

Wolf nahm Sallys Ohnmacht wahr, um ihre Kopfwunde noch einmal auszuwaschen und genauer zu untersuchen. Er desinfizierte sie wieder, drückte die Wundränder mit einem straffen Heftpflaster zusammen und überklebte dann alles mit einem Mullpflaster. Als er die Schere in den Verbandskasten legte, sah er, daß Sally die Augen geöffnet hatte.

»Mir wurde plötzlich schwarz vor Augen . . .«, murmelte sie schwach. »Verzeih, Wolf. Ich wollte durchhalten . . .«

»Das war ein völlig falscher Ehrgeiz, Schatz. Wie geht es dir jetzt?«

»Besser.« Ihr Lächeln war nichts als ein mühseliges Verziehen des Gesichts. »Viel besser. Wir können weiterfahren.«

»Erst machen wir eine Stunde Pause, trinken Kaffee, essen Schokolade und einen Riegel Caramell-Traubenzucker. Und du bleibst liegen.«

»Ich wollte euch nicht zur Last fallen . . .«

»Red nicht so einen Quatsch, Sally!«

Nach einer Stunde brachen sie wieder auf. Mit Aufbietung aller Kraft ging Sally ohne Hilfe zum Bus zurück und kletterte hinein. Aber fahren konnte sie nicht . . . Cher setzte sich wieder hinters Lenkrad. Chick nickte zu ihr hinüber und stieß Wolf an.

»Sieh dir dieses zähe Luder an«, sagte er mit deutlichem Stolz.

»Die ist durch nichts kleinzukriegen!«

»Du hast sie schwer beleidigt, Chick.«

»Sie hätte uns ein Zeichen geben können.«

»Und hätte es mit Sally verdorben gehabt. Wenn Sally etwas will oder nicht will, kann sie dicke Mauern einrennen. Ich kenne das.«

»Phantastische Weiber, alle zwei«, sagte Chick aus voller Brust. »Wird das später ein schönes, wildes Leben . . .«

Und wieder Hitze, roter Staub, Geröll, Spinifexgrasbüschel, Baumgerippe, verstreute, abgeschliffene oder zerrissene Felsengruppen, die Millionen Jahre überlebt hatten, Salzflächen, Sandhügel, Wind und Einsamkeit. Stundenlang.

Dann auf einmal sahen sie die weite Fläche des Lake Amadeus vor sich, das vielfach geschlängelte ausgetrocknete Salzbett mit den Sandbänken darin, die aussahen wie riesige Pfannkuchen, die im Fett schwimmen. So weit das Auge reichte, nur Salz und Sand, kein Baum, kein Lebewesen; selbst die harten Grasbüschel mit ihren wasserspeichernden Wurzeln waren flach und schütter.

»Der Arsch der Welt«, sagte Chick düster. »Jetzt sind wir da!« Sie fuhren, obgleich es schon dämmerte, weiter an dem entlang, was man Ufer nennen konnte, kamen an eine Bucht und sahen mit Freude, daß hier wie in einer Wanne Wasser stehengeblieben war. Und weil Wasser überall Leben erzeugt, standen ein paar armselige Mallee-Bäume herum, fettere Spinifexbüschel und ein Kreis von Zwergakazien.

»Es stimmt!« schrie Chick und klatschte in die Hände. »Wer durch die Hölle kommt, findet das Paradies. Hier ist der Platz, nach dem ich mich seit heute morgen gesehnt habe!«

Sie hielten an, mitten im Kreis der Zwergakazien, und

sprangen aus den Autos. Im Süden stand eine graue Wolkenwand am Himmel, die nichts mit der Abenddämmerung zu tun hatte. Wolf musterte sie mit gerunzelter Stirn.

»Da kommt was, Chick«, meinte er.

»Regen!« Boabos Stimme klang voller Jubel. »Regen! Wir werden genug Wasser haben. Endlich Regen ...«

Es wurde schnell finster, eine Windböe fiel über sie her und zerrte am Zelt, sie flüchteten alle wieder in die Wagen zurück und starrten auf das Land, das völlig verändert, fremd und noch feindlicher als bisher aussah.

Und dann regnete es ... Nein, das war kein Regen mehr. Der Himmel war aufgebrochen, das Wasser fiel aus der Unendlichkeit, das Firmament leerte sich, eine geschlossene Wasserwand stürzte über die fünf Menschen her. Um sie herum gab es nichts mehr als Wasser.

»Und jetzt ersaufen wir!« sagte Chick und streckte gemütlich die Beine aus. »Immer noch besser als verbrennen. Ich möchte raus und die Arme ausbreiten. Hab' ich eine Sehnsucht nach Wasser gehabt ...«

9

Wasser ... Wasser ... Wasser ...

Die Welt ertrank. Eine neue Sintflut stürzte vom Himmel. Wo noch vor einer Stunde der ausgetrocknete Lake Amadeus mit seinen Salzfeldern in der Hitze geflimmert hatte, stand jetzt das Wasser und stieg und stieg. Die Sandbänke waren zu flachen Inseln geworden, deren Ränder langsam in der Flut versanken. Es war unmöglich, das Zelt zu bewohnen und dort die Nacht zu verbringen. Der rote Boden verwandelte sich in eine Schlammschicht, nachdem er sich vollgesogen hatte. Die

Zwergakazien schienen die Äste in die Breite zu strekken, das Spinifexgras wölbte sich höher, die Mallee-Bäume waren wie blankgeputzt und glichen Fingern, die in den Himmel griffen . . . Alles trank, alles saugte sich voll, speicherte das kostbare Wasser. Es konnte Wochen und Monate dauern, bis ein neuer Regen die verdorrte Erde wieder erfrischte.

»Machen wir's uns hier gemütlich!« sagte Chick fröhlich. »Nur Boabo fliegt raus.«

»Warum denn, Mr. Chick?« schrie Boabo sofort. »Wo soll ich denn hin?«

»Du schnarchst wie ein Nilpferd.«

»Ich kenne kein Nilpferd. Und Sie schnarchen auch!«

»Nicht einen Ton!« schrie Chick, aber er lachte dabei. »Das ist kein Schnarchen, das ist ein gesundes, kräftiges Atmen.«

»Ich sehe mal nach, wie es Sally geht«, sagte Wolf. »Sie hat nicht mehr neben Cher gesessen. Sie muß hinten im Bus liegen.«

»Dann hinaus, hinaus ins Brausebad!« rief Chick übermütig. Er zog sich schnell aus, stieß die Tür auf und sprang, nur mit einem Slip bekleidet, ins Freie. Sofort versank er bis zu den Knöcheln im roten Schlamm, aber das kümmerte ihn nicht. Er hüpfte durch die niederprasselnden Wassermassen, riß die Arme hoch, tanzte wie ein Wilder, warf den Kopf in den Nacken und ließ den Regen in seinen Mund laufen. Dabei lachte und grölte er.

Als auch Wolf aus dem Toyota sprang, ebenfalls nur im Slip, aber die Halogenlampe in der Hand, umfaßte Chick ihn und tanzte mit ihm einen Walzer durch Wasser und Schlamm. Dann hielten sie sich an den Händen und spielten Ringelreihen, bespritzten sich mit der roten Erdbrühe, ließen danach den Regen alles wieder abwaschen, lachten und sangen und waren wie die Kinder.

Die Nacht war nun voll tiefster Schwärze, die Regenwolken verdeckten jeden Stern. Wolf knipste die Handlampe an und leuchtete zum Bus hinüber. Der Regen schluckte auch dieses Licht; wenn die Halogenlampe sonst alles bis auf zweihundert Meter im Umkreis erhellte, so prallte der Schein jetzt an der Wasserwand ab. Nur unklar, schemenhaft erkannte man den Bus.

»Cher wird Angst haben«, sagte Wolf.

»Cher hat nie Angst . . . das ist es ja!«

»Kommst du mit, oder tanzt du weiter wie ein Zulu durch den Regen?«

Chick riß den Mund wieder auf, ließ den Regen hineinrinnen und kam Wolf dann nach. Der Scheinwerferstrahl tastete den Bus entlang und blieb am Fenster der Schiebetür haften. Hinter der Scheibe erkannten sie Cher. Sie starrte zu ihnen heraus, zu den fast nackten fröhlichen Männern. Dann verschwand ihr Gesicht plötzlich, und Chick wollte schon sagen: »Sie will immer noch nichts mit mir zu tun haben!«, da glitt die Tür zur Seite, und Cher sprang im Bikini ins Freie.

Auch ihre erste Reaktion war ein weites Ausbreiten der Arme, ein Recken in die Wasserflut, eine Hingabe an den Regen, die geradezu erotisch wirkte. Chick starrte sie mit glänzenden Augen an. Doch als er auf sie zusprang und sie umfassen wollte, wich sie ihm aus und streckte ihm ihre Fäuste entgegen. »Faß mich nicht an!« rief sie, und das Wasser strömte über ihren Körper. »Ich lasse mich jetzt vom Regen lieben . . .«

Wolf war in den Bus geklettert, triefend, eine Wasserspur hinter sich herziehend, und kniete vor Sally. Sie lag auf dem Schlafsack, eine dünne Decke über sich, und versuchte ein Lächeln. »Wie siehst du denn aus?« sagte sie.

»Ich habe wie ein Wüstenbaum Wasser aufgesaugt. Welch ein unbeschreibliches Gefühl ist das!« Er legte seine tropfende Hand auf ihre Stirn. Wasser rann ihr über die Augen und das Gesicht, sie öffnete den Mund

und ließ das dünne Wasserrinnsal in die Mundhöhle laufen. Sie hatte kein Fieber, stellte Wolf fest, sie war einfach nur schwach, sicherlich die Folge der Gehirnerschütterung. »Draußen bricht der Himmel ein«, sagte Sally, nahm Wolfs nasse Hand und leckte sie wie ein durstiger Hund ab. »Wo sind Cher und Chick?«

»Sie tanzen durch den Regen und benehmen sich wie Kinder im Planschbecken.«

»Und Boabo?«

»Der ist aus dem Wagen gesprungen, hat sich auf die Erde gekniet und gebetet.«

»Ich . . . ich möchte auch hinaus . . .«

»Sally! Du brauchst alsolute Ruhe.«

»Bitte, Wolf . . .«

»Sally, sei vernünftig . . .«

»Ich habe zehn Stunden Hitze, Staub und Rütteln durchgestanden . . . Laß mich jetzt auch Wasser aufsaugen.« Sie schlug die Decke zurück. »Zieh mich aus. Ich will den Regen mit dem ganzen Körper spüren – wie ihr . . .«

Es wäre eine neue Qual gewesen, ihr das zu verweigern, Wolf sah es ein. Er stützte Sally, half ihr beim Ausziehen, und dann trug er sie nackt aus dem Bus und stellte sich mit ihr in die unvermindert herunterstürzenden Wassermassen. Sally schlang die Arme um seinen Hals, preßte ihr Gesicht gegen seine Brust, dehnte sich auf seinen Armen und lachte, als er sich mit ihr im Kreise drehte. Chick und Cher hüpften durch die Dunkelheit heran und umringten sie. Das Licht der Halogenlampe in der Bustür warf einen wellenförmigen Schein über sie.

»Ich gehe auf wie ein Schwamm!« jubelte Chick. »O Gott, ist das herrlich.«

»Und ich fühle mich stärker, von Minute zu Minute!« sagte Sally. »Wolf, setz mich ab, stell mich auf die Erde!«

»Es gibt keine Erde mehr, nur noch roten Schlamm . . .«

»Was es auch ist . . . ich will stehen . . . stehen . . . Ich will sehen, daß ich gehen kann.«

Er ließ Sally vorsichtig von seinen Armen gleiten, stellte sie in den Sehlamm und hielt sie fest, als sei sie ein Stück Papier im Wind. Wie sie alle – es muß eine Urbewegung des Menschen sein – hob Sally die Arme in den Regen und breitete sie aus, warf den Kopf in den Nacken und gab sich dem Strömen des Wassers hin. Wolf trat einen Schritt zurück, bereit, sie sofort wieder aufzufangen, falls sie schwankte.

»Ist das schön!« rief Sally und drehte sich. Sie wankte nicht, taumelte nicht von den Drehungen, suchte keinen Halt bei Wolf . . . Es war wirklich, als käme mit dem Wasser auch neue Kraft durch ihre Poren und vernichte die unerklärliche Schwäche in ihrem Körper. »Das ist wie ein neues Leben . . .«

Jetzt tauchte auch Boabo aus der Dunkelheit auf und kam in das schwache Licht. Er tanzte völlig nackt herum, bekam große Augen und glotzte Sally an. Chick war sofort zur Stelle und gab ihm einen Tritt in den Hintern.

»Du geile schwarze Sau!« schrie er. »Du bleibst beim Wagen. Hau ab, oder ich trete dich woandershin.«

Boabo warf noch einen begeisterten Blick auf die sich mit geschlossenen Augen nackt im Regen drehende Sally, warf sich dann herum und rannte in die Finsternis zurück. Sie verschluckte ihn, und außerhalb des Lichtscheines war auch für Boabo die Nacht nur noch schwarz.

»Genug!« sagte Wolf. »Merkt ihr's? Verdammt, es wird jetzt kalt.«

Er hob Sally wieder auf seine Arme und trug sie zum Bus zurück. Auf dem Weg dorthin küßte sie ihn immer wieder, auf den Mund, die Nase, die Augen, den Hals, die Schulter . . . Ihre Lippen tasteten ihn ab und saugten die Nässe von seiner Haut. Erst als er sie im Bus wieder auf den Schlafsack legte, ein großes Handtuch holte und sie abfrottierte, ließ sie von ihm ab, schloß glücklich die Augen und dehnte sich unter seinen Händen.

»Ich bin wieder so stark«, sagte sie zärtlich. »So ungeheuer stark. Ich könnte jetzt tanzen . . . tanzen . . . tanzen . . . Bleib bei mir, Wolf.«

»Ich werde immer bei dir bleiben, Sally.«

Er legte sich neben sie, nahm ihre Hand und hielt sie fest, bis sie erschlaffte. Noch keine fünf Minuten dauerte es, bis Sally eingeschlafen war, mit einem kindlich-glücklichen Lächeln um ihre Lippen.

Wolf deckte sie wieder mit dem Laken zu, schob ein schmales Kissen unter ihren Kopf, küßte sie auf die Stirn und kletterte aus dem Bus. Draußen an der Tür lehnte Cher. Der Regen rann in breiten Bächen über ihren Körper, das Haar klebte wie eine Gummimütze um ihren Kopf.

»Wo ist Chick?« fragte Wolf und sah sich um.

»Zurück zu eurem Wagen. Ich habe ihm eine Ohrfeige gegeben. So richtig eine geschmiert . . .«

»Cher, du machst Fehler über Fehler.«

»Er wollte mich anfassen, Wolf. An die Brust wollte er mich fassen.«

»Das ist ja nun wirklich kein Neuland für Chick.«

»Was auch zwischen uns gewesen ist, ich bin nicht sein Besitz. Chick ist ein ganz widerlicher Tyrann. Er leidet unter einem Männlichkeitswahn . . .«

»O Himmel, und das mitten in der australischen Wüste! Bei einem Wolkenbruch am Lake Amadeus! Seid ihr denn alle aus dem Gleis gesprungen? Haben wir jetzt keine anderen Sorgen? Geh rein und kümmere dich um Sally.«

»Was macht sie?«

»Sie schläft.«

Wolf ging in der völligen Finsternis in die Richtung, in der er den Toyota vermutete, und stand ganz plötzlich davor; so undurchdringlich war die Dunkelheit. Die Halogenlampe hatte er bei Sally gelassen, aber ihr Licht sah er von hier aus nicht mehr. Die Nacht und die Wassermassen verschluckten alles.

Chick saß hinten im Wagen auf einer Kiste und war beleidigt. Die Nässe war von seinem Körper heruntergelaufen und bildete auf dem Boden eine große Lache. Boabo hockte auf einer anderen Kiste und hatte sich in eine Dekke gewickelt; er fror. »Wenn ich Millionär bin«, sagte Chick verbittert, während sich Wolf abtrocknete, »werde ich Cher mit jedem Weib betrügen, das mir über den Weg läuft. Sie soll vor Wut und Eifersucht die Tapeten anfressen! Nicht einen Tag bleibe ich ihr mehr treu . . .«

»Noch bist du kein Millionär, Chick, und wenn wir so weitermachen, wirst du's auch nie sein. Dann wäre es besser, wir verbrennen das Känguruhleder, kehren nach Alice Springs zurück und setzen uns wieder in einen Truck.«

»Ich weiß nicht, was mit Cher los ist«, sagte Chick kläglich.

»Du behandelst sie wie Dreck.«

»Ich habe auch nur Nerven, Wolf.« Chick riß eine Decke vom Boden und warf sie sich um die Schulter. Auch ihm wurde jetzt kalt. »Wir werden jetzt hier zwei Tage lang bleiben müssen. Soll der Bus irgendwo im Schlamm steckenbleiben? Und dann geht's zurück nach Nordwesten ins Haasts Bluff . . . Rechne mit acht Tagen Fahrt durch diese glühendrote Hölle. Sally ist krank. Whisky, Wein und zwei Kanister Benzin sind geklaut worden. Man hat uns in die Irre geführt und dann zum Verrecken allein gelassen . . . Da soll man noch Nerven wie Harfensaiten haben!«

»Darüber sollten wir jetzt ganz ruhig und nüchtern sprechen, Chick. Wenn wir den Lake Amadeus entlangfahren und dann nach Süden abbiegen, können wir Yulara erreichen, den Uluru Nationalpark, den Ayers Rock . . . und die Welt hat uns wieder.«

»Und dann?«

»Dann starten wir einen zweiten Versuch, dann sind wir klüger geworden.«

»Die anderen aber auch, Wolf. Wir werden kein zweites Mal eine Genehmigung für die Reservate bekommen. Die werden vor uns zugemauert.« Chick schüttelte langsam den Kopf. »Wir sind drin, und wir bleiben drin, bis wir das Gold gefunden haben.«

»Oder bis wir uns gegenseitig aufgefressen haben. Beim Zerfleischen sind wir ja fast schon angelangt. Es fängt mit diesen dummen persönlichen Reibereien an – und plötzlich ist es so weit, daß wir uns mit Waffen gegenüberstehen und jeder jeden umbringen will.«

»Wir doch nicht, Wolf . . .«

»Chick, der Mensch ist ein kompliziertes und immer noch rätselhaftes Wesen, wenn es um seine Nerven geht. Wie oft haben wir gehört, daß ein ganz normaler Mensch plötzlich durchdreht, ohne zwingenden Anlaß, durch einen Anstoß, den andere als völlig harmlos ansehen. Du kannst morgen früh aufwachen und mich tödlich hassen . . .«

»Ich – dich? Ausgeschlossen. Und wenn – dann schlag mir sofort den Schädel ein.«

»Siehst du, da haben wir's schon. Soll es dazu kommen, Chick?«

»Du willst also abbrechen?«

»Wir sollten uns jetzt, solange uns der Regen und der Schlamm gefangenhalten, über die nahe Zukunft unterhalten. Sally macht mir Sorgen. Der Schlag auf den Kopf war härter, als wir gedacht haben. Sie hat eine schwere Commotio . . .«

»Was hat sie?« Chick sah Wolf entgeistert an. »Wieso hat sie eine Kommode?«

»Commotio ist lateinisch und heißt Gehirnerschütterung . . .«

»Und bei dir tickt es auch nicht mehr richtig. Spricht

lateinisch mit mir. Himmel, ja, ich weiß, daß du ein Studierter bist, und ich bin bloß ein Prolet . . . Das brauchst du mir nicht immer aufs Butterbrot zu schmieren . . .«

»Hier im Never Never wird Sally nie wieder gesund werden. Bei einer so schweren Gehirnerschütterung braucht sie Ruhe, völlige Ruhe, aber nicht zehn Stunden lang Rütteln, Schütteln, Gluthitze, Stöße von Schlaglöchern, Staub, der in die Lungen dringt, Motorengedröhn . . . Sie müßte in einem ruhigen, abgedunkelten Zimmer liegen . . .«

»Und Wölfchen sitzt am Bett, hält das Händchen und singt ganz leise: ›Schlafe, mein Prinzchen, schlafe . . . ‹.«

»Benimm dich nicht so blöd, Chick! Sally kann für den Rest ihres Lebens einen Hirnschaden zurückbehalten!«

»Den ich schon habe, denkst du«, sagte Chick giftig. »Du willst also über Ayers Rock nach Alice zurückkehren?«

»O ja!« rief Boabo unter seiner Decke. »O ja! Sofort . . .«

»Halt's Maul, Knollennase!« Chick zog seine Decke enger um sich. Draußen rauschte es unablässig weiter. Das Wasser stürzte aus den Wolken, wie mit Fäusten schlug es auf das Wagendach. »Wir werden, das habe ich schon gesagt, mindestens zwei Tage hierbleiben müssen, bis wir weiterkönnen. Sally hat also zwei Tage vollkommene Ruhe, und abdunkeln können wir den Bus auch.«

»Sie braucht acht bis zehn Tage, Chick.«

»Dann rechnen wir mal. Von hier bis zum Ayers Rock brauchst du, am Mount Currie vorbei, mindestens zwei Tage, vielleicht auch drei . . .«

»Ja.«

»Du rüttelst also Sally mit ihrer Kommode . . .«

»Commotio . . .«

»Jawohl, Herr Akademiker! Du rüttelst sie drei Tage

lang durch. Genau das aber darf man nicht mit ihr machen.«

»Du weißt, unser Funkgerät ist kaputt. Wir können keine Hilfe rufen, wir müssen sie suchen! Mir ist klar, was das für Sally bedeutet. Aber hier in der Wüste kann sie nicht bleiben.«

»Und wenn wir eine Woche hier abwarten? Das ist ein guter Platz, sage ich dir. Im See ist jetzt Wasser, da filtern wir unser Trinkwasser heraus. Zu essen haben wir genug, verhungern werden wir auf keinen Fall. Sally kann hier ihre Ruhe haben und die Commotio – na, wie habe ich das gesagt?! – auskurieren. Auf eine Woche kommt es uns doch nicht an, Wolf.«

»Überhaupt nicht . . . Aber ist dir noch nichts aufgefallen, Chick?«

»Was?«

»Wir haben jetzt den vierten Tag nichts von uns hören lassen, und man sucht uns noch immer nicht. In Alice Springs muß es doch längst Alarm gegeben haben. Vier Tage im Never Never und kein Funkkontakt mehr – da muß doch eine Aktion anlaufen.«

»Wir haben in Kings Canyon hinterlassen, daß wir in Richtung Kintore fahren, und wo sind wir? Am Lake Amadeus. Genau entgegengesetzt. Da sucht uns doch keiner. Hier können wir versalzen . . . Vielleicht findet uns in zwanzig Jahren mal durch Zufall eine geologische Expedition und hält uns für 'ne Versteinerung.«

»So wird es sein«, sagte Wolf gedehnt. Er wußte, daß Chick recht hatte.

»So ist es, Wolf. Drei Tage durch dieses Land hält Sally nicht mehr aus, das sagst du selbst . . . Wir bleiben also hier und fahren, wenn Sally wieder okay ist, nach Norden. Hast du einen besseren Vorschlag?«

»Im Moment nicht.«

»Aber ich!« rief Boabo aus seiner Ecke.

»Schnauze halten, Knollennase!« schrie Chick.

»Mr. Wolf und Mrs. Sally bleiben mit Bus hier, wir fahren mit Toyota nach Yulara und holen Hilfe. Ein Flugzeug der Royal Flying Doctors wird sofort kommen . . .«

»Das ist eine gute Idee!« sagte Wolf. Chick allerdings hätte Boabo erwürgt, wenn er greifbar gewesen wäre.

»Eine Scheißidee ist das!« brüllte er. »So etwas kann auch nur ein Kretin wie Boabo denken. Als ob ich euch allein in dieser Hölle lasse! Da kommen wir nur gemeinsam durch, das schaffen wir nur zusammen. Cher denkt nicht anders.«

Für diese Nacht war das Thema erledigt. Wie es am Morgen aussah, würde sich zeigen. Wolf, Chick und Boabo rollten sich eng aneinander in ihre Decken, und jetzt, wo sie lagen, spürten sie ihre Erschöpfung. Es war ihnen, als versänken sie in eine bodenlose Tiefe; sie schliefen ein, sobald sie eine wohlige Wärme unter ihren Decken verspürten.

Der Regen klatschte auf das Wagendach. Das monotone Trommeln wirkte fast wie eine Hypnose.

Der Morgen kündigte sich mit einem strahlenden Sonnenaufgang an.

Wäre nicht der aufgeweichte Boden gewesen, ein roter, schleimiger Morast, hätte sich nicht im leichten Wind eine Wasserfläche auf dem See bewegt und die gelbbraunen Sandbänke umspült – nichts hätte darauf hingedeutet, daß vor nur wenigen Stunden über diesem Land der Himmel zerrissen war. Von makellosem, lichtem Blau war das Firmament, und es war zu erwarten, daß es nach dem vollen Aufsteigen der Sonne wieder ein heißer Tag werden würde.

Boabo war der erste, der erwachte, den Kopf hob, aus dem Fenster blickte und dann vorsichtig aus seiner Dekke kroch. Er kletterte über Chick und Wolf hinweg, öffnete leise die Tür und stieg hinaus. Bis zu den Knöcheln sank er im roten Schlamm ein; ein kalter Morast war es, der allerdings nach einer Stunde zu verhärten begann, zu einer rissigen Rinde wurde und dann wieder zu rotem Sand zerfiel, nachdem alle Feuchtigkeit verdunstet war. Aber unter diesem Wüstenboden setzte sich das Wasser fest, bildete eine feuchte Erdschicht, und davon lebten in den langen Wochen der Trockenheit die Akazien und Mallee-Bäume, die Casuarinen und das Spinifexgras.

Boabo stapfte durch den roten Schlamm zum Bus hinüber. Cher war ebenfalls wach und schob die Seitentür einen Spalt auf.

»Etwas Besonderes?« fragte sie leise, um Sally nicht zu wecken.

»Nein, Mrs. Cher. Gestern hätte es fast geklappt, daß wir nach Alice Springs zurückfahren.«

»Fast! Aber Chick war dagegen?«

»Wer sonst?«

»Da hätte ich gar nicht zu fragen brauchen. Die Höllenfahrt geht also weiter?«

»Noch nicht. Wir bleiben eine Woche hier.«

»Was? Hier auf diesem Platz? Eine Woche lang? An diesem schrecklichen See?«

»Mr. Wolf sagt, Mrs. Sally sei nicht transportfähig. Das Rütteln und Stoßen beim Fahren zerstört ihr Gehirn. Sie muß Ruhe haben, im Dunkeln liegen . . . tagelang . . .«

»Und danach?«

»Soll es weitergehen, zurück nach Norden. Ins Haasts Bluff.«

»Und wo, Boabo, soll diese Goldmine liegen?«

»Bei den Ligertwood Cliffs, wenn ich die Karte richtig lese. Nur da.«

»Du kannst sie lesen. Ich sehe es deinen Augen an. Boabo, betrügst du uns auch nicht?«

»Ich will doch auch reich werden, Mrs. Cher.«

»Das ist ein Argument.«

»Mr. Chick und Mr. Wolf haben sich von Petoo betrügen lassen. Er hat uns falsch geführt. Immer habe ich das gesagt, aber dann hat mich Mr. Chick jedesmal angeschrien: Halt's Maul, Knollennase! Da halte ich es eben. Ich wußte, am Lake Amadeus gibt es keine Felsen. Nur Salz und Sand.«

»Dann war bisher also alles umsonst?«

»Ja, Mrs. Cher . . . umsonst.«

»Und Chick weiß das?«

»Natürlich weiß er es jetzt. Aber es war hauptsächlich Mr. Wolf, der Petoo vertraut hat. Es wird noch viel Streit geben zwischen Mr. Wolf und Mr. Chick. Ich habe Angst.«

Das Zelt stand noch, ein Beweis seiner Stabilität. Aber benutzen konnte man es nicht. Boabo blickte hinein. Auch innen war die Erde zu Schlamm geworden. Unter dem Boden aus Gummi schwappte sie, als läge man auf einem Wasserbett.

Als Cher leise die Schiebetür wieder zuzog, hörte sie Sallys Stimme hinter sich. Sally saß auf ihrem Schlafsack, nackt, wie sie Wolf hingelegt hatte, und schob die Decke zur Seite.

»Ich habe alles gehört, Cher«, sagte sie.

»Dann kennst du die Wahrheit.« Cher kam zu ihr, legte die Hand auf Sallys Stirn und fühlte dann ihren Puls. Sally hatte kein Fieber mehr, sie wirkte kühl und gesund. »Leg dich wieder hin.«

»Ihr wollt meinetwegen eine ganze Woche hierbleiben?« Sally blieb sitzen, stellte die Beine auf, umfaßte sie und legte ihr Kinn auf die Knie. »Das ist doch Unsinn.«

»Du hast eine schwere Gehirnerschütterung, Sally.«

»Ich fühle mich fabelhaft.«

»Bis wir fahren . . . Da fällst du wieder um.«

»Der Regen hat mich gesund gemacht. War das schön, dieser Tanz durch das Wasser! Ich fühle mich so kräftig wie am ersten Tag. Wir kochen jetzt Kaffee, decken den Tisch . . .«

»Draußen ist nur roter Schlamm. Es gibt wieder einen See.«

»Das ist fast wie ein Wunder.«

»Bis das Wunder in wenigen Tagen verdunstet ist.«

Sally schob an ihrer Seite den Vorhang vom Fenster und blickte hinaus. In einem satten Grün leuchteten die Bäume unter der aufgegangenen Sonne, noch von Nässe umgeben wie von einem feinen Netz aus Glas. Am nahen Ufer der Bucht kräuselte sich das Wasser im Wind. Wirklich, es gab wieder einen See. Über Nacht hatte sich das Land verändert, sogar auf den Sandbänken grünten plötzlich kleine Büschel.

Die verbrannte Natur atmete . . .

»Hier ist wirklich ein guter Platz«, sagte Sally und zog den Vorhang wieder vor das Fenster. »Der Regen hat alles verwandelt – auch uns. Ich fühle mich wirklich wieder stark genug.« Da an ein Frühstück außerhalb der Wagen nicht zu denken war, richtete Cher einen Kurierdienst zwischen dem Bus und dem Toyota ein. Boabo lief mit einem Tablett hin und her, brachte Kaffee und belegte Brote von den Frauen zu den Männern, kam mit leeren Tassen und Tellern zurück und rief: »Noch eine Portion bestellt Mr. Chick!« und Cher nahm ihm das Tablett ab und warf es in den Bus.

»Sag Mr. Chick, die Küche nimmt keine Bestellung mehr an. Er hat drei Brote bekommen, und mehr gibt es nicht.«

Chick und Wolf saßen auf ihren Kisten, als Boabo zurückkam und die Absage wörtlich wiedergab. Die Hitze brütete wieder über dem Land, Dunstschleier stiegen aus dem nassen Boden, über dem See flimmerte die Luft . . . Die Sonne trank und trank und war unersättlich. »Hat Sally auch etwas gegessen?« fragte Wolf. »Mrs. Sally hat sogar den Kaffee gekocht.«

»Aber das ist doch sträflicher Leichtsinn!« Wolf zog ein Hemd über und die leichten Leinenschuhe aus. »Ich gehe rüber, Chick. Sally muß sich sofort wieder hinlegen.«

»Bring ein Wurstbrot für mich mit.« Chick trank einen Becher Wasser. Er hatte den Filterapparat aus einem Karton gepackt und wollte später aus dem Wasser des Sees gutes Trinkwasser filtern. »Boabo ist zu dämlich, mir etwas zu besorgen.«

»Mrs. Cher will nicht!« rief Boabo empört. »Was soll ich da machen?«

»Mit der Faust auf den Tisch schlagen. Bei den Frauen muß man sich durchsetzen!«

»Versuchen Sie das selbst, Mr. Chick . . . Ich will keinen Streit mit Frauen. Mit denen da drüben schon gar nicht.«

Wolf stieg aus dem Wagen. Er versank bis zu den Knöcheln im roten Schlamm und watete zum VW-Bus. Aber der Erdbrei war schon zäher geworden, klebte an den Füßen fest . . . Die Hitze machte ihn dicker, weil sie ihm das Wasser entzog. Vielleicht bestand die Erde am Abend schon wieder aus rotem, körnigem Sand. »Er kommt«, sagte Cher. Sie räumte gerade wieder die Lebensmittel in die Kisten.

»Wer?« Sally packte den Gaskocher ein.

»Dein Schätzchen. Leg dich bloß schnell wieder hin, sonst geht sofort die Meckerei los.«

»Aber ich fühle mich gesund!«

»Das denkst du, aber du bist krank. Gestern sahst du aus, als müßten wir heute eine Grube schaufeln.«

»Gestern. Aber heute . . .«

»Leg dich hin, Sally. Wenn Männer um Frauen besorgt sind, entwickeln sie eine merkwürdige Grobheit. Ich kenne das von Chick. Da hatte ich mal eine Grippe mit einem Husten. Und was sagt Chick? Nicht etwa: ›Mein Schatz, leg dich ins Bett und inhaliere!‹ Nein, er sieht mich geradezu beleidigt an und knurrt: ›Du bellst wie ein Pinscher und gehst nicht zum Arzt? Ab in den Wagen. Ich bringe dich zu Dr. Apple . . . Und wenn du dich wehrst, verschnüre ich dich wie ein Paket und geb' dich beim Doktor ab.‹ Das nennt Chick Zärtlichkeit.«

»Und sie ist es auch.« Sally lachte, aber sie legte sich gehorsam wieder auf den Schlafsack. »In spätestens zwei Tagen bin ich wieder fit.«

Draußen klopfte es an der Schiebetür. Cher zog sie auf, und Wolf steckte den Kopf in den Bus. Sein erster Blick suchte Sally. Sie richtete sich auf und lächelte ihn an.

»Ich höre, es geht dir besser, Schatz?« sagte er.

»Der Regen hat Wunder getan, Wolf.«

»Sie hat kein Fieber mehr und einen normalen Puls«, warf Cher ein.

»Und der Kopf?«

»Ich spür' ihn kaum.«

»Kaum heißt: Du spürst ihn doch.«

»Nur bei schnellen, ruckartigen Bewegungen. Jetzt merke ich gar nichts.«

Wolf stieg in den Bus und hockte sich vor Sally hin: Er nahm ihre Hände, zog sie an den Armen zu sich hoch und küßte sie auf die Lippen. »Wir haben etwas beschlossen, Sally. Wir bleiben hier, bis die Gehirnerschütterung so weit behoben ist, daß wir weiterfahren können. So lange bleibst du hier im abgedunkelten Wagen liegen . . . Und wenn ich noch einmal höre, daß du heimlich arbeitest, so wie heute morgen, dann binde ich dich fest . . .«

»Die Kerle sind wirklich alle gleich!« Cher machte eine wegwerfende Handbewegung. »Da hast du's, Sally. Ob Chick oder Wolf – alle das gleiche Kaliber. Wenn man bloß auf sie verzichten könnte, aber wer kann das schon!« Sie stieß Wolf in den Rücken. »Noch weitere Befehle, mein Herr?«

»Einen ganzen Packen . . .«

Wolf drehte sich zu Cher um. Mit ihrem ungekämmten rötlichen Lockenhaar und dem frechen Gesicht sah sie aufreizend und kampflustig aus. Ihr Bikini war eine Herausforderung. Chick tat gut daran, im Toyota zu bleiben und sich Vernunft zu predigen.

»Dann schnür den Packen mal auf«, sagte Cher aggressiv.

»Fangen wir beim Dringendsten an: Chick möchte noch ein Wurstbrot.«

»Die Wurst ist schon eingepackt.«

»Dann ein Käsebrot.«

»Käse, Butter und Brot sind auch schon in der Kiste.«

»Ich habe mir sagen lassen: Eine Kiste hat einen Dekkel, den man auf und zu machen kann. Stimmt das?«

»Stimmt. Das haben Kisten so an sich. Aber sie gehen nicht von allein auf und zu, da muß ein Mensch nachhelfen. Ich sehe hier keinen Menschen, der das tut.«

»Hier ist einer.« Wolf zeigte auf sich.

»Bitte!« Cher zeigte auf die Kiste. »Bediene dich, Wolf. Aber ich werde dann ab sofort keine Verpflegungskiste mehr anrühren. Weder am Morgen noch am Mittag, schon gar nicht am Abend. Ich nehme an, du kannst kochen, Wolf . . .«

»Wie der Chefkoch im ›Mandarin‹ von Singapur. Chick bekommt also kein Brot mehr?«

»Nein! Das hier war ein Frühstück, keine Meisterschaft im Fressen.«

»Es wird notiert werden. Ferner: Da wir hierbleiben, muß Trinkwasser gefiltert werden. Chick und Boabo gehen an den See. Du könntest helfen.«

»Selbstverständlich.«

»Ich werde versuchen, das Funkgerät wieder zu reparieren.«

»Ist das überhaupt möglich?«

»Ich werde euer Radio ausbauen und experimentieren. Möglich, daß ich Teile aus dem Autoradio in den Sender einbauen kann, ich weiß es nicht. Aber wir müssen eine Verbindung nach draußen herstellen, und wenn es nur Töne sind. Wißt ihr, daß wir seit vier Tagen für Alice Springs verschollen sind und man uns bestimmt sucht?«

»Dann werden sie uns ja bald finden!« rief Sally. Jubel klang aus ihrer Stimme.

»Eben nicht. Sie suchen im Westen, und wir sind im Süden. Wir haben uns ja nicht melden können. Am Lake Amadeus vermutet man uns bestimmt nicht. Solange Sally krank ist, habe ich Zeit, am Funkgerät zu arbeiten.«

»Ich schwöre: In zwei Tagen können wir weiterfahren.« Sally setzte sich mit einem Ruck hoch. »Warum glaubt mir denn keiner, daß ich gesund bin?«

»Laß erst die Hitze wiederkommen, den Staub, das Rütteln und Schütteln während der Fahrt . . . Du wirst denken, daß dir der Kopf zerplatzt. Und das ist nicht nötig. Wir können hier ein paar Tage warten, wir haben Zeit genug . . . Wir müssen nur eine Möglichkeit finden, uns bemerkbar zu machen, bevor es in Alice Springs heißt: Fünf Menschen sind im Never Never verschollen, man muß mit dem Schlimmsten rechnen. Wir müssen Kontakt zur Außenwelt bekommen.«

»Und dann geht es weiter, wieder durch die rote Einsamkeit nach Norden, zu den einsamen Ligertwood Cliffs . . .«

»Wer sagt denn das, Cher?«

»Boabo.«

»Dieser Schwätzer!«

»Er sagt: Nur da kann das Gold liegen. Nur dort gibt es den Berg, der aussieht wie ein Bein. Die Lederkarte beschreibe das ganz deutlich. Du aber seist auf Petoo reingefallen.«

»Das stimmt. Es war allein mein Fehler. Chick war

dagegen und wollte Petoo wegjagen. Aber ich hatte Mitleid mit ihm. Er war einmal ein großer Künstler. Ich dachte, trotz Alkohol und Petrol-Schnüffelei hätte er noch einen Funken Ehrlichkeit in sich. Es war ein Irrtum. Deshalb habe ich Chick versprochen, weiter mitzumachen und dorthin zu fahren, wo wir von Anfang an hinwollten: in das Felsengebiet zwischen Worman Rocks und Ligertwood Cliffs.«

»Dort soll es schrecklich sein, stimmt das?« fragte Sally. »Dagegen ist hier fast eine Art Paradies?«

»Im Augenblick stimmt es.« Wolf stieg aus dem Bus und patschte in den immer dicker und zäher werdenden roten Erdbrei. »Aber eigentlich ist es die gleiche Hölle, nur mit einem anderen Gesicht: hier Salz und Sand, dort Felsen und Geröllwüste. Dieses Land wird immer unser Feind sein . . .«

Er stapfte zurück zum Toyota. Die heiße, flimmernde Luft umschloß ihn, als wolle sie ihn mitverdunsten lassen.

Im Hospital von Alice Springs hatte der große Blutaustausch bei Eve Dover stattgefunden und war gelungen.

Während bei der schrittweisen Austauschtransfusion durch die Sonden in der Vena cava und der Aorta das neue Blut einlief und das alte heraustropfte, hatte Professor Bensson einige Hautstückchen von den Beinen, den Schenkeln und der Bauchdecke entnommen und die Stellen mit einer Granulationsgaze, die außerdem mit einem Antibiotikum getränkt war, abgedeckt. In einem festschließenden Metallkästchen brachte ein Krankenpfleger mit einem Motorrad einen Teil der Präparate zum Flugplatz, und das nächste Flugzeug der Airlines of Northern Australia nahm es mit nach Darwin. Dort wartete man in Benssons Labor schon auf die Sendung, um sie unter die Spezialmikroskope zu legen und die Viren in Brutschränken zu aktivieren.

Im Hospital mußte sich Bensson mit den vorhandenen Geräten begnügen. Er hoffte, trotzdem mehr zu sehen als Dr. Tunin oder die Kollegen in Adelaide. Aber mehr als eine Hoffnung war es nicht.

Rock Hammerschmidt lief in dieser Zeit in seinem Isolierzimmer herum wie ein hungriges Raubtier. Vom Fenster zur Tür, von der Tür zum Fenster, immer hin und zurück, im gleichen Rhythmus, mit gleichen Schritten, den Kopf zwischen die Schultern gezogen. Saul Eberhardt, der mit ihm das Zimmer teilte, machte das ungemein nervös.

Eberhardt hatte nach stundenlangem Klagen resigniert. Dieses zweite Einsperren hatte seinen Widerstand gebrochen. Professor Bensson hatte ihm in aller Deutlichkeit erklärt, daß gerade er als Prediger begreifen müsse, daß die Sorge um die Menschheit oberstes Gebot sei. Der Mensch habe eine Verpflichtung auf der Erde und nicht viel Zeit dazu, denn das Sterben begänne, medizinisch gesehen, schon nach der Geburt. Die Uhr ticke also unerbittlich.

»Ich werde Sie für die nächste Predigt in unsere Gemeinde einladen«, sagte Eberhardt, als Bensson fertig war. »Und was passiert mit uns, wenn wir wirklich infiziert sind?«

»Das weiß ich noch nicht.«

»So etwas Tröstliches habe ich selten gehört«, rief Eberhardt sarkastisch. »Wie lange dauert unsere Quarantänc?«

»So lange, wie die Inkubationszeit beträgt.«

»Und wie viele Tage sind das?«

»Das genau wissen wir nicht.«

»Wir sitzen hier also auf Verdacht?«

»So kann man es nennen.«

Wen wundert es, daß Saul sehr mit seinen Nerven zu kämpfen hatte? Zur Stärkung trug außerdem nicht bei, mit Rock Hammerschmidt in einem Zimmer zu wohnen.

Rock verfluchte Chick und Wolf, sich selbst und vor allem alle Aboriginals. Der Krakenpfleger der Isolierstation berichtete ihm jede zweite Stunde, was sich draußen in der Stadt tat, und so erfuhren sie, daß die am Todd River lagernden Aboriginalfamilien von der Polizei geschützt werden mußten, daß der Gouverneur pausenlos mit den Parteienvertretern verhandelte und vor allem Mr. Leads für einen sofortigen Abtransport aller in Alice Springs lebenden Aboriginals plädierte. Dafür allerdings gab es keine gesetzliche Handhabe.

Die bisher völlig unbegründete Seuchenangst in Alice Springs wurde somit zu einem Politikum. Per Telefon und Fernschreiber stand der Gouverneur mit der Regierung in Canberra in ständiger Verbindung.

»Verdammt, stellen Sie endlich Ihre Herumrennerei ein«, sagte Eberhardt jetzt völlig genervt. »Das hält ja keiner aus, Ihnen zuzusehen!«

»Dann machen Sie die Augen zu!« bellte Hammerschmidt zurück und lief weiter. »Sie haben keinen, der auf dem OP-Tisch liegt.«

»Davon geht es Eve auch nicht besser. Sie hätten sich eben früher zusammenreißen müssen.«

»Was heißt früher?«

»Bevor Sie mit Eve ins Bett stiegen. Enthaltsamkeit ist immer noch . . .«

»Stoppen Sie sofort Ihre dämliche Predigt, Saul!« Bei Saul zuckte Eberhardt wie unter einem Messerstich zusammen. »Ihre Enkelin ist auch nicht vom Himmel gefallen. Die hatte mal eine Mutter, und diese Mutter wieder eine Mutter, und die haben Sie bestiegen!«

»Sie elendes Ferkel, Sie!« schrie Eberhardt. »Einen alten Mann können Sie beleidigen . . . Wäre ich noch so jung wie Sie, wagten Sie das nicht!«

»Aber jederzeit!«

»Mit dreißig Jahren war ich Gebietsmeister im Halbschwergewicht. Ich bin als ungeschlagener Boxer abgegangen. Keine Punktniederlage, keinen K. o. Damals hätte ich Ihre Affenfresse menschlich zusammengeklopft.«

Hammerschmidt blieb nun doch stehen ... jähe Verwunderung stoppte ihn. Saul Eberhardt war zu solchen Reden fähig, wer hätte das jemals vermutet? Da saß ein dicker, aufgeschwemmter Greis mit schütterem weißen Haar und boxte den Mastersergeanten Rocky mit Worten zusammen.

»Hat Eve eine Chance durchzukommen?« fragte Hammerschmidt kläglich.

»Ich weiß es nicht.«

»Ich auch nicht. Keiner weiß das. Und da soll ich nicht herumrennen ...«

Eberhardt faltete die Hände und blickte Hammerschmidt in die geweiteten Augen.

»Rock ...«, sagte er gütig. »Lassen Sie uns in diesem Schicksal demütig werden ... Laßt uns zusammen beten.«

»Hilft das was, Pastor?«

»Das müssen Sie selbst spüren.« Eberhardt blickte auf seine gefalteten Hände. Vor ihm stand breit und stark Hammerschmidt, aber das täuschte. Er war nur ein geballter Haufen Elend. Als Eberhardt die Augen schloß, faltete auch Rock die Hände – zum ersten Mal wieder seit seiner Kindheit.

»Herr im Himmel, der du alles weißt«, betete Eberhardt mit leiser, aber eindringlicher Stimme, »sieh herab auf uns, die wir Sünder sind, so wie kein Mensch frei ist von Sünde, aber du bist unser Vater, der straft und verzeiht, der streng ist, aber gütig zu denen, die dich bitten. Beschütze uns, Herr, in unserer Not, beschütze Eve Dover und Bette, meine Enkelin, beschütze alle, die jetzt in diesem Hospital versammelt sind, alle Brüder und Schwestern, die in dieser Stadt in Angst leben, alle Menschen, die eine Krankheit bedroht. Herr im Himmel, ohne dich gibt es nichts auf dieser Welt ... Nimm diese Geißel von uns, verzeih uns unsere Sünden ... Wir haben deinen Wink verstanden und flehen dich, Vater, an ...«

Eberhardt holte tief Atem und schwieg. Hammerschmidt schluckte mehrmals und löste die verkrampften Finger.

»Ich fühle mich viel ruhiger ...«, sagte er stockend. »Viel ruhiger. Danke, Pastor.«

»Ich habe Sie verkannt, Hammerschmidt. Verzeihen Sie.«

Hammerschmidt zögerte, aber dann nahm er seine Wanderung durch das Zimmer wieder auf. Eberhardt warf einen verzweifelten Blick an die Decke.

»Sie haben auch für die Aboriginals gebetet ...«, sagte Rocky.

»Sind das keine Menschen?«

»Wie viele von ihnen glauben wirklich an Gott? Glauben ehrlich, nicht nur, weil sie von den Kirchen Nutzen haben.«

»Spielt das eine Rolle, Hammerschmidt? Auch wenn sie es nicht wollen oder wissen: Gott ist doch ihr Vater.«

»So kann man's auch sehen. Herr Pastor, ich beneide Sie um Ihre innere Festigkeit.«

Dr. Tunin, der gerade bei Captain Tillburg und Lieutenant Lindsay gewesen war, kam ins Zimmer, um das Neueste zu berichten. Hammerschmidt und Eberhardt umringten ihn sofort.

»Zunächst etwas für Sie, Rocky«, sagte Tunin und machte ein zufriedendes Gesicht. »Der Blutaustausch ist vorbei. Eve geht es gut, sie hat gerade eine besondere Kraftnahrung zu sich genommen – nun müssen wir abwarten.«

»Danke, Doktor, danke.« Hammerschmidt war den Tränen nahe. »Darf ich sie sehen?«

»Von jetzt ab aber nur durch die Scheibe; ans Bett

dürfen Sie nicht mehr. Sie haben sie einmal angesteckt, das genügt. Ein zweites Mal wäre eine Katastrophe. Wir können ja nicht ständig ihr Blut auswechseln.«

»Er wird ja wohl kaum zu ihr ins Bett steigen«, sagte Eberhardt ziemlich unpastoral.

»In zehn Minuten lasse ich Sie abholen, Rocky.«

Dr. Tunin verließ wieder das Zimmer. Hammerschmidt lehnte sich an die Wand, er brauchte jetzt eine Stütze. Eve lebt! Eve ist gerettet ... vielleicht gerettet. Eve geht es gut.

»Herr Pastor ...«, sagte Hammerschmidt verhalten.

»Ja, Rock?«

»So schnell erhört Gott Gebete?«

»Hier haben wir hinterhergehinkt, Rock. Der Blutaustausch war schon vorbei, als wir beteten. Aber Gott wußte, daß wir ihn anrufen würden, und war schneller als wir ...«

»An so was sollte man wirklich glauben, Pastor. Nur wer so was mitmacht wie wir, kann das verstehen.« Hammerschmidt wischte sich mit beiden Händen den kalten Angstschweiß vom Gesicht. »Wenn alles wieder normal läuft, Pastor, werde ich jeden zweiten Sonntag mit meiner Kompanie zum Gottesdienst in Ihre Kirche marschieren und Ihre Predigt anhören.«

»Ich predige nicht mehr.« Eberhardt setzte sich auf den Stuhl am Fenster und starrte in den sonnendurchfluteten Morgen und den kleinen Garten des Hospitals. »Man hat mir einen jüngeren Prediger vor die Nase gesetzt. Ich sei jetzt zu alt, sagt der Gemeindevorstand.«

»Das ist ja eine bodenlose Frechheit!« schrie Hammerschmidt.

»Ha, wir werden in die Kirche kommen und pfeifen, wenn der junge Schlips predigt!«

»Warum? Es hat alles seine Ordnung, Rocky.« Eberhardt schüttelte den Kopf und lächelte schwach. »Auch das Altwerden ist doch eine Gnade Gottes.«

Es klang sehr gläubig, aber auch sehr traurig.

Ein Hubschrauber zog in der Gegend des schluchtenreichen Mount Currie seine Kreise. Er lag nordwestlich von Yulara, dem Verwaltungssitz des Uluru National Parks, zu dem auch der Mount Olga und der Ayers Rock gehören, Felsen, zu denen jährlich Hunderttausende gekarrt werden, um diese Naturwunder zu bestaunen. Und hier geschah es, daß die Hubschrauberbesatzung in einem begrünten Tal des Berges eine Gruppe von sechs Aboriginals entdeckte.

Die beiden Polizisten flogen noch einmal eine Schleife über der Schlucht und wunderten sich, daß im Currie-Massiv Eingeborene lagerten. Auch wenn sie auf dem Weg zum Ayers Rock sein sollten, was ihnen keiner verwehren konnte, denn der rote Felsen war eines ihrer größten Heiligtümer, gab es kaum jemanden, der sich durch die Schluchten quälte, statt den einfacheren Weg durch die Spinifexwüste zu wählen.

»Die sehen wir uns an, Fred!« sagte der Pilot und drückte den Hubschrauber herunter. »Da stimmt was nicht.«

Mit einem Hubschrauber kommt man überall hin, wenn man ein guter Pilot ist. Polizeisergeant Pinter war sogar ein vorzüglicher Pilot. Er setzte den Hubschrauber keine zwanzig Meter von den sechs Aboriginals auf dem steinigen Grund der Schlucht auf und stellte den Motor ab. Polizist Fred sprang aus der Glaskanzel, während Pinter per Funk seine Position durchgab. »Wir haben hier sechs Abos aufgegabelt«, sagte er. »Sitzen auf dem Boden einer Schlucht.«

Die Leitstelle auf dem Flugplatz von Ayers Rock nahm das zu Protokoll. »Seht sie euch genau an«, antwortete der Kollege am Funkgerät. »Das können die Burschen sein, die vor drei Tagen am Olga vier Wohnwagen aufgebrochen haben . . .«

Pinter schaltete das Gerät aus, sprang Fred nach, und gemeinsam gingen sie auf die Aboriginals zu. Wie nicht anders zu erwarten und wie es ihre Art ist, blieben sie auf der Erde sitzen, beachteten die beiden Polizisten gar nicht, sondern starrten stumm vor sich hin. In ihrem Kreis saß ein alter Mann in einem zerfledderten Mantel, mit einem schmutzigen Stockman-Hut auf dem weißen, fettigen, strähnigen Haar. Er war der einzige, der den Kopf hob, als Pinter fragte:

»Wo kommt ihr her?«

Die Aboriginals gaben keine Antwort. Pinter und Fred waren das gewöhnt – es regte sie nicht mehr auf. Es konnte sogar vorkommen, daß die Eingeborenen durch Zeichen zu verstehen gaben, daß sie kein Englisch verstanden. Man mußte es ihnen glauben, obwohl das fast unmöglich schien. Alle Eingeborenenkinder erhalten Sprachunterricht in den Verwaltungssiedlungen der Reservate.

»Dann fangen wir mal an!« sagte Pinter. »Auch Taubstumme sprechen durch das, was sie bei sich haben.«

Die Aboriginals rührten sich nicht. Aber ihre Blicke folgten den Bewegungen der Weißen, deren harter Augenausdruck mehr sagte als alle Worte. Die Eingeborenen wehrten sich nicht, sie waren immer die Schwächeren, die Verlierer. Sie schwiegen auch noch, als Pinter und Fred in ihrem Kreis das aufbauten, was sie hinter und unter den Steinen um sie herum gefunden hatten.

Drei Flaschen Whisky, vier Dosen Schweinefleisch, eine Dose Stachelbeerkompott und einen Kanister mit Benzin, noch halb voll. Darin ein zerrissenes Handtuch: ein Schnüffel-Kanister.

»Was haben wir für ein Glück!« sagte Sergeant Pinter und sah dabei den Alten an. »Die Einbrecher vom Olga-Camp. Ihr seht, auch die Schluchten vom Currie sind kein Versteck. Wir finden euch doch!«

»Wir waren nicht dort«, antwortete der Alte in einem

hervorragenden Englisch. Pinter und Fred starrten ihn entgeistert an.

»Wir haben nicht eingebrochen.«

»Und wo sind die Sachen her?«

»Gefunden, Sir . . .«

»Wo liegen hier Stachelbeerkompott und Schweinefleisch herum?« schrie Pinter aufgebracht. »Hältst du uns für Idioten?«

Der Alte zuckte mit den Schultern. Sein Blick hing an den beiden Whiskyflaschen, die auf einem flachen Stein standen. Es war, als hätten sie die magische Wirkung einer Götterstatue auf ihn.

»Ihr seid die Diebe vom Mount Olga!« sagte Fred laut.

»Nein.« Der Alte hob beschwörend beide Hände. »Wir waren nicht dort und wollen auch nicht dorthin.«

»Wer hat euch den Whisky und den Kanister gegeben?« Pinter beugte sich zu dem Alten herunter. »Opa, was habt ihr denn zum Tausch gegeben? Fährt vielleicht hier so ein Schwein von Händler herum, der euch das Gift verkauft? Sag bloß nicht, ihr habt auch den Whisky und den Kanister zufällig in der Wüste gefunden.«

»Das haben wir, Sir.«

»Man sollte sie einzeln durchhauen!« sagte Fred und ballte die Fäuste.

»Das hilft gar nichts.« Pinter winkte ab. »Die lassen sich windelweich dreschen und geben keinen Ton von sich. Hinterher schon gar nicht. Wo haben die Kerle diese Beute gemacht?« Es war wirklich nur ein zufälliger Gedanke, der Pinter plötzlich durchzuckte und der eigentlich völlig absurd schien. Die Vermißtenmeldung kam ihm in den Sinn, mit der die Kollegen im Norden so große Sorgen hatten. Der Gouverneur selbst hatte die Aktion in die Hand genommen.

»Opa . . . seid ihr zufällig zwei Wagen begegnet? Ein

Toyota Land Cruiser und ein VW-Bus? Drei Männer und zwei Frauen. Die suchen wir auch . . .«

Der Alte schwieg. Er starrte auf die Whiskyflaschen und hob plötzlich den Kopf.

»Sind die Flaschen beschlagnahmt?«

»Ja, sie sind beschlagnahmt.«

»Kann ich eine zurückhaben, Sir?«

»Nein.«

»Ich könnte etwas erzählen, wenn ich eine Flasche bekomme.« Pinter und Fred wechselten einen schnellen Blick und waren sich einig. Wenn das der einzige Weg zu einem Geständnis war, sollte der Alte saufen.

»Ausnahmsweise, Opa. Greif dir eine.« Pinter klopfte dem Alten auf die Schulter. »Aber wehe, wenn du nicht redest.«

»Danke, Sir.« Der Alte beugte sich vor, nahm eine Flasche von dem flachen Stein, drehte den Verschluß auf, setzte die Flasche an den Mund und trank, als sei der Whisky reines, kaltes Wasser. Fassungslos sahen Pinter und Fred zu.

»Das muß er geübt haben«, sagte Fred. »Der hat eine Kehle aus Blech. Junge, Junge, zieht der einen weg. Der könnte ja in einem Zug die ganze Flasche leersaufen! Puren Whisky. Hältst du das für möglich?«

Der Alte schaffte es, bevor Pinter eingreifen und ihm die Flasche aus der Hand reißen konnte. Der Sergeant hielt sie hoch, gegen die Sonne, weil er es nicht glaubte.

»Leer . . . tatsächlich.«

Der alte saß kerzengrade auf der Erde. Seine Augen blickten starr. Die fünf Aboriginals um ihn herum legten die Hände in den Schoß und blickten auf den felsigen Boden. Die Stille wurde bedrückend.

»Was ist los?« fragte Pinter. »Nun red schon, Opa! Habt ihr die zwei Wagen gesehen?«

Der Alte antwortete nicht. Er saß starr, als wäre er ein Teil der Steine um ihn herum.

»Wir hatten einen Vertrag miteinander, Opa. Whisky gegen ein Geständnis. Nun rede schon.«

Er stieß den Alten an. Ganz langsam kippte der nach vorn, fiel mit dem Gesicht auf die Steine und blieb so liegen. Unbeweglich saßen die Aboriginals da.

Fred bückte sich, drehte den Alten auf den Rücken und legte die Hand an das Gesicht mit den unzähligen Falten und Furchen. Pinter kaute an der Unterlippe ... Es war nicht nötig, daß Fred noch eine Erklärung abgab.

»Er ist tot ...«, sagte Fred mit belegter Stimme. »Herzschlag ... Diese Flasche in einem Durchgang war zuviel ...«

»Und er hat das gewußt ...« Pinter trat aus dem Kreis heraus.

»Jetzt werden wir nichts mehr erfahren ... Die anderen brauchen wir gar nicht zu fragen.«

So starb Petoo Balwinoo, einer der größten Maler der Aboriginals.

10

Das Funkgerät zu reparieren und die zerstörten Teile durch das Autoradio zu ersetzen gelang nicht. Zwar baute Wolf einen imponierenden Kasten zusammen, dem man vom Aussehen her die beste Leistung zutraute, aber irgendwie mußten die Schaltungen nicht stimmen. Es rauschte zwar im Kopfhörer, und das rote Signallämpchen leuchtete auf, wenn Wolf auf Sendung schaltete, aber außer einem Knattern gab der Apparat nichts von sich.

»Vielleicht sendet er doch!« sagte Chick voller Hoffnung.

»Und wenn's nur ein Heulen oder ein Pfeifen ist – das

kann man anpeilen. Auf jeden Fall merken sie, daß da jemand ist.«

»Wir hören das Knattern, Chick, aber wir senden nicht. Ich bekomme keinerlei Frequenzen.« Wolf drehte an dem Suchknopf. Der Ton im Kopfhörer blieb gleich, ein helles Rauschen, es gab keinerlei Veränderungen, auch wenn Wolf die ganze Skala abfragte. Ein Beweis, daß kein Empfang stattfand. Für sie war der Funkhimmel leer. Resignierend legte Wolf das Gerät zur Seite.

»Laß mich mal dran«, sagte Chick und griff nach dem Apparat.

»Verstehst du denn was davon?«

»Ich habe als Junge mal einen Radio-Baukasten gehabt. Mein Gott, ja, das ist über sechsundzwanzig Jahre her, aber vielleicht ist noch was hängengeblieben . . .«

»Das ist kein Radio, sondern ein Funkgerät, Chick.«

»Aber ein Radio holt sich doch auch die Wellen herein.«

»Es sendet aber nicht . . . Da liegt der große Unterschied.«

Auch Boabo, dem an einem Auto nichts so kompliziert war, als daß er es nicht hätte reparieren können, gestand, von Funktechnik keine Ahnung zu haben. Ihm war es von jeher unheimlich gewesen, daß man an einem Knopf drehte, und aus dem Lautsprecher ertönte Musik, die man in Sydney spielte. Und wenn man etwas weiter drehte, meldete sich Auckland, und die Gesänge der Maoris von Neuseeland klangen auf. Auch wenn man es ihm zu erklären versucht hatte – Boabo hatte es nie ganz begriffen. Ein Stück Staunen blieb übrig.

Die Sonne, eine Glutschleuder wie immer, trocknete den schlammigen Boden schneller, als man erwartet hatte. Schon gegen Abend war die Erde wieder fest geworden, zerrissen in kleine Placken, die der Wüste ein Aussehen gaben, als sei sie mit einem riesigen Netz bedeckt. Doch wenn man darüber ging, zerfiel alles wieder zu rotem Sand.

Die Sonne rächte sich an ihrem Feind, dem Regen. Sie vernichtete seine Spuren.

Cher, Chick und Boabo hatten am Ufer des Lake Amadeus mit dem Filter Trinkwasser hergestellt und die Vorräte aufgefüllt. Sie filterten nicht alles Salz heraus, denn der Mensch verliert durch das Schwitzen in der trockenen Wüstenhitze bis zu 25 Gramm Salz am Tag, die unbedingt wieder aufgefüllt werden müssen. Es kann sonst zu schweren Mangelerkrankungen kommen. Salz und Wasser gehören zum Überleben in der Wüste.

Bei dieser Filterarbeit sahen sie auch drei Dingos, die ohne Scheu ganz in ihre Nähe zum See kamen und tranken. Auch Beutelmäuse waren plötzlich da, verschiedene Echsen wie der Blauzungen-Skink oder der Tannenzapfen-Skink. Ein mit dornigen Höckern übersäter, furchterregend aussehender Dornteufel, eine Echse aus der Urzeit, kroch zum See und begegnete einer Kragenechse, die sich sofort aufblähte, ihre Halskrause spreizte und mit weit aufgerissenen Kiefern bösartig zischte, ein Anblick, bei dem der Dornteufel seine Richtung änderte. Wasser! Welch ein Zauberwort! Welch ein Himmelsgeschenk! Plötzlich lebte die Wüste. Eine bizarre Tierwelt bewegte sich zum See oder zu den kleinen Tümpeln, die sich in den Bodenvertiefungen gebildet hatten, und trank sich satt, füllte die Speicher in ihren Körpern, saugte sich voll und prall.

Sogar Blüten, die vorher mit Wüstenstaub bedeckt gewesen waren, öffneten sich nun und tupften Farbflecke in das eintönige Rot: die weißen Sternchen der Haarschöpfchen-Büschel, die gelben Blütenstrahlen des Kreuzkrautes, die blutroten Glöckchen der Feuererbse, die rundblättrigen rosa Calandrinien und die goldfarbigen, orchideenartigen Blüten der Petalostylis . . . Es war ein Wunder, hervorgezaubert durch das lebenspendende Wasser.

Und feindlich schleuderte die Sonne ihre vernichtende Glut über die atmende Wüste.

Tiere und Pflanzen beeilten sich, Kräfte zu sammeln für die folgenden heißen, trockenen Wochen. In drei, vier Tagen war auch der letzte Tümpel ausgetrocknet, stiegen die Sandbänke wieder aus dem sichtbar werdenden Seeboden, staubte wieder der rote Sand, und nur die Bäume mit ihren langen Wurzeln saugten noch Nässe aus den tieferen Schichten.

Drei Tage blieben Wolf und Chick am Lake Amadeus und beobachteten Sally.

Gehorsam lag sie im Bus, bei abgedunkelten Fenstern, und langweilte sich schrecklich. Ein paarmal wollte sie aufstehen, aber Wolf, der sie bewachte, verhinderte solche Ausflüge.

Die Diskussion war dann immer die gleiche:

»Ich fühle mich gesund!« rief Sally.

»Auf das Gefühl kommt es nicht an. Ich sehe an deinen Augen, daß du noch nicht okay bist.«

»Dann mache ich die Augen zu.«

»Ich seh' es trotzdem.«

»Ich werde nur noch kränker durch die Langeweile.«

»Dann lies ein Buch. Wir haben Taschenbücher bei uns.«

»Wolf, laß mich aufstehen.«

»Nein, Sally, mein Schatz.«

Am zweiten Tag, abends zur Tränkezeit, bewies Boabo, daß er noch immer ein Aboriginal war: Er hatte sich einen Bumerang geschnitzt, lag am Seeufer auf der Lauer, und als eine Sippe Dingos zum Trinken kam, warf er den Bumerang so geschickt, als täte er das jeden Tag. Er traf einen kleinen Dingo, betäubte ihn mit dem Wurf, rannte zu ihm hin und tötete ihn mit dem Messer.

»Frischfleisch!« rief Boabo, als er ins Lager zurückkehrte. »Wer möchte einen saftigen Braten? Soll er am Spieß gebraten werden oder in der Pfanne?«

Cher übernahm das Kochen. Sie vollbrachte eine Meisterleistung. Dingokeule geschmort mit Backpflaumensoße und Bandnudeln. Es sollte ein Festessen werden –

aber es wurde keins. Der Dingo schmeckte trotz aller Gewürze und der Backpflaumen merkwürdig, irgendwie muffig-streng. Nur Boabo fand ihn vorzüglich; er aß auch alles mit, was die anderen übrigließen, schmatzte und schluckte und spülte mit einer ganzen Kanne Tee nach. Man sah, wie sein Bauch sich zu wölben begann.

»Der Kerl frißt auch noch Termiten!« sagte Chick und sah Boabo voller Ekel an. »Knollennase, dir zuzusehen regt schon zum Kotzen an!«

»Und ich hasse Schweinefleisch!« sagte Boabo beleidigt. »Aber was gibt es hier: nur Schweinefleisch. Tag für Tag Schweinefleisch! Habt ihr schon mal Schlangen gegessen?«

»Hau ab zum Wagen!« schrie Chick. »Ist das ein perverser Kerl!«

Nach drei Tagen, die Wüste war wieder zur Wüste geworden, der See trocknete aus, die Blüten verwelkten und starben in trauriger Schönheit, gestattete Wolf, daß Sally die ersten Schritte versuchte. An seiner Hand ging sie vor dem Bus hin und her, umkreiste darauf das Zelt, und Wolf mußte zugeben, daß ihr Schritt so fest war wie vordem. Die Beine zitterten nicht, der Atem blieb normal und wurde nicht stoßartig, nichts deutete auf eine Anstrengung hin, auf eine Schwäche oder Behinderung.

»Hervorragend!« rief Chick. »Du bist wieder voll da, Sally!«

»Das war ich schon vor drei Tagen. Wolf wollte es nur nicht wahrhaben.«

»So war es aber vernünftiger, Schatz.« Wolf nahm sie in seine Arme und küßte sie. »Morgen früh geht es weiter! Auf geradem Wege nach Nordwest. Zum Lake Neale und weiter zu den Ligertwood Cliffs. So, wie es auf dem Känguruhleder steht.«

»So, wie es Boabo liest.« Chick hob die Faust, obwohl Boabo grinste. »Gnade dir Gott, Knollennase, wenn auch das die falsche Richtung ist!«

»Es gibt nur diesen Ort, Mr. Chick!« rief Boabo verzückt. Sein Gesicht glänzte. Es geht weiter, dachte er, morgen geht es endlich weiter. Und jetzt führe ich! Einen zweiten Petoo wird es nicht mehr geben. Der Berg, der bei Sonnenaufgang wie ein Bein aussieht – wir finden ihn! Es gibt nur diese Berge in dem Gebiet, wo man den Yunukoojootjara-Dialekt spricht. Diese Sprache ist wie ein Wegweiser.

Der Abend, der unwiderruflich letzte am Lake Amadeus, wurde zu einer kleinen Abschiedsfeier. Cher und Sally hatten ein Festessen zubereitet: Heißer Schweineschinken nach Prager Art. Boabo verdrehte die Augen. Wieder Schweinefleisch! Er sehnte sich nach den Resten seines Dingos, aber die hatte Chick in den See geworfen. Fassungslos sah er dann, wie aus dem Nichts zwei große Geier erschienen und sich auf Fleisch und Knochen stürzten, es mit den scharfen, gebogenen Schnäbeln zerfetzten und hinunterschlangen.

In dieser Nacht schliefen Sally und Wolf wieder zusammen im Bus. Ganz vorsichtig, mit einer schwebenden Zärtlichkeit berührten sie sich, streichelten ihre Körper, vereinigten sich in einer heiligen Scheu und waren so unendlich glücklich wie nie zuvor. Kein Wort sprachen sie dabei, nur ihre Herzen klopften aneinander und teilten sich ihre Seligkeit mit.

Nach der gegenseitigen seligen Erlösung betrachtete Wolf ihren Körper und küßte Sally von den Zehen bis zum Mund. Unter seinen Lippen dehnte sie sich, und je höher er sich tastete, um so mehr versank sie in einer wunderbaren Schwerelosigkeit.

»Sally«, sagte Wolf, als er bei ihren Lippen angekommen war.

»Unterbrich nicht das Schweben der Wolken . . .«

»Woher hast du die blauen Flecke an den Schenkeln?«

»Ich bin doch überall angestoßen, als es mir so schlecht ging . . .«

»Da sind ein paar ganz schöne Blutergüsse dabei.«

»Küß mich«, flüsterte sie, »und schweig ... Diese herrliche Stille, in der ich dich fühle ...«

Er legte sein Gesicht in ihre Halsbeuge, atmete den Duft ihrer Haut ein und vergaß die dunklen Flecken an ihren Schenkeln ...

Der Säufertod des alten Aboriginal wurde von keiner amtlichen Stelle besonders beachtet. Pinter, der den Vorfall nicht nur nach Ayers Rock, sondern auch an die Zentrale nach Alice Springs meldete, hörte jedesmal die gleiche Antwort.

»Nichts Neues für uns. Das kennen wir. Hat wenigstens einen schönen Tod gehabt, vollgesoffen und dann ein Herzschlag. Viele wären glücklich, so abzuschwirren.« Das klang zynisch, war aber nichts als Resignation. Wie sollte man derlei Dinge verhindern? Sie starben eben langsam dahin, die Aboriginals, durch Alkohol und Petrol-Schnüffeln zerstört. Man konnte nur mit einem Achselzucken zusehen.

Das einzige, was Pinter und Fred noch tun konnten: Sie beschlagnahmten alles, was sie gefunden hatten. Die fünf im Kreis auf der Erde sitzenden Eingeborenen starrten stumm vor sich hin, mit stieren, rotumränderten Augen, ein Beweis, daß sie noch vor kurzem die Benzindämpfe aus dem Kanister eingeatmet hatten. Sie rührten sich auch nicht, als die beiden Polizisten die kostbaren Waren zum Hubschrauber trugen; sie blickten noch nicht einmal hoch.

»Was ist mit dem Toten?« fragte Fred, als sie alles in den Hubschrauber geworfen hatten. »Nehmen wir den mit?«

»Wozu?« Pinter schüttelte heftig den Kopf. »Den begraben sie selbst – und wenn nicht, sind in einer Woche sowieso nur noch sein Mantel und sein Hut übrig ... Aber ich wette, das nehmen sie mit.«

Pinter stieg in die Kanzel, Fred folgte ihm, zog die Tür zu und verriegelte sie. Sie schnallten sich an, der Motor donnerte auf, die Rotorflügel begannen erst träge, dann immer schneller zu kreisen. Staub und kleine Steine wurden vom Luftdruck hochgeschleudert. Dann stieg der Hubschrauber aus der Schlucht hervor, kreiste noch einmal über den Aboriginals und dem Toten und nahm dann Kurs auf Ayers Rock.

Auf das zeitraubende und völlig nutzlose Verhör der Eingeborenen hatte Pinter verzichtet. Woher die gestohlenen Sachen stammten, würde man nie erfahren. Die Aboriginals würden schweigen, sie zu fragen wäre nur sinnlose Kraftverschwendung. Im Polizeiquartier von Ayers Rock aber faßte sich Pinter später an den Kopf und gestand, ein Rindvieh zu sein. Der Lieutenant, der die Station befehligte, hielt Pinter den Benzinkanister vor die Augen und tippte auf zwei mit weißer Ölfarbe gemalte Buchstaben. ›C. B.‹ stand da.

»Weißt du, was das heißt?« fragte er dabei.

»Ich ahne es . . .«, antwortete Pinter verlegen. »Bin ich ein Idiot!«

»Chick Bullay . . .« Der Lieutenant stellte den Kanister auf den Boden. »Die Kerle hatten Berührung mit den Verschollenen. Wie es aussieht, haben die Halunken sie bestohlen, vielleicht sogar überfallen. Chick Bullay hätte nie freiwillig einen Kanister mit Benzin hergegeben. Pinter, da ist in der Wüste eine ganz große Schweinerei passiert! Kann sein, daß von den Vermißten gar keiner mehr lebt. Wir fliegen sofort mit zwei Maschinen zum Mount Currie und kassieren die Bande.«

Nach einer halben Stunde kreisten zwei Hubschrauber über der grünen, engen Schlucht. Sie gingen so tief, wie es möglich war, aber sie sahen keine Aboriginals mehr.

Einsam und nackt lag nur die Leiche von Petoo Balwinoo auf den Steinen . . . drei Geier flogen beleidigt davon, als der Luftdruck der Rotorflügel sie traf.

Mit einem kalten Schauer über dem Rücken drehten Pinter und der andere Helikopterpilot ab.

Professor Bensson hatte den Isolierten eine gute Nachricht zu verkünden: Sie konnten entlassen werden und nach Hause gehen. Der einzige, der zurückbleiben mußte, war Lieutenant Lindsay; er war mit dem toten Angurugu unmittelbar in Berührung gekommen.

Bei einer Unterredung mit Dr. Tunin und Bensson gestand er, bei der Exhumierung des Aboriginals keinen Schutzanzug wie sein Grabtrupp getragen zu haben. Finch, Brenton und die anderen Soldaten, die man isoliert hatte, konnten das Hospital verlassen.

»Wie kamen Sie bloß dazu, so verantwortungslos zu handeln?« bellte Captain Tillburg mit hochrotem Kopf Lieutenant Lindsay an. »Und Sie hatten sogar die Unverfrorenheit, sich tagelang in meiner Nähe aufzuhalten! Mich zu gefährden!«

»Ich war nicht am Grab, Sir. Ich habe die Exhumierung durch das Fernglas beobachtet.« Lindsay wußte, wie dünn diese Verteidigung war.

»Aber Sie standen schutzlos da, als der Sarg an Ihnen vorbei in den Wagen geschoben wurde.«

»Der Sarg war geschlossen, Sir.«

»Aber die Viren klebten am Deckel, ist Ihnen das jetzt klar? Lindsay, Sie haben mich schrecklich enttäuscht . . .«

Lindsay schwieg, nahm eine stramme Haltung an und ahnte, daß in absehbarer Zeit seine Versetzung erfolgen würde. Er empfand das als ungerecht, aber es war aussichtslos, dagegen Beschwerde einzureichen. So etwas würde alles nur noch verschlimmern. Wer sich beim Militär beschwert, wird als Querkopf immer zu leiden haben. Das ist auf der ganzen Welt so, nicht nur bei der australischen Armee. Ein Soldat muß schlucken können, vor allem Ungerechtigkeit.

»Wir haben die Inkubationszeit ausgerechnet«, teilte Professor Bensson mit. »Natürlich ist so etwas rein theoretisch, aber möglich. Nach diesen Berechnungen sind Sie über die gefährliche Zeit hinweg, denn Sie sind ja das dritte Glied der Kette, Captain. Das zweite kann Lindsay sein ... Hammerschmidt ist es, das hat er bewiesen. Wie Tunin sagt: Eine menschliche Tsetse-Fliege. Sie können alle nach Hause gehen, aber ich bitte Sie, in den nächsten vierzehn Tagen keine allzu großen Menschenansammlungen aufzusuchen. Begnügen Sie sich mit Fernsehen, statt in Restaurants und Bars zu gehen.«

»Und wie geht es Mrs. Dover?« fragte Captain Tillburg.

»Gut. Kein Fieber mehr, der Allgemeinzustand kräftigt sich, die Hautveränderungen sind gestoppt.«

»Und ist es nun eine epidemische Viruserkrankung?«

»Darauf kauen wir noch herum, Captain.« Professor Bensson hatte keinen Grund, ausweichend zu antworten. »Was einwandfrei feststeht: Es handelt sich um Staphylokokken. Damit könnten wir uns zufriedengeben, auch mit der Palette der Antibiotika, die uns zur Bekämpfung zur Verfügung steht. Aber mir ist das zu einfach ... Ich suche etwas anderes dahinter.«

Drei Zimmer weiter, am Ende des Ganges, saß Eve im Bett, aß mit Appetit einen geeisten Obstsalat und winkte Hammerschmidt zu, der sich draußen an der Scheibe die Nase platt drückte. Über eine neu montierte Sprechanlage konnten sie sich unterhalten. »Sei mir nicht böse, Eve ...«, sagte er. »Wenn ich das gewußt hätte ... Aber wer ahnt denn so was? Wenn du wieder okay bist, heiraten wir.«

»Ein Mastersergeant und ein Girl vom Nightclub — geht das überhaupt?«

Zum erstenmal sprach Eve aus, was immer, bei aller Liebe, zwischen ihnen gestanden hatte: der Ruf, ein Flittchen zu sein. Ein ungerechtfertigter Ruf ... Aber wer jede Nacht dreimal halbnackt auf der Bühne herumhopst und singt, die Männer mit schamlosen Bewegungen animiert und seinen Körper zur Schau stellt, muß im Urteil der Allgemeinheit eine moralische Null sein. Hammerschmidt dagegen war ein Mann, den jeder achtete. Er konnte viel von dieser Achtung verlieren, wenn er ausgerechnet Eve Dover zum Traualtar führte – vielleicht auch noch in Weiß!

»Ich möchte den sehen, der darüber eine Bemerkung macht!« knurrte Hammerschmidt in die Sprechanlage. »Der wird vier Wochen Hospital nötig haben – mindestens ...«

»Und du bist sicher, daß ich dich heiraten werde, Rokky?«

»Aber mein Liebling ...«

»Ich bin jetzt nicht mehr die alte Eve.« Sie löffelte ihren Fruchtsalat und lachte Hammerschmidt provozierend an. »Ich habe neues Blut in mir. Ich bin verändert, Rokky ... Es muß das Blut einer Nonne sein. Ich habe große Sehnsucht nach einem Kloster.«

»Was hast du?« schrie Hammerschmidt und faßte sich an den Kopf.

»Ich werde in ein Kloster gehen ...«

»Bist du verrückt, Eve?«

»Das neue Blut ... Ich kann nichts dafür, mein armer Rocky.« Und dann verstellte sie ihre Stimme und sagte feierlich: »Ich spüre, wie das Gebot der Enthaltsamkeit mich durchdringt. Nur vermählt zu sein mit dem ewigen Gott, das ist die höchste Erfüllung.«

Hammerschmidt stieß einen dumpfen Laut aus und rannte davon. Er hörte nicht mehr, wie Eve hell auflachte, mit den Beinen strampelte wie ein Kind und sich herrlich freute. Es war die Wahrheit: Sie war ein kleines Luder.

Dr. Tunin konnte den völlig aufgelösten Hammerschmidt beruhigen.

»Rocky«, erklärte er, »Eve hat Ihnen etwas vorgespielt, ein reizendes Aas ist sie. Natürlich hat ein Blutaustausch nicht die geringsten seelischen oder charakterlichen Veränderungen zur Folge. Blut ist zwar ein besonderer Saft, wie Goethe seinen Mephisto im ›Faust‹ sagen läßt – ohne Blut gibt es kein Leben, unser ganzer Körper ist ja eine chemische Fabrik, wenn man so will, und ohne das Blut mit seiner komplizierten Zusammensetzung und seinen Funktionen läuft nichts –, aber was Eve Ihnen da vorerzählt hat, ist kompletter Unsinn! Und Sie fallen darauf herein, Rocky.«

»Bin ich ein Arzt, Doktor? Sie will ins Kloster und Nonne werden . . .«

»Dann beglückwünschen Sie Eve dazu und bezweifeln Sie getrost, daß sie lange im Kloster bleiben wird. Als erstes wird sie den Beichtvater verführen . . .«

»Das ist eine blendende Idee, Doktor.« Hammerschmidt rieb sich die Hände. »Genau das werde ich sagen.«

Zehn Minuten später grinste er breit hinter der Scheibe. Er hatte Eves Ja zur Heirat bekommen.

Der Gouverneur nahm die Suchaktion selbst in die Hand, nachdem er die Meldung des Lieutenant aus Ayers Rock und den Bericht von Sergeant Pinter gelesen hatte. Wenn der Kanister mit den Buchstaben C. B. nicht gewesen wäre, hätte er gesagt, daß Phantasie schön sei, aber im Dienst nicht angebracht. Die Initialen aber alarmierten auch ihn.

Er ließ drei Suchflugzeuge aufsteigen, die das Gebiet durchkämmten, in dem sich die Vermißten aufhalten konnten. Sogar den trostlosen Lake Amadeus überflogen sie, aber nicht die nördlichste Uferspitze und die einsame Wüste zum Lake Neale. Es war nur Spritvergeudung, dort zu suchen. In diesem weglosen, verbrannten Gebiet konnte sich kein Mensch aufhalten, würde sich keiner hinwagen, selbst nicht mit Allrad-Fahrzeugen.

Dort lagen auch die Bloods Ranges, die man nur vom Flugzeug aus kannte. Ein Land, in dem nicht einmal ein einziger Aboriginal wohnte, ein völlig menschenleeres Gebiet. Niemandsland. Die Urgestalt des Never Never.

Aber gerade hier kämpften sich der Toyota und der VW-Bus durch Staub und Sonnenglut, durch Geröll und in Jahrmillionen abgeschliffene Felsen auf geradem Wege zum Lake Neale und seiner Kette kleiner Salzseen. Das Ziel, die Ligertwood Cliffs, war wie ein übermächtiger Magnet. Wolf hatte es mit Rotstift auf der Karte eingekreist. Sie fuhren nach dem Kompaß, er war ihre einzige Hilfe.

»So hat Kolumbus Amerika entdeckt!« sagte Chick bei einer Rast zu Cher und Sally. »Wir werden Gold entdecken! Und das ist mir lieber als ganz Amerika.«

Einmal glaubten sie, von ganz weit her Motorengeräusch zu hören. Flugzeuge . . . Der Wind trug die Laute zu ihnen hin. Aber sie sahen nichts am glutenden, blaßblauen Himmel.

»Gibt es auch Geräusche als Fata Morgana?« fragte Chick. »Wolf, das mußt du doch wissen. Ein gelehrter Mann wie du, Geologe, Akademiker . . .«

»Ich habe von einer Geräusch-Fata-Morgana noch nichts gehört.«

Wolf blickte in die Ferne und strengte sein Gehör an. Das Motorengrollen hatte der Wind mitgenommen. Die unheimliche Stille der Wüste war wieder um sie. »Es war wohl nichts, Chick.«

»Aber du hast es auch gehört?«

»Ja, Chick.«

»Kann es ein fernes Gewitter sein?«

»Der Himmel sieht nicht nach Gewitter aus.« Wolf stieg wieder in den Wagen. Im Bus übernahm Sally das Steuer. In den beiden Tagen, die sie nun wieder unterwegs waren, hatte sie Stärke und kaum Ermüdung gezeigt. Daß noch mehr blaue Flecken an den Schenkeln und nun auch am Bauch hinzugekommen waren, beachtete sie nicht und sprach auch nicht darüber. Es tat nicht weh – und blaue Flecken gehen vorüber. »Habt ihr die Geräusche am Himmel auch gehört?« rief Chick den Frauen zu. Cher schüttelte den Kopf.

»Geräusche? Am Himmel? Nein, woher denn?«

Chick winkte ab, schloß das Fenster und fuhr wieder an.

»Wir zwei haben einen kleinen Mann im Ohr«, sagte er fröhlich. »Der hat sich gerade geräuspert . . .«

»Ich habe es aber auch gehört . . .«, reklamierte Boabo vom Rücksitz. »Ein Flugzeug . . .«

»Knollennase, was will hier ein Flugzeug?«

»Sie suchen uns, Chick.«

»Niemand weiß, daß wir hier sind – und wenn wir erst bei den Ligertwood Cliffs sind, braucht uns keiner mehr zu suchen und zu retten. Da können wir keine fremden Augen gebrauchen. Und endlich haben wir jetzt den richtigen Weg.«

Es war wirklich der richtige Weg. Einen Tag später erreichten sie das Ufer des Lake Neale. Das Bett des Sees war an den tieferen Stellen noch mit Wasser gefüllt, sogar Vögel gab es hier, Zebrafinken, den Fächerschwanz, den bunten Flötenvogel und den raubgierigen Eulenschwalm. Zwischen den Spinifexbüscheln blühte zaghaft die gelbe Wüsten-Grevillie, deren Blüten wie kleine Sonnen leuchteten. Bis zu drei Meter hoch wuchsen sie, umschwirrt von den nektarsaugenden Bali-Honigfressern, Vögel, deren seltsam klagender Ruf durch die Stille hallte.

Als noch die Aboriginals wie Nomaden durch dieses Gebiet zogen, waren die Blüten der Grevillie eine Delikatesse für die Ureinwohner. Sie bogen die Stengel herunter, rissen die Blüten ab, steckten sie wie einen Lutscher in den Mund und erquickten sich an dem süßen Geschmack des Nektars.

Boabos Aboriginalherz machte wilde Sprünge. Sofort

nach dem Halten stürzte er aus dem Wagen, riß eine Blüte von einer kräftigen Grevillie ab und begann mit verzücktem Gesicht daran zu lutschen. An seinen Füßen vorbei flitzte eine Echse, ein gelb gestreifter Military Dragon.

»Da sieht man, was eine Klostererziehung nützt!« rief Chick und sprang aus dem Wagen. »Knollennase bleibt Knollennase! Kinder, uns geht es immer besser. Seht euch das an!«

Büschel des Kerosene-Grases bedeckten den Boden, der Rand eines Tümpels war wie mit Blumengirlanden umsäumt. Es wuchsen die gelben Blüten der Australischen Klapperhülse und die aufrecht stehenden grünen Kronen des Haarschöpfchens, eine Miniaturausgabe der Bärenfellmützen, wie die britischen Wachsoldaten sie tragen.

»Känguruhs!« rief Sally plötzlich und zeigte auf die Büsche am Seeufer. »Rote Känguruhs! Vier Stück . . .«

Mit weiten Sprüngen jagten die Tiere davon, als Wolf auf die Hupe drückte, blieben dann plötzlich wie erstarrt stehen und äugten mißtrauisch zu den unbekannten Wesen hinüber.

»Hier bleiben wir!« sagte Chick. »Zwei Tage Staub sind genug . . . jetzt wird geschwommen und neue Kraft getankt.«

»Und ich hole euch ein Känguruh.« Boabo schwang seinen Bumerang durch die Luft. »Das beste Fleisch, das es gibt . . .«

»Darüber kann man streiten.« Chick verzog den Mund. »Aber es ist etwas Wahres dran . . . Es schmeckt wie zartes Kalbfleisch.«

Wolf ging zu Sally hinüber, die am Bus lehnte und einen kleinen Keilschwanzadler beobachtete, der sich vorsichtig auf einem Büschel des Australhafers im Uferwasser niederließ.

»Wie fühlst du dich?« fragte Wolf.

»Vorzüglich, Schatz.« Sallys Augen hatten einen fast unnatürlichen Glanz, auch ihre Stimme war etwas rauh, aber Wolf achtete nicht darauf. Nachdem Cher sie beim Fahren abgelöst hatte, hatte Sally, auf dem Schlafsack sitzend, unbemerkt Fieber gemessen. Das Thermometer war auf 38 Grad geklettert ... Sie schwieg darüber, schüttelte das Quecksilber wieder herunter und balancierte durch den Bus zum Beifahrersitz.

Das war vor vier Stunden gewesen. Jetzt mußte das Fieber höher sein, aber Sally kontrollierte es nicht mehr. Sie war zu feige dazu ... das gab sie vor sich selbst zu. Sie würde gleich im Wasser planschen, das konnte das Fieber herunterdrücken. Wo kommt es nur her? dachte Sally. Wogegen wehrt sich der Körper?

Chick winkte mit beiden Armen, und Wolf half ihm, das Zelt aus dem Wagen zu tragen und aufzustellen. Kaum stand es, kam Boabo mißmutig zurück. Er hatte kein Känguruh getroffen, und sein Bumerang war auch nicht zurückgekehrt. Er war, statt in einem eleganten Bogen wieder in seine Hand, weiter geradeaus geflogen und dann in einem Gewirr von Mulgabüschen, kleinen Wüstenpappeln und Blutholzbäumen verschwunden. Es war sinnlos, dort zu suchen. Mehr aber als der Verlust des Bumerangs traf es Boabo, daß er kein Känguruh getroffen hatte. Er war kein richtiger Aboriginal mehr ... Das lastete auf seiner Seele und drückte ihn nieder.

Schweigend holte er die Küchenkisten aus dem Bus, den Klapptisch und die Klappstühle, stellte sie auf und breitete eine Decke darüber. Aus dem Toyota sprang Chick mit einem Schrei, der wie ein verunglückter Jodler klang. Er war nackt, hüpfte über Sand und Grasbüschel und rannte der Bucht entgegen. Das Wasser leuchtete in der Abendsonne wie mit Gold gefärbt.

»Mir nach!« schrie er. »Werft die Klamotten weg ... Wir sind doch unter uns Pastorentöchtern. Vom Staube befreit sind Poren und Muskeln ...«

Wolf zog gerade seine Hose aus, als aus dem Ufergebüsch ein brüllender Schrei ertönte. Cher, die den Tisch deckte, ließ die Teller fallen und starrte entsetzt und wie gelähmt zum See.

»Hilfe!« schrie Chick plötzlich. »Hilfe!«

Daß Chick um Hilfe schrie, war so ungewöhnlich, so undenkbar, daß Wolf mit einem Satz beim Wagen war, das Gewehr aus der Halterung der Rückenlehne riß und dann mit langen Sätzen zum See stürzte.

Chick kam ihm entgegen, hinkend, die Hände auf seinen linken Schenkel gepreßt. In seinen Augen stand Todesangst ... Zum ersten Mal sah Wolf bei ihm diesen Ausdruck.

»Eine Mulga!« schrie Chick. »Eine Mulga lag am Ufer, ich bin draufgetreten ... Sie hat sofort zugebissen. Sally, das Serum ... das Serum ... schnell ...«

Der Biß einer Mulgaschlange ist immer problematisch, auch wenn man Serum dabeihat. Ihr Gift ist heimtükkisch und schleichend – und tödlich.

Chick humpelte heran, während Sally und Cher zum Bus rannten, um den Medizinkoffer zu holen. Augenblicke der Ratlosigkeit waren das, nur Boabo handelte mit dem Instinkt des Urmenschen. Wortlos sprang er Chick an, stürzte ihn damit zu Boden, warf sich dann über ihn und begann, die Bißwunde auszusaugen. Jetzt zeigte sich auch, wie nützlich es war, daß er immer ein Messer im Gürtel trug. Er riß es heraus, schnitt in den Schlangenbiß hinein und ließ das Blut fließen. Chick brüllte wie ein Tier, wollte um sich schlagen, aber Wolf saß inzwischen auf seiner Brust und hielt seine Arme fest auf den Boden gepreßt. »Wir kriegen das hin, Chick!« schrie er dem Tobenden ins Gesicht. »Verdammt, lieg still.«

Chick schien nicht zu hören. Mit den Beinen trat er um sich, wollte mit dem Kopf nach Wolf stoßen, seine ganze Kraft war entfesselt, um den Freund von sich abzuschütteln.

»Tut mir leid, Chick!« keuchte Wolf über ihm. »Aber es muß sein. Das wirst du später einsehen.«

Er zog den rechten Arm zurück, und bevor Chick reagieren konnte, traf ihn blitzschnell Wolfs Faust am Kinn. Es war ein trockener, aus der Schulter heraus geschlagener Haken, der ein dumpfes ›Plopp‹ verursachte.

Chick streckte sich, erschlaffte und lag still. Boabo sah Wolf begeistert an.

»Ein klassischer K. o.«, sagte er anerkennend. »Jetzt können wir ihn in aller Ruhe behandeln.«

Cher und Sally schleppten die Medizinkiste heran, und Cher schrie auf, als sie Chick leblos im Sand liegen sah.

»Ist er schon ohnmächtig? Stirbt er schon?« schrie sie. Sie warf sich neben ihn auf den Boden, umfaßte seinen Kopf und küßte ihn in wilder Verzweiflung. Boabo drückte unterdessen an der aufgeschlitzten Wunde herum, um noch mehr Blut aus ihr herauszupressen. Sally öffnete die Klappschlösser der Kiste.

»Chick lebt und wird weiterleben, Cher«, sagte Wolf und schob sie sanft von ihm weg. »Er ist nur k. o.!«

»Du Wüstling!«

»Ich mußte es tun. Man kann einem um sich schlagenden Menschen keine Spritze geben.«

Sally hatte den Spritzenkasten gefunden und brach eine Einwegspritze aus der Plastikumhüllung. Wolf suchte unter den Ampullen das Gegengift, ein Serum nicht speziell gegen das Gift der Mulgaschlange, sondern eines gegen Schlangenbisse allgemein. Er wußte, daß es nur eine Notmaßnahme war, eine Verringerung des Risikos.

Er brach den Hals der Ampulle ab, zog die Spritze mit dem Serum auf und wollte es Chick in die Armvene injizieren. Mit Schrecken stellte er fest, daß er sich nicht informiert hatte, ob man das Gegengift in den Muskel oder in die Vene spritzen muß; sie hatten in Alice Springs alles gekauft, was man an Medikamenten brauchen könnte, aber nicht nach der Anwendung des Serums gefragt. Sally merkte Wolfs Unsicherheit, als er Chicks Arm abband, die Vene abtastete und dann die Nadel flach hineinstieß.

»Was ist?« flüsterte sie ihm zu, damit es Cher nicht hörte.

»Ich weiß nicht, ob es richtig ist ...«, flüsterte er zurück.

»Was?«

»Die intravenöse Injektion. Vielleicht gibt es einen Schock, eine Herz- oder Atemlähmung – oder gar nichts. Oder es war richtig ... Ich weiß es wirklich nicht ...«

Chick schlug die Augen auf, schüttelte den Kopf, ließ Cher eine Weile vor Glück weinen und suchte dann mit dem Blick nach Wolf. Er sah ihn auf der Medizinkiste sitzen.

»Junge, hast du einen Schlag«, sagte er rauh. »Hätte ich dir gar nicht zugetraut.«

»Ich habe mich selbst darüber. gewundert, Chick. Aber nur so ging's ...«

»Wie steht's mit mir? Ehrlich.«

»Wir müssen jetzt abwarten, Chick. Was man tun konnte, haben wir getan. Boabo hat den Biß ausgesaugt und die Wunde kräftig bluten lassen, du hast das Serum bekommen ... Nun zeig mal, was für'n kraftvoller Kerl du bist, und nimm den Kampf auf.«

Chick nickte, stand mit Hilfe von Boabo und Wolf auf und humpelte zum Wagen. Noch immer lief Blut aus der aufgeschnittenen Wunde, eine schmale Blutspur kennzeichnete seinen Weg, und das war gut so. Je mehr Blut er verlor, um so weniger konnte das Schlangengift in die Blutbahn gelangen. Es wurde herausgeschwemmt.

Wolf half Chick, sich anzuziehen, wusch dann die Wunde aus, desinfizierte sie mit Merfen orange und verband sie. Chick schien den Schlangenbiß überstanden zu haben; mit großem Appetit aß er das Abendessen – Linsensuppe mit Speck und Räucherwurst – trank seinen Tee und kroch dann ins Zelt.

»Cher, komm bald nach!« rief er von drinnen. »Ein armer, kranker Mann braucht dringend eine Betreuung . . .«

Bevor sie im Lager alle Lichter löschten, ging Boabo mit dem starken Handscheinwerfer die Umgebung ab. Er hatte das Beil wieder mitgenommen und tastete sich vorsichtig weiter. Ein paarmal hörte Wolf klatschende Schläge, dann kam Boabo wieder zurück und steckte die Schneide des Beils in das verglimmende Feuer.

»Drei Mulgas«, sagte er. »Es sind bestimmt noch mehr hier. Wir sollten heute nicht bei offenen Türen schlafen.«

In der Nacht, es war gegen drei Uhr, wurde Wolf von Cher wachgerüttelt. In ihren Augen stand schreiende Panik, ihr Gesicht war vor Angst verzerrt.

»Chick . . .«, stammelte sie. »Wolf, sieh dir Chick an. Er ist so . . . so merkwürdig . . .«

Im Zelt saß Chick auf dem Schlafsack. Seine Augen waren geweitet, starr und von einem gläsernen Glanz. Ein leises Pfeifen begleitete seinen Atem.

»Cher stellt sich an, als ob ich auf die letzte Reise ginge«, sagte er mit tonloser Stimme, als Wolf ins Zelt kroch. »Dabei ist überhaupt nichts los. Ich kann nur nicht schlafen . . .«

Wolf schob schweigend die Lampe näher und beleuchtete Chicks Bein. Es war angeschwollen und glasig und fühlte sich wie aus glattem Plastik an. Merkwürdigerweise war es nicht heiß. Chick schien jetzt zu begreifen, warum Wolf keinen Ton sagte.

»Scheiße, was?« fragte er.

»Ganz große Scheiße, Chick!«

»Ich schaff' es nicht . . . Sag es ehrlich.«

»Ich weiß es nicht, Chick.«

»Wo ist Cher?«

»Draußen bei Sally.«

»Versprich mir, daß du dich um Cher kümmerst, wenn ich nicht mehr bin.«

»Was soll der Blödsinn, Chick?«

»Du mußt sie wie deine Schwester ansehen, hörst du? Und wenn sie sich wieder an einen Mann hängt, sieh ihn dir genau an. Ist er nichts für sie, dann prügele ihn aus dem Haus.«

»Chick, halt den Mund!« Auch Wolfs Stimme hatte allen Klang verloren. Das glasige Bein, die glasigen Augen ... Sein Herz krampfte sich zusammen. »Du brauchst nicht dein Testament zu diktieren. Dein Körper reagiert jetzt, er kämpft, er hat die Abwehrkräfte mobilisiert, er geht das Gift an. Das dauert seine Zeit. In einem Tag kann alles ganz anders aussehen.«

Dabei hätte Wolf vor lauter Hilflosigkeit heulen können. Chick, wer weiß, was morgen ist? Du warst ein Freund, wie es keinen zweiten gibt.

Mit Schrecken stellte er fest, daß er bereits in der Vergangenheit dachte.

»Ich komme gleich wieder, Chick«, sagte er und kroch aus dem Zelt.

Cher und Boabo standen allein am Lagerfeuer, das Boabo wieder entfacht hatte. Schweigend sahen sie Wolf an.

»Wo ist Sally?« fragte er.

»Wieder im Bus.« Chers Stimme erstickte in Tränen. »Sie hat Fieber. Hohes Fieber ...«

Wolf warf sich herum und rannte zum Bus. Sally lag lang ausgestreckt auf ihrer Decke, atmete laut und stoßweise und rührte sich nicht, als sie Wolf einsteigen hörte. Im Schein der Propangaslampe, die an einem Haken von der Decke hing, waren auch ihre Augen glasig und geweitet.

Wolf beugte sich über sie und tastete sie ab. Sie glühte. Aber sie schwitzte nicht, ihre Haut war wie ausgetrocknet.

»Ist das Fieber ganz plötzlich gekommen?« fragte er.

»Nein, schon gestern, aber nicht so hoch ... Und ich war auch nicht so schlapp ...«

»Sally! Warum hast du nichts gesagt?«

»Ich wollte euch nicht behindern. Wir haben schon so viel Zeit verloren. Wir müssen doch weiter ...«

Es war eine blitzartige Eingebung, die Wolf durchzuckte und ihn für einen Augenblick lähmte. Aber dann riß er Sally mit einem Ruck die Trainingshose herunter und starrte auf ihre Beine und den Leib. Die Flecken auf ihrer Haut hatten sich vermehrt ... Rote und blauschwarz werdende Flecken waren bereits bis zu den Brüsten hinaufgewandert.

Wolf deckte Sally wieder zu und verließ den Bus. Draußen stand nur noch Boabo allein beim Feuer. Cher saß im Zelt neben Chick und hielt hilflos seine Hand.

»Ist Mrs. Sally auch krank?« fragte Boabo. »Chick wird sterben, Mr. Wolf.«

»Und Sally auch ...« Wolfs Stimme brach. Wie in einem Würgeeisen wurde seine Kehle abgeschnürt.

»Das ... das kann doch nicht sein ...«, stammelte Boabo. »So plötzlich ...«

»Keiner von uns, auch sie selbst nicht, hat es erkannt: Sie hat die gleiche unbekannte Krankheit wie Angurugu. Sie ist angesteckt worden. Es ... es gibt keine Rettung mehr, Boabo ...«

»Wir müssen sofort umkehren nach Yulara ...«

»Das sind mindestens vier Tage!«

»Ja.«

»Zu spät, Boabo! Wir werden nach Yulara kommen, um sie zu begraben. Diese verdammte Goldsuche war von Beginn an verflucht. Hätten wir doch nie dieses Känguruhleder gesehen! Boabo, wir sind hier an einer der einsamsten Stellen des Petermann, hier kann uns keiner mehr helfen.« Wolf ballte die Fäuste. »Aber bevor ich Chick und Sally sterben lasse, pumpe ich sie mit Antibiotika voll bis zum Hals. Ich werde ihnen Herzmittel spritzen, bis ihre Herzen tanzen! Verdammt, verdammt ... Irgend etwas muß doch helfen! Wir können doch nicht tatenlos herumstehen.«

Er drehte sich um und merkte, daß er weinte.

Boabo starrte ins Feuer.

»Wir haben Signal- und Notraketen ...«, sagte er.

»Wer soll die hier sehen?«

»Vielleicht ziehen Aboriginal-Familien durch die Wüste? Vielleicht sehen sie die Raketen und kommen. Wie sagt der Pfarrer in der Kirche: Glaube versetzt Berge. Wir müssen glauben, Mr. Wolf ...«

»Und wie sollen die uns helfen?«

»Die Aboriginals kennen Mittel gegen Schlangengift ... Ich kenne sie nicht; ich bin kein Aboriginal mehr ...«

Das klang bitter und traurig. Wolf warf einen langen Blick auf Boabo und verstand ihn.

In dieser Nacht schoß Boabo zehn rote Leuchtkugeln in den schwarzen Himmel. Über Kilometer hinweg mußten sie sichtbar sein. Sie schwebten rot gleißend in einem weiten Bogen über das Land und verzischten wie ein erlöschender Stern.

Aber nichts rührte sich. Nur die Einsamkeit antwortete mit Schweigen.

Was hat ein Mensch hier zu suchen ...

Der Gouverneur hatte die Piloten der Suchflugzeuge in seinem Büro versammelt, stand vor einer großen Wandkarte und fuhr mit einem Lineal über einige Planquadrate. Ab und zu tippte er mit dem Lineal auf bestimmte Stellen.

»Hier waren Sie nicht!« sagte er knapp und laut. »Und hier nicht – und hier auch nicht. Ich kenne Ihre

Argumente, meine Herren: Dort können die Vermißten nicht sein. Nach menschlicher Logik haben Sie recht ... Nach dem Reiseplan, den Mr. Herbarth und die anderen in Kings Canyon angegeben haben, müssen sie im Westen sein. Falls aber die gestohlenen Sachen, die Pinter bei den Aboriginals sichergestellt hat, von ihnen stammen, dann waren sie plötzlich im Süden. Das alles ist sehr dubios. Wo sie überhaupt hinwollten, weiß keiner. Trotzdem möchte ich, daß heute die Gebiete abgesucht werden, in denen sie nicht sein können, wenn wir uns nur auf unsere Logik verlassen. Ich erwarte am Abend Ihre Meldungen, meine Herren.«

Gegen vier Uhr nachmittags ging bei der Zentrale in Ayers Rock die Meldung des Hubschraubers XA 10 ein. Sergeant Pinter rief aufgeregt in sein Mikrophon: »Wir befinden uns zwei Meilen östlich vom Lake Neale und haben gerade eine rote Leuchtkugel am Himmel gesehen. Wir drehen bei und fliegen die Richtung an. Bitte verständigt sofort das Hauptquartier.« Pinter und Fred starrten in ihrer Glaskanzel in die Ferne. Sie waren tiefer gegangen und flogen jetzt in dreihundert Metern Höhe über die trostlose Wüste. »Wenn sie das sind«, sagte Pinter, »sollte man das dem Papst als Wunder melden. Hier hätte sie nie einer gesucht. Das ist ein Land ohne Menschen. Da fährt auch keiner durch. Und wenn das wirklich eine Leuchtkugel war, dann ...«

»Da ist wieder eine!« rief Fred und zeigte seitlich aus der Kanzel. »Da!«

»Genau am See!« Pinter nahm direkten Kurs ... Die Leuchtkugel schwebte an einem kleinen Fallschirm noch immer am Himmel. »Fred, soviel Glück gibt's gar nicht. Ich wollte hier gar nicht hin, weil es völlig sinnlos ist. Wenn die keine Leuchtkugeln hätten ...«

»Hätte sie niemand mehr gefunden.«

»Vielleicht in einem Jahr, durch Zufall ... Fred, ich sehe sie!«

»Zwei Wagen . . . Sie sind es. Hurra! Hurra!« Fred trommelte mit den Fingern gegen die Glaskanzel.

»Aber da ist nur einer, der winkt . . .«

»Es waren fünf.« Pinter drückte den Hubschrauber tiefer hinunter. »Wir werden gleich wissen, was da passiert ist . . .«

Die Akazien und Wüstenpappeln bogen sich unter dem Luftdruck der Rotorflügel.

Boabo war der einzige gewesen, der am Nachmittag das ferne, ganz leise Motorengeräusch am Himmel gehört hatte. Seine Sinne und Instinkte waren doch noch besser als die der Weißen, das tröstete ihn etwas in seiner Trauer, kein vollwertiger Aboriginal mehr zu sein.

Er gab seine Entdeckung nicht an Wolf oder Cher weiter, sondern rannte zum Toyota und holte die letzte Kiste mit Leuchtkugeln heraus. Waren sie ohne Wirkung verschossen, hatten sie nichts mehr, um auf sich aufmerksam zu machen. Vielleicht noch ein großes Feuer mit Rauchsignalen – aber wer achtet schon auf so etwas? Hier denkt man eher an einen Buschbrand, wenn überhaupt ein Mensch durch dieses rote Land zieht.

Boabo kniete sich auf die Erde, küßte sie und beschwor die allmächtige Mutter, ihm zu helfen. Er trug vom Lagerfeuer einen brennenden Ast bei sich, streichelte damit den roten Sand und wußte, daß die große Mutter Erde diese Ehre und Liebe zu schätzen bereit war.

Nach dieser flehenden Liebkosung sprang Boabo auf, lud die dickläufige Signalpistole und feuerte die nächste rote Leuchtkugel ab. Noch während sie an ihrem Fallschirm heruntersank, sah er weit entfernt am Himmel den kleinen schwarzen Fleck, der schnell größer wurde und zu ihm kam. Das Motorrattern wurde lauter.

Noch einmal feuerte Boabo eine Leuchtkugel ab und breitete die Arme aus und winkte und hüpfte umher, als der Hubschrauber deutlich erkennbar wurde, eine Riesenlibelle am glutenden blaßblauen Himmel, über dem See stehenblieb und sich dann langsam senkte.

Aus dem Zelt kroch Cher, aus dem Bus stürzte Wolf. Chick lebte noch, aber es waren höchstens noch ein paar Stunden, die er vor sich hatte. Wolf hatte ihm Antibiotika und Kreislaufmittel gespritzt, so viel, als sei er ein Elefant; auch Sally hatte er damit vollgepumpt und saß dann bei ihr und sah sie an, wie sie immer schwächer wurde und ihn dabei anlächelte.

Ich habe sie getötet, dachte Wolf unentwegt. Ich bin ihr Mörder! Ich habe sie mit der tödlichen Krankheit infiziert. Nur ich kann es gewesen sein. Sally, wenn du mich verlassen hast, möchte ich mir eine Kugel in den Kopf schießen ... Aber das würdest du nicht wollen. Ich muß weiterleben mit dem Wissen, dich getötet zu haben.

Pinter und Fred stürzten aus dem Hubschrauber und liefen auf das Lager zu. Sie sahen, wie Cher auf die Knie fiel, weinte und die Hände faltete, und der Mann, der ihnen entgegenlief, schwankte und stolperte und weinte ebenfalls.

Boabo, auf den in diesen Minuten niemand achtete, saß nach Aboriginalart auf der Erde am Feuer, verneigte sich wieder, berührte mit der Stirn den roten, heiligen Boden, küßte den roten Sand und warf dann mit starrem Gesicht die Karte aus Känguruhleder in die Flammen.

So unbeweglich und in das Feuer blickend, saß er noch da, als Wolf zu ihm kam, ihn vom Boden riß, umarmte und an seine Brust zog.

»Du hast Sally und Chick das Leben gerettet«, sagte er. »Das werden wir dir nie vergessen.«

Erst da hörte er hinter sich das Feuer prasseln, drehte sich um und sah, wie sich der letzte Zipfel der Lederkarte nach oben bog und von den Flammen umzüngelt wurde.

»Boabo!« stöhnte Wolf auf. »Mein Gott, was hast du da getan?«

»Das Leben von uns allen gerettet, Mr. Wolf.« Boabo

trat an das Feuer, nahm einen Ast und stieß damit in das Leder. Es zerfiel zu Asche – und mit ihm der Traum vom Gold, der Traum vom Millionär. »Diese Karte war verflucht . . .«

»Jetzt sind wir wieder arm und werden es bleiben.«

»Aber wir leben, Mr. Wolf.« Boabo warf auch den Ast in die Flammen. »Wir hätten den Berg, der wie ein Bein aussieht, nie erreicht. Und wenn – wo wären dann Chick und Sally geblieben? Zwei Gräber im Never Never, weiter nichts. Denken Sie daran, Mr. Wolf: Mit diesen Millionen haben wir das Leben von Chick und Sally gekauft. Sie sind es doch wert . . .«

Wolf nickte. Er legte wieder den Arm um Boabo und blickte zum Hubschrauber hinüber. Pinter sprach über Funk mit Alice Springs, mit dem Hauptquartier und mit der Funkstation der Royal Flying Doctors. Dr. Apple, der Chef der Sektion Alice Springs, ließ sich selbst von Pinter berichten.

»Ich schicke sofort eine Queen Air zum Lake Neale und komme selbst mit. Ein Mulgabiß und diese unbekannte Krankheit! Die haben aber auch nichts ausgelassen! Bis nachher, Sergeant!«

Von jetzt an lief alles mit einer fabelhaften Präzision ab.

Im Hospital wurden zwei Zimmer hergerichtet, der OP wurde für einen neuen großen Blutaustausch vorbereitet. Vom Flugfeld stieg das Ambulanzflugzeug der »Flying Doctors« auf, einer australischen Einrichtung, aus Ärzten und Krankenschwestern bestehend, die einzigartig auf der Welt ist. In den riesigen Gebieten, in denen es kein Dorf, keine Station und keinen Stützpunkt gibt, aber über das Land verstreute Farmen, deren Verbindung zur Außenwelt nur das Funkgerät und das Radio sind, ist der »Fliegende Doktor« oft die letzte Rettung. Über Funk zu Hilfe gerufen, starten diese Ärzte und Schwestern von verschiedenen Air-Basen in die Einsamkeit und behandeln die Kranken oder nehmen sie mit in die Krankenhäuser.

»Wann kann Dr. Apple hier sein?« fragte Wolf. Er hatte Sallys heißen Körper mit nassen Tüchern gekühlt. Sie atmete jetzt ruhiger, war aber zu schwach, um auf Wolfs Fragen Antwort zu geben. Sie nickte nur, oder ihre Augen sprachen mit ihm. »In einer Stunde«, sagte Pinter. »In zwei bestimmt.«

»Ob Chick es noch schafft?«

»Es sieht so aus.« Pinter rauchte mit hastigen Zügen eine Zigarette. Auch ihm ging jetzt das Warten an die Nerven.

»Haben Sie etwas Neues über Sallys Krankheit gehört?«

»Wenig. Ein Professor aus Darwin ist eingetroffen und behandelt Eve Dover.«

»Eve? Was ist denn mit Eve los?« Wolf schluckte. Sein Hals war wie von Sandpapier zerkratzt.

»Rock Hammerschmidt hat sie angesteckt – so wie Sie Sally infiziert haben. Eigentlich müßte ich Sie mit der Kneifzange anfassen, aber ich bin nicht so hysterisch. Wir nehmen Sie, Cher und diesen Boabo im Hubschrauber mit. Wird verdammt eng werden.«

»Und unsere Wagen, die Ausrüstung . . .«

»Bleiben hier stehen und werden später abgeholt.«

»Wenn dann noch etwas davon vorhanden ist, Sergeant.«

»Hier bestimmt. Durch dicse Gegend marschiert selbst ein Aboriginal nicht. Wer – zum Teufel – hat euch bloß hierhergelockt? Was wolltet ihr überhaupt hier? Ihr müßt doch ein Ziel gehabt haben.«

»Was wollten wir denn?« Wolf blickte zu dem kleiner gewordenen Feuer und der Asche des Känguruhleders hinüber, die sich mit der Asche des Holzes vermischt hatte. »Ich weiß es nicht mehr . . . Dieses glühende Land saugt auch die Erinnerung auf . . .«

Pinter nickte, sah aber Wolf von der Seite merkwürdig an.

Anderthalb Stunden später landete die Queen Air auf einem Sandstreifen am Lake Neale. Dr. Apple begrüßte Wolf und Cher knapp, hatte die Injektion mit dem Serum schon aufgezogen und verabreichte sie Chick, der teilnahmslos dalag und keinen mehr zu erkennen schien.

Pinter und Wolf brachten Sally auf einer Trage zum Flugzeug. Sie hielt Wolfs Hand fest, als sie in die Kabine geschoben wurde. »Komm mit . . .«, sagte sie schwach. »Komm mit . . .«

»Ich fliege mit dem Hubschrauber hinterher. Vielleicht kann Cher noch mit euch fliegen. Das muß Dr. Apple entscheiden.« Der Pilot und Boabo schleppten nun auch Chick ins Flugzeug. Apple hatte ihm eine Infusion angelegt. Der Arzt ging nebenher und hielt die Flasche mit dem Schlauch hoch.

»Kann Cher mit Ihnen fliegen, Doktor?« fragte Wolf.

»Ja«, antwortete Dr. Apple kurz. Er war ein Mensch, der nur das Nötigste sprach. Nicht reden – handeln! war sein Leitspruch. Und danach lebte er.

Am Abend lagen Chick und Sally in ihren Zimmern im Hospital. Dr. Tunin und Professor Bensson kämpften um ihr Leben. Boabo, Cher und Wolf hatte man isoliert.

»Sie hat Blutgruppe A«, sagte Tunin zu Bensson, der an Sallys Bett saß und ihr Herz abhörte. »Davon haben wir genügend Blutkonserven da. Sollen wir austauschen?«

»Ich schlage vor: Ja.« Bensson erhob sich vom Bett. »Was macht Chick Bullay?«

»Er schläft. Er könnte durchkommen, aber er wird an dem Biß noch lange zu knabbern haben . . .«

Am Morgen, als die Sonne die Häuser von Alice Springs wie mit einer gleißenden Haut überzog, wußten Tunin und Bensson, daß Sally und Chick am Leben bleiben würden. Die beiden Ärzte sagten es Cher und Wolf und gingen schnell aus dem Zimmer, als sich die zwei schluchzend in die Anne fielen.

Das war vor einem Jahr passiert.

Heute fahren Chick und Wolf wieder ihren Truck von Adelaide nach Darwin und von Darwin nach Adelaide. Cher und Sally haben sie geheiratet – und sie erwarten beide ein Kind. Die Babys würden fast zur gleichen Zeit zur Welt kommen.

»Macht bloß keinen Ärger!« hatte Chick zu den Frauen gesagt. »Seht zu, daß die Kinder zusammen Geburtstag haben. Und strengt euch an, ihr Weiber, daß es zwei kräftige Jungen werden wie Wolf und ich!«

Auch Rock Hammerschmidt hatte Eve Dover geheiratet und drei Night-Club-Kenner krankenhausreif geprügelt, weil sie über die Frau Mastersergeant eine dumme Bemerkung gemacht hatten. Danach war Ruhe. Eve Hammerschmidt wurde anerkannt.

Nur Boabo blieb verschwunden. An dem Tag, als er wußte, daß Chick und Sally überleben würden, hatte er Alice Springs verlassen. Er war einfach weg.

Einige wollten ihn später gesehen haben – im Alyawarra-Reservat. Er reparierte dort die uralten, verrotteten Autos seiner Landsleute oder baute aus drei Wracks ein neues Auto zusammen, das auch tatsächlich fuhr.

Aber ob es wirklich Boabo war, wußte niemand.

Chick und Wolf suchten ihn monatelang vergeblich.

Irgendwo im Outback hatte Boabo seine Heimat wiedergefunden und war glücklich, wieder ein richtiger Aboriginal zu sein. Er wußte es, als er zum ersten Mal wieder ein Känguruh mit seinem Bumerang traf.

Das Gold in den Roten Bergen aber wird niemand mehr finden. Der Berg, der bei Sonnenaufgang wie ein Bein aussieht – gibt es den überhaupt . . .?

KONSALIK

Spiel der Herzen

BASTEI LÜBBE

1

Eigentlich fing die ganze Geschichte damit an, daß der bis dahin in jeder Weise unbescholtene Architekt Frank Petar einen Freund besaß, der Redakteur in einem Verlag für innenarchitektonische Schriften war. Dieser hieß Werner Ebert.

Und der Frühling spielte mit, der kecke, eben erwachte, duftende Frühling, der die ersten Blüten aus dem Boden lockte und den Vögeln mit seiner warmen Sonne den Anreiz lieferte, zu jubilieren und in den blauen Himmel zu fliegen.

Heidenohl ist eine etwas in die Breite geratene Kleinstadt am Rand der großen Heide. Das Leben in Heidenohl verlief für gewöhnlich in geruhsamen Bahnen. Nur einmal im Jahr erhitzte sich die Atmosphäre – dann, wenn das traditionelle Heidenohler Skatturnier stattfand, das sogar über die Grenzen der Stadt hinaus bekannt war.

Frank Petar lebte in Heidenohl, desgleichen sein Freund Werner Ebert. Die beiden unterschieden sich von vielen anderen dadurch, daß sie keine Skatspieler waren. Das kam wohl daher, daß Frank und Werner nicht in Heidenohl das Licht der Welt erblickt hatten – sie waren zugezogen, ersterer aus Hamburg, der zweite aus Düsseldorf.

Petar war verheiratet, Ebert nicht. Helga hieß die Glückliche, die sich von Frank Petar zum Altar hatte führen lassen und der er die eheliche Treue hielt. Ähnliches ließ sich von Werner Ebert leider nicht behaupten. Er war ein Windhund. Treue zu einem weiblichen Wesen kannte er nicht. Die Namen seiner Gespielinnen, mit denen er abwechselnd schlief, waren daher kaum zu zählen.

Helga war eine echte – also eine geborene – Heidenohlerin. Ihr Mädchenname lautete Warmut. Sie war ihrem Frank in Hamburg über den Weg gelaufen, als sie dort einer Tante einen Besuch abgestattet hatte. Es war Liebe auf den ersten Blick zwischen den beiden gewesen. Frank stand damals gerade vor seinem Examen. Helgas Vater war selbständiger Architekt, der sich aus Gesundheitsgründen schon längere Zeit gerne aus seinem Büro zurückgezogen hätte. Was Wunder, daß er sich also mit Helgas Wahl, als diese auf Frank fiel, mehr als einverstanden erklärte, und auch Frank selbst war ehrlich genug, sich einzugestehen, daß die Dinge nicht besser für ihn hätten laufen können. Man darf aber sagen, daß er seine Helga, die ein bildhübsches Mädchen war, auch abgöttisch geliebt hätte, wenn sie arm und nackt – und gerade dann! – in die Ehe mit ihm getreten wäre. Verschmähen wollte er das väterliche Architekturbüro, das sie im Rücken hatte, freilich nicht. Bleibt noch zu sagen, daß Helga dem Skatspiel verfallen war, worüber sich Frank jedoch nur amüsieren konnte. Er störte sich daran nicht. Die Beziehungen zwischen ihm und Helga waren also absolut ungetrübt. Gefährden hätte sie nur ein einziger Faktor können: beiderseitige Eifersucht. Und in der Tat, diese Gefahr hing wie ein Damoklesschwert über dem Paar, obwohl sie vorerst noch im Schlummer zu liegen schien.

Frank Petars Freund Werner Ebert war, wie eingangs bereits erwähnt, Redakteur bei einem Verlag für innenarchitektonische Schriften. Dieser Verlag galt vielen als Heidenohls größte Errungenschaft überhaupt. Er war dem Städtchen nach dem Zweiten Weltkrieg durch eine Verlagerung des Stammhauses aus dem zusammengebombten Düsseldorf zugefallen. Zwar sollte sich der heiße, von allen Stadtvätern gehegte Wunsch, aus Heidenohl eine deutsche Bücher-Stadt im Stile von Leipzig erwachsen zu sehen, nicht erfüllen, doch verband sich ein gewisses Maß an Prestige schon mit der Tatsache allein, daß im Städtchen überhaupt ein Verlag ansässig geworden war, wenn er auch der einzige blieb.

Werner Ebert lebte schon länger als Frank Petar in Heidenohl und stand bei der Bürgerschaft in einem Ansehen, das in erster Linie seiner Stellung, dann aber auch seinem Charakter und seinem Aussehen angemessen war. Letzteres zählte naturgemäß besonders bei der Damenwelt, es glich dem eines jungen Gary Cooper, und das war überhaupt nicht in Einklang zu bringen damit, daß Ebert beim Standesamt noch als ledig geführt wurde. Nicht wenige Mädchen träumten des Nachts unruhig von ihm. Um den Nutzen, den er daraus laufend zu ziehen wußte, wurde er von Frank Petar insgeheim beneidet, obwohl die Liebe, die letzterer für seine entzückende Gattin Helga empfand, gar nicht mehr größer hätte sein können. (Der darin liegende Widerspruch findet seine Auflösung im ganz normalen Charakter eines Mannes, dem totale Monogamie einfach etwas Widernatürliches zu sein scheint.)

Frank Petar stattete seinem Freund Werner Ebert in dessen Redaktion häufig überraschende, unmotivierte Besuche ab, so auch heute wieder einen.

Lawinen – große und kleine – kündigen sich vorher nicht an, sie rollen einfach los. Und so ahnte denn niemand, was geschehen sollte, als Frank Petar bei Werner Ebert eintrat und ihm gutgelaunt auf die Schulter klopfte.

»Ein Wetter!« rief er und warf sich in einen der herumstehenden Sessel. »Ein Wetter ist das! Eins zum Heldenzeugen, sagten die alten Germanen! Und du? Was machst du?«

»Ich arbeite.«

Der ganze Raum »roch« danach. Auf Eberts Schreibtisch türmten sich die Papiere. Die Luft war verbraucht. Der Aschenbecher quoll schier über. Frank sprang wieder auf, lief zu einem Fenster und riß es auf. Er war einen halben Kopf kleiner als Werner – immer noch lang genug – und sah aus wie der junge Gregory Peck. Bei den Mädchen hatte er also auch stets leichtes Spiel gehabt, als er es darauf noch angelegt hatte – vor Helgas Zeit.

»Der Mief hier drinnen ist fürchterlich«, sagte er, vom Fenster zu seinem Sessel zurückkehrend.

»Hast du nichts zu tun?« fragte ihn Werner.

»Doch.«

»Den Eindruck erweckst du aber nicht.«

Frank grinste. »Mach's wie ich, Werner«, sagte er. »Schmeiß den Krempel für ein Stündchen hin. Laß uns auf ein Glas ins ›Belstner‹ gehen, los!«

Das ›Belstner‹ war *das* Café Heidenohls, mit Stühlen auf dem Bürgersteig bei geeignetem Wetter.

»Keine Zeit«, antwortete Werner knapp.

»Und warum nicht?«

Werner zeigte auf ein Manuskript, das aufgeschlagen vor ihm lag.

»Darum nicht.«

»Was ist das?«

»Ein Roman.«

»Den ihr veröffentlichen sollt?«

»Ja.«

Franks Stimme hob sich.

»Und deshalb willst du dich keine Stunde freimachen können?«

»Nein.«

»Gestatte, daß ich lache.« Frank lachte aber nicht, sondern fuhr, zum Manuskript hinnickend, fort: »Von wem ist denn das Ding?«

»Von einer Thekla Bendow.«

»Thekla Bendow?«

»Ja.«

»Sehr bekannt.« Franks Ironie war unverkennbar. »Ich dachte schon, Günther Grass oder Heinrich Böll.«

»Leider«, sagte nun auch Werner ironisch, »setzen die beiden nicht ihren Ehrgeiz darein, mit uns ins Geschäft zu kommen.«

»Dann komm«, sagte Frank und erhob sich, um zur Tür zu gehen.

»Tut mir leid, nein«, enttäuschte ihn Werner abermals. »Ich bleibe hier.«

»Warum denn, verdammt noch mal?«

Werner zeigte wieder einmal auf das Manuskript.

»Ich will das veröffentlichen, als Fortsetzungsroman in unserer Zeitschrift. Das hat aber einen Haken.«

»Welchen?«

»Der Text ist nicht gut genug.«

Frank riß die Augen auf.

»Was ist nicht gut genug?«

»Der Text.«

»Also doch! Ich dachte, ich hätte mich verhört.« Frank schüttelte den Kopf. »Dann wirf das Ding schleunigst in den Papierkorb. Oder gib es der zurück . . . wie heißt sie?«

»Thekla Bendow.«

»Woraus besteht denn ein Roman, wenn nicht aus Text?«

»Nicht immer nur daraus.«

»Woraus denn noch?«

»Aus zusätzlichen Illustrationen.«

Frank schaute überrascht. Dann richtete er seinen Blick auf den Roman der unbekannten Verfasserin, wobei er fragte: »Von der auch?«

Werner nickte.

»Ja.«

Franks Intelligenz reichte dazu aus, um das, was hier ungesagt im Raum stand, zu erfassen. Werners Äußerungen konnten nur den *einen* Sinn haben: daß diese Illustrationen vom Text abstachen; daß sie klasse waren.

»Laß mal sehen«, sagte Frank kurzerhand und griff sich das Manuskript. Als Architekt verfügte er selbst über ein gewisses Zeichentalent; die Materie war ihm also nicht gänzlich fremd.

Es wurde still im Raum. Frank blätterte in dem Manuskript, und nur das Rascheln der Seiten, das dabei entstand, war noch zu hören. Und dann stieß Frank den ersten Pfiff durch die Zähne aus, der ein aufschlußreiches Zeichen seiner Überraschung war.

Werner sah und hörte seinem Freund schweigend zu. Er hatte ja damit gerechnet, daß Frank in dieser oder ähnlicher Art reagieren würde. Zum Schluß klappte Frank das Manuskript zu und schob es auf der Schreibtischplatte wieder hinüber zu Werner. Dabei sagte er: »Das glaube ich nicht, daß die von der sind.«

»Die Illustrationen?«

»Ja«, nickte er und wiederholte: »Das glaube ich nicht.«

»Warum nicht?«

»Dafür sind die mir zu gut.«

Werner lachte kurz. Ihm war bekannt, daß Frank von Frauen in gewissen Dingen nicht viel hielt. Als Künstlerinnen sah er sie eigentlich nur in der Liebe. Das stellte aber keine Herabminderung dar, im Gegenteil. Eine Frau, die im Bett gut war – an der Spitze natürlich Helga –, bedeutete ihm mehr als ein Beuys auf Galerieparkett. »Das alte Lied«, sagte Werner grinsend. »Solche Illustrationen können für dich nur von einem Mann sein.«

»Genau.«

»Und warum dann dieses Versteckspiel? Denkst du, ein Mann würde so leicht seine Urheberschaft verleugnen? Dann kennst du Künstler schlecht.« Werner schüttelte den Kopf. »Nee, mein Lieber, ich gehe jede Wette ein, daß diese Thekla Bendow . . . oder wie sie heißt . . . sich da nicht mit fremden Federn geschmückt hat. Die Illustrationen sind von ihr.«

»Behauptet sie das?«

»Ja«, nickte Werner. »In ihrem Begleitschreiben.«

»Dann lügt sie«, blieb Frank bei seiner Überzeugung.

Den Streit fortzusetzen, schien Werner müßig.

»Egal«, sagte er. »Auf jeden Fall verdienen es diese

Zeichnungen, veröffentlicht zu werden. Die sollen nicht unbemerkt untergehen. In der Form aber, in der mir der Roman vorliegt, können wir ihn nicht bringen. Der Text ist einfach zu schwach, ich sagte es schon. Das ist das Problem, über das ich mir den Kopf zerbreche.«

»Dann zerbrich ihn dir«, sagte Frank, endgültig die Tür ansteuernd. »Was mich betrifft, ich geh' jetzt ins ›Belstner‹. Gehab dich wohl.«

Werner gab ihm das Geleit und brachte ihn draußen auf dem Flur noch bis zur Treppe, die hinunter ins Erdgeschoß führte. Die Redaktionsräume lagen in der zweiten Etage. »Grüß mir deine Süße«, sagte Werner.

»Mach' ich«, nickte Frank. »Und du mir die deine. – Moment mal«, besann er sich, »wie heißt denn die überhaupt?«

»Wer?«

»Deine derzeitige?«

»Clara.«

»Immer noch?« wunderte sich Frank. »Mit der geht das doch nun schon zwei Monate lang?«

»Drei.«

»Höchste Zeit für einen Wechsel, Mann!«

Beide lachten. Dann sagte Werner: »Laß dich wieder sehen.«

Sie nickten einander zum Abschied zu. Die deutsche Sitte, sich bei jeder Gelegenheit die Hände aus den Gelenken zu schütteln, als ob man sich zehn Jahre lang nicht mehr begegnet wäre oder die nächsten zehn Jahre nicht mehr begegnen würde, war bei den zweien längst nicht mehr im Gebrauch.

Helga Petar, geb. Warmut, ging zum Telefon, um ihren Mann anzurufen. Der Bungalow der beiden lag am Stadtrand. Franks Architekturbüro befand sich im Zentrum der Stadt.

Helga erreichte aber nur die Sekretärin ihres Mannes.

Wo er denn sei, fragte sie die Frau, die einige Jahre älter war als sie.

Die Antwort lautete: »Er ging weg. Wohin, sagte er mir nicht. Tut mir leid, Frau Petar.«

»Wann kommt er zurück? Sagte er Ihnen das, Fräulein Melchior?«

»Auch nicht.«

»Danke.«

»Bitte.«

Für Sabine Melchior war jedes Gespräch mit der Gattin ihres Chefs gewissermaßen eine Pflichtübung. Als ganz normale Sekretärin sprach sie nämlich jeder anderen Frau das Recht ab, mit ihrem gutaussehenden Chef, in den sie verliebt war, verheiratet zu sein. Die Heimlichkeit, die ihr dabei naturgemäß auferlegt war, hatte nur ein einziges kleines Ventil, das sie sich gestatten durfte – ihr Ton gegenüber Helga Petar; ein Ton, dem die Note »unpersönlich« zu geben sie ständig bemüht war.

Der Fehler war nur der, daß Helga überhaupt nicht merkte, was ihr da angetan wurde.

Nach dem Telefonat mit der Sekretärin rief Helga Werner Ebert an, mit dem sie sich auf Betreiben Franks auch schon seit geraumer Zeit duzte.

»Tag, mein Lieber«, begann sie. »Ich telefoniere hinter meinem Göttergatten her. Ist er vielleicht gerade bei dir?«

»Tag«, antwortete Werner. »Nein.«

»Schade.«

»Er war es.«

»Was?«

»Er war bei mir.«

»Wann?«

»Vor kurzem.«

»Und wo ist er jetzt? Weißt du das?«

»Ja.«

Helga wartete darauf, daß ihr Werner sagte, wo sich Frank befand. Doch es geschah nicht.

»Wo?« fragte sie deshalb.

»Ich weiß nicht, ob ich dir das sagen soll, meine Liebe.«

»Warum sollst du mir das nicht sagen?«

»Weil es ein schlechtes Licht auf ihn wirft.«

»Betrügt er mich?« Helga meinte das natürlich nicht ernst. Sie lachte dabei. Und doch . . .

Der Schlaf der Eifersucht in ihr war kein sehr tiefer.

»Das hoffe ich nicht, daß er das tut«, sagte Werner.

»Obwohl . . .«

»Was obwohl?«

»Die Hand kann man doch für keinen ins Feuer legen, das zeigt sich leider immer wieder.«

»Du nimmst das Maß von deinen Schuhen, Werner. Es gibt auch Ausnahmen.«

»Durchaus, Helga. Mich zum Beispiel.«

Das war starker Tobak.

»Dich am allerwenigsten«, sagte deshalb Helga lachend. »Ihr tut mir alle unrecht«, seufzte Werner. »Glaub mir, gerade du könntest dir meiner völlig sicher sein, wenn ich mit dir verheiratet wäre. Leider ist das nicht das Fall. Ich finde deshalb auch keinen Schlaf mehr.«

»Wegen mir?«

»Ja«, seufzte Werner noch tiefer. »Weil du mir entgangen bist.«

»Du weißt dich aber ganz schön zu trösten.«

»Aus Verzweiflung.«

Wieder lachte Helga. Fast jedes ihrer Gespräche mit Werner Ebert spielte sich in dieser Art ab.

»Schuld an deinen Ausschweifungen bin also ich?« sagte sie.

»So ist es – falls man meine bescheidenen Lebensäußerungen, auf die du anspielst, mit dem keineswegs zutreffenden Ausdruck ›Ausschweifungen‹ belegen will.«

»Darf ich nun trotz des von mir zu verantwortenden gesundheitlichen Schadens, unter dem du zu leiden hast, meine ursprüngliche Frage wiederholen?«

»Welche?«

»Wo ich meinen Göttergatten erreichen kann?«

»Du brauchst ihn wohl sehr dringend?«

»Ja«, erwiderte Helga, obwohl das gar nicht so dringend war.

»Im ›Belstner‹«, meinte Werner endlich und fuhr fort: »Deshalb sagte ich auch, daß das ein schlechtes Licht auf ihn wirft. Statt zu arbeiten, um dir eine gesicherte Existenz zu bieten, macht er sich dort einen lauen Lenz. Mich wollte er auch dazu verführen. Es ist ihm aber, wie du siehst, nicht gelungen.«

»Das kenne ich doch gar nicht von ihm«, wunderte sich Helga.

»Jaja«, sagte Werner nur in einem gewissen Tonfall.

»Ob man ihn dort anrufen kann?« fragte Helga mehr sich selbst als Werner.

»Sicher. Soll ich dir die Nummer raussuchen?«

»Danke nein, das kann ich selbst. Wann sehen wir uns wieder, Werner?«

»Ich hoffe, nicht so bald.«

» *Was* hoffst du?«

»Das ist so, Teuerste: Jedesmal, wenn ich dich gesehen habe, werden mir meine schlaflosen Nächte vollends zur Hölle. Wir müssen das deshalb auf ein minderes Maß zurückführen.«

»Oder du weitest deine Schlaflosigkeit aus auf Clara?«

»Clara?«

»Ist die denn nicht mehr deine Favoritin?«

»Ihr fragt alle dasselbe.«

»Wer noch – außer mir?«

»Dein Gatte.«

»Siehst du, wir sorgen uns eben um dich.«

»Sie ist es noch.«

»Du verdienst die gar nicht. Adieu, mein Lieber.«

»Helga, warte –«

Es knackte in Werners Hörer, die Leitung war tot, Helga

hatte aufgelegt. Langsam tat auch Werner dasselbe, grinste dabei, und dann war das Manuskript mit dem mäßigen Text und den tollen Illustrationen wieder an der Reihe, ihn zu beschäftigen.

Helga blickte, nachdem sie aufgelegt hatte, unschlüssig das Telefon an. Sie schwankte, ob sie Frank im ›Belstner‹ anrufen sollte oder nicht. Vielleicht würde jemand mithören, sagte sie sich und faßte daher den Entschluß, es lieber nicht zu tun.

Das, was sie Frank gerne mitgeteilt hätte, war privater, ja intimer Natur. Und zwar war ihre Periode schon mehrere Tage ausgeblieben, hatte aber vor einer halben Stunde wieder eingesetzt, und das sollte ihr Mann möglichst bald erfahren, um darauf vorbereitet zu sein, daß in den kommenden drei, vier Nächten –

Telefongerassel unterbrach Helgas Gedanken. Sie hob den Hörer ab und meldete sich.

»Hallo, Helga!« antwortete ihr eine Frauenstimme, die ihr zwar irgendwie bekannt vorkam, aber doch nicht so bekannt, daß sie gleich gewußt hätte, wo sie sie hintun sollte.

»Entschuldigung«, sagte sie. »Mit wem spreche ich?«

»Das erkennst du nicht?« Auch das Lachen im Hörer, von dem diese Worte begleitet waren, glaubte Helga schon einmal gehört zu haben, allerdings nicht mehr in jüngerer Zeit.

»Tut mir leid, nein.«

»Mit Gertraud.«

Gertraud? Noch immer tappte Helga im dunklen. Bedauernd sagte sie deshalb: »Sie müssen mir schon noch mehr auf die Sprünge helfen . . .«

Enttäuschung klang auf am anderen Ende des Drahtes. »Aber, Helga, du erkennst mich tatsächlich nicht mehr . . . mich, deine alte Freundin Gerti? Wir zwei –«

Ein heller Schrei: »Gerti Maier?«

»Ja.«

»Gerti!« rief Helga. »Ich werd' verrückt! Warum sagst

du Gertraud? Niemals sagte jemand Gertraud zu dir! Immer nur Gerti! Wo bist du? Wie hast du mich gefunden?«

»Hör mal«, lachte Gerti/Gertraud, »nichts einfacher als das. Ich habe nach dir gefragt, und man hat mir Bescheid gesagt.«

»Ich heiße doch nicht mehr Warmut.«

»Nein, sondern Petar.«

»Das weißt du?«

»Schon am Bahnhof wurde es mir gesagt.«

»An welchem Bahnhof?«

»Hier in Heidenohl.«

»Gerti!« rief Helga wieder. »Du bist in Heidenohl?«

»Ja.«

»Wo? Am Bahnhof?«

»Nein, inzwischen im ›Weißen Schimmel‹. Der ist dir ja ein Begriff. Da wohne ich.«

»Seit wann?«

»Seit einer Stunde«, erwiderte Gerti. »Ich habe nur mein Zimmer bezogen, mich umgekleidet und bin hinuntergegangen zur Rezeption, um dich anzurufen.«

Der ›Weiße Schimmel‹ war Heidenohls bekanntestes Hotel. Diese Qualifikation besagte aber nicht allzuviel, da es insgesamt nur zwei nennenswerte Hotels in Heidenohl gab.

»Gerti«, erklärte Helga aufgeregt, »weißt du, was ich dir jetzt sage?«

»Was denn?«

»Daß du, wenn du nicht in fünfzehn Minuten bei mir auf der Matte stehst, gar nicht mehr zu kommen brauchst.«

»In fünfzehn Minuten?«

»Spätestens!« sagte Helga. »Also mach dich auf die Socken!«

»Also gut«, kicherte Gerti. »Ich werde mich beeilen.«

Sie und Helga waren zusammen in Heidenohl ins Gymnasium gegangen und unzertrennlich gewesen. Sie hatten zwar nicht die allerbesten Zeugnisnoten errungen, aber in puncto Schönheit schon als Teenager alle anderen ausgestochen. Helgas bestes Fach war Mathematik gewesen – merkwürdig genug für ein bildhübsches junges Mädchen. Gertraud Maier hatte sich im Zeichnen hervorgetan. Bis zum Abitur hatte es aber nur Helga gebracht, ihre Freundin war ein Jahr zuvor von der Schule geflogen. Sie war plötzlich schwanger gewesen – von ihrem Zeichenlehrer.

Ihre Eltern gaben sie damals an eine weit entfernte Privatschule im südlichsten Winkel Süddeutschlands an der österreichischen Grenze. Die Schwangerschaft wurde abgebrochen. Der Zeichenlehrer mußte den staatlichen Schuldienst verlassen. Schon nach wenigen Wochen zeigte sich bei Gertraud Maier, daß sie aus ihrem Fehler in Heidenohl gelernt hatte. Zwar war es wieder einer aus dem Schuldienst, von dem sie sich verführen ließ, aber nicht mehr vom Zeichenlehrer, sondern vom Besitzer des Internats. Der Zufall wollte es, daß er buchstabengenau auch Maier hieß. Ihm gehörten noch drei weitere über das Alpenvorland verstreute Privatschulen teuren Zuschnitts. Insofern hatte also Gertraud, wie gesagt, gelernt. Auch ihre zweite Schwangerschaft wurde wieder abgebrochen, wohlweislich aber erst nach ihrer Hochzeit mit dem Millionär. Er mußte sich folgendem Argument seiner frisch angetrauten Gattin beugen. »Sieh mal, Schatz, wenn ich das Kind kriege und es wird zehn, bist du sechzig. Sähe das nicht komisch aus? Nein, ich geh' zum Arzt.«

»Das hättest du mir aber auch schon früher sagen können«, brummte er.

»Wann?«

»Vor der Hochzeit.«

Die Ehe der beiden versprach also nicht das Beste. Kein Wunder – bei mehr als drei Jahrzehnten Altersunterschied. Die Trennung – wenn auch noch nicht die Scheidung – kam nach relativ kurzer Zeit, hauptsächlich angestrebt von der Gattin. Die Scheidung folgte dann bald.

Dies alles wußte aber Helga Petar noch nicht. Sie und

Gertraud bzw. Gerti hatten sich, wie das so geht im Leben, aus den Augen verloren, nachdem der Skandal mit dem Zeichenlehrer die Freundin von der Schule in Heidenohl verbannt hatte. Und nun stand also das Wiedersehen der beiden vor der Tür . . .

Zwar nicht schon nach fünfzehn Minuten, aber nach einer knappen halben Stunde fielen sich die zwei in die Arme, küßten sich ab, Helga zog Gerti vom Hausflur hinein ins Wohnzimmer, dann umarmten sie sich noch einmal, lösten sich endlich voneinander und sagten beide wie aus einem Munde: »Laß dich anschaun . . .«

Das gegenseitige Urteil fiel zur Zufriedenheit aus.

»Du siehst blendend aus«, sagte Gerti.

»Und *du* erst!« meinte Helga.

»Dein Mann muß ein toller Bursche sein.«

»Wieso der?«

»Weil es ihm gelungen ist, sich ein solches Mädchen zu angeln.«

»Und der deine?« lachte Helga. »Oder bist du etwa noch gar nicht verheiratet? Das könnte ich mir allerdings, wenn ich dich so ansehe, gar nicht vorstellen.«

»Ich war es.«

»Geschieden?«

»Ja.«

»Erzähle.«

Das tat Gerti bereitwillig. Ihren Bericht fand Helga äußerst spannend. Wenn ihr etwas unklar erschien, stellte sie Zwischenfragen. Vor Helgas Augen tat sich ein ganz anderes Leben auf als ihr geruhsames in dem verschlafenen Heidenohl. Zum Schluß erklärte Gerti, daß die Trennung von ihrem Mann für sie etwas sei, das ihr ein Tor zu einem neuen Dasein aufgestoßen habe. Sie erhoffe sich das jedenfalls.

Daraufhin lag für Helga die Frage nahe: »Und was machst du jetzt?«

»Ich habe mir eine kleine Wohnung genommen.«

»Wo?«

»In Düsseldorf.«

»Düsseldorf ist ein teures Pflaster. Kannst du dir denn das leisten? Arbeitest du?«

»Nein«, antwortete Gerti. »Vorläufig lebe ich noch von den Zuwendungen meines Mannes.«

»Aber den hast doch *du* verlassen?«

»Ja.«

»Dann müßte er gar nicht zahlen?«

»Nein, müßte er nicht.«

»Und er tut's trotzdem?«

Das Thema schien Gerti zu amüsieren. Sichtlich erheitert nickte sie.

»Das wundert mich aber«, sagte Helga. »Oder er liebt dich noch immer und möchte dich auf diese Weise zurückholen.«

Die Erklärung lag jedoch auf einem anderen Gebiet.

»Nein«, sagte Gerti. »Der Grund ist der, daß er es für besser hält, einem Krieg mit mir vorzubeugen. Ich könnte ihm sonst etwas madig machen.«

»Was denn?«

»Seine Steuererklärungen beim Finanzamt«, platzte Gerti lachend heraus.

Sie war ein Aas, ein bildhübsches, charmantes, von Sexappeal strotzendes Aas, das keine Hemmungen kannte. Männer, die ihr liebstes Spielzeug waren, schienen ihr dazu geschaffen, ihr in jeder Weise nutzbar zu sein.

»Und was führte dich wieder einmal nach Heidenohl?« fragte Helga. »Doch nicht die Sehnsucht nach mir?«

»Aber sicher, die in allererster Linie«, lachte Gerti erneut. »Und in zweiter die allgemein bekannte rätselhafte Kraft, die einen Verbrecher unwiderstehlich an seinen Tatort zurückzieht.«

›Tatort‹ war ein Stichwort für Helga. Es gab ihr den Anlaß, nach Herrn Walch zu fragen.

Albert Walch war jener Zeichenlehrer gewesen, mit

dem Gerti ihre sogenannten ersten »Erfahrungen« gesammelt hatte und den das so teuer zu stehen gekommen war.

»Soviel ich weiß«, erwiderte Gerti, »ging er damals nach Australien.«

Es war ganz deutlich zu sehen, daß das Schicksal des Mannes sie nie interessiert hatte.

»Und was machen deine Eltern?« fragte Helga.

Zum erstenmal nahm Gertis Gesicht einen ernsten Ausdruck an. Auch ihre Eltern hatten damals kurz nach dem Skandal, in den sie verstrickt gewesen war, Heidenohl verlassen, weil sie gedacht hatten, sich in dem Städtchen nicht mehr sehen lassen zu können, woraus hervorgeht, daß sie ihre Anschauungen aus einer Zeit bezogen hatten, die noch nicht die »neue« gewesen war.

»Sie sind beide schon gestorben«, sagte Gerti.

»Oh, das tut mir aber leid.« Helga wechselte schnell das Thema.

»Wie lange willst du hierbleiben?«

»Das weiß ich noch nicht. Ein paar Tage . . .«

»Du kannst bei uns wohnen.«

»Nein danke«, wehrte Gerti ab. »Ich bleibe im Hotel.«

»Aber warum denn? Wir haben Platz.«

»Gib dir keine Mühe, Helga. Ich will euch keine Umstände machen.«

»Wenn ich zulasse, daß du uns das antust, wird mir mein Mann den Kopf waschen.«

Trotzdem ließ sich Gerti nicht umstimmen.

»Dann mußt du ihm aber das selbst sagen«, meinte Helga dazu schließlich.

Das werde sie tun, versprach Gerti und fragte: »Wann lerne ich ihn denn kennen?«

Das brachte Helga auf eine Idee.

»Wenn du willst«, erwiderte sie, »sofort.«

Natürlich wollte das Gerti. Sie war auf jeden Mann neugierig.

»Wo denn?« fragte sie. »Kommt er her? Oder hat er sein Büro in der Nähe? Gehen wir hin?«

»Er sitzt im ›Belstner‹.«

»Was macht er denn da? Er ist doch nicht Kellner? Man hat mir gesagt, er sei Architekt. Oder stimmt das nicht?«

»Doch«, lachte Helga. »Komm, sehen wir nach ihm, er kann uns zu einer Tasse Kaffee einladen.«

Während sich Helga im Schlafzimmer ausgehfertig machte, stellte sich Gerti vor den Garderobenspiegel in der Diele und verrichtete an Gesicht und Haar mit geübten Händen all das an Verschönerungswerk, was ihrem Empfinden nach getan werden konnte, aber gar nicht nötig gewesen wäre. Dasselbe traf auf Helga zu, so daß alle Voraussetzungen geschaffen wurden, daß sich dann auf der Straße die Männer nach den beiden umdrehten. Der Weg war, wie alle Wege in Heidenohl, nicht weit. Infolgedessen zögerten die zwei nicht, ihn zu Fuß zurückzulegen. In Amerika wäre ihnen auf Schritt und Tritt nachgepfiffen worden.

Vor dem ›Belstner‹ standen die Stühle trotz des schönen Wetters doch noch nicht auf dem Trottoir. Der Wirt wollte damit noch zwei, drei Tage warten, um ganz sicherzugehen, daß der Frühling schon festen Fuß gefaßt hatte.

Frank saß beim zweiten Glas Bier und hatte bereits einige Vergleiche angestellt, Vergleiche zwischen den Beinen seiner Frau und denen der Eis essenden Mädchen, die im Lokal zu sehen waren. Helga hatte dabei stets besser abgeschnitten. Ein drittes Bier wollte Frank nicht trinken. Er saß mit dem Rücken zur Tür und dachte nun nach über Helgas Periode, der er baldigstes Abklingen wünschte. Dadurch entgingen ihm Helga und Gerti, die am Eingang tuschelten und leise lachten, nachdem Helga auf Frank gezeigt hatte. Dann verschwand Helga in Richtung Toilette.

Frank zog die Geldbörse aus der Tasche, um die Bezahlung seiner Zeche in die Wege zu leiten.

»Hallo, Frank«, ertönte eine Frauenstimme hinter ihm.

Er drehte sich im Sitzen halb um. Die Luft blieb ihm weg. Das kam daher, daß er ein atemberaubendes Mädchen erblickte.

Mann! dachte er. Leider konnte sie ihn nicht gemeint haben, denn sie war ihm unbekannt. Er ließ deshalb seine Blicke umherschweifen, wo in seiner Nähe ein zweiter Frank sitzen würde.

Nirgends. Nur zwei ältere Damen, die Kaffee tranken, und ein Teenager, der sich mit Hingabe seinem Eis widmete, hatten sich in unmittelbarer Nähe niedergelassen.

Die muß doch mich gemeint haben, sagte er sich. Aber wieso?

»Darf ich mich zu Ihnen setzen?« fragte Gerti.

»Natürlich«, stieß er hervor, schoß in die Höhe und schob ihr den nächsten Stuhl am Tisch zurecht, auf den sich Gerti lächelnd niedersinken ließ.

»Danke, Frank.«

Schon wieder ›Frank‹.

Er räusperte sich, dann sagte er: »Es tut mir sehr leid . . .«

»Was tut Ihnen leid, Frank?«

»Daß ich Sie nicht kenne.«

»Oh!« Gerti gab sich den Anschein, als ob sie sich erheben wollte. »Wie stehe ich nun vor Ihnen da? Was müssen Sie von mir denken? Ich setze mich einfach hierher, spreche Sie an . . . ich bin unmöglich!«

»Nein«, widersprach Frank. »Bitte, bleiben Sie sitzen.«

Gerti sank auf ihren Stuhl zurück, wenn auch nur zögernd.

»Aber Sie kennen mich doch nicht«, sagte sie.

Im Hintergrund tauchte Helga auf und näherte sich langsam. Frank hatte jedoch nur Augen für Gerti.

»Vielleicht weiß ich nur nicht, wo ich Sie hintun muß«, sagte er. »Sie scheinen mich jedenfalls zu kennen.«

»Ja«, nickte Gerti. »Oder sind Sie nicht Frank Petar?«

»Doch.«

»Und ich bin Gertraud.«

»Gertraud?«

»Beziehungsweise Gerti.«

»Gerti?«

»Ihre Frau hat Ihnen sicher schon manches von mir erzählt.«

»Von Ihnen?«

»Von Gerti Maier. Die bin ich.«

»Gerti Mai . . .«. Plötzlich funkte es in Frank. »Gerti Maier! *Die* sind Sie?«

Helga trat lachend an den Tisch.

»Ja, das ist sie.«

Frank war so überrascht von dem Spiel, das da mit ihm getrieben worden war, daß er vergaß, seiner Frau einen Platz anzubieten, und statt dessen nur hervorstieß: »Was machst du denn hier?«

Helga setzte sich, ohne dazu aufgefordert worden zu sein.

»Dasselbe könnte ich dich fragen«, sagte sie vergnügt dabei.

»Solltest du um diese Zeit nicht in deinem Büro weilen und dich um den Unterhalt deiner Frau kümmern?«

Frank grinste.

»Mir schwant etwas . . .«

»Was denn?«

»Man hat dich wieder einmal gegen mich aufgehetzt. Gib's zu.«

»Verdächtige nicht zu Unrecht deinen Freund.«

»Nur von ihm konntest du erfahren haben, daß ich hier zu finden bin.«

»Er wollte mir das gar nicht verraten.«

»Aber er hat's getan«, sagte grinsend Frank. »Er ist ein Schurke und wird immer wieder einer sein, dabei bleibe ich!«

»Vergiß nicht, daß du ihm dadurch die Begegnung mit Gerti hier zu verdanken hast – ganz zu schweigen von meiner Anwesenheit.«

Frank wandte sich von Helga ab und strahlte Gerti an. »Das ist wahr«, sagte er. »Hat er Sie denn schon gesehen?«

»Wer?«

»Dieser Mensch.«

»Ich weiß nicht, von wem Sie sprechen«, meinte Gerti. Frank und Gerti zusammen ließen ihr daraufhin die nötige Aufklärung zuteil werden. Das geschah in amüsanter Form. Rasch wurde viel gelacht am Tisch. Gerti mußte auch von sich erzählen. Dabei wiederholte sich zwar manches, was Helga schon wußte, aber für Frank noch neu war. Eingerahmt von zwei so gutaussehenden jungen Damen, fühlte sich Frank so richtig als Hahn im Korb. Er war Feuer und Flamme für Gerti.

Das Büro, das wieder anzusteuern er sich schon angeschickt hatte, war vergessen. Kaffee und Kuchen für die Damen wurde bestellt, auch Frank selbst entschied sich nicht mehr für Bier, um sich nicht eine unangenehme Bierfahne zuzulegen.

»Euer Ladykiller ist aber kein Heidenohler?« fragte Gerti. Sie meinte damit Werner Ebert, auf den sie zurückkam. »Nein, ein Düsseldorfer«, sagte Frank.

»Ist er denn wirklich so schlimm?«

»Noch schlimmer«, nickte Helga. »Solltest du ihm je begegnen, sieh dich vor. Dem ist wahrhaftig kein Rock heilig.«

Gerti lachte hellauf.

»Ich trage sehr gerne Hosen«, sagte sie. »Was macht er denn beruflich?«

»Er ist Redakteur.«

Gerti merkte auf. Das interessierte sie wohl.

»Wo?«

»Beim Omega-Verlag.«

»Das ist ein Verlag«, erläuterte Frank, »der Schrifttum für Innenarchitektur herausgibt, darunter auch eine Zeitschrift.«

Gertis Interesse an dieser Sache, auch am Redakteur des

Verlages, schien aber rasch wieder zu erlöschen. Sie sagte nichts mehr.

Fast im selben Augenblick kam der Kellner an den Tisch und bat, abkassieren zu dürfen, da er abgelöst werde. Für Frank war das ein Signal. Er seufzte und sagte, daß er beim besten Willen nun nicht mehr länger bleiben könne. Die Pflicht rufe ihn. Den Frauen stellte er anheim, sich von seinem Abgang nicht stören zu lassen und neuen Kaffee zu bestellen.

Doch es wurde ein allgemeiner Aufbruch. Auch die beiden Damen verließen das Café zusammen mit Frank, um noch ein bißchen in der Stadt herumzulaufen. Helga sagte, sie könne Gerti manches Neue zeigen, denn in den vergangenen Jahren sei sogar auch Heidenohl nicht ganz stehengeblieben.

»Und was machen wir abends?« fragte Frank, ehe er sich von den Damen trennte. »Oder haben Sie schon eine Verabredung, Gerti?«

»Nein.«

»Wir essen bei uns«, schlug Helga vor. »Ich werde –«

»Du wirst dich keinesfalls in die Küche stellen«, unterbrach Gerti sie. »Ich schlage vor, ihr kommt zu mir ins Hotel.«

»Aber nur, wenn alles auf meine Rechnung geht«, sagte Frank.

»Das sowieso«, lachte Gerti. »Dachten Sie, wir zwei Hübschen würden Ihnen unsere Gesellschaft umsonst schenken?«

Frank blickte nur Gerti – und nicht auch Helga – an, als er sagte: »Und wenn ich mich finanziell völlig ruinieren müßte, wäre es mir die Sache wert.«

So ganz gefiel das Helga nicht . . .

Drinnen im Café saßen noch die zwei alten Damen und verarbeiteten die Eindrücke, die sie gesammelt hatten.

»Haben Sie die gesehen?« fragte die eine die andere.

»Sicher, das war doch dieser Architekt, der sich ins Warmut-Nest gesetzt hat, mit seiner Frau. Wer die andere war, weiß ich allerdings nicht. Irgendwie habe ich aber das Gefühl, als ob ich die auch schon mal gesehen hätte. Vor Jahren vielleicht.«

»Jedenfalls hat der mit jeder von den beiden etwas, daran zweifle ich keinen Augenblick.«

»Das ist doch heute gang und gäbe.«

»Haben Sie den Ausschnitt von der gesehen?«

»Welche meinen Sie? Seine Frau oder die andere?«

»Die andere.«

»Der von seiner Frau war auch nicht recht viel besser. Schamlos, würde ich sagen.«

»Zeiten sind das!«

Die zwei alten Damen hatten ihren Gesprächsstoff, mit dem sie noch für den ganzen restlichen Nachmittag versehen waren.

2

Am nächsten Morgen wäre Frank gerne noch länger liegen geblieben, durfte sich das aber nicht erlauben, da sich die Arbeit im Büro häufte. Er und Helga waren sehr spät ins Bett gekommen. Der Abend zuvor im ›Weißen Schimmel‹, zusammen mit Gerti, hatte sich hingezogen. Die allgemeine Lustigkeit hatte hohe Wellen geschlagen, der Alkohol war reichlich geflossen, dazu hatte Frank zwei Schachteln Zigaretten geraucht, und das Resultat von alldem war, daß Franks erste Frage, als ihn der Wecker aus Morpheus' Armen riß, den Spalttabletten galt.

»Wo sind die denn?« wollte er krächzend von Helga wissen.

»Wo sie immer sind«, lautete die nicht übermäßig

freundliche Antwort. Helga hatte mit sich selbst zu tun. Der Abend war auch für sie zu lang und zu feucht gewesen. Dazu kam, daß ihre Periode noch einmal ein bißchen eingesetzt hatte, was ihr ebenfalls zu schaffen machte. Zum Glück war sie wenigstens Nichtraucherin und entging dadurch den Spuren des Nikotinmißbrauchs, unter denen Frank zu leiden hatte.

»Reflektierst du auf ein Frühstück?«

Diese Frage Helgas erregte bei Frank, als sie ihn aus dem Bett seiner Gattin heraus erreichte, Abscheu.

»Um Gottes willen, nein!«

»Kommst du zum Mittagessen?«

»Ich glaube nicht.«

»Und zum Abendessen?«

»Frag mich das mal am späteren Nachmittag.«

Frank verschwand hustend im Bad. Als er wieder zum Vorschein kam, schienen seine Gedanken irgendeinen Zusammenhang mit der Alpenflora herzustellen, denn er stieß hervor: »Dieser Scheißenzian!«

Nach einer längeren Pause, in der er nach einem Schlips suchte, setzte er hinzu: »Von Knödeln hat sie auch noch geschwärmt.«

»Wer?« fragte Helga.

»Deine Freundin.«

»Davon weiß ich nichts.«

»Das mußt du doch auch mitbekommen haben?«

»Nein.«

»Aber du erinnerst dich doch an diesen Honigaufkäufer aus Bremen?«

»Dessen Frau auf getrennten Schlafzimmern besteht, weil sie frigide ist?«

»Hat er gesagt, ja.«

»Das sagen alle.«

»Jedenfalls fing der plötzlich an, von Labskaus zu schwärmen.«

»Richtig.«

»Und danach begann Gerti mit ihren Knödeln.«

Helga verstummte. Sie schien eine ganze Weile ihr Gedächtnis zu martern – vergeblich.

»Du erinnerst dich daran nicht?« fragte Frank.

»Nein«, erwiderte Helga. »Vielleicht war ich auf der Toilette.«

»Das mußt du aber dann lange gewesen sein. Die wollte doch schier nicht mehr aufhören.«

Wieder verging eine gewisse Pause, ehe Helga fragte: »Was will sie denn mit Knödeln?«

»Sie uns empfehlen«, antwortete Frank kopfschüttelnd. »Ich sage dir, die Bayern haben aus der für einen Mann von hier einen Problemfall gemacht.«

Helga drehte sich um und schlief noch einmal ein. Sie sagte, die Dinge ein bißchen durcheinanderwerfend, nur noch: »Labskaus mit Knödeln . . . man müßte es probieren . . .«

Frank verließ ohne Binder – er hatte keinen, der zum Hemd gepaßt hätte, gefunden – das Haus, begleitet von einem Hustenanfall, der ihn bis zu den Zehen durchschüttelte.

Die Vögel im Garten sangen ihr Morgenkonzert, aber Frank fand den Lärm keineswegs positiv. Auch dem ganzen Wetter, das wieder herrlich war, stand er heute mit Reserve gegenüber. Die Sonne schien ihm auf den brummenden Schädel, davon war er nicht begeistert. Im Auto schimpfte er laut auf die anderen Verkehrsteilnehmer und zeigte zweien aus nichtigen Anlässen den Vogel. Als ihm einer der beiden auf die gleiche Weise antwortete, war er bemüht, sich dessen Nummer zu merken, um ihn wegen Beleidigung anzuzeigen. Er scheiterte aber daran. Zwei Ampeln weiter war die Nummer aus seinem Kopf wie weggeblasen.

Im Büro wurde Frank bald von Werner Ebert angerufen, der ihm mitteilte, daß er ihn sprechen müßte.

Frank hatte gerade wieder einen solchen Hustenanfall,

daß er kein Wort Werners verstehen konnte, weshalb er, als Werner verstummte, fragte: »Was hast du gesagt?«

»Ich muß dich sprechen.«

»Wann?«

»Möglichst bald. Kannst du nicht bei mir vorbeikommen?«

»Heute nicht.«

»Oder ich bei dir?«

»Auch nicht.«

Werner wunderte sich über Franks kurzangebundene – um nicht zu sagen unfreundliche – Art, die er von ihm nicht gewohnt war.

»Was hast du?« fragte er. »Bist du mit dem linken Fuß aufgestanden?«

»Mann!« krächzte Frank. »Wenn du wüßtest, wie mir ist.«

Aha, dachte Werner, so liegt der Fall. Sein Tip traf ins Schwarze.

»Gesoffen?«

»Kennst du Enzian?« erwiderte Frank.

»Nur vom Hörensagen«, sagte Werner mit einem schadenfrohen Grinsen im Gesicht, das – zum Glück für ihn – Frank nicht sehen konnte.

»Sei froh.«

»Soviel ich weiß, brennen die den aus Wurzeln.«

»Das glaube ich ohne weiteres«, meinte Frank. Wurzeln – welcher Art auch immer – schienen für ihn ein für allemal erledigt zu sein.

»Wo warst du denn?« fragte Werner.

»Im ›Schimmel‹.«

»Mit wem?«

»Mit Helga und einer Schulfreundin von ihr.«

»Sonst trinkst du doch nur deinen ewigen Bommerlunder.«

»Gestern nicht, das war mein Fehler.« Das verlangte nach einer Ergänzung, deshalb fügte Frank hinzu: »Ich wurde das Opfer eines bayerischen Abends.«

»Wie denn das?« lachte Werner.

»Schuld daran war Gerti.«

»Welche Gerti?«

»Die erwähnte Schulfreundin von . . .« Ein neuerlicher Hustenanfall erzwang eine Unterbrechung. Erst als er vorüber war, schloß Frank: ». . . Helga.«

»Ist sie hübsch?«

»Wer?«

»Die Schulfreundin?«

Hätte Werner das nicht gefragt, wäre das über die Maßen verwunderlich gewesen.

»Sehr«, antwortete Frank knapp.

»Was hat sie mit Bayern zu tun?«

»Sie hatte dorthin geheiratet. Nun tauchte sie wieder auf.«

»Als Propagandistin für Enzian, wenn ich dich richtig verstehe«, machte sich Werner lustig.

»Und für Knödel auch noch!« setzte Frank anklagend hinzu.

Nachdem dies aber ins Uferlose führen konnte, fragte er seinen Freund abrupt: »Also, warum rufst du mich an? Was willst du?«

»Dich sprechen.«

»Das tust du doch schon die ganze Zeit. Schieß los.«

»Nicht am Telefon. Wir müssen uns zusammensetzen.«

»Dann komm her.«

»Ich denke, du fühlst dich dazu heute nicht in der Lage?«

»Wie lange würde es dauern?«

»Nicht lange«, erwiderte Werner, wobei er dachte: Das wirst du dann schon sehen.

»Gut, ich erwarte dich.«

Als die beiden sich wenig später in Franks Büro gegenübersaßen, hatte Werner das Manuskript jener Thekla Bendow mitgebracht. Er legte es Frank auf den Schreibtisch und sagte in seiner zupackenden Art: »Ich weiß jetzt, wie das gemacht werden muß mit der Veröffentlichung. Ich brauche dich dazu.«

»Mich?«

»Du schreibst einen neuen Text.«

»Ich?«

»Zusammen mit Thekla Bendow.«

Frank blickte Werner an wie einen Bekloppten, eine ganze Weile tat er das. Dann sagte er: »Ich frage mich, wer von uns beiden besoffen gewesen sein muß – ich oder du?«

»Du«, grinste Werner. »Ich brütete die halbe Nacht über diesem Manuskript, bis ich –«

»Hattest du mir nicht versprochen, daß es nicht lange dauern würde?« unterbrach Frank.

»Ja, aber –«

»Dann auf Wiedersehen.«

So schnell war aber Werner Ebert nicht bereit, die Flinte ins Korn zu werfen. Daß ihm hier eine sogenannte schwere Geburt bevorstehen würde, war ihm klar gewesen, seit er sich auf den Weg gemacht hatte.

»Sieh mal«, sagte er, auf das Manuskript zeigend, »die Sache ist so: Diese Bendow hat einen Roman in Briefen geschrieben. Ein Mann und eine Frau unterhalten sich schriftlich über die Liebe, über Freud und Leid, über Gutes und Schlechtes, Schönes und Häßliches, und immer wieder über die Liebe. Im Laufe der Zeit wird ihnen bei ihrem Briefwechsel mehr und mehr bewußt, daß sie eigentlich ideal zueinanderpassen würden. Schließlich vereinbaren sie ein Treffen und stellen dann bei dieser Gelegenheit fest, daß . . . naja, du weißt schon, Happy-End usw. Dazu die entsprechenden Illustrationen, die du schon gesehen hast. Sie sind, das sagtest auch du, toll. Aber der Text!« Werner nahm das Manuskript, hob es mit zwei Händen hoch und ließ es wieder auf die Schreibtischplatte fallen. »Zu schwach. Da fehlt die nötige Substanz. Kein Pfeffer, besonders in dem, was der Mann schreibt. Das sind die Teile des

Manuskripts, die am meisten abfallen. Du kannst dich selbst davon überzeugen, Frank . . .«

Werner schubste das Manuskript hinüber zu seinem Freund und sagte dabei: »Ich lasse es dir da.« Umgehend lag das Manuskript, von Frank zurückgeschubst, wieder vor Werner.

»Nee!«

»Warum nicht? Du mußt dir doch ein Bild von der Sache machen, ehe du in sie einsteigst, Frank.«

»Wenn du das glaubst, bist du gewaltig auf dem Holzweg, mein Junge.«

»Wie willst du es anders machen?«

»Überhaupt nicht! Ich bin doch kein Idiot!«

»Natürlich nicht. Wenn du ein Idiot wärst, müßte ich mir für diese Aufgabe einen anderen suchen, das ist doch klar.«

Frank blickte zur Tür und wiederholte das, was er schon einmal gesagt hatte, auf französisch: »Au revoir.«

Werner gab trotzdem nicht auf.

»Stell dich nicht so an, Frank«, sagte er. »Ich habe lange genug über das Ganze nachgedacht. Dies ist der Weg, der mir gangbar erscheint.«

»Au revoir.«

»Dann sag mir, warum du partout nicht willst.«

Daraufhin machte Frank den Fehler, diese Frage zu beantworten. Damit begann er sich auf eine Debatte einzulassen, bei der er unterlag.

»Ich bin Architekt und kein Schriftsteller.«

»Natürlich bist du Architekt, Frank, das bestreitet ja gar keiner. Du bist sogar ein guter Architekt.«

»Dann versuch nicht, mich zu einem Schriftsteller umzufunktionieren. Wie stellst du dir das überhaupt vor?«

»Übertreib nicht, Frank. Niemand denkt daran, von dir zu verlangen, daß du mit Thomas Mann stilistisch in Konkurrenz treten solltest.«

»Ach nee!« rief Frank ironisch. »Wirklich nicht?«

»Das wäre sogar absolut falsch, Frank, wenn du das versuchen würdest. Unsere Leser und Leserinnen sollen nämlich glauben, sich mit dem Briefwechsel identifizieren zu können. Deshalb sollst du so schreiben, wie dir der Schnabel gewachsen ist, verstehst du, frei von der Leber weg.«

Das Telefon läutete und verschaffte Frank einen Zeitgewinn. Der Architektenverband rief an und bat um Beantwortung einiger Fragen für eine statistische Erhebung.

»Außerdem«, sagte Werner, nachdem Frank wieder aufgelegt hatte, »bin ja notfalls auch ich immer noch da, um dir zu helfen, wenn du Schwierigkeiten mit deiner Aufgabe hättest.«

»Das ist nicht meine Aufgabe, sondern die *deine,* Werner«, sagte Frank mit Nachdruck. *»Dein* Fach ist das. *Du* hast das Schreiben gelernt, also dichte dir das selbst zusammen und laß mich aus dem Spiel.«

»Das geht nicht, Frank.«

»Warum nicht?«

»Das will ich dir sagen: Weil zwischen dieser Thekla und der Redaktion – also mir – wird ein geschäftlicher Kontakt entstehen. Sie wird deshalb früher oder später herkommen. Da muß nämlich das Honorar ausgehandelt und ein Vertrag abgeschlossen werden. Außerdem hat man sich über Termine abzustimmen. Und noch einiges mehr. Dadurch wäre es jedenfalls unvermeidlich, daß sie mich und ich sie kennenlernen würde.«

»Na und?«

»Das darf nicht geschehen, jedenfalls nicht, solange es sich vermeiden läßt. Warum? wirst du mich fragen. Weil die Qualität, die dem Manuskript bisher fehlt, *daraus* entstehen würde, daß sich Briefschreiberin und Briefschreiber, Thekla und« – Werner grinste – »du also, bis zuletzt nicht kennen. Verstehst du? Ein gewisser Reiz wird wirksam werden auf euch. Ein Hauch des Geheimnisses wird euch, wenn ich so sagen darf, gegenseitig aus der Feder fließen ...«

Werners Rede hatte geradezu poetische Kraft gewonnen. »Eurer Phantasie«, fuhr er fort, »sind keine Grenzen gesetzt. Ihr werdet euch die verschiedensten Bilder voneinander machen. Und wenn du mich fragst, dann bin ich jetzt schon sicher, daß die ein ganz tolles Weib ist.«

»Woher willst du das wissen?« war Frank, in dem sich gegen seinen Willen Interesse regte, zu vernehmen.

»Das sagen mir die Illustrationen von der. Ein solches Maß an latenter, von der Zeichnerin kaum mehr zu zügelnder Erotik ist mir bis zum gestrigen Tag noch nicht vorgekommen.«

»Erotik, sagst du?«

»Ja.«

»Gib her«, sagte Frank, nachdem er automatisch die Hand nach dem Manuskript ausgestreckt hatte.

Gespannt schaute Werner ihm zu, wie er herumblätterte und seine Bekanntschaft mit den Zeichnungen erneuerte. Schweigen herrschte. Werners Zuversicht, sein Ziel zu erreichen, wuchs. Um so enttäuschter war er, als Frank das Manuskript plötzlich zuschlug, es von sich schob und sagte: »Mag ja sein, daß du recht hast, aber das ändert nichts an meiner Weigerung.«

Ein neuer Gedanke war in Frank aufgetaucht, von dem Werner noch einmal zurückgeworfen wurde.

Frank fuhr fort: »Weißt du, wen du nämlich bei deinen ganzen Überlegungen vergißt?«

»Wen?«

»Helga.«

»Was hat die damit zu tun?«

»Sie ist meine Frau.«

»Ach nee«, meinte Werner ironisch. »Welche Neuigkeit für mich.«

»Du ahnst nicht, wie eifersüchtig die sein kann, wenn ich ihr den geringsten Grund dazu gebe.«

»Und welcher Grund wäre das in diesem Falle?«

»Die Korrespondenz mit einer anderen Frau. Allein das würde ihr genügen.«

Werner blickte Frank geringschätzig an. Er schien an dessen Intelligenz zweifeln zu wollen.

»Was ich nicht weiß«, sagte er, »macht mich nicht heiß. Ich meine damit deine Frau. Bindest du ihr denn immer alles auf die Nase?«

»Bisher schon, ich habe keine Geheimnisse vor ihr.«

»Dann wird's höchste Zeit, daß das aufhört«, sagte Werner. »Oder du bist kein Mann mehr. Was glaubst du, welchen Spaß dir das machen wird. Ich kenne nichts Schöneres.«

In Frank arbeitete es. Kein Mann mehr zu sein, das ließ er sich nur ungern sagen.

»Wer garantiert mir denn«, fragte er zögernd, »daß nicht doch etwas durchsickern würde zu Helga?«

»Von wem denn, wenn du dein Maul hältst?« antwortete Werner rasch, das Eisen schmiedend, solange es heiß war.

»Von dir zum Beispiel.«

»Von mir?! Bist du verrückt?! Ich würde mich doch ins eigene Fleisch schneiden. Erstens geht's mir um die Veröffentlichung des Romans. Und zweitens kann ich mir vorstellen, was die nicht nur dir, sondern auch mir erzählen würde, wenn sie hinter die Sache käme. Ich wäre doch in ihren Augen der Anstifter.«

»Das wärst du auch.«

»Sicher.«

Beide verstummten. Werner ließ Frank Zeit. Franks Blick wanderte zu dem Manuskript. Werner schob es ihm sachte wieder zu. Frank schob es nicht mehr zurück. Er räusperte sich.

»Werner«, fragte er, »was weißt du denn überhaupt schon von der?«

»Das, was ich ihrem Begleitschreiben entnehmen konnte.«

»Und was war das?«

»Erstens ihr Name: Thekla Bendow –«

»Der kann doch falsch sein«, unterbrach Frank.

»Du denkst wohl an ein Pseudonym?«

»Richtig.«

Werner winkte mit der Hand.

»Und wenn schon, das würde keine Rolle spielen«, sagte er. »Zweitens ihr Alter: sechsundzwanzig. Drittens: geschieden. Viertens: ihre Adresse.«

»Geschieden heißt ›nicht unerfahren‹«, meinte Frank.

»Genau«, grinste Werner.

»Die Adresse?«

»Düsseldorf, postlagernd.«

»Sehr aufschlußreich«, sagte Frank prompt.

Werner zuckte mit den Schultern. Man kann das nicht ändern, hieß das; jedenfalls vorläufig noch nicht.

»Ist sie denn Düsseldorferin?« fuhr Frank fort.

»Vermutlich.«

Der Name Düsseldorf hatte in Frank eine Saite zum Erklingen gebracht.

»Du weißt«, sagte er zu Werner, »daß ich in Düsseldorf drei Semester studiert habe.«

»Ja.«

»Eine herrliche Zeit!«

»Soll ich dir sagen, was dir da am besten gefallen hat?«

»Was?«

»Die leckeren Mädchen.«

»Ja«, lachte Frank lüstern, »da kann ich dir nicht widersprechen.«

»Ich weiß doch Bescheid», grinste Werner, der ja selbst auch Düsseldorfer war. Dann packte er, zum Manuskript hinnickend, zu.

»Sind wir uns also einig?«

»Du machst mich fertig«, seufzte Frank. »Aber ich will es mir mal ansehen, laß es da.«

Rasch erhob sich Werner, damit es sich Frank nicht noch einmal anders überlegen konnte. Zur Tür gehend, erklärte er: »Sobald ich eine Antwort von der habe, gebe ich dir Bescheid. Ich werde unverzüglich alles in die Wege leiten. Dann geht's los.«

Das hieß, daß er es eilig damit hatte, einen Brief an Thekla Bendow, Düsseldorf, postlagernd, hinausgehen zu lassen, in dem der geschiedenen Sechsundzwanzigjährigen all das auseinandergesetzt wurde, was zwischen ihm und Frank vereinbart worden war. Bezüglich des Einverständnisses der Dame mit dem Ganzen machte er sich keine Sorgen.

»Soll ich denn schon versuchen, einen Brief zusammenzubasteln?« fragte Frank. Nachdem die Würfel gefallen waren, schien er plötzlich geradezu wild auf seine Aufgabe zu sein.

Werner hatte bereits die Türklinke in der Hand.

»Nicht nötig, Frank. Warten wir den ersten Brief von der ab, das wird die Sache für dich vereinfachen, weil du ihr darauf gleich antworten kannst.«

»Bis wann, glaubst du, wird die sich rühren?«

»Sehr bald, davon bin ich überzeugt.«

Doch das war ein Irrtum. Thekla Bendow schien es, wie sich herausstellte, überhaupt nicht eilig zu haben.

Helga und Gerti frischten tagelang alte Erinnerungen auf. Das machte ihnen großen Spaß. Helga entdeckte an ihrem Heimatstädtchen manches Neue, über das vorher ihr Blick achtlos hinweggeglitten war. Gerti stieß auf Dinge, von denen sie glaubte, daß sie neu seien, die es aber bereits in ihrer Heidenohler Zeit gegeben hatte. Sie hatte sie eben nur total vergessen. Helga hatte dann jeweils Mühe, ihre Freundin über den Irrtum aufzuklären, in dem sie sich befand.

So liefen denn die beiden kreuz und quer durch das Städtchen, und an jeder Ecke begann entweder Helga oder Gerti eine Geschichte mit den Worten: »Weißt du noch, hier . . .«

Als die zwei an ihrer alten Schule vorbeikamen, leerte sich gerade das düstere Backsteingebäude, das schon längst wieder einmal einen neuen Anstrich vertragen hätte. Ganze

Scharen lärmender Jungen und Mädchen aller Altersklassen quollen aus der Pforte heraus, die täglich um die Mittagszeit herum die Belegschaft des Gymnasiums in die Freiheit entließ.

Helga und Gerti sahen dem Schauspiel zu, das für die Anwohner mit so viel Krach verbunden war, und fühlten sich ziemlich alt dabei.

»Möchtest du noch einmal so jung sein?« fragte Gerti.

»Du?«

Sie schauten einander an. Plötzlich brachen beide in helles Gelächter aus, nachdem ihnen klargeworden war, daß sie ja so taten, als ob sie selbst schon Greisinnen wären.

Lachend wandten sie sich von der Schule ab und bummelten die Straße entlang, die hinausführte aus der Stadt, hinein in die nahen, weiß und grün in der Sonne leuchtenden Birkenwälder, an deren Rändern sich die weite Heide dehnte.

»Was ist schöner, Gerti, das hier oder die Berge?« fragte Helga. »Du hast ja nun beides kennengelernt.«

»Das kann man nicht miteinander vergleichen, Helga. Die Alpen sind toll, herrlich, gewaltig – aber auch die Heide ist wunderbar, in einer ganz anderen Weise allerdings.«

»Wo möchtest du lieber leben?«

Gerti dachte nicht lange nach.

»Hier.«

»Heimat bleibt Heimat«, meinte Helga.

»Richtig.

»Dann zieh doch wieder her.«

Wieder kein langes Nachdenken Gertis.

»Nein.«

»Warum nicht?«

»Den Lebenskreis, der mir vorschwebt, seit ich mich von meinem Mann getrennt habe, kann ich mir hier nicht schaffen. Dazu brauche ich die Großstadt.«

»Düsseldorf?«

»Ja«, nickte Gerti. »Es könnte aber auch Köln sein . . .

oder Frankfurt ... oder Hamburg ... eben eine Großstadt. Auf Düsseldorf fiel meine Wahl eher zufällig. Was ich unbedingt brauche, ist eine Hochschule ...«

»Eine Hochschule? Willst du denn noch einmal zu studieren anfangen?«

»Ja.«

»Und was?«

Gertis Antwort entbehrte der Präzision.

»Verschiedenes.«

Naja, dachte Helga, ›verschiedenes‹ haben schon viele studiert, ehe sie dann die Finger doch von allem gelassen haben. *Dein* Studium wird, wenn man dich so ansieht, vornehmlich den Männern gelten. Oder andersherum, das Studium der Männer wird dir gelten.

»Und wieder heiraten, wie steht's damit, Gerti?«

»Dazu«, lachte Gerti, »muß ich erst einmal geschieden sein.«

»Aber ein grundsätzliches Interesse, wäre das vorhanden oder nicht?«

»Kein gesteigertes.«

Helga guckte ungläubig. Das kam daher, daß sie selbst eben überaus glücklich mit ihrem Frank verheiratet war. Sie konnte sich nichts Besseres für eine Frau vorstellen. »Weißt du«, fuhr Gerti fort, »den nächsten sehe ich mir vorher ganz genau an. Unter keinen Umständen darf er wieder älter sein als ich.«

Stille breitete sich aus. Die letzten Häuser der Stadt lagen schon ziemlich weit hinter den beiden. Nur die Vögel zwitscherten. Das Gesumme der Bienen, von dem man in Schilderungen der Heide so oft lesen kann, fehlte noch. Die Voraussetzungen dazu, das Meer der Blumen, war nämlich erst im Entstehen begriffen in diesen Tagen. »Köstlich, der Friede hier,« sagte Helga, und Gerti nickte beifällig.

Beide sahen den Bussard über sich kreisen, ergötzten sich an seinem stolzen, herrlichen Flug, und beide dachten, wie alle Menschen, nicht daran, für wie viele Mäuse jeden

Tag solche Flüge mit dem Tod verbunden sind. Beide sahen den Sperber »rütteln«, für den ähnliches galt. Beide dachten nicht an den Fuchs in seinem Bau, der schlief und einen Fasan verdaute. Beide vergaßen die vielen, vielen Ameisen, die sich ständig auf kleine Lebewesen stürzten und sie töteten, Lebewesen, die noch kleinere Lebewesen im Magen hatten. Beide bewunderten das Spinnennetz im Geäst eines Strauches als »Kunstwerk«, das als Inbegriff des Mörderischen in der Welt der Fliegen gelten muß.

Friedliche Natur . . .

Eine Birke, die sich in Kniehöhe über dem Boden in zwei Stämme teilte, zog die Aufmerksamkeit Gertis auf sich. Der Baum stand etwas abseits des Weges am Rand einer kleinen, wannenartigen Vertiefung des Geländes. Auf ihn zeigend, sagte Gerti mit einem belustigten Ausdruck im Gesicht: »Den erkenne ich wieder.«

»Die Birke?«

»Ja, an der lehnten damals unsere Räder.«

»Eure Räder?«

»Ja, das meine und das vom Walch.«

Helgas Interesse erwachte jäh.

»Soll das heißen, daß es hier passiert ist zwischen euch beiden?«

»Ja«, lachte Gerti mit der ihr eigenen Frivolität. »Zum ersten Mal. Die kleine Mulde siehst du ja. Sie kam mir damals vor wie ein Bett. Inzwischen schätze ich ›Liebe im Freien‹ nicht mehr so sehr. Die Ameisen, weißt du . . .«

»Dazu kann ich nichts sagen«, meinte Helga.

»Willst du damit sagen, daß dir einschlägige Erfahrungen absolut fehlen?«

»Ja«, erwiderte Helga, angesteckt von Gertis Offenheit. »Ich habe dazu bisher immer vier Wände um mich herum gebraucht – und ein Bett oder zumindest eine Couch. Habe ich dadurch etwas versäumt?«

»Gewiß nicht, meine Liebe. Ich sage dir ja, die Ameisen . . .«

Ameisen sind, lernt man in der Schule, staatenbildende Tiere. Was man im Schulunterricht nicht lernt, sondern sich außerhalb der Schule, in der freien Natur, selbst aneignen muß, ist, daß es also zum Wesen der Ameisen gehört, der menschlichen Liebe entgegenzuwirken.

»Kehren wir um?« fragte Helga.

Gerti nickte.

In der Stadt gingen sie einen anderen Weg als vorher und kamen an einem kleinen Modegeschäft vorüber, das mit der Zeit ging und sich deshalb ›Boutique‹ nannte. Es war die einzige am Ort. Ihre Besitzerin war vor zwei Jahren aus Celle zugezogen, um ihren Unternehmungsgeist sozusagen auf jungfräulichem Boden ins Kraut schießen zu lassen. Sie hatte immer noch zu kämpfen. Den Heidenohlerinnen war nicht so leicht etwas Neues schmackhaft zu machen.

Im Schaufenster lag ein Pulli, der Gerti ins Auge stach.

»Hübsch«, sagte sie.

»Finde ich auch«, meinte Helga. »Ich bin hier Kundin.« Durchs Schaufenster konnte man über eine halbhohe Blende hinweg ins Ladeninnere sehen. Kein Betrieb. Nur eine einzelne Dame war dabei, Briefe zu öffnen. Wohl Geschäftspost. Anscheinend die Besitzerin.

»Der Umsatz hält sich wohl in Grenzen«, meinte Gerti.

»Leider«, sagte Helga. »Vielleicht muß die wieder zumachen. Das wäre schade.«

Auf dem Schild an der Ladenfront, das den Namen der Firma auswies, stand in großen, soliden, schnörkellosen Buchstaben CLARA.

Die Kleinunternehmerin blickte von ihren Briefen auf und entdeckte durchs Schaufenster die beiden Damen vor ihrer Auslage. Da ihr Helga bekannt war, nickte sie, freundlich grüßend. Helga lächelte zurück.

»Die sieht gut aus«, konstatierte Gerti. »Und jung ist sie auch noch.«

»Und sehr nett im Wesen.«

»Also wie geschaffen für einen Mann. Hat sie denn keinen, daß sie auf das Geschäft pfeifen könnte?«

»Doch«, erwiderte Helga. »Aber auf den ist kein Verlaß.«

»Dann würde ich mir einen anderen anlachen.«

»Ich auch.«

Gerti faßte den Pulli noch einmal ins Auge. Wenn ich nicht schon zwanzig hätte, würde ich ihn mir kaufen, dachte sie.

»Erinnerst du dich an den Mann, von dem wir im ›Belstner‹ gesprochen haben?« fragte Helga.

»Ah, den angeblichen Ladykiller?«

»Ja«, nickte Helga. »Das ist er. Mit dem hat sie ein Verhältnis.«

Sie gingen weiter.

Wenn man den Teufel nennt, kommt er grennt, lautet ein altes Sprichwort.

Schon nach wenigen Schritten stieß Helga hervor: »Das darf nicht wahr sein!«

»Was denn?« fragte Gerti.

»Da kommt er.«

»Wer?«

»Der Ladykiller.«

»Wo?«

Ein himmellanger Mensch, der alle anderen Passanten auf dem Bürgersteig überragte, kam ihnen entgegen, entdeckte Helga und grinste schon von weitem.

»Wen sehe ich?« begann er. »Den Traum meiner schlaflosen Nächte . . .«

»Tag, Werner«, sagte Helga. »Gerade haben wir von dir gesprochen . . .«

»Schlecht, nehme ich an«, sagte er mit verstärktem Grinsen.

»Ja«, lachte Helga.

Werner hielt es nicht für nötig, dagegen rhetorisch anzukämpfen. Er ging großzügig darüber hinweg und wandte sich Gerti zu.

»Der Traum meiner schlaflosen Nächte scheint sich verdoppelt zu haben«, sagte er zu ihr. »Ist denn das die Möglichkeit?«

Helga oblag es, die beiden einander vorzustellen. Sie sagte: »Darf ich bekannt machen – Herr Doktor Ebert, Frau Maier.«

Werner verbeugte sich.

»Ich bin hingerissen.«

»Ganz meinerseits«, lachte Gerti.

»Sie sind die Dame mit bayerischer Vergangenheit?«

»Woher wissen Sie das?« fragte Gerti überrascht.

»Von meinem Freund Frank Petar. Er hat mich auf Sie vorbereitet.«

»So?«

»Darf ich Ihnen etwas verraten?«

»Was denn?«

»Ich liebe Enzian.«

»Wirklich?« lachte Gerti. Sie amüsierte sich köstlich.

»Und Knödel.«

Helga mischte sich ein, indem sie sagte: »Wir halten den ganzen Verkehr auf . . .«

Sie hatte recht. Der Bürgersteig war schmal. Die Leute, die passieren wollten, mußten hinuntertreten auf den Fahrdamm. Eine Ausfahrt aus einem Haus, ein paar Meter weiter, bot den dreien die Möglichkeit, sich in sie hineinzustellen.

»Ich wette«, sagte Helga zu Werner, »daß du für Enzian nichts übrig hast . . .«

»Doch, doch.«

»Ganz bestimmt nichts für Knödel!«

»Aber sicher!« Werner hob die drei Schwurfinger. »Sogar fürs Jodeln und Schuhplatteln!«

Die Leute wunderten sich über das Gelächter des Trios in der Torausfahrt.

»Tragen Sie immer so dick auf, Herr Doktor?« fragte Gerti.

»Mißtrauen Sie mir etwa?« antwortete Werner.

»Ich mißtraue jedem Mann.«

»Dann muß ich Ihnen Gelegenheit geben, mich näher kennenzulernen. Wann hätten Sie dazu einen Termin frei? Und wo?«

Ebenso schlagfertig erwiderte Gerti: »Meine Termine sind, fürchte ich, in nächster Zeit alle schon vergeben.«

»Aber –«

»Werner«, unterbrach ihn Helga, »du hast es sicher sehr eilig. Wir wollen dich nicht mehr länger aufhalten.«

»Du irrst dich, Helga, ich habe Zeit.«

»Wolltest du nicht zu deiner Freundin?«

»Nein«, log er.

»Dann laß dich von uns dazu animieren. Sie wird sich sicher sehr freuen. Zeit hast du ja, sagst du.«

»Aber –«

»Das finde ich auch«, fiel Gerti ein und streckte die Hand aus.

»Der Vorschlag ist gut. Auf Wiedersehen, Herr Doktor. War nett, Sie kennenzulernen.«

Überrumpelt stand Werner Ebert da (das passierte ihm selten) und blickte den beiden Damen noch nach, als sie mit ihren aufregenden Hinteransichten schon eine ganze Weile um die nächste Ecke verschwunden waren.

3

Zwei Wochen nachdem der Brief an Thekla Bendow geschrieben und abgesandt worden war, trafen sich Frank Petar und Werner Ebert in einem kleinen gemütlichen Lokal, dessen verwitwete Wirtin zwar nicht besonders gut kochte, die aber erstaunlicherweise dafür ihren Ehrgeiz dareinsetzte, ihr Pils, das sie ausschenkte, am besten zu pflegen in ganz Heidenohl. Der Erfolg für sie war, daß eine Schar treuer Gäste immer wieder den Weg zu ihr fand. Zu diesen Männern gehörten auch Frank und Werner.

Das Tagesgespräch war heute ein Sieg der deutschen Fußballnationalmannschaft über die österreichische. Allgemein wurde die Auffassung vertreten, daß es eine Katastrophe gewesen wäre, wenn die Deutschen gerade dieses Spiel verloren hätten.

»Dann hätten wir uns«, sagte ein pensionierter Briefträger, der neben einem noch aktiven Tankwart am Tresen stand, »heimgeigen lassen können.«

»In der Tat! Ich war mal vor drei Jahren in Wien in Urlaub, da haben die Ungarn im Praterstadion gespielt. Das guckst du dir an, dachte ich. Mann! sage ich dir. So was von Fanatismus habe ich noch nicht erlebt. Da sind wir Waisenknaben dagegen.«

»Dazu muß man wissen, daß zwischen den Österreichern und den Ungarn – oder Magyaren, wie die sagen – eine alte Erbfeindschaft besteht.«

»Genau wie zwischen uns und den Österreichern.«

»Deshalb sage ich ja, daß es eine Katastrophe gewesen wäre, wenn wir verloren hätten.«

»Was mich allerdings stört«, meinte der Tankwart, »ist, daß wir nur durch einen Elfmeter gewonnen haben.«

»Gewonnen ist gewonnen.«

»Umstritten war er auch noch.«

»Was heißt ›umstritten‹? Der Schiedsrichter hat gepfiffen, und wenn der Schiedsrichter pfeift, ist das eine Tatsachenentscheidung, damit basta. Wo kämen wir denn hin, wenn das nicht so wäre!«

»Hast du gesehen, wie die protestiert haben? Der Torwart ist übers halbe Feld gelaufen, um sich mit dem Schiedsrichter herumzustreiten.«

»Natürlich habe ich das gesehen. Aber das kennt man ja von den Österreichern. Mit dem Sportsgeist hapert's bei denen. Wenn ich der Schiedsrichter gewesen wäre, hätte ich dem rasch gezeigt, wo's langgeht. Rote Karte, verstehst du? Kurz und schmerzlos.«

Der Tankwart blickte eine Weile stumm in sein Glas. Er schien nachzudenken. Schließlich fragte er den Briefträger: »Was sagst du denn dann zu dem berühmten dritten Tor bei der WM 66 in England?«

»Dazu?«

»Ja.«

»Was soll ich dazu sagen?«

»Das war doch die größte Fehlentscheidung, die es je gegeben hat.«

»Sicher.«

»Einem solchen Schiedsrichter gehört einfach das Handwerk gelegt, das lasse ich mir nicht nehmen, da kannst du mir sagen, was du willst.«

»Vergiß nicht den Linienrichter, der daran entscheidend mitgewirkt hat.«

»Ein Russe!«

»Das sagt alles.«

»In solchen Fällen dürfte auch eine Tatsachenentscheidung nicht unumstößlich sein«, erklärte der Tankwart mit unnachgiebiger Stimme.

»In solchen Fällen nicht«, pflichtete ihm der Briefträger bei.

»Der Schiedsrichter war ein Schweizer, das hat noch dazu gepaßt. Die Neutralität von denen ist doch längst nicht mehr wahr.«

»Den größten Blödsinn hat ja schon die FIFA gemacht. Wie kann man einem solchen Gespann die Leitung eines solchen Spieles anvertrauen?«

»Guck dir doch diese Hampelmänner an, wenn sie sich im Fernsehen wichtig machen. Oder in der Zeitung.«

Eine dritte Stimme wurde vernehmbar, die der Wirtin. Wenn ihr zuviel gequatscht wurde, griff sie ein.

»Vergeßt das Trinken nicht, ihr zwei«, sagte sie. »Das Bier in euren Gläsern siedet schon bald.«

Beliebt bei ihren Gästen, stand sie hinter der Theke und hatte stets ein wachsames Auge auf alles, was ihrem Geschäft förderlich war oder nicht. Ein unverblümtes Wort, das ihr aus dem Herzen kam, war ihr erlaubt. Ihre Kundschaft bestand ausschließlich aus Männern, denen klar war, daß sie, wenn sie über die Schwelle dieses Lokals traten, nicht in ein Grandhotel hineingingen.

Der Briefträger und der Tankwart grinsten, führten ihre Gläser zum Mund, leerten sie und schoben sie der Wirtin hin zum Nachschenken.

Frank und Werner saßen für sich an einem kleineren Tisch zwischen zwei Fenstern des Gastzimmers. Auch ihr Gespräch galt zunächst einmal dem Fußball.

»Hast du das Spiel gesehen?« fragte Werner.

»Klar«, antwortete Frank.

»Und was sagst du dazu?«

»War nichts Besonderes, sieh dir doch das Ergebnis an. Ein Ach- und Krachsieg.«

»Der Elfmeter war in meinen Augen nicht berechtigt.«

Frank glaubte, nicht recht gehört zu haben.

»Aber selbstverständlich war er das, Mensch! Die Hand ging einwandfrei zum Ball, und nicht der Ball zur Hand!« Nun mußte sich Werner außerordentlich wundern.

»Ich glaube, du brauchst eine Brille, Junge.«

»Oder du!«

Sie konnten sich nicht einigen, wer von ihnen dringender zum Augenarzt mußte.

»Wenn es so um dich steht«, sagte Werner, »dann kannst du auch nicht das gesehen haben, was mir wieder einmal aufgefallen ist.«

»Was denn?«

»Daß wir seit Helmut Rahn keinen richtigen Außenstürmer mehr haben.«

»Soll ich dir sagen, warum dich das wundert?«

»Warum denn?«

»Weil du nicht siehst, daß das am System liegt.«

»Was heißt am System?«

»Das heißt«, antwortete Frank mit der überlegenen Miene eines Lehrers, der einem Klippschüler etwas erklärt, »daß heute ein anderer Fußball gespielt wird als zu Rahns Zeiten. Außenstürmer sind nicht mehr gefragt.«

»Unsinn!« widersprach Werner. »Natürlich wären die gefragt, wenn es welche gäbe. Aber es gibt sie nicht mehr, sie sind ausgestorben. *Daran* liegt's.«

»Ach was!«

»Das zeigt sich doch nicht nur bei uns. Das zeigt sich auch in ganz Europa und in Südamerika. Nicht einmal bei den Brasilianern hat Garincha einen Nachfolger gefunden. Oder willst du das bestreiten?«

»Werner«, sagte Frank, »das könnte ich sehr wohl bestreiten, aber dazu fehlt uns, denke ich, die nötige Zeit. Oder willst du den ganzen Abend über Fußball reden, ohne etwas davon zu verstehen?«

»Damit meinst du wohl dich selbst, Junge«, sagte Werner. »Aber lassen wir das.« Er räusperte sich, um ein anderes Thema anzuschneiden. »Ich habe dich angerufen, weil wir über diese Frau sprechen müssen . . .«

»Die rührt sich also nicht?« sagte Frank.

»Nein.«

»Das hast du nicht erwartet?«

»Nein.«

»Was willst du nun machen?«

Werner zuckte mit den Achseln.

»Darüber bin ich mir noch im unklaren. Was meinst du, was ich machen soll?«

»Keine Ahnung«, erwiderte Frank. »Das mußt du schon selbst wissen. *Du* bist der Fachmann auf diesem Gebiet.« Recht weit schien es aber mit Werners Ideen nicht herzusein, denn seine Antwort ließ auf sich warten. Er kratzte sich am Kopf, und das, was er dann sagte, war auch kein besonderer Geistesblitz.

»Wissen müßte man«, meinte er in grübelndem Ton, »warum die schweigt.«

»Vielleicht ist sie beleidigt«, sagte Frank.

»Wieso beleidigt?«

»Weil du ihren Text abqualifiziert hast. Vielleicht will sie deshalb auf eine Veröffentlichung überhaupt verzichten. Entweder du akzeptierst beides zusammen – Text *und* Illustrationen! –, oder du kannst ihr den Buckel runterrutschen, sagt sie sich.«

»Dann spinnt sie!«

Eine Weile herrschte Schweigen. Werner zündete sich eine Zigarette an, Frank folgte seinem Beispiel. Als sie bemerkten, daß der Wirtin Blick auf ihnen ruhte, griffen sie im Gleichklang nach ihren Gläsern und leerten sie.

»Am Drücker«, sagte dann Frank, »ist die, Werner, und nicht du. So sehe ich die Sache. Oder befinde ich mich da in einem Irrtum?«

»Ich kann der jederzeit ihren Dreck zurückschicken.« Werner klopfte mit dem Zeigefinger auf die Tischplatte und wiederholte mit Nachdruck: »Jederzeit!«

Frank nickte.

»Das kannst du, ja – aber damit wäre das ganze Projekt gestorben! Willst du das?«

»Nein«, erwiderte Werner.

»Also nicht.« Frank blickte Werner an. »Was dann? Wie soll es sich ändern, daß du auf der Stelle trittst?«

Werner gab Franks Blick zurück.

»Vielleicht liegt der Schlüssel bei dir, Frank.«

»Bei mir?«

»Vielleicht solltest doch du den ersten Brief schreiben und den Stein ins Rollen bringen. Was hältst du davon?«

»Wenn die nicht will«, lautete Franks Entgegnung, »erreichen wir auch damit nichts.«

»Dann zeig mir einen anderen Weg.«

Doch wieder schüttelte Frank den Kopf.

»Ich weiß keinen«, sagte er. »Das einzige, von dem man

sich vielleicht etwas versprechen könnte, wäre ein persönliches Gespräch. Aber dazu bietet sich ja keine Möglichkeit, weil wir die Adresse von der nicht haben, um sie aufzusuchen.«

»Und wenn ich nach Düsseldorf fahren würde, Frank?«

»Wozu?«

»Um sie aufzustöbern.«

»Wie denn?« antwortete Frank unwillig. »Dir fehlt doch die verdammte Adresse. Wie oft soll ich dir denn das noch sagen?«

»Ich müßte versuchen, bei der Post anzuhebeln.«

Frank schwieg sekundenlang verblüfft, dann stieß er hervor: «Absoluter Blödsinn!«

»Wieso?«

»Weil du dir an denen die Zähne ausbeißen würdest.«

»Wer sagt mir denn das?«

»*Ich* sage dir das, Werner. Das sind doch Beamte. Sture Böcke.«

»Nicht alle.«

»O doch.«

»Die mögen früher ausnahmslos alle so gewesen sein – heute nicht mehr.«

»An ihre Vorschriften halten die sich auch heute noch, Werner.«

»Natürlich müßte man«, sagte Werner Ebert, der von seiner Idee nicht mehr abzubringen war, »nach dem Motto ›Eine Hand wäscht die andere‹ vorgehen.«

Vor Frank Petar tat sich dadurch eine Perspektive auf, die ihn erschreckte.

»Werner«, entfuhr es ihm, »woran denkst du?«

»Paß auf dein Glas auf, Frank, du hättest es beinahe umgestoßen.«

»Woran denkst du, Werner?«

»Ich glaube nicht, sage ich noch einmal, daß die alle so sind wie früher. Ich muß nur den richtigen erwischen.«

»Sei da bloß vorsichtig.«

»Wer nicht wagt, der nicht gewinnt«, führte Werner schon wieder ein Motto im Mund.

»Und wenn der Schuß nach hinten losgeht?« fragte ihn Frank pessimistisch. »Wenn du da doch einen falsch einschätzt und er dir ein Verfahren an den Hals hängt?«

»Ein Verfahren an den Hals hängt?« Werner fand das geradezu lächerlich. »Das, was mir vorschwebt, ist doch heute gang und gäbe. Ich verstehe dich nicht.«

»Ich denke gerade an einen mir bekannten Architekten in Braunschweig, der deine Ansichten teilte. Er ging erst kürzlich ins Städtische Bauamt hinein, und als er wieder herauskam, war er praktisch seine Lizenz los.«

»Ein Bauamt ist doch kein Postamt, Frank.«

»Ich weiß nicht, Werner . . .«

»Außerdem«, fuhr Werner fort,«ist bei mir keine Lizenz in Gefahr. Ich habe keine. Ich bin Redakteur. Redakteure üben ihren Beruf ohne Lizenz aus.«

Werner Ebert ließ sich sein Vorhaben nicht mehr ausreden. Das sah auch Frank Petar endlich ein. Er seufzte.

»Du muß wissen, was du tust«, sagte er.

»Und zwar sehr bald«, nickte Werner entschlossen.

»Wann?«

Werner dachte kurz nach, dann erwiderte er: »Du kennst meinen Grundsatz, nichts auf die lange Bank zu schieben. Morgen oder übermorgen habe ich noch keine Zeit. Aber dann!«

Die Wirtin kam an den Tisch und sagte zu Frank: »Herr Petar, Sie werden am Telefon verlangt . . .«

»Von wem?«

»Von Ihrer Sekretärin. Sind Sie da oder nicht? Ich sagte ihr, ich müßte erst nachsehen.«

»Ich bin nicht da. Was die will, kann sie mir auch morgen sagen.«

Die Wirtin nickte und ging zurück zur Theke.

»Was will sie denn?« fragte Werner.

Frank zuckte die Achseln.

»Ich weiß es nicht. Sicher irgend etwas Unwichtiges. Vielleicht mich fragen, ob sie mich morgen telefonisch wecken soll.«

»Wieso? Bist du denn allein?«

»Ja.«

»Und Helga?«

»Die ist weggefahren.«

»Wohin?«

»Nach Düsseldorf.«

»Ohne dich?« fragte Werner erstaunt. »Das kennt man ja gar nicht von ihr.«

»Ihre Freundin hat sie eingeladen, für ein paar Tage mitzukommen.«

»Wohnt die in Düsseldorf?«

»Ja.«

Werner verdrehte die Augen.

»Eine Superfrau! Ich bin ihr begegnet.«

»Ich weiß, Helga hat es mir erzählt.«

»Besucht die euch mal wieder?«

»Sie versprach es.«

»Dann ladet ihr mich aber auch ein.«

Frank grinste impertinent.

»Zusammen mit Clara, ja.«

Die Wirtin näherte sich ein zweitesmal. Sie ließ verlauten: »Herr Petar, Ihre Sekretärin bat mich, Ihnen, wenn ich Sie heute noch sehen sollte, zu bestellen, daß Sie sich um Ihr Frühstück morgen nicht zu kümmern brauchen. Das bekommen Sie im Büro.«

»Danke«, sagte Frank sehr knapp.

Als sich die Wirtin wieder entfernt hatte, ließ Werner seiner Ironie freien Lauf.

»Jetzt weiß ich, was die von dir will«, erklärte er.

»Nicht das, was du schon wieder denkst«, sagte Frank.

»Bist du sicher?«

»Ja.«

»Wie alt ist sie denn?«

»Du siehst sie doch dauernd, wenn du zu mir ins Büro kommst.«

»Richtig«, nickte Werner grinsend. »Und deshalb sage ich dir, daß ich mich auskenne.«

Frank winkte abwehrend mit der Hand.

Unbeeindruckt davon, fing Werner an, seinen eigenen Grundsatz zu preisen, als Sekretärin keine Kraft unter fünfundfünfzig einzustellen. Nur so sei in seinem Büro gewährleistet, daß an nichts anderes als an Arbeit gedacht würde. Von beiden Seiten nicht.

»Hast du keinen anderen Gesprächsstoff?« fragte Frank.

»Doch, du kannst morgen schon mal anfangen, an deinem ersten Brief an Thekla zu feilen . . .«

Spontan schüttelte Frank den Kopf.

»Nee.«

»Warum nicht?«

»Weil ich das erst mache, wenn ich weiß, daß das Ganze einen Sinn hat. Ich bürde mir doch keine Arbeit auf, die sich, wie's jetzt aussieht, als überflüssig erweisen kann.«

Dagegen war nichts Stichhaltiges zu sagen.

»Na schön«, brummte deshalb Werner.

»Trinken wir noch einen?« fragte Frank.

»Gerne, du bist doch Strohwitwer«, erwiderte Werner. »Dich erwartet zu Hause niemand.«

»Dich auch nicht.«

»Dann können wir ja noch ein Weilchen hier sitzen bleiben.«

Aus dem ›Weilchen‹ wurden Stunden, bis Mitternacht schon vorbei war. Erst die Sperrstunde gebot auch den letzten Aufbruch, zu denen Frank und Werner gehörten. Zusammen mit dem Tankwart und dem pensionierten Briefträger, die sich beide an der Theke die Beine in den Leib gestanden hatten, räumten sie das Lokal. Von dem Briefträger schien Frank eine vage Vorstellung zu haben, denn er sagte, auf ihn zeigend, mit schwerer Zunge zu Werner: »Soviel ich weiß, hat der . . . der mit der Post . . . zu tun.«

»Dann kann ich ihn ja fr . . . fragen«, antwortete Werner ebenso mühsam, »wieviel ich in Düssel . . . Düsseldorf anlegen muß.«

»Zw . . . zwecklos.«

»Warum?«

»Weil Düsseldorf eine . . . Großstadt ist . . ., und einen ganz anderen Ta . . . Tarif hat als Heidenohl.«

»Das stimmt.«

Draußen mußten sich die beiden trennen, da sie verschiedene Wege nach Hause hatten.

»Wo wohnt deine Sekr . . . Sekretärin?« fragte Werner.

»In der neuen Siedlung. Warum?«

»Schade, das ist mir zu . . . weit. Gruß an Hel . . . Helga. Weck sie . . . sie aber nicht.«

»Nein. Sie braucht . . . auch ihren . . . Schlaf.«

4

Frank hatte zwar zu Werner gesagt, daß er seinen ersten Brief an die ihm unbekannte Partnerin in Düsseldorf nicht eher schreiben werde, als bis feststünde, daß dies Sinn und Zweck habe; er war auch am nächsten Tag noch der absoluten Überzeugung, daß nichts anderes für ihn in Frage käme, aber dann dauerte es doch nicht mehr lange, bis sein Entschluß wankend zu werden begann. Mehr und mehr trat Frank dem Gedanken näher, einen Text mit dem Namen »Entwurf« zu verfassen. Die beste Gelegenheit dazu bot sich ihm zu Hause, wo er aufgrund der Abwesenheit Helgas völlig ungestört war. Dort war er also am übernächsten Tag so weit, daß er sich hinsetzte und folgendes zu Papier brachte:

Sehr verehrte gnädige Frau!

Als Freund der schönen Künste, denen ich als leidlich begabter Architekt mein halbes Herz bis zur linken Herzkammer verpfändet habe (die andere Hälfte gehört den prosaischen Dingen des Lebens: gutem Essen, mäßigem Trinken, Reisen, nicht zuletzt auch dem Beruf), hatte ich Gelegenheit, Ihren Roman zu lesen, den Sie dem Omega-Verlag eingesandt haben. Sie wissen das ja inzwischen schon von Herrn Ebert, dem zuständigen Redakteur des Verlages. Er ist mein Freund. Welche Rolle er mir zugedacht hat, ist Ihnen deshalb auch schon bekannt. Was halten Sie davon? Schreiben Sie mir das, ja?

Wenn Sie mich fragen, was *ich* davon halte, so muß ich sagen, daß mir nicht recht wohl ist in meiner Haut. Und warum das? Weil ich nun mal kein Schriftsteller bin. Im ersten Moment habe ich, als der Vorschlag von Herrn Ebert kam, glattweg abgelehnt. Ich fragte mich sogar, ob er noch ganz dicht sei – verzeihen Sie, daß ich das so offen sage. Kennt man diese Redewendung auch in Damenkreisen? Aber dann, im zweiten und dritten Moment . . . nun, Sie sehen ja, daß er sein Ziel erreicht hat. Ich begann, der Sache den nötigen Reiz abzugewinnen.

Sind Sie geborene Düsseldorferin? Ich selbst bin geborener Hamburger und ging in Hamburg auch zur Schule (einschließlich Hochschule). Was ich beruflich mache, erwähnte ich schon. Heute lebe ich in Heidenohl und unterhalte da ein Architekturbüro . . .

Franks Kugelschreiber erlahmte vorübergehend. Der Grund war der, daß Frank dachte, daß nun der Anlaß erwähnt werden müßte, der zur Übersiedlung von Hamburg nach Heidenohl geführt hatte. Er fragte sich aber: Ist denn das so wichtig?

Die Antwort, die er sich gab, lautete: nein. Er schrieb weiter:

Sie sind natürlich noch nie in Ihrem Leben in Heidenohl gewesen, gnädige Frau. Es ist ein kleines Städtchen, das seine Reize aus der engsten Nachbarschaft mit der großen Heide bezieht. Darauf läßt ja schon der Name schließen. Ich will aber gar nicht versuchen, Ihnen sozusagen die Zähne lang zu machen nach einem Ort, den es in Ihrer Vorstellung bis jetzt noch gar nicht gegeben haben kann. Das von einer Düsseldorferin zu erwarten, würde auch auf den gleichen Dachschaden hinweisen, den ich im ersten Moment meinem Freund zugeschrieben habe, als er mir den Briefwechsel mit Ihnen vorschlug.

Nun möchte ich meine ersten Zeilen an Sie schließen und der Hoffnung Ausdruck geben, daß es nicht die letzten sind (was von Ihnen abhängt) und wir uns gegenseitig – bitte bildlich – fruchtbar anregen.

Ihr ergebener Frank Petar

PS: Bei nochmaliger Durchsicht des Briefes stellte ich einen Fehler fest, und zwar studierte ich nicht nur in Hamburg, sondern drei Semester auch in einer anderen Stadt. Wissen Sie, wo? In *Düsseldorf*. Was sagen Sie jetzt?

Frank kam zu Werner in die Redaktion und legte ihm sein Werk auf den Schreibtisch.

»Was ist das?« fragte Werner.

Frank zeigte sich ein bißchen verlegen, als er erwiderte: »Mein Einstieg in die Literatur.«

»Dein erster Brief?«

»Ja«, nickte Frank.

»Ich denke, du wolltest warten, bis die den Anfang gemacht hat?«

»Ich hab's trotzdem schon mal probiert.«

Werner nahm den Bogen und las. Frank zündete sich eine Zigarette an und wartete auf das Urteil aus fachmännischem Mund. Es dauerte ihm viel zu lange. Endlich ließ Werner den Bogen sinken und blickte grinsend Frank an.

»Gar nicht so schlecht«, sagte er.

»Ja?«

»Ein Haus, das ich bauen müßte, würde sicher nicht so gut ausfallen.«

»Im Ernst?« freute sich Frank.

Werner schob ihm den Brief auf der Schreibtischplatte zu, und dann kam die kalte Dusche für Frank, denn Werner sagte: »Trotzdem hast du dich für den Papierkorb abgeplagt.«

»Wieso?«

»Deine Mühe war umsonst.«

Franks Freude hatte sich verflüchtigt. Er hatte das Gefühl, von Werner an der Nase herumgeführt zu werden.

»Du glaubst wohl, ich bin dein Hampelmann«, sagte er erbost.

»Keineswegs.«

»Gib den Brief her!« fauchte Frank, den Bogen an sich reißend.

»Hör mir doch erst zu, ehe du dich aufregst«, sagte Werner. »Dein Brief hat sich deshalb erledigt, weil vor einer knappen Stunde von Thekla einer kam.«

Frank saß starr.

»Was sagst du?«

»Die hat geschrieben.« Werner grub in dem Wust von Papieren vor sich, wurde fündig, schwenkte in jeder Hand einen Bogen. »Hier, sogar zwei Briefe – einer an mich, einer an dich. Der an dich ist der wichtigere, der an mich nur ein Begleitschreiben zu dem deinen. Sieh dir beide an . . .«

Franks Überraschung war anscheinend immer noch so groß, daß er, ohne etwas zu sagen, zugriff, als ihm Werner die Briefe über den Schreibtisch herüberreichte, und zu lesen begann.

Das sogenannte Begleitschreiben war kurz und bündig und lautete:

Sehr geehrter Herr Ebert!

Sie hätten sich ruhig unverblümter ausdrücken können.

Ich habe selbst nicht geglaubt, mich mit meinem Text zwischen Maupassant und Stendhal – um nur zwei Große der Literatur zu nennen, die ich besonders liebe – ansiedeln zu können. Ich gebe Ihnen recht: Das, was ich zu bieten habe, sind meine Illustrationen, die aber auch noch verbesserungsfähig sind – glaube ich.

Ihr Vorschlag, mich mit Herrn Petar gewissermaßen zusammenspannen zu lassen, um einem besseren Text auf die Beine zu helfen, erscheint mir passabel. Ich nehme ihn deshalb gerne an und lege gleich meinen ersten Brief an den Herrn bei. Wir werden sehen, was sich daraus – qualitativ, meine ich – entwickelt.

Mit besten Grüßen

Ihre Thekla Bendow

Und im Brief an Frank hieß es:

Sehr geehrter Herr Petar!

Im Krieg schreiben Mädchen an ihnen unbekannte Soldaten. Das hat mir mein Vater wiederholt erzählt. Zu welchem Zweck, weiß ich nicht. Sein Gedanke kann ja wohl nicht gewesen sein, mich auf einen weiteren Krieg einzustimmen – und auf das, was ich dann zu tun hätte.

Wie komme ich auf Krieg? Hat mich eine Ahnung beschlichen, daß wir beide uns in die Haare geraten könnten? Herr Petar, das passiert nur, wenn Sie versuchen wollten, mir mitzuteilen, daß Sie ein Mann sind, bei dem die guten Seiten die schlechten überwiegen. Einen solchen Mann gibt es nämlich nicht. Verstehen Sie mich jedoch nicht falsch, ich bin nicht etwa eine Frau, die den Männern abgeneigt wäre. Ich mache mir nur keine Illusionen über sie.

Ich verlange aber auch von keinem Mann, daß er sich

über die Frauen (im allgemeinen) und über mich (im besonderen) Illusionen macht.

Mögen Sie Kinder? Ich finde sie gräßlich. Ich nehme an, daß Sie unverheiratet sind, sonst wäre die Wahl Ihres Freundes, mit mir zu korrespondieren, sicherlich nicht auf Sie gefallen. Oder doch? Dann müßte ich mich fragen, warum er keinen anderen gefunden hat. Mit dem Einfall, den Briefwechsel zwischen Ihnen und mir ins Leben zu rufen, verfolgt er doch einen bestimmten Zweck; dadurch soll, wie er selbst bekennt, etwas zwischen uns beiden »zum Prickeln kommen«. Ich glaube aber nicht, daß davon eine eventuell existierende Ehefrau begeistert wäre.

Sie leben in Heidenohl. Gefällt Ihnen das? Im allgemeinen ist es ja so, daß sich Kleinstädter nach dem Leben in der Großstadt sehnen – und umgekehrt. Ich selbst liebe die Abwechslung, einmal so, einmal so.

Kommen Sie bitte nicht auf die Idee, mich um ein Foto zu bitten. Vielleicht später einmal. Auch ich werde Sie vorläufig um keines angehen. Das sei immer das erste gewesen, hat mein Vater erzählt und sich lustig gemacht darüber. Sollten Sie aber aus meinem Widerstand den Schluß ziehen, daß ich mich vielleicht nicht vorzeigen könnte, lassen Sie mich Ihnen mit allem Selbstbewußtsein, über das ich verfüge, sagen, daß das ein Irrtum von Ihnen wäre. Ich war schon in Amerika und mußte (durfte) dort erleben, daß die Söhne des Landes darin wetteiferten, mir ihre anerkennendsten Pfiffe hinterherzusenden. Ich lüge nicht. In den Jahren vorher hatte ich immer gelesen, daß die Amerikaner jeden Schritt mit dem Auto fahren und es ablehnen, zu Fuß zu gehen. Die Mädchen nicht, die bewegen sich gern per pedes auf dem Bürgersteig. Warum wohl?

Herr Ebert weiß von mir, daß ich geschieden bin. Ob schuldig oder unschuldig, habe ich ihm nicht mitgeteilt. Sie sollen es wissen, Herr Petar – schuldig. Ich habe meinem Mann nicht das geringste ankreiden können, trotzdem hatte ich die Ehe mit ihm restlos satt und löste sie deshalb auf. Der Fehler, den ich machte, war der, daß ich das nicht schon viel früher vollzogen habe. So eine bin ich!

Mit besten Grüßen

Thekla Bendow

Frank hatte die Lektüre beendet, hob den Kopf, schaute Werner an.

»Die legt ganz schön los«, meinte er.

Werner grinste.

»Ich beneide dich.«

»Die kennt keine Hemmungen«, fuhr Frank fort.

»Ich sage dir ja, ich beneide dich.«

Frank wiegte den Kopf. Skepsis hatte ihn beschlichen, allerdings nur für einen kurzen Augenblick.

»Vielleicht besteht die Gefahr«, meinte er, »daß du mich eher bemitleiden solltest.«

»Angst?«

»Das wäre übertrieben.«

»Was dann?«

»Ich denke an Helga«, antwortete Frank. »Die darf unter keinen Umständen etwas erfahren«

»Darüber sind wir uns doch einig.«

»Ich wollte nur noch einmal daran erinnert haben.«

Nun begannen die beiden die Briefe eingehend zu analysieren, die in Düsseldorf aufgegeben worden waren. Das ging aus dem Poststempel hervor.

»Grundsätzlich«, meinte Werner, »können wir also davon ausgehen, daß Thekla Bendow ein tolles Weib ist.«

»Ein so tolles«, sagte Frank ironisch, »daß ihr Verflossener wahrscheinlich froh ist, daß er sie los ist.«

»Oder er weint ihr nach, das kann auch sein.«

»Heißt sie denn überhaupt Thekla Bendow?«

»Darüber haben wir uns schon einmal unterhalten ...«

»Und sind zu keinem Schluß gekommen.«

»Das wird uns auch heute beschieden sein«, sagte Werner.

Frank nickte, überflog noch einmal den an ihn gerichteten Brief, zeigte auf eine bestimmte Stelle und sagte vorwurfsvoll: »Von den Männern hält sie gar nichts. Die sind für sie anscheinend ohne Ausnahme Charakterschweine.«

»Sei nicht albern«, grinste Werner.

»Ich werde ihr Bescheid stoßen.«

»Das wirst du nicht tun!«

»Warum nicht?«

»Merkst du denn nicht, wie die das meint?« entgegnete Werner. »Für die sind nur solche Charakterschweine in Anführungszeichen interessant. Andere Männer langweilen sie. Über die rümpft sie ihre hübsche Nase.«

»Hübsche Nase«, wiederholte Frank. »Woher willst du das schon wieder wissen?«

»Denkst du, die Amerikaner pfeifen hinter einer häßlichen her?«

»Die Pfiffe von denen gelten den Beinen der Mädchen, nicht den Nasen.«

»Und den Ärschen«, konnte sich Werner nicht diesen Hinweis verkneifen.

Mit solchen Äußerungen verfolgte er die Taktik, dem Schwung Franks für seine Aufgabe, der etwas erlahmt schien, wieder Auftrieb zu geben. Der Erfolg blieb nicht aus.

»Wenn man dir so zuhört«, sagte Frank, »könnte einem das Wasser im Mund zusammenlaufen.«

»Das tut es mir schon lange.«

»Bei dir ist das aber nicht, wie bei mir, mit Problemen verbunden, du bist frei.«

»Frank«, seufzte Werner, »fang mir nicht schon wieder damit an, daß du verheiratet bist.«

»Das kann man nicht so leicht abschütteln, Werner.«

Eine kleine Gesprächspause trat ein, in der Werner seinen Freund schweigend anblickte, ehe er ihn fragte: »Weißt du, worüber ich erstaunt bin?«

»Worüber?«

»Daß der Ehekrüppel in dir so tief sitzt.«

Das war zur Abwechslung ein psychologischer Peitschenhieb. Werners Taktik bestand eben aus jenem berühmten Gemisch aus Zuckerbrot und Peitsche.

»Auch dich wird's noch erwischen«, blickte Frank in die Zukunft.

»Aber erst werde ich mir noch Thekla Bendow zur Brust nehmen.«

»Wen?« stieß Frank hervor.

»Thekla Bendow.«

»Wieso *du*?«

»Weil *du* sie dir nicht zur Brust nehmen willst«, sagte Werner grinsend. »Deshalb stellt sich mir diese Aufgabe. Ich sehe das so kommen, letzten Endes jedenfalls, wenn deine Briefe ausgedient haben werden. Verstehst du, was ich meine?«

Frank schwieg. Er blickte Werner nur stumm an. Was er sich dachte, war seiner Miene nicht zu entnehmen. Noch am gleichen Tag schrieb er an Thekla Bendow. Er koppelte seinen Brief ganz bewußt völlig vom ersten Entwurf ab, so daß es keine Ähnlichkeit mehr gab. Der Brief lautete:

Sehr verehrte gnädige Frau!

Ihr reizender Brief hat mich erreicht. Möge er der Beginn einer Kette sein, die so bald nicht abreißt und uns beiden Freude bereitet. Ihren Zeilen, die ich in Empfang nehmen darf, wird das sicher leichter gelingen als den meinen, die ich Ihnen schreibe.

Sie haben also damit angefangen, mich einem unbekannten Soldaten gleichzusetzen, dem im Krieg von einem ihm unbekannten Mädchen geschrieben wird. Sie beriefen sich dabei auf die Erzählung Ihres Vaters. Daraus konnte ich schließen, daß Ihr Vater den Krieg überlebt hat. Viele haben das nicht und waren so daran gehindert, eine Tochter in die Welt zu setzen, die voller Rätsel ist.

Sie mögen keine Kinder, schreiben Sie. Das ist für mich eines dieser Rätsel. Angeblich lieben viele Frauen Kinder nicht – aber welche Frau gibt das ohne weiteres zu? Das bringt sie doch in Mißkredit? Das widerspricht ihrer Natur? So heißt es doch?

Ich weiß nicht, ob das stimmt. Ich bin keine Frau. Würden Sie sich dazu noch näher äußern? (Falls Sie Lust dazu haben.)

Das zweite Rätsel, das Sie mir aufgaben, ist, daß Männer, deren gute Eigenschaften die schlechten überwiegen, für sie Fabelwesen sind. Darf ich Ihnen nur ein paar Namen entgegenhalten: Abel (Kains Bruder); Kaspar Hauser; Dr. Guillotin (Wegbereiter einer schmerzlosen Hinrichtungsart); Albert Schweitzer. Die müßten Ihnen doch auch zu denken geben. Man könnte noch viele, viele anführen, die ganzen Heiligen der zahlreichen Religionsgemeinschaften zum Beispiel.

Lassen Sie mich aber gleich sagen, daß ich nicht daran denke, mich selbst auch in eine dieser Reihen eingliedern zu wollen. Ein solcher Verdacht könnte Ihnen ja gekommen sein. O nein, ich bin einer mit vielen Fehlern und kaum einer Tugend! Und das stimmt wirklich, es hat nichts damit zu tun, daß mir Werner Ebert (Sie wissen, wer er ist) geraten hat, mich Ihnen gegenüber möglichst schlecht zu machen. Er ist zwar mein Freund, aber, wie Sie sehen, ein Schurke. Gerade deshalb verstehe ich nicht, daß er bei Frauen so großen Erfolg hat. Den hat er nämlich. Ich nicht. Mich lassen fast alle links liegen. Warum? Ich weiß es nicht. Frauen machen sich nichts aus Äußerlichkeiten, heißt es immer. Wenn das wirklich so wäre, müßte ich mich nicht mehr retten können vor ihnen. Leider ist aber das, wie gesagt, nicht der Fall. Vielleicht können Sie sich jetzt den Grund denken.

Sie können das sogar sicher, denn aus Ihrem Brief geht hervor, daß Sie sehr intelligent sind – und humanistisch gebildet. Ich entnehme das dem Satz in Ihrem Brief, daß sich die amerikanischen Mädchen gern *per pedes* auf dem Bürgersteig bewegen. Auf deutsch heißt das *zu Fuß*. Warum haben Sie das nicht so geschrieben? Zeigen Sie den Leuten gern Ihre Bildung vor?

In Amerika war ich noch nicht, aber in Heidelberg. Insofern erzielte ich also Deckungsgleichheit mit einem amerikanischen Urinteresse.

Sie müssen ganz toll aussehen, gnädige Frau. Die Boys aus den USA – Ihre Kronzeugen, die Sie anführen – haben Ihnen das bestätigt. Als ich das in Ihrem Brief las, wurde ich grün vor Neid. Warum ist es uns armen, degenerierten Europäern verwehrt, einer Dame unsere Bewunderung auch in einer solchen Form zu erkennen zu geben?

Nun zum Schluß, gnädige Frau: Sie sind geschieden; schuldig. Na und? Heutzutage denkt man doch darüber ganz anders als zu Großmutters Zeiten. Es wäre gar nicht nötig gewesen, diese Beichte in Ihrem Brief abzulegen. Nachdem Ihre Ehe ein Fehlschlag war, ist Ihnen zuzustimmen, wenn Sie sagen, daß es ein Versäumnis von Ihnen war, die Auflösung nicht schon viel früher vollzogen zu haben.

Mit allerbesten Grüßen

Frank Petar

PS: Bei nochmaligem Durchlesen des Briefes stellte ich fest, daß er unmöglich ist. Er hat kein Niveau und keinen Stil, es geht durcheinander wie Kraut und Rüben, es fehlt jegliches System. Außerdem ist er viel zu lang.

Tut mir leid, gnädige Frau, ich bin Architekt und kein Schriftsteller. Was machen Sie eigentlich beruflich?

5

Werner Ebert blickte zufällig aus dem Fenster seiner Redaktion hinunter auf die Straße und entdeckte, daß sich Besuch für ihn ankündigte. Seine Freundin Clara war auf dem Bürgersteig im Anmarsch. Clara besaß natürlich auch noch einen Familiennamen: v. Berg.

Da es mitten am Tag war, konnte es nicht anders sein, als daß sie ihr Geschäft im Stich gelassen hatte.

Clara v. Berg war eine hübsche junge Dame, die sich sehr geschmackvoll zu kleiden wußte. Von der Besitzerin einer Boutique durfte man das auch erwarten.

Als Clara nach kurzem, energischem Klopfen bei Werner eintrat, war er gerade dabei, die Fensterscheibe als Spiegel zu benutzen und festzustellen, daß er übernächtig aussah.

»Guten Tag«, sagte Clara und lächelte flüchtig. »Störe ich?«

»Aber nein. Du – nie!«

Mit zwei, drei langen Schritten trat er auf sie zu und schob ihr einen Stuhl zurecht.

»Danke«, sagte sie, sich setzend.

Die Schreibtischplatte war überladen mit Zeitschriften, Korrekturfahnen, Manuskripten, sonstigen Papieren. Auf allen Redaktionsschreibtischen der Welt sieht's ähnlich aus. Werner setzte sich auf die Kante der Platte. Was dabei an Papierkram unter seinem Hintern zu liegen kam, schien ihm egal zu sein. Die Bügelfalte seiner Hose pendelte vor Claras Augen.

»Vertritt dich jemand?« fragte er.

»Im Geschäft?«

»Ja.«

»Nein, ich habe eine halbe Stunde zugesperrt. Ein Zettel hängt an der Tür. Hast du eine Zigarette?«

»Bitte.«

Clara bediente sich aus Werners Packung, die er ihr präsentierte, ließ sich von ihm auch Feuer geben und paffte ein paar Wölkchen in die Luft, wobei zu sehen war, daß es ihr dazu an jeder Routine fehlte. Sie war keine Gewohnheitsraucherin. Werner wußte das, sagte aber nichts.

Dann lehnte sich Clara zurück und schlug die Beine übereinander. Dies tat sie durchaus mit Routine. Wie von selbst fing auch ihr Bein, das obenauf lag, an zu pendeln. Verführerisch schimmerte der Nylonstrumpf.

Ihre Unterschenkel sind etwas zu kurz, dachte Werner, die Proportion mit den Oberschenkeln stimmt nicht. Das war eine neue Erkenntnis. Trotzdem verspürte er ein kleines Rieseln in den Schläfen.

»Du siehst nicht gut aus«, sagte Clara.

»Darin unterscheide ich mich von dir«, erklärte Werner. Clara lächelte kaum.

»Ich meine, du siehst müde aus«, sagte sie.

Er zuckte die Achseln.

»Weißt du, die Arbeit . . .«

»Läßt sie dir keine Zeit mehr, deine Versprechen einzulösen?«

»Welche Versprechen?«

»Du wolltest vorgestern abend zu mir kommen.«

»Nein, Clara«, widersprach er, »ich hatte dir angekündigt, daß ich verhindert sein könnte.«

»Richtig«, nickte sie. »Aber dann wolltest du mich anrufen, damit ich nicht umsonst warten würde. Das ist nicht geschehen.«

Schuldbewußt gab er zu: »Das habe ich vergessen, verzeih mir.«

»Und was war gestern?«

Claras nervöses, unbeholfenes Rauchen störte ihn. Sie sollte das lassen, wenn sie's nicht kann und auch gar nicht abhängig ist davon, dachte er. Streifte aber sein Blick ihren Busen, an dem es nichts auszusetzen gab, stimmte ihn das weniger kritisch.

»Gestern«, sagte er, »hat mich mein Verleger den ganzen Tag mit Beschlag belegt. Er war in Urlaub und wollte wieder in alles, was sich getan hatte, eingeweiht werden. Abends gingen wir dann zusammen essen.«

»Das hättest du mir am Telefon alles sagen können.«

»Weißt du was?« zog er sich aus der Affäre. »Zur Strafe für mich gebe ich dir heute Gelegenheit, mit mir zu machen, was du willst. Wann soll ich dich abholen?«

Clara sprang auf, strahlte plötzlich.

»Gleich!«

Dagegen erhob Werner Einspruch.

»Nach Feierabend, dachte ich.«

Clara hatte ihn aber schon am Arm gepackt und zog ihn, ungeachtet seines spürbaren Widerstandes, den er ihr dabei entgegensetzte, von der Schreibtischkante herunter.

»Sei vernünftig«, versuchte er sie zu bremsen. »Was ist mit deinem Geschäft?«

»Das bleibt geschlossen.«

»Und meine Arbeit« – er zeigte auf den Wust von Papier auf der Schreibtischplatte – »wer macht die?«

»Die holst du nach.«

»Ausgeschlossen! Du hast keine Ahnung, was –«

»Paß auf!« unterbrach sie ihn.

»Clara, ich . . .« Er verstummte. Clara hatte sich schon an ihn gedrängt und ihm an die Hose gegriffen. Das machte ihn erst mal stumm. Nicht gar zu fest, aber auch nicht gar zu sanft – genau richtig – streichelte sie ihn an seiner empfindlichsten Stelle, die bei ihm das sicherste Grab der besten Vorsätze war, beruflichen Pflichten nachzugehen. Ganz rasch und mächtig beulte sich die Hose aus. Sein Atem wurde schwer.

Wenige Meter weiter, im Vorzimmer, klopfte die siebenundfünfzigjährige Sekretärin Werners auf ihrer Schreibmaschine herum. Das hatte zur Folge, daß Werner, als er zu stöhnen begann, sich dies nur in unterdrückter Form erlauben durfte. Das Schreibmaschinengeklapper konnte jeden Augenblick aufhören, und dann mußte man damit rechnen, daß die Sekretärin erschien, mit irgendeiner Frage auf den Lippen. Stehend drehte sich deshalb Werner halb um die eigene Achse, um der Tür zum Vorzimmer wenigstens den Rücken zuzuwenden, falls diese aufgehen sollte. Er tat dies langsam, damit der Kontakt, den Claras unentwegt streichelnde Hand mit seiner Hose hergestellt hatte, keinen Augenblick abriß. Gesprochen wurde zuerst nichts, aber dann ächzte Werner: »Was machst du?«

Meistens sind es die Frauen, die in solchen Situationen den Männern diese überflüssigste aller Fragen stellen.

Leise wie er entgegnete Clara: »Soll ich nicht?«

Er schloß die Augen, ihre Hand zog seinen Reißverschluß nach unten, glitt suchend in den offenen Hosenschlitz hinein. Der Atem stockte ihm, ging wieder, als er Claras Finger ihr nacktes, pralles, zuckendes Ziel erreichen fühlte.

»Ich soll also«, sagte sie.

»Ja«, ächzte er.

»Alles?«

»Ja, ich bitte dich.«

Clara begann ihm seinen Wunsch zu erfüllen, nachdem er selbst den dazu nötigen Freiraum geschaffen hatte, indem er den Schlitz, soweit es ging, auseinanderzog und an beiden Seiten festhielt. Ihre eigene Erregung mußte Clara zurückstellen. Das fiel ihr nicht leicht, aber sie wußte ja, daß sie schon auch noch auf ihre Kosten kommen würde.

Vorläufig mußte es ihr genügen, Werners Reaktionen zu beobachten. Auch das war ein Genuß.

Ein erstes Zittern ging durch seine Knie.

»Schön?« fragte Clara.

»Oooh.«

»Sehr schön?«

»Ooooooh.«

»Himmlisch?« fragte Clara, ihrer Hand keine Ruhepause gönnend, denn sie wußte, daß das ein Fehler gewesen wäre.

Noch längergezogen stöhnte Werner. Plötzlich aber riß alles ab. Claras Hand erstarrte, zuckte aus Werners Hosenschlitz heraus. Das Schreibmaschinengeklapper im Vorzimmer hatte aufgehört. Sowohl Werner als auch Clara hielten den Atem an. Beide starrten zur Tür. Würde sie sich öffnen?

Stille.

Werners Reißverschluß war noch offen. Clara – oder Werner selbst – hatte vergessen, ihn zu schließen. Erst nach Sekunden holte Werner das Versäumte nach.

Immer noch Stille.

Und dann war zu hören, daß Frau Lehner wieder zu tippen begann. Die Spannung wich aus den Gesichtern der Lauschenden. Clara neigte aber nun nicht mehr dazu, ihr Tun wieder aufzunehmen. Gewissermaßen war jetzt dieser Fall für sie erledigt. Sie betrachtete die Stimmung als gestört. Werner würde, dachte sie, genauso empfinden wie sie. Das erwies sich aber als Irrtum.

»Bitte«, sagte Werner leise.

»Was?«

»Bitte!«

»Was denn?«

Mit einer Hand zog er selbst den Reißverschluß nach unten, mit der anderen ergriff er Claras Rechte und schob sie sich in den geöffneten Schlitz. Dadurch zeigte sich, daß er wieder einmal von einer Minute auf die andere vergessen hatte, daß Clara Linkshänderin war. Das hätte er sich nun weiß Gott schon einprägen können, dachte sie. Nachdem sie seinen Fehler korrigiert hatte, setzte sie ohne ihre ursprüngliche Begeisterung ihr unterbrochenes Werk fort, mit einem Ohr bei den Schreibmaschinengeräuschen im Vorzimmer, mit dem anderen bei den unterdrückten Lauten der Lust aus Werners Mund. Letztere gewannen dann in ihrer Wirkung auf Clara rasch wieder die Oberhand, so daß sich bei ihr auch abermals das uneingeschränkte Interesse und die Freude an dem, was sie tat, einstellte.

»Gut?«

»Oooh.«

»Versprichst du, nie mehr eine Verabredung mit mir zu vergessen?«

»Jaaaa, das verspreche ich.«

»Schwörst du es?«

»Jaaaaaa!«

»Psst, nicht so laut.«

Der Höhepunkt nahte, das Ende aller Wonne leider auch.

»Langsamer«, bat er.

Clara erfüllte ihm auch noch diesen Wunsch, obwohl sie nicht vergaß, daß ihnen Frau Lehner gewissermaßen im Nacken saß. Clara bewies damit beträchtliche Nervenstärke.

Werner drohten die zitternden Knie einzuknicken. Auf dieses Zeichen hatte Clara gewartet, sie kannte es.

»Zufrieden?« fragte sie ein letztesmal.

Werners Antwort bestand nur noch in Stöhnen, Stöhnen. Er nahm nichts anderes mehr wahr als das unbeschreibliche Ausmaß seiner immer noch anwachsenden Lust.

»Dein Taschentuch, bitte«, sagte Clara.

Aber darauf reagierte er nicht mehr. Was blieb Clara deshalb anderes übrig, als mit ihrer Linken ihr Werk zu vollenden und ihre Rechte Werner rechtzeitig auf den

Mund zu pressen, als sein Aufbäumen ankündigte, daß ihm jegliche Kontrolle über sich verlorengegangen war. Ein unterdrücktes, langes, von Claras Handfläche gedämpftes Heulen begleitete den Orgasmus, der stattfand und im selben Moment endete, in dem Frau Lehner einen fertiggeschriebenen Brief aus ihrer Maschine drehte, um ihn ihrem Chef zur Unterschrift zu bringen.

Blitzschnell reagierte Clara wieder, langsamer wich Werner der Nebel von den Augen. Claras Schuh beseitigte auf dem Boden die Spuren dessen, was geschehen war. Werner handhabte seinen Reißverschluß erst, als ihn Claras gezischte Aufforderung daran erinnerte.

»Herr Doktor«, sagte Frau Lehner, über die Schwelle tretend, »welche Adresse hat diese Thekla Bendow? Das müssen Sie mir noch sagen.«

Noch halb im Gedanken an das Paradies, in das er geblickt hatte, antwortete er: »Düsseldorf, postlagernd.«

»Und wie schreibt man ›in absentia‹? Groß oder klein?«

»Klein.«

»Mit Te oder mit Zet?«

»Mit Te.«

»Dann hab' ich's falsch geschrieben und muß es noch einmal ändern.«

Nachdem Frau Lehner mit ihrem Brief wieder verschwunden war, sagte Werner zu Clara: »Warum fragt sie mich das nicht vorher?«

»Sei froh drum«, antwortete Clara. »Sonst wäre sie nämlich schon früher reingekommen.«

»Stimmt«, mußte er zugeben, wobei er grinste.

»Komm«, sagte sie.

Sein Blick wechselte von ihr zum Schreibtisch. Der Sinn nach Arbeit war wieder in ihm erwacht.

»Wohin?« fragte er.

»Zu mir.«

»Jetzt?«

»Was denn sonst, mein Lieber?«

»Warum?«

»Warum?« wiederholte sie, ihm das Messer auf die Brust setzend. »*Da*rum!«

Noch hoffte er, sie umstimmen zu können.

»Clara«, meinte er, »ich lüge wirklich nicht, wenn ich dir sage, daß mir die Arbeit über den Kopf wächst.«

Claras Rede konnte sein wie ein Messer, auch wenn – und gerade wenn – ihre Worte von einem Lächeln begleitet waren.

»Davon habe ich in der letzten Viertelstunde nichts gemerkt«, erklärte sie.

»Clara!« stieß er nur hervor; mehr nicht.

»Ja?«

Er blickte sie an, sie ihn. Es war ein stummes Duell. Am Ausgang war nicht zu zweifeln. Nicht sie war ihm noch etwas schuldig, sondern er ihr.

»Na gut«, seufzte er schließlich, »meinetwegen. Laß uns aber wenigstens noch warten, bis die den Brief ausgebessert hat.«

Clara lächelte; nun aber wieder lieb.

»Einverstanden, Süßer.«

Frau Lehner hätte dann von ihrem Chef gern auch gewußt, ob sie ihn heute noch einmal wiedersehen würde, als er sich anschickte, zusammen mit Clara das Büro zu verlassen. Sie fragte ihn das.

»Sicher«, antwortete er, obwohl er daran nicht glaubte. Auf der Straße hängte sich Clara bei ihm ein, kuschelte sich an ihn.

»Süßer«, sagte sie, »wir gehen ins Bett, das ist dir doch klar?«

Diesem Gedanken rasch wieder Freude abgewinnend – das Büro lag hinter ihm; es war vergessen –, nickte er: »Prima!«

»In deines oder in meines?«

»In deines, sagtest du doch.«

Ihres lag auch einen halben Kilometer näher als seines.

»Ich muß dich aber darauf aufmerksam machen«, teilte sie ihm lachend mit, »daß meine Kissen noch naß sind.«

»Naß? Von was?«

»Von den Tränen, die ich in den vergangenen zwei Nächten in sie hineingeweint habe.«

»Komm«, sagte er, seinen Schritt beschleunigend, »laß sie uns trocknen.«

Sie widersprach: »Im Gegenteil, sie sollen noch nässer werden.«

»Wie das? Von deinen Tränen?«

»Das möchte dir so passen.« Sie puffte ihn in die Seite. »Nein, von deinem Schweiß, den ich dir abverlangen werde.«

Claras Wohnung war nichts Besonderes – zweieinhalb Räume in einem Altbau. Hervor stach aber die Einrichtung: die Möbel, die Teppiche, die Bilder. Vieles antik; es lieferte den Hinweis auf Claras Herkunft aus einem adeligen Haus, von dem sie sich vor einigen Jahren plötzlich abgenabelt hatte. Sie hatte auf eigenen Beinen stehen wollen, beweisen, daß sie das fertigbrachte. Sie war verlobt gewesen, fast ein Jahr lang schon, mit einem reichen, jungen Baron, der ernsthaft auf Eheschließung gedrängt hatte. Auch ihn hatte sie sausen lassen. Was sie zurückbehielt vom Kontakt mit ihm, war Freude am Sex. Diesbezüglich hatte sie der liebestolle junge Baron bis an die Grenze zum Perversen auf den Geschmack gebracht. Clara hatte von einer Großtante sogar einen echten Spitzweg geerbt. Das Bild hing im Wohnzimmer über der Couch. Werner war ein besonderer Verehrer des kleinen gelernten Apothekers zu München, der ein großer Maler war. Werner hätte sich auch heute gerne wieder einige Zeit vor das Bild gestellt, um es zu bewundern. Clara erlaubte ihm das aber nicht. »Jetzt gibt's Besseres zu tun«, sagte sie und schob ihn in ihr kleines Schlafzimmer. »Los, wir wollen sehen, wer wen am schnellsten auszieht.«

Die Kissen waren natürlich nicht naßgeweint, aber noch

zerwühlt. Clara machte ihr Bett nur in unregelmäßigen Abständen. Wenn es sich nicht vermeiden ließ, daß darüber gesprochen wurde, sagte sie, daß in ihrem Elternhaus versäumt worden sei, ihr das besser beizubringen. Für Werner war aber Claras ungemachtes Bett nichts Neues mehr, deshalb konnte also auch heute wieder sozusagen darüber hinweggegangen werden.

Das »Rennen«, zu dem Clara den Startschuß gegeben hatte, gewann sie selbst. Als Werner noch an ihrem BH herumfummelte und ihr dann endlich auch noch das Höschen an den Beinen herunterstreifte, war es ihr schon gelungen, ihn alles Wichtigen zu entblößen. Nur die Socken trug er noch.

»Die ziehst du dir selbst aus«, sagte sie und schlüpfte unter die Decke.

»Mach' ich«, grinste er.

»Beeil dich.«

Es konnte ihr gar nicht schnell genug gehen. Sie verzehrte seine Nacktheit mit ihren Blicken. Als er aber bei ihr lag, wurde ihre Geduld noch minutenlang hart auf die Probe gestellt. Minuten können in solchen Situationen für Frauen wie Ewigkeiten sein.

Claras heißer Griff unter der Decke ging sofort wieder dorthin, wo er Werners totale Pflichtvergessenheit in der Redaktion hervorgerufen hatte.

»Oje«, sagte sie.

»Nur keine Angst«, antwortete er.

»Hoffentlich.«

»Ich bin allerdings keine zwanzig mehr –«

»Das fühle ich.«

»– aber auch noch keine siebzig.«

»Wie alt bist du denn?«

»Das weißt du längst – vierunddreißig.«

»Den nackten Tatsachen nach zu schließen, die ich in der Hand habe, reicht das bei weitem nicht mehr«, sagte Clara frivol.

»Kleine Erholungspause gönnst du ihm keine?«

»Nein.« Clara unterstrich das, was sie sagte, dadurch, daß ihre Hand, mit der sie sich an ihm zu schaffen machte, keinen Augenblick stillhielt. »Oder ist dir das, was ich anstelle, zuwider?«

Werner schwieg ein Weilchen, schloß die Augen, genoß Claras enorme manuelle Geschicklichkeit und ächzte: »Nein.«

Das Ächzen ließ Clara wieder Hoffnung schöpfen, auch wenn ihre sensiblen Finger noch keinerlei greifbares Anzeichen des Erfolges, den sie anstrebten, verspürten.

Clara war aber noch nicht an der Grenze ihrer Leistungsfähigkeit angelangt.

»Vielleicht genügt dir die Hand nicht?« fragte sie ihn.

»Doch.«

»Ich meine, dazu, daß es schneller geht.«

»Bitte«, sagte er, im Liegen achselzuckend, »wenn dir die Zeit gar so sehr auf den Nägeln brennt . . .«

Claras frivoles Mundwerk feierte wieder Urständ.

»Auf den Nägeln nicht, Süßer.«

Das war aber dann für einige Zeit das letzte Wort, das sie sprechen konnte, denn Zunge und Lippen waren blockiert dadurch, daß Clara die Ablösung ihrer Hand durch ihren Mund vornahm. Ihr Ziel war Werners Erektion, beileibe nicht schon wieder sein Orgasmus. Letzteren wollte sie ja jetzt verknüpfen mit ihrem eigenen. Und sehr bald konnte sie sagen: »So, nun komm und mach mich –«

»Nicht aufhören!« flehte er.

»Doch, doch, jetzt bist du an der Reihe, mich glücklich zu machen. Lange genug warte ich nun schon darauf. Außerdem fällt ja dabei das gleiche noch einmal auch für dich ab.«

Während sie dies sagte, brachte sie sich in die entsprechende Position, legte sich auf den Rücken, zog ihn auf sich und öffnete weit ihre Schenkel.

Und nun war er es, der seine ganze Routine ausspielte.

Pulvertrocken blieb er dabei. Ein Mann wie er lief keine Gefahr, im Bett in Schweiß zu geraten. Er bot ihr alle Variationen, die sie liebte. Er wechselte Rhythmus und Tempo, Stärke und Sanftheit, Tiefe und nur Andeutung. Mit letzterer schreckte er sie, so daß sie rief: »Nicht! Wir verlieren uns! Fester, fester, tiefer!«

»So?« fragte er, ihrem Wunsch nachkommend.

»Ja, so!«

»Oder so?« Er schob seine Arme unter ihre Kniekehlen, hob ihre Beine an und legte sie sich auf die Schultern. Dabei unterbrach er jene Tätigkeit, auf die es hauptsächlich ankam, keinen Augenblick. Dies tat er auch nicht, als sie einen Laut von sich gab, den er für einen Schmerzenslaut hielt, und er sie fragte: »Tu ich dir weh?«

Das Stakkato seiner Bewegungen äußerte sich in ihrer Antwort.

»Im . . . Ge . . . gen . . . teil.«

»Ich warte«, sagte er.

»Auf . . . was?«

»Auf deine Bitte um Verzeihung.«

»Ich . . . bit . . . te . . . um . . . Ver . . . zei . . . hung.«

»Noch mal.«

»Ich . . . bit . . . te . . . um . . . Ver . . .« Sie brach ab, stöhnte nur noch, ihr Orgasmus kam. Hier, in ihrer Wohnung, mußte sie sich – oder er ihr – keinen Zwang antun. Ohne Werners Hand auf ihrem Mund heulte sie: »Ja . . . jaa . . . jaaa . . . jaaaa . . . jaaaaa . . . jaaa . . . jaaa . . . jaa . . . ja.«

»Neunmal«, sagte Werner anerkennend. »Ein neuer Rekord!«

Er entfernte sich aus ihr, ließ ihre Beine von seinen Schultern gleiten, kniete da und blickte auf sie hinunter. Sie sah sein sieghaftes Grinsen nicht, ihre Augen waren geschlossen. Still lag sie da, regungslos, vollkommen erschlafft. Fast hätte man sie für tot halten können, wenn nicht zu sehen gewesen wäre, daß sie noch atmete. Werner rutschte auf den Knien ein bißchen zurück, bis er über ihr rechtes Bein hinwegsteigen konnte. Dann kletterte er aus dem Bett und holte sich aus seiner Hose eine Zigarette. »Du auch?« fragte er Clara.

Die Zigarette im Mund, stand er zwischen Tür und Bett und hatte die Hose noch in der Hand. Clara öffnete die Augen und sah ihn stehen, nackt, in seiner ganzen männlichen Pracht, von der er noch gar nichts eingebüßt hatte, da er ja auf einen eigenen Orgasmus Verzicht geübt hatte, übrigens ganz bewußt.

Langsam kehrte Leben in Claras Gestalt zurück. Sich zur Seite drehend, damit sie ihn bequemer sehen konnte, sagte sie: »Du hattest dein Vergnügen nicht.«

»Woher willst du das wissen?« fragte er. »Du warst doch gar nicht mehr in der Lage, das wahrzunehmen.«

»Sieh dich an«, erwiderte sie, »dann weißt du, woher ich das weiß.«

Er sah an sich hinunter, lachte und sagte: »Dieser Verräter!«

»Was war der Grund?« fragte sie. »Machte es dir keinen Spaß mehr?«

»Doch, doch.«

»Warum dann?«

»Zigarette?« fragte er sie noch einmal, und als sie verneinte, zündete er sich die eigene an, setzte sich auf die Bettkante und fuhr fort: »Weil du dir heute einen Lohn verdient hast, der an keine Grenze stößt. Verstehst du mich?«

»Nein.«

»Heute mache ich dich satt.«

Sie sah ihn an.

»Ohne dich selbst zu sättigen?« fragte sie.

»Ohne mich selbst so lange nicht zu sättigen, bis du mir erklärst, genug zu haben, und mich bittest, aufzuhören.«

»Süßer!« rief sie, die Arme nach ihm ausstreckend. »Ich blicke ins Land der Verheißung!«

Um von ihr nicht gleich wieder unter die Decke gezogen zu werden, sagte er: »Laß mich erst fertigrauchen, bitte.«

»Natürlich«, meinte sie vergnügt und fragte ihn: »Womit habe ich dich denn mir gegenüber so sehr verpflichtet?«

»Mich begeistern mutige Mädchen.«

»War ich das?«

»Ja.«

»Wann und wo?«

»Heute in der Redaktion.«

»Ach, das meinst du«, sagte sie, lachte, blickte ihn an. »Und du denkst, daß das mutig war von mir?«

»Etwa nicht?«

»Nein, das war spannend. Das reizte mich, anfänglich jedenfalls. Deshalb hatte ich die Idee.«

»Aber es konnte doch jeden Augenblick die alte Lehner reinkommen?«

»Eben!« lachte sie noch stärker. »Das war ja der Kitzel für mich!«

Daran hatte Werner ein bißchen zu kauen. Nach zwei tieferen Zügen an seiner Zigarette fragte er: »Und was hättest du gemacht, wenn die uns wirklich überrascht hätte?«

»Dieselbe Frage kann ich wohl auch dir stellen, Süßer.« Werners Antwort kam nicht sofort. Seine Freundin anblikkend, schüttelte er den Kopf, wobei er dann sagte: »Du bist pervers, Clara!«

»Hat's dir gefallen oder nicht?«

»Du bist pervers, sage ich!«

»Ob's dir gefallen hat oder nicht?«

»Das spielt nicht die entscheidende Rolle!«

»Ja oder nein?«

»Ja!«

»Na also!«

Clara sprang behende aus dem Bett, nahm Werner die brennende, erst halb gerauchte Zigarette aus der Hand, lief in die kleine Küche, warf den Glimmstengel kurzerhand in die Spüle, kam zurück, schlüpfte wieder unter die Decke, lupfte sie einladend und sagte: »Komm endlich, verdammt noch mal!«

Werner leistete ihrer Aufforderung Folge, seufzte aber dabei: »Und so was ist adelig.«

»Du kannst mich nicht beleidigen«, raunte sie ihm heiß ins Ohr. »Weißt du, wie ich das sehe?«

»Wie?«

»Daß du mir zwar den Pelz wäschst, mich aber nicht naßmachen kannst.«

»Klar«, erwiderte er. »Wie denn auch? Im Moment ist doch nicht einmal ein Hemdchen vorhanden, geschweige denn ein Pelz.«

»Irrtum.«

»Wieso?«

»Ein Pelz ist durchaus da«, raunte sie ihm noch heißer ins Ohr. »Zwar ein kleiner, aber ein sehr dichter.« Dabei ergriff sie seine Hand und führte sie bei sich dorthin, wo sich die Sehnsucht nach seinen Fingern regte.

Obwohl ihm das gefiel, meinte er: »Trotzdem muß ich dir sagen, daß die Anwendung von Sprichwörtern nicht deine Stärke zu sein scheint.«

»Nein?«

»›Wasch mir den Pelz, aber mach mich nicht naß‹ sagt man, wenn –«

»Aber die Pelz-Verbindung herzustellen«, unterbrach Clara, »ist mir doch gelungen, Süßer?«

»Schon, nur –«

»Dann laß sie nicht wieder abreißen, bitte.«

»Nein, aber –«

»Bitte!«

Hier war nicht Germanistik gefragt. Nichts dergleichen. Dies einsehend, praktizierte Werner von nun an einen halben Tag lang nichts anderes mehr als Liebe. Möglich war ihm das nur, weil er sich an das Konzept hielt, das er Clara angekündigt hatte. Erst als Clara das Gefühl hatte, nicht mehr Wollust zu empfinden, sondern aus dem Leim zu gehen, und sie ihm das sagte, setzte er auch für sich selbst den vollen Schlußpunkt, der ihn für alle vorausgegangene Entsagung entschädigte. Er wußte, daß sie die Pille nahm, deshalb konnte er es sich gestatten, ganz und gar auf seine Kosten zu kommen.

Danach brauchten sie beide Ruhe, um sich zu erholen. Sie blieben noch im Bett liegen. Werner holte sich wieder eine Zigarette.

»Was ist mit dir?« fragte er Clara. »Du auch?« Sie lehnte abermals ab.

»Ist auch besser«, nickte er. »Rauchen steht dir nicht.«

»So?«

»Das hat man heute in der Redaktion wieder gesehen.«

»Ich rauche nur, wenn ich nervös oder wütend bin.«

»Soso.«

»Und da war ich es!«

»Was warst du?« grinste er. »Nervös oder wütend?«

»Beides.«

»Aber nicht lange.«

»Wenn du mich noch einmal versetzt, werde ich es sehr lange sein.«

Sie drehte sich auf den Bauch, stützte die Ellenbogen auf die Kissen, legte das Kinn in die Handflächen und blickte ihn an.

»Du sagst nichts, Werner?«

»Was soll ich sagen?«

»Daß du mich nicht mehr versetzen wirst.«

»Das habe ich dir doch schon versprochen.«

»Du weißt das noch?«

»Natürlich.«

»In Anbetracht der Situation, in der du das gesagt hast, hätte es ja sein können, daß du da gar nicht mehr richtig bei dir warst.«

»Daraus geht hervor«, antwortete er, wobei er natürlich wieder grinste, »daß du, wenn du etwas aus mir herausholen willst, immer eine solche Situation herbeiführen solltest.«

»Trotz Frau Lehner?«

»Es gibt ja auch noch andere Örtlichkeiten.«

»Du bist frivol.«

»Und das aus deinem Munde!«

»Werner«, sagte Clara plötzlich in einem ganz anderen Ton, »ich liebe dich.«

Unvorbereitet auf so etwas, meinte er nur: »Schön.«

»Ich liebe dich sehr.«

»Sehr schön.«

»Dann sag mir eines . . .«

»Was?«

»Wer ist diese Thekla Bendow?«

Völlig überrascht nahm er erst einen Zug aus seiner Zigarette, ehe er entgegnete: »Wie kommst du denn plötzlich auf die?«

»Ist die verheiratet?«

»Warum?«

In Claras Augen tauchte ein neuer Schimmer auf.

»Verheiratete Frauen lassen sich ›postlagernd‹ schreiben.«

Der äußerst fragende Ausdruck, mit dem Werner Clara anblickte, konnte sie nicht von dem abbringen, was sie dachte.

»Von Liebhabern«, ergänzte sie.

Nun zeigte ein erstes Zucken in Werners Gesicht, daß ihm ein Licht aufzugehen begann.

»Soll ich lachen?« fragte er.

»Ich finde das gar nicht zum Lachen.«

»Weil du verrückt bist.«

»Wie alt ist sie?«

»Sechsundzwanzig, aber –«

»Und hübsch, nicht?«

»Sehr hübsch, kein Zweifel, aber –«

»Seit wann kennst du sie?«

Werner wußte wirklich nicht, ob er lachen oder eher weinen sollte. Was ihm da plötzlich entgegentrat, war groteskeste Eifersucht, eine Eifersucht, die jeden Funken Verstand bei Clara aus dem Gehirn drängte.

»Clara, bist du denn wirklich verrückt geworden?«

»Seit wann kennst du sie?«

»Überhaupt nicht.«

»Du lügst!« brach es aus ihr heraus. »Man schreibt nicht postlagernd einer hübschen, verheirateten, sechsundzwanzigjährigen Unbekannten, die diesen Briefwechsel vor ihrem Mann zu verbergen hat!«

»Das ist doch Wahnsinn!« rief Werner.

»Was ist Wahnsinn?«

»Das, was du dir da zusammenphantasierst.«

Plötzlich flossen Tränen, sie liefen Clara über die Wangen und tropften auf die Kissen.

»Du bist halt mal der Typ, der jedes Mädchen betrügt«, schuldigte sie ihn schluchzend an. »Denkst du, das habe ich noch nicht gemerkt?«

»Ich weiß nicht, was du schon gemerkt haben willst«, erwiderte er. »Fest steht nur, daß das, was du mir im Moment erzählst, ein Riesenblödsinn ist.«

»Dann erkläre mir, warum du mich belügst.«

Die dreht sich im Kreise, dachte er, während er erwiderte: »Ich belüge dich nicht.«

»Seit wann kennst du sie?«

»Überhaupt nicht! Das sagte ich schon.«

»Und das soll keine Lüge sein?!« Claras Tränen flossen verstärkt.

Geschrei oder auch nur Worte unterdrückten Zornes wären hier fehl am Platz gewesen. Werner zwang sich deshalb zur Ruhe, zu sanftem Ton, als er sagte: »Hör zu, Clara, dieses Mädchen –«

»Ich denke, sie ist verheiratet«, unterbrach sie ihn schon wieder.

»Geschieden.«

»Auch dann ist sie kein Mädchen mehr, sondern eine Frau.«

»Das spielt doch keine Rolle, Clara. Sie hat uns jedenfalls ein Manuskript geschickt, das wir veröffentlichen wollen. Ich –«

»Gib mir eine Zigarette.«

»Wozu?«

»Wozu schon? Zum Rauchen.«

»Nein.«

»Warum nicht?«

»Weil du nur rauchst, wenn du nervös oder wütend bist«, sagte Werner. »Dazu hast du aber im Moment nicht die geringste Veranlassung.«

»Doch, weil ich dir nicht glaube!«

»Dann komm, zieh dich an . . .«

Er stieg aus dem Bett und bückte sich nach seinen Kleidungsstücken, die, zusammen mit den ihren, seit dem hastigen, gegenseitigen Striptease in diesem Zimmer verstreut auf dem Boden herumlagen.

»Wohin?« fragte Clara.

»In die Redaktion. Ich werde dir zeigen, daß dein Verdacht hirnrissig ist«, antwortete Werner und begann sich anzuziehen.

Clara setzte sich im Bett auf, sah ihm stumm zu, zweifelte noch daran, daß es ihm ernst war.

»Los, komm schon!« sagte er.

Sie rührte sich nicht. Ihre Tränen schienen jedoch zu versiegen.

»Wenn du nicht mitkommst«, meinte er daraufhin, »gehe ich allein und bringe dir die nötigen Beweisstücke hierher.«

Clara fragte: »Welche Beweisstücke?«

»Das Manuskript der Briefe.«

So etwas konnte seine Wirkung auf Clara nicht verfehlen.

»Warte doch einen Moment«, sagte sie.

»Auf was?«

»Zieh dich wieder aus.«

Er hatte schon die Hose und Socken an und knöpfte sich gerade sein Oberhemd zu.

»Nee, mein Kind«, sagte er kopfschüttelnd. »Wir führen hier kein Affentheater auf. Ich –«

»Bitte, Werner.«

Nun blieb *er* störrisch.

»Tut mir leid.«

»Ich will dir ja glauben.«

»Jetzt auf einmal.«

»Komm her.« Sie klopfte mit der flachen Hand auf den Bettrand. »Setz dich.«

»Nein.«

»Bitte«, sagte sie abermals und fügte hinzu: »Ich will jede Buße tun.«

Endlich kam er zum Bett, wenn auch widerstrebend, und setzte sich, ebenfalls widerstrebend, auf die Kante.

»Ich liebe dich, Werner.«

Er schwieg. Sie begann, ihm das Hemd wieder aufzuknöpfen.

»Ich liebe dich so sehr«, sagte sie dabei, »daß es mich dumm macht.«

»Dein Verdacht war wirklich saudumm«, schonte er sie nicht.

»Verrückt gemacht hat mich der Ausdruck ›postlagernd‹. Postlagernd lassen sich oft Männer oder Frauen schreiben, die ihre Partner betrügen. Das mußt du zugeben.«

»Warum uns die ihre normale, richtige Adresse bisher verschwiegen hat und immer noch verschweigt, das hat seinen Grund. Uns kommt das sogar gelegen.«

»Du kennst sie also wirklich nicht?«

»Ich habe sie noch nie gesehen. Was ich von ihr weiß, habe ich ihrem Begleitschreiben zu dem Manuskript, das sie uns eingesandt hat, entnommen.«

»Ich werde nie mehr eifersüchtig sein, Liebling.«

Abwarten, dachte er und sagte: »Weißt du, was ich partout nicht verstehen kann?«

»Was?«

»Du hast doch gesehen, daß ich den Brief an diese Bendow meiner Sekretärin diktiert habe?«

»Ja.«

»Und trotzdem hast du geglaubt, daß das ein Liebesbrief von mir an eine andere sein könnte?«

Mit zerknirschter Miene nickte sie.

»Begreifst du, daß das keine besondere Intelligenzleistung von dir war, du Schaf?«

Sie nickte erneut.

»Außerdem hast du mich damit beleidigt. Ist dir das klar?«

Zum drittenmal nickte sie. Dabei zog sie ihm aber das Hemd vom Körper, nachdem sie alle Knöpfe geöffnet hatte.

»Ich muß es als beleidigend empfinden, daß du mir eine solche Geschmacklosigkeit – oder Dummheit – zugetraut hast.« Er blickte seinem Hemd nach, das sie aus dem Bett warf. »Was machst du da?«

»Ich bereite das Feld für meine Buße vor.«

»Nein«, widersprach er. »Heute nicht mehr. Die Natur macht nicht mehr mit.«

Clara lächelte.

»Die deine vielleicht nicht mehr, Süßer. Die meine schon noch. Und die deine können wir entbehren.«

Sie lockerte ihm den Hosenbund.

»Steh bitte auf, Süßer.«

Werner erhob sich, sagte aber dabei: »Es hat wirklich keinen Zweck . . .«

Die Hose glitt ihm von den Hüften und rutschte hinunter auf den Boden, sich ziehharmonikaartig zusammenfaltend. Dort lag sie nun, und er stieg aus den Röhren heraus. Bald hatten sich zu der Hose auch seine Unterhose und Socken gesellt.

Clara seine Vorderseite zukehrend, sagte dann Werner: »Sieh selbst, daß es wirklich zwecklos ist.«

Doch Clara schien von ihrem Optimismus nicht lassen zu wollen.

»Jetzt bist *du* begriffsstutzig«, sagte sie und streckte die Arme nach ihm aus. »Komm.«

Das berühmte Dichterwort ›Halb zog sie ihn, halb sank er hin‹ erfuhr wieder einmal eine Bestätigung, aber als Werner seinen alten Platz an Claras Seite – Haut an Haut – eingenommen hatte, sah es in der Tat nicht danach aus, daß sich Clara davon das, was sie begehrte, würde versprechen können.

»Was habe ich dir gesagt?« seufzte Werner.

Clara erwiderte nichts, lächelte, ihre Hand verweilte bei ihm nur kurz dort, wo seine Natur, wie angekündigt, ihr – und ihm – die kalte Schulter zeigte; dann richtete sich Clara auf, schlug die Decke zurück und begann, von Werners Brust über seinen Bauch hinunter eine Spur von Küssen zu legen. Jeder Zweifel daran, wo diese Kette enden würde, war ausgeschlossen.

Werner lag still, ächzte aber bald: »Guuut.«

»Gut?« fragte Clara. Um sprechen zu können, mußte sie ihre mit dem Mund ausgeübte Tätigkeit unterbrechen.

»Nicht aufhören!« rief Werner sofort flehentlich. »Siehst du«, sagte Clara mit Genugtuung.

»Mach weiter, ich bitte dich.«

Clara wohnte, um das noch einmal zu erwähnen, in einem Altbau, der über solide, dicke Mauern verfügte. Das zahlte sich nun aus. Wären nämlich Clara und Werner von den hellhörigen Wänden neuerer Bauart umschlossen gewesen, hätten Nachbarn zu vieles von dem mitbekommen, was sich in Claras Schlafzimmer zutrug. Die Laute, die Werner von sich gab, hätte jeder gehört, der auf der Etage anwesend gewesen wäre. Und die Art dieser Laute, ihr Klang, war so, daß nur Kleinkinder sich noch hätten fragen müssen, welcher Erlebniswelt sie entsprangen. Der Grundton war Stöhnen, das sich abwechselnd in Gestammel oder Schreie wandelte, Schreie der Lust. Sie mehrten sich, als der absolute, vom Paradies erhalten gebliebene, sich immer wieder erneuernde Höhepunkt allen irdischen Lustempfindens heranrückte.

Clara war eine Frau, die ihren Orgasmus, wenn man so sagen will, buchstäblich bejahte. (»Ja« . . . »jaaa« . . . »jaaaa« . . . usw.)

Werner war ein Mann, der seinen Orgasmus mit dem langgezogenen Vokal o begleitete: »ooooooooo . . .«

So auch jetzt wieder.

Dann verstummte er, regte sich nicht mehr, überließ sich dem Nachklang. Als er endlich die Augen öffnete, wollte er sich schier wundern darüber, daß die Dinge, die er sah – das Zimmer, die Einrichtung – noch so waren wie vorher, daß sie sich nicht irgendwie verändert hatten, so wie er glaubte, sich selbst auch irgendwie verändert zu haben. Eine solche Empfindung kann eine ganze Weile anhalten. Sie kennzeichnet den perfekten Orgasmus.

Clara regte sich, stieg, mit dem Rücken zu ihm, aus dem Bett.

»Was machst du?« fragte er.

Ohne sich umzudrehen, erwiderte sie: »Ich gehe ins Bad.«

»Ich auch«, sagte er, sich aufrichtend.

»Du kannst liegenbleiben.«

»Wieso?«

»Sieh dich an.« Clara verschwand im Bad. Nur noch ihre Stimme erreichte ihn durch die offene Tür. »Du bist unbefleckt.«

In der Tat, das war er.

Ausdrücke hat die, dachte er.

Aus dem Bad drangen Geräusche, die davon kündeten, daß Clara sich den Mund spülte. Als sie zurückkam, war zu sehen, daß sie sich auch gekämmt und die Lippen geschminkt hatte. Wieder bei ihm unter der Decke, umarmte sie ihn. Ein verspäteter Tadel schwebte ihm auf den Lippen.

»Das muß nicht sein«, sagte er mit angerauhter Stimme.

»Was muß nicht sein?«

»Daß du das auch noch schluckst«, sagte er. »Klar, daß du dich davor ekeln mußt.«

Sie drückte ihn an sich.

»Erstens«, erwiderte sie, »war da kein Muß dabei. Und zweitens«, setzte sie hinzu, »auch überhaupt kein Ekel.«

»Pfui!«

»Danke.«

Sie kicherte. Er verstummte. Still wurde es zwischen den beiden. Bald schliefen sie ein, von Müdigkeit überwältigt, in enger, beiderseitiger Umarmung. Sie versanken in einen Schlaf, von dem man wahrlich nicht hätte sagen können, daß er unverdient gewesen wäre.

6

Frank Petar holte seine Frau am Bahnhof ab. Sie kam aus Düsseldorf von ihrer Reise zurück, die sie zusammen mit ihrer Freundin Gerti angetreten hatte. Aus einem der Fenster des einrollenden Zuges blickend, erkannte sie schon von weitem den dichten Haarschopf ihres Mannes, mit dem er auf dem Bahnsteig die meisten der anderen Wartenden überragte. Sie freute sich unbändig darauf, in wenigen Sekunden die erste Stufe der Wiedervereinigung mit Frank zu vollziehen. Frank selbst hatte am Telefon den Ausdruck ›Wiedervereinigung‹ aus der Taufe gehoben. Die nächsten Stufen sollten zu Hause vollzogen werden, in der Geborgenheit der sogenannten vier Wände.

Frank hatte sich natürlich mit Blumen bewaffnet, die ihm aber beinahe aus der Hand geflogen wären, als sich ihm

Helga mit ihrer ganzen Leidenschaft an die Brust warf. Aus dem gleichen Abteil kletterte eine dicke Frau, die von ihrem kahlköpfigen Gatten erwartet wurde und den sie, das Beispiel Franks vor Augen, fragte: »Wo sind denn *deine* Rosen, Jupp?«

»Meine was?«

»Dein Blumenstrauß für mich?«

»Bist du verrückt? Weißt du, was Blumen heute kosten, Gusti?«

»Sieh doch, anderen Männern sind ihre Frauen das wert.«

Der Glatzkopf betrachtete Helga, dann wieder Gusti. Der Unterschied war ein enormer. Davon ausgehend, sagte der Mann: »Erspar mir die Antwort, Auguste.«

Auguste fühlte sich beleidigt und erwiderte: »Ich weiß, was du sagen willst, Josef. Wenn du mich aber mit *der* vergleichst, dann vergleiche ich dich mit *dem.*«

Frank führte Helga zu dem Wagen, den er vor dem Bahnhof geparkt hatte. Es sah nach Regen aus. Das war einer der beiden Gründe, weshalb Frank auf das Auto zurückgegriffen hatte, obwohl der Weg von seinem Haus zum Bahnhof nicht weit war. Der zweite Grund war Helgas Gepäck.

Im Wagen wurde erst einmal ein langer Kuß gewechselt, ein richtiger, mit dem sich sein Vorgänger auf dem Bahnsteig nicht vergleichen konnte, wenngleich auch ihm schon ein überdurchschnittliches Format nicht abzusprechen gewesen war. Dann fuhr Frank los.

»Hast du mich vermißt?« fragte Helga.

»Nein.«

»Wie bitte?«

»Du mich?«

»Auch nein.«

Sie lachten wie die Kinder. Sie fühlten sich glücklich, man konnte es ihnen ansehen.

»Ich soll dich grüßen von Gerti«, sagte Helga.

»Danke. Was macht sie denn?«

»Du, die will tatsächlich noch einmal studieren.«

»So? Was denn?«

»Irgend etwas mit Kunst.«

»Die Kunst der Verführung«, grinste Frank und fragte: »Habt ihr Spaß gehabt?«

»Riesigen. Die Männer waren hinter uns her, das kannst du dir gar nicht vorstellen.«

»Doch, das kann ich, wenn ich es vergleiche mit dem, wie die Frauen hier hinter uns her waren.«

»Hinter dir und Werner?«

»Ja.«

»Wie geht's ihm denn?«

»Prima.«

»Gerti läßt auch ihn grüßen.«

»Ja? Die hat ihn doch nur einmal auf der Straße gesehen?«

»Trotzdem.«

Eine rote Ampel zwang Werner zu stoppen. Für den Geschmack Helgas bremste er etwas zu hart, sie sagte aber nichts. Während sie auf Grün warteten, meinte Frank: »Sie wollte uns doch bald wieder besuchen. Bleibt's dabei?«

»Ja«, nickte Helga. »Sehr bald sogar.«

»Dann werden wir es vielleicht nicht mehr lange verhindern können, daß sie mit unserem Freund Werner in ihr Unglück rennt.«

Helga schien kurz zu überlegen.

»Oder er mit ihr in seines.«

»Das wäre ja mal was ganz Neues.«

Gelb kam, dann Grün. Frank konnte die Fahrt wieder fortsetzen. Zu Hause übernahm er die Aufgabe, Kaffee auf den Tisch zu bringen. Als Helga nicht einsehen wollte, warum er und nicht sie sich darum kümmern sollte, hieß es: »Setz dich hin, du bist müde.«

»Wovon denn?«

»Von der Reise.«

»Die paar Kilometer!«

»Und von den Männern, die hinter dir her waren.«

»Dasselbe kann ich bezüglich der Frauen sagen, die ihr Unwesen mit dir hier getrieben haben.«

Lachend verschwand er in der Küche, lachend blieb sie zurück im Wohnzimmer und sah ihm nach mit Augen, in denen Glück und Vertrauen leuchteten.

Nach dem Kaffee sagte Frank, in die Richtung blickend, wo das Schlafzimmer lag: »Wir müssen uns noch gedulden, Liebling.«

Es war früher Nachmittag.

»Warum?« fragte Helga enttäuscht.

»Weil mir sonst ein fetter Auftrag durch die Lappen geht. Ein neues Sudhaus wird errichtet.« Frank blickte auf die Uhr. »Der Bauherr will ab halb drei zu mir kommen. Den genauen Zeitpunkt konnte er mir nicht sagen. Ich möchte aber auf alle Fälle zur Stelle sein, wenn er erscheint.«

»Ausgerechnet heute.«

»Es geht nicht anders.«

Auch Frank war nicht begeistert davon, doch er setzte hinzu: »Der Auftrag wird uns beide entschädigen.«

Helga brachte ihn zur Tür.

»Wann kommst du wieder?«

»Möglichst bald.«

Sie winkte ihm nach, bis sein Wagen sich in eine Kolonne anderer eingegliedert hatte und verschwunden war. Es begann zu tröpfeln. Helga ging ins Haus zurück und rief Gerti an, von der sie gebeten worden war, ihr die glückliche Ankunft zu Hause nach Düsseldorf durchzugeben. Gerti fragte sofort, ob Frank schon »lieb gewesen sei«.

»Nein«, antwortete Helga.

»Nein?« rief Gerti. »Warum nicht?«

»Wir hatten noch keine Zeit.«

»Dazu hat man immer Zeit!«

»Ein Sudhaus ging vor.«

»Ein was?«

»Ein Sudhaus«, wiederholte Helga. »Ein Haus, in dem Bier gesotten wird.«

Für Gerti schien's dreizehn zu schlagen.

»Großer Gott!« stieß sie hervor. »Wenn's wenigstens ein Schlößchen wäre, verstehst du, etwas Landesherrliches oder Fürstbischöfliches . . . ich meine –«

»Ich weiß, was du meinst, Gerti.«

»Sag deinem Mann, daß sein Beruf dunkle Seiten hat.«

»Er hat mich gefragt, wann er dich wiedersehen darf.«

»Hat er das wirklich?«

»Ja.«

»Dann sag ihm: Dafür kriegt er von mir, wenn's soweit ist, einen Kuß.«

Helga gab es einen leisen Stich, trotzdem erwiderte sie: »Er wird's gar nicht erwarten können.«

Gerti lachte, fuhr dann fort: »Bei uns hier regnet's inzwischen.«

»Bei uns fängt's gerade an«, meinte Helga.

»Hast du mit dem Ladykiller schon gesprochen?«

»Mit wem?«

»Mit deinem Hausfreund«, kicherte Gerti.

»Ich bin doch erst eine knappe halbe Stunde in Heidenohl«, erwiderte Helga.

»Dann bestell ihm bitte meinen Gruß nicht.«

»Nicht?« fragte Helga erstaunt.

»Nein, er könnte falsche Schlüsse daraus ziehen.«

Schlüsse, dachte Helga bei sich, würde er sicher daraus ziehen – aber keine falschen, sondern richtige.

»Wie du willst«, sagte sie.

»Hat's dir gefallen bei mir?«

»Sehr – das weißt du doch.«

»Mir hat's auch sehr gefallen bei euch.«

»Heidenohl kann aber nicht mit Düsseldorf konkurrieren.«

»Darüber haben wir schon mal gesprochen. Vergleiche dieser Art kann man nicht anstellen.«

»Düsseldorf ist jedenfalls eine ganz tolle Stadt.«

»Und Heidenohl ein ganz liebes Städtchen.«

»Von Düsseldorf ist übrigens auch Frank begeistert; er kennt es.«

»Ich weiß.«

»An allererster Stelle steht bei ihm natürlich Hamburg, seine –«

Es hatte an der Haustür geläutet, man konnte es durch den Draht bis Düsseldorf vernehmen.

»Entschuldige, Gerti«, sagte Helga, »wir müssen Schluß machen, bei mir ist jemand an der Tür.«

»Ich habe es gehört, Helga, laß dich nicht mehr aufhalten.«

»Mach's gut, Gerti.«

»Du auch. Wir telefonieren wieder miteinander. Tschüs.«

»Tschüs.«

Ende.

Die Haustürglocke ging schon wieder. Ein Fremder stand draußen, ein junger Mann, der Helga unbedingt für ein Zeitschriftenabonnement gewinnen wollte. Er hatte aber schon einen schwerwiegenden Fehler gemacht.

»Warum sind Sie so ungestüm?« unterbrach Helga ärgerlich seinen sofort einsetzenden Redeschwall.

Er stockte.

»Verzeihung – wieso?«

»Was versprechen Sie sich davon, Sturm zu läuten?«

Der junge Mann war ein Student, noch nicht abgebrüht genug für sein ihm aufgezwungenes Interimsgewerbe.

»Verzeihen Sie«, entschuldigte er sich noch einmal. »Ich dachte, es sei niemand zu Hause.«

»Um so unangebrachter – unlogischer, besser gesagt – Ihre Bimmelei.«

Der Student gab sein Spiel hier schon verloren, murmelte: »Tut mir leid«, und wandte sich ab, um wieder zu gehen.

Plötzlich empfand Helga Mitleid mit ihm. Seit wann bin ich so kratzbürstig? fragte sie sich. Aus Enttäuschung? Weil Frank daran gehindert war, mit mir ins Bett zu gehen?

»Was wollten Sie denn?« fragte sie den jungen Mann, der sich ihr wieder zuwandte und erwiderte: »Das hat wohl keinen Zweck mehr ...«

»Sie sind Student, sagten Sie?«

»Ja.«

»Und Sie vertreten Zeitschriften?«

»Ja.«

»Kommen Sie rein ...«

Das Resultat läßt sich denken. Als Helga davon ihrem Mann gegen Abend nach seiner Heimkehr in Kenntnis setzte, mokierte er sich: »Wenn du so weitermachst, können wir bald einen eigenen kleinen Lesezirkel aufmachen und versuchen, mit ihm unseren Lebensunterhalt zu bestreiten.«

»Bist du böse?«

»Nicht gerade.«

»Du sollst es aber überhaupt nicht sein.«

»Also gut«, nickte er grinsend.

»Danke«, freute sie sich und fragte: »Was war mit dem Sudhaus?«

»Das Sudhaus«, antwortete Frank mit einem Seufzer, »baut ein anderer.«

»*Was* sagst du?«

»Der Bauherr hat angerufen und mir das mitgeteilt.«

Empörung wallte auf in Helgas Innerem. Ihre Augen funkelten.

»Er kam gar nicht in dein Büro?«

»Nein.«

»Und dem bist du nachgelaufen! Was ist denn das für ein Typ?«

»Ein Arschloch – entschuldige.« Frank zuckte die Achseln. »Aber so geht das heutzutage, man wird vor vollendete Tatsachen gestellt. Ich weiß auch nicht, wie das gelaufen ist. Erinnere dich, vor kurzem war es umgekehrt, da sind mir sogar zwei Aufträge in den Schoß gefallen, die auch schon ein anderer fest in der Tasche zu haben glaubte.«

»Das lag daran, daß du besser bist als dieser andere.«

»Vielleicht verhält es sich diesmal genauso – nur bin ich derjenige, welcher der schlechtere ist.«

»Unsinn!«

»Sudhäuser sind nicht meine Spezialität«, sagte Frank, sich zu einem Grinsen zwingend.

»Gott sei Dank nicht«, pflichtete Helga bei. »Etwas Ähnliches sagte übrigens auch Gerti.«

Frank guckte verblüfft.

»Wieso die?«

»Ich habe mit ihr telefoniert.«

»Wann?«

»Heute nachmittag. Ich hatte ihr versprochen, sie anzurufen, wenn ich gesund zu Hause eingetroffen sein werde.«

»Und dabei habt ihr von meinem Sudhaus gesprochen?«

»Ich habe ihr davon erzählt.« Plötzlich lachte Helga.

»Gerti hatte mich gefragt, ob du schon lieb zu mir gewesen bist. Daraufhin mußte ich ihr eingestehen, daß dir ein Sudhaus dazwischengekommen ist.«

»Themen habt ihr«, wunderte sich Frank kopfschüttelnd. »Aber bitte«, fuhr er fort, »ich will mir die Frage deiner Freundin zu Herzen nehmen . . .«

Dabei griff er nach Helgas Hand, um sie zum Schlafzimmer zu ziehen.

»Nicht, bevor du etwas gegessen hast«, widersetzte sich Helga.

»Wozu essen?«

»Damit du dich stärkst.«

Das klang eindeutig frivol, auch wenn es aus Helgas Mund kam, der man so etwas nicht zutrauen mochte. Frank war überrascht, aber nicht konsterniert. Er amüsierte sich über seine Frau, die in Düsseldorf eine gewisse Infektion davongetragen zu haben schien.

»Was möchtest du essen?« fragte Helga.

»Irgend etwas Schnelles.« Frank blickte schon wieder in Richtung Schlafzimmer.

Der improvisierte Imbiß, den Helga im Handumdrehen auf den Tisch zauberte, war sättigend genug, um als vorgezogenes Abendessen zu gelten. Helga hatte aus Düsseldorf spaßeshalber eine Tube Löwensenf mitgebracht, jenen berüchtigten, höllisch scharfen Mostrich, gegen den die Ungarn mit ihrem Gulasch einpacken können. Helga ließ es sich nicht nehmen, mit eigener Hand Frank aus der Tube einen richtigen Klacks auf den Teller zu drükken, wobei sie mit unschuldsvoller Miene sagte: »Der ist delikat, mein Schatz. Du darfst aber nicht zu wenig davon nehmen.«

»Nein?«

»Sonst geht dir der Geschmack verloren.«

»So lecker ist der?«

»Ja.«

Helgas kleine Teufelei konnte nicht gelingen, denn sie vergaß die drei Semester, die Frank in Düsseldorf studiert hatte.

»Wenn der so lecker ist«, sagte Frank, einen noch größeren Klacks Helga auf den Teller drückend, »mußt aber auch du diesen Genuß mit mir teilen.«

»Nein!« wehrte sich Helga entschieden.

»Warum nicht? Soviel ich weiß, magst du doch auch Senf?«

»Früher mochte ich ihn, heute nicht mehr.«

»Hast du dich dran abgegessen?«

»Ja.«

»Wo? In Düsseldorf?«

Diese Frage barg für Helga die Gefahr in sich, durchschaut zu werden. Helga antwortete deshalb: »Nein, schon zuvor.«

»Dann wundert mich eins«, sagte Frank mit unbewegter Miene.

»Was?«

»Woher du wissen kannst, daß der da so lecker ist. Oder hast du ihn doch probiert?«

»Ja.«

»Aha«, nickte Frank. »Wohl mir zuliebe, nicht?«

»Sicher.«

»Ich bin dir ja so dankbar Liebling.« Auf Franks Stirn erschienen Sorgenfalten. »Allerdings muß ich sehen, daß dir dein Opfer ein plötzliches, viel zu frühes Leiden eingebracht hat.«

»Welches Leiden?«

»Schwere Verkalkung.«

»Wieso?« fragte Helga, die zu ahnen begann, daß ihr Streich zum Mißlingen verurteilt war. Frank lachte plötzlich und schwenkte die Tube in der Luft.

»Weil mit so was«, antwortete er dabei, »an mir in Düsseldorf schon die Feuertaufe vollzogen wurde, als du noch gar nicht wußtest, daß es zur menschlichen Nahrungsaufnahme auch noch etwas anderes gibt als Milch und Breichen.«

Helga ärgerte sich nur kurz über sich selbst.

»Natürlich habe ich nicht vergessen, daß du dort gewesen bist«, sagte sie. »Aber gab's denn das« – sie zeigte auf die Tube – »auch schon damals?«

Frank winkte mit der Hand.

»Das haben schon die alten Römer an den Rhein gebracht.«

»Dann wird's Zeit, daß auch Gerti das erfährt.«

»Warum denn die?«

»Weil sie mir diesen Tip, dich reinzulegen, gegeben hat«, lachte Helga.

»Diese Schlange! Sie übt einen schlechten Einfluß auf dich aus.«

Helga zögerte kurz, ob sie das, was ihr auf den Lippen schwebte, sagen sollte. Sie tat es.

»Auf dich vielleicht auch, Schatz.«

»Wieso auf mich?« fragte Frank.

»Weil sie dich küssen will.«

»Mich? Wann?«

»Bei ihrem nächsten Besuch.«

»Versprach sie das?«

»Ja.«

»Und du hast ihr gesagt, daß du damit einverstanden sein wirst?«

»Ich überlasse es dir, damit einverstanden zu sein oder nicht.«

»Wie großzügig von dir«, grinste Frank.

Gegen das leise Unbehagen, das sie empfand, ankämpfend, sagte Helga: »Sie ist eine gute Freundin und wird deshalb wissen, wo die Grenze ist.«

»Ich auch«, versicherte Frank.

»Weiß sie übrigens von dir, daß du Düsseldorf kennst?«

»Nein, von mir nicht.«

»Sie weiß es aber.«

»Nicht von mir«, erklärte Frank noch einmal. »Eher von dir.«

»Keinesfalls«, sagte Helga. »Ich habe mit ihr darüber nicht gesprochen.«

»Dann muß sie es von einem dritten haben«, konstatierte Frank und fragte mehr sich selbst als Helga: »Von Werner? Wäre das möglich?«

Helga schüttelte den Kopf.

»Mit dem war sie ja überhaupt nicht zusammen.«

»Vielleicht doch.«

Helga und Frank blickten einander an.

Die Perspektive, die sich ihnen da auftat, überraschte sie beide.

»Ich werde ihn fragen«, entschied Frank. Helga meinte jedoch: »Das würde ich nicht tun.«

»Warum nicht?«

»Weil er das als Indiskretion empfinden könnte, falls unsere Annahme zutrifft.«

»Und wenn schon!«

»Laß ihn selbst davon anfangen. Tut er's nicht, ist das ein deutliches Zeichen.«

»Dasselbe gilt aber auch für deine Freundin Gerti.«

»Richtig«, erkannte Helga. »Auch sie hat mir gegenüber geschwiegen.«

»Weißt du was?« sagte Frank nach kurzer Pause. »Die beiden können mich jetzt gern haben. Komm, laß uns endlich ins Bett gehen.«

»Aber gerne!« bekundete Helga ihr Einverständnis, dem Tisch, der noch abgeräumt hätte werden müssen, keinen Blick mehr schenkend.

7

Es vergingen einige Wochen, in denen sich der Briefwechsel zwischen Thekla Bendow und Frank Petar prächtig entwickelte. Die beiderseitige Korrespondenz ließ, wie Werner Ebert fand, fast nichts mehr zu wünschen übrig. Nur ein Punkt störte ihn – Thekla Bendow gab ihr Inkognito nicht auf.

Daran stieß sich Werner allerdings sehr. Er hatte es sich sehr einfach vorgestellt, mit diesem Problem fertig zu werden. Ich schicke ihr, dachte er, den Autorenvertrag, den sie unterzeichnen muß, mit Namen und Anschrift, und damit hat sich die Sache!

Irrtum! Der Vertrag war zurückgekommen, unterzeichnet mit ›Thekla Bendow‹. Mehr nicht.

»Das geht nicht«, hatte Werner ihr daraufhin mitgeteilt. »Wir brauchen Ihre wahre Identität, und zwar aus Gründen, die für Sie wichtiger sind als für uns. Ihre rechtliche Position, an der Ihnen gelegen sein wird ... usw.«

Das Antwortschreiben war für Werner unbefriedigend gewesen.

»Lieber Herr Ebert«, hatte es in kürzester Form geheißen, »machen Sie sich keine Sorgen um meine rechtliche Position, ich mache mir auch keine um die Ihre. Beiliegenden Brief bitte ich, wie immer, Herrn Petar auszuhändigen. Beste Grüße. Ihre Thekla Bendow.« – Und als Anschrift wieder: Düsseldorf, postlagernd.

Je länger dieser Zustand anhielt, desto weniger war Werner bereit, sich mit ihm abzufinden.

»Eigentlich hätte ich dich ja gar nicht gebraucht«, sagte er zu Frank. »Den ganzen Briefwechsel hätte ich sehr gut selbst mit der führen können.«

Daß er das versäumt hatte, tat ihm jetzt echt leid. Theklas Briefe waren nämlich so abgefaßt, daß sie auf einen Mann wie Werner Ebert nicht ohne Wirkung bleiben konnten. Dieses Weib sei, sagte er, noch viel toller, als er es sich ursprünglich vorgestellt habe. Die Gewißheit, sich nicht zu täuschen, wuchs für ihn von Brief zu Brief. Er verstünde es, erklärte er, zwischen den Zeilen zu lesen. Er habe eine Nase für Erotik, er rieche sie.

»Weißt du, was *ich* rieche?« fragte Frank, als wieder ein Brief von Thekla eingetroffen war, mit der Nase an demselben.

»Was?«

»Das Parfüm von der.«

»Gib her«, sagte Werner, den Brief Frank aus der Hand nehmend und selbst auch eine Riechprobe davon nehmend, worauf sein treffsicheres Urteil lautete: »Soir de Paris.«

Nach einer Wiederholung seines Tests setzte er hinzu: »Absolut sicher! Und das sagt alles! Mit Soir de Paris verbindet sich für mich die Erinnerung an« – Werner küßte sich die Fingerspitzen – »solche Erlebnisse.«

Er blickte vor sich hin, und plötzlich wurde in ihm wieder ein Entschluß wach, der längst schon in Vergessenheit geraten zu sein schien.

»Ich muß nach Düsseldorf, Frank. Zur Post.«

»Was ich davon halte«, entgegnete Frank, »habe ich dir schon gesagt.«

»Nicht viel, ich weiß.«

»Wie ich dich kenne, läßt du dich aber trotzdem nicht davon abhalten.«

»Wir haben keine andere Wahl, Frank.«

Schon am nächsten Tag setzte sich Werner Ebert ins Auto, fuhr nach Düsseldorf, konnte verhältnismäßig rasch das für sein Anliegen zuständige Postamt ausfindig machen, wählte aufs Geratewohl einen der zahlreichen Schalter, die sich im Endlosen zu verlieren schienen, und sagte zu dem Beamten, an den er geraten war: »Ich will es kurz machen, ich brauche eine Anschrift, die Sie mir geben können. Oder einer Ihrer Kollegen hier.«

Ein kleines Schildchen, das auf dem Schalterbrett stand, trug den Namen des Beamten: Insp. H. Felchen.

Inspektor Felchen war, seinem Rang entsprechend, noch nicht alt. Die Natur hatte ihn mit einem freundlichen, heiteren Wesen ausgestattet.

»Welche Anschrift?« fragte er lächelnd.

»Eine postlagernde«, blieb Werner dabei, es kurz zu machen.

Inspektor Felchen schien leicht überrascht. Trotzdem blieb er freundlich wie zuvor.

»Tatsächlich?« wollte er sich vergewissern.

»Ja.«

»Dann will ich es auch kurz machen, mein Herr. Schlagen Sie sich das aus dem Kopf.«

»Ich habe keine andere Antwort von Ihnen erwartet«, sagte Werner. »Deshalb habe ich auch nicht lange um den heißen Brei herumgeredet, um keine Zeit zu verlieren.«

»Wir sind uns also einig?« antwortete Inspektor Felchen.

»Einig sind wir uns insofern, als Sie mir zu erkennen gaben, daß es Ihnen an der notwendigen Kompetenz fehlt, meinen Antrag positiv entscheiden zu können. Sie wissen jetzt, um was es mir geht? An welchen Ihrer Vorgesetzten muß ich mich wenden?«

»Das ist schwer zu sagen.«

»Warum?«

»Weil Sie bei jedem dasselbe erleben werden wie bei mir«, meinte lächelnd Inspektor Felchen, der, wie erwähnt, ein freundlicher, heiterer sympathischer junger Mann war. Ein richtiger Bilderbuch-Rheinländer.

»Das glaube ich nicht«, gab Werner seinem unverwüstlichen Optimismus Ausdruck. Nicht umsonst war er selbst ja auch ein geborener Rheinländer.

Inspektor Felchen schien nachzudenken, dann meinte er: »Ich könnte Sie zu Amtmann Fahrenheit schicken.«

Der Witz, zu dem sich dadurch Werner herausgefordert fühlte, war schwach. Nicht einmal Inspektor Felchen konnte noch darüber lachen.

»Wie sagten Sie? Amtmann Celsius?«

»Fahrenheit.«

»Wo finde ich ihn?«

»Im Verwaltungstrakt, Aufgang C oder F, zweite Etage, Zimmer zweihundertsechs.«

Werner wiederholte: »Verwaltungstrakt, Aufgang C oder F, Zimmer sechshundertzwei.«

»Zweihundertsechs.«

»Was?«

»Zimmer zweihundertsechs, nicht sechshundertzwei.«

Und nun nahm Felchens entgegenkommendes Wesen ein Ausmaß an, das Werner die Verlegenheitsröte ins Gesicht trieb. »Soll ich es Ihnen aufschreiben?«

Es gibt eben Freundlichkeiten, die Gift sind.

»Nein«, antwortete Werner beherrscht, drehte mit einem knappen »Danke« ab und machte sich auf den Weg zu Amtmann Fahrenheit, für den gerade ein Telefongespräch begonnen hatte, als Werner zu ihm ins Zimmer trat. Fahrenheit hielt sich mit der einen Hand den Hörer ans Ohr, mit der anderen winkte er Werner, auf dem Besucherstuhl Platz zu nehmen.

Eine Viertelstunde verging, eine halbe – und Fahrenheit telefonierte immer noch. Werner war dazu verurteilt, von Zeit zu Zeit auf seine Uhr zu blicken. Dies tat er unauffällig, um nicht den Eindruck zu erwecken, daß er ungeduldig sei.

Nur wer die Situation, in der Werner sich befand, am eigenen Leib auch schon erfahren hat, weiß, wie unerträglich sie werden kann. Ein telefonierender Beamter, dessen Gespräch sich dehnt und dehnt und nie mehr enden will, während man bei ihm sitzt und wartet, bis er auflegt, gehört zu jenen Qualen der Zivilisation, die dem Untergang derselben im großen Atomkrieg, wenn er kommt, mildere Züge verleihen werden.

Fahrenheits Telefonat drehte sich um eine Änderung der Essenszeiten in der Kantine des Verwaltungstraktes. In Zukunft sollte schon um zehn Minuten eher begonnen und dafür um zehn Minuten früher aufgehört werden. Amtmann Fahrenheit war mit diesem schwierigen Problem befaßt, weil seine Sekretärin dem Betriebsrat angehörte. Während er telefonierte, fiel sein abwesender Blick von Zeit zu Zeit auf seinen Besucher, dem er schließlich, als er selbst sah, daß sein Gespräch immer noch mehr an Länge gewann, per Zeichensprache mit der freien Hand Raucherlaubnis erteilte. Dadurch hellten sich Werners Züge, die sich trotz aller Beherrschung schon ein bißchen verfinstert hatten, wieder auf. Dankbar nickte er dem Amtmann zu, griff froh in die Tasche – und konnte nur mit Mühe einen Fluch unterdrükken. Er hatte ins Leere gegriffen. Die Zigarettenpackung lag im Auto.

So kam es, daß Fahrenheit, als er nach einer wahren Ewigkeit endlich doch auflegte, als erstes an Werner die Frage richtete: »Sind Sie Nichtraucher?«

Nachdem er von Werners Mißgeschick erfahren hatte,

sagte er: »Tut mir leid, ich kann Ihnen auch keine Zigarette anbieten, ich rauche nur Pfeife.«

Immerhin war aber daraus schon zu ersehen, daß sich Amtmann Fahrenheit in puncto Freundlichkeit mit Inspektor Felchen durchaus messen konnte. Wie um zu zeigen, daß er die Wahrheit gesprochen hatte, stopfte er sich gemächlich seine Pfeife, zündete sie sich an, hüllte sich in ein paar enorme Rauchwolken und sagte dann in nettem Ton zu Werner: »So, nun sind wir soweit – was kann ich für Sie tun?«

»Ich bin Redakteur einer Zeitschrift«, antwortete Werner.

»Interessant«, nickte Fahrenheit. »Wie ist Ihr Name, bitte?«

»Dr. Ebert.«

»Ebert? Wie der erste deutsche Reichspräsident?« Fahrenheit lachte kurz. »Der so oft im Kreuzworträtsel vorkommt?«

»Ja.«

»Sehr schön, Herr Doktor, es freut mich, Sie kennenzulernen. Meinen Namen haben Sie ja schon draußen an der Tür gelesen.«

»Ja, Herr Fahrenheit. Freut mich ebenfalls.«

»Darf ich meine Frage wiederholen, Herr Doktor? Was kann ich für Sie tun?«

»Ich trage mich mit dem Gedanken, mal einen Artikel über die Post zu veröffentlichen. Über den inneren Betrieb und so ...«

»Ja?« strahlte Amtmann Fahrenheit.

»Und zwar einen positiven.«

Fahrenheits Strahlen gewann noch an Intensität.

»Ausgezeichnet!«

»Daran dürfte doch Ihre Behörde interessiert sein?«

»Aber sicher!«

»Das Image der Post hat gerade nach der letzten Gebührenerhöhung eine Aufbesserung nötig, denke ich.«

»Das läßt sich nicht bestreiten, Herr Doktor, obwohl die Gebührenanhebung nicht zu umgehen war«, sagte Fahrenheit. »Wie hoch ist Ihre Auflage?«

Diese Frage machte anscheinend ein kurzes Räuspern nötig, das Werner seiner Antwort vorausschicken mußte, ehe er erwiderte: »Nicht besonders hoch, Herr Amtmann, aber« – ein zweites Räuspern – »nicht wenige unserer Leser sind sogenannte Multiplikatoren. Sie wissen, was Multiplikatoren sind?«

»Ja, Vervielfältiger.«

»Richtig«, sagte Werner. »Leute also, die das, was sie hören oder lesen, weitergeben und dadurch vervielfältigen, multiplizieren. Der Lehrer ist der Prototyp eines Multiplikators.«

»Noch mehr der Redakteur«, schmeichelte Amtmann Fahrenheit seinem Besucher.

Die Pfeife war ihm ausgegangen. Sie wieder in Brand zu setzen erforderte den Einsatz zweier Streichhölzer. Anschließend ließ Fahrenheit seinem mehr als freundlichen Ton eine gewisse Versachlichung angedeihen, als er fortfuhr: »Ihre Multiplikatoren in Ehren, Herr Doktor – aber was würde uns denn Ihr Artikel kosten?«

»Nichts.«

Fahrenheit riß die Augen auf.

»Nichts?«

»Keinen Pfennig!« bekräftigte Werner. »Und Sie wissen, was vergleichbare Inserate, die der Reklame dienen, heute kosten?«

»Tausende!«

»Sehen Sie.«

Fahrenheit blickte Werner an.

»Ich kann's nicht glauben«, sagte er.

Seine Skepsis regte sich also immer noch, und das nicht zu Unrecht, wie sich zeigen sollte.

»Das einzige, was ich von Ihnen erwarten würde«, sagte Werner, nachdem er sich erneut geräuspert hatte, »wäre eine kleine Gefälligkeit.«

»Welche denn?«

Nun war es also wieder soweit, daß die Katze aus dem Sack gelassen werden mußte. Wie schon zu Inspektor Felchen sagte Werner: »Ich brauche von Ihnen eine Anschrift.«

Felchens Antwort war gewesen: »Welche Anschrift?«

Fahrenheits Erwiderung ging gleich einen Schritt weiter: »Hoffentlich keine postlagernde?«

»Doch.«

Dieses kleine, kurze Wörtchen veränderte die Atmosphäre merklich. Sie verlor an Freundlichkeit. Amtmann Fahrenheit ließ die Hand mit der Pfeife, aus der er gerade wieder einen Zug hatte nehmen wollen, unverrichteterdinge auf die Schreibtischplatte sinken.

»Sie machen Scherze, Herr Doktor«, sagte er.

»Nein, ich –«

»Sie machen *keine* Scherze?« unterbrach Fahrenheit mit hochgezogenen Augenbrauen

»Nein.«

»Auf Wiedersehen, Herr Doktor Ebert.«

Amtmann Fahrenheit war der klassische Typ eines Mannes mit einem harten Kern in einer weichen Schale. Er verkörperte also die Umkehrung der bekannten Metapher. Werner zeigte sich von dieser Erkenntnis zunächst überrascht, dann schien es ihm angeraten, sich dumm zu stellen. Und nun ging's Schlag auf Schlag.

»Ich verstehe Sie nicht«, sagte Werner.

»Sie sollen gehen!«

»Warum? Haben Sie – entschuldigen Sie den Ausdruck – etwas in den falschen Hals gekriegt?«

»In den richtigen!«

»Inwiefern?«

»Das wissen Sie ganz genau!«

»Was weiß ich ganz genau?«

»Zwingen Sie mich nicht, noch deutlicher zu werden. Für das, was Sie hier versucht haben, gibt es eine ganz klare Bezeichnung. Sie steht im Strafgesetzbuch.«

»Wo steht sie?«

»Im Strafgesetzbuch.«

»Dann warne ich Sie!« suchte Werner sein Heil darin, den Spieß umzudrehen. »Das wird ja immer schöner. So dürfen Sie mir nicht kommen. Was im Strafgesetzbuch steht, weiß ich wahrscheinlich besser als Sie. Ich habe nämlich – das wird Sie überraschen – Jura studiert. Zum Journalismus kam ich auf Umwegen. Genügt Ihnen das?«

Wenn Werner Ebert vielleicht gedacht hatte, damit Fahrenheit ins Bockshorn zu jagen, dann irrte er sich. Der Amtmann erwiderte nämlich: »Mir genügt Ihr ganzer Besuch! Gehen Sie endlich! Ich sagte schon lange auf Wiedersehen!«

Mit rotem Kopf sprang Werner auf.

»Wer ist Ihr Vorgesetzter?«

Werner Ebert war ein hochintelligenter Mensch, aber es zeigte sich hier wieder einmal, daß auch hochintelligente Menschen in solchen Situationen, wenn sie sich zu ihren Ungunsten wenden, den Verstand rasch einbüßen, so daß ihre Reaktionen sich zuletzt von denen eines Idioten nicht mehr unterscheiden. Werners Frage nach Fahrenheits Vorgesetztem schien geradezu Heiterkeit zu erregen, denn grinsend antwortete der Amtmann: »Oberpostrat Wieland oder seine Stellvertreterin, Frau Dr. Herzer.«

Werner wandte sich ohne Gruß zur Tür.

»Zimmer vierhundertsechzehn oder achtzehn im vierten Stock!« rief Fahrenheit ihm nach.

Draußen auf dem Flur hätte Werner gut daran getan, sich zuerst einmal abzureagieren. Dann wäre er nämlich rasch zu der Einsicht gekommen, daß es sich empfohlen hätte, wieder der Vernunft Gehör zu schenken, dem Verwaltungstrakt ade zu sagen und Kurs auf Heidenohl zu nehmen. Er tat das aber nicht, sondern sprang in den Paternoster und fuhr hinauf in die vierte Etage.

Er kochte. Nun ging es ihm in erster Linie nicht mehr darum, die Adresse Thekla Bendows ausfindig zu machen, sondern einem lächerlichen Amtmann zu zeigen, was es hieß, sich mit ihm, Werner Ebert, angelegt zu haben.

Im Wesen von Verwaltungsgebäuden liegt es, daß es nicht so ganz einfach ist, in ihnen die Zimmer, die man sucht, zu finden. Auch Werner Ebert irrte eine Weile herum, bis er sich am Ziel sah. Inzwischen hatte Amtmann Fahrenheit Zeit gehabt, mit der vierten Etage zu telefonieren.

Auf dem Flur galt es für Werner, die Frage zu entscheiden, welchem der beiden Zimmer – vierhundertsechzehn oder vierhundertachtzehn – der Vorzug zu geben war. Türschildern war zu entnehmen, daß auf Zimmer vierhundertsechzehn Oberpostrat H. Wieland saß, auf vierhundertachtzehn, im Rang einer Posträtin, Frau Dr. E. Herzer.

Werner Ebert wäre nicht Werner Ebert gewesen, wenn er nicht an die Tür von Frau Dr. E. Herzer geklopft hätte. Frau Dr. Herzer hatte eine gescheiterte Ehe hinter sich. Sie war 42 Jahre alt, kleidete sich elegant, war nicht gerade eine Schönheit, sah aber recht reizvoll aus. Sie war, wenn man so will, ein »eigener Typ«. Das Scheitern ihrer Ehe bedeutete nicht, daß ihre Wohnung seit der Scheidung sozusagen jungfräulicher Boden gewesen wäre. Mit Männern zu schlafen war ihr nach wie vor ein Bedürfnis, das von Zeit zu Zeit gestillt werden mußte. Dabei schätzte sie die Abwechslung. Einen festen Freund hatte sie nicht; das hätte ihr schon wieder zu sehr in die Nähe einer Ehe geführt. Alles in allem war es für eine Frau wie Evelyn Herzer eine ganz natürliche Sache, daß sie, als ein Mann wie Werner Ebert ihr Büro betrat, innerlich nicht der Frage auswich, wie er wohl im Bett sein mochte.

Er gefiel ihr auf Anhieb. Das hieß aber noch lange nicht, daß sie sich etwas anderes als einen rein dienstlichen Umgang mit ihm gestattet hätte.

Umgekehrt – auf Werners Ebene – verhielt sich das nicht so. Für ihn hätte deshalb auch eine Beamtenlaufbahn immer wieder in karriereschädigende Sackgassen führen müssen. Als er Evelyn Herzer zu Gesicht bekam, erwachte in ihm zwar noch nicht der ganze Ladykillerinstinkt, aber vielleicht ein Viertel desselben. Daß drei Viertel vorläufig noch am Schlafen blieben, hatte seine Ursache darin, daß Evelyn doch ein paar Jahre älter war als er.

Auch in Evelyns Zimmer wurde Werner als erstes ein Platz angeboten. Er dankte, setzte sich und begann: »Mein Name ist Ebert. Ich komme eigentlich mit einer Beschwerde zu Ihnen, aber es fällt mir nun nicht leicht, sie vorzubringen.«

»Warum?«

»Weil das zwangsläufig Ärger bei Ihnen hervorrufen muß – und das möchte ich nicht. Ärger macht nämlich, sagt Helena Rubinstein, häßlich.«

Ein echter Werner-Ebert-Beginn. Frau Dr. Herzer war zwar überrascht, doch sie zeigte sich in der Lage, diesen Ball ohne weiteres aufzunehmen.

»Dauernder Ärger, sagt sie.«

»Trotzdem zögere ich.«

»Dann kann der Anlaß zu Ihrer Beschwerde nicht sehr nachhaltig gewesen sein.«

»Doch, das war er!«

»Ich höre.«

Frau Dr. Herzer traf Anstalten, sich ein bißchen bequemer auf ihren Stuhl zu setzen. Dazu mußte sie denselben etwas zurückschieben, um mehr Freiheit für ihre Beine zu gewinnen, damit sie sie übereinanderzuschlagen vermochte, was sie nun tat. Dadurch konnte auch der Schreibtisch, der sich zwischen der Posträtin und Werner befand, letzterem nicht mehr die ganze Sicht auf Evelyns Beine rauben. Nur noch deren Füße waren verdeckt; die Waden, die Knie – und noch ein Stückchen darüber waren dem Blick Werners preisgegeben. Als Resultat erwachte ein zweites Viertel seines Ladykillerinstinktes. Evelyns Beine waren nämlich dazu angetan, einen solchen Effekt zu erzielen, natürlich ohne daß Evelyn Herzer ihn hätte auslösen wollen. Was sie tat, tat sie unbewußt, ohne sich Rechenschaft darüber abzulegen.

»Sie sind die Vorgesetzte des Herrn Fahrenheit«, sagte Werner und fuhr, als die Posträtin nickte, fort: »Ich war bei ihm. Er hat mir eine Absicht unterstellt, die ich niemals hatte . . .«

»Welche denn?«

»Daß ich ihn bestechen wollte.«

»Etwas Ähnliches wollten Sie ja auch.«

Das verschlug Werner momentan die Sprache. Erst nach kurzer Überlegung sagte er: »Er hat Sie angerufen?«

»Ja.«

»Aber ich hätte doch auch zu Herrn Wieland gehen können?«

»Richtig«, sagte Frau Dr. Herzer. »Deshalb nehme ich an, daß er auch den angerufen hat.«

So ist das also, dachte Werner und spürte, daß schon jetzt Anlaß für ihn bestand, einigem Boden nachzutrauern, den er hier bereits verloren hatte.

»Was hat er Ihnen denn gesagt?« fragte er.

»Er hat mir von Ihrem Wunsch erzählt, den er Ihnen erfüllen sollte, und von Ihrer Gegenleistung, die Sie dafür anboten.«

»Der Mann hat keine Ahnung vom Tatbestand einer Bestechung.«

»Er hat mir auch gesagt, daß Sie Jura studiert haben.«

»Habe ich, ja.«

»Ich auch. Zehn Semester. Und Sie?«

Werner räusperte sich.

»Ich?«

»Ja.«

»Zwei.«

Frau Dr. Herzer ersparte es Werner, eine dazu passende Bemerkung zu machen. Dafür dankte er ihr im stillen.

»Herr Fahrenheit ist einer unserer besten Beamten«, sagte sie.

»So?«

»Über ihn gab es noch nie eine Beschwerde.«

»Das wundert mich aber.«

»Trotzdem kann es natürlich sein, daß die Ihre zu Recht erfolgt. Entscheidend ist, ob das, was mir Herr Fahrenheit am Telefon sagte, der Wahrheit entspricht. Ich frage Sie deshalb ausdrücklich: Haben Sie ihm gegenüber die Veröffentlichung eines positiven Artikels über die Post in Aussicht gestellt? Und zweitens: Haben Sie ihn zur Herausgabe einer postlagernden Adresse bewegen wollen?«

»Bewegen wollen!« wiederholte Werner in protestierendem Ton. »Ich habe ihm lediglich angedeutet, daß mir mit einer solchen Adresse gedient wäre. Von ›bewegen wollen‹ kann überhaupt keine Rede sein.«

»Und der positive Artikel, was war mit dem?«

»Den muß Herr Fahrenheit genauso in den falschen Hals gekriegt haben.«

Wie man sieht, verlor Werners Rhetorik ihre Einbettung ins Juristische und gewann dafür eine ins Anatomische. »Vorausgesetzt, daß ich das, was Sie damit sagen, nicht irrig deute«, antwortete Frau Dr. Herzer, »wäre darin eine Basis zu erblicken, die den Konflikt lösen könnte.«

»Welche denn?«

»Eine des Mißverständnisses«, erklärte sie. »Oder wollten Sie etwas anderes sagen, als daß Herr Fahrenheit Sie falsch verstanden haben muß?«

Werner blickte die Dame an. Was hier geschieht, ist klar, dachte er. Ich werde abserviert. Als Posträtin ist die mir über. Aber als Frau? Wie steht's damit? Frau ist sie ja auch noch, nicht nur Beamtin.

Evelyn Herzer hatte ursprünglich ihr rechtes Bein über das linke geschlagen. Nun nahm sie einen Wechsel vor, schlug das linke über das rechte. Werner verfolgte das Schauspiel interessiert und dachte: Kein Zweifel, sie ist auch noch Frau.

»Je länger ich hier sitze«, sagte er, »desto unwichtiger

wird für mich die Frage, ob mich Herr Fahrenheit falsch verstanden hat oder nicht.«

»Soll das heißen, daß Sie Ihre Beschwerde zurückziehen wollen?«

»Das verdankt er nur Ihnen.«

»Mir?«

»Ihrer charmanten Art.«

Posträtin Herzer konnte auch, ebenso wie Amtmann Fahrenheit, ihre Augenbrauen sehr deutlich in die Höhe ziehen. Das zeigte sich jetzt.

»Meiner charmanten Art«, erklärte sie dabei, »soll der gar nichts zu verdanken haben. Die gibt es nicht.«

»Im Dienst nicht, wollen Sie sagen?«

»Ja.«

»Sie irren sich«, widersprach er. »Und wie es die gibt. Deshalb sprengt sie auch jede Vorstellungskraft, wie sie erst außer Dienst sein mag. Darf ich mir ein Bild von ihr machen?«

»Wie soll ich das verstehen?« fragte Frau Dr. Herzer sichtlich irritiert, wobei sie dachte: Ist der nicht bei Trost? Will der mich –

»Ich möchte mir erlauben, Sie zum Abendessen einzuladen«, unterbrach Werner ihren Gedankengang.

»Sie scheinen zu vergessen, wo Sie sich befinden.«

Werner grinste.

»In einem Amtszimmer, wenn ich nicht irre.«

»Richtig. Deshalb möchte ich Sie bitten, sich auf Ihr ursprüngliches Vorbringen zu beschränken.«

So einen wie den habe ich noch nicht erlebt, dachte sie. Unglaublich! Wenn er sich nicht sofort so benimmt, wie es hier drinnen normal ist, setze ich ihn vor die Tür.

»Schade«, seufzte Werner.

»Was ist schade?«

»Daß Sie mir einen Korb geben.«

Er hörte also nicht auf.

»Sagen Sie mal, für was halten Sie mich eigentlich?« fragte Evelyn Herzer ihn.

Einigermaßen kompliziert erwiderte Werner: »Nicht für das, was Sie glauben, daß ich Sie halte.«

»Scheinbar doch.«

»Nein!« beteuerte Werner. »Und ich würde Ihnen das gerne beweisen.«

»Dann tun Sie's, bitte.«

»Wie denn? Wo denn?«

»Hier drinnen. Benehmen Sie sich so, wie sich das gehört.«

Werner verstummte. Das hat keinen Zweck mit der, dachte er. Ich habe mich getäuscht, die ist durch und durch nur Posträtin, nichts anderes. Ich hätte sie ja gern gebumst, aber bei der beißt auch jeder andere auf Granit, nicht nur ich. Entweder hat sie schon einen, mit dem sie regelmäßig schläft, oder sie ist frigide. Beziehungsweise gar lesbisch.

Er blickte sie an. Und dann haute es sie fast vom Stuhl.

»Also gut«, sagte er, »ich gebe zu, daß ich ein Schürzenjäger bin und geglaubt habe, in Ihnen mein nächstes Opfer sehen zu können. Sie haben mich aber durchschaut. Ich beglückwünsche Sie dazu.«

Evelyn Herzer war verwirrt. So einen hatte sie wirklich noch nicht erlebt. Die Worte fehlten ihr jetzt. Werner schraubte sich von seinem Stuhl hoch. Er wollte dabei in seiner Länge nach oben schier kein Ende nehmen. Evelyn Herzer hatte eine Schwäche für große, schlaksige Männer. Der Längste, mit dem sie bisher geschlafen hatte, war immer noch – so ihre Schätzung – einen halben Kopf kleiner gewesen als der hier.

»Darf ich mich verabschieden?« fuhr Werner fort. »Und bestellen Sie Herrn Fahrenheit noch, daß auch er mich durchschaut hat. Er hat mich nicht falsch verstanden, sondern richtig. Ich bedaure das Theater, das ich gemacht habe, indem ich zu Ihnen gerannt bin.«

Er wandte sich zur Tür, blieb aber noch einmal auf

halbem Weg stehen, als er die Posträtin sagen hörte: »Herr Ebert.«

Er drehte sich langsam zu ihr um.

»Ja?«

»Soll ich Ihnen verraten, warum ich Ihre Einladung nicht angenommen habe?«

»Warum nicht?«

»Weil mir der Hintergedanke klar sein mußte, den Sie hatten.«

»Welchen denn?«

»Den an die postlagernde Adresse.«

Werner grinste.

»Das hätten Sie mir zugetraut?«

Evelyn lächelte kurz. Immerhin, es war ein Lächeln.

»Ja.«

Es war ihr erstes Lächeln überhaupt im ganzen bisherigen Gespräch mit Werner.

»Wie ich sage«, nickte Werner. »Man kann Ihnen nichts vormachen.«

»Sie geben also auch das zu?«

»Ja.«

»Wenn ich mich in Sie hineinversetze, muß ich mir sagen, daß Sie sich eine Dienstpflichtverletzung von mir erhofften. Sie dachten, auf diese Weise an jene Adresse heranzukommen.«

»Sie können sich gut in einen Menschen hineinversetzen«, erklärte Werner, weil es nun darauf auch nicht mehr ankam.

»Sie hätten sich gründlich getäuscht, Herr Ebert.«

»Das glaube ich nicht, Frau Herzer.«

»Wollen Sie sich davon überzeugen?«

Werner guckte. Er begriff sofort und packte zu.

»Soll das heißen, daß Sie den Korb, den Sie mir gegeben haben, rückgängig machen?«

Gleichsam als ob sie sich vor sich selbst rechtfertigen wollte, sagte Frau Dr. Herzer: »Ich will Ihnen nur Ihren Irrtum unter Beweis stellen.«

»Prima!« rief Werner. Seine Freude war groß. Nun war er also – für ihn selbst überraschend – doch noch ans Ziel gekommen. Der Abend und die sich anschließende Nacht nahmen den von beiden Seiten erwünschten Verlauf: Werner und Evelyn schliefen miteinander, und zwar nicht im Hotel, sondern in Evelyns Bett, nachdem sie gut gegessen und getrunken und in einer Bar auch noch ein bißchen getanzt hatten. Als dann der erste Hunger nach Sex gestillt war, sagte sie zu ihm: »Weißt du, daß das zum erstenmal passierte?«

»Was?«

»Daß ich mich im Amt von einem Mann anmachen ließ.« Er sagte nichts, grinste nur, und das forderte ihren Protest heraus. Ihn unter der Decke in die nackte Seite puffend, sagte sie: »Du denkst wohl, daß das mit mir so einfach ist?«

»O nein«, versicherte er ihr rasch. »Ich habe doch erlebt, welchen Kampf es mich kostete, bis sich mir sozusagen der erste Silberstreifen am Horizont zeigte.«

»Dann grins nicht so impertinent.«

»Grinsen mußte ich über deinen Ausdruck.«

»Welchen?«

»Anmachen.«

»Der ist doch heute gang und gäbe.«

»Aber nicht unter Posträtinnen – dachte ich.«

Das amüsierte auch sie.

»Ihr habt doch alle einen Dachschaden«, sagte sie, »wenn ihr glaubt, daß unsereins von der Moderne nichts mitbckommt.«

»Danke.«

»Für was?«

»Für den Dachschaden.«

Evelyn erschrak ein bißchen.

»Beleidigt?«

Ihr Erschrecken war kein gutes Zeichen. Es ließ nämlich darauf schließen, daß ihr der Mann, mit dem sie da im Bett lag, schon mehr bedeutete, als er es sollte. Ihre Devise seit ihrer Scheidung hatte gelautet, sich nie mehr in einen Mann zu verlieben.

Werner war natürlich keineswegs beleidigt, und er versicherte ihr das auch. Wenn er beleidigt wäre, sagte er, müßte er ja wirklich einen Dachschaden haben.

Ein kleiner Seufzer der Erleichterung entfloh Evelyns Lippen, dann fragte sie Werner: »Warum wolltest du mich haben?«

»Warum will man eine Frau haben?« antwortete er. »Weil sie einem gefällt.«

»Tat ich das?«

»Ja.«

Jetzt müßte ich ihn fragen, wie alt er ist, dachte sie, unterließ es aber, sondern sagte: »Du hast mir auch gefallen.«

»Und deshalb liegen wir hier«, meinte er, setzte jedoch dann hinzu: »Für mich gab es allerdings auch noch einen zweiten Grund.«

»Welchen?«

»Du hast mich in deinem Büro ganz schön fertiggemacht. Ich kam mir vor wie ein Würstchen. Das war eine ziemlich neue Erfahrung für mich, die mir gar nicht schmeckte. Ich wollte bei dir den Fahrenheit auf die Hörner nehmen – und was erlebte ich? Mir wurde der Ring durch die Nase gezogen, daß ich mich vor mir selbst schämte. Und das von einer Frau!«

Evelyn lachte.

»Das soll die mir büßen, dachte ich«, fuhr Werner fort. »Die mache ich klein. Die biege ich mir zurecht. Wie – das war mir klar.«

»War's denn so schlimm?« lachte Evelyn.

»Weiß Gott«, erwiderte Werner. »An den ärgsten Moment darf ich gar nicht mehr denken.«

»Was war denn der ärgste Moment?«

»Als du deine zehn Semester Jura gegen meine zwei auf die Waage legtest.«

»Aber gerade dabei«, kicherte Evelyn, »habe ich mich doch jedes Kommentars enthalten.«

»Den Kommentar konnte ich in deiner Miene lesen, und ich schwor mir: Die werde ich dir austreiben, deine zehn Semester.«

Werners frivole Art, sein Witz, seine Schlagfertigkeit machten Evelyn riesigen Spaß. Sie fühlte sich von ihm mehr und mehr erobert, sie konnte innerlich dieser Entwicklung keinen Widerstand leisten. Äußerlich hatte er ihr ja schon vom ersten Augenblick an gefallen. Charakter habe er auch noch, fand sie.

»An was denkst du?« fragte er.

»Du versuchst gar nicht, die Situation auszunützen.«

»Inwiefern?«

»Oder ist dir die postlagernde Adresse nicht mehr wichtig?«

»Doch«, sagte Werner, »wichtig wäre die mir schon noch ...«

»Aber?«

»Aber nicht so wichtig, daß ich dich unter Ausnützung der obwaltenden Umstände breitschlagen möchte.«

Evelyn war begeistert. Das sagte ich doch, dachte sie, er lehnt es ab, die Situation auszunützen. Ich wäre aber auch gar nicht bereit, mich breitschlagen zu lassen. Oder doch? Nein! Entscheidend ist, daß er mich gar nicht auf die Probe stellt, dachte sie. Er enthebt mich der Aufgabe, mich ihm zu widersetzen. Ich bin froh. Er ist wunderbar.

»An was denkst du?« fragte er wieder einmal.

»Ist das eine Frau?« antwortete sie.

»Wer?«

»Deren Adresse dich interessiert?«

Da sie nun schon beim Thema waren, erzählte Werner von der Unbekannten, die sich Thekla Bendow nannte, und von ihrem Kontakt mit seiner Redaktion. Anscheinend sei die nicht ganz normal, sagte er, aber irgendwann müsse sie ja mal von selbst ihr Visier lüften.

»Euer Betrieb bricht also nicht zusammen, wenn es noch eine Weile dauert, bis die das tut?« fragte Evelyn.

»Nein.«

Das freute Evelyn. Ihre Gedanken wandten sich von der Adresse ab. Sie drängte sich an Werner. Ihre nackte Haut und seine nackte Haut rieben sich aneinander. Das erzeugte jene spezifische Spannung, die der schönsten aller Entladungen vorausgeht.

»Komm«, raunte Evelyn Werner heiß ins Ohr, »fahre fort, mir meine zehn Semester auszutreiben. Sieben warten noch darauf.«

Das war ein plumper Betrugsversuch, den Werner zurückwies, indem er sagte: »Sechs.«

Wieder zurück aus Düsseldorf, rief Werner Frank an, der sofort wissen wollte: »Wie war's?«

»Frag mich nicht«, antwortete Werner mürrisch.

»Also kein Erfolg?«

»Nein.«

»Das dachte ich mir.«

»Daß das solche Blödmänner sind, hätte ich nicht für möglich gehalten.«

»Ich hatte dich darauf vorbereitet.«

»Trotzdem glaube ich, daß ich die Flinte vielleicht zu früh ins Korn geworfen habe. Gerade beim ersten hätte ich wohl, wenn ich zurückdenke, etwas länger bohren sollen.«

»Wer war der?«

»Ein junger Inspektor. Hieß Felchen. War ganz nett.«

»Dem Namen nach ein Rheinländer, wie?«

»Ja«, erwiderte Werner. »Kann sein, daß ich darauf zu wenig eingegangen bin.«

»Er hat dich also doch abblitzen lassen?«

»Wenn ich ehrlich bin, Frank, war es eigentlich mehr so, daß nicht er mit mir, sondern ich mit ihm nicht lange herumgemacht habe.«

»Obwohl«, wunderte sich Frank, »mit dem vielleicht etwas zu machen gewesen wäre, sagst du?«

»Das erkannte ich erst später.«

»Wann?«

»Nachdem ich mit dem nächsten zu tun gehabt hatte.« Werners Stimme wurde gehässig. »Ein absolutes Arschloch, kann ich dir sagen.«

»Auch ein Inspektor?«

»Nein, ein Amtmann.«

»Also schon älter?«

»Viel älter«, meinte Werner. »Vollkommen verknöchert.«

»So?«

»Total verkalkt, würde ich sagen.«

»Einer von diesen Typen?«

»Er wollte mir sogar dumm kommen, stell dir das vor.« Frank erschrak. »Ja? Hattest du Schwierigkeiten?«

»Er wollte mir welche machen, aber diesen Star habe ich ihm dann doch rasch gestochen«, sagte Werner mit überzeugend klingender Stimme.

»Wie denn?«

»Mit einer Beschwerde über ihn.«

»Du hast dich beschwert?«

»Ja.«

»Bei wem?«

»Bei einer Posträtin.«

Frank horchte auf.

»Eine Frau?«

»Ja.«

»Sah sie gut aus?«

»Ja, aber was hat das mit meiner Beschwerde zu tun?« antwortete Werner.

»Sehr viel – wenn sie gut aussah.«

»Ich verstehe dich nicht.«

»Du verstehst mich durchaus, mein Junge«, sagte Frank. »Das war doch gestern, nicht?«

»Sicher.«

»Und zurückgekommen bist du heute?«

»Ja.«

»Wo hast du denn übernachtet?«

»Jetzt versteh' ich dich.«

»Im Hotel sicherlich?«

»Wo denn sonst?«

»War der Service gut?«

Der Punkt war erreicht, an dem Werner von Freund zu Freund sagte: »Leck mich doch am Arsch.«

Dann legte er auf, ließ ein paar Minuten verstreichen und wählte wieder Franks Nummer, um das Gespräch mit ihm fortzusetzen.

»Entschuldige«, begann er, »mir ist der Gaul durchgegangen . . .«

»Ich frag' mich nur, warum«, erwiderte Frank.

»Weil ihr mir ständig auf die Zehen tretet. Wißt ihr denn nie etwas anderes?«

»Dann muß ich dir sagen, warum sich vorhin mein Interesse regte.«

»Warum?«

»Weil ich mir sagte, daß es für dich unter den von mir vermuteten Umständen ein leichtes hätte sein müssen, aus dieser Posträtin die Adresse herauszuholen, die wir brauchen.«

Eine kleine Pause entstand, in der nur ein entschiedener Seufzer Werners zu vernehmen war.

»Frank«, meinte er dann, »aus dir wird nie ein Kavalier.«

»Werner«, fuhr Frank, ohne sich damit lange aufzuhalten fort, »sag mir lieber, wie das nun mit der Bendow weitergeht.«

»Wie bisher. Sie schreibt uns ihre Briefe, du beantwortest sie. Adresse: Düsseldorf, postlagernd. Vielleicht wird ihr das selbst bald zu dumm.«

»Ewig mache ich das aber nicht mehr.«

Da war also wieder einmal Gefahr im Verzug. Franks Stimmung drohte wieder umzuschlagen. Ein probates Mittel dagegen war der Vorschlag, zu dem nun rasch Werner griff.

»Weißt du«, begann er, »auf was ich wieder einmal Lust hätte?«

»Auf was?«

»Auf ein gepflegtes Pils in unserer Kneipe.«

»Ich auch«, meine Frank spontan.

»Wie wär's mit heute abend?«

»Heute abend geht's leider nicht«, mußte Frank bedauern. »Helga wäre dagegen.«

»Warum?«

»Ich verreise morgen, deshalb wird sie mich sicherlich wieder früh ins Bett schicken.«

»Wohin fährst du?«

»Nach Düsseldorf.«

»Nach Düsseldorf!« rief Werner. »Diese Stadt verfolgt uns beide. Was machst du dort?«

»Franklin Lloyd hält einen Vortrag.«

»Wer ist das?«

»Ein aufstrebender amerikanischer Architekt. Ein Geheimtip in Fachkreisen. Müßtest du eigentlich wissen als Redakteur einer Zeitschrift für Architektonisches.«

»Nee«, gestand Werner freimütig. »Wann kommst du zurück?«

»Übermorgen.«

»Fährt Helga mit?«

»Ncin, sie war doch eben erst in Düsseldorf. Die Frühjahrsarbeit im Garten geht ihr jetzt vor.«

»Wenn sie jemanden braucht, der ihr hilft, soll sie mich anrufen.«

»Ich glaube nicht, daß sie sich davon allzu viel versprechen würde«, erwiderte Frank lachend. »Für den Garten, meine ich.«

Ende des Gesprächs.

8

Frank Petar kam nach Düsseldorf und mußte dort eine ärgerliche Enttäuschung erleben. Der Vortrag des amerikanischen Architekten fiel aus, und zwar ohne Angabe von Gründen, was das Ärgerlichste an der ganzen Sache war. Franklin Lloyd schien auf dem Weg von London nach Düsseldorf irgendwie verlorengegangen zu sein. Sein Vortrag, der am frühen Abend hätte stattfinden sollen, wurde deshalb einfach abgesetzt. Daß der Architekt von der Bildfläche verschwunden war, wollte man nicht eingestehen. Lieber sagte man den Leuten, die den Amerikaner hören wollten, gar nichts und hängte ihnen an die verschlossene Tür des Veranstaltungssaales nur einen Zettel mit der schlichten Mitteilung, daß der Vortrag nicht stattfinde.

Frank ärgerte sich minutenlang maßlos. Im ersten Impuls neigte er dazu, sich in sein Auto zu setzen und unverzüglich die Rückfahrt nach Heidenohl anzutreten. Das Auto stand aber in der Tiefgarage des Hotels, in dem er schon ein Zimmer zum Übernachten gebucht hatte. Nach einer Weile verflog sein Ärger, und Frank sagte sich, daß es falsch wäre, etwas zu überstürzen. Schließlich befand er sich in einer Stadt, deren Anziehungskraft beträchtlich war. Im übrigen rechnete Helga ohnehin erst am nächsten Tag mit seiner Rückkehr, und das gab für ihn den Ausschlag, sich zum Bleiben zu entschließen: Er rief jedoch Helga an, um ihr die letzte Entscheidung zu überlassen.

Helga fand die Panne mit dem amerikanischen Architekten unglaublich. Dem wichtigsten Aspekt, den sie dabei sah, gab sie folgendermaßen Ausdruck: »Mach auf keinen Fall den Fehler, heute noch zurückzufahren. Dann wäre die Anstrengung zu groß. Du bist übermüdet, es könnte dir etwas passieren, hörst du?«

»Ich wäre aber viel lieber bei dir, Häschen.«

»Das weiß ich, mein Schatz. Trotzdem darfst du keinen Unfall riskieren, wenn du mich liebst.«

»Was soll ich denn hier allein?«

»Hast du nichts zum Lesen dabei?«

»Ein paar Fachbücher.«

»Leg dich mit ihnen ins Bett, bis du einschläfst. Morgen früh fährst du dann frisch und munter los. Versprichst du mir das?«

»Ja.«

»Danke, mein Schatz. Bis morgen.«

»Bis morgen, mein Häschen.«

Noch mit seinem Versprechen auf den Lippen, blätterte Frank im Düsseldorfer Telefonbuch, um die Nummer eines alten Kumpels aus seiner Studienzeit herauszusuchen, von dem er jahrelang nichts mehr gehört hatte. Die Nummer fand er zwar rasch, aber es wurde nicht abgehoben.

Dasselbe erlebte Frank anschließend bei dem Versuch, einen zweiten ehemaligen Kommilitonen zu erreichen. Nun hatte er nur noch einen dritten und letzten in Reserve, und mit diesem schien es zu klappen. Konrad Päffgen hieß der Mann.

»Rate mal«, begann Frank, »wer am Apparat ist, von weit herkommend.«

»Frank Petar.«

Frank war ehrlich verblüfft.

»Mann, Konrad«, stieß er hervor, »woran hast du mich so rasch erkannt?«

»An deiner Stimme. Die ist immer noch dieselbe. Und an deinem Dialekt.«

»Ich spreche doch gar keinen Dialekt.«

»Und was für einen. Reinstes Platt.«

»Das hat mir noch keiner gesagt.«

»Aus Höflichkeit.«

Eine kleine Enttäuschung beschlich Frank. Konrads kühler, unpersönlicher Ton war die Ursache.

»Wie geht's dir?« fragte er.

»Danke, gut. Und dir?«
»Auch gut. Wie laufen die Geschäfte?«
»Welche Geschäfte?« fragte Konrad Päffgen.
»Die Aufträge. Ich hoffe, du kannst nicht klagen.«
»Du meinst Bau-Aufträge?«
»Ja.«
»Damit habe ich nichts mehr zu tun. Ich bin in die Politik gegangen.«
»Ach du liebe Zeit«, entschlüpfte es Frank.
»Gefällt dir das nicht?« reagierte Päffgen indigniert.
»Doch, doch«, versicherte Frank. »Es hat mich nur überrascht. Minister bist du aber noch nicht?«
Das kleine Späßchen kam nicht gut an.
»Nein«, sagte Konrad Päffgen knapp.
»Was dann?«
»Abgeordneter.«
»Bei welcher Partei?«
Damit war das Gespräch der beiden endgültig kaputt.
»Liest du denn keine Zeitung?« erwiderte Päffgen verächtlich.
»Doch, wieso?«
»Weil du dann diese Frage nicht nötig gehabt hättest.«
»Tut mir leid, Konrad, wir in der Heide –«
»Frank«, unterbrach Päffgen.
»Ja?«
»Ich bin zwar kein Minister, aber ich erwarte gerade in diesen Minuten den Anruf von einem. Du blockierst die Leitung. Ich muß dich bitten, aufzulegen. Mach's gut.« Franks Antwort war unbeherrscht.
»Du mich auch«, lautete sie.
Was jetzt?
Franks Vorrat an alten Bekannten in Düsseldorf war erschöpft. Seine Studienzeit lag eben doch schon einige Jahre zurück.
Es sah also danach aus, daß dem enttäuschten Frank doch nur noch seine Fachbücher als Bettlektüre bleiben

würden. Ein trauriger Abend in Düsseldorf stand ihm bevor. Es gab aber noch eine allerletzte Möglichkeit, das Blatt zu wenden.

Gerti Maier!

Am einfachsten wäre es gewesen, sich allein ins Vergnügen zu stürzen, um »einen draufzumachen«. Viele Männer halten es damit, die Dinge an sich herankommen zu lassen, aber Frank war einer, dem das nicht lag. Er war auf diesem Gebiet kein »Einzelgänger«, sondern suchte Gesellschaft. So kam es, daß er Gerti Maier anrief und es dem Schicksal überließ, ob sie abheben oder nicht zu Hause sein würde.

»Hallo«, meldete sie sich.

»Tag, Gerti«, sagte Frank.

»Mit wem spreche ich, bitte?«

»Mit Frank Petar.«

»Frank!« rief Gerti mit heller Stimme. »Entschuldigen Sie, daß ich Sie nicht gleich erkannt habe, aber wir telefonieren ja zum erstenmal miteinander. Wie geht's Ihnen? Und Helga? Was macht das Sudhaus?«

»Das Sudhaus mußte ich mir abschminken«, lachte Frank. »Trotzdem geht's mir gut und Helga auch.«

»Steht Heidenohl noch?«

»Heute mittag stand's noch, als ich weggefahren bin.«

»Weggefahren? Wohin?«

»Nach Düsseldorf.«

»Frank!« rief Gerti begeistert. »Sie befinden sich in Düsseldorf?«

»Ja.«

»Mit Helga?«

»Nein.«

»Warum nicht?«

Er erzählte ihr das. Außerdem berichtete er auch von dem ausgefallenen Vortrag des amerikanischen Architekten.

»Dann sind Sie ja heute abend frei«, erkannte Gerti. »Oder wollen Sie noch zurückfahren?«

»Das hat mir Helga verboten, damit ich nicht übermüdet am Steuer einschlafe.«

»Sind Sie denn so übermüdet?«

»Nein, gar nicht.«

»Sehen Sie«, sagte Gerti belustigt. »Helga hätte deshalb daran denken müssen, daß ein Mann auch in Düsseldorf verunglücken kann, wenn auch anders, als sie denkt. Ich bin es ihr daher schuldig, daß ich auf Sie aufpasse.«

»Sie sind ihr eine gute Freundin«, sagte Frank ebenso belustigt.

»Wann kommen Sie her, um sich unter meine Aufsicht zu stellen?«

»Wenn es Ihnen paßt, ziehe ich gleich los.«

»Meine Adresse haben Sie?«

»Ja.«

»Den Weg muß ich Ihnen wohl nicht beschreiben?«

»Nein, ich kenne ja Düsseldorf.«

»Ich weiß.«

Ja, das weiß du, dachte Frank. Aber nicht von mir oder Helga, sondern von Werner. Wie ich euch beide einschätze, wirst du mit dem auch schon geschlafen haben.

»Ich komme mit einem öffentlichen Verkehrsmittel«, sagte er.

»Das wollte ich Ihnen soeben vorschlagen, Frank, damit uns keine Promillefesseln behindern. Wir gehen doch noch zusammen aus, oder?«

»Aber sicher!«

Die Situation war also klar. Gerti und Frank, zwei junge, gesunde, fröhliche, vitale, gutaussehende, dem einen oder anderen Laster nicht abgeneigte Menschen verschiedenen Geschlechts fanden sich zusammen, um dem Leben wieder einmal ein paar schöne Stunden abzugewinnen.

Die Düsseldorfer Altstadt sei, heißt es, »Europas längste Theke«. Das ist hübsch gesagt, dort reiht sich auch Lokal an Lokal, aber wer Schwabing kennt, dem drängen sich Zweifel an dieser Plakatierung auf.

Jedenfalls zogen Frank und Gerti durch etliche Etablissements, nachdem sie sich gleich im ersten durch einige Drinks in Schwung gebracht hatten. Daß das gar nicht nötig gewesen wäre, steht auf einem anderen Blatt.

Wo sie hinkamen, zogen sie alle Blicke auf sich, Gerti die der Männer, Frank die der Frauen. In einer Bar, deren Mixer gute Ohren hatte, sagte Frank: »Bei uns in Heidenohl wird der Naturschutz großgeschrieben.«

Der Mixer horchte auf. Schon wieder einer aus diesem Heidenohl, dachte er. Wo mag das liegen? Noch nie von dem Nest gehört. Scheint ein Dorf der langen Lulatsche zu sein. Der vor kurzem hier war, reichte sogar mit dem Scheitel bis fast an die Decke. Die Frauen stehen aber bei denen nicht unter Naturschutz, an die gehen sie ran.

Es war schon nach Mitternacht, als Frank und seine Dame vor deren Tür standen und es ein Weilchen dauerte, bis Gerti in ihrer Handtasche den Wohnungsschlüssel gefunden hatte und ihn ins Schloß steckte. Trotz der späten Stunde sagte Frank: »Schade, ich finde, es ist noch zu früh zum Schlafengehen.«

Gerti sperrte auf, wobei sie erwiderte: »Ich dachte es mir, daß Sie noch die berühmte Tasse Kaffee bei mir trinken möchten.«

»Tee wäre mir auch recht.«

»Frank«, sagte Gerti, die Tür aufdrückend, »Sie sind also entschlossen, über diese Schwelle zu treten?«

»Ja.«

»Dann möchte ich Sie aber vorher noch an das bekannte Sprichwort erinnern: ›Wer sich in Gefahr begibt, kommt darin um‹.«

»Das gilt wohl für uns beide, Gerti.«

Sie blickte ihn an. Kurz dachte sie an Helga – aber, wie gesagt, nur kurz.

»Komm rein«, nickte sie.

Es war das erstemal, daß sie ihn duzte, und es war der Anfang einer Liebesnacht, die, strenggenommen, diesen

Namen nicht verdiente, obwohl sie in physischer Hinsicht alles bot, was nur denkbar war, aber eben nur in physischer und nicht auch in psychischer.

Frank entsann sich zwischendurch recht oft seiner Ehe mit Helga, aber das konnte ihn nicht daran hindern, immer wieder sein Treiben mit Gerti fortzusetzen, das ihm wachsendes Ansehen bei ihr bescherte, so daß sie sich zuletzt veranlaßt fühlte, ihn zu lobpreisen: »Du bist gut! Sehr, sehr gut!«

»Besser als Werner?«

»Welcher Werner?«

»Werner Ebert.«

»Dein Freund?«

»Ja.«

»Woher soll ich das wissen?«

»Weißt du das nicht?«

Ihr ging ein Licht auf.

»Du denkst, ich habe mit dem auch schon geschlafen?«

Er antwortete nichts, grinste nur.

»Hat er das gesagt?« fragte Gerti.

»Was?«

»Daß er mit mir schon geschlafen hat.«

»Nein, das nicht.«

»Sein Glück!«

»Ein Kavalier genießt und schweigt«, grinste Frank. »Ich werde es ihm auch nicht sagen.«

»Das will ich schwer hoffen«, entgegnete Gerti. »Aber was ihn anbelangt, unterliegst du einem Irrtum. Zwischen dem und mir war noch nichts.«

Frank nahm ihr das keineswegs ab, ließ es aber gut sein. Geht mich ja nichts an, dachte er.

»Ihr glaubt wohl alle, daß dem keine widerstehen kann?« fragte Gerti.

»Das ist nun mal sein Image«, erwiderte Frank, unentwegt grinsend.

Draußen vor dem Fenster graute schon fast der Morgen.

Die Strapazen der Nacht forderten ihren Tribut von den beiden. Gerti schlief als erste erschöpft ein, dann folgte Frank. Es war ihnen aber kein langer Schlummer vergönnt. Die Sonne war kaum aufgegangen, als der Donner einer großen Düsenmaschine die Bewohner des ganzen Stadtviertels wachrüttelte.

Frank unterdrückte einen Fluch, gähnte, fühlte sich miserabel. Der Katzenjammer, der sowohl im Seelischen als auch im Körperlichen wurzelte, war in voller Stärke da. In solchen Situationen entsinnt sich der Mensch merkwürdigerweise gern des Allmächtigen. Das zeigte sich auch bei Frank wieder. Großer Gott, dachte er, wie konnte mir das passieren? Ich muß total verrückt gewesen sein.

War ich denn so besoffen? Ganz sicher, sonst hätte das nicht geschehen können.

Der Kopf tat ihm erbärmlich weh. Das kam von dem Durcheinander, das er getrunken hatte. Einen schlechten Geschmack hatte er im Mund. Aber seine Zahnbürste lag im Hotel, ebenso sein Rasierapparat, an den er jählings dachte, als er sich mit der Hand prüfend über das Kinn strich.

Gerti rührte sich neben ihm.

»Guten Morgen«, krächzte er.

»Diese elenden Flugzeuge!« war Gerti, deren Kopf halb unter der Decke steckte, dumpf zu vernehmen. »Müssen die denn schon so früh ihren Lärm auf uns abladen?«

Frank meinte: »Davon werden wir in Heidenohl nicht in Mitleidenschaft gezogen.«

Gerti rutschte ein bißchen höher, bis Nase und Mund von der Decke frei waren.

»Dasselbe sagte Helga, als sie hier war.«

Helga! Ein Stichwort. Frank schloß die Augen. Er lag auf dem Rücken und spürte, wie nach einer Weile Gerti aus dem Bett stieg. Er schlug die Augen auf.

»Was machst du?« fragte er.

»Ich bereite uns das Frühstück zu.«

»Nicht für mich.«

»Warum nicht?«

»Keinen Appetit.«

»Wenigstens eine Tasse Kaffee wird dir guttun.«

»Nein.«

Gerti, die nackt war, wandte sich ab vom Bett, um ins Bad zu gehen. Nach ihrem Verschwinden glitt Frank auch aus dem Bett, suchte rasch seine Kleidungsstücke zusammen und zog sich an. Nur ins Jackett schlüpfte er noch nicht. Dann wartete er auf Gertis Rückkehr.

Gerti sah aus wie der junge Frühling, als sie wieder erschien. Sie steckte in einem durchsichtigen Negligé, trug darunter nur BH und Slip. Von den Strapazen der Nacht war nichts mehr zu sehen. Moderne Kosmetik hatte das möglich gemacht.

Gerti war überrascht, als ihr Blick auf Frank fiel.

»Du bist schon angezogen?« fragte sie.

»Ja, ich muß weg«, nickte er.

»Willst du kein Bad nehmen?«

»Das mache ich im Hotel.«

»Kämm dich wenigstens.«

Er nahm das Jackett mit ins Bad, klatschte sich eine Handvoll kaltes Wasser ins Gesicht und fuhr sich mit einem der Kämme Gertis durchs Haar. Als er wieder zum Vorschein kam, trug er auch schon sein Jackett.

»Willst du wirklich nichts frühstücken?« fragte Gerti.

»Nein.«

Er blickte zur Tür.

Gerti sagte: »Du hast es sehr eilig.«

»Ja«, nickte er. »Stell dir vor, Helga kommt aus irgendeinem Grund auf die Idee, im Hotel anzurufen. Das wäre eine Katastrophe.«

»Weiß sie denn, wo du abgestiegen bist?«

Frank überlegte kurz.

»Nein«, erwiderte er dann erleichtert. »Danach hat sie mich gar nicht gefragt.«

»Dann hättest du ja doch noch Zeit zu einer Tasse Kaffee oder Tee.«

»Nein«, lehnte er, zur Tür gehend, abermals ab. »Ich möchte mich trotzdem raschestens auf die Socken machen. Sie erwartet mich ja heute zurück.«

Gerti folgte ihm in die Diele.

»Sehen wir uns noch einmal?« fragte sie.

Er blieb nervös stehen.

»Heute?«

»Nein, überhaupt.«

»Aber natürlich«, sagte er. »Du kommst doch wieder nach Heidenohl?«

»Soll ich denn das noch?«

»Gerti«, stieß er hervor, »das *mußt* du! Anders könnte doch Helga Verdacht schöpfen.«

»Hast du ihr denn gesagt, daß du mich hier treffen willst?«

»Nein.«

»Hast du vor, ihr jetzt zu sagen, daß wir uns getroffen haben?«

Er schwankte.

»Was meinst du?« fragte er. »Soll ich, oder soll ich nicht?«

»Das liegt bei dir.«

»Ich werde es ihr nicht sagen«, entschied er sich.

»Dann gilt das auch für mich«, nickte Gerti.

Der Abschied war kurz. Ich sollte sie küssen, dachte er, unterließ es aber.

Ich sollte ihm Grüße an Helga bestellten, dachte sie und unterließ es auch.

»Ich danke dir«, sagte er. »Für alles.«

»Fahr vorsichtig.«

»Mach' ich.«

Sie gaben sich die Hände, dann wandte er sich ab und verließ die Wohnung. Gerti blickte ihm nach, als er die Treppe hinunterstieg. Wenn es ein personifiziertes schlechtes Gewissen gibt, dachte sie, dann entschwindet dasselbe soeben meinen Augen.

Wäre sie gefragt worden, wie sie sich selbst fühlte, hätte sie darauf eigentlich keine richtige Antwort geben können.

Die lange Rückfahrt nach Heidenohl bot Frank die Gelegenheit, sich innerlich wieder einigermaßen zu erholen. Mit zunehmendem Abstand von Düsseldorf wuchs auch der Abstand von seinem durch nichts zu beschönigenden Ehebruch. Seine Liebe zu Helga sei ja dadurch, sagte er sich, keineswegs in Mitleidenschaft gezogen worden. Er hatte in Düsseldorf auch noch eine hübsche Handtasche gekauft, echt Leder, alles andere als billig. In der Kö. Was das hieß, würde er Helga schon erklären, falls ihr das nicht klar sein sollte.

Helga empfing ihn mit einem glühenden Kuß, den zu erwidern er keine innerlichen Schwierigkeiten hatte.

»Ich bin ja so froh, daß du wieder da bist«, sagte sie.

»Ich auch, mein Häschen. Sieh mal, was ich dir mitgebracht habe.«

»Eine *Handtasche!*« jubelte Helga.

»Gefällt sie dir?«

»Sie ist wunderbar! Herrlich! Phantastisch!« Helgas strahlender Gesichtsausdruck wurde plötzlich ein bißchen besorgt. »Was hat die gekostet?«

»Das weiß ich nicht mehr«, meinte er lachend.

Sie küßte ihn hingebungsvoll.

»Ich liebe dich«, sagte sie.

»Leider bekommt man solche Taschen nur in der Kö.«

»In der Kö?« erschrak Helga. »Ist das nicht eine der teuersten Einkaufsstraßen der Welt?«

»Deutschlands«, milderte Frank ab.

Der angemessene Dank, an den Helga dachte, mußte noch ein bißchen verschoben werden, denn Frank teilte ihr mit, daß er Hunger habe.

Es gab einen leckeren Eintopf, den Helga eingedenk der

Möglichkeit, daß er jederzeit warmgemacht werden konnte, vorbereitet hatte. Beim Essen fragte sie Frank, wie er den Abend zuvor in Düsseldorf verbracht habe.

»Das weißt du doch«, erwiderte er.

»Woher soll ich das wissen?«

»Hast du mir nicht selbst gesagt, was ich machen soll?« Sie strahlte ihn an.

»Und das hast du wirklich befolgt?«

»Ja.«

»Du bist süß, Schatz, ich liebe dich. Ein anderer hätte die Gelegenheit beim Schopf gepackt und wer weiß was angestellt.«

Frank schob einen Bissen in den Mund, kaute, schluckte hinunter und sagte: »Eins steht fest – einer amerikanischen Einladung folge ich nicht mehr.«

Helga blickte ihn an. Sie hatte plötzlich einen Ausdruck der Reue im Gesicht.

»Frank«, sagte sie, »ich bin eine Egoistin.«

»Wieso?«

»Ich habe nur an mich gedacht, das tut mir leid. Ich hätte dir am Telefon auch einen anderen Tip geben können.«

»Welchen?«

»Daß du Gerti anrufen könntest, um dich mit ihr zu treffen.«

»Gerti?« erwiderte er, sich mit Hingabe seinem Essen widmend.

»Das wäre doch das nächstliegende gewesen?«

Frank schwieg. Er hatte den Mund voll. Mit vollem Mund spricht man nicht.

»Ich gebe aber zu«, fuhr Helga fort, »das wollte ich nicht. Ich habe, als ich bei ihr war, gesehen, wie die Männer auf sie fliegen.«

Frank blieb stumm.

»Kannst du mir verzeihen?« fragte ihn Helga.

»Wieso verzeihen?« brach er sein Schweigen.

»Weil du mir mit Recht einen Mangel an Vertrauen zu dir vorwerfen kannst.«

»Aber nein!«

»Doch, doch, davon will ich mich nicht freisprechen Liebling«, sagte sie. »Aber ich schwöre dir, daß das nicht mehr vorkommen wird.«

Franks Blick wanderte zur Krokotasche, die Helga auf einen freien Sessel gelegt hatte. Sie war schwarz.

»Wäre dir eine braune lieber gewesen?« fragte er.

»Keineswegs, eine braune habe ich doch schon.«

»Eine uralte.«

»Bist du verrückt?« lachte Helga. »Dreieinhalb Jahre sind kein Alter. Solche Taschen bleiben immer neu.«

Frank schob seinen Teller von sich.

»Bist du satt?« fragte ihn Helga. Als er nickte, fuhr sie fort: »Ich kann mir vorstellen, daß du von der Fahrerei müde bist. Möchtest du dich hinlegen?«

»Ja.«

»Auf die Couch oder ins Bett?«

»Ins Bett.«

Das bestätigte ihre Erwartung, und sie sagte verheißungsvoll: »Dann komme ich mit.«

Ihre Enttäuschung war daher nicht gering, als sie erleben mußte, daß im Schlafzimmer der Funke von ihr nicht übersprang auf ihren Mann. Sie wollte Franks Heimkehr feiern, wollte ihm auf ihre Art – auf die schönste Art, die Frauen gegeben ist – für die Handtasche danken, wollte halt »ganz, ganz lieb zu ihm sein«, hatte noch nie erfahren, daß sie damit bei ihm keinen Anklang gefunden hätte – und wurde heute eines anderen belehrt.

Frank zog sich aus und kroch unter die Decke. Helga verlor noch ein bißchen Zeit, da es Frauen, die sich zur Liebe anschicken, nicht versäumen sollten, vorher noch ins Bad zu gehen, wenn das irgendwie möglich ist. Als sich Helga aber dann zu Frank gesellte, schlief er fast schon.

Sie drückte sich an ihn, umarmte ihn, küßte ihn aufs Ohr,

sagte leise: »Ich habe den liebsten, besten, zuverlässigsten Mann auf der Welt. Und den treuesten.«

Er rührte sich nicht.

»Ich bin die glücklichste Frau der Welt«, fuhr sie fort. Wieder nichts.

»Und ich möchte meinen Mann immer wieder so glücklich machen, wie ich selbst es bin.«

Es schien alles umsonst zu sein.

»Hörst du mich nicht?« fragte sie ihn ein bißchen lauter.

»Doch«, brummte er schläfrig.

»Und?«

»Was und?«

»Willst du nicht, daß ich dich glücklich mache? Und du mich?«

»Wann?«

»Jetzt.«

»Morgen«, brummte er und schlief endgültig ein.

Dieses Erlebnis war etwas Neues für Helga. Im ersten Moment war sie konsterniert. Dann aber seufzte sie leise und dachte bei sich: Einmal mußte es ja kommen, er wird eben auch nicht jünger. Wahrscheinlich war sein Hotelbett nicht das beste. Und dann noch die weite Fahrt dazu.

Helga sah also, daß sie es mit einer Reihe ganz natürlicher Faktoren zu tun hatte.

Trotzdem prägte sich das Datum dieses Tages ihrem Gedächtnis ein.

9

Clara v. Berg hatte geschäftliche Schwierigkeiten. Heidenohl schien eben kein Pflaster für Boutiquen zu sein. Die Kundinnen blieben aus. Clara blickte in eine düstere Zukunft. Die unbezahlten Rechnungen, die Mahnungen, die ihr ungeduldig werdende Lieferanten ins Haus schickten, häuften sich. Um die allerdringendsten Verpflichtungen begleichen zu können, hätte sie achteinhalbtausend Mark gebraucht. Sie hatte sie nicht, wußte aber, daß es ihr ein leichtes sein würde, notfalls sehr rasch ein Vielfaches dieses Betrages aufzubringen, da sie doch einen echten Spitzweg besaß.

Der Gedanke, sich von dem Bild zu trennen, war ihr zwar nicht gerade angenehm, aber auch nicht unerträglich; er bedeutete ihr weniger als der Gedanke, mit ihrer Boutique zu scheitern. So kam es, daß sie sich eines Tages brieflich an eine große Hamburger Galerie wandte und um ein Angebot bat. Der Brief war noch keine 48 Stunden weg, als der Galerist bei Clara anrief, sogar an einem Sonnabendnachmittag. Clara saß am Kaffeetisch. Bei ihr in der Wohnung befand sich auch Werner Ebert. Mit der einen Hand trank er Kaffee, mit der anderen hielt er die Zeitung, in der er las. Das war eine seiner Unarten, über die Clara aber gerne hinwegsah, wenn er nur bei ihr war.

Werner war in einen Bericht über Spannungen zwischen Honduras und Nicaragua vertieft. Claras Telefongespräch interessierte ihn nicht. Plötzlich ließ ihn aber doch ein Wort, das Clara am Apparat fallen ließ, aufhorchen. Sie hatte »Original« gesagt. Dann schwieg sie wieder, den Hörer ans Ohr gepreßt. Und dann sagte sie etwas von einer »Expertise«, und mehrmals fiel auch der Ausdruck »echt«. Ehe sie schließlich auflegte, meinte sie: »Gut, also am Montag ab sechzehn Uhr. Ich erwarte Sie. Meine Adresse wissen Sie, Sie haben ja meinen Briefkopf.«

Einen Blick auf Werners Tasse werfend, sagte sie: »Möchtest du noch Kaffee?«

»Wer war das?« antwortete er.

»Wer?«

»Der am Telefon?«

»Jemand aus Hamburg.«

»Was wollte er?«

»Möchtest du noch Kaffee oder nicht?«

»Was wollte er? frage ich dich.«

»Mir seinen Besuch ankündigen. Er kommt am Montag her.«

Werner legte die Zeitung weg und klopfte mit den Fingern der dadurch frei gewordenen Hand auf die Tischplatte.

»Das habe ich gehört. *Wozu* kommt er her?«

»Um ein Geschäft mit mir abzuschließen.«

»Welches?«

Werners Ton, sein ganzes Verhalten erschien Clara absolut unangebracht. Er mischte sich in Dinge ein, die ihn nichts angingen, auch wenn er ihr Freund war. Trotzdem war sie darauf bedacht, vorsichtig mit ihm zu sein. Sie wollte ihn nicht vor den Kopf stoßen, wollte alles unterlassen, das ihn innerlich auch nur ein Schrittchen von ihr hätte entfernen können.

Clara wußte, daß ihr jetzt schwierige Minuten bevorstanden. Werner war ein zu großer Spitzweg-Fan. Und nun hatte er schon Verdacht geschöpft. Clara wußte, daß es für ihn zwei Gründe gab, warum er so gern in diese Wohnung hier kam: sie selbst (das hoffte sie jedenfalls) und das Bild.

Sie seufzte.

»Werner«, sagte sie dann, »du billigst mir doch zu, daß ich meine Angelegenheiten selbst regle?«

»Nein.«

»Nicht?«

»Eine deiner sogenannten Angelegenheiten bin doch auch ich – oder nicht?«

»Meine wichtigste«, lächelte Clara.

»Und über die zu bestimmen – ohne jede Einwirkung von mir selbst –, das billige ich dir natürlich nicht zu.«

»Das will ich doch auch gar nicht, Liebling.«

»Und dann gibt es noch eine dieser Angelegenheiten, in die ich mich einmische, und zwar ganz entschieden . . .«

»In welche?«

Werner zeigte auf das Bild an der Wand.

»In diese!«

Clara druckste nicht lange herum, sondern sagte: »Ich muß das Bild verkaufen, Werner.«

»Warum?«

»Weil ich sonst meine Boutique nicht mehr halten kann.«

»Dann laß doch den Scheißladen sausen, mit dem sowieso nichts los ist!«

Das hätte er nicht sagen sollen. Clara wurde blaß. Er hatte ihr weh getan. In ihrer Boutique steckte von ihr viel mehr als nur äußeres Engagement; wenn man so will: Herzblut.

Tränen schossen ihr aus den Augen. Als Werner das sah, sagte er: »Um Gottes willen, weine doch nicht gleich, ich nehm' das ja zurück.« Er legte seine Hand auf die ihre.

»Ich mache dir einen Vorschlag: Du erzählst mir jetzt in aller Ruhe, was los ist. Hier, mein Taschentuch, trockne dir das Gesicht ab.«

Sie nahm es, obwohl es nicht mehr ganz sauber war, und vergrub ihr Gesicht darin. Sie gab es ihm zurück, als sie es nicht mehr nötig zu haben glaubte, und schenkte ihm dabei schon wieder ein kleines Lächeln.

»Hast du Schulden?« fragte er.

Sie nickte.

»Wie hoch?« fuhr er fort.

»Achteinhalbtausend Mark.«

Er hatte mit einem ganz anderen Betrag gerechnet und stieß deshalb hervor: »Das ist ja lächerlich! Und deshalb willst du den Spitzweg verscherbeln? Bist du wahnsinnig?«

»Die achteinhalbtausend sind nur das Dringendste. Da kommt noch einiges hinzu.«

»Wieviel?«

»Vier . . . fünftausend«, sagte Clara zögernd.

»Insgesamt fünfzehntausend, würden die reichen?«

»Bei weitem.«

»Die bekommst du von mir.«

Clara starrte ihn an.

Werner war ein Mann, der sehr gerne Nägel mit Köpfen machte. Ehe Clara etwas erwidern konnte, zeigte er auf den Telefonapparat und sagte: »Ruf den Kerl an und sag ihm, daß er am Montag in Hamburg bleiben kann.«

In Claras Gesicht spielte sich einiges ab.

»Nein«, sagte sie kopfschüttelnd.

»Was nein?«

»Ich nehme das Geld nicht an.«

»Warum nicht?«

»Weil ich dir keine Sicherheiten bieten kann.«

Werner Ebert war ein unmöglicher Mensch. Das zeigte sich in diesem Augenblick wieder so richtig, als er sagte: »Ich brauche keine Sicherheiten! Ich werde dich dafür bumsen, sooft ich will – und kann.«

Auch Clara v. Berg war unmöglich. Statt höchst indigniert zu sein, lachte sie und rief glücklich: »Das kriegst du doch umsonst!«

»Das will ich nicht umsonst!«

»Und was war bisher damit?«

»Bisher wußte ich nicht, in welcher Situation du dich befindest, obwohl ich mir das«, sagte Werner, »eigentlich hätte denken können, ich Ochse.«

Clara wurde wieder ernst.

»Es gibt nur einen Weg, wie wir uns einigen können«, erklärte sie.

»Wie denn?«

»Du nimmst für dein Geld das Bild.«

Nun starrte nicht mehr sie ihn, sondern er sie an. »Für fünfzehntausend?«

»Ja«, nickte sie.

»Das Bild ist das Zehnfache wert – mindestens!«

»Mir genügen fünfzehntausend.«

»Hör auf mit dem Unsinn«, sagte Werner ärgerlich. »Das Bild ist das Zehn- oder Zwanzigfache wert, sage ich, also bleibt es in deinem Besitz. Ich bin kein Millionär, der einen solchen Betrag hinblättern könnte.«

»Nein.«

»Was nein?«

»Entweder *du* nimmst das Bild, und *ich* deine fünfzehntausend – oder es geht nach Hamburg.«

Nun wurde Werner massiv.

»Sei nicht so blöd!«

»Danke.«

»Wann brauchst du meinen Scheck?«

»Möglichst bald.«

»Du kriegst ihn morgen.«

»Und du das Bild.«

Ein Faustschlag Werners auf den Tisch ließ die Kaffeetassen klirren.

»Nein, verdammt noch mal!«

Seine Augen schossen Blitze. Die Wut hatte ihn gepackt.

»Benimm dich, bitte«, sagte Clara mit einer Miene, die adeligen Hochmut zum Ausdruck brachte.

Werner sprang auf und rannte ein paarmal im Zimmer hin und her. Dann stellte er sich vor Clara hin und fragte sie: »Für was hältst du mich eigentlich? Für einen Ganoven?«

»Wieso?«

»Weil du mir zutraust, daß ich auf einen solchen Handel eingehe.«

»Ich sehe darin keinen Handel in dem Sinne, wie du das meinst.«

»Was dann?«

Die Antwort Claras bestand darin, daß sie zum Gegenangriff überging.

»Für was hältst du mich eigentlich, Werner?«

»Das steht jetzt nicht zur Debatte. Weich mir nicht aus.«

»Du traust mir zu, daß ich mir von dir fünfzehntausend Mark unter den Nagel reiße, die du nie mehr wiedersehen wirst.«

»Wieso ›die ich nie mehr wiedersehen werde‹? Wer sagt das?«

»Du selbst – mit deinem Vertrauen in mein Geschäft.«

Werner spürte seine Position schwächer werden. Dagegen sträubte er sich.

»Dein Laden wird sich schon noch durchsetzen«, meinte er deshalb. »Wirst sehen.«

»Vor einer Minute hast du noch etwas ganz anderes gesagt.«

»Das war doch Blödsinn.«

»Ach was, Werner«, sagte Clara mit einem etwas traurigen Lächeln, »ich kenne dich doch. Ich kenne dich viel besser als du mich.«

»Wenn das der Fall wäre, würdest du mit deinem Quatsch hier endlich aufhören. Dann müßtest du nämlich wissen, was ich tue und was nicht.«

»Und was tust du nicht?«

»Ich reiße mir keinen Spitzweg für fünfzehntausend Mark unter den Nagel.«

»Und ich mir keine fünfzehntausend Mark für nichts.«

Die beiden bewegten sich im Kreis. Werner wollte darob schier aus der Haut fahren. Er blickte anklagend empor zur Decke.

»Herrgott im Himmel«, stöhnte er, »wie kann ein Mensch so borniert sein, ich begreife das nicht.« Er senkte den Blick, schaute wieder Clara an. »Du mußt doch wissen«, sagte er zu ihr, »wieviel das Bild wert ist . . .«

»Ich weiß das, was du gesagt hast.«

»Was heißt, du weißt das, was ich gesagt habe?« erwiderte Werner. »Das klingt so vage, komm, laß uns in die Versicherungspolice schauen, da steht's drin. Mich würde das auch interessieren. Bring sie her.«

Clara rührte sich nicht, sie blieb sitzen.

»Bring sie her, los«, wiederholte Werner.

»Was denn?«

»Die Police.«

»Welche Police?«

»Die für den Spitzweg«, sagte Werner. »Du mußt ihn doch versichert haben ... gegen Diebstahl, Feuer usw.?«

»Nein.«

Werner erstarb momentan das Wort im Mund. Er blickte Clara mit hervorquellenden Augen an.

»Waaas?« ächzte er dann.

Mit einem Lächeln, das entwaffnend sein sollte, sagte Clara: »Ich habe doch ein Sicherheitsschloß an der Wohnungstür.«

»Ich werde wahnsinnig«, ächzte Werner.

»Außerdem weiß niemand von dem Bild.«

»Ach nee«, höhnte Werner. »Und wieso nicht?«

»Denkst du, ich brüste mich mit so was?« erwiderte Clara und fügte hinzu: »Das tut man nicht.«

»Ich werde echt wahnsinnig«, wiederholte Werner und schrie Clara an: »Du bist ein Schaf!«

»Danke!«

»Ein Schaf, das sich in einem grandiosen Irrtum befindet! Von dem Bild weiß schon ein Haufen Leute!«

»Von wem?«

»Von *mir*!« rief Werner in ergreifender Verzweiflung. Clara verstummte, erkannte jedoch rasch die Gelegenheit, den Spieß wieder einmal umdrehen zu können, und sie tat das, indem sie sagte: »Dann hör auf, mir Vorwürfe zu machen.«

Werner konnte scheinbar ihren Anblick nicht mehr ertragen. Er wandte sich von ihr ab und nahm seinen Rundgang durchs Zimmer wieder auf. Wie ein Tiger im Käfig rannte er hin und her, wobei er sagte, daß er einen solchen Wahnsinn doch nicht habe ahnen können. Jawohl, er habe von dem Bild erzählt, aus Begeisterung, da und dort sei das der Fall gewesen – aber ihm wäre doch nie darüber ein Wörtchen über die Lippen gekommen, wenn er das gewußt hätte, was er jetzt wisse. Er müsse sich schon ausbitten, das zu seiner Entschuldigung anführen zu dürfen, wenn man ihn anklagen wolle.

Daran dächte sie überhaupt nicht, sagte Clara und fügte hinzu: »Du verkehrst doch nicht mit Elementen, von denen eine solche Gefahr drohen könnte, wie du sie siehst.«

»Das weiß man nie«, meinte Werner.

»Mit wem hast du denn gesprochen?«

Werner nannte den nächsten, der ihm einfiel: »Zum Beispiel mit Frank Petar.«

Daraufhin brach Clara in helles Gelächter aus.

»Aber das ist doch dein bester Freund!« Fast wären ihr Tränen der Belustigung aus den Augen gelaufen. »Und das soll ein Verbrecher sein?«

Werner blieb vor ihr stehen.

»Natürlich nicht! Aber weiß der Teufel, mit wem der wieder gesprochen hat, ohne sich dabei was zu denken? So geht das doch oft mit solchen Dingen.«

»Das glaube ich nicht.«

Für Werner war jetzt Schluß dieser Debatte, und er wollte kein Wort des Widerspruchs mehr hören. Er hatte genug.

»Ich sag' dir jetzt eins, Clara . . .« Er zeigte auf das Bild an der Wand. »Das Ding wird versichert! Und zwar sofort! Du machst das morgen schon!«

»Morgen ist Sonntag.«

»Dann übermorgen.«

»Nein«, sagte Clara mit fester Stimme.

»Was nein?«

»Ich mache das nicht mehr.«

»Warum nicht?«

»Weil das Sache des neuen Besitzers sein wird . . . also entweder die deine oder die des Hamburger Galeristen.«

»Clara!« schrie Werner außer sich. »Ich will nicht, daß das Bild in fremde Hände übergeht!«

»Ich auch nicht«, lächelte Clara. Wahrhaftig, sie lächelte. Aber das war ein Lächeln von eherner Entschlossenheit.

Werner blickte ihr in die Augen und erkannte endlich, daß ihm nichts anderes übrigblieb als zu kapitulieren. Sein Finger, mit dem er unentwegt auf das Bild gezeigt hatte, sank herab, als wohne ihm keine Kraft mehr inne. Auch die Knie schienen Werner einzuknicken, er setzte sich.

»Ich geb's auf«, seufzte er.

»Warum nicht gleich?« lächelte Clara.

»Den Scheck erhältst du, wie gesagt, morgen.«

»Und das Bild. Wann kommst du, um es dir zu holen?«

Ein letztes kurzes Aufbäumen Werners erfolgte.

»Wieso holen? Das kann doch hier hängen bleiben?«

»Nein.«

»Warum nicht?«

»Weil es mir nicht mehr gehört.«

»Dann betrachte es als Leihgabe von mir«, versuchte es Werner mit Ironie. Auch damit war er aber zum Scheitern verurteilt.

»Nein, Werner.«

»Außerdem habe ich auch kein Sicherheitsschloß an der Tür.«

»Was du von Sicherheitsschlössern hältst, hast du mir zu erkennen gegeben. Ich kann mich aber um einen Handwerker für dich bemühen«, sagte Clara. »Das verspreche ich dir.«

Der Kaffee war den beiden inzwischen längst vollständig kalt geworden. Clara ging in die kleine Küche, um neuen aufzubrühen. Sie war in bester Stimmung, mehr noch, sie fühlte sich glücklich. Etwas Wichtiges, etwas Positives für sie war geschehen. Sie hatte ein zusätzliches Stück Bindung zwischen ihr und Werner schaffen können. Die Sache hatte sich ganz von selbst entwickelt, absolut unerwartet, war keineswegs geplant gewesen. Das Glück, so dachte Clara, hatte ihr gelächelt. Wenn der Hamburger Galerist eine Stunde früher angerufen hätte, wäre das Glück noch nicht zur Stelle gewesen. Werner hatte erst später ihre Wohnung betreten.

»Eins mußt du mir noch erklären . . .«, sagte Clara nach dem Kaffeetrinken, » . . . ein Wort, das du gebraucht hast. Ich habe es nicht verstanden.«

»Was für eins?«

»Bumsen. In meinen Kreisen ist ein solcher Ausdruck unbekannt.«

Werner gelang es, genau wie Clara keine Miene zu verziehen.

»Soll ich dich mit ihm vertraut machen?«

»Ja.«

»Theoretisch oder praktisch?«

»Praktisch, bitte.«

Das geschah . . .

10

Thekla Bendows Briefe aus Düsseldorf kamen in schöner Regelmäßigkeit. Und Frank beantwortete jeden. Naturgemäß schliff sich die Förmlichkeit zwischen ihnen, deren sie sich anfangs befleißigt hatten, mehr und mehr ab; der Ton wurde vertrauter. Frank begann seine Briefe nicht mehr mit »Sehr geehrte gnädige Frau«, sondern mit »Liebe Frau Thekla« bzw. dann nur noch mit »Liebe Thekla«; und sie mit »Lieber Frank«. Dieser Tage schrieb sie:

Lieber Frank,

davon, was Sie von Liebe halten, haben Sie mich in Ihren Selbstdarstellungen nun schon einiges wissen lassen. Umgekehrt ich Sie von mir auch. Sie sind nicht verheiratet, habe ich von Anfang an angenommen und Ihnen das mitgeteilt. Da Sie mich bis zum heutigen Tag nicht korrigiert haben, darf ich annehmen, daß das auch stimmt. Richtig?

Nun mal eine Frage an Sie. Was halten Sie von Ehebruch? Was verheiratete Männer davon halten, weiß ich. Nämlich viel, sonst würden sie ihn nicht massenweise begehen. Aber Sie, Frank, was halten Sie davon? Sie stehen gewissermaßen noch über den Dingen, deshalb würden mich gerade Ihre Antworten auf folgende Fragen interessieren:

Verurteilen Sie den Ehebruch ohne Wenn und Aber?

Falls ja, warum?

Falls nein, warum nicht?

Ist der Ehebruch einer Frau mit anderen Augen zu sehen als der eines Mannes?

Falls ja, warum?

Was sagen Sie zu einem Mann, der in einer intakten, absolut glücklichen Ehe lebt und fremdgeht?

Was zu einer Frau, die das tut?

Ich bin sehr neugierig, was ich von Ihnen hören werde, Frank. Sind Sie aber bitte absolut ehrlich, so wie auch ich Ihnen bisher immer nur das geschrieben habe, was meine wahre Meinung bzw. mein wahrer Standpunkt ist.

Viele Grüße!

Ihre Thekla Bendow

Erklärlicherweise lag dieser Brief dem Empfänger ziemlich schwer im Magen. Franks Lust, ihn zu beantworten, war zum erstenmal nicht groß. Das sprach für ihn. Ein anderer hätte sich hingesetzt und munter drauflosgeschrieben, ohne von schwarzen Gedanken an eine eigene Verfehlung beschwert zu sein.

Frank suchte ein Gespräch mit Werner Ebert.

»Lies mal«, sagte er, ihm den Brief Theklas reichend. »Die hat sie doch nicht mehr alle.«

Werner las.

»Wieso nicht?« fragte er, als er die Lektüre beendet hatte.

»Die soll doch nicht mich Sachen fragen, in denen sie längst firm ist.«

»Woher willst du das wissen?«

»Zweifelst denn du daran, daß die in ihrer Ehe fremdging, daß die Fetzen flogen?«

»Nein«, meinte Werner trocken.

»Na also.«

»Stört dich das?«

»Ja«, sagte Frank.

»Dann schreib es ihr.«

»Was soll ich ihr schreiben? Daß sie ein Flittchen ist?«

Werner blickte Frank an wie einen Doofen, wobei er sagte: »Nein, das natürlich nicht, sondern daß du gegen Ehebruch bist. Ohne Wenn und Aber. So lautet doch ihre erste Frage?«

Frank nickte.

»Und die zweite«, fuhr Werner fort, »warum du das bist?«

»Ja.«

»Gibt es etwas Einfacheres für dich, als darauf zu antworten? Bei deiner Ehe? Du brauchst doch nur auf dich als Ehemann zu blicken. Etwas anderes wäre es, wenn du ein großer Seitenspringer vor dem Herrn wärst.«

»Weiß man's?«

»Was?«

»Ob ich ein solcher bin oder nicht?«

Darauf konnte Werner nur geringschätzig grinsen.

»Du nicht! Du bist doch längst für die Menschheit verloren, wenn ich mal so sagen darf. Für dich könnte deine Frau auch dann noch die Hand ins Feuer legen, wenn Marilyn Monroe von den Toten auferstehen und versuchen würde, dich rumzukriegen.«

»Die Monroe soll in Wirklichkeit gar nicht so toll gewesen sein«, wich Frank aus.

»Kennedy, konnte man kürzlich lesen, war anderer Ansicht.«

»Glaubst du denn das?«

Werner zuckte die Achseln.

»Ich sage, man konnte es lesen.«

»Die schreiben doch jeden Dreck in Amerika.«

»Aber sie tun es gekonnt, das muß ich ihnen als Journalist lassen.«

»Ein schönes Können.«

»Entscheidend ist, was die Leute lesen wollen. Diese Maxime gilt für alle Gebiete. Was erwarten die Leute? Das wird ihnen gegeben, das wird für sie produziert. Sieh dir doch die Städte an, die ihr Architekten uns nach dem Krieg hingestellt habt. Ist das etwa durch die Bank viel anderes als himmelschreiender Murks?«

»Es gibt auch Ausnahmefälle.«

»Welche denn?«

»Das olympische Zeltdach in München zum Beispiel«, sagte Frank.

»Hör mir mit dem auf!« rief Werner. »Ein reines Schaustück! Fürs Auge toll, ja! Aber *nur* fürs Auge!«

»Wieso?«

»Bist du schon mal drunter gesessen? Bei schlechtem Wetter?«

»Nur bei gutem«, mußte Frank eingestehen.

»Das ist dein Fehler, denn sonst wüßtest du, was ich meine«, sagte Werner.

Die beiden waren von Theklas Brief abgekommen, zu dessen Beantwortung Frank die nötige Begeisterung fehlte. Einen Tag später konnte er sich aber doch dazu durchringen. Er machte sich die Mittagszeit im Büro zunutze, nachdem er zu Hause angerufen hatte, daß er durcharbeiten müßte und dafür am Nachmittag eher heimkommen würde. Eine andere Gelegenheit als die im Büro bot sich ihm für sein Tun nicht, das er vor Helga zu verbergen hatte. Dies galt für alle seine Briefe an Thekla Bendow. Er klopfte sie mit eigener Hand auf der Schreibmaschine, erklärte, dabei nicht gestört werden zu wollen. Kein Wunder, daß Fräulein

Melchior, seine Sekretärin, darüber erstaunt war und in ihr der Entschluß reifte, der Sache bei günstiger Gelegenheit einmal etwas nachzugehen.

Wieder einmal schrieb er also:

Liebe Thekla,

Ihr letzter Brief machte mir Kopfzerbrechen. Das können Sie schon daraus ersehen, daß ich mit meinem Freund Werner Ebert über ihn sprach. Das brachte aber nicht viel, eigentlich gar nichts. Werner ist ein zynischer Mensch, der, wenn er verheiratet wäre, dem Seitensprung für sich selbst in seiner Ehe immer ein großes Vergnügen abgewinnen würde. Nach ihm kann man nicht gehen. Andererseits ist es schwer, ein Beispiel zu finden, das dem seinen widerspricht. In meinem Bekanntenkreis gibt es verheiratete Männer – und Frauen –, die fremdgehen, und solche, die treu sind. Unter denen, die fremdgehen, gibt es hervorragende Charaktere; und unter denen, die absolut treu sind, gibt es Schweine, deren Leben nur aus Schandtaten besteht. Verstehen Sie, was ich sagen will, Thekla? Je länger man sich mit der Thematik befaßt, desto komplizierter wird sie. Die Fragen mehren sich. Ein Mann, der in einer intakten, absolut glücklichen Ehe lebt und fremdgeht – was ist mit dem? Nun, entscheidend ist da wohl auch, ob er regelmäßig fremdgeht oder nur einmal. Tut er's regelmäßig, kann die Ehe nicht intakt und glücklich sein. Insofern steckt schon ein Widerspruch in Ihrer Frage. Tut er's aber nur einmal, soll dann seine Ehe daran kaputtgehen? Das wäre doch Wahnsinn, meine ich.

Was ist besser: eine völlig ausgeleierte Ehe, die sich Jahr für Jahr nur noch dahinschleppt, in der aber die Partner – aus welchen Gründen immer (z. B. Gründen der Religiosität, der Impotenz) – einander treu sind; oder eben eine intakte, glückliche Ehe, in der entweder

der Mann oder die Frau sich einen Fehltritt leistet, dessen Folgen nur in einem schlechten Gewissen desjenigen bestehen, der ihn getan hat.

Thekla, merken Sie, Ihre Fragen, die Sie mir gestellt haben, kommen auf Sie als Bumerang zurück. Werden Sie selbst sie mir auch beantworten?

Darauf bin ich neugierig.

Herzliche Grüße

Ihr Frank Petar

Zwei Monate nachdem sie mit Werner Ebert geschlafen hatte, erkannte Frau Dr. Evelyn Herzer, daß es keinen Zweck mehr von ihr hatte, sich noch länger gegen die Tatsache zu wehren, verliebt zu sein. Sie hatte sich die ganze Zeit gegen dieses Gefühl gesträubt, durch das sie vor sich selbst der Lächerlichkeit preisgegeben wurde. So dachte sie jedenfalls.

Erstens war der Mann, dem ihre Liebe galt, wesentlich jünger als sie.

Zweitens konnte kein Zweifel daran bestehen, daß er nur ein flüchtiges Abenteuer ihn ihr gesehen hatte.

Drittens war er in seiner ganzen Art einer, der es nur darauf anlegte, daß ihm jeder Schlüpfer wich.

Viertens hatte er nicht mehr das geringste von sich hören lassen, auch nicht aus Anstand einen Postkartengruß gesandt.

Fünftens . . . sechstens . . . siebtens . . .

In ihren schlaflosen Nächten reichten Evelyn die Finger beider Hände nicht aus, um die Gründe aufzuzählen, von denen sie sich dazu hätte bewegen lassen müssen, nicht mehr an Dr. Werner Ebert zu denken. Das half aber alles nichts. Er ging ihr nicht mehr aus dem Sinn. Der Widerstand, den sie gegen die Erinnerung an ihn leistete, zermürbte sie. Nach zwei Monaten war sie bereit zu einem Schritt, den sie als Schmach empfand.

Sie rief Werner an. Er hatte ihr gesagt, wo er lebte und arbeitete, und so war es ihr, einer Beamtin bei der Post, ein leichtes, seine Telefonnummer zu ermitteln. Während jeder Ziffer, die sie wählte, dachte sie, daß sie es jetzt noch in der Hand habe, aufzulegen. Und bei der letzten Ziffer seiner Nummer hoffte sie, er würde sich nicht melden. Er meldete sich aber doch.

»Guten Tag, Werner«, sagte sie. »Hier spricht Evelyn.«

»Guten Tag«, antwortete er. »Wer?«

»Evelyn Herzer.«

»Mich tritt ein Pferd! Die Posträtin?« Er lachte. Aus Freude? Sie wollte es hoffen und war deshalb erleichtert.

»Oberrätin«, sagte sie.

»Was?« rief er. »Man hat dich befördert?«

»Ja.«

»Gratuliere.«

»Danke«, sagte sie und fragte: »Hältst du mich jetzt für dumm?«

»Dich für dumm? Warum sollte ich?«

»Weil ich dir das gesagt habe – und gleich als erstes! Dummheit und Stolz wachsen an einem Holz, könntest du denken.«

»Ich denke ganz was anderes.«

»Was denn?«

»Wie klein und nichtig sich jetzt erst Leute vorkommen müssen, die dein Büro betreten, um sich über Amtmann Fahrenheit zu beschweren.«

Beide lachten. Evelyns Gefühl der Erleichterung wuchs. »Ich sitze nicht mehr in meinem alten Zimmer«, sagte sie.

Jetzt müßte er mich nach dem neuen fragen, dachte sie. »Hat man dir auch einen noch größeren Schreibtisch gegeben?«

»Nein.«

»Die sind sich wohl nicht im klaren darüber, wozu sie verpflichtet sind?«

»Scheinbar nicht«, ging sie auf ihn ein, empfand jedoch keinen Spaß dabei.

»Aber was nicht ist, kann noch werden, wenn der Rechnungshof mitmacht.«

»Genau.«

»Wo findet man dich denn neuerdings?«

Nun tat ihr Herz doch noch den kleinen Sprung, den er ihr nicht gleich gegönnt zu haben schien.

»In der sechsten Etage, Zimmer sechshundert.«

»Leicht zu merken.«

»Warst du schon mal wieder in Düsseldorf?«

»Nein.«

»Nein?«

»Nein.«

»Ich will es dir glauben«, sagte sie, »denn dann hättest du dich doch bei mir gemeldet – oder nicht?«

»Sicher.«

Ein bißchen dürr klang dies.

»Was macht deine Arbeit?« fragte sie.

»Sie macht mich noch kaputt«, grinste er, aber das konnte sie nicht sehen.

»Hast du schon die Adresse von dieser ... wie hieß sie?«

»Wer?«

»Diese Autorin, die euch den Roman mit Illustrationen geschickt hat.«

»Bendow.«

»Richtig«, sagte Evelyn. »Bendow – Thekla Bendow, nicht?«

»Ja.«

»Hast du deren Adresse schon?« wiederholte sie ihre Frage.

»Nein, immer noch nicht. Was die sich denkt mit ihrer

Geheimnistuerei, weiß ich nicht. Auf Anfragen geht sie nicht ein. Wir können nichts anderes tun als abwarten. Eines Tages muß sie ja ihr blödes Spiel selbst aufgeben.«

»Hoffentlich.«

»Und sonst geht's dir gut? Gesundheitlich, meine ich?«

Frag mich nicht, wie's mir gesundheitlich geht, sondern seelisch, dachte sie.

Heraus rutschte ihr: »Man wird älter.«

Im nächsten Moment hätte sie sich am liebsten auf die Zunge gebissen. Rasch fuhr sie fort: »Du hast mich immer noch nicht gefragt, warum ich dich anrufe.«

»Warum?«

»Bei mir liegen Strümpfe von dir.«

»Strümpfe?«

»Ich hatte sie damals gleich gefunden, dann vergessen und bin jetzt wieder auf sie gestoßen.«

»Ich habe keine vermißt.«

»Sie müssen von dir sein.«

»Bist du sicher?«

»Absolut«, erwiderte Evelyn. »Und zwar deshalb«, setzte sie hinzu, »weil seitdem niemand mehr bei mir war, dem sie noch gehören könnten.«

Erzähle das, dachte Werner, wem du willst, nur nicht mir.

»Ist ja egal«, sagte er. »Schmeiß sie weg.«

»Auf keinen Fall«, widersprach sie. »Dafür sind sie noch viel zu gut.«

»Dann gib sie der Caritas.«

»Auch das nicht. Weißt du was?«

»Was?«

»Ich bewahre sie dir auf, bis du wieder nach Düsseldorf kommst. Was hältst du davon?«

Nicht viel, dachte er. Wenn du gebumst werden möchtest, solltest du den Preis schon ein bißchen höher ansetzen.

»Gute Idee«, erwiderte er. »Die halten sich ja.«

Es gab ihr einen Stich.

»Wie meinst du das?«

»Was?«

»Daß die sich halten? Soll das bedeuten, daß du eine Ewigkeit auf dich warten lassen möchtest?«

»Aber nein!« beteuerte er. »Ich weiß nur nicht, wann ich mich hier mal freimachen kann. Es hängt von meiner Arbeit ab. Und die ist, wie ich dir schon sagte, leider nicht gering.«

»Dann kann ich dir« – und mir, dachte sie – »nur wünschen, daß sie dich nicht auffrißt.«

»Ich danke dir. Reib auch du dich nicht auf im Kampf gegen das Defizit der Post.«

Sie lachte, wenn auch nicht besonders herzlich.

»Defizit haben wir schon lange keines mehr«, sagte sie. »Du verwechselst uns mit der Bahn.«

»Kannst du mir verzeihen?«

»Ja, auf Wiedersehen«, sagte sie. »Und das meine ich ernst.«

»Auf Wiedersehen«, sagte auch er. »War nett, von dir zu hören.«

»Werner . . .«

»Ja?«

»Ich denke oft an dich.«

Rasch legte sie auf und machte sich Vorwürfe, das noch gesagt zu haben. Ich werfe mich ihm an den Hals, klagte sie sich an. Das *kann* ihm nicht gefallen!

Als es in seinem Hörer knackte, wußte Werner, daß ihm eine Antwort auf Evelyns letzte Verlautbarung erlassen war. Auch er legte auf.

In Heidenohl rückte ein neues Skatturnier heran. Das machte sich bemerkbar. Die Atmosphäre in dem Städtchen veränderte sich. Die Lokalzeitung brachte Vorschauen auf das Ereignis. Der Teilnehmerkreis wurde erweitert durch die Schaffung einer Juniorenklasse. Den ausgesetzten Preisen gaben die verantwortlichen Gremien durch Mehrheitsbeschlüsse originelle Noten. So war als 1. Preis für die Siegerin in der Damenklasse eine kostenlose Reise nach St. Pauli (mit Übernachtung) ausgesetzt; und als 1. Preis in der Herrenklasse ein Ausflug in eine Schönheitsfarm am Niederrhein (mit einer kompletten eintägigen Behandlung).

»Frank«, sagte Helga zu ihrem Mann, »ich muß mich ja davor hüten, zu gewinnen.«

»Keinesfalls«, erwiderte er. »Lies doch, in der Zeitung steht auch, daß eine verheiratete Siegerin ihren Preis an ihren Ehemann weitergeben kann.«

»Das würde dir so passen.«

»Dasselbe ist doch auch einem Ehemann freigestellt, der siegt.«

»Aber das hätte, was uns beide betrifft, nur Sinn, wenn du an dem Turnier überhaupt teilnehmen würdest.«

»Das stimmt. Leider kann ich gar nicht Skat spielen und werde deshalb nie ein hundertprozentiger Heidenohler werden. Trotzdem würde ich dich liebend gerne siegen sehen. Ich werde dir deshalb die Daumen so sehr halten, daß sie mir weh tun.«

»Mach dir keine Hoffnungen«, lachte Helga. »Ich wäre doch nicht verrückt, dich nach St. Pauli zu schicken. Weißt du, wem ich den Preis zukommen lassen würde?«

»Wem?«

»Werner.«

»Ausgerechnet dem?«

»Ja, das wäre doch der Richtige. St. Pauli und er passen zusammen wie Daimler und Benz. Außerdem ist er unverheiratet und kann sich das leisten. Ich müßte mir nicht den Vorwurf machen, einer armen Frau Übles angetan zu haben.«

»Du vergißt Clara.«

»Meinst du, daß das hält mit der?«

»Möglich«, nickte Frank. »Irgendwie habe ich zuweilen den Eindruck.«

»Dann kann die einem nur leid tun.«

»Wieso denn? Vielleicht steckt ein ganz passabler Ehemann in dem.«

»In dem nicht!« erwiderte Helga mit Nachdruck und fuhr, als Frank nichts mehr sagte, fort: »Weißt du, ich mag ihn ja ganz gern. Er ist ein amüsanter Kerl, man hat immer Spaß mit ihm. Aber als Ehemann? Unvorstellbar! Niemals! Dazu wäre er mir einfach zu charakterlos!«

»Aber Helga! Weißt du, was du da sagst?«

»Sehr gut«, entgegnete Helga wieder mit Nachdruck. »Ein Mann, der nicht absolut treu ist, hat für mich keinen Charakter. Da kann er in allem anderen sein, wie er will. Allein das ist für mich das entscheidende, denn Treue und Vertrauen gehen Hand in Hand. Ich muß einem Mann blind vertrauen können. Könnte ich das nicht, wäre mir ein Leben mit ihm unmöglich.«

Frank schwieg.

»Und wie ich dich kenne«, setzte Helga hinzu, »vertrittst du den gleichen Standpunkt.«

»Nein«, sagte Frank.

Helga blickte ihn völlig überrascht an.

»Wie bitte?«

»Es kommt immer auf den Fall an. Wegen einmal würde ich nicht die Ehe mit dir preisgeben.«

»Was heißt ›wegen einmal‹?«

»Wenn du mich einmal betrügen würdest.«

»Ich verstehe dich nicht.« Helga schüttelte den Kopf. »Das würdest du mir verzeihen?«

»Ja.«

»Sag das noch mal: Du würdest mir verzeihen, wenn ich dich betrügen würde?«

»Einmal – nicht öfter.«

Sie schüttelte den Kopf.

»Ich verstehe dich wirklich nicht.«

»Wieso nicht?«

»Weil *ich*«, sagte sie mit allergrößtem Nachdruck, »dir das *nie* verzeihen würde, auch nicht *einmal.* Ich *könnte* es nicht!«

Von diesem Moment an wußte Frank Petar, daß es in seinem Leben eine Sache gab, die er niemals würde löschen können, die auch immer, wie fast jeder Ehebruch, mit der Gefahr verbunden war, auf irgendeine – noch so dumme – Weise zur Kenntnis Helgas zu gelangen.

»Dann weiß ich ja Bescheid«, sagte er.

Zum Glück ahnte Helga nicht, welches Gewicht, welche Bedeutung dieser Bemerkung zuzuschreiben war. Für sie war das Thema erledigt.

Im Grunde hielt sie das, was sie gesagt hatte, für überflüssig, weil sie für ihren Frank die Hand ins Feuer gelegt hätte. Ebenso wie für sie würde auch für ihn, dachte sie, ein Ehebruch niemals in Frage kommen. Unter gar keinen Umständen.

Sie kam wieder auf das Skatturnier zu sprechen, indem sie sagte: »Ich muß bis zum Eröffnungstag noch eifrig trainieren, zusammen mit anderen Damen. Wirst du mir dazu freigeben, Liebling?«

»Natürlich.«

»Ich komme ja sonst ganz aus der Übung.«

»Hast du schon Partnerinnen gefunden?«

»Ja.«

»Wo wollt ihr denn spielen?«

»Am Ort des Turniers selbst: im ›Weißen Schimmel‹.« Sie lachte. »Um uns an den Platz zu gewöhnen, wie die Fußballer sagen.«

»Mir wäre es lieber, wenn ihr hier bei uns spielen würdet«, sagte Frank. »Oder bei einer der anderen Damen.«

»Warum wäre dir das lieber?«

Frank grinste, aber es war kein echtes Grinsen. Dadurch kündigte sich an, daß das, was er sagen wollte, doch nicht so ganz lachhaft war für ihn.

»Weil mir in einem Lokal zu viele fremde Männer herumschwirren.«

»Frank!« rief Helga.

»Das stimmt doch?«

»Sei nicht albern.«
»Wenn die dann auch noch was getrunken haben . . .«
»Frank«, sagte Helga kopfschüttelnd, »ich weiß ja, daß du eifersüchtig bist – aber doch nicht so!«
Er gab einen Brummlaut von sich.
Sie fuhr fort: »Das muß sich nämlich im Rahmen des Vernünftigen halten, sonst wird die Sache pathologisch.«
»Hast ja recht«, gab er widerstrebend zu.
»Ich habe doch auch gegen die Abende in eurer Pils-Kneipe nichts einzuwenden.«
»Das ist etwas anderes.«
»Wieso ist das etwas anderes?«
»Dort sitze ich nur mit Werner zusammen, und wir quatschen über Fußball.«
»Und wir spielen Skat.«
»Ist ja schon gut«, brummte er.
»Wann wollt ihr zwei euch eigentlich dort wieder mal treffen?«
Frank zuckte die Achseln.
»Fällig wär's längst«, meinte er. »Aber in den letzten Wochen kam uns immer wieder etwas dazwischen.«
»Dann gehst du jetzt zum Telefon«, sagte Helga rasch entschlossen, »und verabredest dich mit ihm gleich für heute abend. Dasselbe werde ich mit meinen Damen machen.«
Der Vorschlag fand Franks Einverständnis.
»Werner«, begann Frank, »ich rufe dich an, weil wir wieder mal einen heben könnten . . .«
»Wann?«
»Heute.«
»Einverstanden. Und wo?«
»In unserer Kneipe.«
»Das geht nicht.«
»Warum nicht?«
»Weil die Ruhetag hat. Heute ist Mittwoch. Ist dir das entfallen?«
»Scheiße!« entfuhr es Frank.

»Ich mache dir einen anderen Vorschlag . . .«

»Welchen?«

»Du kommst zu mir in meine Wohnung, da werden wir auch nicht trocken dasitzen. Außerdem sind heute ab halb elf im Fernsehen Europapokalspiele; die kannst du dann zusammen mit mir angucken, damit du etwas lernst.«

»Oder du!«

»Eine Gefahr ist nur meine derzeitige ständige Begleiterin.«

»Clara?«

»Ja.«

»Warum?«

»Mittwoch ist der Tag, an dem sie mich gern bei mir zu Hause betreut.« Werner lachte am Telefon unanständig. »Daran hat sie sich gewöhnt und ich mich auch –«

»Dann treffen wir uns halt ein andermal«, unterbrach Frank.

»Kommt nicht in Frage, Fußball geht vor.«

»Du willst ihr absagen?«

»Warum absagen?« erwiderte Werner. »Kommen kann sie ja, nur das Bett muß sie sich abschminken. Statt dessen soll sie unsere Versorgung übernehmen. Sie versteht es nämlich prima, nette Häppchen herzurichten.«

»Dann lerne ich sie auch mal kennen.«

Als Frank am Abend an Werners Wohnungstür läutete und ihm geöffnet wurde, lautete seine erste Frage, die er mit unterdrückter Stimme stellte: »Ist sie schon da?«

»Längst«, erwiderte Werner, der ein unmöglicher Mensch war. »Wir haben sogar schon dafür gesorgt, daß sie sich das Bett nicht abschminken mußte.«

Clara saß im Wohnzimmer auf der Couch und lächelte Frank entgegen.

»Guten Abend, Herr Petar«, sagte sie. »Wenn ich gewußt hätte, was sich heute hier tut, wäre ich zu Hause geblieben, um nicht zu stören.«

»Ich bitte Sie«, erwiderte Frank, gewohnheitsmäßig seinem Charme die Zügel schießen lassend, »ich freue mich, Sie kennenzulernen. Ihre Gesellschaft wird uns ein Vergnügen sein.«

Er gefiel ihr auf Anhieb. Er war nett und sah gut aus, wenn auch – in ihren Augen – nicht so gut wie Werner. Umgekehrt gefiel auch sie ihm. Sie hatte eine starke erotische Ausstrahlung und sah ebenfalls gut aus, wenn auch – in seinen Augen – nicht so gut wie Helga.

»Ich hoffe, das sagen Sie auch später noch, Herr Petar – und nicht, daß ich euch beiden auf die Nerven gegangen bin.«

»Ausgeschlossen.«

»Gesehen habe ich Sie schon öfter in unserem Städtchen. Das läßt sich ja auch nicht vermeiden.«

»Es hätte sich längst eine Gelegenheit wie die hier ergeben müssen.«

»Ihre Frau kenne ich schon geraume Zeit«, lächelte Clara. »Sie kommt zu mir ins Geschäft.«

»Das weiß ich.«

»Leider findet sie wenig Nachahmung.«

»Wenn Sie auch Männersachen führen würden, wäre ich mit Sicherheit Ihr bester Kunde, gnädiges Fräulein.«

Das war der Moment, in dem Werner Ebert Veranlassung sah, sich einzuschalten.

»Kinder«, sagte er, »tut mir einen Gefallen: Seid nicht so förmlich miteinander; mir tun ja die Ohren weh; sagt euch ›Frank‹ und ›Clara‹.«

Die beiden sahen einander fragend an.

»Ja?« kam es fragend aus Franks Mund.

»Gerne«, nickte Clara lächelnd.

»Na also«, konstatierte Werner. »Und jetzt gehe ich in die Küche und gucke in den Kühlschrank.«

Rasch erhob sich Clara, ihm zuvorkommend, und sagte: »Das mache ich. Was trinkt ihr denn?«

»Bier«, ertönte es im Duett.

»Und was eßt ihr?«

»Wenn du uns eine kleine kalte Platte herrichten würdest – aber erst für später«, sagte Werner.

»Gut.«

Als Clara das Wohnzimmer verlassen hatte, meinte Frank: »Prima Mädchen.«

»Teilweise schon«, grinste Werner.

»Und wo nicht?«

»Keine ist vollkommen«, lautete Werners Antwort, der sehr viel zu entnehmen war.

An der Wand hinter Frank hing der Spitzweg. Frank hatte das Bild noch gar nicht wahrgenommen. Der Sessel, in dem er saß, stand so, daß Frank dem Gemälde den Rücken zuwandte.

»Wer gewinnt?« fragte Werner.

»Der FC Bayern – wer sonst!«

»Ich weiß nicht ... gegen englische Mannschaften hat der immer Schwierigkeiten.«

Der Abend wurde ein Gewinn für alle. Clara hatte Spaß mit den beiden Männern; die Männer mit ihr. Sie war eine gute Gesellschafterin, lustig, witzig, amüsant. Da Werner und Frank auch keine Muffel waren, verging die Zeit bis zum Beginn der Fußballübertragung wie im Fluge. Nur eines war zu beklagen: die Abwesenheit Helgas. Darauf kam Clara zu sprechen, als sie fragte: »Warum haben Sie eigentlich Ihre Frau nicht mitgebracht, Frank?«

»Die war verhindert«, erwiderte er und fuhr grinsend fort: »Sie hatte Skatabend.«

»Skatabend?«

»Eine Seuche in Heidenohl«, kommentierte Werner.

»Der auch die Frauen zum Opfer fallen«, ergänzte Frank.

»Warum nicht?« meinte Clara zur Überraschung der beiden. »Ich beneide die.«

»Was?« rief Werner. »Wen beneidest du?«

»Diese Damen.«

»Nun sag bloß, daß du auch diesem blödsinnigen Spiel verfallen bist.«

»Mit Haut und Haaren.«

»Das wußte ich ja noch gar nicht.«

»Du weißt manches von mir noch nicht«, lachte Clara. »Gegen Skat hat Golf bei mir keine Chance.«

Frank mischte sich ein.

»Dann hätte ich einen Vorschlag, Clara . . .«

»Welchen?«

»Machen Sie doch bei dem Turnier hier mit.«

Clara zögerte kurz, sagte dann jedoch: »Nein.«

»Warum nicht?«

»Weil ich aus der Übung bin.«

»Und wenn Sie sich die verschaffen würden?«

»Die Übung?«

»Ja.«

Clara blickte Frank fragend an.

»Wie denn?«

»Indem Sie an der Trainingsrunde meiner Frau teilnehmen.«

Der Ausdruck ›Trainingsrunde‹ verfing voll bei Clara. Genau das traf ihre Vorstellung.

»Wäre denn Ihre Frau damit einverstanden?« erwiderte sie.

»Ganz bestimmt«, gab Frank seine Überzeugung preis.

»Und die anderen Damen auch?«

»Sicher.«

»Ich möchte aber niemanden verdrängen.«

»Wenn Ihnen das gelingen sollte, wird sich kein Widerspruch erheben. Bei denen hat das Leistungsprinzip volle Gültigkeit, das weiß ich. Falls sich herausstellt, daß Sie besser sind als eine andere, tritt die von selbst zurück und sucht sich eine schwächere Runde – und wenn dieses Los meine Frau treffen würde. Soweit kenne ich die. Machen Sie sich aber keine Hoffnung«, schloß lachend Frank, »Sie werden vergebens auf diese Chance warten.«

»Das wird sich zeigen«, sagte Clara schon jetzt kampfeslustig.

Sogar im Internat in Lausanne habe sie, zusammen mit ein paar Mädchen aus Norddeutschland, oft Skat gespielt, während die Französinnen und Italienerinnen Liebesromane gelesen hätten, erzählte sie.

»Und die Schweizerinnen, was haben die gemacht?« fragte Werner zum allgemeinen Gaudium.

Wenig später blickte er auf die Uhr und ließ verlauten, daß er nun Hunger habe. Bald würde auch die Übertragung beginnen, dann habe man keine Zeit mehr zum Essen.

Clara holte die kalte Platte aus der Küche und erntete von den Männern Worte des Lobes, als die zwei sahen, was ihnen von Clara zugedacht worden war. Die Anerkennung, die ihr zuteil wurde, freute sie sichtlich.

Schließlich sagte sie, daß sie sich nun verabschieden werde. Dagegen erhob sich seitens der Männer heftiger formeller Widerspruch, der jedoch von Clara erstickt wurde. Fußball interessiere sie nicht, sagte sie, und sie wüßte, wie grauenvoll störend ein solches Weib von echten Fans dieses Sports empfunden würde.

»Ich bringe dich noch rasch nach Hause«, sagte Werner zu ihr.

Und Frank stellte er anheim, sich in der Zwischenzeit schon über die kalte Platte herzumachen.

Frank ging noch mit bis zur Tür, wo ihm Clara die Hand reichte und sagte: »Es hat mich wirklich außerordentlich gefreut, Sie kennenzulernen, Frank.«

»Mich auch, Clara. Darf ich Ihnen ganz burschikos etwas sagen?«

»Alles.«

»Sie sind eine Wucht.«

Claras strahlender Blick ging von Frank zu Werner.

»Hörst du?«

Werners Antwort galt nicht ihr, sondern Frank.

»Mach sie mir nicht verrückt, Mann.«

»Sehen Sie, Frank«, seufzte daraufhin Clara, »so ist er. Sie sollten deshalb eher sagen, daß ich ein unglückliches Mädchen bin.«

Als sie mit Werner die Treppe hinunterging, rief Frank ihr nach: »Ich werde also mit meiner Frau sprechen.«

»Danke, Frank«, rief sie zurück, wobei sie ihm noch einmal ein strahlendes Lächeln schenkte.

Nach zwanzig Minuten hörte Frank wieder Werners Schlüssel in der Wohnungstür. Werner sah, daß Frank nicht am Tisch saß, um zu essen, sondern vor dem Spitzweg stand und ihn betrachtete. Frank hatte das Bild kurz zuvor erst entdeckt.

»Warum ißt du nicht?« fragte Werner.

Frank nickte zum Spitzweg hin. Mit zweifelnder Miene sagte er: »Das ist doch nicht Claras Bild, von dem du mir erzählt hast?«

»Doch.«

»Wie kommt es hierher?«

»Setz dich und iß.«

Frank setzte sich, wandte aber, statt zuzugreifen, nicht den Blick von dem Bild.

»Hat sie es dir geliehen?« sagte er. »Dann würde ich mich fragen, wozu?«

»Nein.«

Franks Augen weiteten sich ein bißchen.

»Doch nicht geschenkt?«

»Nein.«

»Was dann?«

»Iß«, sagte Werner.

»Was dann?« wiederholte Frank.

»Ich hab's gekauft.«

Frank saß starr. Dann grinste er.

»Guter Witz.«

»Kein Witz.«

»Du bist doch nicht der Aga Khan?«

»Nein.«

»Oder hast du im Lotto gewonnen?«

»Auch nicht.«

»Dann erzähl keinen solchen Quatsch.«

Das Grinsen hatte sich in Franks Miene langsam wieder verflüchtigt.

»Iß endlich«, sagte Werner.

Frank nahm das erste Sandwich von der Platte, biß hinein, kaute, schluckte. Ein zweiter Biß unterblieb. Frank schaute wieder hin zum Bild. Dann hatte er die Lösung.

»Das ist kein Original, sondern eine Kopie.«

»Irrtum.«

»Mach mich nicht fertig, Werner.«

»Ich sage dir nur die Wahrheit, Frank.«

Frank holte tief Luft.

»Und die Wahrheit soll sein, daß dies ein Original ist?«

»Ja.«

»Das du gekauft hast?«

»Ja.«

»Für wieviel?«

»Für fünfzehntausend Mark.«

Frank Petar verstummte. Er sah Werner Ebert an. Sein Blick gefiel Werner nicht.

»Ich weiß, was du sagen willst, Frank . . .«

»Du hättest Bilderhändler werden sollen, Werner. Du hättest, scheint mir, das richtige Händchen dafür.«

Wie das aufzufassen war, stand außer Zweifel. Frank war dabei, ganz rasch seine Meinung über Werner, seinen Freund, entschieden zu ändern.

»Gestattest du«, erwiderte deshalb Werner, »daß ich dir das Ganze erst mal schildere?«

»Bitte«, sagte Frank knapp. Er erwartete nicht, noch recht viel Positives zu hören. Die Sachlage schien ihm zu klar zu sein.

Werner berichtete. Franks Meinung schlug dadurch wieder um. Frank war froh, sich getäuscht zu haben. Sein Freund war also doch kein übles Subjekt, mit dem zu verkehren sich nicht mehr länger empfohlen hätte. Frank sah die Zwickmühle, in der sich Werner befunden hatte. Hätte er das Bild nach Hamburg gehen lassen sollen? Natürlich nicht.

Trotzdem sagte aber Frank: »So, wie die Sache jetzt steht, kann sie nicht bleiben.«

»Das weiß ich besser als du«, pflichtete Werner bei.

»Du kannst dich nicht als Besitzer des Bildes betrachten.«

»Das habe ich noch keinen Augenblick getan.«

»Es hat aber den Anschein, daß du das tust, solange das Bild hier hängt. Deshalb muß es, wenn du mich fragst, zurück an seinen alten Platz.«

»Sag das Clara«, seufzte Werner.

»Sie wird das einsehen, wenn du vernünftig mit ihr redest.«

»Das wird sie *nicht*!«

Frank konnte das nicht glauben.

»Ist denn die total verrückt?« fragte er.

»Total«, bestätigte Werner. »Sie will sich nicht fünfzehntausend Mark für nichts unter den Nagel reißen, sagt sie.«

»Das ehrt sie zwar, aber sie darf dir doch andererseits auch nicht zutrauen, daß du dir für fünfzehntausend Mark einen echten Spitzweg unter den Nagel reißt.«

Werner lachte bitter.

»Genau das habe ich ihr auch gesagt, mein Lieber.«

»Und?«

»Was heißt und?« Werner zeigte zur Wand, an der das Bild hing. »Das Resultat siehst du doch.«

»Dann«, sagte Frank, einen grausamen Witz auf Kosten Werners nicht scheuend, »gibt's nur noch eins.«

»Was?«

»Daß du Clara heiratest, um das Ganze gewissermaßen zu legitimieren.«

Wenn das Clara gehört hätte, wäre sie Frank um den Hals gefallen. Werner jedoch verwünschte Frank, und erst

Rummenigges Tore, die es auf dem Bildschirm bald zu sehen gab, konnten seine Laune wieder aufbessern.

Thekla Bendow schrieb:

Lieber Frank,

Sie sind mir ausgewichen. Sie haben über das Thema »Seitensprung« bzw. »Ehebruch« allgemeine Theorien vom Stapel gelassen, statt meine Fragen jeweils konkret mit Ja oder Nein zu beantworten. Zuletzt haben Sie sogar den Stiel umgedreht und mir die Beantwortung meiner eigenen Fragen anheimgestellt. Warum das? Fast hat man den Eindruck, daß Ihnen das Thema auf die Nerven geht. Merkwürdig. Ich könnte das verstehen, wenn Sie von eigenen Sünden würden ablenken müssen – als Verheirateter, der nicht treu ist. Sie sind aber noch ledig, können sich also frei von der Leber weg äußern.

Ich selbst *war* verheiratet, Sie wissen das. Ich war auch nicht treu. Man kann von mir deshalb nicht erwarten, daß ich mich in der Verurteilung des Ehebruchs der Leidenschaft des Papstes nähere, wenn der z. B. den Übertritt eines Katholiken zum Islam geißelt. Sehen Sie darin schon eine der Antworten von mir, die Sie angefordert haben, ehe Sie sich selbst dazu bereit fanden, konkret Farbe zu bekennen. Es gibt in meinem Blickfeld einen Fall, in dem ein Lediger mit der Frau seines besten Freundes geschlafen hat. Die interessanteste Frage, die sich für mich daraus ergibt, ist nicht, wie die Handlungsweise der Frau, sondern wie die des Mannes zu beurteilen ist.

Finden Sie nicht auch? Oder drehen wir den Fall – in der Theorie – um. Nehmen wir an, eine Ledige hat mit dem Mann ihrer besten Freundin geschlafen. Wer ist mehr zu verurteilen – sie oder er? Sie haben Zeit, Ihre Überlegungen anzustellen, Frank. Unser Briefwechsel wird nämlich ein bißchen ins Stocken geraten dadurch, daß ich für eine Weile verreise. Sie müssen sich also, wie gesagt, nicht beeilen. Exakt kann ich noch nicht sagen, wie lange ich weg sein werde. Ich denke acht, höchstens vierzehn Tage. Dann hören Sie wieder von mir.

Herzlichst

Ihre Thekla

11

Die Einreihung Claras in die Riege der Heidenohler Skatspielerinnen ging reibungslos vonstatten. Clara war ein Mädchen, das überall rasch Fuß faßte, wenn man ihr nur ein bißchen entgegenkam. Das war hier der Fall, dafür sorgte schon Helga. Die einzige Schwierigkeit, die manchmal zu spüren war, resultierte aus dem großen Altersunterschied zwischen Clara und einem Teil der anderen Damen. Aus einer solchen Differenz ergibt es sich schon immer und überall, daß von den Alten ein besonders scharfes Auge auf die Junge geworfen wird. Helga stand aber auch altersmäßig im Lager Claras, so daß diese sich ihr auch diesbezüglich noch verbündet wissen konnte.

Wichtig war, daß Clara ihren Mitspielerinnen rasch Bewunderung abnötigte. In ihr ruhe ein beachtliches Spielvermögen, hatte sie Werner Ebert und Frank Petar bedeutet. Und das bewahrheitete sich. Ihr wurde bald der Rang einer Matadorin zuerkannt. In Heidenohl galt das etwas. Clara gewann ein Ansehen, das sich ausweitete und auch auf anderen Sektoren zum Tragen kam. So erschienen in ihrem Laden plötzlich Damen und kauften ein, die sich vorher nie hatten sehen lassen. Das war das erfreulichste für Clara. Als sie zuletzt auch noch im Turnier selbst Glück hatte und den zweiten Platz in der Damenklasse belegen konnte, hatte sie in Heidenohl auf allen Ebenen – von der geschäftlichen bis zu gesellschaftlichen – sozusagen den Durchbruch geschafft. Nun war es erreicht, daß sie »dazugehörte«.

»Bist du stolz auf mich?« fragte sie Werner.

Sie lagen, wie so oft, wieder einmal zusammen im Bett und hatten gerade eine, wenn man so sagen will, schöpferische Pause.

»Du aber auch auf mich«, antwortete er. »Oder war's dir zuwenig?«

»Ich meine doch jetzt etwas anderes«, kicherte sie.

»Was denn?«

»Meinen allgemeinen Triumph in Heidenohl.«

»Der freut mich sehr, ja«, sagte er.

»Wenn das so weitergeht«, übertrieb sie in ihrer verständlichen Euphorie, »kann ich bald an eine kleine Erweiterung meines Ladens denken.«

»Erst wirst du an etwas anderes denken, Süße.«

»Sag das noch mal.«

»Erst wirst du –«

»Nicht das«, unterbrach sie ihn.

»Was dann?«

»Süße.«

Seine Antwort entbehrte des Zusammenhangs.

»Laß ihn in Ruhe.«

Zwei-, dreimal zuckte sein Leib unter der Decke.

»Hör mir erst zu«, fuhr er dann fort. »Du wirst also zunächst nicht an eine Geschäftserweiterung, sondern an etwas anderes denken.«

»An was denn?«

»An die Rückzahlung meines Darlehens.«

»Deines Darlehens?« Claras Stimme nahm einen nicht mehr zu steigernden Klang der Verwunderung an. »Ich weiß nichts von einem Darlehen.«

»Mit anderen Worten: du betrachtest meine fünfzehntausend Mark als Schenkung?« Sein Leib zuckte wieder. »Du sollst ihn in Ruhe lassen.«

»Wieso Schenkung?« erwiderte Clara. »Habe ich dir nicht einen nachweisbaren Gegenwert geliefert?«

»Das wird rückgängig gemacht.«

»Nein.«

»Warum nicht?«

»Weil ich das Geld dazu nicht habe.«

»In Zukunft hast du's.«

»Erstens«, sagte Clara, »ist das noch nicht absolut sicher. Und zweitens«, setzte sie hinzu, »werde ich noch lange, lange Zeit jede Mark brauchen, um sie ins Geschäft zu stecken. Das ist mir wichtiger als irgendein Schinken an der Wand.«

»Schinken?! Bist du verrückt?!«

»Nicht daß ich wüßte.«

»Das Bild ist wunderbar! Ganz herrlich!«

»Es befriedigt mich, daß es dir so viel bedeutet. Dann kannst du wenigstens nicht das Gefühl haben, zuviel dafür bezahlt zu haben.«

»Clara, ich . . . du sollst ihn jetzt endlich in Ruhe lassen!« unterbrach er sich. »Wie oft muß ich dir das noch sagen?«

»Oft.«

»Hör mir lieber zu. Ich habe auch mit Frank Petar über die ganze Angelegenheit gesprochen. Er ist derselben Meinung wie ich. Ich *kann* das Bild nicht behalten.«

»Frank Petar ist ein netter Kerl, ich mag ihn sehr, aber seine Meinung in dieser Angelegenheit interessiert mich nicht im geringsten.«

»Du hast mich in eine Falle gelockt.«

»Ich wüßte nicht, in welche«, erwiderte Clara und erhöhte zugleich ihre Aktivität unter der Decke so sehr, daß sich Werner dadurch außerstande fühlte, dieses Gespräch fortzuführen. Mit ihr sei nicht zu reden, seufzte er nur noch, dann war die schöpferische Pause, von der die Rede gewesen ist, zu Ende.

Gerti Maier kam wieder nach Heidenohl. Sie hatte sich nicht angemeldet. Überraschend schwebte sie sozusagen in dem Städtchen ein, bezog wieder Quartier im ›Weißen Schimmel‹, packte ihre Koffer aus, kleidete sich um und rief Helga an.

Wie schon beim erstenmal forderte Helga sie zum sofortigen Erscheinen auf. Sie sagte: »Das trifft sich ja herrlich, du kannst mir gleich helfen.«

»Wobei?«

»Bei den Vorbereitungen auf eine kleine Party, Gerti.«

»Gut, Helga, ich beeile mich.«

Helga hatte noch eine Schürze umgebunden, als sie Gerti öffnete, war aber gerade dabei, sie abzunehmen.

Beiderseitige Wiedersehensfreude, Umarmung, Küßchen, Gelächter.

Durch das Haus zog der Duft frischgebackenen Kuchens. Als sich der erste Begrüßungswirbel gelegt hatte, sagte Gerti: »Warum läßt du die Schürze nicht an? Gib mir auch gleich eine.«

»Wozu?« fragte Helga.

»Zum Helfen.«

»Ach nein«, meinte Helga. »Das war doch nur Spaß. Ich bin schon mit allem fertig. Das letzte war der Kuchen, den ich aus dem Rohr genommen habe.«

»Lügst du nicht?«

»Nein, bestimmt nicht.«

»Ich würde dir nämlich gerne beispringen.«

»Das weiß ich, Gerti.« Helga zeigte auf einen Sessel. »Komm, nimm Platz.«

Sie setzten sich beide.

»Sag mir's rechtzeitig, wann ich verschwinden muß«, meinte Gerti dabei.

»Verschwinden? Wieso?«

»Wegen eurer Party.«

Helga lachte.

»An der nimmst du natürlich teil.«

»Aber –«

»Betrachte dich als eingeladen. Was glaubst du, was mir mein Göttergatte erzählen würde, wenn ich ihm eingestehen müßte, daß ich dich hätte sausen lassen?«

»Wie geht's ihm denn?«

»Gut«, entgegnete Helga vergnügt. »Ich pflege und hege ihn ja auch bestens. Momentan lasse ich ihn allerdings ein bißchen fasten, weil er zwei Pfund zugenommen hat. Sag ihm aber nicht, daß ich dir das verraten habe, sonst schimpft er mich.«

»Ist er denn so eitel?« fragte Gerti.

»Nur wegen mir sei er das, sagt er immer«, erwiderte Helga. »Und noch etwas sollst du wissen, Gerti, behalte es aber bitte auch für dich. Er war vor kurzem in Düsseldorf –«

»In Düsseldorf?« fiel Gerti ein.

»– und hat sich nicht bei dir gemeldet. Daran war ich schuld. Ich habe ihm eingeredet, sich ins Bett zu legen, statt sich mit dir zu treffen. Hernach hat mir das leid getan.«

»Das muß es nicht, Helga.«

Unergründlich war dabei Gertis Blick, mit dem sie Helga ansah.

Frank diktierte im Büro seiner Sekretärin gerade einen Brief, als das Telefon läutete und Helga am Apparat war.

»Rate, von wem ich dich grüßen soll«, begann sie.

Ein bißchen ungehalten darüber, in der Arbeit unterbrochen worden zu sein, knurrte er: »Ich weiß es nicht.«

»Von Gerti.«

»Hat sie angerufen?«

»Sie ist hier.«

»Wo?« stieß Frank hervor. »In Heidenohl?«

»Hier in unserem Haus.«

»In unserem Haus?« wiederholte er überflüssigerweise. Der Schreck saß ihm in den Gliedern.

»Vor wenigen Minuten kam sie«, erzählte Helga. »Ganz überraschend. Sie wohnt wieder im ›Weißen Schimmel‹, das läßt sie sich nicht ausreden. Ich habe Sie für heute abend zu unserer Party eingeladen. Damit bist du doch einverstanden, nicht?«

Frank dämpfte seine Stimme.

»Kann sie mich hören?«

»Nein, wieso?«

»Steht sie nicht neben dir?«

»Nein, sie mußte auf die Toilette, deshalb habe ich die Gelegenheit benützt, um dich anzurufen.«

»Dann kann ich dir ja sagen, daß ich das nicht besonders gut finde.«

»Was denn nicht?«

»Daß du die auch eingeladen hast.«

»Aber Frank«, wunderte sich Helga, »ich dachte, gerade du würdest dich darüber freuen.«

Frank war am Telefon zusammengezuckt.

»Wieso gerade ich?«

»Du magst sie doch sehr«, antwortete Helga und setzte hinzu: »*Alle* Männer mögen sie.«

»Das ist es ja!«

»Was ist es ja?« Helgas Stimme klang nur erstaunt. Irgendein spezieller Verdacht war nicht herauszuhören. Frank wurde wieder etwas ruhiger.

»Es kommt doch auch Werner«, sagte er.

»Sicher.«

»Zusammen mit Clara.«

Helga verstummte. Frank hatte ihr die Nase auf etwas gestoßen, das es in der Tat verdiente, beachtet zu werden. Doch nun gab es kein Zurück mehr. Helga konnte Gerti nicht wieder ausladen.

»Du hast recht, Frank«, sagte sie. »Daran hätte ich denken sollen. Wenn –«

Sie brach ab. Von der Toilette her war jenes Rauschen vernehmbar geworden, das zu den wesentlichsten Zivilisationsgeräuschen schlechthin gehört. Gerti würde also gleich zurückkehren.

»Sie kommt«, sagte Helga mit unterdrückter Stimme und fuhr in normaler Lautstärke fort: »Wann sehen wir dich, Schatz?«

»In wenigen Minuten«, entgegnete Frank, der entschlossen war, alles liegen und stehen zu lassen im Büro, um sich den beiden Frauen in seinem Haus anzuschließen und ihrem Gespräch beizuwohnen. »Ich diktiere nur noch rasch einen Brief zu Ende.«

Doch dann unterließ er auch dies und sagte zu Sabine Melchior, seiner Sekretärin, die ein heimliches Anrecht auf ihn zu haben glaubte: »Den Rest erledigen wir morgen.«

Mit der einen Hand führte er die Kaffeetasse, die immer auf seinem Schreibtisch stand, zum Mund, um sie zu leeren; mit der anderen griff er zu seiner Aktentasche, die ihn stets – egal, ob leer oder voll – auf seinen Wegen zwischen Büro und Wohnung begleitete. Dann erhob er sich rasch, nickte der Sekretärin einen Abschiedsgruß zu und entschwand. In seiner Hast machte er einen folgenschweren Fehler. Und zwar vergaß er, die mittlere Schublade seines Schreibtisches abzusperren, was er sonst immer und grundsätzlich zu tun pflegte, weil er in ihr neben Dienstlichem auch Privatsachen aufbewahrte – z. B. die Briefe von Thekla Bendow. Und gerade in dieser Richtung hatte Sabine Melchior schon längere Zeit etwas in der Nase.

Die Gelegenheit für sie war also nun da, der Sache auf den Grund zu gehen. Ohne zu zögern, unterzog sie die Schublade einer genauen Untersuchung, fand Theklas Briefe und las sie Zeile für Zeile. Die Gefühle, die in ihr wachgerufen wurden, die Gedanken, die ihr durch den Kopf schossen, bildeten einen großen Wirrwarr. Eines aber war ihr klar: daß sie etwas entdeckt hatte, aus dem sie Nutzen ziehen konnte – welchen, darüber wollte sie noch ihre Überlegungen anstellen. Nur nichts überstürzen, sagte sie sich.

Ahnungslos über das, was sich im Büro zusammenbraute, strebte Frank Petar mit langen Schritten seiner Behausung zu. Wie wichtig wäre es doch von ihm gewesen, mehr Umsicht im Büro walten zu lassen.

Gerti begrüßte ihn völlig unbefangen. Ihm die Hand schüttelnd, lächelnd, sagte sie: »Ich hoffe, Sie sind nicht entsetzt, mich zu sehen.«

Frank machte sich ihren Stil zu eigen, indem er mit dem gleichen Charme antwortete: »Es gibt schlimmere Anblikke.«

Helga ließ den beiden nicht viel Zeit. Sie hatte in der Küche schon Kaffeewasser aufgesetzt und gab bekannt, daß es gleich soweit sei.

»Was denn?« fragte Frank.

»Daß es Kaffee gibt«, erwiderte sie.

»Aber für mich keinen, bitte.«

»Warum keinen?«

»Weil ich soeben im Büro einen getrunken habe.«

»Das tut doch nichts. Oder hat ihn dir die Melchior wieder so stark gemacht?«

»Wie immer.«

»Das soll sie nicht«, schimpfte Helga ein bißchen. »Ich muß mal wieder mit ihr sprechen.«

»Laß sie nur«, sagte Frank. »Sie meint es gut. Sekretärinnen wie sie sind heute rar, man darf sie nicht vor den Kopf stoßen.«

Gerti mischte sich ein.

»Das scheint ja eine Perle zu sein.«

»Ist sie auch«, sagte Frank aus Überzeugung.

Es sollten aber Tage und Wochen kommen, in denen Sabine Melchior alles andere war als eine »Perle«. Niemand – außer sie selbst – bekam dies allerdings zu wissen.

Das Gespräch wandte sich der Party, die vor der Tür stand, zu. Gerti fragte, wie viele eingeladen seien.

»Nicht viele«, erwiderte Helga. »Zusammen mit dir fünf Leute – zwei Paare und du. Insgesamt werden wir also sieben Personen sein.«

»Einen von denen kennen Sie schon«, sagte Frank zu Gerti.

»Wen?«

»Werner Ebert.«

»Der Ladykiller?« lachte Gerti.

»Ja.«

»Dann muß ich mich ja vorsehen.«

»Die Gefahr für Sie vermindert sich dadurch, daß er in Begleitung seiner Freundin erscheint.«

»Sie ist ein sehr nettes, sympathisches Mädchen«, ließ sich mit einem gewissen Nachdruck Helga vernehmen.

»Gesehen hast du sie ja auch schon – die Boutiquebesitzerin.«

»Immer noch die?« mokierte sich Gerti. »Schadet das nicht seiner Reputation? Ich denke, der wechselt ständig?«

»Mit dieser dauert's länger«, sagte Helga. »Und das gefällt mir.«

Sie hoffte, sich deutlich genug ausgedrückt zu haben, unterlag jedoch darin, wie sich herausstellen sollte, einem großen Irrtum.

Als weitere Gäste waren noch eingeladen ein junges Ehepaar – er Kinderarzt, sie Kinderärztin, mit gemeinsamer Praxis – und ein zweites Paar, dem es für sein Zusammenleben sowohl am Segen des Altars als auch des Standesamts fehlte. Er hieß Faber, war Rechtsanwalt, ein Vierziger mit jung gebliebenem Herzen; seine Gefährtin Ingrid Strathmann hatte den Beruf einer Floristin erlernt und übte ihn als Inhaberin eines kleinen Blumengeschäftes aus. Der Kinderarzt hießt Friedrich Amerkamp, seine Frau Waltraud war eine geborene Anzengruber, was auf eine bayrisch/österreichische Abstammung hindeutete, die dann auch ihre Bestätigung darin fand, daß die Dame im Dirndl erschien. Auch die Kleidung der übrigen wurde vor allem dem Bedürfnis nach Bequemlichkeit und Ungezwungenheit gerecht.

»Welche Überraschung!« rief Werner Ebert, als er Gerti erblickte. »War das beabsichtigt?«

»Was?« erwiderte sie, während sie seinen Handkuß, den er ihr mit Heiterkeit erregendem Zeremoniell verabreichte, über sich ergehen ließ.

»Daß mir Ihre Anwesenheit bis zu diesem wundervollen Augenblick – bitte das wörtlich zu verstehen – vorenthalten wurde.«

»Meine Anwesenheit war überhaupt nicht geplant«, lachte Gerti. »Ich bin sozusagen hereingeplatzt.«

Helga war damit beschäftigt, die ihr von den Gästen mitgebrachten Blumen in Vasen unterzubringen. Frank stellte jene einander vor, die sich noch nicht kannten.

Die Tatsache, daß Gerti solo war, sicherte ihr bei den Männern sogleich ein gesteigertes Interesse. Erstens war sie bildhübsch, zweitens charmant, drittens intelligent, viertens lustig und – last not least – außerordentlich sexy. Dazu kam noch ein Fünftes: Sie war ein neues Gesicht. Dies alles hatte zum Resultat, daß man ihr, wäre sie ein Mann gewesen, rasch den Titel »Hahn im Korb« hätte zusprechen müssen. Nur Frank legte sich ihr gegenüber aus erklärlichen Gründen Zurückhaltung auf. Normal wäre es gewesen, wenn sich analog mit dem Ansteigen der Beliebtheitskurve Gertis bei den Männern ihre Sympathien bei den Frauen vermindert hätten. Merkwürdigerweise war dies jedoch nicht der Fall. Die Kinderärztin Waltraud Amerkamp störte es nicht, daß ihr Mann ständig den Flirt mit Gerti suchte, wußte sie doch, daß er ein krasser Materialist war, für den die wirtschaftliche Verflechtung in der gemeinsamen Praxis immer den Ausschlag gab, wenn der Bestand seiner Ehe in Gefahr zu geraten schien. Und die Floristin Ingrid Strathmann konnte sich ihres Gefährten Dieter Faber, des

Rechtsanwalts, sicher sein, weil er mit seinen erotisch anmutenden Komplimenten, in die er Gerti einhüllte, einem bellenden Hund glich, der nicht mehr biß. Er war nämlich seit Jahren schon völlig impotent und hatte darüber hinaus ein fortgeschrittenes Bandscheibenleiden, das ihm einen gewissen Bewegungsrhythmus außerordentlich erschwert hätte, wenn es ihm eingefallen wäre, auf ihn noch einmal zurückzugreifen. Jung geblieben war also nur sein Herz.

Zum notwendigen Ausgleich ihres Hormonhaushalts legte sich deshalb Ingrid von Zeit zu Zeit mit ihrem Steuerberater ins Bett. Mit Liebe im höheren Sinne hatte das sowohl auf ihrer als auch auf Seite des Steuerberaters nicht das geringste zu tun. Wie es viele, viele Vernunftehen gibt, war dies ein reines Vernunftverhältnis.

Nur Clara v. Berg war nicht einverstanden mit dem, was sich abspielte. Werner hätte aber nicht Werner Ebert – und Gerti nicht Gerti Maier – sein dürfen, wenn sich die beiden in ihrem Verhalten von Claras Anwesenheit hätten einengen lassen. Clara wurde dadurch immer stiller, lediglich ihre Augen, mit denen sie den scharfen Flirt Werners mit Gerti verfolgte, sprachen Bände.

»Wissen Sie«, sagte er zu Gerti, »was Sie sich auch zulegen müssen – wenn Sie es nicht schon besitzen?«

»Was denn?« fragte Gerti.

Er nickte hin zu Waltraud Amerkamp (geb. Anzengruber).

»Ein Dirndl.«

»Habe ich längst«, sagte Gerti. »Ich lebte doch, wie Sie wissen, Jahre in Bayern.«

»Schade, daß Sie's nicht anhaben.«

»Warum?«

Werner grinste.

»Weil . . . wie soll ich mich ausdrücken? . . . gewisse Merkmale der Figur einer Frau am allerbesten zum Ausdruck kommen in einem Dirndl.«

»Er meint: der Busen.«

Das kam, eingebettet in Gelächter, vom impotenten Rechtsanwalt Faber, bei dem schon der Alkohol mitsprach, ebenso wie beim Kinderarzt Amerkamp, der hinzufügte: »Laßt es mich als Mediziner sagen: Er meint die sekundären Geschlechtsmerkmale einer Frau.«

Allgemeines »Hallo«; nur Clara und Helga schlossen sich aus. Clara raunte Werner in einem günstigen Augenblick ins Ohr: »Ich habe Kopfschmerzen.«

Er reagierte nicht.

Clara war gezwungen, auf einen zweiten günstigen Augenblick zu warten. Frank blickte auf die Uhr.

»Hat jemand was dagegen«, fragte er, »daß wir uns rasch die Tagesthemen anschauen, wenigstens den politischen Teil. Im Nahen Osten stinkt's wieder gewaltig.«

Allgemeines Schweigen. Das bedeutete, daß Franks Vorschlag der Ablehnung verfiel. Interesse am Nahen Osten schien nicht im nötigen Ausmaß vorhanden zu sein.

Nach einer Weile erfolgte Claras nächster Anlauf zu ihrem Aufbruch. Diesmal verkündete sie laut und vernehmlich für alle: »Ich habe Kopfschmerzen.«

Als im Moment niemand etwas sagte, setzte sie hinzu: »Tut mir leid.«

»Möchten Sie eine Tablette?« fragte Helga als erste.

»Danke, nein«, erwiderte Clara. »Das hat bei mir keine Wirkung, ich kenne mich.« Sie zuckte mit den Achseln. »Ich muß ins Bett.« Und noch einmal fügte sie hinzu: »Tut mir leid.«

Werner sagte nichts.

»Bringst du mich nach Hause?« sprach ihn Clara direkt an.

Schweigend erhob er sich.

»Du kannst ja dann hierher zurückkehren«, fuhr sie fort, stand auch auf, bedankte sich bei Helga und Frank für deren Gastfreundschaft, gab jedem der anderen die Hand und wandte sich zur Tür. Helga, Frank und der schweigende Werner folgten ihr. Draußen in der Diele sagte Helga: »Ich muß gestehen, auch mir wär's lieber, wenn ich schon Schluß machen könnte.«

»Wieso?« fragte Frank überrascht.

Helga zuckte mit den Schultern.

»Mein Magen«, sagte sie, die Hand auf ihren Oberbauch legend. »Vielleicht war der Wein nicht ganz in Ordnung.«

»Das *kann* nicht sein«, widersprach Frank mit Entschiedenheit. »Den gleichen trinken wir schon seit Monaten.« Helga trat ihm unbemerkt auf den Fuß.

»Ich habe jedenfalls ein bißchen Sodbrennen«, meinte sie. »Müde bin ich auch, deshalb sehne ich mich nach dem Bett.«

»Warum haben Sie uns das nicht eher gesagt, Helga?« fragte Clara. »Ich mache mir Vorwürfe. Sie hätten uns längst hinauswerfen müssen.«

»Für eine Gastgeberin ist das immer ein bißchen schwierig«, lächelte Helga. »Aber beruhigen Sie sich, gerade Sie müssen sich am wenigsten Vorwürfe machen, Clara. Sie wurden doch nun sozusagen zu meiner Vorreiterin, und dafür bin ich Ihnen dankbar. Den Rest erledigt mein Mann.«

»Ich?« stieß Frank hervor.

Helga lächelte ihn an.

»In deiner charmanten Art«, sagte sie, zur Wohnzimmertür hin nickend, »bringst du es denen bei, daß auch sie müde sind.«

An dem kleinen Gelächter, das ertönte, waren Helga, Frank und Clara beteiligt – Werner nicht. Er verzog keine Miene.

Ihm und Clara nachblickend, als sich die beiden verabschiedet hatten und durch den Garten davongingen, sagte Frank zu Helga: »Der ist sauer.«

»Wenn ich Clara wäre, würde ich dem jetzt etwas erzählen«, erwiderte Helga.

»Ich habe dir ja gesagt, daß es keine gute Idee war, auch deine Freundin einzuladen.«

»Das passiert mir nicht mehr«, verkündete Helga.

Clara und Werner waren noch keine hundert Meter vom Haus entfernt, als Clara begann: »Du hast dich skandalös benommen!«

Werner schwieg.

»Wenn es dir schon gleichgültig war, was ich dabei empfand«, fuhr Clara fort, »hätte es dir wenigstens etwas ausmachen müssen, wie ich vor den anderen dastand.«

»Reg dich nicht auf«, sagte Werner endlich. »Nimm Rücksicht auf deine Kopfschmerzen.«

Das war blanke Ironie.

»Ich *habe* keine Kopfschmerzen«, erwiderte Clara.

»Du hast *keine*?« tat er verwundert.

»Nein, obwohl es verständlich gewesen wäre, wenn ich bei deinem Benehmen welche bekommen hätte.«

Werner versank wieder in Schweigen.

»Entschuldige dich wenigstens«, sagte Clara.

»Wofür?«

»Das weißt du ganz genau.«

»Gar nichts weiß ich.«

»Du hast dich dieser Person in einer Weise an den Hals geworfen, die unerträglich war.«

»Ach was, du leidest an Einbildungen.«

»Dann frag alle anderen, ob die sich das auch nur eingebildet haben.«

»Was gehen mich die anderen an!«

»Und ich, willst du sagen, geh' dich auch nichts an.«

Er schwieg wieder.

Es war ein böser Streit zwischen den beiden, der kein gutes Ende erwarten ließ.

Plötzlich blieb Clara stehen.

»Ich möchte nur eins wissen . . .«, sagte sie.

»Was?« zwang er sich zu antworten, obwohl es ihn nicht interessierte.

»Ob die das eingefädelt haben.«

»Wer die?«

»Die Petars.«

»Was eingefädelt?«

»Dein Zusammentreffen mit dieser Person.«

»Bist du verrückt?!« rief er in der Stille der Nacht ziemlich laut. »Schmier in deinem Verfolgungswahn denen nicht etwas ans Bein, mit dem sie überhaupt nichts zu tun haben. Wo bleibt dein Verstand? Sagt dir denn Helgas Sodbrennen nichts?«

»Was soll mir das sagen?«

»Daß das eine Finte war.«

»Eine Finte?«

»Damit hat sie doch für ein Ende der Party gesorgt. Mir wurde so von ihr bedeutet, daß es gar keinen Zweck hätte, zurückzukehren. Begreifst du das?«

Clara ließ sich das, was Werner gesagt hatte, durch den Kopf gehen.

»Falls ich das überhaupt vorgehabt hätte«, ergänzte er nach kurzer Pause.

Wenn es Tag gewesen wäre, hätte man sehen können, wie es hinter Claras Stirn arbeitete. Dann stahl sich ein kleines Lächeln in ihr zorniges, aufgewühltes, trauriges Gesicht. Dabei sagte sie leise: »Ich muß sie um Verzeihung bitten.«

»Wollen wir ewig hier stehenbleiben?« fragte Werner.

Sie setzten ihren Weg fort. Nach einer Weile merkte Werner, daß Clara weinte. Sie war bemüht, ihr Schluchzen zu unterdrücken, hatte aber wenig Erfolg damit. Nun hielt Werner an. Wenn es nämlich etwas gab, das er nur schwerlich ertragen konnte, dann waren das die Tränen einer Frau.

»Clara«, sagte er, »bitte, mach kein Theater.«

Die Rollen hatten gewechselt. Jetzt schwieg Clara.

»Ich möchte wirklich wissen, was du hast«, fuhr er fort. Keine Antwort. Nur die Tränen flossen.

»Es ist doch nichts passiert.«

Clara versuchte weiterzugehen, aber Werner hinderte sie daran, indem er sie am Arm festhielt.

»Du hast doch auch schon mit Frank geflirtet, und ich habe darüber hinweggesehen.«

»Ich geflirtet mit Frank?!« stieß Clara hervor. »Bist du verrückt? Wann?«

»An jenem Abend bei mir«, zog Werner etwas an den Haaren herbei, das überhaupt nicht stimmte.

Clara vergaß vor Empörung sogar zu weinen.

»Du bist wirklich verrückt!« sagte sie mit bebender Stimme. »Er war mir vom ersten Augenblick an sympathisch, und das habe ich zu erkennen gegeben – mehr nicht! Wenn ich mich recht erinnere, hat dich das sogar gefreut.«

»Ich mache dir ja auch gar keine Vorwürfe.«

»Genau das hast du aber soeben getan!«

Sie gingen wieder weiter. Werner hoffte, Claras Tränen würden nicht wieder fließen, aber dieser Wunsch wurde ihm nicht erfüllt. Clara begann abermals zu weinen, und das setzte sich, ungeachtet seiner Versuche, sie zu beruhigen, fort bis zu ihrer Haustür.

»Soll ich noch mit raufkommen?« fragte Werner.

»Nein.«

Er nickte. Beide waren sich einig. Keinem stand der Sinn danach, den Rest dieser Nacht noch miteinander zu verbringen. Clara sperrte die Haustür auf, dann drehte sie sich noch einmal um und sagte mit tränennassem Gesicht: »Werner, ich weiß, daß ich gegen die nicht gewinnen kann –«

»Wer spricht denn davon?« unterbrach er sie.

»*Ich* spreche davon«, sagte sie mit müdem Nachdruck. »Die ist hübscher als ich, eleganter, intelligenter, amüsanter, gebildeter –«

»Wieso gebildeter?« widersprach Werner erst in diesem Punkt. Das war bezeichnend.

»Ich habe nur Abitur; sie studiert, konnten wir aus ihrem Mund erfahren.«

»Irgend etwas mit Kunst«, meinte Werner geringschätzig. »Das ist kein Grund für dich, Minderwertigkeitskomplexe zu haben.«

»Vielleicht hätte ich die nicht, wenn nicht noch etwas dazukäme ... das Allerwichtigste für dich ...«

»Was denn?«

»Sie hat auch noch mehr Sexappeal als ich.«

»Stell doch dein Licht nicht gar so unter den Scheffel«, versuchte er es mit einem Witzchen. Vergebens.

Clara reagierte darauf nicht, ihre Augen, mit denen sie ihn anblickte, blieben erloschen. Nur ihre Stimme hob sich etwas.

»Aber eins fehlt ihr, Werner ...«

Kurze Pause.

»Sie liebt dich nicht.«

Rasch wandte sie sich ab, drückte die Tür auf, schlüpfte in den dunklen Hausflur hinein und war verschwunden. Sie wollte nicht, daß vielleicht jemand zufällig ihr verschmiertes, von den Tränen ihres Make-up beraubten Gesicht hätte sehen können.

Werner drehte ab, um nach Hause zu gehen, nicht ohne vorher Clara noch ein gemurmeltes »Verrückt« nachzusenden. Automatisch griff er beim Gehen in die Tasche, holte seine Zigaretten hervor und zündete sich eine an. Nach wenigen Zügen warf er sie aber in die Gosse.

Sie schmeckte ihm nicht.

12

Drei Tage vergingen, in denen Funkstille herrschte zwischen Werner und Clara. Er hörte nichts von ihr, sie nichts von ihm. Ich habe keine Veranlassung, den ersten Schritt zu tun, dachte er. *Sie* war diejenige, die Theater gemacht hat.

Am vierten Tage begann er zu ahnen, daß er vergeblich auf einen Anruf oder gar einen Besuch von ihr warten würde. Widerwillig entschloß er sich deshalb, mit ihr zu telefonieren und ein Friedensangebot zu machen. Vorher fiel ihm aber noch ein, daß er sich überhaupt noch nicht bei Helga und Frank für den Abend bei ihnen bedankt hatte. Helga war die Wichtigere (als Hausfrau), deshalb rief er sie nun an.

»Helga«, begann er, »du mußt entschuldigen, ich habe ganz vergessen, dir zu sagen, wie nett es bei euch wieder war. Hoffentlich nimmst du mir das nicht krumm?«

»Aber nein.«

»Danke, Helga«, sagte er und setzte zu seiner üblichen Masche an: »Ich könnte das nicht ertragen, gerade von dir nicht –«

»Wie geht's dir?« unterbrach sie ihn.

»Gut – und dir?«

»Genauso.«

»Kein Sodbrennen mehr?«

»Nein.«

»Das freut mich«, sagte er. »Ich weiß, wie unangenehm das sein kann.«

»Was macht Clara?«

»Clara?«

»Ja.«

»Dasselbe« – er räusperte sich zweimal – »wollte ich dich fragen.«

»Mich?«

»Vielleicht weißt du das besser. Ihr spielt doch zusammen Skat?«

»Ihr trefft euch doch?«

»Wir haben uns seitdem nicht mehr gesehen.«

Daraufhin blieb es stumm in Werners Hörer. Helga schwieg.

»Du fragst mich nicht, warum?« fuhr Werner fort.

»Nein.«

»Interessiert es dich nicht?«

»Ich kann es mir denken.«

»Hat sie mit dir gesprochen?«

»Nein.«

»Das Theater, das die mir gemacht hat, kannst du dir nicht vorstellen.«

»Doch.«

»Und zwar wegen deiner Freundin.«

»Hm.«

Helgas Einsilbigkeit im Gespräch mit Werner war etwas ganz Neues. Das hätte ihm zu denken geben müssen.

»Aber ich lasse ihr das nicht durchgehen.«

»Hm.«

»Jetzt wartet sie darauf, daß ich zu Kreuze krieche.«

In Werners Hörer blieb es wieder stumm.

»Du sagst nichts, Helga. Ich habe den Eindruck, daß du in Claras Lager stehst.«

Nun sagte Helga etwas.

»Ja.«

»Was?!« rief Werner aufgebracht. »Seid ihr denn alle nicht mehr normal?«

»Ich glaube schon«, antwortete Helga kühl. »Wir können nämlich objektiv denken.«

Werner wurde ironisch.

»Jaja, daß Frauen in puncto Objektivität von jeher sehr viel am Hut haben, ist allgemein bekannt.«

»Oft mehr als Männer.«

Werner zwang sich zu einem konzilianteren Ton.

»Was habe ich denn getan, um alles in der Welt?«

»Das wird dir Clara schon klargemacht haben.«

»Man darf doch noch ein bißchen flirten.«

Helga hatte kurz zuvor in der Küche einen Topf mit Kartoffeln auf den Herd gestellt und wußte, daß der Topf überzukochen drohte. Sie war deshalb mit einem Ohr bei den Geräuschen aus der Küche.

»Was sagtest du?« fragte sie Werner.

»Daß man doch noch ein bißchen flirten darf.«

Darauf konnte Helga nur sagen: »Alles hat seine Grenzen, mein Lieber.«

»Und die habe ich, findest du, überschritten?«

»Eindeutig.«

»Armer Frank!«

Dieser Ausruf Werners war ein Fehler von ihm. Helga, deren Kühle ihn schon hätte warnen müssen, wurde nun zornig.

»Laß meinen Mann aus dem Spiel«, stieß sie hervor. »Wir beide – Frank und ich – brauchen von dir keine solchen Urteile über sein Los in unserer Ehe. So war das doch gemeint!«

Werners Rückzieher kam rasch und rettete ihn wieder einigermaßen.

»Entschuldige.«

»Da verstehe ich nämlich keinen Spaß.«

»Ich werde so etwas nie wieder sagen.«

»Gut.«

»Auch Clara gegenüber werde ich zu Kreuze kriechen, das verspreche ich dir.«

»Ich bin zwar nicht Clara, trotzdem freut es mich. Sie wird sicher –«

Der Kartoffeltopf kochte über, anschwellend zischte es aus der Küche.

»Werner!« rief Helga. »Ich muß Schluß machen, vielleicht kannst du hören, was sich in meiner Küche tut. Wiedersehen.«

»Wiedersehen, Helga.«

Kaum hatte Werner aufgelegt, schrillte sein Telefon laut und aufdringlich, als wäre es eine Ewigkeit daran gehindert worden, das zu tun. Und wie sich herausstellte, war das auch der Fall.

»Herr Doktor Ebert«, begann eine vorwurfsvolle Frauenstimme. »Sie zu erreichen ist eine entsetzliche Geduldsprobe. Ich habe das jetzt so lange versucht, bis mir fast die Haare grau wurden.«

»Mit wem spreche ich?«

»Auch das noch. Sie erkennen mich nicht?«

»Frau Maier?«

»Ja, Gerti Maier!«

»Sie müssen mir verzeihen, wir haben noch nie miteinander telefoniert.«

»Deshalb wird es dazu auch höchste Zeit«, lachte Gerti. Auch Werner grinste. Es war das lautlose Grinsen eines Jägers, dem sich plötzlich und ganz unerwartet eine Beute zeigt, die ihm gehören wird.

»Was verschafft mir die Ehre Ihres Anrufes?« fragte er mit gespreizter Förmlichkeit, durch die sich Gerti angestachelt fühlte, im selben Stil zu antworten.

»Diese Ehre verschafft Ihnen meine Neugierde«, sagte sie vergnügt.

»Kann ich sie stillen?«

»Ja.«

»Wie denn?«

»Ich wäre in meiner Jugendzeit sehr gerne Journalistin geworden. Das ist lange her –«

»Sehr, sehr lange«, fiel er witzelnd ein.

»Trotzdem«, fuhr sie fort, »regt sich in mir immer wieder mal der Wunsch, eine Redaktion von innen kennenzulernen. Wie entsteht das sogenannte gedruckte Wort? Diese Frage –«

»Das gedruckte Wort«, unterbrach Werner, »entsteht, wie der Name schon sagt, in der Druckerei.«

»Das sagte ich doch.«

»So? Mir schien, Sie sprachen von einer Redaktion?«

»Gehört das nicht zusammen?«

»Irgendwie schon, da haben Sie recht.«

»Na also.«

»Ich kann Ihnen aber hier nur unsere Redaktion zeigen. Die Druckerei, mit der wir zusammenarbeiten, befindet sich in Soltau.«

»Die Redaktion würde mir fürs erste genügen.«

»Wann darf ich Sie erwarten?«

»Wann paßt es Ihnen?«

»Jederzeit.«

»Sagen wir: in einer Stunde?«

»Gut.«

Grinsend legte Werner auf. Sein ursprüngliches Vorhaben war gewesen, erst Helga, dann Clara anzurufen. Clara war aber nun vergessen.

Zur selben Stunde hatte Clara v. Berg in ihrer Boutique einen interessanten Besuch zu verzeichnen. Berthold Culldorf jr. kam zu ihr.

Berthold Culldorf jr. war trotz seiner verhältnismäßig jungen Jahre schon eine bekannte Persönlichkeit in Heidenohl, obwohl er noch in seines Vaters Schatten stand, aus dem herauszutreten ihn nicht geringe Mühe kostete. Berthold Culldorf sen. war der Inhaber des einzigen namhaften, auf solider finanzieller Basis ruhenden, alteingesessenen Geschäfts für Damenmoden in Heidenohl. Der Größe nach hätte der Besitz schon fast den Namen »Kaufhaus« in Anspruch nehmen können. Das erfreulichste am Ganzen war, daß die Firma seit ihrem Aufblühen, das ein halbes Jahrhundert zurücklag, praktisch keine Konkurrenz mehr gekannt hatte. Das traf auch jetzt noch zu, aber Berthold Culldorf sen. war ein Mann, der zwar jedes Jahr schon eine gründliche Kur in Bad Kissingen nötig hatte, um seiner Lebenserwartung wirksame Aufbesserung zuzuführen, der jedoch immer noch für potentielle geschäftliche Anfechtungen ein Gespür in seinem Finger hatte, wenn er ihn in den Wind hielt. Deshalb fühlte er sich seit dem diesjährigen Skatturnier in Heidenohl beunruhigt.

Das Skatturnier, das ein Anwachsen des Umsatzes in Claras Boutique zur Folge hatte, verfiel seitdem der Ablehnung durch Culldorf sen. Das Turnier habe sich überlebt, fand er.

»Wieso denn das plötzlich?« fragte ihn sein Sohn, als das Thema im Familienkreis besprochen wurde.

»Das möchte ich auch wissen«, pflichtete Katharina Culldorf, die Gattin des alten und Mutter des jungen Culldorf, letzterem bei.

»Seht ihr nicht«, fragte der Senior, »was sich seitdem bei der Konkurrenz tut?«

»Nein«, antworteten Gattin und Sohn wie aus einem Mund.

»Weil ihr Idioten seid«, wurde ihnen in nachsichtigem Ton gesagt.

»Wir haben doch gar keine Konkurrenz«, meinte der Junior.

»*Noch* nicht«, belehrte ihn der Alte. »Aber es könnte uns eine erwachsen.« Seine Stimme hob sich. »Und zwar von seiten dieser beschissenen Adeligen!«

»Sei nicht so ordinär«, ermahnte ihn seine Gattin, die mit dem Drang zu Höherem geboren war, sich aber zeit ihrer Ehe schwer damit tat, diesen Drang auszuleben.

»Kennst du die?« fragte der Senior den Junior.

»Vom Sehen.«

»Vom Sehen kenne ich sie auch«, sagte der Alte. »Ob du sie schon näher kennst, hätte mich interessiert. Anscheinend nicht.«

»Nein.«

»Warum nicht? Du vögelst doch alles, was nicht gerade einen Buckel hat oder auf Krücken daherkommt?«

»Berthold!« ertönte der Gattin mahnende Stimme.

»Ich konnte ja nicht wissen, daß dir das plötzlich als notwendig erscheint«, sagte der Sohn zum Vater.

»Dann leg sie schleunigst um.«

»Du sagst das, als ob es nichts Leichteres gäbe.«

»Gibt es auch nicht, bei keiner. Frag deine Mutter.«

Das war als Dämpfer für Katharina gedacht, als Lohn für ihre ständigen Zwischenrufe, mit denen sie ihren Alten nervte. Für eine Weile war damit Katharina auch zum Verstummen gebracht, wenn man von einem undefinierbaren Laut des Protestes absieht, der aus den Tiefen ihres verletzten Inneren aufstieg.

»Was soll ich also mit der machen, Vater?« setzte der Junior das informative Gespräch mit dem Senior fort.

»Zieh ihr die Würmer aus der Nase. Ein Vertreter verriet mir, daß sie nicht liquid ist. Das wäre natürlich das beste für uns, wenn sie zumachen müßte. Wenn nicht, müssen wir das Problem für uns auf andere Weise lösen.«

»Wie denn?«

»Am besten, indem wir sie unter unsere Fittiche nehmen, ehe sie zu stark wird.«

»Ich verstehe.«

»Man könnte vielleicht sogar ihren Laden dem unseren angliedern, das wäre nicht verkehrt in dieser Zeit, in der angeblich alles nach Boutiquen schreit. Mir persönlich geht allerdings schon der Name gegen den Strich.«

»Wann soll ich mich denn an die ranmachen?«

»Schleunigst, habe ich gesagt. Fick sie erst mal, daß ihr Hören und Sehen vergeht, das ebnet den Boden für alles Weitere.«

Katharina hatte sich inzwischen wieder so weit erholt, daß sie ihren Göttergatten fragen konnte, ob er sich nicht selber sagen müsse, daß solche Ausdrücke sogar in Kutscherkreisen zwischen Vater und Sohn nicht üblich seien.

Berthold Culldorf sen. winkte nur mit der Hand, holte sich seine Zigarre vom Aschenbecher und verließ das Zimmer.

Versehen mit dem Auftrag seines Erzeugers, kam also Berthold Culldorf jun. zu Clara v. Berg, deren Kundschaft normalerweise nicht aus Männern bestand. Schon deshalb erregte sein Erscheinen in der Boutique ein bißchen die Verwunderung Claras. Selbstverständlich war aber Clara bemüht, dies nicht erkennen zu lassen.

»In Ihrem Schaufenster liegt ein hübscher Schal«, begann der junge Berthold Culldorf. »Den möchte ich haben.«

»Welchen, bitte?«

»Den braun-grün gemusterten.«

Clara ging zum Schaufenster, um es von hinten zu öffnen.

»Aber ich will nicht, daß Sie Ihre Dekoration zerstören müssen«, beeilte sich Berthold zu sagen. »Es macht mir nichts aus, eine gewisse Wartezeit auf mich zu nehmen.«

»Ich habe noch andere fürs Fenster«, lächelte Clara.

Als sie Berthold den Schal in die Hand legte, tat sie dies mit den Worten: »Ein schönes Stück.«

»Können Sie sich in den Geschmack einer alten Dame hineinversetzen?« fragte Berthold.

»Ich hoffe es«, erwiderte Clara. »Wieso?«

Er hob ihr den Schal entgegen.

»Ich habe ihn für meine Mutter gedacht.«

»Wie nett«, sagte Clara, verstärkt lächelnd. »Er wird ihr sicher gefallen.«

Das Urteil, das sich Culldorf jun. aus der Nähe über Clara rasch schon gebildet hatte, war durchaus positiv: tadelloses Gebiß; volle Lippen; gerade Nase; schöne Augen; das ganze Gesicht hübsch; gepflegtes Haar; leckerer Busen und Hintern; die ganze Figur gut; nur die Beine etwas zu kurz für den Zeitgeschmack. Aber wo gab's schon noch einmal die vollkommene, die absolut lückenlose weibliche Schönheit, seit das antike Milo der Menschheit verlorengegangen ist.

Des Vaters Auftrag schien nicht seiner Reize für den Sohn zu entbehren.

Berthold befühlte den Schal, rieb den Stoff zwischen den Fingern.

»Reine Seide, ich führe nichts anderes«, sagte Clara. »Aber das haben Sie sicher schon bemerkt?«

»Das ist oft recht schwierig.«

»Nicht für Sie.«

Er blickte sie an.
»Wieso nicht für mich?«
»Sie sind doch Herr Culldorf, ein Fachmann also?«
»Sie kennen mich?«
»Vom Sehen.«
»Genau wie ich Sie«, lachte er.
Auch er war ein gutaussehender junger Mann, erfolgsgewohnt bei jungen Damen. Seine Schwächen lagen im Charakter, den seine Zugehörigkeit zum Heidenohler Geldadel verdorben hatte. Berthold glaubte, daß ihm die Tür jedes Schlafzimmers, das er ansteuerte, offenstehen *mußte.*
Diese Überzeugung verleitete ihn gern zu überstürztem Vorgehen. Seine Devise schien zu sein: Warum Zeit verlieren?
Auf den Schal zeigend, sagte er zu Clara: »Okay, packen Sie ihn mir ein, ich nehme ihn. Was kriegen Sie?«
»Zweiundvierzigneunzig«, sagte Clara, während sie sich anschickte, den Schal in eine Tüte zu stecken.
Seine Geldbörse ziehend, fragte Berthold: »Wann gehen Sie mit mir essen?«
Claras Hand mit dem Schal hielt auf halbem Weg in der Tüte inne.
»Sollte ich das?«
Berthold hielt das schon für eine Zusage.
»In Soltenau weiß ich ein prima Lokal, da fahren wir hin. Heute ist Donnerstag. Am Donnerstag bieten die immer besondere Wildspezialitäten. Am Freitag natürlich Fisch. Mögen Sie Wild?«
»Nein.«
»Fisch?«
»Nein.«
In Wahrheit aß Clara sowohl Wild als auch Fisch für ihr Leben gern.
»Was mögen Sie denn?« fragte Berthold ein bißchen unwillig.
»Zur Zeit gar nichts.«

»Sie fasten?« erkundigte er sich, ließ seinen unverhüllten Blick über ihre Figur gleiten und setzte hinzu: »Müssen Sie denn das?«

»Ständig.«

»Sie essen gar nichts?«

»Gar nichts.«

Also Nulldiät, dachte Berthold. Diesen Ausdruck kannte er. Seine Mutter, die mehr als zwei Zentner wog, führte ihn ständig im Mund und besaß nie die Kraft, ihn in die Praxis umzusetzen.

»Und wann ändert sich das wieder?« fragte er Clara.

»Nie.«

»Aber . . .« Er verstummte, da es ihm dämmerte, daß er an der Nase herumgeführt wurde. Ungläubig stieß er hervor: »Sie veräppeln mich?«

So etwas traf ihn ganz unvorbereitet. Er sträubte sich dagegen, es für wahr zu halten. Im selben ungläubigen Ton fügte er hinzu: »Sie geben mir einen Korb?«

Clara zog die Hand mit dem Schal aus der Tüte heraus und ging wortlos zum Schaufenster. Doch schon nach zwei Schritten erreichte Bertholds Ruf sie: »Was machen Sie denn?«

»Ich vervollständige wieder meine Dekoration.«

»Aber nicht mit diesem Schal! Ich will ihn haben!«

»Der war doch nur ein Vorwand für Sie.«

»Und wenn schon! Sie sind doch Geschäftsfrau? Den Schal können Sie mir auf alle Fälle andrehen.«

»Andrehen?«

»Verkaufen.«

Clara reichte ihm den Schal so, wie sie ihn in der Hand hatte; ohne Tüte.

»Zweiundvierzigneunzig«, sagte sie.

Das Ungewohnte an Claras Verhalten irritierte Berthold sehr, es stürzte ihn in Verwirrung. Er dachte an seinen Vater, dem er das Fiasko, das er hier erlebte, würde eingestehen müssen.

»Der wird sich wundern«, entfloh es unwillkürlich seinen Lippen.

Kein Wunder, daß ihn Clara daraufhin fragend anblickte, während sie einen Fünfzigmarkschein von ihm in Empfang nahm.

»Mein Vater«, fuhr er fort, als ihn Claras fragender Blick nicht losließ, »hat sich das hier ganz anders vorgestellt.«

Die Fährte, auf die sich dadurch Clara gesetzt fühlte, war falsch.

»Ich denke, das Geschenk ist für Ihre Mutter bestimmt?« fragte sie, ihrer Kasse die Fünfzigmarkbanknote einverleibend und sieben Mark zehn aus ihr herauszählend.

Bertholds Lachen, mit dem er Claras Äußerung quittierte, war unecht. Dann packte ihn der Galgenhumor. Nachdem er erklärt hatte, daß es keine Rolle spiele, für wen dieses Geschenk sei, fuhr er fort: »Wissen Sie, was dieses Geschenk auf alle Fälle ist?«

»Was?«

»Eine klassische Fehlinvestition.«

Noch fragender wurde daraufhin Claras Blick, durch den sich Berthold genötigt fühlte, fortzufahren: »Ich kann Ihnen nur so viel sagen, daß mein Vater mit Ihnen Kontakt gewinnen wollte und mich quasi vorgeschickt hat. Und das ging daneben«, seufzte er.

Zur Überraschung Bertholds ließ Clara das Gespräch nicht abreißen, sondern fragte: »Weshalb ist Ihrem Vater an einem Kontakt mit mir gelegen?«

»Können Sie sich das nicht denken?« erwiderte Berthold.

»Ich vermute etwas«, sagte Clara.

»Sicher vermuten Sie das Richtige«, nickte Berthold. »Und was halten Sie davon?«

Clara ließ eine kleine Pause des Nachdenkens verstreichen, ehe sie entgegnete: »Das muß ich mir erst noch länger überlegen.«

»Sie lehnen also nicht rundweg ab?«

»Nein.«

Entscheidend wird sein, dachte Clara, wie es mit Werner für mich weitergeht. Verliere ich ihn, kann ich auch in Heidenohl nicht mehr leben. Kommen wir wieder zusammen und bleiben wir zusammen, soll er mitbestimmen, was wir mit meinem Laden machen.

»Wann werden Sie sich schlüssig geworden sein?« fragte Culldorf jun.

»Bald.«

Er war erleichtert. Doch noch ein Ergebnis, dachte er, mit dem ich meinem Vater unter die Augen treten kann.

Es war ein Ergebnis ohne den ursprünglich für notwendig gehaltenen Umweg, den der Junior für die Firma gerne beschritten hätte.

»Wie verbleiben wir?« fragte er an der Ausgangstür Clara.

»Ich lasse von mir hören, wenn mir Verhandlungen zweckdienlich erscheinen«, erwiderte sie.

Auf einem hohen Roß sitzt die, wunderte sich innerlich Culldorf jun., gerade als ob sie Umsatzmillionärin wäre. Dasselbe sagte er kurze Zeit später seinem Vater, der dafür aber nur die Bemerkung übrig hatte: »Je hochnäsiger sie sich geben, desto weniger steckt dahinter. Die gehört uns schon.«

Gerti Maier ließ, als sie zu Werner Ebert in die Redaktion kam, von der ersten Sekunde an keinen Zweifel daran, daß ihr mehr vorschwebte als nur die Besichtigung einer ihr bis dato unbekannten Arbeitsstätte. Bildhübsch wie eh und je, erschien sie in einer Kleidung, der es nicht an Signalwirkung fehlte. Sie steckte nämlich in einem Dirndl. Weiß der Teufel, wo sie es herhatte. Wahrscheinlich in Heidenohl neu gekauft – woher sonst? Möglich war das schon, nachdem der Ausbreitung bayrisch/österreichischer Trachtenmode über ganz Mitteleuropa hinweg schon lange keine Grenzen mehr gesetzt waren.

Unterstützung fand Gertis Auftritt durch eine dezente Parfümwolke, in die eingehüllt sie über Werners Schwelle trat.

Soir de Paris, sagte er sich sofort. Das benützen die heute alle, die es sich leisten können. Soir de Paris ist in Mode.

»Herr Doktor«, begann Gerti nach der Begrüßung, »ich hoffe, Sie dachten sich, als ich Sie anrief, nichts Falsches.«

»Das kann leicht sein«, antwortete er.

»Was dachten Sie sich denn?«

»Daß ich Ihnen vielleicht nicht einmal einen Cognac oder Likör anbieten darf, wenn Ihr Informationsbesuch hier einsetzt.«

»Dann haben Sie falsch gedacht«, lachte Gerti.

»Prima«, grinste auch er. »Man irrt sich in solchen Fällen gern. Was darf es sein?«

»Cognac, bitte.«

Nach zwei Gläsern sagte sie: »Und sonst haben Sie sich gar nichts Falsches gedacht?«

»Nein, nur Richtiges.«

»Was denn Richtiges?«

»Darüber reden wir später«, erwiderte er, jetzt schon eine scharfe Gangart einschlagend, nachdem von ihrer Seite die Ermunterung dazu deutlich genug vorlag.

Es waren da zwei zusammengekommen, die nicht lange um den heißen Brei herumgingen bzw. -redeten. Gerti ließ ihren Blick über Werners Schreibtisch gleiten, der das übliche chaotische Bild bot, und sagte: »Gearbeitet *wird* hier, das sieht man.«

»Sie können froh sein, diesen Beruf nicht ergriffen zu haben«, meinte Werner.

»Aber interessant ist er doch?«

»Die Vorstellungen, die sich Außenstehende von ihm machen, sind viel zu romantisch.«

»Haben Sie auch Kontakt mit Ihrer Leserschaft?«

»Sicher.«

»Wie sieht das aus?«

»Die Leute schreiben uns Briefe oder rufen uns an. Sie üben Kritik an uns, korrigieren uns, schimpfen oder loben. Heute überwiegt das eine, morgen das andere.«

»Woher stammen die Beiträge, die Sie veröffentlichen?«

»Aus den verschiedensten Quellen. Meistens sind es erklärlicherweise Fachleute, die uns ihre Mitarbeit anbieten.«

»Und ganz gewöhnliche Leser, schicken Ihnen die nichts ein?«

»Doch, kleinere Sachen. Ist aber selten etwas Brauchbares darunter.«

»Nie auch mal was Größeres?«

»Was denn?« antwortete Werner geringschätzig.

»Ein Roman zum Beispiel.«

»Nein – oder doch«, korrigierte er sich, »ich muß mich berichtigen. Ein einziges Mal wurde uns auch ein Roman eingesandt, sogar in neuerer Zeit erst. Von einer merkwürdigen Dame.«

»Wieso merkwürdigen?«

»Sie treibt bis zum heutigen Tage ein blödsinniges Versteckspiel mit uns.«

»Sie machen mich neugierig – welches Versteckspiel?«

Werner erstattete einen kurzen Bericht, an dem nichts Unkorrektes war. Von dem, was er erzählte, fiel nichts unter das Redaktionsgeheimnis. Namen nannte er keinen. Gerti konnte dem Bericht entnehmen, daß der eingesandte Roman bis zu einem gewissen Grade sogar Gnade vor den Augen Werners gefunden hatte und zu einer Veröffentlichung vorgesehen war. Auch die Illustrationen fanden Erwähnung. Werner stufte sie vorrangig vor allem anderen ein.

»Sind die denn so gut?« fragte Gerti.

»Sie können sich selbst überzeugen davon«, sagte Werner, die Schublade aufziehend. »Hier habe ich sie.« Er breitete einige Blätter auf dem Schreibtisch aus. »Ich weiß allerdings nicht, ob Sie . . .« Er verstummte.

»Was wissen Sie allerdings nicht?« antwortete ironisch

Gerti, sich den Illustrationen zuwendend. »Ob ich etwas davon verstehe?«

Werner grinste keineswegs verlegen.

»Tun Sie denn das?«

»Ich studiere dieses Fach an der Akademie.«

»An der Akademie?«

»Malen und Zeichnen.«

»Dann irrte ich mich«, sagte Werner. »Ich dachte, Sie wären an der Universität immatrikuliert.«

»Habe ich das jemals behauptet?« fragte Gerti.

Werner rief sich den gemeinsamen Abend bei Helga und Frank ins Gedächtnis zurück.

»Nein«, erwiderte er dann. »Sie erwähnten nur, daß Sie studieren.«

»Sehen Sie!«

Gerti nahm jedes Blatt in die Hand, betrachtete es schweigend, tat dies jedoch nicht lange. Ihr Urteil war knapp und lautete: »Sie sind gut.«

»Sie sind so gut«, ereiferte sich Werner, während er die Blätter zusammenschob und wieder in der Schublade verstaute, »daß mir diese dumme Person noch lange auf der Nase herumtanzen kann, ohne Gefahr zu laufen, daß ihr ganzes Paket unveröffentlicht an sie zurückgeht.«

Gerti brach in helles Gelächter aus.

»Wenn diese dumme Person das wüßte!«

Das Telefon läutete. Am Apparat war Werners Verleger, der begann: »Doktor, ich rufe Sie aus Zürich an. Sie haben mir vorgestern eher scherzhaft gesagt, daß in Ihrer Wohnung ein echter Spitzweg hängt. Wir waren da beide nicht mehr ganz nüchtern. Ich hoffe aber, daß Sie das jetzt – in diesem Augenblick – sind und frage Sie: Stimmt das?«

»Das stimmt.«

»In Ihrer Wohnung hängt wirklich ein echter Spitzweg?«

»In meiner Wohnung hängt wirklich ein echter Spitzweg.«

»Für fünfzehntausend Mark?«

»Für fünfzehntausend Mark.«

»Ihr Glück«, sagte der Verleger. »Ich habe nämlich gestern abend hier mit einem alten Freund in einer Bar um fünftausend Mark gewettet, daß das zutrifft. So viel Vertrauen setze ich in Sie, Doktor. Kann ich also den Mann nächste Woche zu einem Augenschein mitbringen, damit er sich davon überzeugt, daß er um den genannten Betrag ärmer ist?«

»Ja.«

»Ich gebe dann auch einen kleinen Schluck für Sie aus.«

»Danke.«

»Wiedersehen.«

»Wiedersehen.«

Werner legte auf.

Mit reichlich erstaunter Miene blickte ihn Gerti an.

»*Was* hängt in Ihrer Wohnung?« fragte sie.

»Dieser Mensch«, erwiderte Werner, mit ärgerlicher Miene zum Telefonapparat hinnickend, »säuft anscheinend nur noch herum. Man kann ihm nichts mehr anvertrauen.«

»*Was* hängt in Ihrer Wohnung?« wiederholte Gerti. »Ein echter Spitzweg?«

»Interessiert Sie das?«

»Welche Frage! Ich habe Ihnen doch gesagt, daß ich Malerei studiere!«

»Richtig, ich erinnere mich«, grinste Werner.

»Bis jetzt habe ich solche Bilder nur in Museen gesehen, nicht in einer Privatwohnung. Deshalb fällt es mir schwer, das zu glauben.«

Werner erkannte *die* Chance, die sich ihm ohne weitere Umstände bot. Direkt unter dem Spitzweg, an derselben Wand, stand doch seine vielerprobte, stets parate Couch.

»Hängt er nun bei Ihnen?« fragte Gerti. »Oder hängt er nicht?«

»Er hängt«, nickte Werner. »Wollen Sie ihn sehen?«

»Wann?«

»Jederzeit.«

Und prompt erhob sich Gerti, als ob sie auch schon von jener Couch wüßte und nicht nur das Bild möglichst rasch sehen wollte.

Zwanzig Minuten später betraten beide Werners Wohnung, die auf Gerti allein deshalb schon einen ihr sympathischen Eindruck machte, weil ein fescher Junggeselle darin lebte. Doch auch vom Gemälde Spitzwegs war Gerti natürlich sehr begeistert. Sie stand davor und betrachtete es aus allen Perspektiven, von sämtlichen Seiten, von nah und fern. In ihrer Versunkenheit war für Gerti sogar Werner minutenlang vergessen. Die Kunst des Malens schien auf sie wirklich eine echte Anziehungskraft auszuüben.

Werner verstand sich als Gastgeber und ging deshalb in die Küche, um sich im Kühlschrank nach einem kleinen Imbiß umzusehen. Er fand jedoch nichts, von einer Thunfischkonserve abgesehen. Was hier schon tagelang fehlt, dachte er rasch, ist die Hand Claras. Das war aber nur ein flüchtiger Gedanke. Jetzt stand eine andere auf dem Programm – Gerti.

Er war voller Verlangen nach ihr. Sie ist das hübscheste Weib, das ich je gevögelt habe, dachte er. ›Habe‹ dachte er. Dabei war es noch gar nicht soweit. Lange sollte es aber – nach seinem Willen – nicht mehr dauern. Er ging ins Wohnzimmer zurück und fragte Gerti: »Haben Sie Hunger?«

Gertis Augen hingen noch an dem Bild

»Sie müssen unheimlich gerissen sein«, antwortete sie.

»Wieso?«

»Oder Sie haben das Bild geerbt.«

»Nein.«

»Also tatsächlich gekauft? Für fünfzehntausend?«

»Haben Sie etwas gegen Gerissenheit?«

Das war eine Antwort auf ihre Frage, die nach ihrem Geschmack war. Sie wandte sich ab vom Bild und sah ihn an.

»Nein«, sagte sie, »im Gegenteil. Ich wünschte nur, daß sich mir auch einmal eine solche Gelegenheit böte.«

»Haben Sie Hunger bzw. Appetit auf etwas?«

»Nein.«

Gerti setzte sich auf die Couch.

»Ich könnte Ihnen Thunfisch anbieten und zwei Eier, die ich aber erst noch kochen müßte«, sagte Werner.

»Großartig«, meinte sie ironisch. »Werden Sie denn nicht besser versorgt?«

»Von wem?«

»Von Ihrer Freundin.«

Er setzte sich neben Gerti.

»Die spielt verrückt.«

»Warum denn?«

»Wegen Ihnen.«

Sie blickten sich gegenseitig schweigend an. Er las in ihren Augen, sie in seinen, und was sie voneinander zur Kenntnis nahmen, war das gleiche: stumme Gier nach Lust.

Schließlich blickte Gerti zur Tür und fragte mit vibrierender Stimme: »Wo ist hier das Bad?«

Er wußte, warum sie das wissen wollte, und zeigte ihr den Weg. Dann setzte er sich abermals auf die Couch und wartete ungeduldig auf ihre Rückkehr. Als sie wieder ins Zimmer trat, übersprang sie eine Station, indem sie sich nicht mehr auf die Couch setzte, sondern gleich auf sie legte. Dabei sagte sie in der frivolen Art, die ihr eigen war: »Komm, laß uns den Grund nachliefern, der den Schwierigkeiten, die sie dir macht, die Berechtigung gibt.«

Sie hatte gar keinen Schlüpfer mehr an. Der lag im Bad. Werners unbeherrschte, gierige Hand traf diese Feststellung nicht erst nach sich mehr und mehr steigernden Präliminarien, sondern sofort. Und Gertis Hand, die es nicht weniger eilig hatte, stieß dort, wo sie sich zu schaffen machte, auf Verhältnisse, denen der Ausruf entsprang: »Nein! Der tötet mich!«

Dieses »Nein« war natürlich ein absolutes »Ja«. In solchen Situationen dürfen Frauen nicht mißverstanden werden.

Der »Tod« für Gerti, erlitten auf Werners Couch, dauerte bis zum einbrechenden Abend dieses Tages. Umgekehrt entsagte zusammen mit ihr und auf dieselbe Weise auch er ein halbes dutzendmal dem Leben. Zuletzt lagen die beiden ermattet nebeneinander, nachdem sich Werner die unvermeidliche Zigarette geholt hatte.

Plötzlich kicherte Gerti und sagte: »Direkt unter einem echten Spitzweg hat man das zum erstenmal mit mir gemacht.«

Auf sie eingehend, meinte er: »Wie fühlt man sich da als Frau?«

»Man fragt sich dabei: Wie mag's erst unter einem echten Rembrandt sein?«

»Leider wirst du auf diese Frage bei mir nie eine Antwort finden können.«

»Aber unterm Spitzweg schon noch des öfteren, hoffe ich.«

Beide lachten. Sie waren zwei, die zusammenpaßten.

»Du sagtest«, fuhr dann Gerti fort, »daß du dir bei meinem Anruf das Richtige gedacht hättest . . .«

»Ja.«

»Was denn?«

»Genau das, was kam«, entgegnete Werner. »Und du?«

»Ich auch.«

»Du wolltest also in deinem Leben gar nicht Journalist werden?«

»Habe ich das nicht schlau eingefädelt?«

»Warum warst du scharf auf mich?«

»Warum du auf mich?«

»Weil ich spürte, daß du scharf auf mich bist.«

»Und du auf mich.«

»Einfache Sache, nicht?« grinste er. »Hast du noch keinen Hunger?«

»Nein.«

»Ich schon.«

Ihr schien das egal zu sein. Sie fragte: »Was wird nun mit deiner Freundin?«

Er zuckte im Liegen die Achseln.

»Sag mir lieber, was mit dir wird.«

»Ich fahre morgen wieder zurück nach Düsseldorf. Ich war aber nicht zum letztenmal hier.«

Überrascht fragte er: »Morgen schon?«

»Ja.«

»Mit der Bahn?«

»Ja.«

»Dann bringe ich dich zum Bahnhof.«

Gerti war ein bißchen enttäuscht. Sie hatte damit gerechnet, daß er versuchen würde, sie umzustimmen. Er schwieg aber.

»Kommst du manchmal nach Düsseldorf?« fragte sie ihn.

»Manchmal ja.«

»Wirst du mich dann besuchen?«

»Sicher.«

»Ruf mich aber vorher an, damit's auch klappt. Laß mich nicht vergessen, daß ich dir noch meine Nummer gebe, ehe wir auseinandergehen.«

»Wann gehen wir denn auseinander?«

»Ich schlage vor: morgen früh.«

»Wollen wir hierbleiben?«

»Jede Minute.«

Mit einem Ruck setzte er sich auf.

»Dann muß ich aber rasch doch noch was zu essen besorgen. Oder hast du immer noch keinen Hunger?«

»Auf Thunfisch?«

»Sag mir, auf was«, grinste er, die Couch verlassend und sich hastig anziehend.

»Auf Hummer und Kaviar«, lachte sie.

»Nichts leichter als das«, lachte auch er. »In Heidenohl kriege ich Hummer und Kaviar an jeder Ecke.«

»Soll ich mich in der Zwischenzeit in mein Dirndl werfen, dessen du mich beraubt hast?«

»Untersteh dich. Wir werden beide nackt speisen wie im Paradies.«

»Beeil dich.«

Als Werner die Treppe hinunterlief, kam ihm jemand von unten entgegen. Er blieb stehen und war gleich darauf versucht, kehrtzumachen und die Treppe wieder hinaufzulaufen. Es war nämlich Clara, die er entdeckte. Clara hatte den ganzen Nachmittag in ihrem Geschäft mit sich gekämpft. Der Besuch des jungen Culldorf ging ihr nicht aus dem Kopf. Der Gedanke, darüber mit Werner zu sprechen, war immer stärker, verlockender geworden. Das Zerwürfnis zwischen ihnen hatte Clara ja schon zermürbt. Ehrlich gesagt, sah sie deshalb jetzt einen willkommenen Anlaß, zu Werner zu gehen und die Aussöhnung mit ihm in die Wege zu leiten, ohne sich allzuviel zu vergeben. Als sie nun mit ihm auf der Treppe zusammentraf, lächelte sie. Sie ahnte nicht, daß es eine kurze, eine vernichtende Begegnung für sie sein würde. Sie sagte: »Guten Abend, Werner.«

»Guten Abend.« Seine Stimme klang nicht so wie sonst.

»Ich muß dich sprechen.«

Er räusperte sich.

»Geht das nicht morgen?«

»Warum?«

»Ich muß weg.«

»Lange?«

»Ja.«

»Das macht nichts«, sagte sie. »Gib mir die Schlüssel, ich werde in deiner Wohnung auf dich warten. Notfalls kann ich mich hinlegen und schlafen, bis du zurückkommst. Läute, ich öffne dir.«

Sie streckte die Hand aus, um die Schlüssel in Empfang zu nehmen. Er blieb starr stehen.

»Oder nicht?« fragte sie, ihn unsicher anblickend.

Die Antwort fiel ihm nicht leicht.

»Nein, das geht nicht.«

»Warum nicht?«

»Du kannst nicht in meine Wohnung.«

Sie schwieg. Ihre Augen, mit denen sie ihn ansah, wurden weit. Dann fing sie an, blaß zu werden. Schließlich sagte sie mit tonloser Stimme: »Du mußt gar nicht weg?«

»Doch.«

»Aber nicht lange?«

»Nein«, erwiderte er. Es war ihm klar, daß es hier kein Ausweichen mehr gab.

»Du hast jemanden in deiner Wohnung?«

»Ja.«

»Eine Frau?«

»Ja.«

»*Diese* Frau?«

»Ja.«

Clara sagte nichts mehr, blickte ihn nur an. Als sie Frage auf Frage hatte folgen lassen, war zu sehen gewesen, daß sie mit jeder der Antworten Werners noch blasser geworden war. Nun stand sie da, weiß wie die Wand. Sie konnte nicht einmal mehr weinen, es fehlten ihr die Tränen.

Es gab nichts mehr zu sagen, weder für sie noch für ihn. Langsam, wie in Trance, wortlos wandte sich Clara ab und ging die Treppe hinunter. Sie mußte sich dabei am Geländer festhalten. Werner hatte das an ihr noch nie gesehen. Als das Haustor hinter Clara zufiel, spürte Werner, der ihr nachstarrte, daß von ihrer Seite aus etwas Endgültiges geschehen war.

13

Frank Petar mußte seit einiger Zeit feststellen, daß sich am Verhalten seiner Sekretärin irgend etwas geändert hatte. Das betraf nicht ihre Arbeit, die von ihr nach wie vor ordentlich verrichtet wurde. Er hatte aber das Gefühl, daß sie ihn beobachtete, und zwar gerade dann, wenn er sozusagen mit Außerdienstlichem Berührung hatte, wenn er z.B. mal im Büro die Zeitung durchblätterte, was auch vorkam. Oder wenn er ihr lachend sagte, daß ihr starker Kaffee seiner Frau Sorgen mache. Immer dann, wenn er seine Frau erwähnte, schien sich ein deutlich fragender Ausdruck in Sabine Melchiors Gesicht breitzumachen.

Einmal sagte er zu ihr: »Wissen Sie, was mich meine Frau gestern fragte?«

»Nein.«

»Warum Sie nicht heiraten?«

Sabine schwieg, wurde rot, ihr Blick verdunkelte sich. Frank schenkte dem keine Beachtung. Taktlos, wie Männer, besonders Chefs, sein können, fuhr er grinsend fort: »Und wissen Sie, was ich ihr antwortete?«

»Nein.«

»Hoffentlich tut sie das nie, damit ich mir keine neue Sekretärin suchen muß.«

Sabines Lachen, mit dem sie das quittierte, war unecht. Wartet nur, ihr beiden, dachte sie, ich werde eure Gespräche auf eine neue Grundlage stellen, eine Grundlage, die für mich nützlich sein wird.

Zwei Tage später erhielt Helga Petar einen anonymen Brief, dessen Inhalt nur aus vier mit Maschine geschriebenen Zeilen bestand, und zwar aus folgenden:

»Sie können einem leid tun. Und wissen Sie, warum? Weil Sie durchs Leben gehen und keine Ahnung haben, daß Sie Ihren Mann mal fragen sollten, wer Thekla Bendow ist.«

Helgas erster Impuls war, das Blatt ins Feuer zu stecken. Dann warf sie es aber nur angewidert in den Papierkorb. Und dann holte sie es aus dem Papierkorb wieder heraus, nachdem ihr angewidertes Gefühl einem bohrenden gewichen war. Trotzdem stand ihr Entschluß noch fest, ihrem Mann gegenüber kein Wort über die Angelegenheit zu verlieren. Sie wollte nur anhand des Briefes Betrachtungen anstellen, von wem er stammen könnte. Dazu fanden sich aber dann in (oder an) dem Schreiben keinerlei Anhaltspunkte. Also weg mit dem unergiebigen Fetzen! Helga warf ihn abermals in den Papierkorb und hatte auch die Kraft, ihn nicht noch einmal hervorzuholen, wenngleich ihr Blick immer wieder in die Richtung ging, wo der Papierkorb stand. Helga erkannte, daß der Brief sie wohl noch einen oder zwei Tage lang beschäftigen würde. Noch fester als zuvor stand aber ihr Entschluß, nicht mit Frank über ihn zu sprechen.

Frank kam heute etwas früher nach Hause, begrüßte Helga mit dem üblichen Kuß auf die Stirn, rieb sich, erfreut darüber, das Büro vom Hals zu haben, die Hände, warf sich in seinen Lieblingssessel, zündete sich eine Zigarette an und fragte: »Gibt's was Neues?«

»Nein«, erwiderte Helga.

»Bei mir auch nicht. War nicht viel los heute, deshalb bin ich schon da.«

»Ich soll dich nur etwas fragen.«

»Was?«

»Wer ist Thekla Bendow?« Ihrem Blick, mit dem Helga dabei ihren Gatten in die Augen sah, ermangelte es nicht an Aufmerksamkeit, ja an ungewollter Schärfe. Und leider mußte dieser Blick eine Reihe höchst verdächtiger Reaktionen auf seiten Franks wahrnehmen.

Frank zuckte zusammen, Röte schoß ihm ins Gesicht,

der Zeigefinger war nervös bemüht, drei-, viermal Asche von der Zigarette in den Aschenbecher zu schnippen, obwohl sie erst Sekunden zuvor angezündet worden war. Und heiser klang Franks Stimme, mit der er hervorstieß: »Wer?«

Helga hatte schon zuviel gesehen.

»Thekla Bendow«, antwortete sie kalt.

»Welche Thekla Bendow?«

Helga ging wortlos zum Papierkorb und kam mit dem zusammengeknüllten anonymen Bogen zurück, glättete ihn mit der flachen Hand auf dem Tisch vor Frank, tippte mit dem Zeigefinger auf den Namen und sagte: »Die!«

Frank nahm das Blatt in die Hand und las sehr langsam, sehr sorgfältig den Text. Er sah dies als Gelegenheit zu einer Atempause an, die er sich gönnen konnte. Dann zwang er sich zu einer geringschätzigen Grimasse, mit der er den Bogen auf den Tisch warf, wobei er verächtlich hervorstieß: »Ekelhaft.«

»Ist das alles, was du zu sagen hast?«

»Zu einem anonymen Fetzen hat man nicht mehr zu sagen.« Frank ergriff das Blatt wieder, dessen er sich soeben entledigt hatte, sprang auf und wandte sich zur Tür.

»Wohin willst du?« rief Helga.

Er zeigte ihr mit der ausgestreckten Hand das Blatt.

»Wohin das gehört! Aufs Klosett!«

Im nächsten Augenblick hatte ihm Helga den Bogen entrissen. Dabei blieb die Ecke, an der ihn Frank festgehalten hatte, in seiner Hand zurück.

Im Nu war ein böser Streit, den es zuvor in ihrer Ehe noch nie gegeben hatte, im Gange.

»Bist du denn verrückt?« schrie Frank.

»Nein – aber blind!« gab Helga nicht minder laut und wütend zurück. »Stockblind muß ich die ganze Zeit gewesen sein!«

»Wieso?«

»Weil ich nicht gesehen habe, daß du mich betrügst!«

»Woraus willst du das schließen? Aus diesen lächerlichen drei Zeilen?«

»Ja, daraus – und vor allem aus deinen Reaktionen, seit ich dir den Brief zu lesen gegeben habe! Sieh dich an, aus dir spricht doch das personifizierte schlechte Gewissen!«

»Dazu habe ich nicht die geringste Veranlassung!«

»Dann sag doch, daß das alles aus der Luft gegriffen ist!«

»Das ist es auch!«

Bei Frank hatte der Verstand ausgesetzt. Statt die Vernunft zu Wort kommen zu lassen und in Ruhe das wenige einzugestehen, das es zu bekennen gegeben hätte, stritt er alles ab.

»Diese Frau gibt es also gar nicht in deinem Leben?« fragte Helga lauernd.

»Nein.«

Mit einem Schlag wirkte Helga wieder ganz ruhig.

»Gut«, sagte sie. »Das läßt sich feststellen, es gibt ja ein Einwohnermeldeamt in Heidenohl.«

Damit schien sich das Blatt für Frank wieder gewendet zu haben. Er witterte Morgenluft.

»Sehr richtig«, höhnte er. »Die warten schon auf dich.«

Anschließend verkündete er, die Nase voll zu haben. Der Wahnsinn hier reiche ihm. Er zöge es vor, mit Werner ein Glas zu trinken.

Die Tür knallte wie ein Schuß, als er sie hinter sich zuwarf und eine verunsicherte Helga zurückließ, die nun doch wieder nicht mehr zu wissen glaubte, wie sie dran war. Wenn ich ihm unrecht getan habe, dachte sie, werde ich ihn um Verzeihung bitten. Nichts lieber als das. Aber woher dieser Brief? Woher dieser Name? Kann denn das alles aus der Luft gegriffen worden sein? Ich brauche Sicherheit, und die kann mir nur das Einwohnermeldeamt verschaffen.

Frank stürmte bei Werner herein, verfolgte jedoch dabei nicht den Zweck, mit ihm einen zu heben, sondern ihm den Kopf zu waschen. Er kochte. In seinen Augen konnte bei keinem anderen als bei Werner die Schuld an dem zu suchen sein, was sich so plötzlich, so völlig unvermutet über seinem Kopf entladen hatte.

Werner saß an seinem Schreibtisch in der Redaktion, wo ihn Frank fand, nachdem er zuerst vergeblich versucht hatte, ihn in seiner Wohnung aufzustöbern.

Die Auseinandersetzung begann mit Franks Ausruf: »Mit dir bin ich fertig!«

So unverhüllt die Wut Franks war, so groß war Werners Erstaunen über sie.

»Willst du dich nicht setzen?« antwortete er zuerst einmal.

»Nein!«

»Was ist denn passiert?«

Frank stützte beide Fäuste auf die Schreibtischplatte.

»Du hast mich in Teufels Küche gebracht.«

»Wieso?«

»Helga weiß Bescheid.«

»Über was weiß Helga Bescheid?«

»Über Thekla Bendow.«

Werner guckte sehr überrascht.

»Nicht von mir«, sagte er dann.

»Von wem sonst?«

Nun wurde auch Werner langsam zornig.

»Bist du plemplem? Glaubst du vielleicht, *ich* hätte ihr das mitgeteilt?«

»Ihr nicht!« fauchte Frank. »Aber jemand anderem!«

»Wem?«

»Das mußt *du* wissen, nicht *ich*!«

»Ich weiß gar nichts!« gab Werner in derselben Lautstärke zurück, besann sich aber dann und fuhr fort: »Hör mal zu, Frank, so kommen wir nicht weiter. Willst du mir nicht sagen, was eigentlich passiert ist? Ehe ich das nicht weiß, kann ich dazu nicht Stellung nehmen.«

Daraufhin erstattete Frank einen kurzen, einigermaßen zusammenhängenden Bericht. Er tat dies in wesentlich ruhigerer Form, nachdem er den ersten Dampf abgelassen hatte.

Er setzte sich dazu sogar. Als er fertig war, blickte er allerdings Werner wieder sehr aggressiv an und sagte: »So, nun bist du dran! Für das Ganze gibt es doch nur *eine* Erklärung – du mußt herumgequatscht haben.«

»Nein.«

»Dann möchte ich wissen, wie dieser Brief zustande gekommen ist.«

»Das möchtest nicht nur du wissen, sondern auch ich.« Beide verstummten. Frank brütete dumpf vor sich hin, Werner bemühte seine Erinnerung, ob ihm in der Vergangenheit nicht doch bei irgendeiner Gelegenheit in irgendeiner Umgebung eine unbedachte Bemerkung entschlüpft sein könnte. Das Ergebnis seiner Gewissenserforschung lautete: nein.

Die Stille zwischen den beiden unterbrach Frank, indem er sagte: »Eines ist jedenfalls klar . . .«

Er erhob sich. Werner ahnte, was kommen würde.

»Mein Ausflug in die Literatur«, fuhr Frank in selbstquälerischer Ironie fort, »ist beendet. Den Schriftsteller Frank Petar gibt's nicht mehr.«

»Frank«, versuchte Werner zu retten, was noch zu retten war, »du mußt doch nicht gleich die Flinte ins Korn werfen. Einigen wir uns darauf, daß du eine Pause einlegst. Warte doch erst mal ab, ob da noch einmal etwas nachkommt.«

»Nein!« erklärte Frank kategorisch. »Ich habe die Nase voll. Weiß der Teufel, welche Minen da noch gelegt sind. Mit mir kannst du nicht mehr rechnen. Es reut mich zutiefst, mich überhaupt auf diese Sache eingelassen zu haben.«

»Was soll ich dann machen?« fragte Werner ratlos.

»Die Briefe selbst schreiben. Das hättest du von Anfang an tun sollen.«

Ein neuer – gar kein so schlechter – Gedanke schoß Werner durch den Kopf. Doch schon in der nächsten Sekunde wurde er ihm torpediert von Frank, der mit scharfer Stimme hinzusetzte: »Aber nicht unter meinem Namen, davor warne ich dich.«

Werner erkannte, daß er vor einem Scherbenhaufen stand, dessen Trümmer nicht mehr zu kitten waren.

»Wohin gehst du?« fragte er Frank, als dieser sich zur Tür wandte. »Nach Hause?«

»Nein, ein Pils trinken.«

»Ich komme mit.«

So erfuhr eine alte Männerfreundschaft, die in die Krise geraten war, doch wieder ihre Neubelebung.

Die seelische Verfassung Franks, die ganzen Umstände führten zu einem solchen Besäufnis von ihm, daß er sich am nächsten Morgen so schnell nicht in der Lage fühlte, sich aus dem Bett zu erheben. Mit elender Stimme bat er Helga, seine Sekretärin im Büro anzurufen und ihr eine plötzliche, sicherlich rasch wieder vorübergehende Erkrankung ihres Chefs zu melden. Wortlos begab sich Helga zum Apparat und erfüllte ihm seine Bitte. Dann traf sie Anstalten, das Haus zu verlassen. Sie holte einen ihrer leichten Mäntel aus dem Kleiderschrank im Schlafzimmer und zog ihn an. Dabei vermied sie es, Frank anzusehen oder mit ihm zu sprechen.

Er beobachtete sie von seinem Bett aus und fragte: »Du gehst weg?«

»Ja.«

»Darf ich wissen, wohin?«

»Das sagte ich dir gestern schon: zum Einwohnermeldeamt.«

»Wirst du dann wieder mit mir sprechen?«

»Das kommt auf die Auskunft an, die ich erhalte.«

Dieser Auskunft konnte Frank mit Gelassenheit entgegensehen. Sie fiel dann auch positiv für ihn aus. Helga kehrte als reuige Sünderin zurück. Frank lag noch immer im Bett. Mit einem ganz lieben Lächeln betrat Helga das Schlafzimmer und sagte: »Ich schäme mich.«

»Warum?«

»Das weißt du doch.«

Frank hatte Oberwasser.

»Etwa weil du beim Einwohnermeldeamt nichts erreicht hast?«

»Ja.«

»Die haben dir also gesagt, daß gar keine Thekla Bendow existiert?«

»Ja.«

»Der Tanz, den du mir gemacht hast, erfolgte demnach zu Unrecht?«

Obwohl Helga eine außerordentlich intelligente junge Frau war, kam sie nicht auf die Idee, daß auch außerhalb Heidenohls noch Mädchen lebten, von denen eine Thekla Bendow heißen konnte. Doch auch sehr klugen Menschen verstellt sich die Sicht auf die einfachsten Dinge öfter, als man denkt.

»Ich schwöre dir«, erwiderte Helga, sich auf den Bettrand setzend, »das passiert nicht wieder.«

Er zog sie an sich, unterließ es jedoch, sie zu küssen, da er einen fürchterlichen Geschmack im Mund hatte, von dem er ihr keine Kostprobe vermitteln wollte.

»Du mußt einen schlimmen Feind haben, der ein Interesse daran hat, dir solche Sachen ans Bein zu hängen«, sagte Helga.

»Es scheint so.«

»Ahnst du, wer das sein könnte?«

»Nein.«

Helga blickte auf ihn hinunter, betrachtete ihn.

»Du siehst furchtbar aus«, meinte sie mitfühlend.

»Ich fühle mich auch furchtbar«, erwiderte er, sich die Hand auf die Stirn legend.

»Wo wart ihr denn?«

»In unserer Kneipe.«

Helga schüttelte den Kopf.

»Wenn Werner der gute Freund wäre, den du in ihm immer siehst«, sagte sie dabei, »hätte er dich davon abgehalten, soviel zu trinken.«

»Der trank doch noch mehr als ich.«

»So? Aus welchem Anlaß?«

»Weil es aus ist mit Clara.«

»Deshalb?« sagte Helga. »Dann war das wohl ein Freudenrausch von ihm? Das sieht ihm ähnlich.«

»Irrtum«, widersprach Frank. »Freudenrausch war das keiner, sondern das Gegenteil.«

»Das Gegenteil? Wieso?«

»Der ist ziemlich fertig, Schatz.«

»Fertig? Von was?«

»Du wirst das nicht glauben, aber es ist der Bruch mit Clara, der ihm so zusetzt.«

»Nein!« stieß Helga ungläubig hervor.

»Doch, doch.« Frank grinste schief. »Ein Mann wie er will das natürlich nicht gerne zugeben, aber du kennst das ja – in vino veritas.«

»Und warum geht er dann nicht zu Clara und söhnt sich mit ihr aus?«

»Weil das, hatte ich den Eindruck, keine Aussicht auf Erfolg bei ihr hätte.«

»Soll das heißen, daß Clara diejenige ist, die absolut nichts mehr von ihm wissen will?«

»Ja.«

Helga war eine Frau und beurteilte deshalb die Sachlage als Frau. Sie wußte ja nicht, was sich in Werners Wohnung mit Gerti zugetragen hatte.

»Das glaube ich nicht«, sagte sie. »Und wenn, dann soll Clara nicht übertreiben. Nachdem ihm sein Benehmen leid zu tun scheint, kann sie ihm doch noch einmal verzeihen. Oder will sie dafür einen Bruch fürs Leben in Kauf nehmen? Ist es das wert? Schließlich war es doch nur ein Flirt mit einer anderen – wenn auch ein unverschämter –, den sie ihm zum Vorwurf machen kann.«

Frank räusperte sich. »Es war mehr, Helga.«

»Was?«

»Es war mehr als ein Flirt.«

Nun verstand Helga.

»Waaas?« dehnte sie. »Mit wem denn? Mit Gerti?«

»Ja.«

Helga verstummte. Das war natürlich eine ganz andere Sache, für die sie nicht mehr das geringste Verständnis aufbringen konnte. Ihr Blick wurde hart. Es verstrich eine Weile, bis sie meinte: »Im Grunde muß ich ja sagen, daß mich das weder von ihm noch von ihr wundert.«

Frank schwieg.

»Arme Clara«, murmelte Helga, vor sich hinblickend. »Aber sie hat recht. Unter diesen Umständen wäre der auch für mich ein für allemal erledigt.«

Sie war so glücklich, daß Frank nichts vom Charakter Werners an sich hatte.

»Was bin ich froh«, sagte sie, »daß du anders bist. Ich liebe dich, und ich möchte dir das zeigen. Soll ich zu dir ins Bett kommen?«

Seufzend entgegnete Frank: »Vergißt du denn meinen Zustand?«

»Keinesfalls«, lächelte Helga, erhob sich und fing an, sich rasch auszuziehen, wobei sie fortfuhr: »Es gibt ja Möglichkeiten, dir höchstes Glück ohne jede eigene Anstrengung für dich zu bescheren.«

Tage vergingen, die Nächte nicht zu vergessen, in denen im Hause Petar kein Wölkchen den Himmel des Glücks zu trüben schien, so daß Frank schließlich zu Helga sagte: »Du, wir müssen uns öfter streiten, wenn das zur Folge hat, daß im Anschluß daran alles nur noch schöner wird.«

»Das soll eine alte Erfahrung sein«, lachte Helga. »Aber ich möchte doch lieber darauf verzichten, sie allzu oft zu erproben.«

»Hörst du etwas von Clara?« fragte er.

»Leider nein, sie kommt nicht mehr zum Skatspielen,

obwohl gerade sie es gewesen ist, die den Vorschlag gemacht hatte, nach dem Turnier unsere Zusammenkünfte fortzusetzen.«

»Habt ihr sie denn nicht angerufen?«

»Doch, aber sie erfindet immer neue Ausreden.«

»Weißt du, was ich gestern gehört habe?«

»Was?«

»Sie löst ihr Geschäft auf.«

»Das sagst du mir jetzt erst? Von wem hast du das? Von Werner?«

»Nein, von der Melchior. Zwischen Werner und Clara besteht ja keinerlei Kontakt mehr.«

»Was macht denn Werner ohne sie?«

Frank zuckte die Achseln.

»Was wird er schon machen? Ersatz suchen, schätze ich.«

Während er dies sagte, wandte er sich zur Tür, denn es war an der Zeit, ins Büro aufzubrechen.

»Du bist noch gar nicht weg«, rief ihm Helga nach, »und ich habe schon wieder Sehnsucht nach dir.«

Er winkte lachend zurück.

Was bin ich glücklich, dachte sie, nachdem sie ihm aus dem Fenster nachgeblickt und auch noch eine Kußhand von ihm in Empfang genommen hatte.

Zwei Stunden später fühlte sie sich mit einem Schlag wieder alles andere als glücklich. Der Briefträger hatte ihr einen neuen anonymen Brief gebracht, in dem es hieß:

»Sie können einem wirklich leid tun. Fragen Sie Ihren Mann, ob er nicht einen postlagernden Briefwechsel mit Thekla Bendow unterhält. Sagt Ihnen das nicht alles – *postlagernd*?«

Helga ging mit Beinen, die ihr den Dienst versagen wollten, zum Telefon und rief Frank an.

»Du mußt sofort nach Hause kommen!«

»Was ist denn los?« fragte er.

»Ein solcher Brief ist wieder da«, antwortete Helga mit zitternder Stimme.

»Schmeiß ihn weg!«, rief er. Helgas Eröffnung war ihm durch und durch gegangen.

»Nein, Frank, ich will, daß du ihn liest.«

»Helga, hast du mir nicht geschworen, daß sich ein solcher Zirkus nicht wiederholt?«

»Darüber sprechen wir, wenn du hier bist.«

Er gab nach, sah, daß sie ihm keine andere Möglichkeit ließ.

»Also gut«, sagte er, »ich komme – aber erst in einer halben Stunde. Vorher muß ich noch einen dringenden geschäftlichen Anruf erledigen.«

Mit knirschenden Zähnen wählte er die Nummer Werners. Das war sein »geschäftlicher« Anruf. Als er Werner an der Strippe hatte, fauchte er: »Ein neuer Brief ist wieder da, soeben hat es mir meine Gattin mitgeteilt. Nun sag mir, was ich machen soll, du Idiot.«

»Was steht denn drin?«

»Das weiß ich noch nicht.«

»Warum weißt du das noch nicht?«

»Weil ich ihn noch nicht gelesen habe, du Schlaumeier.«

Nun wurde auch Werners Ton etwas ungehalten.

»Sei nicht so aggressiv, oder ich lege auf, bis du dich wieder beruhigt hast.«

»Untersteh dich! Ich brauche deinen Rat!«

»Wo bist du denn?«

»In meinem Büro.«

»Und der Brief?«

»Zu Hause bei Helga.«

»Bringt sie ihn dir?«

»Nein, ich soll zu ihr kommen.«

Werner dachte nach.

Heraus sprang dabei aber nichts, so daß er bald seufzte

und meinte: »Ich weiß auch nicht, was ich sagen soll. Ich kann dir keinen Rat geben.«

»Aber hineinreiten in diese Scheiße konntest du mich!«

Werner schwieg.

»Du hast mir die Suppe eingebrockt«, häufte Frank Vorwurf auf Vorwurf. »Jetzt will ich von dir auch wissen, wie ich sie auslöffeln soll.«

Werners Verteidigung stand auf schwachen Beinen.

»Du mußt mir zugute halten, daß diese Entwicklung nicht vorauszusehen war, Frank.«

»Mir war von Anfang an nicht wohl in meiner Haut, das kannst du nicht anders sagen.«

»Hast du denn überhaupt keinen Verdacht, von wem die Briefe stammen könnten?«

»Nein«, erwiderte Frank, »wenn man davon absieht, daß ich nach wie vor glaube, daß die undichte Stelle bei dir zu suchen ist.«

»Mit Sicherheit nicht, Frank.«

»Wo denn sonst?«

»Genauso könnte ich sagen: bei dir.«

Frank lachte bitter.

»Denkst du, ich bin so idiotisch, mich selbst in die Luft zu sprengen?«

Der Gedanke, der Werner plötzlich durch den Kopf schoß, war gar nicht so abwegig. Eigentlich mußte man sich wundern, daß er ihm nicht schon früher gekommen war. Auch Frank hätte ihn schon haben können.

»Dann gibt's eigentlich nur noch *eine* Möglichkeit . . .«, meinte Werner.

»Welche?«

»Thekla Bendow.«

Beide sagten eine Weile nichts mehr.

Thekla Bendow? Ausgeschlossen, dachte Frank. Aber wieso ausgeschlossen? Wieso nicht doch?

»Mann«, krächzte Frank, als er das Gespräch mit Werner fortsetzte, »das ja ein dicker Hund.«

»Weiß Gott«, pflichtete Werner bei. »Aber sag selbst, läge das nicht auf der Hand?«

»Eigentlich ja.«

»Je mehr ich darüber nachdenke, desto plausibler erscheint mir das.«

»Mir auch«, meinte Frank. »Aber warum macht sie das? Was soll das Ganze? Sie kennt mich doch gar nicht. Und Helga auch nicht. Was hat sie davon?«

»Das weiß der Teufel.«

»Ist sie verrückt? Echt verrückt?«

»Dagegen spricht ihr Roman.«

»Ach was«, sagte Frank und setzte in seiner Verwirrung hinzu: »Hölderlin war auch verrückt.«

Auf diesen Vergleich hätte Thekla Bendow stolz sein können.

»Weißt du, was für dich jetzt einzig und allein wichtig ist?« fragte Werner.

»Was?«

»Zeit zu gewinnen, verstehst du?« Werner wiederholte sich. »Du mußt Zeit gewinnen bei Helga. Die Person, von der die Briefe stammen, *kann* nur Thekla Bendow sein, dessen bin ich nun völlig sicher. Wer weiß denn von unserer Angelegenheit? Nur du und ich – und Thekla Bendow. Sonst niemand mehr, wenn von uns beiden keiner herumgequatscht hat. Und ich *habe* das nicht getan.«

»Ich auch nicht«, erklärte Frank zum x-ten Mal.

»Wir werden der das Handwerk legen«, versprach Werner, der ja in der Tat die Verantwortung für die Schwierigkeiten, in denen Frank steckte, nicht von sich weisen konnte. Er mußte zugeben, daß die Vorwürfe, die ihm sein Freund machte, ihre Berechtigung hatten.

»Wie soll das geschehen?« fragte Frank. »Wir wissen doch gar nicht, wer sie ist? Solange das der Fall ist, können wir sie nicht fassen.«

»Das muß sich nun wirklich ändern«, antwortete Werner. »Ich setze der das Messer auf die Brust, sie muß heraus aus ihrer Anonymität.«

»Wie denn?«

»Es wird mir schon was einfallen«, sagte Werner.

»Und was mache ich in der Zwischenzeit mit Helga?«

Werners Rezept war dasselbe wie vorher. Viel versprach es nicht. »Du mußt Zeit gewinnen, Frank. Laß dir auch was einfallen.«

Was denn? dachte Frank, als er wenig später die paar Stufen zu seiner Haustür hinaufstieg und im Wohnzimmer von Helga schweigend in Empfang genommen wurde. Sie war blaß. Der anonyme Brief lag auf dem Wohnzimmertisch. Helgas stummer Fingerzeig beantwortete Franks einleitende Frage, wo sie ihn habe.

Er las ihn, legte ihn wieder auf den Tisch, wandte sich Helga zu, blickte sie an und wartete, daß sie beginnen würde. Und das tat sie nun auch.

»Frank«, sagte sie mit spröder Stimme, »du erwartest, hast du am Telefon gesagt, daß sich hier kein Zirkus wiederholt. Ich soll dir keinen Tanz machen. Gut, ich mache dir keinen Tanz, ich werde ganz ruhig sein, und ich habe mir überlegt, was ich dir sagen werde. Vielleicht hättest du erwartet, daß ich auf diesen Brief überhaupt nicht reagiere, daß ich deinen Wunsch, ihn wegzuschmeißen, erfülle und zur Tagesordnung übergehe. Aber das kann ich nicht. Das erlaubt mir dieser Brief nicht, dazu ist sein Inhalt zu konkret, verstehst du? Ich kann aus meiner Haut nicht heraus. Der Brief würde mir keine Ruhe lassen. Ich könnte nichts mehr essen, nicht mehr schlafen, an nichts anderes mehr denken. Ich will ihm deshalb nachgehen, so, wie ich dem ersten Brief nachgegangen bin. Stellt sich heraus, daß es wieder unrecht von mir war, dir zu mißtrauen, gestehe ich dir jede Reaktion mir gegenüber zu, auch die schärfste. Aber erst«, schloß Helga, tief Atem holend, »muß ich das feststellen, ich kann nicht anders, es tut mir leid.«

»Und wie willst du das feststellen?« fragte Frank, nur um überhaupt etwas zu sagen.

»Auch das habe ich mir schon überlegt«, erwiderte Helga. »Ich gehe zur Post.«

»Zur Post?«

»Die können mir sagen, was es mit diesem postlagernden Briefwechsel auf sich hat.«

Das war, wie bei Helgas Gang zum Einwohnermeldeamt, wieder die Rettung! Frank hatte Mühe, nicht einen Laut des Jubels auszustoßen. Der ersehnte Zeitgewinn fiel ihm in den Schoß.

»Damit ich das richtig sehe«, sagte er. »Du willst von denen wissen, ob dort an mich postlagernde Briefe einer Thekla Bendow eingehen?«

»Oder ob umgekehrt dort postlagernde Briefe, die von dir stammen, von einer Thekla Bendow abgeholt werden.«

»Und du denkst, daß die dir das sagen?«

»Sicher.«

In seiner Euphorie hatte Frank schon wieder Oberwasser.

»Du könntest dir nicht vorstellen, daß die an gewisse Vorschriften gebunden sind?« spottete er.

Aber auch darüber hatte sich Helga schon ihre Gedanken gemacht.

»Doch«, nickte sie.

»Und wie willst du dieses Hindernis überwinden?«

»Ganz einfach – du kommst mit.«

»Aha, ich komme mit.«

»Und du wirst neben mir stehen?«

»Ja.«

»Was ist«, ließ Frank einen kleinen Probeballon steigen, »wenn ich mich weigere?«

»Dann weiß ich Bescheid.«

Frank erhob sich.

»Komm.«

»Wohin?«

»Zur Post«, sagte Frank. »Ich will mich nämlich gar nicht weigern. Du sollst dein Cannae erleben.«

Helga kannte diese Redensart. Die größte aller Niederlagen erleben heißt das im Sprachgebrauch der Menschen, seit in der Antike Hannibal gegen die alten Römer jene Schlacht gewonnen hat. Trotzdem hätte an Helgas Entschlossenheit, das Heidenohler Postamt aufzusuchen, nur noch eine plötzliche Naturkatastrophe etwas ändern können – wenn sich etwa eine Erdspalte aufgetan und das Postamt verschlungen hätte.

Der zuständige Schalter mit dem zuständigen Beamten war rasch gefunden. Und nun zeigte sich wieder einmal eine Laune des Schicksals. Jener Beamte war nämlich zufällig ein Mensch, der seit zwanzig Jahren grundlos unter der rasenden Eifersucht seiner Gattin zu leiden hatte. Sein Herz schlug deshalb für jeden, von dem er nur roch, daß er ein Leidensgenosse sein könnte. Und das zu riechen fiel ihm diesmal überhaupt nicht schwer. »Guten Tag«, grüßte Frank freundlich.

»Guten Tag«, grüßte auch nicht unfreundlich der Beamte, der den Rang eines dienstalten Hauptsekretärs bekleidete und Schmitt hieß.

Helga nickte nur stumm. Sie war sehr blaß. Genauso blaß wurde immer die Gattin des Hauptsekretärs, wenn sie sehen mußte, daß ihm von einer der Nachbarinnen in der Straße für seinen Gruß lächelnd gedankt wurde.

»Mein Name ist Petar«, fuhr Frank fort.

»Ja?«

»Frank Petar.«

Das war ein ungewöhnlicher Beginn. Postkunden pflegen sich nicht vorzustellen. Der Hauptsekretär guckte ein bißchen irritiert.

»Sie wünschen?« fragte er

Frank nickte hin zu Helga.

»Das ist meine Frau.«

»Freut mich«, nickte Schmitt.

»Wir sind gekommen«, fuhr Frank fort, »um einen eventuellen Brief für mich abzuholen.«

»Einen postlagernden?«

»Ja.«

»Darf ich mal Ihren Ausweis sehen?« sagte Schmitt, die Hand ausstreckend.

Frank reichte ihm seinen Paß. Schmitt sah sich den Namen in dem Paß an, stand auf, ging zu einem Regal an der Wand, entnahm ihm einen Stoß Briefe, fächerte ihn durch, steckte alle Briefe ins Regal zurück, kam wieder an den Schalter, setzte sich und sagte: »Keiner da.«

»Klar«, nickte Frank.

Was heißt ›klar‹, dachte Schmitt. Wenn du das vorher schon gewußt hast, warum bist du dann hergekommen? Die Überraschungen für ihn wurden aber noch größer.

»War gestern einer da?« fragte Frank.

»Nein, ich kann mich nicht erinnern.«

»Oder vorgestern?«

»Auch nicht.«

»Haben Sie mich hier schon jemals gesehen?«

»Nein.«

»Danke«, sagte Frank und blickte Helga an. »Genügt dir das? Können wir gehen?«

Mit einem Schlag sah der Hauptsekretär klar. Mitleid, das dem Märtyrer vor seinem Schalter galt, zog ein in sein Herz.

»Nein«, erwiderte Helga unerbittlich, »ich habe dir gesagt, was ich noch wissen möchte, Frank . . .«

»Was denn?«

»Ob hier Briefe von einer Thekla Bendow abgeholt werden?«

»Danach mußt du dich schon selbst erkundigen.«

Die gleiche Frage richtete nun also Helga auch an den Hauptsekretär, in dessen Herz neben dem Mitleid für Frank zugleich auch Zorn gegen dessen Peinigerin eingezogen war.

»Sind Sie Staatsanwältin?« erwiderte er schroff.

»Nein, wieso?«

»Ich dachte es«, sagte Schmitt, »weil Sie hier so auftreten.«

»Entschuldigen Sie«, steckte Helga errötend zurück. »Ich wollte Sie ja nur bitten, mir meine Frage zu beantworten.«

»Das darf ich gar nicht.«

»Aber . . .« Helga brach ab.

Es habe keinen Zweck, sah sie ein. Sie nickte Frank zu. Gehen wir, hieß das.

In Schmitts Innerem spielte sich ein kurzer, aber heftiger Kampf ab. Mitleid rang mit Zorn, das Mitleid siegte. Per Zeigefinger winkte der Hauptsekretär Helga näher heran und fragte mit unterdrückter Stimme: »Wie soll die heißen?«

»Thekla Bendow.«

Er schien kurz nachzudenken, dann sagte er: »Genausowenig wie für Ihren Mann war auch für die noch nie ein Brief hier.«

»Danke.«

»Alles Gute.« Dies sagte Hauptsekretär Schmitt aber nicht mehr zu Helga, sondern zu Frank, ihm verständnisinnig zunickend.

Auf dem Weg nach Hause wurde zwischen Helga und Frank nichts gesprochen. Erst in der Wohnung lebte wieder ein Dialog auf, den Helga begann, indem sie sagte: »Nun liegt's bei dir.«

Sie kam sich klein und häßlich vor. Frank hingegen war ziemlich wütend. In ihm wirkte noch die Szene im Postamt nach.

»Was liegt bei mir?« antwortete er barsch.

»Ob du mich satt hast.«

»Rede keinen Blödsinn. Versprich mir lieber, daß du endgültig geheilt bist.«

»Ja.«

»Endgültig, sage ich!«

»Endgültig.«

»Dann sei das Ganze vergessen.«

»Frank!« erscholl Helgas heller Jubelruf. Und schon fühlte sie sich wieder obenauf. Sie kam auf ihn zu, nahm ihn an der Hand, wollte ihn zur Schlafzimmertür ziehen. Er widersetzte sich. »Nicht jetzt«, sagte er.

»Warum nicht?«

»Ich muß ins Büro«, erwiderte er, mit einem Blick auf seine Armbanduhr. Dieser Blick konnte als Zeichen dafür gewertet werden, daß Frank schon geliefert war.

»Nur ein Stündchen«, lockte Helga. »Zum Dank für dich.«

»Ein halbes.«

Nichts geht beim Sex den Ausübenden leichter verloren als der Zeitbegriff. Aus dem halben Stündchen Franks und dem ganzen Helgas wurde ein halber Tag, bis den beiden auch wieder mal das Büro einfiel.

14

Werner Ebert rief Clara v. Berg an.

»Kannst du heute abend zu mir in die Wohnung kommen?«

»Nein.«

»Kannst du nicht, oder willst du nicht?«

»Ich will nicht.«

»Kann *ich* in *deine* Wohnung kommen?«

»Nein.«

»Ich will aber!«

»Und ich will nicht!«

»Clara«, sagte Werner, sich zu einem ruhigen Ton zwingend, »hör zu, ich muß dich sprechen. Wenn das nicht in einer unserer Wohnungen stattfinden kann, dann in deinem Geschäft. Einverstanden? Ich komme hin.«

»In meinem Geschäft spreche ich nur mit Kunden.«

An diese Bemerkung Claras anknüpfend, fragte Werner: »Wie lange noch?«

»Warum interessiert dich das?«

»Weil ich gehört habe, daß du dein Geschäft aufgeben willst.«

»Ja.«

»Du verkaufst es an den Culldorf?«

»Ja.«

»Mach das nicht, der haut dich übers Ohr.«

»Und wenn schon«, erwiderte Clara kalt. »Es ist *mein* Ohr und nicht *deines.*«

Daraufhin mußte Werner erst einmal Luft holen, ehe er fortfuhr: »Nun gut, ich rufe dich nicht deshalb an, sondern wegen der Angelegenheit, die zwischen uns beiden noch schwebt.«

»Zwischen uns beiden?« Kurze Pause Claras. »Zwischen uns beiden schwebt gar nichts mehr.«

»Doch, dein Spitzweg.«

»Es ist deiner.«

»Du bist verrückt! Ich will ihn nicht!«

»Dann schenke ihn einem Museum.«

»Ich kann nicht etwas verschenken, das fremdes Eigentum ist – nämlich deines!«

»Du hast für ihn bezahlt.«

»Lächerliche fünfzehntausend Mark. Das ist kein Preis für so etwas. Wenn du mir einen solchen Handel zutraust, stempelst du mich zu einem Ganoven. Und das bin ich nicht! Das habe ich dir alles schon gesagt!«

Clara schwieg.

Werner fuhr fort: »Ich weiß inzwischen mit Sicherheit, daß das Bild mindestens den zehnfachen Betrag wert ist. Soviel Geld habe ich nicht und werde ich auch nie haben. Daraus geht hervor, daß das Bild auch in Zukunft nicht in meinen Besitz übergehen kann. Es ist und bleibt deines! Oder du hältst mich wirklich für einen Ganoven. Tust du das?«

Clara schwieg.

»Ich habe dich etwas gefragt«, sagte Werner.

»Was?«

»Ob du mich für einen Ganoven hältst?«

»Nein.«

»Danke«, sagte er. »Wann kann ich dir also das Bild bringen?«

»Werner«, sagte Clara, »das geht einfach deswegen nicht, weil ich dir deine fünfzehntausend Mark nicht zurückgeben kann, die dann fällig wären.«

Werners Herz hatte einen schnellen Schlag getan. Und warum? Nur weil Clara ›Werner‹ gesagt hatte. So stand es also um ihn.

»Gib sie mir dann, wenn du dazu in der Lage bist, Clara.«

»Leider sehe ich diese Möglichkeit überhaupt nicht.«

»Wieso, du verkaufst doch dein Geschäft?«

»Das bringt nicht soviel.«

»Wieviel denn?«

»Zehntausend.«

»Waaas?!« Es war geradezu ein Schrei Werners.

»Mehr will Culldorf nicht zahlen.«

»Dieser Gangster! Dieser Halsabschneider!«

»Ich könnte ja versuchen, ihm noch einmal die Daumenschrauben anzulegen.«

»Du dem?« Ungewollter Hohn klang aus Werners Stimme. »Da gehören andere Leute her dazu.«

Clara schwieg.

»Überlaß das mir«, sagte Werner.

»Nein«, stieß Clara hervor.

»Du darfst dich nicht mit einem solchen Betrag abspeisen lassen.«

»Ich werde ihn mir noch einmal vorknöpfen.«

Werner wurde grob.

»Hör mir auf mit deiner Vorknöpferei! Der lacht dich doch aus!«

So wie du mich, dachte Clara. Für dich war ich auch immer nur eine, über die man sich lustig macht.

»Warum willst du denn unter diesen Umständen dein Geschäft nicht lieber überhaupt behalten?« fragte Werner.

»Nein«, erwiderte Clara nur.

»Und was machst du dann?«

»Das wird sich ergeben.«

»Gehst du weg?«

»Ja.«

»Wegen mir?«

Clara schwieg. Keine Antwort ist aber auch eine Antwort.

»Das mußt du nicht, Clara«, meinte Werner.

»Doch.«

»Dann hör mal zu, was ich dir jetzt sage: Nicht *du* gehst weg aus Heidenohl, sondern *ich*. Damit ist das Problem dann auch gelöst. Nicht du hast das Zerwürfnis zwischen uns heraufbeschworen, sondern *ich*. Deshalb habe *ich* hier zu verschwinden.«

»Nein.«

»Warum nicht?«

»Du hast hier deine Position –«

»Und du dein Geschäft«, unterbrach er.

»Nein, das gebe ich auf alle Fälle auf.«

»Wieso denn?«

»Keine Lust mehr.«

»Das glaube ich dir nicht.«

»Dann kann ich dir auch nicht helfen.«

Werner Ebert war bei Clara v. Berg vollkommen untendurch. Ihr Ton ließ daran keinen Zweifel.

»Clara«, sagte Werner, »kann ich denn überhaupt nicht mehr mit dir reden?«

»Worüber?«

»Über diesen Wahnsinn mit den zehntausend Mark. Wenn du schon entschlossen bist, zu verkaufen – dann doch nicht für einen solchen Betrag!«

Ihm geht's um seine fünfzehntausend, dachte sie. Er will auch keinen Teilverlust hinnehmen. Er kann verlangen, daß ich ihm das nicht zumute. Sein gutes Recht.

»Dann mach das«, sagte sie.

»Was?«

»Verhandle du mit dem.«

»Dazu brauche ich aber eine Vollmacht von dir«, sagte er rasch. »Schickst du sie mir? Oder kann ich bei dir vorbeikommen?«

»Ich schicke sie dir.«

»Ich müßte dich aber trotzdem sprechen, damit du mich über eure bisherigen Verhandlungen informierst.«

»Das kann dir alles Culldorf sagen.«

Werner biß sich auf die Zähne. Nichts zu machen, dachte er. Die will mich nicht mehr sehen.

»Sonst noch was?« fragte Clara.

»Ja.«

»Was?«

»Ich möchte dich bitten, daß du noch über etwas nachdenkst.«

»Worüber?«

»Warum ich aus Heidenohl weggehe und nicht dir das aufzwinge, auch wenn das Geschäft verkauft ist.«

»Das hast du mir schon gesagt.«

»Eine Kleinigkeit, die dabei auch noch eine Rolle spielt, habe ich noch nicht gesagt.«

»Welche?«

»Daß ich dich liebe.«

Rasch legte er auf.

Der Blitz schlug wieder ein im Hause Petar. Es war das dritte- und letztemal. Überflüssig zu sagen, daß es abermals ein Blitz in Gestalt eines anonymen Briefes war.

Der Text lautete:

»Sie sind mehr als zu bedauern. Nun erfahren Sie hiermit auch noch, daß Thekla Bendow in Düsseldorf wohnt. Ist das nicht ein ganz anderer Rahmen als der einer Frau in Heidenohl? War Ihr Gemahl nicht kürzlich in Düsseldorf? Über Nacht?«

»Frank«, sagte Helga, als die unvermeidliche Auseinandersetzung über diesen Brief begann, »ich halte das nicht mehr aus.«

Alles an ihr zeigte in der Tat, daß sie fertig war. Der Postbote hatte ihr zur gewohnten Zeit, also am Vormittag, den Brief gebracht. Sie hatte diesmal Frank nicht mehr im Büro angerufen. Sie war auch nicht zu ihm gelaufen. Sie hatte gewartet und gewartet, bis er am Abend nach Hause kam. Dieses ewige Warten war furchtbar für sie gewesen. Sie sah zum Erschrecken aus. Man glaubt ja nicht, wie rasch innere Pein und Zerrissenheit einen Menschen, besonders eine Frau, auch äußerlich sichtbar in Mitleidenschaft ziehen können.

»Was hast du?« fragte Frank erschrocken, obwohl er schon ahnte, was sich wieder ereignet hatte. »Bist du krank?«

Sie gab ihm den Brief.

Wortlos legte er ihn, nachdem er ihn gelesen hatte, auf den Tisch. Siedendheiß war ihm geworden. Nach außen hin ruhig zu bleiben kostete ihn jetzt alle seelische Kraft, über die er verfügte. Der lautlose zweifache Paukenschlag in dem Schreiben, der ihm in den Ohren dröhnte, trug den Namen ›Düsseldorf‹.

In Düsseldorf war es gewesen, wo er die Axt an seine Ehe gelegt hatte. Frank empfand, um wieviel mit dem Auftauchen des Namens ›Düsseldorf‹ in dem anonymen Brief plötzlich der Faden des Damoklesschwertes über ihm noch dünner geworden war.

Weil er nichts sagte, begann Helga: »Mein Fehler war anscheinend, daß ich immer nur an Heidenohl gedacht habe.«

»Was hast du mir geschworen, Helga?« antwortete Frank.

»Warst du in Düsseldorf oder nicht?« fuhr Helga unbeirrbar fort.

»Du wolltest doch nie mehr –«

»Warst du oder nicht?« unterbrach sie.

»Ja, aber –«

»Über Nacht oder nicht?«

»Ja, aber –«

»Und dann verlangst du von mir, daß ich auf diesen Brief nicht reagiere?«

Frank fing unheimlich rasch an zu schwitzen.

»Du schwitzt«, stellte Helga fest. Daß Menschen mit schlechtem Gewissen leicht ins Schwitzen geraten, fügte sie nicht hinzu. Das war aber auch gar nicht mehr nötig. »Helga«, sagte Frank mit gequälter Miene, »ich schwitze, weil es hier drinnen so heiß ist. Außerdem weißt du ganz genau, warum ich nach Düsseldorf gefahren bin.«

»Ich weiß nur das, was du mir gesagt hast. Angeblich zu einem Vortrag.«

»Nicht angeblich, sondern wirklich.«

»Der dann ausgefallen ist.«

»Das ist er wahrhaftig, Helga. Du kannst dich ja erkundigen.«

»Kann ich auch Erkundigungen beim Einwohnermeldeamt in Düsseldorf einholen?«

»So wie hier in Heidenohl?«

»Ja.«

»Ich habe nichts dagegen.« Frank zuckte die Achseln. »Wenn du dich wieder blamieren willst – bitte.«

Thekla Bendow war höchstwahrscheinlich nur ein fiktiver Name, ein Pseudonym. Eine wirkliche Thekla Bendow gab es nicht. Frank glaubte, solchen Nachforschungen Helgas wirklich mit Ruhe entgegensehen zu können.

»Kann ich mich auch wieder an die Post wenden?« fragte Helga.

»Wo?« stieß Frank hervor.

»In Düsseldorf.«

Großer Gott, das war etwas anderes!

»Wozu?«

»Um zu erfahren, ob du einer Thekla Bendow postlagernde Briefe dorthin schreibst.«

Großer, allmächtiger Gott!

»Helga«, flehte Frank, »du hast doch hier diesen Hauptsekretär erlebt, wie der mit dir umgegangen ist. Willst du dir das noch einmal antun?«

»Ja«, erwiderte Helga eisern entschlossen, »denn zuletzt habe ich doch das erfahren, was ich erfahren wollte.«

»Doch nur, weil ich dabei war.«

»Das wirst du auch diesmal wieder sein.«

Der Punkt, an dem es nicht mehr weiterging, war erreicht.

»Nein!« sagte Frank so hart, wie er konnte.

»Was heißt nein?«

»Ich werde nicht wieder dabeisein, Helga. Ich war einmal dabei, und das reicht mir.«

Helga wurde blaß.

»Du weißt, was du damit sagst, Frank«, erwiderte sie. »Ich brauche ohne dich bei denen gar nicht aufzukreuzen.«

Er zuckte mit den Schultern.

»Tut mir leid, Helga.«

»Ist das dein letztes Wort?«

»Ja.«

Sie blickte ihn sekundenlang an, ihre Lippen begannen zu zittern. Sie sagte aber nichts mehr, ging zur Tür und verließ das Zimmer. Die Stille, die nun eintrat im Haus, wurde nach einer Weile unterbrochen durch Geräusche, die Frank verdächtig erschienen. Er ging ihnen nach und stellte fest, daß Helga dabei war, aus dem gemeinsamen Schlafzimmer aus- und ins Gästezimmer einzuziehen. Unfähig, dazu etwas zu sagen, wandte Frank sich stumm ab und verließ das Haus. Wie betäubt lief er kreuz und quer durch Heidenohl, hatte kein Ziel und war deshalb zuletzt eigentlich überrascht, zu entdecken, daß er vor Werners Tür stand.

Auch Werner war in keiner guten Verfassung, als er sich anhörte, was Frank zu berichten hatte.

»Mir scheint«, sagte er mit düsterer Miene, »wir zwei können uns die Hand reichen.«

»Du auch?« fragte Frank.

»Der Laufpaß, der mir gegeben wurde, übertrifft ja noch den deinen. Clara will mich nicht einmal mehr sehen.«

»Das kann mir mit Helga auch bald passieren.«

»Mann«, stöhnte Werner aus tiefster Seele, »diese gottverdammten Weiber, die machen uns fertig!«

»Bei dir war's ja bis jetzt immer umgekehrt, Werner, das mußt du zugeben – aber bei mir?!«

Franks Klage, die er an das Schicksal richtete, blieb im Raum stehen.

Beide verstummten, ließen die Nasen hängen, bedauerten einander. Weltschmerz überkam sie. Nach einer Weile meinte Werner: »Komm, laß uns einen Schnaps trinken.«

Aus dem einen wurden in rascher Folge für jeden drei. Nach dem vierten seufzte Frank: »Mich könnte nur eins retten – Thekla Bendow.«

»Darüber sind wir uns seit langem einig«, nickte Werner.

»Rührt sie sich immer noch nicht?«

»Nein.«

»Der Teufel soll das Miststück holen!«

In diesem unglaublichen, unwahrscheinlichen, nicht für möglich gehaltenen Augenblick meldete sich das Schicksal. Sowohl Werner als auch Frank gerieten darüber noch Jahre später in Aufregung, wenn sie sich daran erinnerten.

Das Telefon läutete. Werner hob ab und meldete sich. Die Stimme Evelyn Herzers aus Düsseldorf drang an sein Ohr.

»Guten Abend, Werner, ich bin's! Überrascht?«

»Guten Abend, Evelyn. Ja.«

»Unangenehm?«

»Natürlich nicht.«

»Was machst du gerade?«

»Ich trinke einen Schnaps, zusammen mit meinem Freund.«

»Ich einen Likör«, lachte Evelyn. »Trifft sich das nicht gut?«

»Ja.«

»Aber ich trinke ihn allein.«

Evelyns Lachen war von einer Art, die darauf schließen ließ, daß sie schon länger drangewesen war, ›einen‹ Likör zu trinken. Diesbezüglich unterschied sie sich also nicht von Werner mit seinem ›einen‹ Schnaps.

»Likör mögen wir nicht«, sagte Werner. Darin erschöpfte sich sein ganzer momentaner Geistesreichtum.

Doch sogar auch darüber konnte Evelyn wieder lachen. Sie mußte also schon ganz schön dem Alkohol zugesprochen haben. Der Grund war der, daß sie sich hingesetzt hatte, um sich planmäßig den Mut, Werner anzurufen, anzutrinken, nachdem sie wochenlang vergeblich auf ein Lebenszeichen von ihm gewartet hatte.

»Du weißt ja, was übermorgen für ein Tag ist, Werner«, sagte sie.

»Übermorgen?« Er dachte nach. Vergeblich. »Was denn für einer?«

»Du nimmst mich auf den Arm. Das weißt du nicht?«

»Nein.«

»Dein Namenstag.«

»Tatsächlich?!« rief Werner.

»Sag mir nicht, daß du das wirklich übersehen hättest.«

»Aber sicher! Und soll ich dir sagen, warum?«

»Es wäre nur ein Grund denkbar: daß es in eurer Familie üblich war, den Geburtstag, und nicht den Namenstag, zu feiern.«

»Erraten«, lachte er. »Deshalb bin ich das von klein auf gewöhnt.«

»Und gerade deshalb wird es höchste Zeit, daß du auch mal ans Feiern deines Namenstages denkst.«

»Na schön, ich werde mir von meiner Sekretärin einen Blumenstrauß schenken lassen.«

»Nicht von deiner Sekretärin.«

»Von wem sonst?«

»Von mir«, erwiderte Evelyn. »Und dazu wirst du nach Düsseldorf kommen. Ich hoffe es wenigstens. Betrachte dich als eingeladen.«

Werner zögerte keine Sekunde.

»Das ist zwar reizend von dir, aber es geht nicht.«

»Warum nicht?«

»Wegen der Arbeit.«

Darauf war Evelyn vorbereitet, deshalb gab es nun für sie kein Zögern.

»Siehst du«, sagte sie, »mit diesem Einwand von dir habe ich gerechnet. Darum habe ich, um dich umzustimmen, etwas getan, das ich mir niemals verzeihen werde – etwas aber, das dir helfen wird, deinen Widerstand aufzugeben.«

»Was denn?«

»Ich habe mich um die Adresse gekümmert, die du von mir haben wolltest.«

Ihm fehlten vor Überraschung die Worte, er schwieg.

»Oder hast du sie schon, Werner?«

»Nein.«

»Du erhältst sie von mir, wenn du herkommst.«

Noch einmal schwieg er.

»Siehst du nun, was du aus mir gemacht hast?« fragte Evelyn.

»Evelyn«, erwiderte er mit bemühter Stimme, »ich weiß nicht, was ich sagen soll . . .«

»*Ich* weiß es!«
»Was denn?«
»Daß du kommst.«
»Ich komme.«
»Werner!« jubilierte Evelyn. »Wann?«
»Wie erwünscht: an meinem Namenstag.«
»Ich erwarte dich in meiner Wohnung. Ich habe mir schon Urlaub genommen.«

Nach diesem Telefonat, dem Frank keine Beachtung geschenkt hatte, schien es Werner einige Mühe zu bereiten, gleich wieder in die Situation zurückzufinden, die zuvor geherrscht hatte. Es sah aus, als ob er die Anwesenheit seines Freundes vergessen hätte. Mit abwesendem Gesichtsausdruck starrte er vor sich hin. Nur langsam gewann seine Miene wieder Gegenwartsbezogenheit. Frank bemerkte von alldem nichts, sondern bediente sich aus der Flasche, die auf dem Tisch stand. »Das glaubt man nicht«, murmelte Werner.

»Worum geht's?« fragte Frank mit gar keinem Verlangen, das auch zu erfahren.

»Um deine Rettung.«

»Wie oft soll ich das noch wiederkäuen? Meine Rettung wäre nur Thekla Bendow.«

»Du sagst es«, nickte Werner grinsend.

»Sei nicht blöd.«

»Ich bin nicht blöd.«

»Dann hör auf, dich mit deinem Gegrinse über mich auch noch lustig zu machen.«

»Ich mache mich über dich nicht lustig, sondern im Gegenteil.«

»Was heißt ›im Gegenteil‹? Sprich nicht in Rätseln mit mir, wenn du mein Freund bleiben willst«, sagte Frank mit einer Zunge, die schon gewisse Schwierigkeiten hatte, ihrer Aufgabe gerecht zu werden.

»Weißt du, wer das war?« fragte Werner, auf den Apparat zeigend. Auch er war nicht mehr ganz nüchtern, jedoch noch nüchterner als Frank, der einen Vorsprung von zwei Gläsern gewonnen hatte, als Werner mit seinem Telefonat beschäftigt gewesen war.

»Wer denn schon«, antwortete Frank, »eines deiner Weiber.«

»Die Posträtin aus Düsseldorf.«

»Die du gebumst hast?«

»Habe ich dir das gesagt?«

»Nein, hast du nicht, aber das war mir trotzdem klar.«

»Du solltest mir dankbar sein.«

Frank verdrehte die Augen.

»Auch das noch.«

»Halte dich fest, sie wird mir sagen, wer Thekla Bendow ist.«

Frank starrte Werner an. Eigentlich war es schon mehr ein Glotzen als ein Starren, da seine Augen bereits trüb waren. Endlich stieß er hervor: »Was wird die dir sagen?«

»Wer Thekla Bendow ist.«

»Wann?«

»Übermorgen.«

»Wo?«

»In Düsseldorf.«

»Du lügst mich nicht an?«

»Nein.«

Frank sprang auf, warf die Arme hoch.

»Mensch, Werner!« rief er. »Das ist tatsächlich die Rettung für mich!«

Er sollte sich böse irren.

Als zwei Tage später Evelyn zur Begrüßung Werners an dessen Hals hing und ihn nicht mehr loslassen zu wollen schien, sprang alles, was sich in ihr an physischer Sehnsucht nach ihm aufgestaut hatte, rasch auch auf ihn über, und da es von der Diele zum Schlafzimmer nur wenige Schritte waren, bedeutete es keine Strapaze für ihn, sie hochzuheben und zu ihrem Bett zu tragen. Für Evelyn kündigte sich damit die rasche Erfüllung dessen an, wovon sie in den Wochen, die hinter ihr lagen, geträumt hatte, geträumt fast bis zur Unerträglichkeit, deren Grenze ohne das Gegenmittel der Selbstbefriedigung überschritten worden wäre.

Evelyns Liebe zu Werner war eine aussichtslose Angelegenheit. Darüber gab sich Evelyn keinem Zweifel hin. Der Altersunterschied zwischen ihr und dem wesentlich jüngeren Werner gestattete ihr keine Illusionen. Sie würde ihn nie gänzlich für sich gewinnen können, das wußte sie. Er würde aus ihrem Leben wieder verschwinden. Trotzdem konnte diese Perspektive ihr momentanes Glück nicht schmälern. Sie dachte an heute und nicht an morgen. Jede Frau in ihrer Lage tut das gleiche.

Werner lief im Bett Evelyns auch heute wieder zu großer Form auf, obwohl selbst dabei sein Schmerz um Clara nicht ganz zum Verklingen kam. Das war etwas ganz Normales bei ihm, denn er machte nicht den Fehler, Vergleiche zwischen dem Orgasmus anzustellen, den er nun wieder zusammen mit Evelyn erzielte, und dem Orgasmus, der im Zusammenwirken mit Clara zustande zu kommen pflegte. Es war etwas anderes, das ihn auch in den Armen Evelyns immer wieder an Clara denken ließ – seine Seele. Und dagegen war nichts zu machen. Schlechtes Gewissen hatte er trotzdem keines. Clara hatte ihm den Laufpaß gegeben, damit auch den Freipaß zu dem, was er mit Evelyn tat und noch mit vielen, vielen anderen tun würde. Das war der Blickwinkel, unter dem er sein Verhalten sah.

Evelyn erlebte einen Taumel, der die von ihr ausgestoßenen Schreie der Lust länger und länger werden ließ, bis sie zusammenflossen zu einem anhaltenden, den Orgasmus begleitenden Geheule.

Und dann kam der Moment, den sie als kalte Dusche empfinden mußte, obwohl er zu erwarten gewesen war. Werner sagte: »Bekomme ich jetzt die Adresse?«

Für Evelyns Empfinden wurde dadurch der Liebesakt, der stattgefunden hatte, zu einem »Geschäft« herabgewürdigt. Doch damit war, wie gesagt, zu rechnen gewesen. Schließlich hatte Evelyn selbst den Anstoß zu diesem »Handel« gegeben. Trotzdem sagte sie: »Ich hatte gehofft, du würdest das vergessen.«

»Nein«, erwiderte er ohne Hemmung, »das geht nicht; davon hängt zu vieles ab.«

»Für dich?«

»Für meinen Freund.«

Das erleichterte sie wieder etwas.

»Ich muß dir aber nicht sagen«, meinte sie, »daß ich mich dir, wenn du die Adresse von mir bekommst, in die Hand gebe? Mir könnte daraus enormer beruflicher Schaden entstehen.«

»Wenn du mir zutraust, daß so etwas, von mir ausgehend, eintreten könnte, dann verzichte ich allerdings auf die Adresse.«

Sie blickte ihn an.

»Nein«, sagte sie dann, schlug die Decke zurück und stieg aus dem Bett, wobei sie hinzusetzte: »Ich habe sie dir aufgeschrieben, Moment, ich bringe dir den Zettel . . .«

Nackt lief sie aus dem Schlafzimmer ins Wohnzimmer und zog irgendeine Schublade auf. Das konnte man hören. Im Liegen, dachte inzwischen Werner, sieht sie ja nackt noch prima aus, da gibt es nichts zu deuteln. Aber in der Senkrechte?

Vor seinem Auge tauchte Claras Busen auf . . .

Evelyn erschien wieder, mit dem Zettel in der Hand, den sie ihm, ehe sie erneut ins Bett stieg, überreichte. Werner las:

Gertraud Maier, Martinstraße 16/3

Werner wischte sich über die Augen, las noch einmal:

Gertraud Maier, Martinstraße 16/3

Das ist unmöglich, dachte er. Aber auch ein drittesmal las er:

Gertraud Maier, Martinstraße 16/3

Er hielt Evelyn den Zettel hin und sagte: »Das kann nicht stimmen.«

»Was kann nicht stimmen?«

»Diese Adresse.«

»Die stimmt sehr wohl.«

»Ausgeschlossen.«

»Wieso ausgeschlossen?«

»Weil ich die kenne.«

»Ob du die kennst oder nicht – die Adresse stimmt!«

In Werners Miene spiegelte sich absolute Verständnislosigkeit wider. Und noch einmal blickte er auf den Zettel, wobei er kopfschüttelnd sagte: »Das begreife, wer will.«

Evelyn beobachtete ihn und mußte plötzlich lachen.

»Weißt du, wie du aussiehst?« fragte sie ihn.

»Du würdest an meiner Stelle nicht anders aussehen«, erwiderte er.

»Wie einer, der vom Mond heruntergefallen ist.«

»Genauso komme ich mir auch vor.«

»Und wieso?«

»Wenn das so einfach wäre, dir das zu erklären«, seufzte er.

»Du kennst die, sagtest du?«

»Ja.«

»Näher?«

»Nein«, log Werner und schickte sich an, aus dem Bett zu steigen.

»Was machst du?« fragte ihn Evelyn.

»Kann ich mal telefonieren?«

»Natürlich.«

Werner suchte sein Jackett, in dem das Notizbuch mit der Telefonnummer steckte, die er benötigte. Als er die Nummer hatte, ging er zum Apparat und rief Gerti an. Er hatte Glück, sie war zu Hause und meldete sich mit »Hallo?«

»Verzeihung«, begann er, »spreche ich mit Frau Gertraud Maier?«

»Ja.«

»Maier mit a-i?«

»Ja. Und wer sind Sie?«

»Werner Ebert.«

»Werner!« rief Gerti. »Was soll der Unsinn? Entschuldige, daß ich dich nicht gleich erkannt habe. Aber deine Stimme klang anders, irgendwie dumpf.«

»Vielleicht hat eure Post eine neue Technik. Oder das macht euer Smog hier.«

»Was heißt ›hier‹?« erwiderte Gerti. »Du befindest dich doch nicht etwa in Düsseldorf?«

»Doch.«

Typisch war, was Gerti darauf sagte: »Du befindest dich in Düsseldorf und hast nicht das unwiderstehliche Bedürfnis, mich zu sehen?«

»Und wie ich das habe!« Das wirst du dann rasch merken, setzte er in Gedanken hinzu – aber anders, als du es erwartest.

»Warum bist du dann nicht schon bei mir?«

»Ich wollte mich zuerst vergewissern, ob du auch zu Hause und nicht in der Akademie bist.«

»Jetzt weißt du's. In die Akademie muß ich erst heute nachmittag. Beeil dich. Die Adresse hast du ja.«

Die habe ich, dachte er wieder grimmig. Und ich werde mich auch beeilen.

Zuerst waren jedoch noch einige Schwierigkeiten zu überwinden, die Evelyn machte, als sie sah, was er vorhatte. Sie war sehr enttäuscht, weinte schier und ließ sich sogar dazu hinreißen, zu erklären, daß er gar nicht mehr zurückzukommen brauche.

»Ich *komme* aber zurück«, entgegnete er. »Und zwar möglichst bald *und* hungriger denn je.«

»Hungriger?«

»Nach Liebe.«

Da war sie wieder froh.

Bei Gerti, die wieder ihren altbekannten Soir-de-Paris-

Duft verströmte, fackelte Werner dann nicht lange. Entgegen ihrer Erwartung, von ihm in die Arme gerissen und gierig geküßt zu werden, erntete sie nur einen blanken Gruß.

»Tag, Thekla«, sagte er.

Als er so mit der Tür ins Haus fiel, wäre darüber eine andere als Gerti erschrocken – nicht sie. Ohne mit der hübschen Wimper zu zucken, antwortete sie vergnügt: »Tag, Werner. Du bist also dahintergekommen?«

»Ja.«

»Ist das der Grund deines Besuches?«

»Ja.«

»Nicht der, daß du Sehnsucht nach mir hattest?«

»Nein.«

»Oh«, sagte Gerti leicht verstört. »Das ist aber eine ganz neue Erfahrung für mich. Du mußt sehr geladen sein. Warum? Wegen meines Pseudonyms?« Sie lächelte ironisch. »Habe ich als Künstlerin nicht das Recht dazu?« Sie standen immer noch in der Diele.

»Können wir uns nicht setzen?« fragte Werner.

»Natürlich.«

Gerti führte ihn in das große Wohnzimmer ihrer kleinen Wohnung. Auf dem Tisch stand eine ziemlich neu aussehende Schreibmaschine, in der ein halb beschriebener Bogen steckte. Aus einem Aschenbecher neben der Maschine stieg noch der Rauch einer Zigarette auf, die von Gerti nicht gründlich genug ausgedrückt worden war, als es an der Tür geläutet hatte.

»Das ist lustig«, sagte Gerti. »Bei deinem Anruf war ich gerade dabei, wieder einen Brief an deinen Freund Frank zu beginnen.«

»Das kannst du dir in Zukunft schenken.«

»Warum denn?«

»Frank will nicht mehr.«

Gerti war keine Frau, die sich leicht in die Defensive drängen ließ.

»Fühlt er sich beleidigt?« spottete sie. »Oder was sonst?

So wie du dich auch, deinem Gesicht nach zu schließen?« Und ehe Werner etwas äußern konnte, fuhr sie fort: »Nun macht euch mal nicht lächerlich, ihr zwei.«

»›Zwei‹ ist zuviel gesagt, meine Liebe. Frank weiß noch gar nichts von deiner Identität mit Thekla Bendow. Diese Neuigkeit muß ich ihm erst noch unterbreiten.«

»Dann tu das doch nicht«, meinte Gerti prompt. »Keiner kann dich dazu zwingen.«

Werner blickte sie ein Weilchen an, schüttelte den Kopf, sagte: »Du bist einmalig.«

In den Augen Gertis war das ein Kompliment, das sie fröhlich stimmte.

»Das weiß ich«, lachte sie.

Immer noch kopfschüttelnd, fuhr er, ihr ›Pseudonym‹ verwendend, fort: »Wie war das nun, Thekla Bendow? Was hast du dir bei deinem neckischen Spielchen gedacht? Wie ist es überhaupt dazu gekommen?«

»Zuerst absolut ungewollt von mir«, begann Gerti bereitwillig zu erzählen. »Ich wußte ja weder von dir etwas noch von Frank. Ich hatte den Roman geschrieben. Grins nicht, das habe ich selbst auch gemerkt, daß ich nicht schreiben kann. Aber das können viele nicht, und sie tun's trotzdem. Das wichtigste waren mir von Anfang an die Illustrationen. Gut zeichnen konnte ich schon in der Schule. Frag Helga« – silberhell klang dabei Gertis Lachen auf –, »sie wird dir bestätigen, daß der Zeichenlehrer von mir begeistert war. Inzwischen bin ich ja nun, wie du weißt, an der Akademie gelandet. Der künstlerische Drang, verstehst du, hat mich soweit gebracht. Vielleicht steckt in mir wirklich etwas –«

»Ganz sicher steckt in dir etwas«, unterbrach Werner zweideutig.

Gerti fühlte sich aber keineswegs indigniert.

»Danke«, nickte sie lachend und fuhr fort: »Aus diesem Drang sind vor etwa einem Jahr die Illustrationen entstanden, denen ich ein Thema – den Roman – geben wollte, weil ich mir sagte, daß ich auf solche Weise vielleicht eher bei einem Verlag beziehungsweise einer Redaktion einen Start finden kann. Per Zufall stieß ich auf eure Zeitschrift, in deren Impressum ich eure Heidenohler Adresse las. Kein Wunder, daß ich mich als alte Heidenohlerin angesprochen fühlte. So kam es zur Einsendung meines Werks an euch, allerdings nicht unter meinem richtigen Namen, da ich eitel bin und mich – im Falle einer Ablehnung, mit der ein Anfänger immer rechnen muß – keinerlei Gefahr einer Blamage ausgerechnet in Heidenohl aussetzen wollte. Gerade eine Kleinstadt ist diesbezüglich doch das gefährlichste Pflaster, das man sich vorstellen kann. Als ich dann nicht die Enttäuschung einer Ablehnung, sondern das Gegenteil erleben durfte, zog es mich natürlich mit Macht nach Heidenohl, wo ich ein bißchen herumschnuppern wollte – inkognito immer noch. Was ist das für eine Redaktion? Wer ist dieser Dr. Ebert, der verantwortliche Redakteur? Und so weiter. Meine Neugierde war geweckt. Sie zu stillen, bestanden wiederum in der Kleinstadt die besten Aussichten. Also fuhr ich hin, nahm Verbindung zu meiner alten Freundin Helga auf, die inzwischen Frank geheiratet hatte, der mit dir befreundet war. Auf eine solche Kette günstiger Zufälle hatte ich natürlich nicht hoffen können, die fielen mir in den Schoß. Du weißt ja, wie sich das entwickelte. Von diesem Moment an begann mein Versteckspiel. Du bist anscheinend der Auffassung, ich hätte die Karten auf den Tisch legen müssen. Aber warum eigentlich? Kam irgend jemand dadurch zu Schaden? Nein. Ihr wurdet ein bißchen an der Nase herumgeführt. Na und? Glaub mir, ich hatte meinen Spaß dabei. Soll ich das leugnen? Darauf kannst du lange warten. Ich bedaure sogar, daß damit jetzt Schluß ist. Wie bist du eigentlich dahintergekommen?«

»Mir fiel auch ein Zufall in den Schoß«, grinste Werner. Nur er selbst konnte diesem Grinsen die richtige Bedeutung beimessen.

»Das kann nur über die Post hier gegangen sein.«

»Nicht im entferntesten«, stellte Werner dies ganz und gar in Abrede.

»Eine andere Möglichkeit gibt's aber nicht.«

»Such mal bei dir eine.«

»Bei mir? Machst du Witze?«

»Wie erklärst du dir dann, daß Helga anonyme Briefe bekommt, in denen ihr die Nase auf Franks Verbindung mit einer Thekla Bendow gestoßen wird?«

Helga zuckte die Achseln.

»Das kann ich mir nicht erklären.«

»Aber *ich* kann das!« sagte, zum Angriff übergehend, Werner.

»So?«

»Weil ich nämlich jetzt weiß, von wem die Briefe stammen.«

»Von wem denn?«

»Von dir.«

Gerti starrte Werner an. Dann lachte sie.

»Bist du verrückt?«

»Nein.«

»Wie käme ich denn zu einem solchen Blödsinn?«

»Es gibt nur einen Grund . . .«

»Welchen?«

»Du willst deren Ehe zerstören und so Frank an dich ziehen.«

Zum zweitenmal starrte Gerti Werner an.

»Habe ich recht?« fragte er sie.

»Nein!«

»Nein?« zweifelte Werner.

»Nein, überhaupt nicht!«

»Das müßtest du mir beweisen.«

»Hat Frank mit dir über mich gesprochen?« erwiderte Gerti.

»Nein, er weiß ja, wie gesagt, noch gar nicht, daß ich hier auf dich gestoßen bin.«

»Dann nimm zur Kenntnis, daß ich ihn niemals heiraten würde. Der Beweis, den du verlangst, sind seine Verhältnisse.«

»Seine Verhältnisse?« Werner dachte an Liebesverhältnisse. »Er hat keine.«

»Doch«, korrigierte ihn Gerti. »Vermögensverhältnisse.« Und als Werner verblüfft guckte, setzte sie hinzu: »Er wäre mir als Ehemann bei weitem nicht reich genug.«

Das war ein Argument, das überzeugte – aus dem Mund einer Frau wie Gerti Maier jedenfalls.

Nachdem sich Werner von seiner Überraschung erholt hatte, meinte er: »Ich muß sagen, du verstehst es, eine Katze aus dem Sack zu lassen.«

»Dein Verdacht zwingt mich ja dazu.«

»Du zwingst mich auch zu etwas«, grinste Werner.

»Zu was?«

»Zur Selbsterkenntnis.«

»Inwiefern?«

»Auch ich wäre, wie Frank, nie ein Mann für dich. Meine Verhältnisse gleichen nämlich den seinen.«

»Irrtum.«

»Wieso?«

»Du hast einen Spitzweg.«

Da blieb ihm ein bißchen die Luft weg, und das passierte einem Mann wie Werner Ebert selten.

»Was noch nicht heißt«, fuhr Gerti, frei heraus lachend, fort, »daß ich schon morgen mit dir zum Standesamt gehen möchte.«

»Ich danke dir für deine Aufrichtigkeit«, grinste auch Werner.

»Ich möchte jetzt etwas anderes mit dir, Werner . . .«

»Was denn?«

»Schlafen«, erwiderte sie, und ihre Aufrichtigkeit, in der sie offenbar nicht mehr zu bremsen war, übertrug sich auch auf Werner, der antwortete: »Das wäre nur eine Enttäuschung für dich.«

»Wieso?«

»Weil ich gerade aus dem Bett einer anderen Frau komme.«

Die andere Frau störte Gerti nicht so sehr wie die zu vermutende Schwächung Werners. Sie hatte ja noch einen Mann aus dem Lehrkörper der Akademie in petto, der ständig darauf wartete, nur von ihr in Anspruch genommen zu werden.

»Außerdem muß ich zu der zurück«, ergänzte Werner. Unter diesen Umständen übte Gerti Verzicht auf ihn.

»Wenn du das nächstemal nach Düsseldorf kommst«, sagte sie jedoch, »gibt's das aber nicht mehr. Richte dich danach ein.«

»Das nächstemal kommst du nach Heidenohl«, entgegnete Werner.

»Wegen des Romans?«

»Auch wegen des Romans«, nickte er. »Das muß jetzt in Ordnung gebracht werden. Außerdem mußt du aber – und das ist noch wichtiger – mit Helga sprechen. Die anonymen Briefe haben die verrückt gemacht. Sie hat durchgedreht. Ihre Ehe mit Frank ist in höchster Gefahr. Sag ihr, daß du Thekla Bendow bist. Sag ihr, wie das Ganze gekommen ist. Sag ihr, daß überhaupt nichts dahintersteckt. Dir wird sie glauben, dir *muß* sie glauben!«

Gerti schien zu überlegen.

»Sprich erst mit Frank«, sagte sie dann.

»Worüber?«

»Ob auch er der Ansicht ist, daß ich mit Helga sprechen soll?«

»Natürlich, was denn sonst!« meinte Werner. »Nur Thekla Bendow könne ihn noch retten, sagt er doch dauernd.«

Gerti beharrte auf ihrem Standpunkt.

»Sprich mit ihm und gib mir Bescheid«, sagte sie abschließend noch einmal. »Und vergeßt eins nicht: Ihr wißt immer noch nicht, wer die anonymen Briefe schreibt.«

15

Werner löste das Versprechen, das er Evelyn gegeben hatte, ein. Er kam zu ihr zurück und enttäuschte sie auch nicht, als sie auf den Hunger nach Sex pochte, den mitzubringen er in Aussicht gestellt hatte. Dann trat er die Rückreise nach Heidenohl an. Zurück blieb ein endgültig angebrochenes Frauenherz.

In Heidenohl angekommen, meldete sich Werner telefonisch bei Frank. Zehn Minuten später stürmte dieser bei ihm ins Zimmer, und zwar mit überraschend vergnügter Miene. Darüber konnte Werner nur staunen. Vor seiner Reise nach Düsseldorf hatte er nur noch einen total erledigten Frank gekannt. Was war passiert?

Frank steckte voller Leben. Er verschmähte es sogar, sich hinzusetzen.

»Stell dir vor«, verkündete er, »Helga ist wieder zur Vernunft gekommen.«

»So?«

»Sie schläft nicht mehr im Gästezimmer.«

»So?«

»Ich hatte ihr gebeichtet.«

»Was hattest du ihr gebeichtet?« fragte Werner.

»Alles.« Frank lief zum Fenster, kam zum Schreibtisch zurück. »Die Geburt war gar nicht so schwer, wie ich befürchtet hatte. Helga hat mir nur ein bißchen den Kopf gewaschen. Sie konnte nicht verstehen, daß ich ihr nicht von Anfang an die Wahrheit gesagt habe. Und ich muß sagen, ich verstehe das jetzt auch nicht mehr. Ich habe ihr mitgeteilt, warum du nach Düsseldorf gefahren bist. Nun wartet sie nur noch auf Thekla Bendow, damit diese ihr die Richtigkeit von alldem bestätigen kann, was ich ihr gesagt habe.«

»Setz dich«, sagte Werner.

Frank nahm Platz.

»Nun bist du an der Reihe«, meinte er dabei. »Wer ist sie?«

Werner machte es kurz.

»Gerti Maier.«

»Welche Gerti Maier?« fragte Frank, der von der Realität so weit entfernt war wie der Pluto von der Venus.

»Eure Gerti Maier.«

»Unsere –«

Das Wort war Frank im Mund erstorben.

»Da bist du von den Socken, was?« sagte Werner.

Nun kam Frank auf die Lösung.

»Du verarscht mich wohl?«

»Keineswegs.«

»Dann hör auf mit dem Quatsch.«

»Das ist kein Quatsch.«

Langsam merkte Frank, daß Werner hier keine Witze riß. Seine Stimmbänder drohten ihm deshalb wieder die Gefolgschaft zu versagen. Wie hinweggewischt war seine gute Laune.

»Spuck dich aus«, krächzte er.

Werner berichtete, was er in Düsseldorf erlebt hatte. Für Frank war das, was er zu hören bekam, so unbegreiflich, daß er, nachdem Werner geendet hatte, nur völlig konsterniert sagen konnte: »Ich verstehe das nicht.«

»Ich war nicht weniger überrascht als du«, meinte Werner.

Dann zog Frank aus allem die Konsequenz für sich.

»Es ist aus«, sagte er mit müder Stimme.

»Was ist aus?«

»Ich bin fertig.«

»Wieso denn?« fragte Werner. »Die kommt doch her und spricht mit Helga. Sie ist dazu bereit.«

Frank lachte bitter.

»Ist sie das?«

»Ja.«

»Weißt du, was sie Helga dann als erstes erzählen kann?«

»Was denn?«

»Daß ich mit ihr geschlafen habe.«

»Was?!« rief Werner. »Du auch?!«

Das Eingeständnis Werners, das darin enthalten war, übergehend, sagte Frank: »Ich weiß nicht, wie mir das passieren konnte.«

»Das mußt du mir erzählen.«

»Gib mir erst einen Schnaps . . .«

Franks Beichte nahm erhebliche Zeit in Anspruch, da sie durchflochten war von Unterbrechungen, in denen er, nachdem ein Anfang gemacht war, immer wieder das Glas leerte, das ihm Werner füllte. Werner vergaß sich dabei selbst auch nicht. Zum Schluß sagte Frank, daß er damals von allen guten Geistern verlassen gewesen sein müsse.

»Aber mit der kannst du doch reden«, versuchte ihm Werner wieder Mut einzuflößen. »Ihr müßt euch beide nur einig werden, daß Helga von eurer Sache nichts erfährt.«

Frank schüttelte den Kopf.

»Zwecklos.«

»Wieso denn?«

»Weil ich weiß, wie das laufen würde. Gerti ist wahnsinnig abergläubisch. Das hat mir Helga erzählt.«

Werner blickte Frank fragend an.

»Worauf willst du hinaus?«

»Helga wird Gerti fragen, ob sie bestimmt nichts mit mir gehabt hat . . .«

»Naja, und Gerti wird sagen: nein.«

»Auf das wird Helga sie schwören lassen . . .«

»Sie schwören lassen«, mokierte sich Werner. »Hat sie Gerichtsbefugnisse? Wie will sie das machen?«

»Ganz einfach – so wie viele das machen: Gerti bei ihrem Augenlicht schwören lassen, daß das, was sie sagt, die Wahrheit ist. Oder bei ihrer Schönheit.«

»Und?« stieß Werner nur hervor.

»Und Gerti wird das niemals tun.«

»Warum denn nicht, verdammt noch mal?!« rief Werner.

»Weil sie abergläubisch ist. Ich sagte das doch.«

»Ich dachte, wir leben im zwanzigsten Jahrhundert. Die –«

Werner brach selbst ab, da ihm klar sein mußte, auf wie schwachen Beinen dieses sein Argument stand.

»Dann sieht's in der Tat böse aus für dich«, erkannte er.

»Ich weiß«, sagte Frank mit müder Stimme.

»Vielleicht verzichtet Helga auf dieses Treffen. Könntest du ihr das nicht einreden?«

»Nein.«

»Versuch's doch mal.«

»Du kennst meine Frau nicht«, sagte Frank ohne jede Hoffnung und ließ sich wieder sein Glas füllen.

Damit setzte sich das, was schon begonnen hatte, fort und weitete sich aus zu einem enormen Besäufnis des Freundespaares.

»Wo warst du?«

Dies fragte am nächsten Morgen Helga ihren Mann, als er das Schlafzimmer betrat, nachdem er die ganze Nacht nicht nach Hause gekommen war. Er sah verheerend aus. Helgas Frage war deshalb überflüssig.

»Bei Werner«, antwortete er, ohne sie anzublicken, ging zum Schrank und fing an, wahllos ein paar Sachen von sich – Hosen, Hemden usw. – herauszuholen und auf sein Bett zu werfen.

»Das häuft sich in letzter Zeit«, räsonierte Helga verständlicherweise. »Muß denn das sein? Die ganze Nacht? Du hättest mich anrufen können.«

Er schwieg und fuhr in seiner Tätigkeit fort.

»Was machst du da?« fragte sie ihn.

»Ich gehe.«

Helga richtete sich im Bett auf.

»Was heißt, du gehst?«

»Ich komme dir zuvor und befreie dich von meiner Anwesenheit, bevor du mich hinauswirfst.«

Helga blickte ihn an. Man konnte sehen, wie es hinter ihrer Stirn arbeitete.

»Wo sind die Koffer, bitte?« fragte er.

»In der Dachkammer.«

Er wollte zur Tür gehen.

»Komm her«, sagte sie.

Zögernd leistete er ihrer Aufforderung Folge, kam aber nicht so nahe, wie sie es gern gesehen hätte, sondern blieb – mit hängenden Schultern – zwischen Schrank und ihrem Bett stehen.

»Was war los?« fuhr Helga fort. »Ihr zwei habt getrunken – und?«

»Ich würde dir das gerne verschweigen«, erwiderte Frank, »aber ich weiß, daß das keinen Zweck hat ...« Frank hatte sich entschlossen, tabula rasa zu machen. Für ihn galt das alte Sprichwort ›Lieber ein Ende mit Schrecken als ein Schrecken ohne Ende‹.

»Ich hatte dir gesagt«, fuhr er fort, »warum Werner nach Düsseldorf gefahren ist ...«

»Um Thekla Bendow ausfindig zu machen – oder nicht?«

»Doch.«

»Ist ihm das nicht gelungen?«

»Doch.«

»Dann hat er ja sein Ziel erreicht. Wer ist sie?«

»Gerti.«

»Welche Gerti?« fragte Helga, die von der Realität so weit entfernt war wie die Venus vom Pluto.

»Deine Freundin.«

Die Szene, die sich am Tag zuvor in Werners Redaktion ereignet hatte, wiederholte sich. Gestern war Frank die personifizierte Verständnislosigkeit gewesen – heute galt das für Helga.

»Gerti Maier?« sagte sie wie vor den Kopf geschlagen.

»Ja.«

»Das verstehe ich nicht.«

»Ich verstand's auch nicht«, nickte Frank.

»Sie ist Thekla Bendow, sagst du?«

»Ja.«

In Helga war jäh das Mißtrauen erwacht. Sie wußte, was sie von Gerti zu halten hatte.

»Und du hast mit ihr diesen Briefwechsel geführt?« fuhr sie fort.

»Ja.«

»Sonst war nichts mit ihr?«

Frank schwieg.

»Du weißt«, setzte ihm Helga das Messer auf die Brust, »daß ich sie fragen werde.«

»Ja«, nickte Frank mit immer leiser werdender Stimme. »Was wird sie mir sagen?«

»Daß ich mit ihr geschlafen habe.«

Das Ende des Gesprächs war rasch genau das, was Frank vorausgesehen hatte. Helga verfügte in ihrer maßlosen Enttäuschung, ihrer Wut, ihrem tiefen Schmerz die sofortige Trennung Franks von ihr. Wenn er nicht gegangen wäre, hätte umgehend sie das Haus verlassen. Frank fand vorläufigen Unterschlupf in Werners Wohnung.

Werner und Clara sahen sich nicht mehr, sondern telefonierten nur noch miteinander, dies allerdings ziemlich oft. Das ließ sich nicht vermeiden, da sich bei Werners Verhandlungen mit Culldorf sen. über den Verkauf der Boutique Claras immer wieder Fragen ergaben, die mit Clara abgeklärt werden mußten. Clara sagte zwar ständig zu Werner, daß er absolut freie Hand habe, doch er sträubte sich verständlicherweise dagegen, davon allzu bedenkenlosen Gebrauch zu machen.

Die Verhandlungen nahmen einen sehr positiven Verlauf für Clara. Sie mußten allerdings oft ausgesetzt werden, da Culldorf sen. bei jedem Tausender, um den die Verkaufssumme von Werner weiter in die Höhe getrieben wurde, gesundheitlichen Anfechtungen – in der Regel Herzanfällen – ausgesetzt war. Die letzte Einigung erfolgte bei fünfunddreißigtausend – das war das Dreieinhalbfache von dem, was Clara von Culldorf ursprünglich geboten worden war und worauf sie um ein Haar schon eingegangen wäre.

Werner rief Clara an und meldete ihr das Endergebnis. »Fünfunddreißigtausend?« staunte Clara. »Was mache ich denn damit?«

»Fünfzehntausend kriege ich«, sagte Werner trocken.

»Sicher«, pflichtete Clara bei. »Plus Zinsen.«

»Blödsinn.«

»Keineswegs.«

»Dann bestehe ich darauf, daß du mir für den Spitzweg eine Hängegebühr abverlangst.«

»Mach dich nicht lächerlich.«

»Und du dich auch nicht.«

»Also gut«, sagte Clara, um weder über das eine noch über das andere eine uferlose Debatte entstehen zu lassen. »Wann bringst du mir das Bild?«

»Wohin? Ins Geschäft oder in die Wohnung?«

»Das überlasse ich dir.«

»Besser wäre natürlich, gleich in die Wohnung; an seinen angestammten Platz.«

»Einverstanden«, sagte Clara nach kurzem Zögern. »Und wann?«

»Heute abend?«

»Zwischen sieben und acht?«

»Um sieben«, sagte Werner. »Ja?«

»Ja.«

Er hat's eilig, dachte Clara, damit er die lästige Sache bald hinter sich haben wird.

Und Werner dachte: Um sieben sehe ich sie eher als um acht.

Am Abend ließ ihn Clara mit wohlabgewogener Freundlichkeit in ihre Wohnung ein. Die Abgewogenheit hätte in die politischen Sendungen der deutschen Fernsehanstalten gepaßt, so abgewogen war sie.

»Ich hätte auch jemanden bei dir vorbeischicken können, dann hättest du dich nicht selbst bemühen müssen«, sagte Clara. »Verzeih mir.«

»Denkst du, ich hätte dieses unersetzliche Stück irgendeinem Boten anvertraut?« antwortete Werner.

Der Nagel in der Wand war nicht mehr da. Werner fragte nach seinem Verbleib.

»Ich habe ihn entfernt«, sagte Clara.

»Warum denn?«

»Ich dachte nicht, daß das Bild zurückkommt«, erwiderte Clara, wobei sie nicht vermeiden konnte, daß sie ein bißchen rot wurde.

Sie hatte sogar das Loch, das in der Wand entstanden war, auch selbst zugegipst.

Werner fragte: »Hast du einen anderen Nagel?«

»Ich hole dir einen«, antwortete Clara, zur Wohnzimmertür gehend.

»Bring auch einen Hammer mit«, rief er ihr nach.

Was er aber dann zuwege brachte, kam einer kleinen Katastrophe gleich. Seine Hammerschläge waren so ungeschickt, daß drei verbogene, unbrauchbar gewordene Nägel auf der Strecke blieben und ein Loch in der Wand gähnte, das mit jedem Schlag größer wurde und aus dem Mauerteilchen herausbröselten. Die Krönung war ein Schlag auf den eigenen Fingernagel, so kraftvoll, daß der Grundstein zu einem rasch erblühenden Bluterguß gelegt war.

Clara litt mit Werner, konnte ihm aber dies nicht so sehr zeigen, wie sie es gerne getan hätte. Immerhin schien ihr eine Frage nach seinem Schmerz erlaubt.

»Tut's weh?«

»Nein«, log er mannhaft.

»Ich bringe dir ein Pflaster.«

»Nicht nötig.«

Clara schaffte das Pflaster trotzdem herbei und schreckte

auch nicht vor der Erfüllung ihrer Samariterinnenpflicht zurück, indem sie Werner den kleinen Notverband mit eigener Hand anlegte. Dabei verringerte sich vorübergehend die körperliche Distanz zwischen den beiden notwendigerweise auf ein Mindestmaß, so daß sich Claras Parfüm bei ihm in Erinnerung brachte.

»Du riechst gut«, sagte er.

»Ich hoffe, der Nagel geht dir nicht ab«, antwortete sie. In der Verfolgung seines Grundsatzes, angefangene Dinge auch zu vollenden, wollte Werner dann noch einmal zum Hammer greifen. Clara verwehrte ihm dies jedoch. Sie wolle ja, sagte sie, nicht um ihre Leukoplastvorräte gebracht werden.

Darüber mußten beide lachen. Dies schien Werners Erstaunen zu erregen.

»Weißt du«, sagte er, »was sich soeben gezeigt hat?«

Sie blickte ihn fragend an.

»Daß wir zwei wenigstens noch zusammen lachen können«, fuhr er fort.

»Ich werde den Hausmeister bitten«, erwiderte sie, zur Wand zeigend, die dazu verurteilt war, noch ein bißchen länger ihren schönsten Schmuck zu entbehren.

Er lächelte bedauernd.

»Tut mir leid«, sagte er, »daß ich dir nicht dienlicher sein konnte.«

Clara blickte auf seine Hände, die Spuren von der beschädigten Mauer zeigten, und schickte ihn ins Bad. »Du weißt ja, wo es ist«, sagte sie.

Während er sich die Hände wusch, dachte er: Die Signale sind deutlich, sie will mich loshaben. Meine Aufgabe hier ist als erledigt anzusehen. Ich soll verschwinden. Hau ab, denkt sie. Nun gut, ich werde ihr den Gefallen erweisen. Eine andere Wahl habe ich ja auch gar nicht mehr.

Er kam zurück ins Wohnzimmer, ließ die Tür gleich offen, damit sich sein sogenannter Abtritt von der Bühne vereinfachte, und sagte: »Vergiß nicht, daß Culldorf auf dich wartet.«

»Nein.«

Sie standen sich gegenüber, blickten einander an, wußten, daß es keinen Sinn hatte, den Abschied noch länger hinauszuzögern. Die Entscheidung war doch schon gefallen. Vor Wochen. Auf der Treppe zu seiner Wohnung.

Werner sagte: »Tja . . .«

Clara sagte nichts.

Werner blickte zur offenen Tür.

»Hast du eigentlich schon etwas gegessen?« fragte ihn Clara.

Sein Herz tat einen schnellen Schlag.

»Nein.«

»Dann mußt du doch Hunger haben?«

»Nein – aber Durst.«

Sein Mund war ganz trocken.

»Ich kann dir eine Flasche Bier anbieten«, sagte Clara. »Leider nicht aus dem Kühlfach, so wie du sie gern hättest.«

»Bring sie mir siedend, Clara.«

Da mußten sie beide erneut lachen.

Werner trank dann von dieser Flasche nur in winzigen Schlückchen und konnte dadurch einen wachsenden Zeitgewinn erzielen. Clara sah ihm eine Weile zu und sagte dann: »Ich habe auch noch eine zweite Flasche.« Er hat's gar nicht so eilig, hatte sie nämlich gedacht.

Werners Herz hatte zwei schnelle Schläge getan.

»Darf ich sie mir ins Kühlfach stecken?« fragte er.

»Nicht nötig«, antwortete sie. »Da steckt sie schon.«

So kamen die beiden Schrittchen für Schrittchen aufeinander zu. Manchmal glaubte Clara, die Augen schließen zu müssen, wenn sie ihn ansah, weil sie sich ängstigte, daß er erkennen könnte, wie sehr sie ihn noch liebte. Mehr denn je. Und Werner dachte: Ich kann nicht ohne sie sein! Ich kann nicht ohne sie sein! Ich kann nicht ohne sie sein!

»Da fällt mir ein«, sagte er, »ich hätte auch die Versicherungspolice für das Bild mitbringen müssen. Das habe ich vergessen. Ich war so aufgeregt.«

»Macht nichts«, meinte Clara, »ich werde sowieso eine neue auf meinem Namen abschließen müssen.«

»Nein.«

»Was nein?«

»Das mußt du nicht. Die läuft schon auf deinem Namen.«

Sie blickte ihn an.

»Und wie hast du das mit der Bezahlung gemacht?«

»Auch auf deinem Namen.«

»Für wie lange?«

»Fünf Jahre, länger ging's nicht.«

Ihr Blick wurde so verräterisch, daß sie sich rasch zwingen mußte, zornig zu werden.

»Bist du wahnsinnig?« schimpfte sie.

»Nein.«

»Du kriegst das Geld von mir zurück!«

»Nein.«

»Da kannst du gar nichts dagegen machen, ich leg's zu den fünfzehntausend dazu.«

»Ich habe mir das überlegt, ich brauche auch nicht die fünfzehntausend.«

»Was?« stieß Clara hervor.

»Ich leihe sie dir noch länger.«

»Wozu denn? Ich führe doch meinen Laden nicht mehr weiter.«

Die Überraschungen für Clara nahmen kein Ende.

»Und warum nicht?« erwiderte Werner. »Es steht dir doch immer noch frei, dem Culldorf einen Korb zu geben.«

Bin ich verrückt oder er? fragte sich Clara. Die ganzen Verhandlungen, wozu will er die wochenlang geführt haben?

»Nein«, sagte sie, »ich mache Schluß.«

»Aber du bleibst in Heidenohl?«

»Du auch?« lautete Claras Antwort.

»Ja, wenn du nichts dagegen hast.«

»Du gehst nicht nach Düsseldorf?«

»Nein.«

»In letzter Zeit bist du aber schon mehrmals hingefahren?«

»Wer sagt das?«

»In Heidenohl bleibt nichts geheim.«

In diesem verdammten Nest! dachte er.

»Wen triffst du dort?« fragte Clara.

Alles stand damit wieder auf Messers Schneide. Werner spürte das, aber es wäre das dümmste gewesen, zu lügen.

»Ich weiß, worauf du hinauswillst«, sagte er.

»So, weißt du das?« entgegnete Clara. »Dann frage ich dich ganz offen: Hast du sie wieder getroffen?«

»Ja.«

Jäh wurde aus Claras hübschem, lebhaftem Gesicht eine starre Maske. Und kalt war ihre Stimme, mit der sie sagte: »Das habe ich mir gedacht.«

Werner räusperte sich.

»Clara, ich weiß, was du jetzt denkst . . .«

»Es wäre besser für dich, wenn du das nicht wissen würdest.«

»Du tust mir aber unrecht.«

»Ach nee«, höhnte sie.

»Hör zu –«

»Nein!« unterbrach ihn Clara, zur Tür blickend. »Ich will dir nicht mehr zuhören! Was ich will, ist, daß du –«

»Hör zu, verdammt noch mal!« fuhr er ihr grob über den Mund. »Sonst geht wieder alles kaputt. Diesmal – ich betone: diesmal! – tust du mir nämlich wirklich unrecht.«

Grobheit übt oft die richtige Wirkung aus, indem sie

einschüchtert, so auch jetzt. Clara schwieg und ließ Werner reden.

»Ja, ich bin nach Düsseldorf gefahren, das ist richtig«, begann er. »Ich bin aber nicht hingefahren, um dieses Weib zu treffen . . .«

Das war allerdings etwas, das Clara nicht ungern hörte: ›dieses Weib‹. Wenn er, dachte sie, ›dieses Weib‹ sagt, trieft das nicht gerade von Leidenschaft für sie.

». . . sondern um eine Thekla Bendow aufzustöbern, von der ich auch dir schon erzählt hatte. Ich hoffe, du erinnerst dich. In Düsseldorf hat sich dann herausgestellt, daß die beiden ein- und dieselbe Person sind. Davon hatte ich aber vorher nicht die geringste Ahnung, das schwöre ich dir. Kannst du mir folgen?«

»Nein.«

»Das dachte ich mir«, sagte er mit einem Seufzer. »Deshalb muß ich ausholen . . .«

Und er tat dies. Clara lauschte gebannt. Sie kam aus dem Kopfschütteln nicht mehr heraus. Das war ja alles der helle Wahnsinn. Was sagt man zu einem solchen Frauenzimmer? dachte Clara unentwegt.

»Hattet ihr denn überhaupt keine Anhaltspunkte, welche auf die hingewiesen hätten?« fragte sie, nachdem Werner seinen Bericht beendet hatte.

»Nur zwei sehr geringe. Frank und ich haben uns inzwischen eingehend über dieses Thema unterhalten. Der eine Anhaltspunkt war ihr Parfüm. Darauf kamen wir aber erst im nachhinein . . .«

»Wieso ihr Parfüm?«

»Die Briefe, die uns von Thekla Bendow erreichten, rochen nach Soir de Paris. Gerti Maier auch.«

»Das tun viele Frauen.«

»Eben.«

»Und der zweite Anhaltspunkt?«

»Gerti Maier hatte plötzlich gewußt, daß Frank ein paar Semester in Düsseldorf studiert hatte. Weder Frank noch ich hatten ihr das gesagt. Es stand in einem Brief Franks an Thekla Bendow. Auch dieses Licht ging uns erst auf, als praktisch alles vorbei war.«

Der Name Frank war ein paarmal gefallen.

»Er wohnt jetzt bei dir«, sagte Clara.

»Ja«, nickte Werner. »Von wem weißt du das?«

»Die ganze Stadt weiß es.«

Werner blickte vor sich hin, seufzte.

»Es ist schlimm mit ihm.«

»Man sagt, er trinkt.«

»Noch nicht, aber er ist auf dem Weg dazu.«

»Kannst du ihn nicht davon abhalten?«

»Nein«, erwiderte Werner. »Das könnte nur *ein* Mensch auf der ganzen Welt – Helga.«

»Ich weiß, daß es auch ihr nicht gutgeht.«

Werner machte eine wegwerfende Handbewegung, aus der ein konsternierendes Maß an Ablehnung gegenüber Helga hervorging. Das mußte überraschen bei einem Mann, der die ganzen Jahre hindurch als Freund Helgas – in allen Ehren natürlich – zu bezeichnen gewesen war.

»Sie wird's überstehen«, sagte er kalt. »Er nicht, er geht kaputt.«

»Du magst sie nicht mehr?«

»Ich hab' sie anders eingeschätzt, Clara. Was die jetzt treibt, disqualifiziert sie für mich. Sie zerstört einen Menschen, den sie angeblich einmal mehr geliebt hat als alles andere auf der Welt. Aber das kann nie der Fall gewesen sein.«

Clara raffte sich zur Verteidigung Helgas auf.

»Er hat sie betrogen, vergiß das nicht.«

»Ja, im Suff, nachdem Gerti mit ihm durch zehn oder fünfzehn Lokale gezogen war. Nachdem sie ihn in ihre Wohnung hineingelockt hatte. Nachdem er von vornherein auf ihrer Abschußliste gestanden hatte. Nachdem für sie der Gedanke, daß es sich um den Mann ihrer besten Freundin handelte, überhaupt keine Rolle gespielt hatte. Nachdem –«

»Das war zweifellos die größte Gemeinheit von ihr«, unterbrach Clara.

»Mit mir hat sie's doch ähnlich gemacht«, sagte Werner rasch, die Gunst des Augenblicks nutzend.

Aber das wollte ihm Clara nicht durchgehen lassen, damit für alle Zukunft klare Verhältnisse geschaffen waren.

»Wieso?« fragte sie.

»Sie kam doch auch in meine Redaktion, um mich zu verführen.«

»Warst du betrunken?«

»N . . . nein«, antwortete er zögernd.

»Hat sie dich in ihre Wohnung hineingelockt?«

»N . . . nein.«

»Oder du sie in die deine?«

»Clara, wir –«

»Oder du sie in die deine?« bohrte sie unerbittlich.

»Ja.«

»Dann vergleiche dich nicht mit Frank.«

Die Wechselbäder, denen auf diese Weise Werner von Clara unterzogen wurde, peinigten ihn.

»Du hast ja recht«, sagte er zerknirscht.

»Frank zeigt auch, daß er das, was er getan hat, zutiefst bereut«, fuhr Clara fort.

»Denkst du, ich nicht?«

»Er deutlicher als du.«

»Was heißt denn das?« regte sich Werner auf. »Muß ich denn auch zu saufen beginnen?«

»Nein, das nicht«, lachte Clara, und ihm war dadurch wieder etwas leichter zumute.

»Das Thema ›Frank‹ war noch nicht abgeschlossen.«

»Was kann man tun?« fragte Clara.

Werner zuckte die Achseln.

»Ich weiß es nicht.«

»Sprich doch du mal mit Helga. Vielleicht weiß sie gar nicht, was mit ihm los ist, wie er leidet, wie tief seine Reue ist.«

»Sinnlos«, sagte Werner. »Sie empfängt mich überhaupt nicht. Und wenn ich anrufe, legt sie auf. Ich habe das alles schon versucht. Sie sieht in mir einen Anstifter, wenn nicht Mittäter.«

»Mit Recht.« Werner senkte den Blick.

Jetzt reicht's aber, dachte Clara, nun habe ich ihm lange genug zugesetzt. Daß ich bei ihm gewonnenes Spiel habe, ist absolut klar. Er bei mir auch. Wir hatten wohl beide unsere Seelenlagen völlig falsch eingeschätzt. Ich bin darüber ja so glücklich.

»Weißt du«, sagte Werner, »wovon ich mir vielleicht mehr versprechen würde?«

»Wovon?«

»Wenn *du* zu Helga gingest.«

»Ich?« erwiderte Clara überrascht.

»Ja.«

»Wieso ich?«

»Ihr seid doch Skatschwestern.«

»Das dürfte in diesem Falle nicht reichen«, meinte Clara. »Sie würde, befürchte ich, trotzdem sagen: Was mischen Sie sich da ein?«

»Einen Versuch wär's, meine ich, immerhin wert.«

Clara zögerte kurz, dann sagte sie: »Gut, ich mache es. Weil es dein Freund ist«, setzte sie hinzu.

Sie blickte ihn an, er sie. Die Entscheidung bahnte sich an.

»Das Glück meines Freundes«, sagte er, »ist dir sehr wichtig?«

»Ja.«

»Und meines?«

Kurze Pause, dann passierte es. Sie fielen einander einfach in die Arme. Der Kuß, den sie sich gegenseitig abnahmen, war endlos. Wenn nicht jedem von ihnen der Erstickungstod gedroht hätte, hätten sie überhaupt nicht mehr damit aufgehört. So mußten sie es danach doch tun.

»Ich muß also nicht von Heidenohl weggehen?« sagte, Atem holend und mit einem Grinsen des Glücks, Werner.

»Du kannst gehen, wohin du willst.«

»Was?« stieß er noch einmal erschrocken hervor.

»Ich folge dir überallhin.«

»Clara!« rief er. »Dann sage ich dir gleich unser nächstes Ziel . . .«

»Welches?«

»Das Standesamt.«

»Ja!« Es war ein Jubelruf. Das Glück drohte Clara zu überwältigen. Trotzdem behielt sie jedoch noch Witz genug, um nach einem Weilchen hinzuzufügen: »Ich weiß aber unser allernächstes Ziel . . .«

»Was für eins?«

Sie blickte zur Tür, die ins Schlafzimmer führte.

Seit Helga allein war, interessierte sie sich für die Dinge, die früher ihren Tag ausgefüllt hatten, kaum mehr. Sie hielt das Haus nur noch notdürftig in Ordnung. Kochen und Backen – Tätigkeiten, die sie früher gern ausgeübt hatte – entfielen fast ganz. Die Anzeichen im Garten – daß ihn niemand mehr pflegte – mehrten sich. Einladungen ergingen keine mehr. Helga kapselte sich völlig ab. Einer der wenigen Menschen, der für sie noch als eine Kontaktperson mit dem Leben außerhalb ihres Hauses gelten konnte, war der Briefträger. Seinem täglichen Erscheinen blickte sie noch mit einer gewissen Spannung entgegen, die von der Frage am Leben erhalten wurde: Bringt er wieder einen anonymen Brief oder nicht?

Er brachte keinen mehr. Er brachte überhaupt nie mehr einen. Wer die Briefe geschrieben und abgesandt hatte, blieb so für immer im Dunkeln. Sabine Melchior stellte ihr Wirken ein, nachdem es ihr gelungen war, Frank und Helga auseinanderzubringen, und nahm es auch nicht wieder auf, als sich ihre Hoffnungen nicht erfüllten, die sie für ihr persönliches Leben an jene Trennung geknüpft hatte.

Es läutete an der Haustür Helgas. Es war am frühen Abend. Der Briefträger konnte es also nicht sein. Die Geschäfte hatten noch nicht lange geschlossen. Als Helga, die eigentlich gar nicht öffnen wollte, es dennoch tat, sah sie sich Clara v. Berg gegenüber.

Clara erschrak innerlich, es gelang ihr aber, dies nicht nach außen dringen zu lassen. Helga sah erbärmlich aus. Claras Begrüßung wurde von Helga zwar freundlich erwidert, Helga sprach aber keine Einladung, näherzutreten, aus. Clara fragte deshalb von sich aus: »Darf ich reinkommen?«

»Bitte«, nickte daraufhin Helga.

Im Wohnzimmer sagte sie: »Ich kann Ihnen leider nichts anbieten, ich habe buchstäblich nichts im Haus.«

»Wenn Sie mir nur erlauben würden, daß ich mir eine Zigarette anstecke«, antwortete Clara, die sehr mit Nervosität zu kämpfen hatte.

Und dann stellte sich heraus, daß sie gar keine Zigaretten bei sich hatte. Das Päckchen mußte noch in der Boutique liegen, wo sie es vergessen hatte.

Auch in dieser Notlage bedauerte Helga, nicht aushelfen zu können.

»Macht ja nichts«, lächelte Clara.

»Mögen Sie ein Glas Milch? Ein Glas Milch könnte ich Ihnen offerieren.«

»Nein danke.«

»Ich kann mir denken«, sagte nun Helga, »warum Sie gekommen sind, Clara. Sie wurden abgesandt, um mich in die Skatrunde zurückzuholen.«

»Nein, Sie irren sich, Helga.«

»Was dann?«

»Ich war bis gestern in der gleichen Situation wie Sie«, packte Clara den Stier bei den Hörnern.

Ein kurzes Schweigen trat ein. Helga starrte vor sich hin. Dann schüttelte sie den Kopf.

»Nein«, sagte sie mit tonloser Stimme. »Niemand ist in der gleichen Situation wie ich.«

»Sie irren sich, Helga, ich *war* es, und ich habe auch die gleichen Fehler gemacht wie Sie.«

»Ich sehe keine Fehler, die ich mache. Laßt mich bitte deshalb alle in Ruhe.«

»Nein, Helga«, widersprach Clara, die sich vorsehen mußte, sich nicht in Hitze zu reden. »Ihr Mann geht zugrunde.«

»Ich auch.«

»Sehen Sie, das *ist* ja der Wahnsinn. Genauso war es bei Werner Ebert und mir. Er wäre kaputtgegangen. Ich wäre kaputtgegangen. Und wer hätte sich ins Fäustchen gelacht? Dieselbe minderwertige Person wie bei Ihnen. Und dann sagen Sie, Ihre Situation wäre eine andere. Worin denn?«

Helga war erstarrt.

»Ich weiß nicht, von wem Sie da sprechen«, sagte sie und fügte, um diese Diskussion gleich abzuwürgen, hinzu: »Es interessiert mich auch gar nicht.«

»Einverstanden«, nickte Clara, »reden wir nicht mehr über das Luder. Reden wir über etwas anderes, das mir viel wichtiger erscheint. Es wird Ihnen aber auch das nicht schmecken, tut mir leid, Helga. Man behauptet nämlich, Ihr jetziges Verhalten sei der Beweis, daß Sie Ihren Mann nie geliebt haben, da Sie ihn sonst nicht so vor die Hunde gehen lassen könnten.«

Eine Wandlung, die mit Helga vorzugehen schien, zeichnete sich ab. In Helgas Stimme kehrte Leben zurück, wenn es auch Feindseligkeit war, die den Ton prägte.

»Wer sagt das?«

»Zum Beispiel Werner Ebert.«

»Ausgerechnet der.« Helgas Augen, die tot gewesen waren, funkelten plötzlich. »Der hat's nötig.«

»Sie mögen ihn nicht mehr?«

»Ich hasse ihn!«

»Das habe ich auch versucht.«

»Er hat Ihnen dazu auch den größten Anlaß, der denkbar ist, geliefert.«

»Haarscharf denselben, den Ihnen auch Ihr Mann geliefert hat.«

»Sehen Sie!«

»Trotzdem schaffte ich es nicht, ihn zu hassen.«

»Warum nicht?«

»Weil ich ihn liebe«, sagte Clara schlicht und brachte Helga damit zum Verstummen.

»Deshalb habe ich ihm auch verziehen«, fuhr Clara nach einem Weilchen fort. Sie zuckte die Achseln. »Ich konnte nicht anders. Ich wollte zwar anders, aber ich konnte nicht. Ich war machtlos gegen mich selbst. Die Liebe war stärker.«

Helgas Mundwinkel begannen zu zucken.

»Und ich kann nicht glauben«, schloß Clara, »daß zwischen Ihnen und mir ein Unterschied bestehen sollte.« Mit Helga ging noch einmal eine Wandlung vor sich. Sie fing ganz plötzlich an, herzzerreißend zu weinen. Die Tränen stürzten nur so über ihre Wangen. Es schüttelte sie. Sie weinte so sehr, daß es ihr unmöglich war, etwas zu sagen, selbst wenn sie es gewollt hätte.

Clara ließ ihr Zeit. Ich bin ein Schaf, dachte sie. Bei der rannte ich die ganze Zeit offene Türen ein, und ich merke das jetzt erst.

Das Telefon läutete. Helga ging nicht an den Apparat, sie ließ es läuten, hörte aber dadurch auf zu weinen. Mit einem Blick auf ihre Hände, die vor Nässe beinahe tropften, weil kein Taschentuch greifbar war, sagte sie: »Entschuldigen Sie, Clara.«

Clara lächelte.

»Ich habe auch viel geweint, Helga. Aber jetzt nicht mehr. Wir heiraten in vier Wochen.«

Spontan rief Helga. »Sind Sie verrückt?!«

»Warum?«

»*Den* wollen Sie heiraten?!«

»Ja«, nickte Clara glücklich.

»Dann werden Sie sich alles, was kommt, selbst zuzuschreiben haben.«

»Wissen Sie, was er mir gesagt hat?« antwortete Clara lachend.

»Was?«

»›Liebling, das, was passiert ist, wird mir eine Lehre sein. Ich bin geheilt. Du kannst gewiß sein, daß sich so etwas nicht wiederholt. Deshalb mußt du eigentlich froh sein, daß ich den nötigen Anstoß zu dieser Lehre für mich geliefert habe.‹«

»Arme Clara!«

»Nicht?« seufzte Clara mit tragischer Miene, die ihr wunderbar gelang.

»Wenn mir der meine das auch sagt, bin ich aber endgültig fertig mit ihm.«

»Helga!« rief Clara.

»Ja?«

»Haben Sie das gehört?«

»Was?«

»Ihr eigenes bedeutungsvolles Wort, das Ihnen soeben entschlüpfte?«

»Welches?«

»›Der meine‹.«

»Ziehen Sie daraus keine voreiligen Schlüsse, Clara. So schnell, wie das anscheinend bei Ihnen geht, läuft das bei mir nicht. Er muß mit einem längeren Prozeß rechnen.« Clara traf Anstalten, sich zu erheben.

»Wollen wir ihn holen?« antwortete sie dabei. »Damit der längere Prozeß beginnen kann?«

Helga blieb sitzen, schüttelte den Kopf.

»Nein, es wäre mir lieber, wenn er käme. Wo ist er denn?«

»Bei Werner«, erwiderte Clara. »Werner möchte ihn nicht mehr aus den Augen lassen.«

»Warum?«

Claras Ausdruck wurde plötzlich wirklich ernst.

»Weil, das sage ich Ihnen ganz bewußt, Helga, verhindert werden muß, daß Ihr Mann nach St. Pauli fährt.«

»Nach St. Pauli?« stieß Helga hervor.

»Im dortigen Milieu will er sich eine Pistole besorgen.« Helga riß es aus ihrem Sessel hoch.

»Kommen Sie!« rief sie. »Wir fahren mit dem Wagen, den er mir dagelassen hat . . .«

20 x Hochspannung
KONSALIK
KONSALIK
Vor dieser Hochzeit wird gewarnt
ROMAN

attraktiver Neugestaltung

Best.Nr.	Titel	Preis
10 042	Liebe in St. Petersburg	8,90 DM
10 054	Ich bin verliebt in Deine Stimme	9,90 DM
10 057	Vor dieser Hochzeit wird gewarnt	9,90 DM
10 089	Der Träumer/Gesang der Rosen	9,90 DM
10 280	Spiel der Herzen	8,90 DM
10 519	Und dennoch war das Leben schön	9,90 DM
10 607	Ein Mädchen aus Torusk	11,90 DM
10 678	Begegnung in Tiflis	11,90 DM
10 765	Babkin, unser Väterchen	8,90 DM
10 813	Der Klabautermann	8,90 DM
10 893	Gold in den Roten Bergen	9,90 DM
11 107	Natalie, ein Mädchen aus der Taiga	8,90 DM
11 130	Liebe läßt alle Blumen blühen	8,90 DM
11 151	Es blieb nur ein rotes Segel	9,90 DM
11 180	Mit Familienanschluß	8,90 DM
11 214	Nächte am Nil	11,90 DM
11 377	Die Bucht der schwarzen Perlen	9,90 DM
12 002	Das Riff der roten Haie	11,90 DM
12 166	Die Blut-Mafia	12,90 DM
12 330	Mayday, Mayday-Eastern Wings 610	12,90 DM

BASTEI LÜBBE